目次

前言

一

應該是一九六五年夏天，我在陵川縣中學念書整整兩年了，暑假回家參加農活兒，家裡可有可無，但生產隊的要求是剛性的。那是一場雨後的上午，我和村裡人在一塊地的邊上一溜站開，間隔丈餘，每人手裡拿著一個木頭板子，類似扁擔一截為二，我們拿著窄的這頭，掄起寬的那頭，使勁往地邊上打去；反復捶下來，讓地邊立起一道土埂，避免水土流失。實際情況是，一場大雨過後，地邊的土埂被沖得豁豁牙牙，滿目瘡痍。傳統的做法是地邊種上蓖麻，株大葉大根深，一來遮風避雨固定地邊的土，二來蓖麻是經濟作物，蓖麻籽兒換來的油是農村生活中離不開的。種了一輩子地的農民對地邊打埂這種做法直搖頭；還有秋天深翻土地，翻出生土覆蓋在熟土上，今古奇觀，青壯年累得罵大街，我的父輩們都有一把年紀，則認為這些都是瞎胡鬧。他們文化不多，但種地是他們的唯一驕傲，可幹部們反復強調這是大寨的先進經驗，是響應號召，誰敢不響應？當他們終於聽說是一個叫陳永貴的農民興起來的，毫不猶豫地送了他一個「二杆子」綽號。隨便一提的是，從一九六三年到一九八二年整整二十年間，學大寨運動給中國六七億農民帶來的全部是災難和飢餓，至今沒有人認真研究一下它興風作浪的真實原因，卻慣用「教訓」或「彎路」的措辭大而化之，令人百

思不得其解。基本是文盲群體的農民，從一開始就認定是「瞎胡鬧」的運動，有文化有地位的人，卻鬧鬧嚷嚷地繼續了二十年，多麼奇怪的現象？回頭看，我這輩子最幸運的是，我始終相信我的父老鄉親說的話最可信，不管我被多麼震天的口號和漂亮的說法迷惑了，過一陣子總會回到他們的說法上。給地邊打埂的做法，儘管我那時是一個懵懂少年，但是因為父老鄉親的反對以及自己極其反感這樣低頭哈腰的農活，彼時彼刻是很有情緒的。但是，土地已經充公，你不上地就沒有工分，沒有工分就分不到口糧，分不到口糧就要餓肚子。一環套一環，環環都是緊箍咒。

閒話少敘，還是說我們一溜排開的勞力，怎樣在撅起　、深弓腰、頭朝地、掄起木板給大地捶地邊吧。啪，啪，啪……每啪一下，我們就不得不高高地仰起頭，而後藉著兩臂掄下木板的力量，深度地把頭乃至整個上身探下去，打地埂的動作才算做到了位。這活兒開始幹，還覺新鮮，幹不多會兒，就感覺血往頭上甩，一甩再甩，頭就暈乎起來了。我感覺我隨時會栽下地後埁去，因此打一陣子就得直起身子，讓腦袋清醒一會兒。

「嘿，嘿，嘿，大中學生，我看你一上午都在歇著，生產隊的工分就這樣好掙啊。快捶，要不我扣你的工分！」

我循聲望去，是長生哥在喊。他是四村一社的主任，包隊幹部，生就的黑皮膚，當了主任總是黑著一張臉，鮮有笑容，村裡人的叫他「黑狼」。這時候我應該像學徒工聽見師傅吆喝一樣，趕緊機機靈靈地幹活兒，但是我感覺我要暈倒了，你這當幹部的不關心老百姓，瞎嚷嚷個甚？就在我心裡活動的當兒，長生哥第二聲吆喝就又來了：

「嘿，嘿，嘿，說你呢，大中學生！」

「吆喝甚？吆喝甚？誰都有死的時候！」我沒頭沒腦地回擊道。

我後來聽父老鄉親們說，當場所有的人都停下活兒，定定地看我，而只有我一個人還在啪啪啪地打地埂。他們說長生哥也給噎住了，一句話沒有多說。後來我和長生哥求證過，他說他不是被噎住了，是不知道接下來該說什麼好。我相信他說了實話，就像我也不知道為什麼我當時會說出那樣一句咒人死的話。

說不知道，是真心話，但這並不意味著這種話的背後沒有一些原因。上了兩年中學，各種知識囫圇吞棗也好，半半拉拉也好，真正弄懂也好，終歸是比村裡人知道了好多。歷史課是副科，我的成績也就及格，但是奴隸在井田給奴隸主幹活兒給我印象深刻，因為土地充公十多年後，農民認為上地幹活是給當幹部的幹活兒。長生哥吆喝我的瞬間，我很容易就想到是奴隸主在使喚奴隸。這話當時沒法對人講，現在對鄉親父老們解釋，他們也還是聽不懂。所以，少年懵懂間說出的一句咒人的話，在村裡的飯場上引起的反響，遠比現在人們說的多米諾骨牌效應大得多。

「那孩子是誰？東頭的二大王！你們不看大大王在前面怎麼招搖，那孩子在後面也怎麼招搖嗎？」

這是說我小時候是父親的小尾巴，模仿父親的一舉一動。

「人家是滿天星星一個月亮，誰敢惹！」

這是說我家兩個姐姐，四個妹妹，就我一個男孩兒。

「這孩子有出息，從小就有反骨！」

這是父老鄉親們議論了一陣子後，給我下的結論。

後來長生哥的主任讓更想當主任的人給拱下去，他到公社廠礦當頭目，而我去了公社農機廠上班，一不小心成了技術骨幹，弄出些名聲來，過年回到村裡，我們互相遞煙抽，說一些公社裡的逸聞趣事，有了些鄉黨的感覺。再後來，我天津上學，北京就業，回到村裡見了長生哥，我覺得親切，他卻客氣得要命，什麼話都順著我說。我幾次有心給他道個歉，轉彎抹角地問他當初幹什麼不狠狠地訓我一頓，其實我挺害怕他的？他卻總是哈哈一笑，答道：

「我敢訓你！你把全地裡的人都嚇住了，這就叫有出息！」

這就是父老鄉親。能寬容的，決不綰死疙瘩；能一笑泯恩仇的，決不耿耿於懷。當然，他們也會因為一壟地的戔戔利益記一輩子仇，因為他們是種地的。

至於我，隨著年齡老去，經歷多了，我分析當時一個少年的誑語，除了情緒化的懵懂，應該是希望別人理解我幹活兒是很賣力的，不過是念書念得四肢無力，加上我的腦袋戴六十號帽子，甩上甩下的，頭確實很暈。我說咒人的狠話，只是要讓人們明白我內心的真誠。

真誠！托爾斯泰老年堅守的宗教，在這脫軌的時代裡，帶來的往往是不理解、難堪、憎恨甚至禍害。只有真誠對真誠才能避免種種麻煩，別無他法。

二

從小村到公社農機廠上班的第三天晚上，秦牛喜廠長就把我們集中起來，學習毛主席語錄。那是一九七〇年夏天，農村人早已擺脫了「早請示晚彙報」的三忠於四無限的活動，換了一個地

蘇福忠——著

live and let live

不願做小

干完，又幫我幹完，要我煞有介事地拿個紙本本，跟他一塊兒去檢查別人鋤過的玉米地，凡是有草活著的算不及格，其他都不算問題。這招很靈，加上多鋤地多得工分，五天鋤玉米地的活兒，三天就幹完了，品質還遠遠高於往年。

那年秋後，我的發小，非要我做他的副手，就是生產隊副隊長。這是我這輩子混到的第二高的官職。

我以為我教導發小的這個經驗很好使，就誠心誠意地向老秦建議，說：

「老秦，我們再怎麼表忠心，毛主席也看不見聽不到，這語錄就別學習了。我們在村裡早不來這一套了。」

幾個年輕人立即回應，高聲應道：

「就是，就是！」

老秦是一個一板一眼的人，黨的老幹部，見我們幾個年輕人沒個不吃他那套，臉立馬沉下來，喝道：

「甚話，甚話！你們敢對毛主席不恭敬，看我上公社回報去！」

我當時已經參加過一次公社書記召開的階級鬥爭大會，親眼看見幾個民兵把一個揭露出問題的大隊支書，撕得滿嘴流血，感覺這下換地兒了，不是「出大氣放大屁滿地出恭打哈氣」的農村了，只好很不情願地閉上了嘴巴，老秦怎麼念語錄，我怎麼跟著哼哼。這活動持續了一個星期，我都在虛應故事，老秦越來越看不過去，臉色越來越難看。不僅如此，年輕人都在敷衍了事，老秦以為我在背後搗鬼，從對我的惱怒漸漸地變成了憤恨，好像一有機會就會把我開除出廠。幸虧七八天后他要去長治取一套扣手模具，我們就趁機放羊了。這是我的真誠態度第一次受到打擊，心想以後恐怕不能像在村裡一樣亂說話了，否則槍打出頭鳥，說不準哪天我就撞在槍口上了。全公社集中來三十多個人辦農機廠，個個都是能人，輪不到我出頭露面。

然而，一個人的真誠，幾乎是娘胎裡帶來的。老秦和技術員從長治回來，從淮海機械廠帶來一套扣手模具，八百塊錢造價，聽來是個天文數字；那時候一頭呱呱叫的騾子才值八百塊錢。之前，我們這些只會欺負土坷垃的農人，在縣工具廠學習了三個月，知道鋼鐵不好欺負，需要認真的態度。所以，從製圖、切削、衝壓、銼削、鑽眼和刨削，到安裝、電焊、打磨等工序，都熟悉了一遍。我是學鉗工的，類似木匠的手藝，而我在村裡無師自通地做過一口箱子，因此對當鉗工很有信心。技術員一旁指導，我在一台衝床前鼓搗，倒也把一套扣手模具安裝上了。開機前，我對技術員說：

「你去過淮海機械廠，親眼見過他們的衝床和模具，你看我安裝得對不對？」

其實，技術員和我一樣，也只是在工具廠學習了三個月，技術員只是個名頭。後來我瞭解到，他去長治只是一趟公差，並沒有見過扣手模具怎麼安裝。技術員見我將他的軍，便拍著胸膛說：

「一模一樣，一模一樣！」

「那就好！不過醜話說前頭，衝床一開，沖頭一下，這套模具就完了。那時候，你可不能賴我安裝得不對。」

老秦一直在一旁守著，眉頭緊鎖，對我愛看不看的，成見很深。這下聽我說出這種敗興的話，很不耐煩地沖我嚷嚷：

「你怎麼總是說些怪話？念毛主席語錄你反對，安裝一套模具也反對嗎？」

「老秦你別扯遠了呀！我是說這套模具至少應該分成三套模具，分三個步驟衝壓才合理。像這套模具一道工序就沖下一個扣手，是不可能的。你看看沖眼兒的沖頭還沒有細釘子粗，扣手料卻要衝出凹——」我想說細緻一點，讓老秦和技術員都明白我的意思。

老秦很不耐煩甚至是惡狠狠地打斷我的話，轉身和技術員溝通一番，最後決定開起衝床，試驗模具。我知道事故轉眼就會發生，下意識地往後退了退。衝床嗡嗡嗡響起來，衝床工得到老秦和技術員的同意後，一腳踩下閘去，只聽 地一聲，沖頭收回來時，整個模具崩潰了，報廢了。我這一輩子從來不會得理不讓人，趁著大家不知所措時，我悄然回到了我的工作臺前。

那天晚上老秦沒有召集我們念毛主席語錄，我們各自找地方消磨時間。時間過了三天，模具事件也沒有人再提起，晚上的念語錄活動也沒有人召集。明擺著，這算廠裡的大事故，八百塊錢造價，我們每人一個月補助七八塊錢，夠我們廠三十個工人補助三四個月呢。估計這事兒讓廠領導下不了臺，天天往公社跑，一直跑到了第五天，老秦才把我叫到他的辦公室，招呼我坐下，說要商量一下這套模具還能不能修復。

「肯定不能！」我一口咬定地說。「首先模具步驟就不對，至少沖眼兒這步需要專門的一道工序——」我怕老秦不耐煩，知趣地打住了。不過，我看老秦對我倒沒有一臉的厭惡表情，儘管還端著廠長的身分。他用試探的口氣問道：

「那天，你說，應該分成三套模具，是誰告訴你的？」

「誰？無師自通。」我見老秦的眉頭又要皺起來，趕緊解釋說：「我是見工具廠的絲錐板牙需要六七道工序，我捉摸扣手的模具也少不了三道。」如今活了一把歲數，回想起來，我習慣這樣表達，讓很多人誤解過多次，應是表達習慣問題。其實，我說這種話的時候，真的是很真誠，是要對方放心，信任。估計老秦當場容忍了我的話，是實在沒有辦法向公社領導交代了，最後想到拿我當擋箭牌，死馬當活馬醫。

「要是你來做扣手模具，你要什麼條件？」老秦試探道。

「跟工具廠借一塊模具鋼，一尺見方就夠了。」我答道。

「就這樣簡單？採購員去淮海機械廠可是求爺爺告奶奶的。」

「你說王二懷嗎？他就知道蒙人。人家不做模具，他非要人家做，不求爺爺告奶奶咋辦！你非要送錢去，人家能不收？」我看老秦的眉頭又要皺起來了，就趕緊打住了。

「今天我就給你弄來模具鋼，你多會兒能做出來？」

「他們做了多長時間？」

「半年。」

「我帶兩個人一起做，三個月差不多。」

「四個月也行。」

「不管多久，」我靈機一動，說。「我們可顧不上參加語錄學習了。」

「行，不學就不學。」

政治上如釋重負，技術上其實我心裡也沒有多大把握，但是人年紀輕時都有一股顧頭不顧尾的勁頭，說幹就幹起來了。按理說，應該到某個扣手製造廠弄一套圖紙，最好親自去看別人怎麼製作。但是一個區區小農機廠，工人半年前還是農民，都不知道哪裡有扣手廠，可無知者無畏，就埋頭幹起來了。說來也真是膽大，我決定把老秦辦公桌的抽屜上的一個扣手卸下來，用木頭照著扣手凹進去的模子做成沖頭，然後再用錘子有分寸地把扣手打展，再分別做成下料模具和沖眼兒模具。我們仨都是半路出家，手藝不精，經驗沒有，只是憑著民間能工巧匠的那種勁頭，一邊琢磨一邊製造，鑽孔、剔除、打磨、最後一絲一毫地磨合；細心再三，儘量不計工時，兩個月後做成的扣手模具，倒也滿唬人。然而，外行看熱鬧，內行懂門道，我們很清楚模具的公差配合遠遠不達標，扣手沖成後邊邊沿沿毛刺很多，我們只得用手工挨個兒銼去毛刺，做深層加工。因為扣手料很少，第一批只做了二三十個。說實話，我們三個很不滿意，但是老秦看見像模像樣的扣手擺在我們的工作臺上，跟一個孩子打量心愛的玩具一樣轉來轉去，隨後拿了幾個上公社回報去了。緊接著，他親自去進扣手料，讓我們成批投產。為了解決毛刺，我們做了滾筒，扣手的毛刺大有改進。等到去縣裡的電鍍廠鍍了鉻，拋光，明閃閃的扣手拿回廠裡時，我也成了明閃閃的技術大拿了。

「無師自通！無師自通！」老秦見人就說。

情況最好的時候，因為當時輕工業產品奇缺，晉東南輕工業局還訂購過我們廠的扣手。

老秦大我二十多歲，土地改革時在我們村開展過工作，認識我父親。這是後來我們關係融洽了聊天才知道的。他說我父親種地是一把好手，難怪我幹工業也是一把好手呢。他立即封我做車間主任，要我立馬寫入黨申請書，並且因為我遲遲不寫，他還親自跑到我們村裡，找到我父親，要我父親勸說我入黨。這是我唯一一次感受到受寵若驚是什麼滋味，毫無徵兆地升到了我這輩子的第一高官位。

晉東南輕工業局捎話說：扣手沒有把手好賣，我們要是能做出把手來，他們供料，包銷；並告訴我們，河北省寶坻縣有個把手廠，我們可以去取經。我因此第一次走京串衛，開了眼界，令我至今不解的是，我一顆鄉村長大的心，從此不知怎麼就不安分起來。機會也接連二三，先是縣裡選拔青年接班人梯隊，我成了公社推薦的兩個青年之一。廠裡因為我是技術骨幹，硬把我拉了下來。那是我第一次接近吃供應糧的機會，因為老秦不同意我走就泡湯了。我很生氣，幹勁一落千丈，不為別的，真的只為吃上供應糧，因為那時候只要我吃上供應糧，找媳婦就能百裡挑一了。老秦苦口婆心地跟我解釋：你要是走了，農機廠就完了。我說別說我走了，就是你一個大廠長走了，農機廠也照樣辦。說來是我嘴欠，老秦兩個月後被調去籌建公社化肥廠；走前，老秦把我叫到辦公室，說：

「有機會就走吧，這小廠池淺，養不住你這條鯉魚。」

這次是老秦嘴欠，轉過年來，報紙上就登出來全國要招生工農兵學員，曲裡拐彎的，絕地逢生的，我四月中旬就到天津南開大學外文系學習英語去了。

三

一九八六年，我在文學出版社外文編輯室做編輯六年多，但還不曾編輯過一本書，主要參與《外國文學季刊》的編輯工作。就我而言，因為頭兒沒有交給你什麼任務，你又沒有組稿的權利，主要還是以學為主，每天早上都要大聲朗讀幾頁英語小說，然後默念，腹譯，檢驗理解原文的程度。趕上有譯本的原著，一個星期用一天動筆翻譯幾百到一千字，然後仔細對照譯文，尋找自己中英文存在的差距，連帶找到了別人譯文的死穴。這個習慣一直堅持到一九九〇年我去英國留學，回來後就堅持不了了。現在也說不清是編輯工作忙了，還是別的什麼原因。前兩年又堅持了半年朗讀莎士比亞的十四行詩，但此一時彼一時，這次只是為了更好地理解莎士比亞詩歌的寫作語境，不是為了和英語較勁。我經常跟朋友說，我一輩子幾乎攻無不克，就是碰上英語這個頑皮蛋，怎麼都攻克不了。因為這個艱難的過程，起先聽見有人說自己能用英語思維，我那個羨慕哦；後來跟英語打交道久了，就只有一句話了：

「你就蒙人吧！」

這一年，全國出版界第一次開始評職稱，頂職是編審，其次是副編審，再後是編輯，最低是助理編輯。這是一件大事，可謂「評職長薪」真忙。不過，「長薪」只是希望，從來沒有實行過，到頭來只是一種絕望。改革開放以來，長薪按照一種大概齊的年份，誰也說不清根據是什麼；不過到了後來，確實與職稱大有關係了，直到實行所謂的聘任制，職稱才淡化了一些。據說，全國因為第一次評職稱跳樓的，還真有那麼幾個蠢人。我在這方面歷來要求不高，所以心態一直寧靜致遠。比如說，這次評職稱，多年的積壓需要解決，我們工農兵學員當時正被別有用心的人「秋後算帳」，要評上什麼正兒八經的職稱，近乎白日做夢，充其量弄個助理編輯。心裡有了底線，看別人怎麼評功擺好，就有看頭了。萬萬沒有想到，我展眼望去個個都比我有一把經歷的「老編輯」們，開口閉口都在說哪本書自己改了多少錯，統一了多少個人名地名，糾正了多少條注釋……一開始聽聽，頗覺好玩，聽了幾天就感覺遠不如我們小村評工分的「自報公議」，如同我在我的小書《編譯曲直》裡所寫：

所以，在一九八六全國開始評職稱時，我作為「小年輕」，聽老編輯評功擺好，說甲部稿子改了多少錯，乙部稿子……丙部稿子……丁部稿子……，我聽了這個聽那個，兩三天下來，終於聽得不耐煩了，心想：他們也太誇張了，這和農民從甲乙丙丁莊稼地裡拔掉了多少雜草，有什麼根本區別嗎？可是，如果哪個種地的非要在農人堆兒裡一而再再而三地說他拔掉了多少多少棵野草，十個人有九個人都會恥笑他是傻子。實際上，我的一個本家叔叔就是這樣的人，在苗兒堆裡拔草，拔一棵數一棵，然後告訴別人；不過他一輩子都只是一個傻子。但是在一個堂堂的國家出版社裡，列位編輯顯然不是傻子，只是必須像傻子一樣按操作規程辦事兒。我怕聽多了變傻，便決意不再參加這樣的評職稱的會了，而且膽大包天，幾個老主任輪著叫我，我就是不去。

「幾個老主任」中一個是正主任老J，我決定不參加老編輯們評功擺好的活動，自然是先向老J申請的。老J聽了，十分吃驚地瞪起兩隻眼睛，問道：

「為什麼？」

「淨是些雞毛蒜皮，不聽也罷。」我想說得儘量輕鬆些。

「這是什麼話？年輕人不聽別人的經驗，怎麼提高？」

「改錯字和農民在地裡拔草一個理兒，拔草能有多少經驗？」

「你這叫什麼態度？你這種態度能做好編輯工作嗎？不行，必須參加。」

「老J同志，我真的不想參加，很難熬啊。」

我說過，扭身就回我的辦公室了。屁股還沒有坐穩，一個副主任追來了。這個副主任是我非常佩服的，業務交流非常多，非常投機，這個面子應該給人家。可是，人迷了心竅時就像中了魔怔，一時掙脫不出來。我還是說了不，儘管腦子已經嗡嗡響起來，有些亂方寸。這時，我聽見樓道裡想起了老J的嚷嚷聲：

「你和他費那個口舌幹什麼？人不知好歹，說什麼也沒有用！」

我知道我犯了不知好歹的大忌，而且老J是出版社有名的好人。我等於主動站在了孤立派的位置。我以為不聽別人評功擺好，就能安心念我的英語了，豈知嘴裡念著，腦子卻不知道念了些什麼。我只好走出辦公室，上到樓頂，順著一架鐵梯子爬上了最高處，四面望去。那時候，北京城只數北京飯店高，往北看去，可能只有北海公園的白塔可以一比高低。白塔腳下，就是中南海。彼時彼刻，我要是能空降中南海，我一定要問問裡面居住的人，我長了三十多歲，怎麼遇上什麼事情都感覺顛倒了黑白，是我腦子出了毛病，還是社會出了毛病。

還好，腦子只亂了一個上午，吃過午飯，睡過午覺，一切納入我的上班節奏，評職稱又進行了幾天，我不關心了。一如我估計的，我們幾個工農兵學員大撥轟，我也搭上了助理編輯的末班社。我沒有受到特別對待，算我的運氣。

有人運氣就不如我的好。比如已在全國裝幀設計界大名名鼎鼎的張守義先生。在評定他的正編審時，作為評審組的老J，第一個發言，說張守義的心事不在工作上，淨給外面的出版社設計封面。這一招本是老生常談，卻看什麼場合，什麼時間。據說張守義因為名聲在外，出版署點名要他做政協委員，社領導氣不過，便表揚老J敢說公道話，捍衛出版社利益，大家應該像老J學習。社領導借老J的話表了態，張守義的正編審沒有通過，應該是見怪不怪的。但張守義是名人，這事在出版社內外都反響挺大。我也很吃驚，因為張守義設計的封面風格，已經成了文學出版社的一種標誌，很多讀者認可他的封面，買書就是沖著他的封面來的。老J是好人，譯過幾本俄國人的書，充其量是一個不錯的譯者，可從影響面和經濟效益來說，和張守義根本不在一個檔次上。很久以後，有人跟我說，老J知道社領導的心思，是摸准心思才帶頭發言的。乖乖！

管閒事了，還說幾句我的處境吧。後來，我在出版社第一次編輯書，分別是範存忠的《英國文學論》和王佐良的《英國文學論文集》；校對科校對時指出來一些錯誤，主要是文中涉及的書名和作者名不統一。我是以文章為單位統一的，這也是作者的做法。出版社的規矩是以一本書為單位，顯然出版社的規矩有道理。事前說好是我的老師黃雨石的責編，我看稿子他把關，可他過於相信我，我看過書稿就直接發稿了；我又過於沒有經驗，不知道一開始做外文編輯，不應該接這樣的活兒，應該先編輯一部小說或者散文，感受一下編輯的技術含量。老J叫我去訓話，我說不管怎麼吧，我誰都怨不著，錯就是錯，剛性的，是自己本領還不夠，好好修煉是唯一出路；甚至表態，從校對科做起也不在乎。誰知這話又引起了老J的極端不快，背後說我志大才疏，不服人說，栽跟頭是早晚的事兒。

那段時間我很迷茫，覺得在鄉下很容易解決的問題，怎麼到了首都的文化單位就縮成了死疙瘩，大家不想辦法解疙瘩，卻紛紛拿住繩頭使勁勒，生怕哪一頭松了手，死疙瘩成了活疙瘩！領導不安排活兒，我只好更加努力地跟英語較勁：得了個翻譯獎，出版了兩本譯作。不想這下留了大尾巴，後來總讓小爬蟲們拿來說事兒，不過這是後話。且說老J確是好人，覺得當主任玩不轉，只當了一屆主任，就主動告退了，我出於敬佩，把托爾斯泰的名言在一個合適的場合跟譯過其短篇小說的老J笑談道：

爬進政權機構裡去的，經常都是些比別人更沒有良心，更不道德的人。

可有些事情非要讓你看到美中不足：遲至本世紀初，我去給因受排擠而調往社科院外文所做研究的日語老同事送稿費，他招待我坐了一下午，其中一個話題是說老J一輩子做好人，是年輕時奔赴延安，因為家庭成分過高，被延安轟了出來，老J憑著年輕氣盛表示過不滿，給自己留了尾巴，新時期以來就不得不夾著尾巴做人了！

嗚呼哀哉！左不過喬治・奧威爾《動物農場》裡的一匹勞模老馬，名為博克斯也。

四

老年證領了，坐公共汽車不用花錢了，過去的記憶時不時襲來，也是沒有辦法的事兒。忍不住回頭看幾眼時，想想老婆一輩子說我喜歡橫著說話，我上班時一個辦公室相處得嘻嘻哈哈的老同事老徐一再好意勸我說：「小蘇，你這張嘴，小心點好。擱在過去，你早打成右派了。」其實，我只是發自內心在說話！要說骨子裡有點什麼東西呢，那就是不願意把自己做得太小了，太窩囊了，太不像一個人了。然而，不願做小，談何容易！正如我寫詩人牛漢一文《寧彎不折》裡所說：

然而，現實生活中，人人都得從這樣一種體制的屋簷下過，焉能不低頭，不彎腰？

進入二十一世紀的頭幾年，我從二十來歲熬到五十來歲，不敢說媳婦熬成婆了，但是英文編輯這個專業所涉及的方方面面，至少是心裡有底了。有出版社請我去講講，也能嘴不識閑地侃一通了。至於編輯之外的翻譯，我這撥人，儘管大家都進入五十郎當歲了，但是業務拉開的距離，大概不是用尺寸可以丈量的。業務要精，就是不斷努力的過程；當然，還有一個更要緊的因素，那就是你的平均資質要夠。你連大學門檻兒都跨不過去，怎麼知道自我提高、自我修煉是怎麼回事兒？這點上，詩人綠雲是點撥我的那個人。早在版本圖書館的編譯室，我向他請教問題最多；他主動問我有什麼疑難的時候也最多。業務是剛性的，能把別人請教的問題解答了，自己的業務至少需要高出一竿子，而綠雲的知識，方方面面的，至少高出常人三竿子；也就是我請教他的第二次，他就意味深長地說：「小蘇啊，很多人大學畢業就止步不前了，其實只是剛剛爬上了一道坡。你可以不再爬坡，可你就和別人一樣高了，再想高，就得再爬坡，一道又一道。」

綠雲在業務上是爬了一輩子坡的人，因為莫須有的罪名被關進大牢裡還攻克了一門德語，錢鍾書因此對他刮目相看。儘管這樣，在一個副主任的默認下，我約他翻譯《傲慢與偏見》，還在互相溝通中，一個我最看不上他、他也最看不過我的主任，一天晚上六點左右，敲開了我的家門。當時我住在六樓，他累得氣喘吁吁，我一邊往家裡讓他一邊說：

「有什麼事你讓我去多好，這六層樓夠人爬的。」

主任不坐，開門見山地問道：

「你約綠雲翻譯《傲慢與偏見》了？」

「是呀，和老馮商量過，正在溝通中。」

「不要約他了。」

「為什麼？」

「他也就寫寫詩，語言不行。」

「他不行誰行？我看他是當今——」

「寫詩的，語句不通，說別約就別約他了！」

我還想爭辯幾句，可如同平常我和這種人說話多了就想嘔吐一樣，就沒再做聲。他不坐，說明他本來就是說完事兒走人的。我用力把家門甩上了，砰然一聲，想必他也聽見了。我自言自語道：他娘的，綠雲語言不行，當今全國挑出十個學者，他排在前三都委屈他！老婆目睹了始終，也附和道：綠雲給我們《新文學史料》寫的文章，我從來是做封面文章的。我沒有再說什麼，一門俄語操作一個外文編輯室，齷齪的事情我已經知道得太多了，比如最會在這種體制下用人的出版家梁效洵想從幹校返原單位被拒，不得已去了北京圖書館；比如上世紀八十年代初用英譯圖書支撐了外編室半邊天的施咸榮，連個組長都不讓他當；又比如，為了俄語繼續享受種種方便，挖空心思把這樣一個隻會要工資、搶職稱、套房子的主任推上臺，把好好一個編輯室搞得人心渙散。我在《寧彎不折》一文裡寫剛直的詩人牛漢，提到出版社的一些人，會毫不客氣地說「小人一個」、「那是個軟蛋」、「那人鼻涕」。有人看了我寫老牛的文章，問我老牛說的都是什麼樣的人？我答道：比如「那人鼻涕」，就是他在哪裡，就到處甩鼻涕，讓周圍的人無辜弄一身鼻涕也。多年後，我在一個很合適的場合，才把這次流產的組稿事件給了綠雲先生一個交代：

「綠雲同志，你還記得我曾請你翻譯《傲慢與偏見》？」

詩人綠雲笑了笑。

「人家說你語句不行，不讓我組。」

「誰？」

我如實告之，綠雲先生的臉色漸漸地蒼白起來。我趕緊寬慰說：

「『君子如嘉禾，小人如惡草。』我的同姓祖宗蘇東坡說得好。」我用我們兩個說話時習慣的詼諧口氣說；窺見詩人綠雲還沒有緩過神來，又找補說：

「王爾德也說過：『醜人和蠢人在這個世界上占盡了好處。』」

詩人綠雲笑了，但是很淺。

這世道，君子沒了，小人更得志，淨學些卑劣的新招，比如某種人不是被鼻涕人弄一身鼻涕，而是主動地惟妙惟肖地模仿鼻涕人，自己做起鼻涕來。

輪到我們這撥人評正高時，我兩年沒有敢申請，知道不讓沒能耐的人評上高級職稱，他們是會到處甩鼻涕的。可是，你怎麼躲著，小人的鼻涕因流質而無形，防不勝防，所以就發生了這樣的事情：我的編審職稱順利通過後，一個無形的鼻涕人突然跳出來，說我給外面幹私活兒，損害出版社利益，不夠編審資格，不能通過。在座的你一言我一語，說：通過就是通過了，別再攪和了。別人越這樣說，鼻涕人越亂甩鼻涕，下午兩點鐘就應該散掉的會，鼻涕人攪和到四點鐘，弄得大家身上稀糊糊的淨是鼻涕，噁心油然而生。主持會議的社領導，一看自己領導的職稱評委們都要讓鼻涕淹沒了，自己連個會場都鎮不住，終於來火了：

「散會！」

好心人繪聲繪色地給我講了這一小丑跳樑事件，我只有驕傲，一如我在我的拙著《編譯曲直》裡感歎的：

> 所以每當我評什麼職稱的時候，總有人跳出來說我發表過這個發表過那個，是「精力不在工作上」，我聽了終於認識清楚，這世界上一是懶漢多，二是小爬蟲多，三是小人多，因此心裡感到格外驕傲。

五

當然，不願做小是要付出代價的。我和老婆都是出版社的職工，兩個人加起來為出版社幹了七八十年活兒，而且都是那種埋頭業務、無暇他顧的人；因為我們的正高來得晚，兩個人一輩子爬格子只分得一套六十多平方米的福利房。不過，也就這點損失，我享受到的是更大的精神通脫，能和廣大的老百姓感同身受，把這世道和這社會看得更清楚些，說話辦事多少有點為民請命的使命感。因為思路通達，人老心未老，仍在不斷清除過去灌輸的毒素，樹立自己的眼界，看穿把戲，揭示真相，一如我在小書《文革的起源——我的父老鄉親》裡寫道：

> 上面為所欲為地施行一套，下面艱難困苦地自行一套；上面的一套純粹人為，下面的一套純粹

自救；上面的一套越喧囂，下面的一套越啞音；上面的一套越強勢，下面的一套越慘澹。

二〇一六年七月十六日完稿於太玉園
二〇二三年四月七日修改與副中心

第一卷

觸底反彈

篇目

星星並不遙遠

據說，我小的時候很胡。在我們老家，「胡」的含義大約等於字典裡的「胡攪蠻纏」或者「橫豎不講理」。我「胡」的程度大概夠人瞧的，鐵的證據就是村裡人漸漸地把我乳名「虎狗」叫成了「胡狗」。不過，我的父親對我的「胡」不僅不以為然，似乎每每有慫恿之嫌。母親對我們父子之間這種不良行為深惡痛絕，一見我「胡」就指責父親慣出了我這個壞毛病，並威脅我說總有一天會把我的壞毛病改造過來。父親不認帳，說我的「胡」根本就不是什麼壞毛病，不過是小孩子家耍小孩子脾氣，犯不上動不動就拖棍夾棒地教訓孩子一頓！有父親做強有力的後盾，我便「胡」得越來越囂張，也就越來越惹起了母親的極大不滿。因此，從我記事起，母親因為決心不惜使用一切手段糾正我的「胡」，便十分認真地啟用了手邊的什麼武器。不過，那一定是父親不在場的時候；如果我們三個人碰巧在一起，我又碰巧來了「胡」勁兒，父親和母親一定會翻天覆地大吵大鬧，以至躍躍欲試地大動干戈。

每當這個時候，我唯一的希望是我的外祖母在場。她是全家唯一能讓我盡情地「胡」而又不讓父親母親因此爭吵不休的人。她總能化干戈為玉帛，卻不能文不能武，不過是一個因畸形而矮小的鄉村老嫗。她本是一個高高大大、端端正正的女人，卻因為背上那口異常沉重的大鍋而壓矬了；每逢陰天下雨，外祖母的背便隱隱作痛，把外祖母折磨得寢食不安；每天夜裡，外祖母只能側著身子睡覺，翻不了身，換不了姿，白天的勞作仍糾纏著病體不肯離去，使外祖母永遠地處在疲勞之中。為了外祖母能盡好地休息，母親經常給外祖母拆洗和更換褥子。這個時候，母親就會給我們講外祖母那可悲的鍋的故事。

「那是我親叔作下的孽呀。我爹死得早。我爹一死，我叔就稱老大，總刁難我家。他當了保長更不得了，非逼著你大舅去給國民黨當兵。我娘不讓，他就罵我娘。我娘照臉唾他，他就仗勢把我娘脊樑上生生地打出了鍋。」母親把這個故事給我們講了一遍又一遍，直到我們明白外祖母的鍋裡不僅裝著她對兒女的愛，而且裝著生活的艱辛，裝著她對社會的抗爭，裝著她對人生的理解。

有一次，我父親到十幾裡遠的鎮上去趕集，上路前答應好給我買個「一口咬不透」的燒餅。在那糠菜半年糧的苦日子裡，為了及時吃上一個香噴噴的芝麻燒餅，我的魂兒早早伴著父親去趕集，午飯一過，我就失魂落魄地坐在大門墩兒上等待父親，大眼瞪小眼的，好不可憐。每次我都沒有白等，偏偏那次我等到了星星滿天，困睡在門墩兒上，父親卻沒有給我買回來燒餅。朦朧之中，我聽見父親在用慶倖的口吻談論燒餅的事：「我還怕沒有給他買來燒餅，他會『胡』開沒玩呢。這下可好了，他睡著了，以後再給他買燒餅——」

「給我燒餅！」我沒等父親把有關燒餅的事說完，早一個魚兒打挺，從父親的懷裡掙脫出在來，伸手和父親要燒餅。父親在黑地裡坐著半天沒有出聲，任我扯著嗓子索要了好幾次，才耐心地給我解釋說：「爸爸今天碰上了一根上好的扁擔，用錢買了扁擔，連飯都沒有吃上，現在還餓著肚子呢。剩下幾個零錢給你買了糖蛋蛋。」父親說著，趕緊把糖塊兒塞到了我的手裡。

父親買扁擔是為了在扁擔的重負下掙工分養家糊口，其中包括我。當然包括我，可在燒餅的蠱惑下，我哪能聽進去這個簡單而又深刻的道理？更何況我認定父親答應好給我買燒餅的，這下等於騙了我。我哪能善罷甘休？善罷甘休不可能，但和父親幹一架也不可能，扔掉糖蛋蛋又捨不得，於是乎，我能做的，也就只有使用小孩子的看家本領——哭。用母親的話說，我是「張開八合嘴嚎，用淚疙瘩搗人」！

也許因為我這次「胡」得有幾分歪理，全家人都好言善語地勸我，連平日一聽見我哭就生氣的母親也勸了我幾句。這下似乎證明我有理，我也就得理不讓人，哭得來勁，真可謂吃奶的勁兒都使出來了。哭聲是一種噪音，不知好歹的哭聲尤其刺耳。母親終於忍無可忍，一狠心用手中的筷子抽了我幾下。這還得了？不給燒餅吃還要打人？我跳著腳哭，甩著手哭，哭得歇斯底里。父親見景大光其火，當著外祖母的面七星八素地罵起來，聲言遲早要狠狠地教訓我母親一頓。

「噫噫噫，看你們這當父母的，委屈了孩子還不讓他哭幾聲，倒自己先吵起來了。過來，來我懷裡哭，看誰敢欺負你？」外祖母說著，一把將我攬進她的懷裡。外祖母的庇護使我倍加傷心，由原來的裝腔作勢的哭，轉為真正的傷心落淚了。「不哭了，不哭了，誰說我家胡『胡』了？不就是愛哭幾聲嗎？別人想哭還哭不出來呢！不哭了，不哭了，姥姥等你不哭了，就去天上給你摘星星耍。燒餅有甚了不得的，摘幾個明晃晃的星星耍才好呢。」

在外祖母喃喃的安慰聲中，我很快就不哭了，這自然是因為外祖母的愛，也因為她說她要去天上摘星星；可摘星星這事，別說矮小的外祖母，就是頂天立地的大漢也摘不到呀。

「你摘不到星星。」我抽噎著說。

「摘到了！」外祖母肯定地說。

「摘不到！」我堅持說。

「為啥？」

「星星太高了。」

「我登梯子上去摘。」

「那也夠不著。」

「是了是了，瞧我家胡多能，知道星星太高，姥姥夠不著。可你爸爸也是因為路太遠，不能再去給你買一趟燒餅了呀。再說，人家買燒餅的這麼晚，早睡了，你爸爸就是老遠去了也買不來了呀！」

我徹底安靜下來，幼小的心靈第一次模糊地感覺到了生活的複雜性，感覺到除我之外還有一個讓人有時很無奈的世界；它不會因為我的「胡」有絲毫改變，卻會因為我的「胡」讓人更為難。那天晚上我就是在這種似懂非懂的理解中，聽著外祖母的絮叨睡在外祖母的懷抱裡的。事過幾天之後，外祖母要回去，我比以往任何時候都不願意讓她走。外祖母家和我們村隔著一道山嶺，每當我看見她翻過山來，背著她那生活的重負，拄著一根不離手的拐杖，搖搖晃晃地從山道走來時，我就飛奔著去迎接她。她從兜裡掏給我的一把炒玉米或者仨核桃倆棗，我都如獲至寶，保存著吝嗇地享用好幾天。然而，我從來沒有想到要送送她，因為那一向是我母親的事。這回我說我要送送她，她聽了既驚又喜，硬把母親轟了回去。外祖母牽著我的手走到山腳下時，深情地跟我說：「回吧回吧，天就要黑了。」我堅持要送她到嶺上去，她說「天黑了，你爸你媽會為為你擔心的。我家胡長大了，懂事兒，以後遇上難辦的事兒不會再為難人了。」我認真地點了點頭，扭頭就往回走。當我再回頭看我祖母時，她快走了山嶺上。山嶺上不知道什麼跳出來一顆亮晶晶的星，外祖母離它越來越近，越來越近。突然，我看見外祖母伸直了她那被生活壓彎了的身子，一伸手就能把那顆亮晶晶的星摘下來了。我高興得直想沖外祖母大聲喊叫：「你把星星摘到手了，你把星星摘到手了！」可我一眨眼的功夫，外祖母已翻過了山嶺，身影倏然消逝在山嶺那邊了。

終於，我沒有喊出來。當時沒有，後來也沒有，可我一直把那幕異常美麗而激動人心的景象藏在心裡。幾十年過去了，它總在生活中教導著我，鞭策著我，激勵著我，使我的路走得更直、更穩、更開闊。

載於日本《中國語》雜誌一九九六年第六期、第七期。

祭母

正月初二，我接到電報回到老家時，我可敬的母親已經被腦溢血折磨得一陣清楚一陣糊塗了。姐妹們在母親的耳邊告訴我回來時，母親用力睜開了雙眼，看了我許久，嘴唇哆嗦了好一陣，然後期待地望著我，像是問我明白了沒有，我剛點點頭，母親就永遠地閉上了眼睛。姐妹們大哭起來，可我沒有哭。

打小時候我就知道，母親最恨我哭鼻子抹眼淚，只要看見我哭，母親就不分青紅皀白地扇我一個耳光，喝道：「一個男孩子家，動不動就哭，像什麼樣子？看你還敢哭！」我對母親這種蠻橫的管教方法，既不理解也很反感。有一次，我在外面受了別人的欺負，回到家裡哭得很委屈，母親照打不誤。我來了擰勁兒，不停地哭，母親就不停地打我，直到我服了軟，停止了哭泣。此後我就不知怎麼很少流淚了。

我家七個孩子，就我一個男孩，夾在姐妹們中間，父親中年得子，對我不免有偏愛。每逢該衣服換季時，父親總催母親先給我換。但母親不買父親的賬，說從那頭輪，也該不著先給我換，不慣我這種嬌生寵養的毛病。母親說到做到，可我也從來不曾凍著不曾捂著。父親是村子裡有名的剃頭好手，許多孩子專門來找父親剃頭，但父親偏偏剃不了我的頭。每次剃頭，父親的剃刀還沒有往我的頭上使，我便蛇蛇蟄蟄地大呼小叫：疼啊，爸，一根一根給我剃吧。有一回，母親在旁邊實在看不下去我那種怯弱的樣子，放下手中的針線活兒，一把奪過父親手中的剃刀，把我拉了過去，用兩腿死死夾住，嘶啦一剃刀就剃了下來。母親不會剃頭，給我剃頭無異於給小豬刮毛，我痛得大哭大叫，腦袋拼命往下縮。母親見狀一巴掌扇下來，手指上戴的銅頂針把我的頭皮砸得發木。我疼得一激靈，用手順疼處摸去，摸到了一個棗核般大小的尖疙瘩，立時安靜下來。剃完頭，母親拿來鏡子，讓我看著參差不齊的頭髮茬，問我疼不疼，我說不疼。母親說，這就對了，真的挨剃刀不就是一個小口子幾滴血嗎？我小的時候跟著你姥姥和姥爺去要飯，讓一隻惡狗咬了小腿肚子一口，順腿流了許多血，我都沒有吭一聲。

母親小腿上傷疤我見過，印象難忘，因為裡面有苦難。母親小時候是個逃荒女，跟著外祖父外祖母從河南林縣逃荒到山西，路上吃了不少苦遭了不少難。在母親的眼裡，活人只要挺得起脊樑骨，就沒有過不去的難關。一九六八年我初中畢業返鄉，剛剛十八歲，竟成了村子裡同齡人中唯一沒有找下媳婦的大齡青年。家裡人為此很是驚慌，忙著給我張羅找對象。我考上縣中學時，百裡挑一，人家都認為我是秀才，都來給我提親；這下我回了家，從土裡找食，沒出息可言，找媳婦就得講講條件了。我家七八口人，擠在三間土屋裡，首要的得有好房子。但是修房蓋屋是大事，那時候農村人吃都吃不飽肚子，糠菜半年糧，修房要錢要糧，談何容易？房子在艱難中修起來了，但是饑荒塌下一大堆。從春上三四月起一大家人就開始餓肚子。父親東借西挪，能走的路都走遍了，但家裡的糧荒卻越來越嚴重。離新糧下來還有兩三個月時，父親終於愁倒在炕，得了嚴重的急性腎炎。這真是雪上加霜。姐妹們急得直哭，我第一次知道了生活的嚴酷。但是母親說，哭沒有用，害怕也沒用，還是想辦法吧。她像是有先見之明，領著我們侍弄院子裡的那堆榆樹皮。它們是從修房時伐倒的三棵大榆樹上脫下來的。當時我們要燒掉，母親不讓，親自把它們收拾好放到院子的一角。母親讓我們把外皮剝掉，把內皮烘乾，到碾子把它們碾碎，羅成細面兒。那時代吃糠的家戶特多，在糠裡摻上一些榆皮面兒，吃得順口，吞咽順暢，關鍵是拉得省勁兒。母親每天早上攤上一茬藘兒榆皮面兒，領著小妹，走村串巷，來回幾十裡路，去用榆皮面兒換玉米麵兒。到了中午，母親用榆皮面兒換一碗玉米麵粥，讓小妹妹喝半碗，自己喝半碗墊墊肚子，太陽快落山時，母女倆拖著又乏又累的身子趕回來給一大家人熬玉米麵粥喝。趕上好換時，母親隔三兩天去一次；趕上難換時，母親天天得倒騰著小腳去為一家人奔波。就這樣，這次連父親看來都難過的難關，母親憑著她的堅強和韌性，領著全家熬到了下新糧的時候。那年臘月，母親終是吃了飢餓和勞累的大虧，大腿上患了蜂窩組織炎，又不肯花錢看醫生，倒在炕上病了兩個月，差點危及生命。

父親經常內疚地說，母親跟了他沒有過幾天好日子，糧食總是不夠吃，母親就總得吃糠咽菜，省下好吃的讓父親吃，讓我吃。然而，母親從來沒有抱怨過什麼，一味地默默地和生活抗爭。我後來有機會到天津上大學，去家千里。家裡就我一個男孩，父親對此思想上有些疙疙瘩瘩，但母親說男孩子家就應該在外面闖蕩，讓他去，越遠越好，他有口福，讓他在外面吃去。再後來我在北京謀生，把家成在了北京，探親的次數有限，母親也從來沒有過什麼怨言和要求。只是近幾年來，母親有了老年病，我們一家三口探望父母時，我發現母親總愛在一旁悄悄地看我，眼裡流露出一種於我很陌生的親情。這時我才猛然意識到我離開母親的時候太久，欠母親的太多了，太多了。

母親生活得堅強，逝去得也堅強，不曾在病床上拖累過我們一天。姐妹們為母親的逝去不停地哭，不停地哭，但我沒有，一滴淚也沒有流下。但是，當我跪在母親的棺木前，想到母親就要永遠地離我而去，我心中活著的堅強的碑石倒下去再不會立起來時，我終於違背了母親的教誨，再也控制不住，淚水如決堤的流水，一瀉不可收了。

發高燒的時候

一陣清楚，一陣糊塗，天亮了天黑了，是早上是晚上，聽別人講，別自己說，要不我一出口就是顛三倒四，讓大人笑話。只有太陽把鮮活的光芒照進家的時候，我才肯定新的一天又開始了。啊，還活著，而且又是新的一天，多麼偉大！身子還在發燒還在疼，但眼睛望著亮堂堂的陽光，昏睡了幾十個小時的腦子這時特活躍，就漫無邊際地想……

高燒是怎麼來的？唉，說來它就來了，身上開始發緊，膝蓋困酸，打哈欠掙脫，伸懶腰吭哧；哈欠打了一個又一個，怎麼都不徹底，懶懶的，瀨瀨的，無力無助，什麼都不想做也什麼都做不了，只能躺在床上熬走時間，彷彿也只有打著哈欠才鬆動一點。發緊的感覺一陣接一陣地襲來，像擰緊螺絲那般絲絲入扣的感覺，於是，伸懶腰就一個接一個地來，哈欠一個接一個地陪，隨後伴隨了一聲高似一聲的呻吟，竟至呻吟到了噪音的程度，如一位極不知害臊的哭累了還不知消停的女人似的，沒完沒了。這，是因為冷來了，冷得蓋嚴被子再加蓋一條被子，還是冷得瑟瑟發抖。大人們在外面緊著亂捶，催促出汗，有條件了抱個熱水袋或者熱寶，終於把汗喚醒了；未出來時汗水拿足了架子，擺足了譜兒，來了它便酣暢淋漓，彷彿一發不可收了。那些個水也不知從哪裡滲了出來，一層一層的，一撥一撥的，連指甲和頭髮絲兒都是水，內衣濕透了，被子濕透了，腦子卻沒有被水涮清楚，一刻不停地運轉，卻如漿糊越轉越迷糊。迷糊的時候做些迷糊得可怕的夢，夢醒來後腦子格外清楚，想到活也想到死；想活卻這般難活，想死又怕得不行，生死之間或遠或近；迷糊過去跟死了一樣，清醒過來才知道自己還活著。

打記事起，我就愛發燒，多在春秋兩季。上有姐姐下有妹妹，父母理家有方，騰出我來玩耍。農村孩子能夠玩到的我都玩個夠，玩不來的我也總能折騰出個玩法，因此我在村子裡一出現，村裡能逃出家門參加玩耍的孩子都會和我聚集在一起。村子不大，小小一隊頑童，在村子裡像一團大兵一樣雄赳赳氣昂昂，虎虎透出生氣。不過，回了家裡卻不能不知天高地厚。畢竟，你是個玩家，于家于父母于姐妹都無益無用，得表現得低調，蔫蔫的，溜來溜去，像小耗子一樣尋找吃的。很少有的時候就不是這樣，只想著往炕上爬，躺在那裡一聲不響地臥著，團著，困著。母親不知什麼時候走過來，不像一貫那樣諷刺挖苦我玩夠了有功了餓了渴了該怎麼著伺候伺候有功之臣呀，卻伸手不輕不重地隨便在什麼地方扇幾下，很有經驗地摸了摸我的頭，說：「我說呢，像只小死狗一樣躺下，是發燒了！」

母親突然變得無比溫和，輕輕地把被子給我蓋上，捂得嚴嚴實實……嗯，發燒就這樣不期而至，就按著一貫的模式，冷時渾身打顫，熱時大汗淋漓——不，不完全是，小時候發燒還一定會做一種夢：一褶接一褶的山體，或者一褶接一褶的崖體，粉紅色的或者淡粉色的，軟化而活膩，膩歪得頭暈噁心，上不著頂下不著根，緊貼在上面滑膩膩地往前面攀行，踩著什麼又沒踩著什麼，抓著什麼又沒抓著什麼，過了一個褶又過一個褶，沒盡頭，沒完了，整個身心透著一種幹噦，一種暈眩，一種無奈，一種緊迫……醒來時覺得跟死了一回一樣，一身的疲乏掙脫著濕漉漉纏死在身上的被子。不知躲在哪裡忙活的母親總在我熬不下去的當兒搖擺著身子過來，呵護著，念叨著，責怪著，把我試圖掙脫的潮濕再捂得嚴實一些，讓我把汗出透了。

「活過來了，活過來了就亂動，不等出透汗，幹透汗，哪能好起來。虧得給你挑了指頭放了血，喝了荊芥水，要不還不知道會燒成什麼樣子呢！」

沒記得吃什麼好藥，也沒記得找過什麼名醫，這樣的發燒過程漸漸稀疏起來，遠離起來，身體漸漸強壯起來，準確點說，進入青年和成年，就只發燒到一次做這樣可怕的夢的地步。那是十年前，我的母親深度中風，昏迷不醒十二天后離我而去。我給母親辦了喪事，一種從未有過的孤寂纏磨著我，想母親想得直想大哭一場卻怎麼也哭不出來。回到北京的家來不及鬆弛便兇猛地燒起來，做了一回兒時發高燒時做過的一模一樣的夢。妻子給我量體溫，乖乖，四十多度。推想去，兒時的每次發燒，都必在四十多度了！我記不清我在四十多度的高燒裡煎熬過多少次，自然也不清楚母親守護過我多少次，不過每次煎熬過去時，首先聽到的都是母親和別人在說話的聲音：

「還問他呢，發燒呢，躺在炕上像死狗一樣！」

「我說呢，這兩天沒在村裡看見他瘋玩的影子。」

「哦，這孩子，身子就是不經遭摧，一燒就是這個樣子。」

「是呢，養個孩子不知要操多少心！」

每當我能清楚地聽見母親的聲音的時候，我也就有精神盯著亮堂堂的老爺兒從窗戶腦上的窗格照進來的那束陽光了。那幾個窗格很小，很小，留著沒有用綿紙糊上，是讓透氣兒的，老爺兒就慷慨地把陽光透射進來，幾根煙柱似的橫穿過屋子，幾粒金子般地灑在後牆上，我一直追著它們，環著屋子追，目送它們變成了金黃色，橘紅色，紅色，血色，在一眨眼的功夫，消失在空氣裡。母親一直在陽光的變化中忙碌著，操勞著，為一家人愁吃愁喝，稍有空閒，便問道：

「嘴苦吧，饞什麼好吃的，給你做一碗。日子過得苦巴巴，越來越苦呢。家裡要是白麵細米地存著，全家人都吃一頓，捎帶著就給你做病號了。這倒好，三兩生鐵也得開回爐子，半碗疙瘩湯也得開回鍋。」

兒時，我聽不很懂母親在抱怨什麼，只盤算著借病要點好吃的。一般說來，也不過是半碗酸疙瘩湯，調劑一下苦澀的嘴。一次，我要求做半碗酸擼疙瘩，就是用漚酸菜墊底，拌些棒子麵，用小鍋燜熟便好。豈知我吃了半碗，病又加重了。母親雖然嘴上怪我嘴饞，臉上卻分明刻上了歉疚的表情，一直到我好起來，愁雲才散去。

在我的記憶中，兒時家裡那溫暖的陽光，從窗格眼兒裡照進來，從來不會消失在我家屋子的後牆上，總是在我一眨眼的功夫就很瀟灑地消失在空氣裡了。隨著年齡增長，這幕景色終於把我母親融了進去。工作，成家，養育兒子，只顧在亂哄哄的鬧市裡謀生，忽略了生活在依然艱辛的老家的母親，一不留神，母親就永久地去了。村裡人都說母親很仁義，一輩子沒有連累我們。在病床上靜靜地躺了十多天，我們姐妹六個加我七個，每人平均還沒有守護夠母親兩天，母親就倏然離去，分明臨了還在疼愛著我們啊！

母親去世整整十年了，十年來我還經常發燒；每當我發燒的時候，我就格外刻骨銘心地想到我的母親，因為有母親在天之靈的守護，我再也沒有高燒到四十多度。

載於二〇〇〇年十二月二十六日《三晉工商報》

我和我的父親

一、我擔你回家

我小時候關於我和父親之間發生的事情記得許多，然而，似乎只有一件事情是在我成年後，獲得了許多社會經歷和許多書本知識之後才完全弄明白的。

那是一個陽光明媚的春天，迎春的新綠剛剛露出小角兒，父親擔著籮筐領著我和大姐、二姐去地裡幹活兒。父親正當身體強壯之年，一邊用力千鈞地用絕钁頭搗散玉米茬子，一邊底氣十足地吩咐我們把搗散的茬子提起來送往指定的地點。兩個姐姐均大我四五歲，幹過零星農活兒，都能夠一隻手提起一個茬子一趟一趟地穿梭往來。我第一次上地幹活兒，覺得自己像父親一樣是男子漢，便不知天高地厚地一隻手握緊一個茬子往起提，我猛地用勁，稚氣地嘿了一聲，卻被兩個沉甸甸的大茬子墜了一個屁股墩兒。父親見狀笑得十分開心。我不服氣，幾經努力還是失敗了。我只好無奈地坐在地頭看父親幹活兒。父親很瀟灑地把钁頭拋向天空，钁頭落地時，一個硬撅撅的茬子被砸得只剩下茬頭和根須了。我十八歲中學畢業後操練了兩年農活兒，卻終不能像父親那樣漂亮地一钁頭砸散一個茬子。父親當年點燃茬子壘起來的荒堆、嫋嫋青煙緩緩升向藍天時，我對父親幹活兒的一舉一動簡直入迷。就在這種迷戀的欣賞之中，我見遠處的山頭悠然閃出一個人，吹響一支橫笛，笛聲悠悠揚揚地漫山遍野地漫溢開來。

「笛子響了，回家吃晌午飯了。」父親很興奮地喚著我們。我走近父親時，父親指著身邊的籮筐，說：「坐進去，我擔你回家！」

當我能夠用自己的思想把這件區區小事、同父親走過的路、新中國成立後農業走過的路，三者結合起來反復比較時，才知道打那時起父親便在培養我對土地的感情了。到這件小事發生為止，父親已經走過了一段滿是艱辛和苦難的路。

父親本是韓氏後代，過繼到蘇氏家族做兒子時，蘇家已經由一個殷實的小康人家衰落得一塌糊塗，幾十畝好地變賣得所剩無幾，整整齊齊的兩院大房子變賣得只剩兩間破舊的小土屋尚可棲身。家境敗落完全是因為我的祖父是一個大煙鬼，幾年之內便把一份殷實的家業敗得近乎家徒四壁，要不是他染疾身亡，怕是連那兩間土屋也留不住了。父親到了蘇家，面對一院子裸露無遺的根基石，下定決心要恢復祖業。他身體瘦小，能量和吃苦的限度卻十分超人，打短工扛長工，天寒地凍的季節趕著東家的牲口下河南販鹽，被抓差，被劫道，苦熬苦受到二十四五歲，蘇家這門人家竟然又擁有了十多畝土地！可好景不長，蘇家的祖母、韓家的祖父祖母和剛成年的我叔，在民國三十二年席捲家鄉的那場傷寒中，一年之內相繼病逝。為了安葬他們，父親變賣了全部土地，成了名副其實的光棍兒。

沒過幾年，老解放區的家鄉開始轟轟烈烈的土改，父親因為他的哥哥一直在外參軍打仗，分得了兩間房子和六七畝土地。父親常說，那真是如夢中醒來冷被窩裡撿了一條熱被子！連同他大劫後一路艱辛又置下的三四畝薄地，父親的土地一下子擴展到了十幾畝。在「土改」至農業集體化之前的短短六七年間，父親的土地佔有欲大放光彩，土地增至小二十畝，翻了幾乎一倍，還和人合夥買下一頭活鮮鮮的黃犍牛！遙想當初父親帶領著他麾下的三個初具一點勞動能力的童子兵，和鄉親們說著一些言不由衷的謙遜話走出村子又返回村子，也確是一派威風了！

這些只是後來的認識，而我當時對父親領著我初次上地幹農活的所得，只是享受到了父親用籮筐擔著我離開土地後懸在空中的那種忽忽悠悠的美感和快活。嘗到了初次的甜頭，我一有機會便屁事不懂地鑽進父親的籮筐裡，讓父親擔著我回家。不管父親幹了多麼重的農活兒，一見我坐在他的籮筐裡，便往另一隻籮筐裡放上一塊石頭，擔起我和石頭回家，步子走得富有彈性，格外精神抖擻！

二、跟馬老師念書去

父親置辦土地的夢做得太快太猛太有效率了，一旦覺得他這個美夢被粉碎時，便表現得十分頑固，以致敢和席捲全國的農業集體化運動發生了頑固的碰撞。

「我一年交公家幾十擔糧食，你們還要我怎麼樣？」

「要你入社！」

「不是講自願嗎？」

「政策是這麼說的。」

「那我不入。」

在那些日子裡，這樣的對話發生了多少次，我記不大清楚，但由此導致他和村幹部的大吵大鬧以至罵架，卻不止一次。作為一個隻識得自己名字的莊稼人，父親不明白群眾的自願或不自願，從來沒有阻止過任何所謂的群眾運動。他更不知道那是在搞中國農業歷史上規模最大風險最大因而災難最深的一次實驗。父親的確不知道這些，只是和來做他思想工作的村幹部鄉幹部甚至縣幹部反復嘮叨他的理由：

「全是胡鬧哩。一個家裡還總因為勤的和懶的吵架鬥氣呢，你們非要把一個村裡的勤人和懶人硬捏合在一起種莊稼，明擺著是胡鬧嘛！」

莊稼人出身的村幹部自然明白這個道理，即便是和莊稼人相距不遠的鄉幹部和縣幹部也不至於完全不懂這個道理，但他們更清楚歷來做官的秘訣就是唯上級命令是聽，聽了才能得到更大的好處。再說呢，那是中國幾億農民無法避免的彎路和悲劇；不管當家做主人的口號多麼響亮，幾千年來農民只有做奴隸的命運；大勢所趨，父親的固執真是逆潮流而動，結果不言而喻。聊以自慰的是村幹部讓他去做了飼養員，他還可以繼續和他的黃犍牛朝夕相處，填補一點他的土地夢破滅後生出來的失落。

父親失去土地之後，一下子不知道怎麼教育我了。我小時候是村裡公認的「小能人」，被鄉親們捧得飄飄然，長大了才知道那是父親一手導演的。父親喜歡在眾人面前把他的一把鋤頭一把钁頭或者隨便什麼農具混進一堆同類農具之中，讓我樂此不疲地倒騰著小步子去辨認哪是自己家的，或者讓我當著眾人歷數我家土地的名字和所在位置；或者當眾指著他的黃犍牛問我一頭牛四條腿十一頭牛一共有多少條腿……每當我成功地完成這些了不起的任務時，父親便會抱起我哈哈大笑，高高地架在他的肩上久久不讓我下去；有一次我正憋著尿，這樣一上一下地折騰太猛，我竟然憋不住尿了他一脖子，他還樂得到處顯耀我的功勞呢！

毫無疑問，父親對我的這種幼兒智力開發是以他擁有的土地為基礎的。他無法把權力和金錢傳給我，把他的土地傳給我便是他的如意算盤了。可是，世道大變，土地歸了集體，他做了飼養員。我每晚都跟他去飼養室睡覺，他的同輩人晚間經常去那裡憶舊，那裡成了一個紅火的去處。但是，不管怎麼熱鬧，父親再沒有當眾把我推出，問我一頭牛四條腿十一頭牛多少條腿之類的問題。偶爾有好心的大爺或大叔問我這樣的問題，不管我回答得多麼正確和乖巧，父親聽了也只是長歎一聲，說：

「唉，大家的東西，認得不認得吧！」

父親不僅用如此淡漠的口氣說話，還往往會用比這更淡漠的眼神看我，以至有一段時間我都害怕和父親單獨在一起。當我也有自己的兒子時，我才真正理解到父親那是內心經歷著多麼嚴重的危機了。父親對我的愛不僅在村裡，即使在三裡五莊認識他的人眼裡，也是公認的。這除了父親天生的仁慈心腸，另有一個特別的情況：不算夭折的一個，我有兩個姐姐。不包括我的小妹，我那時已有兩個妹妹。倘若我有兄長和弟弟，父親對我的愛興許能勻開一些？可是，偏偏姐姐妹妹上上下下地把父親對我的愛往一起擠壓，使得父親愛我愛到了刻骨銘心的份兒上。如果不是我碰巧到了上學的年齡，父親一定會因為我的教育問題患上某些神經方面的病症的。

有一天，我正在和自己的泥人廝混得天昏地暗，父親突然走到我身邊，指著他身邊的一個穿制服的年輕人，說：

「快把泥東西收了，跟馬老師念書去。」

泥人們因為我的捏弄而有形象，我則因為它們的誕生而贏得心靈手巧的好名聲。我是多麼不願意離開它們啊！父親明白點，看出了我的不情願，卻一反常態地毫不通融，很堅決很武斷地說：

「你不能捏一輩子泥人，可能念一輩子書。不識字的人一輩子吃虧受欺負。」

我後來明白父親的「不識字的人一輩子吃虧受欺負」就包括他的土地被毫無道理地沒收走，但當時對父親的話一點也不理解，只是對愛你的人的話總是願意聽的。於是，我跟著馬老師到鄰村念書去了。當時村裡適齡和超齡的小夥伴有好多，只有我一個是做父親的硬逼著跟老師去上學的，其餘的都讓做父母的攔下了！幸虧一年後村裡辦了小學，不然他們會像長輩們一樣做一輩子文盲的。我在學校說得過去的成績回饋回村，父親聽了很高興很感激，幾次用籃子裝了豆角、土豆和麵粉，讓我給那個姓馬的老師帶去。後來日子越過越艱難，點燈吃鹽的過日子錢都沒有著落，但父親在我的學校費用上是從來想方設法應付的。正當三年天災人禍期間，我到鄰村去念高小，幾乎要帶走全家人的三分之一口糧，父親咬牙扛著。父親因為忍饑挨餓而體力活繁重，兩條腿腫了起來，卻仍然積極地張羅著讓我上學。一九六三年我百裡挑一地考上了縣裡中學時，父親更是喜歡，親自挑著鋪蓋捲兒把我送到了縣城。高興歸高興，困難是明擺著的。一個養活八口之家的莊稼人，土坷垃裡刨食，每個月去哪裡掙來三四元錢供我在縣城吃住？每個月回家取錢時，父親幾乎總是在我就要回縣城時，才不知從什麼地方急慌慌地借來錢，面帶愧色，把在手心裡攥得潮濕的帶著余溫的紙幣塞給我，打發快快上路。家鄉有句俗語：除了吃屎難，就數借錢難。父親為了我上學而籌錢，不知作了多少難啊！

所以，當我花了父親一大筆錢念完中學被一個號召打發回村裡時，不管上面有多麼好聽的說法，我心裡只有一種固執的想法：

「毬毛，誑誰？」

三、告訴家裡別去分肉

這是我記憶中父親經歷的第二次危機，之後，父親迎來了他在新的生產形式下最輝煌的一頁。他做了飼養員大約兩年的時候，全禮義鄉四十多個村子進行畜牧大評比，他精心飼養的十幾頭油光水滑膘滿肉肥的牲口，無可爭議地在全鄉奪魁。和父親一起去開畜牧評比大會的村幹部們風風光光地扛回村裡一面大紅旗。父親成為遠近聞名的模範飼養員。如同馬烽寫合作化的力作《飼養員趙大叔》的主人公一樣，父親對他飼養的牲口極有責任感，不過覺悟始終低得近乎實用主義。他多次人前人後地抱怨說：

「一塊紅布掛那兒有甚用？還不如評個第三名，得那兩把油布大黃雨傘合算！」

說歸說，父親在榮譽面前的確輕鬆了一陣子。我到縣裡上初中之前，一直陪父親在飼養室裡睡覺。五更天父親不得不從溫暖的被窩裡爬起來，喂飽那槽牲口。草料上足後，他便坐在炕邊的木墩兒上，兩隻勤勞的大手習慣地伸向火頭，把頭高高地仰起，咿咿呀呀地吟唱上黨梆子。我夜裡解過小便，常常躺在炕上望著火光映在屋頂上父親那很大很虛的影子，想像著父親怎麼從這種黑暗的勞作中汲取快樂，又漸漸地進入夢鄉。

那時候我們家口很大，卻只有父親一個人勞動，養家糊口。因此，父親常常擠出上午的時間去地裡幹活兒，多掙一些工分。從他的小天地走進大天地，父親很快發現掙工分成了一門學問：管你幹多幹少幹好幹壞，工分是一樣的；尤其是看到那些奸猾之人只管掙工分不管苗死苗活的現象，他的氣不打一處來。父親一生奉行的一條做人的原則是：幹到掙到或掙到幹到，絕不偷懶耍奸，甚至過去給東家扛長工打短工亦如此，所以，連當幹部的都對這種日哄工分的勞動態度睜一隻眼閉一隻眼時，他卻敢在地頭和飯場指名道姓地揭人家的老底：

「這也就是走集體！要是單幹，像你這樣的懶人，早餓死了！」

父親在村裡輩分很高，勤儉持家吃苦耐勞一貫為人稱道，加之他批評的都是村裡公認的懶散之人，因此他的話雖然尖銳刺耳，倒也無人敢當場反駁，還有幾分邪不壓正的作用；不過人也惹下了。然而，隨著新的生產形式對人性的腐蝕日深，父親的批評漸漸失去了威力；在新生產形式下成長起來的一代人眼裡，父親的批評簡直是「狗逮耗子多管閒事」。新一代人聽見父親數落他們什麼，他們絕不會像上一代人一樣還講點客氣和情面，而是尖刻地叫聲大叔或大爺，說：

「您只管喂好你的牲口就行了，我們該不該掙工分，該掙多少，那是隊長該管的事，您就別管了！」

我每逢看見父親被這話噎得張口結舌，一如一口咽下肚子裡一個冷大紅薯，心裡便非常悲涼。他們對父親的反擊是時代的聲音，反映著時代的現實與觀念，是普通人無可奈何的，說這話時已是六十年代後期，父親做飼養員已經十幾年了。他飼養的牲口再不是油光水滑，而是肉寡毛長了。他引以為傲的似乎只是他精心飼養的那匹老黑馬，已為村裡生了三五匹小馬了，價值四五千元。這話當然是同他的輝煌過去相對而言的。如果同三裡五莊的鄰村的牲口對比，他的成績還是很了不起的。在三年困難時期和之後，牲畜的死傷率居高不下，父親飼養的十幾頭牲口中只被宰殺了一頭紅犍牛。

這事至今仍是一個謎。那頭紅犍牛吃喝很好，身架很大，幹活很賣力，誰也說不清它怎麼就瘸了一條腿。它還湊合著幹活兒時，我親眼看見它在一段小坡上失蹄，硬靠兩條前腿的膝蓋走完了最後幾步！它實在不能幹活兒了，饑腸轆轆的村民便用十分貪婪的眼光盯上了它的肉！父親固執地相信他能把那頭紅犍牛的腿治好，苦心守護了幾個月不見效果。偏偏那頭紅犍牛沒心沒肺，傷病期間吃得膘滿肉肥。無聲而貪婪的目光逼視著父親，但他仍不答應在村裡殺它，堅持把它賣給鎮上的肉鋪。這是農人處理自家老殘牲口的傳統辦法之一。然而時代大變，挨饑挨餓的人哪能允許集體的肥肉外流？不吃白不吃！

宰殺紅犍牛的那天我正好從縣中學放假回家。受外祖母吃齋念佛的影響，我一輩子不敢看見殺生。父親則是不忍心看著他飼養了十多年的牛挨刀。我們爺倆就守候在飼養院裡。父親一副沒著沒落神不守舍的樣子，過一會兒就讓我去看看紅犍牛的命運。我出去磨蹭一圈回來，告訴他鎮上的屠夫還沒來之類的瞎話，父親聽了便安靜一會兒。我把這個遊戲一直玩到暮色將近，父親似乎一直信以為真。當村裡迴響起隊長「分牛肉了」的吆喝聲時，父親並沒有責怪我撒謊，只是用清醒而冷淡的口氣對我說：

「告訴家裡別去分肉！」

家裡人當然不答應。挨餓的人哪有把到嘴的美食唾出去之理？牛肉分來了，香噴噴的丸子也做出來了，但是一貫嗜肉的父親始終不曾吃一口。

這件事對父親刺激很大，他又一次主動讓出了飼養員那個位置。這之前，他兩次離開過飼養院，不過起因都是外來的攻擊和家庭內部矛盾。人富了容易腐化墮落，人窮了則走歪門邪道。父親晝夜操勞掙到的高工分，一直是村裡刁滑之人眼紅的目標；父親掌管的十幾頭牲口的飼料成了貪婪之人覬覦的美味。在家人的記憶中，村裡有關父親克扣飼料的流言，好像從未停止過！真可謂饑人餓人舌頭長啊！

母親從一開始就反對父親當飼養員。俗話說，天下三百六十行，除了趕腳別放羊。「趕腳」就是和牲口打交道。要想牲口為人幹活兒，人首先要侍候好它們。常言道，馬無夜草不肥。飼養員的活兒主要在淩晨三四點鐘以後，這正是人睡得最香最濃最有效的時間。做農活兒倘有農閒農忙之別，餵牲口則是一天也閑不了的。墊圈起圈備料挑水，更有那該詛咒的鍘草，哪樣是輕鬆的？母親歷數這些辛苦時，父親只是用一句話堵母親的嘴：

「還不是為了養活這一大家人？」

父親只把真實情況說出了一半，另一半是他不忍心離開那十幾頭牲口。它們是父親那輩人用血汗錢買來，歸了集體後一直為集體生產服務，已都是老牲口，集體卻沒錢買新的牲口更換它們，它們的處境便可想而知了。父親每次離開飼養室不到半年，它們便倒車轅的倒車轅，臥犁溝的臥犁溝，吃盡皮鞭和棍棒的折磨與摧殘。父親明知飼養倒槽的牲口意味著加倍的辛苦，但每次他還是義無反顧地去了，母親常說父親的命還不如牛馬！父親橫下心來不再幹這個活兒，還是因為我。

四、凡是姓公的東西都是沒娘的孩兒

一九六八年我從縣中學返鄉務農時，我開始以成年人的身分與父親相處了。父親和全家省吃儉用花了幾百元錢供我念書，我卻在一聲號令下不得不回了村，父親竟沒有抱怨我一句！倒是村裡當初落榜的幾位夥伴時不時向我顯露出他們練出來體力和這體力掙到的高出我許多的工分，使我感到一無是處無地自容。的確，念過書的人再靠體力種地，差不多是半殘廢。好在他們念及同窗情誼，利用職權，經常派我一些輕省的農活，其中包括讓我趕著牛車到七八裡路遠的鎮上去拉煤。那是一條牛們馬們驢們騾們用苦難鋪成的死亡之路，我在教科書裡學到的有關公社社員愛護集體財產的故事在這條路上像一張廢紙一樣飄來飄去，被車把式的皮鞭抽得破爛不堪碎屑遍地！

我小時候常坐父親趕的車，他告訴我趕車的竅門是「搭手千斤力」。平路行車，趕車的應該把手搭在車框或車轅上，以防出現突然的險情。上坡行車，趕車的要用手或肩推著車筐，幫牲口爬坡。父親手搬車尾，側身扛車，全力以赴同牛分載的身影，至今仍印在我腦子裡。

然而，在那條拉煤的道上，我再沒有看見那樣的人性。車把式們從現實中認清了這樣一個道理：牛是集體的，不坐白不坐！空車，坐；拉載的車，也坐。黑乎乎的煤車不好坐，他們便把半拉屁股坐在車轅的一邊，讓牲口拉著一輛傾斜的重載車行走！牲口們不會說話，不會抗辯，只好以怠工與罷工相抗，因此付出的代價便是無情的鞭抽和棒打。那種場面是慘不忍睹的。傷疤累累毛長體廋的牲口們在上坡路或平路甚至下坡路上突然倒在轅下，任憑車把式們咒罵和抽打。它們起初還因疼痛而痙攣，而抽搐，後來索性任打任罵，巋然不動。車把式們打累了，便麻木不仁地坐在一旁等待和休息，然後再接著抽打它們。牲口是講道理的，只要能緩過一點勁來，就會在被虐待一頓之後再把車拉回家。有的實在拉不動，便以死相抗。車把式們便悻悻地說：

「好啊，死了正好吃肉，沾沾葷腥，反正老子也快餓死了！」

於是，他們把倒地的牲口扔在半道上，回家趕來另一頭牲口來完成其前任未竟的「事業」！更殘忍的是，我還經常看見一些車把式為了防止牲口臥轅或者鞭打乏牛，在難走的道上用鞭杆棍子亂打牲口的蹄脖子，而那裡是它們最嬌嫩的地方啊。牲口壞了蹄子，就只是一個廢物，只有被殺被刮的命運了。當我見識了這樣的世面後，我總懷疑父親的那頭紅犍牛的被殺是這種虐待的結果，但我從不曾也不敢和父親說起，因那對父親來說，無論怎麼都太殘忍了。

然而，我想方設法讓父親明白，在這些殘酷的場景背後，便是父親不分晝夜的辛苦！這好比傷患一邊接受醫生和護士的精心治療和看護，一邊拉進刑室任打手濫施刑罰！

我開始站在母親一邊，勸說父親放棄飼養牲口的活兒了。因為我比父親多識幾個字，也因為他對我的愛，父親對我的話一向重視，但在這點上他卻表現了少有的猶疑。我把我所見所聞牲口受虐待的種種情況告訴父親時，他還是用搪塞母親的話搪塞我說：

「咱只為多掙幾個工分嘛。」

「咱家現在不缺工分了。你還是回家睡個囫圇覺，養養身子吧。」

父親無言以對時，便沉默不語，仍懷著希望去餵養他那槽每日疲憊不堪傷痕累累走進飼養室的牲口。

我雖然勸說父親別再當飼養員了，但父親那種難能可貴的敬業精神對我影響很大，以至我在村子裡有了點權力負了點責任時，首先想到的就是整治一下父親一貫看不慣的奸懶之人。所謂整治，不過是我們幾個年齡相仿的年輕人團結一致地實行獎勤罰懶、按勞取酬、小規模包工等措施，在公分上拉開一點距離而已。措施不大，反響不小。得到好處的不吭聲，自認吃虧的叫嚷得雞犬不寧。我雖然不是一班人的頭兒，但人家認為我多識了幾個字，這些主意都是我出的。這倒也不冤枉我，我是個有點主意的，因此不在乎。所以自認為吃虧的人一有機會就跟我嚷嚷，說我仗勢欺壓人，他們是小小跳蚤壓在了被子下，這一輩子拱不翻了！我以為這下稱了父親的心，他會為我撐腰鼓氣的，使我大吃一驚的是，父親沒多久就勸我別幹了，那口氣比我勸他別做飼養員可要堅決得多。

「咱不幹了！」

「為甚？」

「惹人哩！」

「惹的就是這種人！」

「該不著咱惹呀！」

「總得有人惹。」

「不是這個理兒。」

「是甚理兒？」

「這麼說吧。這地兒要是咱家自個兒的，量他們不敢那麼耍滑使奸，要不咱不使他們不就一了百了了？這種人的根底兒我知道，單幹時都是找不到東家的人。如今不同了，土地是大家的，人人都有份。你想依仗威勢做事，可在人家眼裡像仗勢欺人。你沒聽人家說，跳蚤拱不起被子，這輩子就跳不出你手心了？大家的事，犯不著哩！」

我和父親很少發生這樣的爭辯。這次不但發生了，還互不相讓。我當時還沒有意識到我固執是受了父親的影響，只是眼看著那點措施有效，夏季小麥豐收，秋作物長勢良好，一顆躍躍欲試的心不死。秋後也證明哪年的產量是村裡集體生產下最高的一年。也是因為這點背景，我在異域給一個單位的領導朋友寫信說：改革是必須的，但就目前的生產體制而言，只要有一個務實的、團結的、為群眾做事的領導班子，也可以幹出許多驚人的事情，而實踐證明這樣的領導班子是根本不可能存在的；即使存在，它也是短命的，原因很簡單，利益不一致！

但是，父親勸我的話漸漸對我發生了作用。來回想得多了，覺得父親樸實的話語中含著很深的道理。照父親的話看，連我們幾個年輕人結成的生產班子都是多餘的，那些措施更是人為的東西。他過去經營幾十畝土地，還要過什麼領導班子不成？因此，當父親提出建議，說我們爺倆都讓位不幹時，我不再說什麼了。

「你不用學我那股擰勁，胳膊擰不過大腿。咱爺倆都洗手不幹了。我算看透了，凡是姓公的東西都是沒娘的孩兒，公家的牲口，公家的土地，公家的樹木，都是沒娘的孩兒。」

父親說話算數，不久就藉故離開了飼養室，而且再也沒有人能說服他去做飼養員。一個飼養員算什麼？什麼都不是。但一個能把十幾頭牲口餵養好的飼養員可就是點什麼了。那時候，一個生產隊如果說趁點公共財產的話，也就是那些能為莊稼人幹重活兒的牲口了。後來土地下戶時，村裡就剩下幾頭牲口，春秋耕地全靠人掘，農業集體化留給莊稼人的教訓就是這般殘酷無情！

父親又去種地去了，我卻沒能夠乾淨利索地推掉那芝麻大的官。不過當初改造人的那點興趣是沒有了。人在某一階段突然失去了某一階段的志趣，就只剩名人哲人說的那種彷徨了。我忽然之間覺得天地雖廣而毫無作為了。人變得不安分時往往會發現別的人生道路，不久我的一個朋友把我力薦到公社農機廠做工。然後我又幸運地逮住了一個去天津上大學的機會，越走離父親越遠了。這時的父親已經開始往花甲之年走，照理說他身邊應該有人幫他擔擔水拉車煤什麼的。但當別人問及他怎麼會捨得把唯一的兒子越放越遠時，父親只是說：

「念書是正事！能端公家的飯碗總比咱土裡找食兒容易呀。」

五、他沒有權利不讓我勞動

我去上大學一事，于父親來說是圓了他當初送我上小學的夢，因此他是很高興的。他只是跟我說，他再沒能力為我掏學費了。我安慰父親說，國家每月供給十九元五，要他儘管放心就是了。三年多的大學生活，我因省不出一筆寬綽的路費，一直沒有回家探親。父親對此好像理所當然，在給我的信中從來沒有提過想念我的話，只是說集體的地越種越不像樣，產量一年比一年低，家裡的糧食年年不夠吃。畢業後我回家探親，父親問我分到哪裡了，我戲言分到四川了。不料父親信以為真，藉口身體不舒服，罷吃罷喝不理人。母親把我叫到一旁，說她看不出父親有病，是不是我得罪父親了？我這才忽然明白是我的戲言所致。我趕緊跟父親說，我分在了北京，父親馬上就又吃又喝了。父親說四川在天南海北，他弄不清我在什麼地方，不放心。但我從父親的言行中看出，父親是老年思子了，又不肯直說，我心裡不由得酸楚：二者兼顧的好事真是太少了！家鄉人聽說我分在了北京，都說那是朝廷住的地方，今後有了什麼冤枉的官司，定要去找我的。我說新社會哪會有什麼大冤枉，值得跑到北京去告狀。鄉親們說，那可保不准。此話不幸言中，而且第一個托我在北京告狀的就是父親！

我在北京工作不久，父親托人寫信說村裡有人欺負我們家，要我抽空回去一趟。我心想在生我育我的小村莊裡，雖然舊的道德被搞亂後新的道德不曾也不可能樹立起來，但人與人之間大體上還是和睦相處的。家裡人即使偶遇不公，能糟到哪裡去？我拖著沒回去，父親便接連來了幾封信，把真相告訴了我。原來隊長的小舅子想娶我的四妹為妻，全家人都不同意，一連串的打擊報復就來了！這是趙樹理寫舊社會「村長嚴恒元，一手遮住天」的黑暗，我很驚奇新的生產形式會如此快速地產生同樣的黑暗。那不過是七十年代中期，離我們的共和國誕生只有短短的二十幾年時間啊！那個隊長是我兒時的要好夥伴，我想他是一時之憤，很希望和為貴地解決這點事情。我分別給父親和他寫了一封信，指望我的出面能把事了了。又過不久，父親又寄來信，信很短但很激憤，要我帶著信中的狀子去替他伸冤。狀子是一張顏色發黃的巴掌大的紙片，背後有幾個演算公式，正面的豎條格子中橫寫著那個隊長的幾條罪狀，其中主要有這樣四條：「第一條是跟上昏（婚）煙（姻）事，打及（擊）報復。第二條，霸（罷）了我家的工。第五條，田（填）了我的牛圈（土改時分的宅基地）。第七條，他環（還）說，殺了我家四口，有他一人來頂！」

狀子不是父親叫別人寫的，是還沒念完初中的小妹寫的，雖然錯別字滿紙，卻清楚地表達了掌權人的霸道和全家人的憤怒。我再不敢怠慢，一周後回了家。父親為了捍衛分的房基地牛圈不被填了，和隊長扭打在一起。年近花甲的父親哪是三十歲後生的對手？他左胳膊被扭傷，後來再也沒有伸直過，像周總理一樣永遠挎在了腰間。我常常想，如果周總理一代人能看出舊制度的壓迫一樣會在新制度下產生，舊制度的壓迫只是為了維護自己既得利益，而新制度的壓迫卻是利用了一種所有制，其後果和隱患將使人性墮落，那他們肯定會利用手中至高無上的權力，及早改革和完善我們的社會。可惜人對一種貌似新的東西太盲從太樂觀了。

父親挎著受傷的臂，從大隊到公社，一直告到縣，得不到解決。父親是從舊社會過來的，知道衙門有人好辦事，找到了我的在縣裡有幾兩權力的中學同學，這事才得以解決，全家人被停了近一個月的工後又可以上地幹活兒了。隊長當著縣、社、隊三級領導幹部的面向父親認了個錯。我回鄉後去和我兒時的夥伴理論這件事，本以為兒時的夥伴能說些道歉的話，不料兒時的夥伴卻說，也就是沖著我的父親，換了親娘老子、天王地爺，他都不會低下他的頭。我很感激兒時夥伴的這份情誼，同時又為這種可怕的蛻變感到驚悸！

父親對這件事非常憤怒，一見我的面就嚷嚷說，他過去讓閻錫山的大兵大隊伍抓了三個月的差都不曾受傷，倒是讓一個他眼看著長大的村小子扭斷了胳膊！

「你回去吧，快回去拿上那狀子找北京的大幹部告去，非把他告倒不可！我就不相信公家把土地集中起來，就是讓這小子霸著欺負人的。大家的土地，他怎麼就有權力不讓我勞動！我活了六七十歲聽都沒聽說過這種事。這次要是告不倒他，社會就完了！」

父親的氣話，我聽得十分心酸。我的知識和經歷已使我明白，政權是如何腐蝕和慣寵著各級掌權人，即使掌權人是聖哲，也不可能弄清楚也不想徹底弄清楚。作為一個政權的代理人，他骨子裡是希望其臣民循規蹈矩俯首聽命的。政權就是統治老百姓的。如果有什麼想不通，那就是我和父親都沒有預料到一個新政權誕生了剛剛二十幾年，蛻變和壓迫就會出現得這麼快這麼惡！

母親說我要是在家頂門定居，全家人就不會受這口惡氣了。這話我信。我自信有這點能力，不過那樣我也可能在利用公有制為自家牟利。事難兩全啊。父親在我歸京時仍幾次叮嚀，一定把他的狀子遞上去。實話說，至今我都不知道去哪兒遞這樣的狀子。這與其說是我的窩囊，不如說是知識人和沒文化人的區別。知識份子知識多見識廣見怪不怪，往往採取能忍則忍、與政權合作的態度。

沒文化的人卻是有氣就要出，有時直接到以命相拼的地步。這點我很快在父親身上看到了些影子。

六、還不是苦了咱老百姓

我在北京工作後，多次邀請父親來北京逛逛，他卻以「家裡離不開」為藉口拖著沒有來。但是，這事發生後不久，父親卻突然跟著一位老鄉來了。當初父親送我到縣城上學，是他做嚮導。這次是我在北京做父親的嚮導。北京畢竟比一個小小的縣城要令人眼花繚亂得多。父親表現得十分膽怯，有我陪著還是退前撤後的，連一條馬路都過不去。他處處驚詫城市和鄉村的巨大差別，時時感歎市民之于農民的優越條件。他感冒一次，我從單位衛生所要了些藥讓他吃。他問我那麼多藥得花多少錢，我說白拿的。他感慨說，十多年前他和母親生病，因為沒錢住院和買藥，差一點就家破人亡！我知道父親是在提醒我別忘了過去：就是在那次病災中，我被逼得突然長大了十歲，懂得了什麼時候都有貧富之分！

母親常說父親一輩子像孩子一樣嘴饞嘴緊，特別愛吃肉。我足足地供了父親半個月肉，父親食欲大減，有時連飯都不想吃。我問父親是不是不舒服。父親說他滿肚子油水，消化不動，有病也是撐出來的病。於是我帶父親去吃北京五花八門的小吃，父親只說好吃卻也吃不了多少。我問父親說，母親總說你嘴饞嘴緊，在北京怎麼什麼也吃不了？父親卻答非所問地說，他饞母親做的調和飯，想回家了。他說走就真想走，催我給他買火車票去。我哄父親再多住些日子，說沒准哪天你能在北京大街上碰上大領導，把你的那場冤枉官司說一說，讓大領導給你評評理。

「比咱冤枉的官司有的是，他們評的過來嗎？社會就這樣！」

父親伸了伸那條再也沒有完全伸直過的胳膊，做出一副無可奈何的樣子，說：「就這樣子，就這樣子啊！」用古人的文雅詞兒說，這就是哀莫大於心死。父親的這種情緒是狹隘的，不過那也是社會上種種更狹隘的關關口口擠壓出來的啊！

父親就要離京時，我陪父親去參觀故宮。這時父親已經在北京住了一個多月，對大城市的迷信已經讓時間沖淡了許多。但是，當他在故宮看見皇帝上朝的殿宇和御座時，一邊呆呆地看，一邊喃喃地說：

「難怪人人都想當皇帝呢，看這氣派！咱全村人勞動一輩子還不值這裡的一扇窗戶呢！」

保和殿后面有一塊十幾米的巨石，上面的浮雕生動活潑，氣勢宏大。我問父親那石雕好不好，父親說故宮裡的哪樣東西都好。我說那是一塊整石，父親說怎麼會呢？我說那是千百萬勞工在嚴冬用水潑出來一條冰道，僅靠人拉和杠撬，硬從幾百里以外搬運來，供皇帝享受呢。父親聽完肅然起敬，圍著那塊巨大的藝術品上上下下轉了三圈，才戀戀不捨地離去。接下來的遊覽之中，父親對什麼稀奇珍品都不怎麼有興趣，像在想著什麼別的事情。我們出了故宮門參觀過景山公園後，父親說想再去看看那大塊石頭，而且沒等我答應就徑直向故宮走去了。我只好再買一次門票，陪他進去。這次父親看得特別有耐心，見人堆就往裡面鑽，聽聽人家在說什麼。我不好掃父親的興，便找了個座位坐下來小憩。父親最終來到我身邊時，樣子有些激動，有些興奮，腰板似乎也挺直了許多。

「不看了，回了。這大殿雖大，可要是沒有這大石頭根基，它能穩當？你不是常說咱老百姓只配做根基石嗎？這就對了，老百姓能把天大的石頭搬來伺候朝廷，可也能把皇帝逼得上吊！根基石一走滾，大殿就得倒塌！」

我在景山公園和父親講了莊稼漢李自成把大明皇帝逼得上吊的故事。父親沒文化，卻能把這兩件事辯證地聯繫在一起，是一個莊稼人的本能呢，還是歷史包含著這樣的必然？

父親從北京回到家鄉不到兩年，又如三十多年前一樣，分到了六畝土地。我真為父親感到高興。父親一生眷念土地，深深懂得沒有土地農人就沒法生存的道理。三年困難時期，父親為了對付饑荒，偷偷地開了一些巴掌大的荒地種菜，招來了是非，被發現的全被沒收了。但父親並未因此停止開墾荒地。在一個人人挨餓的時期，我們竟還有精力和政策阻止群眾自救，度過荒年，這是多麼荒唐和可笑啊！我們終於用農民的飢餓和疾苦換到了深刻的教訓，宣告集體化道路的末日，把土地承包給農民，這是中國農民的福分，當然也包括我的以農為本的父親。父親承包土地的轉年夏天，我專門回家去看父親的莊稼長勢。僅僅經過父親一冬的積肥一春的耕種和不到一夏的鋤耬，莊稼們便擺脫了在集體的土地上那副面黃肌瘦的饑民相，變得油黑發亮了。我跟父親說多虧了土地下戶，父親卻淡淡地說：

「活了一輩子見得多了，土地分了收，收了分，脫褲子放屁，還不是苦了咱老百姓？」

如果不是我們的民主進程在不斷地推進，我真的會沖上前去把父親的嘴堵住，雖然父親說的是大實話。父親只是從他的經歷和利益來衡量他的外部世界，當然想不到一個遍及九百六十萬平方公里的特大錯誤，犯得容易改得難，積重難返；當然想不到山西是樹立農業集體化先進典型的大本營，如今已成了全國農業改革的絆腳石，當時的中共中央總書記不得不親臨山西，排除阻力，推進改革！當然也想不到一個普普通通的莊稼人的命運，是和中國最高層決策圈的一舉一動緊緊地聯繫在一起的！

七、你只管走你的就是了

五十年代初搞農業合作社時，父親交出了近二十畝耕地和一頭犍牛。八十年代實行土地承包時，父親承包六畝土地，沒承包到一根牛毛！能在集體生產制度下活下來的牲口太少了，當時幹部們說牲口還歸集體所有，各戶輪著使吧。豈料集體財產和個人利益攪在一起時，集體財產終會被個人利益通通吃盡刮淨，絕無生存的可能！可憐的牲畜，幾個月過去，它們便被折磨得半死不活，做了屠宰場的刀下鬼！這是三十年的農業集體化留給幾億農民的念想啊！僅此而言，父親說三十年來的農業政策是「脫了褲子放屁」，倒也是客氣了。據種種新聞媒介雲，農村實行分地到戶十多年來，幾億農民的溫飽問題基本解決了。那樣的話，省出來的七十年代和八十年代這二十多年時間，我們可以幹多少大事業啊！還有像我父親這樣整整一代人的生命，這是何等的浪費？偉人說了：貪污和浪費是極大的犯罪。更何況是人的生命的浪費！可誰來承擔這份罪責呢？

我問父親是不是買一頭牲口好種田，父親說誰知道哪天土地又要歸公了。買牲口幹什麼？我年輕時一個人能種二三十畝地，這五六畝地，就說我老了，也不夠我種啊。父親如同希臘神話裡的安泰，離開土地便是個沒根基的人；一旦站在自己有幾分主動權的土地上，便會創造出許多成績來。父親承包到土地時已年近古稀，在地裡幹活兒的精神頭卻顯露出空前的旺盛和少有的韌性。他起早搭黑地在地裡精耕細作，把自己種的六畝地伺候得服服帖帖後，還常跑七八裡路到姐姐妹妹們家的地裡幹活兒。父親常說，把力氣攢起來的最好辦法就是把力氣使出來；因此父親幹活兒十分地不惜力，有時甚至讓人覺得他是在拿自己的身子做賭注。勤勞換來了豐收，畝產由集體生產的二百來斤提高到了四五百斤！

溫飽問題解決了，精神危機就來了。父親養活了我們姊妹六七個，這時都一個接一個嫁出去了。農忙時父親一心撲在莊稼上，農閒時就不免孤寂冷清，長籲短歎。每逢過年過節，他便臥床不起，不吃不喝。母親盤問得緊了，他說他想兒子想孫子，蠻不講理地要母親把我和我的小家給他從北京叫回來。

為了能和父母多在一起生活，我儘量多回家，並把嫁出去的小妹一家請回來，給父母添些熱鬧。我心想糧食問題解決了，我可寄些錢給家裡，小妹一家帶來了熱鬧，父母的晚年可以過得有點滋味了。但是，興許父親屬於多災多難那代人，興許父親太不愛惜自己的身體，就在小妹一家回來的那年夏天一個傍晚，父親吃過晚飯往起站的工夫，一頭栽倒在地後便再沒有完完整整地站起來。我從北京急匆匆地趕回父親身邊時，父親的左邊身子像中了魔怔似的不聽使喚，累及全身。父親淚流滿面地問我，他還能站起來不能？我說站不起來也別怕，有我們做兒做女的伺候你呢。

「哪兒成啊？」父親很痛苦地說，「我指望不著你，指望你妹妹不成禮數，她是嫁出去的人了，怎麼能總給她添累害？」

「我把她請回來不就是為了孝順你嗎？」

父親搖了搖頭，說：「不如死了的好啊！活一個人不能做活兒，還有甚意思。」

「別這樣想，要不病就好不了。你只管吃藥，不用多久你一定會站起來的。」

父親聽了我和姊姊妹妹們的話，努力配合醫生吃藥打針。由於父親的決心和努力，他竟在幾周之內就從病榻上下了地。別人都說他一定能痊癒，他也這樣希望著。但是，腦血栓這種該詛咒的頑症，始終折磨著父親，再不讓他下地裡幹活兒，使他總哀歎說什麼時候能不再給我們添麻煩。前年我出國前去看父親，我說我要去英國學習一年多，回國後馬上就來看他。父親沒等我把話說完，哭了起來，說：

「怕是沒那個緣分了，你只管走你的就是了！」

父親在我面前儘量克制自己不動感情，背著我卻流了許多許多的淚。

我尊敬的父親今年二月三日在山西省一個偏僻的小山村病逝時，我正在英格蘭中部城市諾丁漢進修，對老人家的歸天全然無知，連一丁點徵兆也沒有。我在異國他鄉孤身一人，想到我們父子的緣分這般淡薄，只有默然流淚和無聲哽咽。歸國後，八月底趁著家鄉陰曆七月十五的鬼節，我趕回去給父親上墳才聽小妹說父親在病危的一個多月中，他把姐妹們、親戚鄰居的名字叫遍了，且是鼓足他那蒼老而病態的嗓子，喊了一遍又一遍，卻獨沒有喊叫我的名字。難怪我在萬里之外一點徵兆都沒有呢。鄉親們說這是因為父親知道我離他太遠，叫我我也聽不見，索性不白費那個勁。這種說法或許有道理，但作為他唯一的兒子，我知道這不是最好的解釋。不論從哪方面講，我知道父親一定有許多話想跟我說。然而他又能跟我說些什麼呢？說他是一個優秀人物卻一直沒有機會證明他優秀嗎？說他本可以擁有半頃土地到頭來卻沒有一塊土坷垃是自己的嗎？說他本應該建成一座四合院卻一輩子沒在銀行開過帳戶嗎？……這怨誰？

安息吧，父親，這不怨你

八、誰都有父親

誰都有父親

有的父親偉大，有的父親平凡。

關於偉大的父親，寫來豪情滿懷，讀之頂禮膜拜。

平凡的父親淹沒在億萬同樣平凡的父親之中。儘管俗話說，偉大寓於平凡之中，然而寫平凡比寫偉大的人少得多，故讀者也少得多。

父親的去世給我留下了永遠的懷念，我這才想到應該寫點關於父親的什麼。於是寫，寫得很苦，反反復複，塗塗改改。寫成再讀，才知道在我們這樣的國家和這樣的時代，偉大的父親和平凡的父親之間竟有著極近的關係，且是一種掌握和被掌握的關係，由不得你會懷疑「翻身做主人」這話到底是什麼意思。不管怎樣，我也只能說：已經發生的已經發生了，我們還是記住過去，著眼未來吧。

載於《黃河》雜誌一九九六年第四期

兩鍋飯

從我記事起，我家火邊總是兩鍋飯，一鍋稠，一鍋稀；一鍋好，一鍋次；一鍋可口，一鍋傷口；如果一鍋裡是麵條，那麼另一鍋裡一定是小米燜飯；如果一鍋是小米飯，那麼另一鍋裡一定是調和飯（一種南瓜和豆角和土豆和小米煮成的稀飯）；如果一鍋裡是醬稠飯（特指早上吃的一種小米和玉米圪糝做成的稠飯），那麼另一鍋裡一定是稀稀的酸菜湯……總而言之，兩者之間的差別很大，且是質的區別。因為從小司空見慣，我以為村裡家家如此。我五六歲以前，家裡曾經屯糧滿倉，那是父親耕田有方治家有道的結果。父親為兩鍋飯問題經常和母親拌嘴，說母親有福不會享，簡直是給他丟人敗興。外祖母在我家住時，這樣的拌嘴更多。父親自然是一片好心，當然也有他的面子問題，他治下的家庭總吃糠咽菜成何體統！外祖母是個極其明白的老太太，這時候一定會慢聲細氣地說：

「我吃就的胃口，難改，吃面吃烱飯口幹舌苦，吃在肚裡也不得勁。再說啦，居家過日子理該這樣。老輩人說，常喝稀飯，家攢萬貫。女人在家不像你們男人在外勞累，省就省在我們女人身上呢。如今日子好過，誰敢保證哪天就起風下雨了！」

中國人說習慣成自然。外國人說習慣是第二本性。在有吃有喝的日子裡，我對第二鍋飯是能躲就躲，越遠越好。誰都知道好的好吃。更何況我那時尚小，肚裡只有饞蟲和飢餓，沒有理性和精神。但是有時好奇心來了，也到另一鍋裡舀一勺嘗鮮。一來二去，竟也養出些習慣，比如我現在愛喝湯，又比如我極喜歡吃蔬菜。但是這點習慣遠遠算不上「自然」，更談不上什麼「第二本性」，尤其在後來在糠菜半年糧的窮苦日子裡。

外祖母真是一個英明的預言家。「起風下雨」的日子說來就來了。在很長一段歲月裡，我內心一直有一個隨時會惹是生非的觀點，那就是父親讓我過著好日子，毛主席讓我過上了苦日子，理由是順著他老人家指引的合作社人民公社的道兒一路走下去，鍋裡的飯越來越稀，越來越糟，日子就是日復一日地餓肚子，人人都成了瘦猴，一旦胖了就是得了浮腫病，死期也就不遠了。為了保證家裡的唯一壯勞力我的父親不至於倒下（那些年父親一直患浮腫病），全家人的糧食每頓合在一起也只夠給父親做幾碗稠一點的稀飯。為了不至於餓死，母親帶領著姐姐妹妹們吃糠咽菜，另一鍋成了主流，終年不綴。這時的另一鍋飯，不是高粱玉米小米，而是殼，是皮，是糠；菜也不是南瓜，豆角，土豆，而是野菜，是樹葉。我是家裡唯一的男孩子，可以在父親的飯鍋裡吃一碗好的，在母親帶領姐姐妹妹吃的鍋裡吃一碗糟的。條件所限，好的好不到哪裡去，糟的可就糟得難以形容了。父親疼母親，疼兒女，不顧母親的反對，儘量嘗嘗另一鍋裡的東西。可每次嘗試的結果都是「見綠見紅」。「見綠」就是吃下肚裡菜葉總泛那種綠汪汪的酸水；「見紅」則是吃糠後拉血，有時會拉得血流如注，十天半個月緩不過勁兒來，造成的後一種罪孽的是一種名為「糠圪壘」的乾飯。做法是在鍋底墊些個菜（多是些野菜樹葉，紅蘿蔔便是珍貴的奢侈品了），把糠面用水拌潮了倒在上面，燜熟攪勻即食。如果糠是上等糠，糠面裡多摻些糧食或榆皮面倒還罷了，偏偏缺的就是糧食，糠又是劣等的，父親吃了有上述反應實在不足為怪。

問題是我很快暴露了有其父必有其子的現象。如前所說，我吃菜還行，至少不像父親那樣一吃菜葉就冒綠水。但吃糠難以下嚥，嚼著嚼著就嚼出滿嘴的糠渣，又苦又澀，無論如何咽不下肚去，就吐掉，讓仰著脖梗兒在我們碗邊眼巴巴企盼的雞們啄了吃。母親很快發現了我這個作孽的毛病，有一次在我沒有任何防備的情況下從後腦勺狠狠地扇了我一巴掌，喝道：

「看你還敢作孽！糠是大路上拾來的嗎？不該你相公胎子討乞鬼命，餓不死你就算你燒了高香；眼下這餓死人的時期，你還敢挑三揀四？吃糠沒有細嚼慢嚥的，在嘴裡用舌頭倒幾下，伸起脖子囫圇吞下去就是了！」

知兒莫如母，我還真有些相公胎兒，這不，我照著母親的教導伸長脖子咽了下去，胃酸腐蝕一遍，大腸小腸再消滅一遍，還是卡在屁股稍不出來！老家叫這毛病為「火夾」。火夾與難以下嚥雖然說都是同一個人兩頭發生的事故，但後者的罪過絕對比前者深重萬倍；前者尚可苟且，後者就是要人的命！蹲在廁所裡使出吃奶的力氣試著努著千遍萬遍大呼小叫了兩三天后，母親也害怕了。烘鍋炒菜倍顯金貴的蓖麻油不再心疼，母親足足灌了我二兩也無濟於事。最後，母親還是眼巴巴看著我硬是憋昏在了茅梁石上，差點掉進茅坑裡淹死。我醒來時已覺渾身輕鬆，但屁股稍痛得火燒火燎。姐姐們說是母親用手指蘸著蓖麻油從我屁股眼兒裡把「硬得跟石頭一樣的糞粒」一下一下掏出來的；掏出了糞粒也掏出了血！然而，與我，這卻是禍兮福所倚。此後一動糠我就像父親一樣「見紅」，雖然不到「血流如注」的程度，但絕對是「血糊瀝拉」，母親愁腸萬端地審視我半天，歎道：

「生就的討乞鬼命，還得像相公一樣養著！」

從此我就和父親一道吃起了「小灶」。我雖從小糊塗，但在兩鍋飯的問題上我很清楚我的福是以母親和姐姐妹妹們的更大痛苦為基礎的，絕不像教科書裡說的，是黨和毛主席給的。火夾事件在姐姐妹妹中間時有發生。有時看見母親和姐妹們端著一碗碗「糠圪壘」艱難地「用舌頭倒幾下」，把脖梗兒伸起來老長吞下，我便由不得百腸抽筋，屁股眼兒發緊。苦日子是短壽的禍根。母親活了不足六十八歲就大病而去。姐妹們如今不過三四十歲的年紀就被這樣那樣的疾病纏身。我給她們寄錢寄藥時，正上高中的兒子會冷不丁會問一句：

「你沒有花過她們一分錢，為什麼要給她們花錢？」

時代的謬誤不是幾句話就可以和生活在福中的小兒子說得清楚的，我略作停頓後只是和兒子練習了一句英語：

「Blood is thicker than water.」

「什麼意思？」小兒問道。

「血濃於水。」我答道。

載於一九九八年十二月二十二日《山西工商報》

苦杏樹

我家街門口長出來一棵杏樹，離茅廁很近。母親站在茅廁看著我戰戰兢兢地騎在茅梁上出恭時，總會盯著那棵杏樹看了又看，說：

「唉，這苦杏樹長得不是地兒，怕是難長成呀！」

我老家的茅廁像大地窖，紅土砌磚，不會漏水，是積茅肥的好地方，只是小孩子騎在茅坑的長石條梁上，下面就是一片汪洋，頗有些危險，方圓總聽說小孩子掉進茅坑淹死的事件。所以我們那裡說：「喔，這孩子茅廁淹不死了！」這話是說一個孩子長大了。我以為母親是在說杏樹長得離茅廁太近，像小孩子上茅廁一樣有危險，就和母親搭腔說：

「杏樹沒事兒，掉不進茅廁裡的。」

「小孩子家別瞎搭搭！我是說這苦杏樹長在這路邊，羊啃牲口吃的，手欠的人也不會放過它，怕是難成一棵樹呢。我記得懷你時栽下它的，你都四五歲了，它還沒有胳膊粗。俗話說：桃三杏四梨五年，棗樹當年就賣錢。看它這樣子，怕是十年八年也難長成了。」

母親說得再清楚不過，可是我總的說來是沒有怎麼聽明白。首先是，母親把「杏樹」前面加了一個「苦」字我就不明白，可我怕母親再說我「瞎搭搭」，也怕顯得我什麼都不懂，沒敢向母親追問下去。後來杏樹猛然長成材結了果實，我們吃了杏搶著搗杏仁吃，母親說：「苦的，不怕苦你們就搗上吃！」我自己以為母親的「苦」字也許是因此添上的。再有是，街門口一帶是我的童話世界，羊群咩咩叫著走過；馬拉著車、牛拉著車隆隆響著走過；娶新媳婦的隊伍放起劈裡啪啦的鞭炮走過；出喪的人群咿咿呀呀哭著親娘老子走過……我都會蹬倒仨踢到倆地跑到街門口爭看我那童話世界裡的五彩繽紛的景象。後來由於許多偶然的機會和許多必然的欲望，我成了城裡人，騎車上班的路上不時地就聽見吱啦啦的噪音驟起，扭頭一看是一個個高高興興上班的人不能平平安安地回家了，總算對母親的話理解了許多。尤其是，我在英國留學期間，大中秋節那天我推著自行車走在斑馬線上，眼見著一個英國女子好像懷著對全人類的全部仇恨似的開車撞到了我的自行車上，差點讓我魂歸西天，我躺在床上盯著受傷的腳十分後悔我當初沒有把母親的話細嚼慢嚥一番消化在骨子裡。

話扯得太遠了，還是說說我家的那棵苦杏樹吧。經母親一說，我站到它跟前一看，果真見它生長得很累。渾身上下沒有一塊好皮，被啃過的舊傷剛長成痂疤，新啃過的新傷就又歷歷在目了。枝條沒有一根長全稍，折的折，斷的斷，一副缺胳膊斷腿的模樣。就連它的葉子也是東掛一片西吊一枚的，像生癩的畜生掉下的片毛，在空中無力地搖擺。我看著它，由不得渾身打了一個冷戰，以後在茅廁出恭完了，都會不由自主地站到它跟前審視一會兒。碰巧有羊群和牛馬路過，我喊叫母親著急忙慌地從家裡趕出來，一起站在它旁邊呵護一番。有一年春天，在母親的要求下，父親割了一大捆葛針，圍著它栽了一圈。儘管如此，那些因饞嘴而勇敢的羊們和牛們和馬們還是少不了侵犯它，還少不了母親一聽見街門外面有動靜，著急忙慌地出來看護它。

後來我對它的注意變得少了。一來是我上了學，二來是我一邊念著人民公社社好的課文，一邊餓得賊眉鼠眼，像一隻餓極了的老鼠一樣天上地下地尋找吃的，顧不上去看護它了。再後來，我到四五裡遠的村子去上高小，離它似乎更遠，幾乎把它忘到了腦後。只是一年夏天，我從學校回來，母親興沖沖的不知從什麼地方拿出一把杏來，跟我念叨說：苦杏樹終於結杏多了，就是不該它長在了路邊，路過的人你一石頭我一石頭的，把杏都投完了。難怪呀，眼下人人都成了餓死鬼，誰見了吃的不動心？

「不過它到底長成了，結杏了，杏還很好吃，甜綿甜綿的，快嘗嘗吧。」母親抱怨的口氣裡流露出一股難以掩飾的喜悅。杏圓溜溜的，通體淡黃，向陽的面上有一抹陽紅，宛如少女臉頰上的紅暈。杏在嘴裡一嚼就化，誠如母親所說，「甜綿甜綿的」，餘味很足。幾粒杏下肚，饞蟲作祟，我溜達著來到苦杏樹下。抬頭一看，這才發現它的軀幹已是碗口來粗，青油油的葉子密密匝匝，一根根枝條直刺青天，給我家的街門口帶來一片綠色的生機。

「真難為它！」母親不知多會兒跟了出來，站在我身後說。「興許它知道這路邊難活，就使勁往天上長。人家的杏樹枝碰枝葉碰葉的，咱家的苦杏樹卻是只揀高處長，野外竄。如今別說羊啊牛啊的糟害不了它，就是人想投個杏吃，也得使出些準頭呢。」

我順著母親的話仰起脖子往上看，果真見它的枝杈長得不像一般果木樹，卻如春風吹拂下的楊柳，枝枝條條都熱熱烈烈的往無限的空間長去，長去。突然間，我看見很高很高的枝頭有幾點黃幾點紅在閃爍，一如發現了寶貝，心下一陣狂喜，就三躥兩蹴上到樹上去看究竟。枝條不粗，卻韌性十足，禁得住我懸懸悠悠地往高處攀登。上得高處，果真見得一番景色：遠處的山矮了，近處的樹低了，整個村子彷彿踩在了我的腳下。尤令我興奮的是，在下面看見的幾點黃幾點紅，果真還就是些鮮活可愛的杏子！聽著母親在下面的一再叮囑，我藉著手提腳踩的巧勁，居然把一枚又一枚很難摘到的杏全摘到了手裡。我總聽大人們說杏樹木最脆，可母親栽下的「苦杏樹」卻韌性超常，禁得住我把最亮麗最成熟的幾顆果子摘到手，我油然對它產生了一種特殊的敬意。更想不到的是這次上樹，竟和它結下了很深的緣分，尤其在我中學畢業回家務農的那幾年，糧食短缺已經見怪不怪，天天頓頓都是稀飯，喝進肚子裡過濾之後也就是幾泡尿的事。因此，每當黃澄澄的麥子閃起浪潮時，苦杏樹的枝頭就開始有了熟杏。我便像攀附老朋友似的攀登在它的枝條之間，把先熟的杏摘到手裡，聊解肚子裡的餓魔。在那近一個多月的時間裡，灰色的日子彷彿一下子湧現出許許多多的亮點和期盼。我攀上了苦杏樹的最高處，看見紅色黃色果子格外地奪目，摘在手裡格外珍惜，以致我到千里之外的天津上學，還念念不忘街門口前那棵杏樹一年一度帶給我的希翼和期待。

在上大學的歲月裡，因為我這個勞動力的缺失，家裡的日子過得越發艱難。然而，每年麥子黃了的季節，我都會寫信詢問苦杏樹結果多寡，高枝頭的杏子誰能去摘。妹妹們在來信中說，由於缺錢花母親為了多摘幾個杏賣錢補貼日子，把杏樹看得很緊，甚至和偷杏吃的人吵架結怨了。貧窮的生活竟然改變了母親仁慈的生性，我看了來信心裡的苦澀久久難散，可轉念一想，一棵不言不語的苦杏樹能夠一年一度地帶給母親希望，給艱難的日子提供幾個吃鹽打油錢，比我這老大的兒子還有用，便又有了幾許安慰。後來忙碌工作，結婚生孩子，老家的事就淡忘了許多，包括街門口的那棵苦杏樹。母親卻總讓妹妹在信中告訴我，說苦杏樹見老，結杏越來越少，問我是不是能在麥收時節安排一次探親，在家多住些日子，多吃幾個杏子，要不再難吃到「甜綿甜綿的」杏子了。

然而，我終於辜負了母親的一片心意。一九九零年那個多雪而濕冷的正月，我在老家給母親料理喪事後，心裡空前地感到沒著沒落，家裡家外、院裡院外地來回走動，這才發現家門口的苦杏樹不見了。我急忙向小妹打聽，小妹說早兩年前那棵苦杏樹就老得枯枝敗葉的，蟲子到處鑽窟窿，母親催著把它伐了，說早伐了興許還能做幾塊案板呢。

「那就是它做的。」小妹指著炕邊一塊大面板說。「看見它長得不粗，想不到拉成板子，竟然做了好幾塊案板呢。」

聽了妹妹的話，心中不禁一顫，走出街門，坐在街門口的門墩上，我久久望著苦杏樹生長過的地方，想到一棵果樹倘能在風霜雨雪天寒地凍中生存，開花，結果，給予的多，要求的少，人活一輩子實在沒有任何理由怨天憂地，荒度歲月。

《中華散文》一九九九年第二期

人鼠之戰

我是在睡夢中聽見嘩啦嘩啦的響聲的。等我完全明白過來時那聲音還在響，一聲接一聲，間隔時長時短，長時還聽得見細小的沙沙聲。我覺得有點瘮得慌，虧得天色大亮，要不我會認為在鬧鬼呢。

辨別著動靜，我把那聲音鎖定在一口料缸裡。那時我上小學三年級，跟著父親在飼養室睡。我壯起膽，穿戴好，下炕走向槽頭的那口料缸。這時候，那種聲響沒有了，一點聲息也沒有，彷彿壓根就沒有什麼聲音。我趴在缸沿往裡看，眼睛不習慣暗處的光，什麼也看不見。我於是搬來一隻水桶，踩著桶沿，探下身子往下看。眼睛漸漸習慣缸裡的光時，看見了兩點幽光；正要繼續往下探身子看個究竟時，說時遲那時快，一個活物倏然躥上來，撞在了我的鼻子上。我一受驚，踩桶沿的腳失去平衡，從桶上掉下來，摔在了地上。那一跤把我的大腿摔得青了一塊，疼了好幾天，但當時一點不覺得疼，因為我真以為鬼掉進缸裡，伺機向我討命呢。我正盤算著跑去叫大人，卻聽見缸裡傳來一聲嘩啦，隨著嘩啦又是幾聲嘰嘰。這時我驚魂甫定，知道是一隻老鼠掉進缸裡了。

那時候，用大人們的話講，挨餓就是家常便飯。連人都找不到足夠的糧食，老鼠在任何可能存糧的地方鋌而走險，是再稀鬆平常不過了。肚子常挨餓，老鼠還來偷，心頭對鼠輩的恨與狠油然而生。我下定決心要親自消滅這只活該倒楣的老鼠。四下打量一番，我從槽頭操起一根拌料棍，走到料缸前把水桶底朝上扣穩，又站了上去。我慢慢向下探身，兩隻手握著拌料棍子，讓眼睛習慣著缸裡的光。兩點幽光又出現了。順著幽光，我終於看清那只老鼠的頭，然後是身子，心中禁不住暗暗驚歎：哇呀呀，好個頭！我凝神屏息地瞄著它，手中的棍子照著老鼠的頭捅去，並暗自用了一棍子戳爛老鼠頭的大力氣。不料狡猾的老鼠蹭地躥上了拌料棍；拌料棍整日在砂石槽裡磨蹭，很澀，眼見著老鼠往上跑，我一急，使勁往料缸壁上甩拌料棍；很運氣，一石二鳥，拌料棍打在了缸壁上，把老鼠也打著了，就聽見老鼠在料缸裡一陣嘰嘰亂叫。

我嚇得心裡通通直跳，把屋子環顧一遍又一遍，一時難以找到置老鼠於死地的利器。我看到了炕爐邊的捅火棍，興沖沖跑過去拿在手裡，掂了惦，一時猶豫起來：捅火棍這鐵傢伙一旦把料缸砸破，不正好放老鼠一條生路？正在發愁之際，我覺得眼前一亮，看見了我父親的竹煙袋：只見它一尺多長，煙鍋熏得烏黑，煙杆使得橘紅橘紅，光溜溜的。我把它拿在手裡掂了掂，煙鍋沉甸甸的，挺容易發力。

於是，我和老鼠的決鬥開始了。我有利器而它手無寸鐵，但是我在明處它躲在暗處，還算公平。汲取經驗與教訓，讓腳儘量把桶踩穩，探下的身子和老鼠保持安全距離；由於眼睛一直瞪著料缸裡的老鼠，習慣了暗光，可以把老鼠看得真真切切了。左手扶著缸沿，右手揮著竹煙袋向老鼠打去。一開始每一下都打在缸壁上，當當作響。老鼠嚇嚇得亂竄，卻也伺機往煙杆上躥。但是煙杆光滑，我使勁一甩就把它甩下去了。每較量一次，我身上就彷彿放了一次電，一股麻嗖嗖的感覺。亂棍之下必有傷害。我正琢磨我遲早得給老鼠致命一擊，這一擊就隨著念頭就來了。只聽見老鼠淒厲地一聲尖叫，便不再亂跳，只是順著料缸底蔫兒蔫兒地躲來躲去。這樣一來，我打下去的準頭便大大增加了。每次擊中老鼠，煙鍋那頭傳導過來那種肉乎乎的感覺，十分刺激，擊打的力量因此越來越有股暗暗的狠勁兒，再沒有打幾下老鼠就一動不動了。

是一隻碩鼠，除了尾巴還足足有一拃多長，口鼻出血。它死得有點冤枉。料缸底上沒有幾粒料，為了星星點點的料渣，它搭上了一條命。好在老鼠就是禍害人類的代名詞，鼠輩們的命一向不值錢，哪怕是官倉碩鼠。

吃的故事

一九六三年我去縣裡上中學，全國上下還沒有完全擺脫三年困難時期遺留的陰影。這陰影濃縮到我的家鄉就是忍饑挨餓，人均口糧由四兩增至八兩，但因是毛重，不夠做一碗乾飯的。縣中學是全縣唯一一所重點學校，政府照顧學生，每天一斤細糧。於是，村裡人男女老幼都羨慕我，說我是既去念秀才，又可以混飽肚子了。

說來慚愧，飽食終日的光景竟記不起幾許，饑腸轆轆的故事卻是想忘也忘不了的。遠離村子三四十裡路，飢餓一旦悄悄襲來，我便感到沒著沒落地沒個去處。宿舍裡軍營似的大通床一覽無餘，光溜溜的葦席上排著一溜五花八門的鋪蓋。牆上大木楔上懸掛著的一兩個乾糧袋和床下隱藏著的幾個乾糧箱，於我是誘惑又是折磨；尤其讓我不堪忍受的是它們的主人享用其中的奢侈品時，我不得不拉過被子蒙頭裝睡，或者索性避難躲災似的逃出宿舍。彼時彼刻我是多麼想念雖然窮苦卻很溫暖的家啊！每當我無精打采地被飢餓逼回家中，用一雙饑渴的眼睛望著母親時，母親總能變魔術般地塞給我一把瓜籽，一塊烤土豆或一根煮紅蘿蔔，聊慰我腹內似亂箭穿心的小餓蟲子。

逃出宿舍只有教室是個去處，但教室的環境似乎比宿舍更惡劣。課桌成排成行的矗立著，黑鴉鴉，冷冰冰，屜穴如張開的大口，裸露著幾本瘦骨嶙嶙的薄書，彷彿它們比我還餓，會隨時把我一口吞下。老師在課堂上苦口婆心地講授給我們的精神食糧，常常被肉體的飢餓侵擾得飄忽不定；到了開飯的鐘點，哪個老師膽敢在講臺上繼續囉嗦嘮叨，課堂上立即掀起陰風暗浪，課後馬上慷慨地送上一個「搭老響」之類的綽號！

唉，原來挨餓忍饑的不止我一個。

我們在長身體，也在開眼界。不知誰首先把目光由室內移向了室外，發現滿校園的圓白菜是很鮮美的食物，我們便三個一夥五個一群地湊夠幾角錢，買一個砂鍋和半斤食鹽，弄來一棵圓白菜，用小刀削碎煮著吃。多麼了不起的發現啊，那股清水放鹽煮圓白菜的新鮮誘人的味道，至今仍記憶猶新！

後來，我們的目光又由校內移到了校外，校園的圍牆外面就是莊家地。我們這些從鄉村來的孩子知道那裡有許多東西是美味佳餚。然而，我們被學校的紀律嚴格地管束著，誰也不敢輕舉妄動，只有等到荏光地淨時，我們才在夕陽西下時假裝到校園外散步（人餓時哪還有散步的雅興？）溜進地裡尋找每粒被農人遺留的糧食；我們撿到的黃豆和玉米，粒粒如金豆豆一樣珍貴。我們的校園所在地原是一片亂葬墳，也是舊時死犯砍頭待斃的刑場，暮色濃濃重時每每可以看見藍幽幽的鬼火閃現。但在「食」「我」二字組成的這只「餓」魔的驅使下，我們把鬼火置之度外，全神貫注地尋覓每粒糧食。當我們架起砂鍋燒熟香噴噴的收穫物時，一切驚嚇都在妙不可言的享受中煙消雲散。

當然，最令我們身心所向的去處乃是食堂，最讓我們品頭論足的對象總是廚師。食堂每天每頓是什麼飯，廚師中誰的玉米糊糊熬得可口，誰的飯勺掌得公道，都得由我們做千秋功罪的評說。玉米糊糊分到各自碗裡，雖然我們都很餓，卻因肚量和品味的差異，會吃出許多樣子來。男學生大都是靠速度暫把肚子撐一撐，女學生卻是個個要把自己的一份細嚼慢嚥一番的。但是，快也好慢也罷，無論誰有幸得到一個玉米麵疙瘩，都會不約而同地把它留在最後享用。它對擁有者是一筆值得炫耀的意外之財，對旁觀者則是一種企盼和嫉妒的混合物。有一次也是唯一的一次，一位女同學得到一個玉米麵疙瘩，她小心翼翼地一直把它保護到碗底兒，才戀戀不捨地享用。她用筷子扒拉了它幾個滾兒，十分不解地發現那個玉米麵疙瘩長著許多細毛毛！如果不是餓魔迷了心竅，她一定早會像端了一碗燙了手的開水立即扔掉了之的。但是她卻用筷子探明了那不是一個玉米麵疙瘩，而是一隻萬般不幸的小老鼠，才吱哇叫了一聲，把手中的大碗扔了出去。她又哭又叫地說她心裡犯噁心，想吐，卻到底沒有吐出來。和她同在一口鍋裡打飯的學生聽說了這件事，也都說心裡噁心，想吐，也到底沒有吐出來。

公道地講，我們不只有挨餓的時候，也有撐著的時候。我們特別盼望過節，比如五一、五四啦，十一、新年啦。過節真有過節的伙食，最常吃的是過油土豆塊兒、粉條和燉豬肉一鍋燴，主食或者饅頭或者大米飯。每逢這樣的喜慶日，司務長允許我們用一張午餐票外加五角錢，多買一份吃。我們一般都掏不起五角錢，也吃不下額外的一份，就兩個人合買一份，一分為二地享用。有一次我的一個名叫王新田的好同學饕餮癮大發，不顧我的一再勸阻，獨吃了一份。他能獨吃一份，也還是因為他家境好，父親在縣裡武裝部當秘書，每個月能得到父親的額外補助。誰知錢能買來好飯，但好飯還需好胃口。嚴格說來，他剛剛十五歲，還是一個孩子的胃口，飯後一個多小時後，他說他的肚皮撐得難受。我們勸他出去走走，消消食，一會兒就會好的。他說不行不行，一動肚子就要炸了。我見他挺腰凸肚、紋絲不動的坐著，眼光愣愣的，趕緊招呼別的同學把課桌合併起來，在他大驚小怪的呻吟聲中把他平放在上面。我們輕輕地給他按摩肚子，掐虎口，捏人中，灌仁丹；我還煞有介事地給他往肚臍眼兒上抹萬金油。我們各盡其能盡心盡責地侍弄他，一隻折騰到夕陽西下，他才說出了陷入被撐著的危機後的第一句完整的話：

「我撐不死了吧！」

近些年我因為我的父母年老多病，我經常回家探親，和中學時代的朋友相聚的機會多起來。每次我們相聚，在豐盛的餐桌邊談得最投入最愉快的，竟是這些發生在少年時代關於吃的故事。我們中間有的做了一縣的父母官，有的是一廠之長，有的是賓館經理，有的是發跡不久的闊佬，還有如我一樣的半瓶水兒文人，儘管大家身分不同，但關於吃的故事卻有共同的認識：我們都已人到中年，我們之所以能在往昔的生活中不斷進取，不斷改變自己的生存條件，動力正是來自這些關於吃的故事，因為我們害怕挨餓。

（此文應同學之約，為我就讀的縣中學成立四十周年而寫，說好要收集成冊的。當時我在英格蘭留學，回國後問老同學，紀念冊怎麼沒有看見？他說我寫的文章不光明，沒有收錄其中。後在北京廣播電臺播出，卻因時間沒有掌握好，錯過了給它錄音，卻也獲得毛毯一條。後又發表在一九九四年第五期《中華散文》。重新校讀這篇小文，不由得想到文中的好同學王新田，成年後參軍退伍在縣裡外貿局工作，娶妻生子，一派大好未來在等著他，可是他卻莫名其妙地癱瘓了，坐在輪椅上久治不愈，妻子帶上孩子改嫁了，他由老父親照顧，可久病床前無親人，他感覺自己成了拖累，最後橫下心來，竟絕食而死！）

栳薗的魅力

一

今年中秋節臨近的時候，地鐵的廣告屏上，閃現出一個甜蜜的靚女，右手抱了一個栳薗，左手捏起一塊月餅，不知喚起了我記憶中的什麼東西，總會忍不住多看幾眼。是甜蜜的靚女嗎？如今在視屏上露面的靚女太多了，令一個有一把閱歷的人早已產生了視覺疲勞，斷不會因為地鐵廣告屏一閃而過的甜妞而觸動記憶。月餅嗎？當今的月餅餡兒添加劑太多了，吃了嘴裡怪味多多，清淡味道早趨時尚，月餅勾起記憶裡的沉澱物比較困難了。那會是因為什麼呢？碰巧那些天出門多，坐地鐵多，月餅女不停地在廣告屏上閃現，一天，啊，我終於明白是那個栳薗觸動了我記憶的深處。

栳薗，曾是農村家庭裡一種很重用的器具，而在當今塑膠製品稱王稱霸的社會，它幾乎快要絕跡了。像是為了留住它的樣子，我幾天中著魔一般尋找它的固定映射。我的住處附近有一家好利來西點店，眼見中秋臨近，我拐進去看看有沒有什麼合口的月餅，買幾塊待客。我問櫃檯小姐，他們的什麼月餅最可口，小姐隨手拿起一本小冊子，遞給我，說：

「都在上面，你自己看看吧。」

地鐵廣告屏上那個月餅女就這樣握在了我的手裡，這下我可以仔細端詳那個靚女懷裡的栳薗了：柳條編就的半圓球體，柳木薄板收攏的口沿，半圓的木棍提梁。沒錯，就是這個物件，勾起了我記憶深處的一些東西。

二

在我們老家，曾幾何時，栳薗是一個家庭裡很有身分的用具。籮頭、籃子和栳薗，是一個家庭三種可以胳膊攏、懷裡抱、肩上扛的用具。籮頭用荊條編織，籃子用竹子編織，栳薗用柳條編織。用料的差別，便賦予了它們不同的身分。荊條籮頭編織得粗糙，縫隙多多，多用來裝肥土、裝玉米穗、裝麥秸之類的粗糙東西。籃子用細竹篾編織，裝粉條、蔬菜、玉米粒，而只有栳薗是用來裝各種麵粉和饃饃、黃蒸、鍋盔、燒餅……凡是好吃的乾糧，都能裝在裡面。在挨餓的時代，它是細糧、精糧和可口乾糧的保姆，對我有極大的吸引力。母親出門歸來，我首先看她攏著籃子還是栳薗。有人來走親戚，我首先注意他們是否攏了栳薗。它總有機會被高高地吊在高處，那是因為它保存了好吃的熟食乾糧，怕老鼠偷吃。它越吊在高處，對我的吸引力也越大。母親讓我找別的用具，我總是東張西望，一時找不到目標，然而，若是讓我拿栳薗，我眨眼間便會把它遞給母親。它鍛鍊了我的眼力，讓我變得機靈，讓我更容易找到目標。

當然，我的目標不是它，而是它裝的可口的東西。

栳薗因儲藏的食物高級而身分高貴，它的製作頗為講究。柳條脫皮後，白光光的條子需要精心挑選，粗、中、細各歸其類，編織出大中小不同尺寸的盛器。脫皮的細柳條蒸熏柔和，編織匠便能夠隨心所欲地編織了。收口處用柳樹薄板裡外夾住，打理好的提梁插在邊沿上，用藤條皮緊密地捆紮起來，一個結實的、潔白的栲栳就做成了。講究的家庭，把本色栲栳買回家來，還會請油漆匠加工一番。第一道工序是用棗紅色給主體上色，口沿和提梁上黑色；第二道工序是桐油打底；第三道工序是上幾遍老漆。這幾道工序過後，一個精緻的盛器就成了，敲幾下梆梆作響。有的家庭，還會在上面寫上「張記」、「王記」、「李記」之類的字樣。在鄉間小路上，在村巷鎮弄裡，看見一個村婦攏了這樣色澤莊重的栲栳走動，她家的日子一定過得井井有條，殷實優裕，令人稱道。

我對栲栳的記憶格外深刻，不僅因為它儲藏的食物讓我渴望，還因為一次偷竊被母親當場抓獲，嚇得我不知所措。記不起那是剛過完什麼節，家裡的栲栳又被高高地吊在了一個橛子上。一天，我在外玩得盡興，回到家裡十分飢餓。我喊了幾聲母親，屋裡沒有人答應。我東看看，西瞧瞧，能找的地方都找到了，沒有找到一點解餓的東西。這時，那個栲栳兒映進了我的眼簾，不由得大喜。我搬了杌凳，站上去夠栲栳，差著老遠。下了凳子，在屋子裡轉了又轉，想了又想，還是沒有辦法夠到那個栲栳。我們老家挑水的擔杖兩頭都有鐵鉤，舉起擔杖，鐵鉤下沉，再往上舉，就能鉤住栲栳的梁子，把栲栳取下來。姐姐們有時就是用這個法子往下取栲栳的。我從門後取出擔杖，走到掛著栲栳的橛子下，開始吃力地往上舉擔杖。然而，我把擔杖剛剛舉到一半，它就顫顫巍巍地晃悠起來，而且我每舉高一點，擔杖就晃動大一些，漸漸地它開始或左或右地搖擺起來，眼看我要失去控制，卻又欲罷不能。這時，母親走進門來，頭上頂著簸箕，剛從碾子上回家。

「偷吃東西！」母親喝道。

我身上一軟，擔杖如同一棵伐倒的大樹，從我手裡向母親那個方向倒去，砰嚓一聲倒在了母親跟前，差一點砸在母親頭頂的簸箕上。我知道闖了大禍，趁母親驚魂未定之際，像一隻受驚的小貓，嗖地從母親身下躥了出去。躥出家門，跳過街門，到了露天地，發現茬光地淨，到處一片黃土，我根本沒有藏身的地方。情急中，看見不遠的地裡有兩行垛起來的墼，我飛奔過去，不管三七二十一，鑽進了兩行墼之間。從墼的縫隙，我看見母親果然趕了出來，手裡拿了一根小棍子，環顧四周，扯起嗓子叫道：

「躲哪裡去了？你給我出來，看我今天怎麼捶你。小小年紀，知道偷吃東西了，不狠狠捶你一頓，你學不了好！」

四野沒有回音。

「躲得了初一，躲不過十五！」母親氣哼哼地回去了。

我如釋重負，肚裡也不覺餓了，想到早晚躲不過一頓揍，腿上無力，順著墼牆坐在了地上。我兩手托腮，思忖怎麼才能躲過母親的棍子。母親對我管教歷來嚴厲，是不會輕易放過我的。夾在兩堵墼牆中間，除了縫隙，找不到任何求助。逃出這墼牆吧，又怕母親在街門後打伏擊。我還沒有犯過這樣大的難，一時沒有自救的法子，疲乏和困頓漸漸襲來。說不清我迷糊過去多久，聽見喊聲時，外面已經黑下來。

「他能藏到哪裡去？該找的地方都找了，沒有人見到他。」這是大姐的聲音。

「看看奶奶怎麼辦！」這是二姐的聲音。「一天起來就知道管他，打他，這下真找不到他，看她怎麼辦！」

「他不會躲到哪裡，讓狼吃了吧！」大姐說。

「人家說你不識數，你真就說些沒有深淺的話，哪裡來的狼……」

我這時綳不住了，好像兩堵壁牆之間，影影綽綽有什麼東西在向我靠近，於是乎，我大聲叫道：

「我在這裡！」

我擔憂的大災難沒有出現，一家人圍著灶台，歡歡喜喜地享用片兒湯，屋子裡到處彌漫著饞人的香氣。那是我喝過的母親做的最香的角片湯。乾糧就是從那個栳薗裡取下的黍面饃饃，餾過的饃咬一口又暄又甜。我忍不住看了一眼那個栳薗，它還掛在那裡，靜靜的，恪盡職守。

那是我兒時的美好記憶之一。緊接著，粗糲、艱難而苦澀的日子突然襲來，在長達三十年的歲月裡，糧食成了中國人的奇缺物質，老百姓挨餓成了普遍現象，栳薗無物可盛，逐漸被人們冷落，遺棄。一件盛器，也會因為人類的行為失當而命運多舛，想來令人心酸。

三

我把好利來的宣傳小冊子拿回家，端詳良久，決定把栳薗的形象留下來。我把月餅女和她懷中的栳薗精心地剪下來，貼在了我書櫃玻璃鏡子後面的玻璃上，一種溫馨頓時撲面而來。老伴兒出去散步，我說：

「到好利來拿本小冊子。」

「你拿了不是？」

「再拿一本。」

「幹什麼用？」

「再貼一張。」

我寫這篇小文的時候，兩個懷抱栳菌的同一靚女，正在朝我微笑。恍惚間，她們彷彿款款地走下了書櫃的玻璃，問我要不要吃塊月餅。我答道：

「不要。」

「很好吃的。」

「不餓。」

「怎麼能不餓呢？」

「靠美女宣傳月餅的時代，還會有飢餓存在嗎？」

「我們美女一點也引不起你的食欲嗎？」

「美女又不能吃，怎麼能引起食欲呢？」

「人家說秀色可餐——」

「道聽塗說，道聽塗說！」我笑道。「我是看著靚女吃月餅呢，還是吃著月餅想靚女呢？」

靚女無語。

在一個笨伯大行其道的時代，我們都會向笨伯看齊。

我的第一本字典

中學上到二年級，讀書的欲望呼地膨脹起來，恨不得每天讀一本新書。美中不足的是生字橫豎在字裡行間，攔著我的讀書速度，磕磕碰碰得難受；我們的語文老師叫顏新，中央教育廳下放的右派，自然一肚子好文化。他瞭解到這一情況，說我們早就應該備有一本《新華字典》，學會自己消滅生字生詞，並告訴我們街上的新華書店賣《新華字典》，我們可以去買一本。這是我第一次聽說《新華字典》。記得當天下午利用自由活動時間，跑到街上的新華書店去「看看」。書店的營業員是我們一位同學的妗妗，對我們這些中學生很溫和，很耐心。打開《新華字典》，我一下子發現了一個奇妙的世界，我找到了自己的姓——蘇，看到的所有解釋竟然是這樣的：（1）紫蘇，一年生草本植物。（2）假死後再活過來。（3）指江蘇，也指江蘇蘇州。（4）指蘇聯，也指蘇維埃。竟然沒有一條解釋說「蘇」是一姓，而我此前只以為「蘇」是一姓而已！接著我又翻到自己的名字，自己父母的名字，自己村子的名、公社名、縣名、省名、國名……翻閱得沒玩沒了，直到營業員很溫和地說：

「同學，該關門了。想查字明天再來吧。」

第二天我果然又去了，而且越查越著迷，佔有欲伴隨而來；我必須有自己的一本《新華字典》。那時整個縣城只有一家新華書店，店裡只剩下了精裝本《新華字典》，而一本精裝本的定價是一元二角。一元二角當今只能買一根平常稀鬆的冰棍兒，可當時它在我眼裡卻是一個很大的數字。我每月的伙食費是六元錢。國家補助我兩元，我的父母親必須為我交四元。我如果從父母節衣縮食給我的伙食費裡拿出一元二角去買一本《新華字典》，那我就只好餓半個月的肚子了！

在我夢想有一本《新華字典》的日子裡，我總想到母親餵養的蠶。它們一「糊塗過去」就不吃不喝不動，靜靜地呆在那裡蛻皮，等「糊塗過來」，便長大了許多。我真的想去當半個月的蠶，「糊塗過去」，等明白過來時手裡有一本日思夜想的《新華字典》！說來心想事成，等我擁有了自己的第一本字典時，我的兩隻手還真的脫了一層皮，不過這是後話。

不久，我連新華書店也不好意思進去了。我一進去，那位秀麗的店員就會笑吟吟地問：

「又來看字典來了？」

話雖然溫柔，但一個「又」字如何了得？我只好遠遠地在書店外面解饞。一天，我突然看見對面一家雜貨店門口貼出一張告示，說收購洋槐籽兒，每斤根據不同的等級，可賣八角至一元多。雜貨店的老人和藹可親，很耐心地回答了我的每一個問題和細端末節。

我記得我是尥著蹦兒跑出那家小店，又一路尥著蹦兒跑回了學校的。我們都是農家子弟，家裡都很貧困，買不起一本《新華子典》的同學大有人在。我很快和一個名叫金龍的同學商量好去打洋槐籽兒。他的家境似乎比我的還困難，每月的伙食都常常挪借。一聽說有進錢的門路，他的熱情比我還高漲。到了星期天，我們帶上準備好的大口袋，出了城北，一路朝北走去。雜貨店的那個好老人告訴我，城北公路兩旁的洋槐樹最多，洋槐籽兒的品質最好。

果然，我們走出去五裡地時，一路兩旁的洋槐樹撲面而來。已是深秋時節。天空高高的，藍藍的，一棵棵洋槐樹長得直溜溜的，刺向了又高又藍的天空。洋槐樹葉子已經黃了，一串串黑色的洋槐角雜陳枝葉間，別是一番景致。一陣陣風刮起，洋槐角颯颯作響，片片黃葉便像歡迎的貴賓似的彩屑，紛紛揚揚活活潑潑向我們飄來。

樹很高，很直，但難不住我。更小的時候，我是村子裡有名的爬高能手。上樹掏鳥窩，鑽房檐捉麻雀，是我的拿手好戲。母親因為擔心我的安全，常常拿著笤帚疙瘩教訓我。想不到我的這門功夫，這時候排上了用場。我光了腳，挑選洋槐角兒格外稠密的樹，猴子上竿般三躥兩縱就爬了上去。樹上望去，田地裡的莊稼已經收割，顯得十分空曠；地邊上的蓖麻還掛著零星的綠葉，遠遠近近綠出深秋裡難見的生氣。公路上來往稀疏的行人和馬車，小人國裡來的似的來去匆匆。金龍同學在下面像個孩子仰望著我，招呼我千萬抓緊樹枝。偶然一輛汽車一閃而過，揚起一溜塵土，行至遠處卻彷彿慢了下來，遲遲不肯離去。

我折了一根樹枝，做成了一根帶鉤的棍子，由近及遠，把樹枝間帶楊槐角的小枝椏勾折，拽下去，它們便如同一隻只俯衝的燕子，墜落出千姿百態。搖搖欲落的黃燦燦的葉子受了震動，也紛紛飄起，飛飛揚揚地下落，構造成另一種風景。

我爬了一棵又一棵。楊槐角累累的樹一經我爬過，便變得枝疏葉稀，我們的大口袋因此飽滿起來。在我看來，這就是我們攀摘《新華字典》的道路。每爬一棵高高的洋槐樹，就離十分遙遠的字典近了一步。我們沒有顧上回去吃午飯，一直幹到日頭西斜，每人背著一個鼓鼓囊囊的大口袋往回趕。飢餓已使我們前心貼住了後背，而我們精神一直昂揚。

這時，我的兩隻手的手掌開始癢起來。因為爬樹，兩隻手掌磨得發白像布鞋底子似的。開始我只是一手扶口袋，一手的指頭自抓手掌以解癢癢；最後，我不得不放下口袋兩隻手攪在一起狠勁兒地搓，狠勁兒地抓。金龍問我怎麼了，我說兩隻手癢癢得厲害。他說肯定是爬樹爬的，我說肯定是的。

我們趕回學校後，我雖然很餓很餓，可一點顧不上把同學替我們打下的份飯吃了，只是用水把手洗了又洗，兩隻手絞在一起恨不得搓下一層皮，但手掌的癢癢一點兒也緩解不了，反倒更奇癢難忍了，麻嗖嗖的讓我坐立不安。我翻開洗淨的手掌仔細查看，這才發現兩隻手掌上佈滿了密密麻麻的小黑點兒，針尖般大小，針腳般密實。我忽然明白我挨了毛毛蟲螯了！我們老家管毛毛蟲叫拉子；讓毛毛蟲螯了叫拉子拉了。拉子拉了雖然不像刀子拉了那般見紅見肉，但反應厲害的會累及一條胳膊或一條腿。難忍之下，我從衣服上取下我常備的別針，用針尖在手掌上來回劃。開始只是輕輕地劃，劃著劃著就重起來，兩隻手掌開始往外滲血，可滲血也沒有阻止我繼續劃下去，因為這麼劃來劃去，確實有解癢的效果。金龍發現我在幹什麼時嚇得不輕：

「福忠，你在幹什麼？」我審視著已經是血跡斑斑的手掌，說：

「我在看《血手印》。」

那些天我們正在先睹為快一本小畫書，名字叫《血手印》，偵案故事，情節曲折迷人。我為做出這樣奇怪的回答頗感得意，手掌的癢癢彷彿好了許多。

脫洋槐籽兒的最好方法是在土地上用棍棒捶，可是我們生怕迸掉每一粒籽兒，就一個楊槐角一個楊槐角地剝。兩大口袋楊槐角剝起來似乎遙遙無期，可在我看來，每粒小小黑豆豆就是字典裡的一個字，我只有剝夠裡面所有的字，我才能理所當然地得到一本字典。好在同學們有了閒置時間就伸出友誼而勤勞的手，和我們一道剝，兩周後兩大口袋洋槐角便全剝完了。我們迫不及待地趕到街上，到那家雜貨店去賣我們洋槐籽兒。和藹的老人看了我們的洋槐籽兒十分吃驚：

「這麼乾淨，這麼整齊！我還沒有收過這麼好的洋槐籽兒呢。」

我們畢竟是從一個個洋槐角裡把一粒粒洋槐籽兒摳出來的啊。俗話說，一分耕耘一分收穫。我們的洋槐籽兒賣了頭等價，具體得了多少錢已經記不得了，但我買了一本精裝本《新華字典》的錢是足足掙夠了。當我從美麗的女店員手裡接過我的美麗的字典時，我幸福得只知道笑。我愛不釋手的翻閱著屬於我自己的第一本字典時，我的手掌在蛻皮，手掌像銼一樣粗糲不堪。為了保護嶄新的字典，我精心地給它訂上了一個牛皮紙皮，很認真地在後面寫上了「後皮有功」四個字。

啊，我的第一本《新華字典》！每當我用它消滅掉字裡行間的生字時，我真的有點蠶蛻一層皮便長一次的感受！後來我擁有了更多的字典，各種各樣的字典，滿書架的字典辭典：《現代漢語詞典》、《成語辭典》、《漢語大詞典》、《新英漢詞典》、《英華大詞典》、《英漢大詞典》、《柯林斯多功能英語詞典》、《牛津百科詞典》，連《辭海》、《詞源》以至印製精良的幾十券《大不列顛百科全書》都購置了！然而，我最難忘的還是我的第一本《新華字典》。它是我的第一本字典，是我的一種生活的起點。

一九九八年第八期《中華散文》

我的貴人

一

到縣城的中學讀書，是改變我一生軌道的樞紐，而這樞紐的最重要一環，是我認識了我的終生朋友張元魁。

那是一九六三的年夏天，我糊裡糊塗考上了縣裡的第一中學，父親挑著行李捲兒一直把我送到陵川縣城，幫我報到後領著我在崇安寺——當時的中學所在地——認清了宿舍和教室，和我到街上一家餐館裡每人喝了一碗氽湯，吃了一個燒餅，算是午飯。我對這頓午飯記得很清楚，完全是因為餓死人的三年困難時期總算熬過去了，雖然還是吃糠咽菜的日子，但是頓頓飯總算可以指望點吃的了。相比村裡每天喝的稀菜湯，一碗氽湯一個燒餅在我的眼裡可就是滿漢全席了。吃過飯，父親帶著我走上縣城的十字街頭，東西南北給我指點方向，然後父親向城西走去，上了回家的路。我還緊緊跟著，一直跟到半坡，父親回身，看了看陰沉沉的天空，說：

「回吧，別送了。今年夏天天天下雨，偏偏今天沒下，算老天有眼，看樣子天黑前也下不起來，我趕得回去的。這縣城地兒大，不比咱小村，能人多，以後多長些眼色，多長個心眼兒。別送了。」

「別送了！」父親見我還跟著，又說。

我被父親勸回來，轉身之際心酸得差點哭了。其實我不是在送父親，只是在機械地跟著走，如果不是父親勸我回去，也許我會一直跟著父親走下去。雖然我上高小就在五裡外的平川（念xuan），可是我從我記事起就經常去平川。平川是附近最大的村子，那裡有供銷社，每年還有一次集，唱大戲，擺攤做買賣，搭棚買飯，因此那裡有些面熟的人，我一個人完全可以獨來獨往。可是縣城呢，離家三十多裡，我一個人回家連路都不認識；還有，縣城那麼大卻到處都是生人，沒有一個熟人；還有，同一所高小考進縣中學來的學生很多，人家都有個伴兒，就我沒有；還有，人家都是大村來的，見過世面，就我來自一個很小很小的村子；還有……就是在這樣一種惴惴不安之中，我開始了我的中學生活，也就開始了與張元魁的認識。

我記得，認識元魁是先從頭型開始的。那年縣中學初中招了三個班，一百二十個學生，按當時全縣十八萬人口的比例看，說我們是佼佼者，一點都不過分。這從頭型都看得出來。儘管我們的頭型五花八門，但是絕大多數學生都留著分頭之類的時髦頭型，留著阿福頭的人只有三四個。村越小的孩子，留阿福頭的越多，其中的原因說來三條：一是村子裡老眼光占上風，小男孩留阿福頭看著順眼；二是阿福頭是用剃頭刀留出來的，會用剃頭刀的人都是有些年紀的人，不會留什麼分頭、背頭和平頭什麼的；三是小村裡也沒有誰買得起一把理髮推子，即便偶然有誰去外村找人用理髮推子留起分頭什麼的，一準會成為村裡冷嘲熱諷的對象。相比當時只有不足四十戶的我的那小山村子，元魁的村莊算是很大的村子——二三百戶呢。一般說來，大村比小村跟時髦要快；他上高小又是在當時的公社所在地禮義鎮，全縣有名的高小，升學率很高，那年考上縣中學的將近二十名學生。我所在的平川高小，五十個學生才考上了三個學生，而我又是唯一考上縣中學的。元魁方方面面都占著「大」的優勢，我方方面面處於「小」的劣勢，雖然納悶元魁怎麼沒有留起時髦的頭型，卻也只是一旁觀看，沒有主動去問個究竟。

我們那裡叫阿福頭是「小八角」，大概是因為額前那一溜流蘇呈八字形吧。我留「小八角」只照過一次相，每當在北京土生土長的妻子看見，都會哈哈大笑。我不知道她笑什麼。我當時看見元魁留「小八角」的樣子，是很中看的。在八字形的流蘇映襯下，他的臉圓圓的，白白淨淨，眼正鼻直，我覺得比我好看得多。不過，我們所有留阿福頭的學生，第一個月就讓班主任用理髮推子統一修理成平頭了。我很高興告別我的阿福頭，因為在縣城裡阿福頭看上去實在太土了。只是我們頭型統一後，我在相當一段時間裡好像看不見元魁了，儘管發生了一些並不算小的事情。

常言說，人多勢眾，無論是在年級裡還是在班裡，禮義高小的學生是唯一敢和城關學生對抗的派別。城關學生雖然沒有禮義學生多，但是在鄉下人眼裡他們都是縣衙門外的子孫，有些學生的家長確實也就在衙門裡做事，身上難免有些公子哥兒的習氣。第一學期由班主任指定班幹部，班主任和縣城的學生熟悉（或者說和他們的家長熟悉），班幹部都讓城關學生代理了。但是禮義來的學生學習成績好，所以和城關學生對立起來有底氣，因為我們是一個公社，對抗發生時禮義派往往也會把我算上。有一天早自習，大概離開學不到兩個月吧，不知因為什麼，這兩大勢力發生了爭吵。我還沒有弄清楚怎麼回事，只見一個城關學生氣哼哼地滿教室轉，不知從什麼地方找到一塊半頭磚，劈頭蓋臉地就朝禮義派中爭吵得最賣力的那個學生砸過去了。雖然磚頭只砸到了那個學生的桌子，但這種窩囊氣豈能忍受，只見他一拍桌子，喊道：

「出人命了，出人命了！我們禮義來的——」

他還沒有喊完，正趕上俄語老師陳孔農進教室來檢查自習，早看見那個城關學生扔磚頭，就大喝了一聲：

「想幹什麼？磚頭能砸死人，你知道不知道？難怪你俄語學得不好，原來力氣都使在用磚頭砸人上了！」

這件事雖然沒有什麼懲罰性結局，但是我想在老師中間肯定引起過相當的議論和反響。到了第二個學期，第一學期由班主任任命的臨時班幹部全部被改選掉，當選上的差不多都是禮義公社來的學生。當然，學習成績是主要因素，因為第一學期考試過後，前十名中有七八個都是禮義公社來的。不過別的因素肯定有的，因為另有一件讓我更難忘的事情沒過多久就發生了。

小孩子最是欺軟怕硬的，對副課老師尤其不尊重，可對嚴厲的老師又最懼怕。我們的歷史老師是四川人，不苟言笑，平時與我們不遠不近，有的學生在他的課堂上就愛調皮搗蛋。有一次，那個用磚頭砸人的城關學生趁他轉身在黑板上寫字的功夫，翻身坐在了書桌上面向全班人做鬼臉，正好被回身拿黑板擦的歷史老師逮了個正著。我坐在第一排，眼見歷史老師的臉色唰地變青了，大聲喝道：

「×××，到講臺上來！」

那個學生翻身坐回自己的座位上不動，還樹起眉毛挑釁。歷史老師沒有甘休，臉色由青轉白，不動聲色地走到那個學生座位邊，一把拉起他，不由分說一路拖到了講臺上，推搡到了講臺一邊，往他手裡塞了一根粉筆，說：

「把我講過的幾個歷史人物的名字寫出來！」

歷史老師緩和了一下情緒，接著講課，可是很快被講臺下嘁嘁的笑聲打斷了。歷史老師瞪著眼睛看了我們好一會兒，隨後轉過身來，看見那個學生在往黑板上唾唾沫，然後用指頭把他寫在黑板上那些亂七八糟的字和唾沫往一起亂抹。歷史老師一聲不響地走到那個學生跟前，右手卡住他的後頸，砰砰往黑板上撞他的腦門兒，他的腦門兒正好碰在他的唾沫和粉筆的調和物上，沾上了一塊白色。我坐在第一排，嚇得心裡通通亂跳。全班鴉雀無聲。過了一會兒，歷史老師接著講課。那是我一生中最難忘的歷史課，我想也是全班同學難忘的一堂歷史課，此後全班對歷史課非常重視，那個學期期末考試時會班的歷史成績是全年級最好的。

那個學期即將結束之前，我們全校從原來的北關崇安寺搬到了縣城東關最東邊的新校址上。

在這些事情發生和進行中，我一直沒有注意到元魁，其實他已經顯露出他的某些才幹和人緣，第二個學期當上了我們班裡的文體委員。也許正是他當了文體委員，我們的交往才多起來。

二

用父母的話說，我從小喜歡寫寫畫畫。細細想來，人生能幹點自己喜歡的事情，是很幸福的——因為喜歡，你不覺得累，不覺得苦，很自覺，很勤奮，一心想把喜歡的事情做得十全十美。上中學的時候，我臨摹小人書上的畫兒已經駕輕就熟了，比如單槍匹馬的趙雲，雙錘舞動的岳雲，大刀橫提的關公……因此每逢過新年或者過五四青年節出壁報，報頭一定是歸我畫的。元魁是文體委員，他要帶領我們幾個把壁報辦好。他的字寫得好，不僅親自抄寫，還要保證後勤工作，我們需要什麼他總能找得到什麼。我們的壁報一直是全校辦得最好的之一。論生日，元魁只比我大幾天，可是他總能發現我觀察不到的東西。只要看見比我們辦得更有水準的壁報，他就會拉上我去品評一番。他是一個很有欣賞力的人，眼光獨到，經過他的點評，我就會從別人那裡吸收好的，以備下一次參考。漸漸地，我們在審美上有了許多共同的觀點。

我以為，中學時代是一個人求知欲最強的階段，也是學得最快的階段。因為他是文體委員，他帶頭識簡譜，我們班很快識簡譜成風，而為了把簡譜念準確，我們這個學會了吹笛子，那個學會了吹口琴，把班裡的文藝活動搞得有聲有色，在全校匯演中總是數一數二。

他是一個很有組織能力的人，很善於利用每一個機會把他所負責的文體活動搞好。我們早上有早自習，一個多小時，然後吃早飯；上午四節課，然後吃午飯。這兩次開飯，每個班需要站著隊伍到食堂去打飯。我們正在長身體，每天每頓飯都吃不飽，所以一到吃飯的時候，誰都喜歡儘快趕到食堂，先吃為快。可是每個班裡四十多個學生，在一兩分種內把大家集合起來，站著隊伍向食堂趕去，並不那麼容易；而且，有些同學就喜歡晚一點去，他們的理論是稀飯放涼了，容易掛在打飯勺上，打飯勺打進碗裡的多一點，可以多吃幾口！

元魁反駁說：「不對，稀飯涼了掛在勺上，能不能打進你的碗裡，要看大師傅能給你往碗裡甩幾下，甩得用力不用力。所以，據我觀察——」

元魁這時候往往會停頓一下，買買關子，把注意力儘量吸引過來。

「據我觀察，大師傅最關鍵。三口大鍋，三個大師傅，秦師傅的飯做的最好吃，苗師傅打飯最捨得用力氣甩，劉師傅的飯或好或壞……總之，你去早了想挑誰挑誰，去晚了攤上什麼吃什麼，所以我說我們站隊還是越快越好。」

經他這麼指點，大家彷彿吃出了甜頭，我們班站隊吃飯一直是全校最快的班級。這是一種訓練，有利於集體行動，因為誰也不願意一個人拖了所有人的後腿，慢慢地培養出一種集體榮譽感。這種訓練對我們班出早操和體育活動大有好處，所以我們班的文體活動一直是全校最好的。

我卻不僅僅學到了這些。吃飯饕餮，貪婪，是一種不文明的行為。但是，在物質極端貧乏的情況下，解決吃的問題倒是能讓人變得更機靈，更勤快。元魁對食堂廚師們的觀察，讓我開竅，對周圍的生存環境變得敏感起來。我們新校址很空曠，房舍之間種了許多圓白菜。秋天到了，圓白菜長成了，我問元魁我們可以不可煮些吃。元魁說，我也正想這事，可是去哪裡弄來鍋碗瓢盆呢？我說這不難，我們去退一頓飯票錢，到東關那個小雜貨店買個沙鍋，買些鹽，就行了。我記得我們用兩毛錢就把灶具解決了，清水鹽煮圓白菜，清香可口，下晚自習後我們幾個人一齊動手，煮幾筷子圓白菜吃，會很快進入夢鄉。我們還刨了些圓白菜藏起來，隔三差五煮一頓吃，給漫長而飢餓的冬季帶來了一點春天的希冀。有了灶具，我們還會在秋收後到附近的田地裡拾小糧，幾把豆子幾把玉米炒熟了，整個宿舍香飄四溢。每逢這種時候，元魁總是自報奮勇當廚師，往我們的碗裡分東西，分得很公道。我們那時候幾乎天天在和飢餓作鬥爭，所以我們的這些活動很有些共渡難關的性質。有一次，我們幾個人結伴回家，沿著公路走，午後的陽光亮堂堂的，路面顯得又寬廣又敞亮。我們想到回家後無論好壞總算可以飽食幾頓，心情大好，我和元魁不約而同地唱起來了：

「我們走在大路上——」

我們一開始彼此嚇了一跳似的，一起停下了唱歌，互相看了一眼，會意地笑了笑，接著重新唱起來：

「我們走在大路上，意氣風發鬥志高昂——」

三

每次回家我們都有點意氣風發，可返回學校的時候就有點蔫頭耷腦了。首先是因為我們每個月回一次家，是回去取伙食費。我家家口大，只有父親一個人是勞動力，學校給我評了三塊錢的伙食補助金。我知道元魁家有奶奶、父母親和弟弟妹妹。他父親是村幹部，我便理所當然地以為他回家取伙食費比我容易。可是幾乎每一回是我帶夠了伙食費，而他還差一塊兩塊錢。後來我才知道，他的家庭比我的家庭複雜一些。我父親雖然在很長一段時間裡一個人養活著八口人，但是因為我是家裡唯一的男孩，全家都用著勁兒供我上學，每次回家取錢，父親會想盡一切辦法去借錢，全家人也會想盡一切辦法攢錢。元魁家不是這樣子。父親和母親感情不和，一直分著過日子；元魁、父親和奶奶是一頭，母親、弟弟和妹妹是另一頭。但是勞動力也只是他父親一個，等於一個人養活著兩個家庭。父親的難處體現到元魁身上，除了嚴厲，還會往元魁身上推一些責任。有時候，他父親讓他去找他母親要錢，更多的時候是讓他去找他的舅舅借錢。我十歲上被父親逼著去和他的一個朋友要過一次錢，我終於沒有勇氣說明來意，因為父親的朋友對我很好，我不好意思開口要錢。回來後被父親好一頓大罵，直到我承認我被餓傻了，父親才罷休。長大後有了點文化，我才分析出來，這是大人推卸責任的一種方式。不得已去向他的舅舅要錢時，元魁會叫我一起去。那是很窘迫、很無奈、很難受的罪過。那時候大家都很窮，借錢是常有的事情，因此掙工資的人漸漸學會裝窮，否則他們的那點工資會被別人借光的。他的舅舅在縣城的工商局當電工，一個月二十八九塊錢，除了自己的伙食費和零花錢，能剩下十來塊錢就是很節約的了，何況他也要養家糊口呢。儘管是舅舅，可是我們往往去一次還借不來錢。這樣，我們就得去第二次，第三次……有時候我會抱怨他父親不該讓他去和他舅舅借錢，有時候我會說他舅舅不好，為外甥辦事一點不上心。可是元魁從來不抱怨任何人。他的忍耐和寬容讓我不理解，學不會，卻對我產生了很大影響，以致我後來遇到類似的事情，總會想起他在他舅舅面前靜靜等待的樣子，由此生出了許多的耐性。有一次，我們在他舅舅那裡看見了他舅舅的女兒，很小的樣子，幾乎沒有給我留什麼印象。但是，沒想到，正是從這個小女孩子開始，我和元魁開始了更加深入的交往；更想不到的是，大約十年之後，我們已經形同兄弟時會因為這個已經長大的姑娘和我同在一個農機廠裡上班發生了一點點善意的誤會。

那次我們要到伙食費沒有，我記不得了。回到學校後，我們沒有去教室也沒有去宿舍，元魁直接把我拉到操場上的單杠下，我以為他要和我比一比誰拉的引體向上多，可是，他卻令我頗感突兀地問：

「那個女孩子好看不好看？」

「你舅舅的閨女？」

「是呀。好看不好看？」

「我沒看清楚。」

「你耍滑頭，不夠朋友，不說實話。」

「我要是看清楚了我就不是人！」

元魁停了一會兒，說：

「她是我爸給我說下的媳婦，你說能行嗎？」

我沒有說話，根本沒有從吃驚的狀態裡擺脫出來。那時候我們十四五歲的樣子，我特別怕人提說媳婦的事兒，覺得很醜陋，很丟人。我考上中學後，父親母親經常和我提這種事兒，我總是一連串的「我不要！」有幾次實在被逼得沒有辦法，我不得已最後編了一套謊話，說學生一旦說了媳婦被學校知道了，會馬上被開除出學校。

「我們悄悄說好，不讓學樣知道就好了。」父親說。

「你們敢給我說下媳婦，我就敢到學校去揭發。」我威脅說，一副二百五的樣子。

我的父母是實在人，沒有什麼文化，對我這個不成器的唯一男孩又驕慣，聽信了我的話，謝絕了所有的媒人。中學上過半年後，直到我中學畢業回家種地，再沒提這件事情。所以聽元魁說他已經定下了媳婦，很吃驚，很意外，我說他怎麼不嫌丟人，根本就不應該答應這種事情！

「你不知道，我還不會說話時這樁婚事就定下了。那時候家境還好，我爸爸幫我舅舅家好多好多忙，給了他家好多糧食，好多錢，所以兩家就說好，要是我妗妗生下閨女，就嫁給我做媳婦。」元魁看我又要急，搖了搖手，接著說：「你先別急，等我把話說完。等我長大懂得了這件事，我很不情願，可是我不敢和我爸爸說，只敢和我媽媽說，可我媽媽更不敢和我爸爸說。就這樣，事情拖下來，就成了既定事實了。」

也許是從前嬌慣過，也許有些天生的性格，我對無理的壓制現象從小就特別反感，也特別敢發出呼聲。也就是在那年夏天吧，我放暑假回家參加生產隊裡的勞動，活兒都是打田埂——就是把傳統種蓖麻的地邊用木板子打成硬邦邦的田埂，既不能種蓖麻，又很容易被雨水沖壞。我父親說幹那活兒是吃飽撐的，不知哪個歪嘴和尚念的歪經。後來才知道那是在學大寨，是陳永貴念的歪經。打埂是一種狗日的活兒，撅起屁股，哈起腰，低著頭，跟坐噴氣式飛機一樣，尤其累得腰酸，所以直直腰喘口氣是經常的事兒。可是每逢我直腰，站在地頭監工的大隊主任就會吆喝：

「嘿，嘿，嘿，那個大中學生，就你偷懶最厲害，看我不把你的工分扣掉！」

「誰都有死的時候，你也一樣！」我大聲喊了一句。

按輩分，我叫大隊主任哥哥，可是他比我年長二十多歲，我的意思是說他總會死在我前邊，再也管不著我了。我這話完全是小孩子不知輕重的結果，結果卻被傳得沸沸揚揚，說我野調無腔，心胸太大，因此一直流傳了很長一段時間才漸漸平息了。在我大學畢業並在北京參加工作後，我的這位本家哥哥早不當村幹部了，到公社所屬的鄉鎮企業做事，每次我回家他都要來和我坐坐，而且總會提起這件事，說：「那時候我就知道你心胸跟別人不一樣的。」我怎麼向他解釋當時的心情他都不信，只說我從小有心胸。後來讀書多了，我忽然悟出來，許多關於偉人小時候的神乎其神的美麗傳說，一定不可靠，一定是以訛傳訛的結果。

那時我不知輕重，還把這件事當作光榮說給元魁聽，鼓勵他反抗他爸爸，把這件婚事退了。元魁聽了，說：

「我可不敢，我爸爸很厲害，什麼事情都不聽我的。有一次，他領我到村裡的供銷社買襯衣，明明是一件女孩子穿的花衣服，可是他摸了摸很厚實，就跟供銷社的售貨員說：『就這件，夠他穿一夏天的，磨不爛的話明年還能穿。』我嘟噥說男孩子不能穿女孩子的衣服，我爸聽了，說：『有你穿的就不錯了，什麼女孩子的男孩子的，慣得你要上天了！』我嚇得不敢吱聲，後來供銷社售貨員實在看不慣，才幫我解了圍！」

「真給你買了你也會穿嗎？」我問。

「那怎麼辦？」他答。

「這麼說，你舅的閨女你同意要了？」

「不要，不要，堅決不要！」

我終於如釋重負。

四

青少年是很容易忘憂的。但凡我們不覺得餓，但凡沒有什麼煩惱的事情，我們就會處於一種嘻嘻哈哈的狀態。那時候我喜歡看新小說，比如《新兒女英雄傳》、《林海雪原》和《呂梁英雄傳》，等等。元魁說他沒有耐性看厚書，要我看見好看的段落讓他看幾眼。我問他什麼叫好看的？他說搞「亂愛」的就行。我們那裡把「戀愛」念成「亂愛」，我們以為「戀愛」就是「亂愛」的意思。我讀到《呂梁英雄》裡那個名叫康有富的長工被地主兒子的女人用「白光光的大腿」勾引時，我拿給元魁看，問他這是不是「亂愛」？元魁看了大喜，就大聲地從頭到尾把那段念了一遍，讓全班聽得哈哈大笑。每當這時候，我都會在一旁欣賞元魁，納悶兒他怎麼好意思當著全班人念這些應該自己好好咂摸的東西，真是一個心底坦蕩的孩子。我覺得我一輩子也學不來他那種勁頭。

實際情況是，我們回到現實裡，青少年那種蠢蠢欲動的性意識也毫不含糊。那時候考上縣中學的女孩子很少，我們一個班四十多個，只有六個女生。其他班的男女生比例基本上如此。有些早熟且外向的男生，早早就會把自己看上的女孩子摘出來，暗地裡跟人說某某女生眼睛怎麼大，皮膚怎麼白，身段怎麼好……這些話傳來傳去就傳成了誰誰看上誰誰了，一有合適的場合，大家就會起鬨，把他們往一塊兒推去。這時候，班裡對元魁獨到的眼光已經有了認可，覺得他也應該看上哪個女生，讓大家欣賞才好。但是，元魁一直沒有參加到這個行列來，我們大家很失望，尤其是我，因為我以為元魁沒有和我說真話，他是不敢反抗他父親的意志，忍受了那樁包辦婚姻。但是，我們上初二的時候，元魁悄悄和我說，他看上了一個新女生，很好看。那幾天我和元魁形影不離，等待機會讓他告訴我那個新女生是誰。但是，我翹首指望的結果令我大失所望。

「就是這麼一個女生呀！」

「怎麼了？挺耐看的！」

我連爭辯的心情都沒有，幾乎是用一種賭氣的心態把他的祕密告訴了班裡的人。大家的反應和我一樣，都說元魁這次看走了眼，讓大家失望了。奇怪的是，大概過了半年，事情發生了轉變，有人開始說女大十八變，那個女生變得好看了。沒過多久，我們一致認為那個女生是全校數得著的漂亮花朵，於是大家開始對著那個女孩子大喊元魁的名字，搞得那個女孩子東張西望，不知所措。

從過來人的角度看，青春萌動其實是很美妙的，因為它不會責問我們的想入非非具備何種條件，比如有沒有一床像樣的鋪蓋。僅從鋪蓋上衡量我和元魁的家境，我們在一個檔次上。我上中學拿走了家裡一條被子，已經是很奢侈了。元魁也只有一條被子。但絕大多數同學都是一條毯子和一條被子，或者一條褥子和一條被子，鋪的蓋的都有。我和元魁卻只有蓋的，儘管我們把被子疊成桶兒自己像一根棍兒一樣往裡鑽，身下也算有了鋪的，但是到了冬季還是會受凍。我和元魁越來越形影不離後，元魁和我說：

「我們通桶兒吧。」

那時候，農村一個家庭只有兩三條被子，父子之間、母女之間、兄弟之間、姊妹之間通桶兒是常事。一條被子鑽進兩個人，雖然各占一頭，但是睡到半夜被子總是會被踹散，身下鋪的便只有葦席，早上起來身上到處都是葦席印上的花紋。相比之下，我和元魁通桶兒要享福得多。我們把一條被子鋪上一半，另一條被子疊成桶兒，再把鋪著的那條被子的另一半搭在上面。我們兩個人的睡相很好，一夜醒來被窩從不亂套。因為睡在一起，我們同出同進的時候自然很多，所以一有機會我便私下問元魁：

「四十一班那個女孩子怎麼辦？」

元魁不置可否地笑一笑。我看得出他喜歡有人提起那個女孩子，我也樂意老調重彈，想知道元魁是不是真心要和另一個女孩子談「亂愛」。隨著我的知識增長，我已經知道親上加親的婚姻不好。另外，我覺得我的朋友不應該還就一樁包辦婚姻，那樣的話太委屈他。不過，這種事情僅僅是我們中學生活裡難忘的花絮，儘管色彩斑斕，可是環境惡劣，不過亂雲飛渡的天空出現的一道彩虹而已，一般不會有什麼實質性結果。

五

我們是一九六六年中學應屆畢業生，窮人家裡辛辛苦苦攢錢支持孩子上學，都希望有個結果。

儘管新社會的開始給一些人提供了進城掙工資的機會，但是輻射到廣大鄉村的概率，和每一次改朝換代沒有什麼根本區別。至於我們那個小山村，除了走過一兩個暗無天日的煤礦工人，別的機會是沒有的。「文化大革命」的風潮波及我們中學之前，我們學校根據省裡來的指示，還進行過一次升學推薦工作，我居然被推薦為前幾名。當然，這種地方性活動隨著北京來的「文化大革命」風潮一風吹了，不過在填寫升學表格時我和元魁報的志願都一樣，就是最後一項不同。他報了什麼學校我記不得了，我的最後一項是晉東南煤礦學校。他堅決反對，因為他們村開著一座煤礦，經常有事故發生。我們那裡有句老話：好人不當兵，好鐵不打釘，但凡有活路，不下煤窯坑。可我和他爭辯說，我們村裡那兩個煤礦工人家裡有錢花，比種地強。

「再說了，我們是上學去，即使分到煤礦上也是技術工。」我堅持說。

「那也不好。只要離煤近，就是一身黑。」他說，也不讓步。

「農民掙錢太難了，只要每月有工資，就比種地強。」

「你說強就強吧，反正是最後一項，不頂什麼用的。」

另有一點我沒有說，那就是我上中學上出來的一點自信。我很少為自己樹立什麼目標，但是做什麼都有耐心做下去，做好，做精。信心是上學上出來的，但是我的眼界和適應能力與元魁的相處密不可分。那年，我們六月底領了一個畢業證離開學校，八月初卻又被通知回來參加「文化大革命」，而且元魁還被推選為紅衛兵代表，到北京接受毛澤東的檢閱。元魁不遺餘力地為我爭取名額，希望和我一起去，我說這不是個人左右的了的，他去就夠萬幸了，回來給我講講北京什麼樣子就行了。他好像對我做錯了什麼事似的，反復和我說：你要是去多好啊！等他回來，他把在北京的見聞一五一十地告訴我，臨了還說：你要是去多好啊！我倒是沒有他那麼遺憾，因為「文化革命」一開始許多單位都往牆上寫紅色標語，學校派我去寫美術字，我對這種事情更喜歡，覺得用那麼好的顏料練習寫字，是非常合算的事情。在各個學習階段，不管老師喜歡不喜歡我，都承認我的字寫得看得過去，可是家裡沒有錢給我買紙買墨買筆練習，有時候看見哪裡有個字寫得很好，心下喜歡，我就隨手用一根小棍子在土地上寫寫畫畫。有一次被平川高小的校長看見了，他又喜歡我寫的字，便大會小會表揚我，還親自到我們村裡找到我的父親，要父親花錢給我買紙買墨買筆，讓我好好把字練習練習。父親滿口答應，可是日子越過越苦，餓肚子漸漸成為家常便飯，形而上的事情就很難談上了。「紅海洋」活動遍及全中國，那種浪費十惡不赦。但是，對於我，這種運動倒是讓我寫字得到很大鍛鍊，在我一生中的幾次重大的關口，我這筆馬馬虎虎的鋼筆字以及練習過的美術字，都多多少少幫上了忙。

元魁回來後，有了傳遞「紅色火種」的任務，自然就成了學校紅衛兵組織的負責人之一。但是山西的造反派很快分成了兩大派，是全國有名的打派仗省份。我們的國家搞團結很難，但是搞分裂卻往往是燎原之火。短短半個月，省城的兩大派很快在我們那樣閉塞的小縣城發展了各自的勢力，各種場合的辯論如火如荼。每次上街辯論，我和元魁都是一起去的，可是我不喜歡這種活動，只會站在一邊為元魁壯威。有時看見元魁能振振有詞地和對方辯論得面紅耳赤，我挺羨慕的。但是有一天，他從街頭參加辯論會回到學校，把我拉到一旁說：

「我們找個藉口回去吧。」

「回哪？」

「回家！」

「為什麼？」

「天天參加這種活動沒有意思，我總覺得遲早要出事兒，我們不如早早脫身好。」

他說走就要走，我自然要和他起走，後來卻因為臨時有單位叫我給人家寫紅色標語留下來。這一留不要緊，兩派的辯論很快升級，打起架來，也就是後來遍及全國的「武鬥」。縣城的武鬥活動持續了近三個月，不知是什麼邪惡的魔力，我一直扮演著一個旁觀者的角色，沒有立刻回到村裡去。或許，旁觀也是容易上癮的？當然，我一直拖著沒有回去，另有一個很重要的原因：我們班的所有伙食補助費可以由我們幾個留守的學生支配，也就是說，我們像領工資一樣，不僅吃飯有保障，還有些零花錢呢。那種感覺真的很好，月月等著發錢，有了錢一切便無憂無慮了。種地則完全不同，每天勞作，起早貪黑，旱澇皆憂，一年到頭還是吃不飽穿不暖。

元魁回村後對我仍滯留在縣城很不放心，幾次托熟人給我捎口信，要我千萬小心，趕快回家為好。我不是一個多麼聰明的人，但是我一生對事物都能識別好歹，善於吸取別人的長處和優點。元魁及時抽身回家的事兒，實在是了不起的決定。和他一起去北京參加紅衛兵接見的學生，都深深陷入了兩派的武鬥，在後來還鄉團式的反復算後賬活動中都吃了不少皮肉和精神的苦頭，惟有元魁例外。我後來多次問過他其中的真實原因，他都說就是當時感覺不好，覺得沒意思，不如回家幫助父母親掙點工分。也許這是一個原因，因為元魁一直是一個知道為家裡分擔憂愁的人，但是我更相信元魁的直覺過人，把握環境的能力很好。如果是外交家，那種能力就是審時度勢；如果是政治家，那種能力就是洞察秋毫。

山西的兩大派打仗結束已經是一九六八年的春天了，元魁先被通知回到了學校，然後寫信告訴我一切安好，可以回學校參加軍訓了。我們那派站錯了隊，處於被清理的地位。元魁怕我拖延在縣城期間有什麼把柄在人家手裡，靜觀了半個月見我默默無聞，才通知我返校的。我們過了一段膽戰心驚的日子，因為每天夜裡都能聽見「修理」人的活動，就是把站錯隊的「活躍分子」揪進黑屋，拳腳相加地揍上一頓，因此三更半夜的，總能聽見驚悚的哭叫聲。最驚悚的一次「修理」活動，是把一個派別頭目押到一所教室的講桌上，公開審查，可是根本沒有經過任何審查程式，便早有人一腳把講桌踹倒在地，那了個頭目摔下來，幾個打手上去拳打腳踢一陣，然後用繩子五花大綁，那個頭目轉眼之間就折騰得鼻青臉腫，臉色煞白，汗涔涔地往下流。我們曾經是一個派別的，很熟悉，眼見著好好一個人這般受折磨，心下受到的衝擊一輩子也忘不了。元魁被審查過，因為脫身早而沒有任何「劣跡」，沒有吃任何皮肉之苦。他先到學校摸清情況才通知我來，用心實在良苦。「修理」活動一直持續到解放軍進駐我們中學才停止。我們經過一段時間軍訓，又領了一張寫著毛澤東最高指示的畢業證書，徹底回農村去了。

六

這次回家種地，最大的感覺就是我確實長大了——十八周歲。考上中學時只是個少年，卻有那麼多人上門給我找媳婦；這時回家已經長大成人，卻是我看中的人不跟我，看中我的人我不要。挺尷尬的。不管怎樣，不上地沒工分，沒工分餓肚子，隨著鄉親父老種地吧。毛澤東能搞「十年文化大革命」，他應該感謝廣大農民。多虧他們愚昧無知，不知道什麼叫「文化大革命」，僅僅為了不被餓死，每天上地幹活兒，保證了城裡人的基本溫飽。城裡的「文化大革命」運動輻射到農村，就是每天早上扛著農具向毛澤東表忠心。我回村時還有這種活動，我因為睡懶覺趕不上這種活動，經常被扣工分。好在沒有過幾天，務實的生產隊長見我這個從縣裡回來的人都懶得參加這種活動，而他每天為了把懶散的農人招呼來喊「萬歲」，實在是一件苦差事，就停止了。自由的日子沒有過幾天，我的父親被叫到大隊參加學習班，理由是他被派過壯丁。我很快弄明白這是從上到下的「清隊」運動，可是我直到上了大學，才知道「清隊」的全名是「清理階級隊伍」。山高皇帝遠，越遠越容易盲從。我父親當過壯丁是全村都知道的事實，按當時的階級標準是「苦大仇深」，卻不得不被「清隊」了半個月，白白耽誤了掙工分。毛澤東總說別人顛倒黑白，實際上他老人家才是顛倒黑白的高手。

回家種地日子不好過，所以特別懷念上中學的日子，自然總會想起元魁。我們村相距元魁村十多裡路，按三裡五莊的標準算是遠距離。但是我們村有嫁到那裡的女人，他們村有嫁到我們村裡的女人，消息還算靈通。我聽說他父親在「清隊」運動中吃了不少苦頭，不當村幹部了。如果在學校，我們可以在一起說說話，解脫一些精神壓力，可是回到了農村，你就得學會愚昧，把學到的知識統統忘掉，才能和更加愚昧的莊稼人打成一塊兒。然而，知識卻是不容易忘掉的。即使忘掉一部分，可是你因為學知識而開化的腦袋卻永遠不會安於現狀了。在努力模仿父輩如何聽天由命的幾個月中，我突然想明白了兩個重要問題。一是這個國家以工人農民為基礎這話沒錯，但是理解應該是這樣的：基礎就是根基，永遠是最底層，根基上還有木石，木石壓木石，層層疊疊，根基想出頭露面是絕對不可能的。製造這種因為好聽而迷惑性很強的大理論的人，骨子裡肯定就是這麼想的，否則也不會動不動就把那些犯過錯誤的人打發到農村和工廠去改造，僅僅因為農民和工人看不透看不深，看見的只是「大官兒」和「大文化人」來和他們同甘苦，他們便覺得有了一種虛妄的身分，可以聊以自慰。二是既然作了根基，就得尋找根基的出路。根基也有高低之分，我反正不能做我父親第二。他一輩子受欺負太多了。國民黨欺辱，共產黨也欺負。我父親當然看不透這點，卻總是抱怨說，當初要聽長輩的話，把木匠學成就好了。父親是我的歷史，歷史的經驗值得借鑒。於是我想，有了一技之長，哪怕去給人家砌一個灶台，打一隻水桶，也能混一頓好飯吃。我便和父親說想做一口箱子試試手。父親把話傳出去，惹得全村人都說別人當三五年學徒，學會使瓦刀都不容易，我連曲尺錛刨斧都沒有摸過，就想做箱子，還想造飛機呢！好在父親願意做我的幫手，扯大鋸，拉小鋸，我說幹什麼他就幹什麼。時不時，他還會告訴我哪個關節他見過哪個木匠怎麼做，給了我一些關鍵的指點。一個星期後，我憑藉學過的那點幾何知識，不僅做出了箱子，還因為在縣城用紅漆白漆寫標語時學會了使用油漆，把箱子油漆一新；然後，憑著模擬的畫技，在箱子上畫了一個毛澤東頭像，添加了幾道光束。一時間，村裡人紛紛來看我做的箱子，嘖嘖聲不斷，說我這個人別說做一個木頭箱子，有了梯子，上天去摘星星都不在話下呢。這件事又讓我明白了世人對偉人的迷信是怎麼營造出來的。偉人為什麼特別喜歡世人盲目地迷信。

時隔不久，禮義鎮舉辦一年一度的集會，我和元魁在集會上見面了。我們半年多沒有見面，他說我曬黑了，我說他曬黑了；他說我瘦了，我說他也瘦了。我問他父親怎麼樣了，他說不當幹部了，當老百姓了。我說也好，省得操心。他說真的很好，父親不當村幹部，過去對他好的人不理他了，讓他看清了誰也靠不住，只能靠自己。我問他怎麼個靠法？他說毛主席說得好，好事能變成壞事，壞事能變成好事。他們村的「清隊」工作隊是公社派下來的，領隊的是公社趙主任。趙主任很看重他，現在讓他帶頭參軍，要他積極地把頭帶好了。他說，參軍是條出路，我們不能在農村窩著。城關的學生凡是吃供應糧的，都參加工作了。我們學習好有什麼用處？無論如何想辦法吃上供應糧才行！

我一直沒有多說話，因為元魁的話雖然很有信心，可在我聽來卻深深感覺到我回農村比他回農村要深得多。小村，連女孩子都不願意往那裡嫁，還能指望哪個級別的幹部去蹲點，讓我有緣攀上嗎？還能指望哪個當官的知道我是誰？我又一次堅定了信心：太高的目標不切實際，我只能從技術上尋找切入口。他問我有什麼打算，我說想學個匠人什麼的。他說他原來也有這個打算，可是年齡有些大了，師傅們不願意帶。我說我想自己捉摸一門手藝。元魁看了看我，沒有表態。我很想把我無師自通做箱子的事情說給他聽，但是話到嘴邊沒有說出來。相比元魁的志向和信心，我的打算顯得沒有出息。我突然感覺到當初做木箱要是沒有父親的幫助，我會多麼孤獨，多麼無奈！更不敢想像一旦做不出來箱子來又會招來什麼的嗤笑！

他離公社近，消息靈通，又給我講了一些同學的情況，然後拉我去一個大棚下吃了一碗炒餅喝了一碗汆湯。他知道我從小愛看戲，問我下午看不看戲，我說哪有那份心思，還是早點回家吧。分手時，他像一個兄長，和我說別灰心喪氣，不管有什麼機會，別輕易放過。

七

但是，各地有各地的文化格調。因為一口箱子，我在方圓一帶又恢復了一些名聲。村裡兒時幾個夥伴非要我在生產隊扮演一個什麼角色，我學木匠的心情暫時鬆懈下來。家裡呢，見我老大不小，總也說不下媳婦，就決定先修房子，弄個幌子，也許以後就招來鳳凰了。我堅決反對修房蓋屋，因為糧食始終不夠吃，大興土木之後日子更難對付了。我的反對遭到全家呵斥，說我不知好歹，修房蓋屋還不是為了我？

果然如我所料，春天把房子修起來，家裡就斷頓了。父親為人很好，滿以為他能借糧度日，好歹對付到收秋，不料他去向誰借糧都碰了釘子，一到晚上就唉聲歎氣，說：

「哎，這是個什麼社會？沒有兵荒馬亂，沒有天災人禍，怎麼就是沒有糧食呢？大隊小隊的倉庫都是空的，要放在過去，找哪個東家不借給我幾鬥糧食？」

父親愁病了，母親餓病了，都病得差點要了命。我這時才真正感覺到底層社會的兇險和人心的扭曲，覺得即使學了一技之長，家家都沒有糧食吃，誰用得著你的一技之長？我想到這一輩子就要這麼餓著肚子過下去，真是不寒而慄。此間，我聽說元魁因為血壓偏高，體檢不合格，沒有去當兵。但是公社的趙主任看他是一個人才，直接安排到公社廣播站當技術員了。他多次托人捎話，要我去找他玩耍，我都沒有去，說不清是什麼心理作祟，就是覺得我們兩個身分不一樣了，我需要他那樣的有身分的朋友，他不需要我這樣沒身分的朋友。我經常去找他只會降低作為朋友的他的身分。世界的事情應該是好上加好，不應該是好上加壞。終於，有一天，元魁托人給我捎來一封短信，信上說他看中了一個女孩子，要我無論如何去一趟，幫他參謀參謀。這下我推託不掉了，只好去了。

人的環境真的太重要了，元魁剛剛做了幾個月技術員，就又像上中學的時候那樣白淨了。如同上學時一樣，他和我談論事情有一說一，有二說二。他說他父親被「清隊」時，他家托人去舅舅家提親，舅舅家推託說孩子們大了，小時候說下親事哪能還算話？兒女們大了，就由他們自己決定吧。元魁的父親很傷心，問元魁怎麼辦？元魁說他從來就沒有同意過這樁親事，這下正好稱了他的心。真是三十年河東，三十年河西，誰知元魁這下吃了供應糧，掙工資，媒人立馬踢破他家裡的門檻兒。他的舅舅家也馬上托人來提親來了。

「是不是你爸爸先托人去問過了？」

「不是。我爸這次民主多了，說他不管我的事，我有合意的儘管自己找下好了。」

「這次這個閨女是怎麼回事？」

「是我早就看上的，第一次碰見就像早就見過多少面一樣，一想起第一次碰見的情景就覺得一股清凌凌的河水從頭流到腳，通體的痛快！今天她在西街的菜園幹活兒，我領你一起去看看。你說可以，我就托人去提親。」

元魁一副很有把握的樣子，好像事情已經十拿九穩了。現實生活也的確如此。別說元魁這樣要人樣有人樣，要文化有文化的青年，只要是家裡有在外掙工資吃供應糧的人家（一般說來往往是父親），找對象也是隨便挑的。元魁的身分變了，成了公家的人，我當然很高興，和他說只要不是他舅舅的閨女就好，只要是他喜歡的就好，只要那閨女健康就好，只要你父母親喜歡就好，只要你們兩個互相喜歡就好，只要那個閨女有文化就好……我由衷地念叨著。中午元魁從公社食堂給我打了一份飯，兩個饅頭一碗豬肉粉條菜，比我過年還吃得好。吃過飯，我們又說了許多的話，然後元魁說：

「走，我們去看看！」

其實我不想去看那個姑娘，覺得一群人在一起勞動，我們在一旁偷偷觀看會很不自然；更何況我來時穿了一雙鞋不很跟腳，走路時腳跟得往後使勁兒，否則鞋的後跟就會啪嗒啪嗒響，可是腳跟往後使勁兒走路像用腳跟走路，走路的樣子顯得極不自然，十分滑稽。當然，我去了，而且是高興地去了，不過也高興地回來了，因為那天元魁的情報有誤，西街菜園裡根本就沒幹活的人。元魁很失望，回來的路上一直埋怨給他提供情報的人。

「真是掃興，怎麼連幹活的人都沒有呢？」元魁說。

「我很高興，不管怎樣先吃了一頓好飯。」我說。

話一出口，我忽然想到元魁叫我來是不是就是要我來改善一頓伙食，根本就沒有什麼好看的女孩子在哪裡勞動，等著我去發表意見？我知道，公社食堂也不是天天有豬肉吃，也不是天天有白麵饅頭吃。我們是挨餓的一代，因為挨餓我們有了改變自己生活道路的基本動力。可是，那應該是我們小時候的動因，人長大了就應該有更大的動因，更大的志向。如果步行十來裡路只是來改善一頓伙食，那我這輩子可真的就只能為吃喝掙扎一輩子了。元魁一貫善解人意，待我如同兄長，寧願自己受點委屈，也不想看見我悶悶不樂。從禮義西街往我們村的方向有一條小路，我想早點讓元魁回去，自己把思緒清理一下，便建議我走小路，他走大路回去上班。他說下午沒有什麼事情，陪我走到嶺上，再繞道返回來。我們上學的時候無數次結伴回家，分手時總是高高興興，卻從來沒有互相送過一程。這次他要送我一程，好像我們今後相見是很大的難事了。坡路很陡，牛馬車的鐵軲轆碾出了很深的轍壕，我們不得不看好腳下的路，只是默默地走著，誰也沒有說話。到了坡頂，再下一段小坡，我們就要分手了，終於，元魁說話了：

「福忠，我總捎信讓你來，你不來，為什麼？」

「就是不想給你添麻煩。」

「有什麼麻煩？」

「吃你的，喝你的，卻什麼事也不能給你做，你不嫌棄，別人也看不慣呀。這是公社，不是學校了。」

「正因為是公社，你多來，給別人點印象不好嗎？」

我嘴上沒說什麼，可是心裡說，我能給誰留下印象？如今的人都抬頭看北斗星，誰還有心思看土坷垃？你好好幹吧，老朋友，你幹好幹大了，我臉上怎麼也有光啊！

「福忠，我知道你自尊心很強，不甘心種一輩子地，希望你保持這種心氣兒。」元魁高聲說，像是向我下保證。「我喜歡你在學校幹什麼事都不在話下的樣子，你在好多方面都比我強，喜歡看書，有股倔勁兒，什麼東西經過你的手就會是另一種樣子。記得那本用飯票換來的《東方紅》嗎？書皮破了，書角卷了，可是你修整過後，像一本新書，我們見了多麼眼饞！你放心吧，只要我能說上話，我一定要讓你走出那個小村子！」

我感動得不知道說什麼好，扭過頭去看了看元魁，元魁兩眼看著前方，很有信心的樣子。是的，元魁的自信往往讓我吃驚，有時候甚至覺得很不現實。新的制度已經運轉了二十多年了，盤根錯節的關係網已經鋪開，一塊塊零散的石頭通過無處不在的權力的灰漿，已經砌成了一道道高牆，龐大而複雜的社會哪有我們這些出身基礎、剛剛走上社會而又沒有任何背景的小小農村青年的發言權？

然而，大概僅僅過了半年的時間，有一天，元魁騎著自行車到我們村裡來找我，說公社正在籌備農機廠，他向負責籌備工作的牛廠長推薦我，牛廠長一口答應了。他來之前正好碰見我們大隊幹部去開會，便跟他們說公社要抽調我到農機廠，要他們大力支持。我聽了當然高興，說那我們就走吧。他說你洗一把臉，精神一點，給人一個好印象。我洗涮之際，他又說，我們的條件沒問題，陵川縣一中畢業的學生就是陵川縣第一中學畢業的學生，你這樣的條件，如今咱們公社找不出第二個了。

元魁就是這樣，總是把氣給我鼓得足足的。他是一個態度積極的人，對我特定環境下產生的消極態度，總能及時地產生影響。從他的言行，我感悟到人只要有心幫助別人，總是可以做到的。有權有錢時，檢驗的只是錢權的力量；無權無錢時，一個人願意向另一個人伸出援助之手，檢驗的才是一顆純真的心。

我收拾停當後，元魁讓我坐在他的自行車的前梁上，帶著我飛出村子，一路直奔公社所在地禮義鎮去。這一走，我的身分就真的開始一步步發生變化了；雖然後來經常回村，但是卻再也不是彼時所謂的「基礎」的一分子了。

載於《中國方域》雜誌二〇〇六年第三期和第四期

馬老師

馬老師沒有做過我的老師。他的妻子在我們村做過多年老師，他經常來看望妻子，我稱他的妻子老師，也就叫他老師了。

馬老師叫馬有亭，我們村裡的一個孩子在禮義鎮上中學，當過他的學生。他跟我說馬老師講課從來不拿講義，只拿一根粉筆，放在講桌上，然後把兩隻手背在身後，在講臺上一邊踱步，一邊講故事，講到生詞兒時，用粉筆在黑板上寫出來，接著再往下講——

「你們愛聽嗎？」我問。

「愛聽嗎？這話問的！你在場你也愛聽！別看聽別的老師的課學生交頭接耳，嘁嘁喳喳的，聽馬有亭的課卻鴉雀無聲。他把故事講過了，讓我們翻開課本看多少多少頁，然後問我們還有沒有生字，有沒有什麼問題。我們一看，他講的故事都是由課文的內容編出來的，我們記得住，成績自然好。多少老師都來聽他講課，卻學不會，要不馬有亭怎麼很快就紅了，調到公社要筆桿子去了。」

我不知道這些話是不是全部真實，不過馬老師當時已經不教書，在公社裡邊寫報導是真的。他的妻子叫趙景秀，是我們村歷任教師中村裡最好的老師之一。她是帶著吃奶的大女兒來到我們村的，為了不耽誤上課，經常把他的大女兒放在我們家，由我的母親看護。馬老師來看妻子，一定要來我們家露露面，對我母親表示感謝。這樣，我和馬老師就熟悉起來。倘若趙老師還在上課，只要我在家，馬老師就喊上我到小學校老師的住房裡聊天。他很會說事，大事小事經他一說，我就能聽得更加明白。過一段時間，他還會請村裡的幾個年輕人到他家坐坐，由趙老師做點吃的。我那時候剛從中學畢業回家不久，思想灰色，每次參加過這樣的活動，心裡活泛許多，生活就好像就多了點什麼。有一次，他對我說：

「我在禮義公社走了不少村子，像你們村這樣有頭腦的一撥年輕人，還沒有見過。」

「你指哪幾個？」我問。

「你啦……」

他不止一次講這樣的話，每次還總是先提及我，而我總以為聽錯了。馬有亭老師是高平人，長治師專畢業，寫一手不錯的隸體字，這在當時我們公社以至我們全縣看來，都是經過世面的知識人士。他寫東西手快，趙老師的備課教程、教學總結和報告，都是他寫的。有時候，我們聊天很晚，趙老師會在一旁提醒他該寫的東西還沒有動筆，他說不著急，該寫好的時候會寫好的。第二天，馬老師剛走不久，我又正好碰上趙老師時，便問她給馬老師佈置的作業完成了沒有。趙老師聽了羞澀地一笑，說：

「哎，我憋一天兩天都寫不滿意的東西，他坐在那裡一會兒就寫出來了。」

我們村子很小，當時不過四十戶人家。小村人對外界總難免幾分迷信和崇拜。趙老師的話裡明顯帶著對丈夫的驕傲，我聽了越發懷疑筆下生風的馬老師只是在恭維我們村裡的年輕人，自然也包括我。可是，好聽話的積極作用在於你愛聽，很受用，所以一時半會兒很難從腦子裡抹掉，無形中成了一種鼓勵，一種自信，尤其在特殊環境裡驗證了你的能力的時候。

我上公社農機廠的時候，趙老師因為教學成績好，調走了，馬老師也就不來來我們村了。我以為我到了公社所在地的禮義鎮，仍有與他見面的機會，可是他又抽調到縣裡去耍筆桿子了。我很少到縣裡去，一次去縣裡開共青團員代表大會，見到了他，覺得似乎應驗了馬老師讚揚我的話，備感親切，因為我在公社農機廠剛剛做一年多工，在全公社抽調上來的二三十號「能工巧匠」中，成了公認的一號業務骨幹，長治、河南、天津和北京四處去學習和取經。又過了不到一年，我被推薦到縣裡去參加工農兵學員的選拔，縣城裡沒有熟人，就住在馬老師的宿舍裡，並由他管吃喝。我剛報導時和馬老師聊天，馬老師用輕鬆而又肯定的口氣說：

「這撥人我瞭解一下，只有你一個人是縣一中畢業的，這點背景沒有人能比，你就放心去參加選拔吧。」

當初一起報到的有十幾個候選人，我暗中瞭解一下，個個都有背景，最深的是縣革委會主任的弟弟，最淺的是北京插隊知識青年，就我是祖祖輩輩種地人的後代，一點背景都沒有。儘管那時候種地人名譽上很吃香，實際上在利益面前種地人從來都不是受益者。利益的分享從來就是一張自上而下的網，一個網眼兒連著一個網眼兒，比如我們去縣醫院檢查身體這樣的小事，那些有背景的人都能明明白白告訴醫生哪份是自己的體檢表，希望多多關照！那時候，我已經有了一些社會經歷，正好多次碰上了縣革委會主任和政工領導小組組長等等之類，在負責招生工作的縣教育領導辦公室出出進進，就把擔心和馬老師說了。

馬老師聽了，想了想，說：

「我來縣裡時間不長，沒有什麼關係，幫不了你的忙。我看，你只能多去找找天津來的招生老師，給他造成印象。」

馬老師的話說得很平和，卻在我的心底引起隆隆的回聲，因為這也正是我想做的，可是又害怕找人家招生老師多了適得其反。有了馬老師的這些話撐著，我於是一不做二不休，硬著頭皮去找了招生老師兩次。第一次我把畢業成績單拿給老師看，那是別的候選人都沒有的，而且碰巧的是成績單上四門主課的成績都還可以，尤其數學和外語，都在八九十分以上。第二次，我索性把候選人的背景大致給招生老師講了一遍，並申明我沒有任何背景，招生老師要是不做主，我肯定選拔不到大學裡去。說出去的話，潑出去的水，越想越後怕，我如實向馬老師複述了一遍我說過的話，又找補一句說：

「怕是把話說得過頭了！」

「那老師的反應呢？」馬老師問。

「老師光笑，沒有說話。」

「那就行。我問過縣教育領導辦公室的一個老師，好像大家都對你有了很不錯的印象了。」

我至今不知道馬老師的話是給我鼓氣還是他真地去縣招生辦公室裡瞭解過，但是後來縣招生辦公室的兩位老師確實把我多留了一天，幫助他們填寫考生志願表，而且最後發給我一份，讓我填寫好，蓋上了公章，然後吩咐我到公社和大隊辦理基層的手續。那些日子好像在做夢，每天身邊的環境都在向好的方面發展，每天聽到的話都是一些順耳的詞兒，而且彷彿商量好了似的，在和馬老師以往鼓舞我的那些話靠近，以致我覺得也許馬老師神通廣大，私下裡對他們點撥過一番似的。

後來，在大學，隨著知識的積累，我漸漸認識到，自從我認識馬有亭老師以來，他給在各種場合下說過的話，是在說明我認識自己，而且全都是從積極和主動方面出發。這對我來說很重要，我考上中學本來百裡挑一，是很提氣的一步，卻讓毛主席的知青政策一巴掌扇回了小山村，在我就要承認我的命運不濟的時候，馬老師一再對我肯定，讓我從此也就開始一步一步地肯定自己了。

在北京工作以後，八十年代中馬老師因為來《人民日報社》送稿子，在我的家裡吃過一次飯，對我的業務和工作隻字沒提，只是對妻子做的飯菜說了一句話：

「來北京這幾天，就吃了這一頓合胃口的飯。」

還是他那一貫軟聲軟語的高平話，卻讓我的老實本分的妻子聽了高興了好一陣子。

馬老師是一個腳踏實際的人，即使在假、大、空新聞滿天飛的時代，他也總要深入基層採訪，儘量把報導寫得符合實際情況，這樣的態度自然妨礙他的擢升。遲至上世紀九十年代初，他才漸漸走上了領導崗位，先在我們縣政府辦公室做主任，後調往沁水縣做了縣令，接著上調晉城市政府做辦公室主任，二〇〇一年初夏我們有機會去拜訪他，他又說：

「福忠家的飯做得好吃！」

載於二〇〇三年《城市》第三期

第二卷
識字識人

篇目

寫在老黃去世一周年

老黃名叫黃愛，筆名黃雨石。《一個青年藝術家的畫像》、《沉船》、《眾生之路》、《黑暗深處》、《虹》、《老婦還鄉》、《奧凱西戲劇集》等等，都是用這個筆名發表的。

老黃是一個很平常的人，但做事卻要求自己儘量做到不平常。他退休前是人民文學出版社的英語編輯，編輯部許多審定、挖掘和校改的英文翻譯稿子，都是他一錘定音。算得上是不計名利的有功之臣。

老黃一九四三年以全國第二名的英語成績考上了西南聯大，其他功課的成績或者剛剛及格，或者不及格。後來又考上了清華大學英文系的研究生，研究蕭伯納的戲劇，一讀就是四、五年，導師是錢鍾書。

上世紀五十年代初，老黃剛參加工作就參與英譯《毛澤東選集》。是不是錢鍾書帶他去的，不得而知。

《毛澤東選集》英譯工作結束後，老黃調到人民文學出版社做英語編輯，可謂老黃學有所用的年月。當時，翻譯界面臨百廢待興的局面。儘管當時俄語十分吃香，但中國的近代翻譯事業畢竟是從英語開始的。無論林紓的翻譯實踐，還是嚴複的翻譯理論，都是以英語為「根」的。英譯中的翻譯事業有光榮的傳統，卻也不乏混亂的標準。由於老黃學英語的特殊經歷，對這樣的局面有清醒的認識，但老黃當時還只是個「小字輩」，幸運的是他遇上了一個好領導，當時負責外國文學的副總編輯鄭效詢，是一位名副其實的出版家。他對解放前的出版狀況瞭若指掌。如什麼書是哪家出版社出版，誰寫誰譯，什麼開本，他都能準確地說出來。他需要的是幾個具有真才實學的幹將，把新的局面打開。當時出版文學翻譯作品的只有人民文學出版社一家，上海譯文出版社的前身，也只是人民文學出版社的分號。

這樣的出版局面，確實有利於一種比較統一的譯文標準產生。從這個意義上講，老黃也算「應運而生」了。老黃參與了許多重大活動，其中有三件值得一提：

一是參與修訂外國文學選題計畫。雖然當時深受前蘇聯的影響，但據老黃說，周揚當時對譯介外國文學有一個很詭辯的指示：我們無產階級是在完成中國資產階級沒有完成的任務。這話今天聽來不倫不類，但當時可是金科玉律。大約在一九五八年前後，人文社出臺了一個出版選題規劃，成千個選題，外文占了五分之四，單本、文集、選集、全集和叢書，樣樣俱全。這個選題計畫雄心勃勃，五年計劃的選題，如今近五十多年過去了也沒有完成。然而，它的影響相當大，至今全國各出版社的外國文學作品乍看五花八門，細細分析，基本沒有跳出它的框架。

二是整理一九四九年以前的譯作，把好譯著修訂出版的「關」。這項工作遇到最大的阻力是人們的頭腦發熱。據老黃說，大多數人的口號是「破舊立新」，要用「我們的新手譯出新的作品」。可翻譯是一門科學，應該是實事求是。但具體的度掌握起來很難，稍不慎就有人說你是守舊。老黃在這項工作中的最大功勞就是留住了朱生豪譯的《莎士比亞戲劇集》。當初編輯室多半人否定朱生豪的譯本，但老黃通過具體的例子，在辦公室裡大聲朗誦，評析得失，歷數精妙，以理服人。人文版《莎士比亞全集》就是以朱生豪的譯本為基礎整理而成的。

我到文學出版社的時候，出版社已經印出一本洋洋大觀的五年出書計畫，差不多把英語文學作品所有有名氣的都列在上面。莎士比亞當然是一個重點。當時編輯部已經決定拋棄朱生豪的譯本，另外組織人翻譯莎士比亞。我把朱生豪的本子仔細看看，覺得譯得很不錯，現在要趕上他可不是一件容易的事。編輯部拋棄朱譯的一個很重要的理由是，朱譯是散文體，想搞成一個詩體的新版本莎士比亞。那時候已經有一兩個所謂「自由詩體」的版本印行了。我對比著一看，所謂的詩體也不過是將散文拆成許多行寫出來而已，根本說不上有什麼詩的味道，而且文字本來就不高明，加上要湊成詩體，就更顯得彆扭。我覺得總的講來，新譯本遠遠趕不上朱生豪的舊譯。朱生豪的中文很有修養，文字十分生動，而且掌握了原劇中不同人的不同口氣。我為了說服編輯部的同志，曾經不止一次在辦公室裡朗誦朱生豪的翻譯和新譯本中的相同段落，我問他們到底哪個聽起來舒服得多。最後終於讓編輯部的同志同意我的意見，仍保留朱生豪的舊譯，可以分別找人校訂一下，補入文學出版社出版的莎士比亞全集。

這件事我幹得很痛快，覺得做了一件有意義的事。實在說，我認為用自由詩體翻譯莎士比亞是一件十分困難的事。因為所謂的blank verse有它的一套規律，對中國讀者完全陌生。如果非要翻成詩體，不用說是十分困難的；如果當時沒有這一改變，莎士比亞全集恐怕到今天也出不來，而且朱生豪的翻譯從此埋沒下去，實在是一件很可惜的事。

我在這裡不惜占如此篇幅引用這樣兩段文字，當然是因為它們十分珍貴。掐指算來，我和老黃交往了整整三十三年，生活、政治、專業，我們無話不說，毫無禁忌。如前所說，人民文學出版社的外國文學編輯室在一九五一年以後的近三十年裡，在出版文學翻譯作品方面是「只此一家別無分店」的。黃雨石先生本打算寫一本自傳，說說這些歷史陳跡，以警後世，但可惜上世紀九十年代初突然患了帕金森氏症。他本指望能治好，但病情每況愈下；到了上世紀九十年代後期，我力勸他用錄音形式口述一些自己特別想說的話。他做了，雖片片斷斷，難成文章，但近兩萬字的自述材料仍是十分珍貴的。

三是確立一種新的翻譯標準。這是最難做的一項工作。老黃與之打交道的都是活人。翻譯標準再寬鬆也是死的。翻譯本來就有仁者見仁智者見智的問題。有時，你如果採用某人某部譯作，大家皆大歡喜；你如果質疑或否定某部作品，就得舉出大量的例子說服對方。而對方還必須是一個明白人。老黃講起這樣一個例子：雲南大學李從弼教授寄來了他的譯作《棄兒湯姆・鐘斯的歷史》。這是英國十八世紀著名作家菲爾丁的代表作，全書八十余萬字，故事情節生動曲折，但文字較難譯。李從弼的譯文品質不夠，經研究，退回去了。事隔不久，當時的社長王任叔去雲南采風，又把這部稿子「采」回來了！「采」來的稿子和投來的稿子畢竟不同，再退回去顯然棘手。後來，老黃提出校訂的辦法，很有彈性地解決了這個棘手的問題，也為解決譯文粗糙的大部頭譯稿開了個好頭。這部譯作指定蕭乾先生校訂，由於種種原因，一直拖到上世紀八十年代才出版。（如今的譯者署名為「蕭乾 李從弼」！）。

確定譯文優劣，最難打交道的是名人。老黃給我們講過這樣一個真實的故事：大約上世紀五十年代中，當時一位大名人投到編輯部《大偉人江奈生•魏爾德傳》的譯稿，老黃審閱後舉例提了一些意見，寄給這位大名人，希望他把譯稿修改一遍。大名人看後給老黃寫了一封信，稱讚老黃審稿多麼準確，業務多麼過硬，前途多麼光明。與這位大名人相比，老黃是名副其實的小字輩，看到名聲在外的前輩如此尊重小字輩，心下感動之餘也難免幾分得意。誰知就是上午與下午的功夫，社長王任叔把老黃叫去，讓他看大名人寫給王任叔的信，信中把老黃編派得跟英語文盲差不多。老黃不知如何作答，慌慌地從二樓跑到四樓，拿著大名人寫給他的信讓王任叔看。閱畢，王任叔這位有著相當豐富的人生閱歷的老革命家，一臉惶惑地望著老黃，自言自語道：天下還真是無奇不有！

「也就是從那時候起，」老黃說，「我萌生了寫一本有關翻譯的書，並開始做卡片，積累錯譯、誤譯、劣譯、瞎譯等等的資料了！」

老黃的編輯工作磕磕碰碰卻富有挑戰地進入了六十年代。隨著政治氣候的冷熱無常，外國文學的譯介與出版也在演出著悲喜劇。比如說，中國讀者不少人讀過義大利作家拉法埃諾•喬瓦尼奧利的歷史小說《斯巴達克斯》。這部作品寫於一八七四年。一九五二年，美國作家霍華德•法斯特寫出了另一本《斯巴達克斯》。法斯特原是美國共產黨員，被我們列為進步作家，他的作品也被我們列為重點翻譯出版的作品。他的《斯巴達克斯》於是被翻譯出來，被編輯，被排校，被打出了紙型並即將出書。但是法斯特在一九五八年宣佈退出美共，他的書我們還出不出？用不著討論，更不允許申辯，最後的決定是把一切勞動成果都化成了紙漿。政治衝擊一切，浪費沒有商量。

外國人寫作不聽我們的方針，而我們又不得不瞭解國外的創作動態。怎麼辦？有一種封面設計簡單的黃皮書就是那時想的辦法。黃皮書的扉頁和後皮寫上了「內部參考」四個字。老黃很長一段時間的調研選題工作就是搞黃皮書。老黃是一個做事十分認真的人，他不僅調研工作幹得好，還親自參加翻譯這種隨時會因服從政治而半道「流產」的黃皮書。

「那時還年輕，又是無名小卒，還浪費得起！」老黃說。

但是老黃的踏實肯幹和自我犧牲精神並沒有好報，在很快到來的「文化大革命」中，老黃在劫難逃，被揪鬥出來當作「搞黃中之黃」的毒草把子「批倒批臭」。更有宵小之輩，給老黃貼出全出版社第一張大字報，罪名之一是他掙稿費最多，心思不在編輯工作上（這樣的無稽之談今天也還沒有絕跡，可悲！）。對這些冤枉和委屈，老黃亦處之坦然：「工作做了就行了，何況我確實得了幾個稿費錢呢！」

打倒「四人幫」後，中國讀者都能及時地讀到《老婦還鄉》、《憤怒的回顧》、《星期六晚上和星期日早上》、《麥田的守望者》、《等待戈多》、《向上爬》等等在我們看來還算得很前衛的作品，應該好好感謝老黃和他的同事們的這種不計個人得失榮辱的精神和平常心。

當林彪摔死在國外而國內政治氣候略有鬆動時，老黃從幹校回京被出版社拒絕接收，被分到了國家版本圖書館，一個收藏全國正規出版物的地方。老黃對此一定感到非常壓抑，而我卻是有幸在那裡和老黃認識的。當時，那裡臨時成立了一個編譯室，幾十個出版界的專家都是其成員，其中知名的有綠原、蕭乾、于幹、鄧蜀生、沈鳳威、劉邦琛、尚永清、陳步、高士彥、程代熙等等。編譯室的領導是馮黎雲。我們的工作是翻譯一些內部參考書，如《光榮與夢想》、《俄國海軍史》、《基辛格傳》、《卡特傳》等。我們十幾個小青年，剛從學校畢業參加工作就參加這樣的筆譯，對我們是一種榮譽，卻也是一種「罪過」，因為有許多句子譯起來實在吃力。老黃除了做本職的翻譯工作外，還要額外承擔一些審讀原著的工作。我經常看見老黃從領導那裡接受任務，領了一本原版書回家閱讀，而後寫出報告，供領導定奪能否翻譯過來。老黃是一個非常俐落的人，上下班很少背什麼包。所以，我經常看見他腋下夾一本原版書回家，過些日子便夾回來，書裡早掖了他的讀書報告。那時候，我看英文，生詞像螞蟻，看一頁書都需要半上午；看一本書，沒有一年半載，怕是啃不下來的。老黃腋下夾一本書，輕來輕去的樣子，令我羨慕不已。我對此簡直佩服得五體投地，因為憑我那時的詞彙量，一年能讀懂一本寸把厚的原著，就算夠「水準」了。我總暗自盤算，我什麼時候能輕鬆地閱讀一本原版書呢？

我們剛出校門的小青年譯出來的東西自然距離出版標準很遠，領導就讓老專家們把關。老黃是我們翻譯作品的校改者之一。他主動向領導提出幫助我們提高業務水準。馮黎雲在「文化大革命」前是新華印刷廠的廠長，是當時響徹京城的女廠長。她支持老黃，並讓老黃自己找教材。老黃給我們找的全是地道的英國小品文，出自名家之手，珠璣之作。但在那時，珠璣之作也完全被當作「資產階級的毒草」批判。許多好心人都曾私下勸老黃小心為好。然而，老黃不為所動。

老黃的教學方法十分特殊。他事先不念不講，只告訴我們自己多查字典，查透字典，爭取自己讀懂，爭取用原文解說自己的理解。一開始我們覺得跟自己自學差不多，生詞查了，課文讀了。接下來，老黃給我們上課，讓我們輪著一句接一句解釋自以為弄懂的原文。我們分明自以為懂的句子或單詞，在老黃的追問下，漸漸地迷糊起來，最後又弄不懂了。這下該老黃講解了：詞的源、詞的搭配、語法現象、詞與詞的差別……慢慢地我們明白起來，清澈起來。在不到一年的時間裡，老黃教了我們十幾篇英國人寫的雜文，在我們結束這段學習時，老黃說：「聽我說沒錯，你們的英語上了一個臺階！」

我們雖沒有老黃那麼有信心，但進步是明顯感覺到了。而且更重要的是老黃毫無保留地教會了我們以後如何自我提高、完善業務水準的方法。在我們即將分往各大出版社時，編譯室組織全體人員去爬香山。老黃當時已近花甲，但老當益壯，和我們一起往「鬼見愁」爬去。快到山頭時，我們把帶的香腸、麵包和啤酒拿出來，請老黃和我們一起吃。老黃十分高興，毫不客氣地與我們一起野餐起來。老黃問我們是否知道我們為什麼和他們一幫「牛鬼蛇神」分在了一起？我們說，聽說是「摻沙子」。老黃又問：你們知道什麼叫「摻沙子」嗎？我們都搖頭。老黃說：「實質上就是你們應該對我們進行改造或專政。從這點上講，我也很感激你們。你們真要是頭上長角身上長刺，我想教你們也不能啊！所以，我們另約時間，我找家餐館請你們一頓。」

後來老黃堅持在東單附近的上海飯館請了我們一次。那是我們分配到北京後第一次走進像模像樣的飯館。

進入八十年代不久，老黃就退休了。老黃退休是他主動要求的。一些像他這樣年紀的老編輯，都拖到了評編審副編審之後才退。後來有人說老黃早退虧了，但老黃說：「人活一生，難得自作主張做點事。既然到了歲數，就該退下來給年輕人讓位置。一個人做了自己願意做的事情，有什麼虧的？」

但據我所知，老黃及早退休，有一些很重要的其他原因，但他絕少說任何抱怨的話。老黃記性好，幾乎不講已經講過的事，但他在不同的場合給我們講過兩次「塞翁失馬」的故事。據他兒子黃宜思說，老黃也不止一次教導他們懂得人生是一場悲劇的道理。但這絲毫不能說老黃處世消極。恰恰相反，老黃經常感歎的是：人生苦短，能扎扎實實做幾件好事，才是正事，幸事。

在整個八十年代期間，是老黃一輩子最有成效的黃金歲月。《一個青年藝術家的畫像》、《眾生之路》、《虹》、《黑暗深處》、《林肯傳》……譯作一本接一本地出版了。老黃在這段時間裡的最大收穫是寫出了他胸中醞釀了幾十年的《文學翻譯探索》。這是一本關於文學翻譯理論的書，也是一本獨一無二的嘔心瀝血之作。它論述了近代翻譯史上各種翻譯理論的長與短、得與失、可行與不可行，又總結性地提出了自己的翻譯理論。而我以為，這部翻譯著作的最大特色也是最大實績是提供了大量翻譯例句，明明白白地告訴讀者哪些句子譯錯了、扭曲了、似是而非了、望文生義了、完全錯誤了……而哪些句子是譯對了、准了、好了、妙了、巧了、貼切了、完美了……

正是在寫《文學翻譯探索》一書期間，老黃第一次跟我說了一些他和錢鍾書交往的事情。老黃尊敬錢鍾書，說錢鍾書去圖書館借書是挎著籃子去。一個月看一籃子書，學問能不大嗎？不過老黃講得更多的是他和錢鍾書如何探討翻譯理論問題的事。老黃沒有說過錢鍾書如何讚賞他的寫作，但老黃的《文學翻譯探索》是錢鍾書題寫的書名，也頗能反映出錢鍾書的態度。老黃與錢鍾書探討文學翻譯問題時，錢的女兒錢瑗往往在場。錢瑗當時是北京師範大學英語系主任，親自帶著自己的「屬下」，每週一次到老黃家聽課，直到老黃完稿，由此也可見老黃的書非同一般。

然而，老黃的《文學翻譯探索》成稿後命運多蹇。據我所知，當時三聯書店的總編輯沈昌文親自跑到老黃家，拿回稿子在全社審讀，所有讀過的人都由衷歡呼得到了一本好書。但那時的政治氣候不像今天這麼寬鬆，為保險起見，沈昌文請當時一位在國家出版局（當時還沒有改為署）混了一官半職的人看，看過之後把老黃的「探索」把下了關，理由是老黃在書中談及了一些著名翻譯家的不完善的翻譯理論並指出了名家的錯譯誤譯！老黃一向溫和，這次卻有些衝動了：「這叫什麼話？有毛病還不准說，搞什麼學問？講什麼科學？我只是在探索，連這都不允許，這社會怎麼會有進步？」

然而，就在老黃的帕金森病越來越厲害，說話已經很吃力的時候，兩次和我談起了一件有些讓人毛骨悚然的事情：「我的書中許多例子是可以以文章形式發表的，我於是給《中國翻譯》雜誌寄去一篇，可是不明不白地就退回來了。後來有一天，一位有名有姓的編輯來我家，說看望我，可我並不認識他。他說我的文章寫得好，翻譯例子也選得好，可是文章就是不能在《中國翻譯》上發表。我問為什麼？他只是笑笑，不回答。我想啊，一定是某領導打過招呼，黃某人的東西不能發表，可我當時還是翻譯家協會的理事呢。」

事情是怪得　人，但是我認為，事情沒有老黃想得那麼遠，不會有哪個領導專門為了老黃的文章是否發表打什麼招呼。但是，我相信，這個體制下的各種協會，不是工具就是爪牙，怎麼還會有保護一個虛名的理事的功能呢？

老黃遠沒有料到，他的「探索」後來在北京再也找不到「婆家」了。後來，我在一次美國文學年會上碰到了陝西人民出版社的青年編輯劉亞偉，才算遇到了「知音」。書終於出版了，印數只有三千冊。趕上劉亞偉出國留學，出版社沒有付老黃稿費，只送了老黃一千本書；又因一千本書的價格高出應得稿費一千多塊，老黃只得又出了一千元錢！但老黃依然很高興，做廣告、送寄朋友、往中國書店推銷。多年的考驗過去了，老黃更應該高興，因為他的「探索」已經成了全國許多大學英語系翻譯課的參考教材了。

進入上世紀九十年代，老黃依然在翻譯這塊園地裡不斷耕耘，先後和兒子黃宜思翻譯了八十萬字的《羅馬帝國衰亡史》，自己又譯出《奧立佛・退斯特》、《一個無關緊要的女人》等書。幾年前，《北京晚報》的解璽章約我寫些老編輯的文章，我有感于老黃這種辛勤勞作的精神，寫了一篇千把字的小文章，名叫《鍾情于翻譯事業的人》。時隔不久，一家專門介紹各路人物的《中華英才》雜誌的編輯打電話給我，說他們看見了那篇小文，說老黃早在五十年代就參加毛選中譯英的工作，不簡單，應該好好介紹一下，並要我把文章擴展到四五千字，找些彩色照片來。我想這于老黃是好事，人活留名，雁過留聲嘛，就一口替老黃應下來了。隨後給老黃打電話，一向快言快語的老黃卻在那頭猶豫了一會兒，說：「我們約個時間說說話吧。」

我是帶著照相機興沖沖去的，豈知老黃一向隨和，這次卻不容我說服，幹乾脆脆地說：「算了，算了！我和老伴商量過了，七老八十了還出什麼風頭啊。」

我再三勸說無用，難免掃興。後來，我不得已硬著頭皮向那位約稿編輯交差，電話那頭沉默一會兒，說：「怪了怪了！別人拿著材料上趕著讓我們登載，這個姓黃的倒躲著我們！」

上世紀六十年代初，老黃去鄉下搞「四清」，親身體會到了廣大農民忍饑挨餓的可悲景象，結合他的一貫思考，經常和他的一位朋友私下議論，說了許多很有責任感和預見性的結論，比如大學生分配總有不可能的一天，又例如毛澤東應該承擔「三年災害」的責任，向人民謝罪……後來，這位朋友把他出賣了，他因此背上了一個「內部現行反革命」的帽子，文化大革命中挨批挨鬥，工資因此一直很低……這樣不堪承受之重的冤案，老黃始終沒有對家人說清到底是怎麼回事，是誰把他出賣了。老黃百年之後，我問起這件事兒，他的老伴兒和孩子們都說不清楚，對出賣老黃的猶大，只是猜出了一兩個人。我後來和一些知情人打聽，那個猶大和老黃的家人所猜的人根本不是一個人！這個人早已移居美國，回國時還去找過老黃，老黃照樣接待！這事深深地觸動了我。什麼叫大人不計小人過？什麼叫大丈夫肚裡能撐船？什麼叫過去的事情就讓它過去吧？應該說，我和老黃是無話不說的，但這件事情他始終沒有和我說起過。可是我怎麼也沒有想到，他和家人都沒有認真說過。老黃對待這件事情的態度，讓我總是想起魯迅的一句話：「自己背著因襲的重擔，肩住了黑暗的閘門，放他們到寬闊光明的地方」。這句話經常被引用，其實，能做到這點的人實在是少而又少。誰有冤枉不想訴說呢？文化大革命中吃了冤枉的文人，有幾個沒有白紙黑字地訴說過？人之常情啊。然而，老黃響噹噹地做了這個例外。例外有例外的收穫：他的大女兒二女兒都在清華校園裡工作，他的小女兒在世界銀行華盛頓總部工作，他的兒子是政法大學的英語教授。想一想老黃當了十幾年「內部反革命」，也正是他的兒女們成長的時期，結果個個都有出息，能說與老黃「肩住了黑暗的閘門」沒有關係嗎？

二〇〇八年十月二十九日二十一點五十八分，老黃駕鶴西去，享年八十九歲。老黃從一九九二年起得了帕金森病，病情年復一年地厲害，但是老黃很堅強，每逢我去看他，他從不訴苦，只是說身體好時沒有好好利用時光，好多想做的事情沒有做……他和該死的帕金森頑症對抗了整整十六年，多麼堅強的人！老黃一生活得淡泊，灑脫，不計個人得失，不圖虛名浮利，一直沒有落得一個什麼官銜和頭銜，但熟悉他的人都公認他是腳踏實地、名副其實的文化建設者。

載於《人物》雜誌二〇〇〇年第一期

綠原先生點滴

綠原先生去了，享年八十七歲。八十四歲高齡時，我請他批評剛剛出版的拙著《譯事餘墨》，他在他的大文中稱我為「當年和我在人民文學出版社外編室一同上下班的年輕同事蘇君福忠」。「同事」一詞不知如何界定，以我的經歷，我和綠原先生做同事，始自版本圖書館那個編譯室，歷時上世紀七十年代中的不足兩年間。時間不長，卻趕上四人幫覆滅，對中國知識份子來說，這是出了一口惡氣。但對綠原先生，卻先挨了一棍子。一天，編輯室主任馮黎雲專門叫我到她的辦公室，說原定學習的那篇文章不學了，因為裡面批判綠原的內容不符合事實，並大略講了講原因。我對這種政治學習，早已在虛應故事，但那篇我讀了，好像在批判四人幫，卻滿紙棍棒語言，把四人幫和「胡風集團」扯在一起，還特別提到了「中美合作所特務綠原」，讀了讓人心驚。這種流言，源自毛澤東，對綠原先生來說，可謂一棍子打死。我來自這個社會的底層，聽起來帽子很高，比如「推翻了壓在人民頭上的三座大山」之類，而實質上任何一個社會對底層人民來說，都是一座大山。動力在於你必須翻越大山，要不就被壓死，或者壓癟。在很長一段時間裡，綠原先生是被壓癟的。我很容易想像到綠原先生當時去向馮黎雲申訴的心境：我真的永世不得翻身嗎？

但是日常工作中，綠原先生按部就班，看不出一絲的懈怠。每天走進辦公室，他沏一杯釅茶，開始幹活兒，一坐就是一個上午，直腰的功夫只是起身去添熱水。我那時正在和英語較勁兒，遇上難解的句子，隔三差五去請教他。這時的他，業務活力十足，對我的疑難只消三言兩語，我便茅塞頓開。幾次下來，我們就很熟了。一次給我解惑之後，問：你可以告訴我little與small的不同嗎？但凡學過點英語的人，這兩個英文詞是認識的，可他的問題卻讓學了四年英語的我全然蒙住了。更加幸運的是，我和綠原先生在人文社做同事，這樣卓有成效的教與學又繼續了兩年多。綠原先生上班來了，泡了茉莉花茶，我們一起坐在我的辦公桌前，細讀兩至三頁英語。馬克・吐溫的著名中篇小說《敗壞哈德萊堡的人》和德萊賽的半本《珍妮姑娘》，就是這樣讀下來的。如果餘興未盡，我們會聊一會兒，古今中外，他說我聽，十分開心。一種語言之深，一本名著之好，如何體味，是綠原先生教會我的。

畢竟，中國社會是在前進的。綠原先生泡茶喝茶的時候，臉上有了笑容，有了輕鬆，還走上了領導崗位。我們不能一起學習英語和名著了，我有點遺憾，但綠原先生平反後爆發出來的熱量，我感受到了。想來不可思議，我編輯的第一本翻譯小說，是喬伊絲的《一個青年藝術家的畫像》。情節是散的，人物是扁的，甚至行文的體例也不是通例。比如，書中的人物對話，喬伊絲不用引號，只在人物所說的話前用一個破折號。原文如此，譯文如此，我編輯亦如此。但是，稿子到了複審那裡，偏要統統改為引號。可以想見，稿面大亂，而且複審只改了不多幾頁，其餘要我完成。複審是搞蘇聯文學的專家，理由是漢語的人物對話就應該用引號。我認為這實在不在複審的範疇，幾經交涉而無果，我就想：專家原來就是「鑽」進「家」裡不再出來的人嗎？怎麼想的？若追下去，漢語裡原來還沒有標點符號呢。我當時一個小年輕，敢認死理，自然惹一些頭兒們不高興。我只好求助譯者，要他求助綠原先生試試。稿子僵了大半年，到了綠原先生那裡，只用了一句話：喬伊絲之所以為喬伊絲，就因為他是喬伊絲，不能改。據我所知，《一個青年藝術家的畫像》是四人幫倒臺後最早譯介的外國文學作品之一，中國作家的創作中，有人在人物對話中用了破折號代替引號，應該是有因果關係的。綠原先生的內行領導作用，體現在編輯工作上看似細節，而影響卻是大處的。

這只是綠原先生作為領導快刀斬亂麻的一個小例子。他自己的幹勁兒和勤奮，不親自看見，是很難想像的。他做人文社副總編輯的四年多裡，在德語方面，他親自敲定並組織翻譯的歌德、海涅、易卜生、盧卡契等重要作家的作品，如今已成了人文社的品牌圖書。德語以外的一些書，因為方方面面的難度，從制訂選題、組織翻譯到編輯發稿，他一個人做到底的很多。我記得起來的，比如勃蘭兌斯的《十九世紀文學主流》、以書代刊的《外國詩》和《美國當代詩歌選》等，都是工作量很大的書稿。《主流》成書後分為六大卷，近二百萬字，作家名、作品名、歷史與文學的專有名詞，成千上萬；《外國詩》從選材、組織翻譯到編輯發稿，一年多則幾期，少則一兩期，他一個人堅持編選了數年；《美國當代詩歌選》是一部投稿，涉及美國幾十個詩人，他不僅掌握翻譯品質，還親自編輯，直到出書。別人在這個位置上只是開開會、簽簽名的工作量，他卻始終是一條龍操作。看見他埋頭幹活兒的樣子，有時實在覺得心疼，我會走到他的辦公桌前搭訕幾句。他端起茶杯，抬頭認人的當兒，才發現茶杯裡沒了水，起身去添開水。回來應酬幾句，又低下頭去幹活兒。

其實，我只是希望他休息一會兒，和我這個年輕同事聊幾句，說說他的生活。隨著胡風事件的公開化，我知道了更多的情況，也就更想聽他說點什麼，尤其蒙冤期間，哪怕點點滴滴。我多次挑起話題：「綠原同志，你應該寫部傳記。」他端起茶杯，笑笑，擺擺手，算是作答。又一次，我又這樣講，他喝一口茶，說：「唉，傳記？什麼叫傳記？有個叫沈醉的人寫了傳記，還說我是中美合作所的特務。可他當時是什麼人？中美合作所殺人如麻的特務頭子，專門殺共產黨的，而我是受他迫害的！」我第一次見他說話帶了情緒：「可是，許多報刊都在轉載他的傳記！」

憑藉綠原先生的思考、才華、通古博今和中西貫通的知識，如果他寫一本傳記，是申明自己歷史的最佳方法。很遺憾，他沒有寫，連打算都沒有。從現代社會的角度看，這是他的局限；但從中國知識份子的傳統看，這卻是他難能可貴的修養，或者說品質。他多次跟我說，他很喜歡司馬遷的《報任安書》。這是一篇內涵極其豐富的大文章，我讀過，許多理解恐怕似是而非，自然很難揣度綠原先生喜歡此文的全部心境。但有個別句子，讀來是能體會到綠原先生的點滴心境的，比如：

「恥辱者，勇之決也；立名者，行之極也。」

載於二〇〇九年《中華讀書報》

大編輯

編輯往往被戲稱為「大編輯」，而要做個真正意義上的大編輯卻絕非易事。有的編輯一輩子能改改錯別字就不錯了；有的編輯能改稿子也能做好選題；有的編輯能編能譯能寫能與作者譯者交流。這後一種就是名副其實的大編輯了。

這些話不是鄧蜀生的原話，但是你若有幸和他坐下來談談編輯這一行，你會深信這就是他對編輯這一行的理解和說法。幹一行愛一行的人很多，幹一行精一行的人也不少，但是幹一行能說一行並且能說到點子上的人就有限了，因為「說」的前提是說法，是觀點，是獨立，是自由，是思考……而這些恰恰是我們當今大多數知識人所缺乏的。鄧蜀生不缺乏這些，也可以說他的強項就是這些。當初在版本圖書館認識鄧蜀生的時候，他是「老同志」中間最愛說的。如同稱呼所有的老同志一樣，我們年輕人都叫他「老鄧」。他喜歡對每件事情評說：小到柴米油鹽醬，大到國際時事。老同志中間有個叫陳步的，搞哲學，鄧蜀生愛和他討論辯證法。有時討論不了了之，鄧蜀生就會說：

「陳步呀，陳步，別人的辯證法是越變越多，你怎麼變來變去還是個單身？」

這時候，憨厚的陳步就嘿嘿一笑，把頭搖個不住。陳步的單身完全是因為他很年輕時就被打成了右派，不願意給別人帶來痛苦，就痛苦著自己。打倒四人幫後，陳步很快組成了家庭，過得很幸福。因為單身，陳步邀請我去過他家兩三次，給我燉海帶豬肉吃，順便告訴我如何搞選題。他做事很專業，所以老鄧和他討論哲學方面的事沒有優勢。有一次，老鄧又說陳步的單身身分，被領導馮黎雲聽見了，就替陳步說老鄧：

「鄧蜀生呀鄧蜀生，你這張嘴！」

後來很晚的時候，我才明白「你這張嘴」是指什麼。不過老鄧並沒有因此改變什麼，還是喜歡評說。老鄧最喜歡評說電影，我們很快知道他的老伴兒叫秦文，在《青春之歌》等電影裡扮演過角色，是更有名氣的演員秦怡的妹妹。有一次，老鄧問我以後找個什麼對象，我笑說：

「電影演員。」

「可別找！」

「為什麼？」

「你不知道她什麼時候真哭什麼時候真笑！」

這話現在聽起來輕鬆，但當時正是四人幫猖狂的時候，反擊右傾翻案風的矛頭直戳戳朝著鄧小平去的。所以，老鄧的什麼話一旦讓領導馮黎雲聽見了，一準會說：

「咳，這個老鄧，瞧他這張嘴！」

不過，老鄧也有不評論的時候：比如我一旦說起農村農民糠菜半年糧的苦日子；農村各級幹部如何虛報產量；農民們如何在地裡只管混工分不管種莊稼，等等。我們認識的第二年，我因故回家探親，老鄧悄悄走到我的辦公桌前，塞給我五十斤全國糧票。

「別推卻，農村的情況我知道，糧票不多，但有比沒有強。」老鄧說。

何止「有比沒有強」？那時得到五十斤糧票，遠比得到五十塊錢難得多，而且全國糧票裡是含著供應的食油呢。老鄧出手大方一直使我感動，因為老鄧是一個生活非常樸素的人。他的自行車車筐裡總是有他買好的菜，冬天冷了還會裝些煤塊，給人一種十分生活化的景象。哪家副食店有什麼好的供應品，他還會在辦公室裡告訴大家。我那時對投入生活的人有偏見，以為心思操在吃喝上，業務必定放鬆。其實是我這個年齡層的人受煽動教育的蠱惑，不懂生活。老鄧熱愛生活，工作一板一眼。每逢我向他請教問題，他總是掰開揉碎地耐心給我講解。一九七七年我們從版本圖書館重新分配，我到了人民文學出版社，他到了人民出版社，同在一棟樓裡上班。只要碰上，老鄧總是熱烈地迎上來和我說話，而且念念不忘打聽我們老家的情況。當我後來告訴他說，土地下戶後農村的飢餓問題解決了，他很高興地說：

「那就好，那就好！」

只要來我們這邊樓裡辦事，他就會到我的辦公室裡坐坐，問問我在幹什麼，還譯東西不譯。說來不堪回首，我在出版社遇上的每一個頂頭上司都不是學英語的，而外行領導內行總免不了吹毛求實瞎指揮，還有就是到更上一層領導那裡搬弄是非。因此我在很長的時間裡過得很難受：他們說我業務不行，但是我能搞來一個全國青年翻譯比賽的獎狀；說我業務好，那是外行做領導的大忌，還不如死了呢。但是老鄧一有合適的稿子，不是讓我業餘編輯，就是讓我業餘翻譯。每逢我把工作做了，他還總忘不了表揚我幾句。因為在一棟樓，我慢慢地瞭解到了老鄧的一些經歷。下麵只摘取兩項：

四十年代他先後在重慶《新民報》、上海《新民晚報》和《新聞報》做記者，曾到印緬前線實地採訪。他是中國唯一親身深入到作戰前沿的記者。

五十年代到新華社做記者不久，隨志願軍到朝鮮戰場上採訪，曾以鄧超筆名撰寫過多篇有影響的國際時事評論。

如今的記者，哪怕只有其中一項經歷，那也不知會得到多少榮譽，把自己炒作成什麼樣子，從中獲取多大利益。我五六年前應《北京晚報》之約，寫一些文化人物，到他的辦公室和他交談，再三請他說說他的豐富經歷，但是他談到這些極具傳奇色彩的經歷時，口氣十分平淡，好像只是在品評一頓豐富的晚餐。對於受過的苦難，他從不避諱，而且會以一個哲人的態度和我說，壞事的確可以轉變成好事，比如：

我五十年代後期到人民出版社《時事手冊》任職不久，因為「言論自由」（只因這張嘴！）被打成了右派，經歷了人生的逆境。我挺過了十幾年繁重的體力改造和思想磨練之後，于六十年代初回到編輯部，首先把研究美國歷史確定為編有所長的切入點，在當時中美關係處於一種很敵對的環境中，對美國歷史進行了深入地研究。

唯有在談及這一經歷時，他會露出一些得意的神情。他有理由表現出他的得意，因為他在中國是少數幾個最早研究美國並取得很大成就的專家之一。我們從以下他編輯的主要作品可以窺見他研究美國的功底：

他在人民出版社做編輯幾十年，編輯的高品質書幾十種，如《世界便覽》、《美國史論文集》（六卷本）、《美國史話》、泰晤士版《世界歷史地圖集》和《世界七千年大事總覽》等等。《美國史話》原本是美國讀者文摘出版社的一部分知識性讀物，全書共二十七章。對這種書的出版，一般說來翻譯過來就很好了，但是鄧蜀生卻為讀者著想，把它變為一套叢書，分別取名《美國建國史話》、《美國擴張與發展史話》、《美國社會史話》、《美國科學技術史話》、《美國教育史話》和《美國文學藝術史話》，在當時的圖書市場上大受歡迎，充分顯示一個編輯做選題的水準和能力。從研究大國著手，收益也大。泰晤士版《世界歷史地圖集》是眾多世界地圖集中的精品，其中準確性和權威性是無可爭議的。要把這樣一部大書翻譯並編輯成中文版，且不論其工作量的浩大，僅其無以數計的山名、河名和地名就讓人望而卻步。然而，鄧蜀生主持的中文版最終成為所有十四種不同文字的版本中最精良的一種，受到了原出版者的充分肯定和熱烈讚揚。

老鄧不止一次和我說：

「對有我這樣經歷的人來說，一九七八年是一個思想解放年，忽然之間覺得自己有許多能量要往外放。」這是他的心裡話，他也是這樣做的。他在不長的時間裡信後寫出了《伍德羅・威爾遜》、《羅斯福》、《美國與移民》以及新近出版的《美國歷史與美國人》等幾部很有分量的好書。作為編輯，他的知識積累的爆發力和釋放量更是驚人。除了上文提到的那些書，去年廣西人民出版社出版的「世界100系列叢書」又一次體現了他的大能量。這套叢書共分為五冊，每冊30多萬字，分別為《影響世界的100次戰爭》、《影響世界的100次事件》、《影響世界的100個人物》、《影響世界的100種文化》和《影響世界的100種書》。五百個提名是從成千上萬種書裡歸納和篩選出來的，而這種歸納和篩選需要廣博的知識和嚴謹大膽的治學態度。

老鄧是一個閒不住的人。一九八八年他辦了退休手續，但是出版社至今仍給他保留著一間辦公室，因為他總在為出版社出新的主意，貢獻餘熱，成就新的事情。我說憑他的資歷和成果，不論以記者身分還是編輯的身分，他都應該榮獲「韜奮獎」的。他聽了馬上說他哪種身分都不夠資格，還是讓更有貢獻的同事們得去吧。這種虛懷若谷淡泊名利的處世觀無疑應屬一位智慧老人了。我認識老鄧近三十年了，老鄧的頭髮白了許多，但是他一直精神高昂，每天還到他在出版社的辦公室去一趟。有時我碰上他，問起他的身體和生活，他還是那麼精神飽滿地說：

「我好，可老伴兒身體不好，我的任務是把她伺候好。」

二〇〇二年六月

寧彎不折——憶詩人牛漢先生點滴

北京的一月是最冷的月份，秦穎從南方來北京參加一年一度的書展，身上還有股熱氣，我說家裡暖和，來吃碗熱騰騰的蘇氏麵條吧。豈料他坐下一杯茶沒有喝完，就問我牛漢先生近來怎樣，他有幾個問題想親自聽他說說。我說虧得我們是鄰居，路多少遠一點，我怕冷，是怎麼都不會陪你去的。說話的功夫，我們穿起了外衣，直接去敲牛漢先生的門了。我以為牛漢和秦穎不是很熟，豈料他們見面後如同老朋友，開門見山地有問必答起來。是的，有問必答，從不哼哼哈哈，這是牛漢的風格。更難得的是他無論問還是答，都是從他內心發出來的。我記得第一次我和牛漢先生站在一起，用老家話說，他像根竹竿一樣矗立在我的對面，開口便他問我是哪裡人，我說是山西人，他聽了大喜，說我們是老鄉，老鄉見老鄉兩眼淚汪汪，有什麼問題儘管問，他是有問必答的。那時我還年輕，就唐突地問道：

「胡風集團究竟是最麼回事，我怎麼越看材料越糊塗了。」

「絕對錯案冤案。我不是現在這樣說，是一貫這樣想，這樣做的。當初他們整我，審案的人滿口胡說八道。有一次，我實在給問火了，就猛地站起來，把桌子掀翻了！」

如果當時像現在手機照相一樣方便，把我的樣子拍攝下來，目瞪口呆這個詞兒就是逼真的我了。那是一九七八年下旬的樣子，胡風集團的平凡問題，充其量還在審理中，多數人都在盼望青天大老爺呢。比如我的老同事、老領導綠原偶爾和我提及有關胡風集團的人和事，還極其謹慎，很有分寸。我呢，正趕上全國上下清理工農兵學員，好像他們倒成了一場浩劫的肇事者了。出版社有的領導提出來，統統把這幫人趕出出版社就完事兒了。有的領導主張辦個文學進修班，讓他們學習兩年，然後畢業考試，按學習成績再分配工作，合格的做編輯，其他另行安排。畢竟，文化大革命的破壞是全方位的，出版界也面臨著青黃不接的問題。我知道，當時的社長嚴文井和總編輯韋君宜是後者，他們親自給我們講過課，改過作業。得過人家好處的，是不能忘記的，我先後寫文章稱讚過他們的功勞。後來，看了一篇孟偉哉先生的文章，說他當初也是積極的運作者，借此向他致敬了。

牛漢先生當時還沒有這樣的資格，但奉命做了我們現代文學的班主任和老師。他可不會虛應故事，而是認真地給我們推選了一批五四以來的讀物，其中一些作者和作品當時還遠沒有被主流聲音認可，足見牛漢先生的膽識和眼光。最讓我們感動的是，不管什麼老師給我們佈置的作業，他都會挨個親自批改。每有他讚賞的內容和文字，他像批改小學生的作業一樣，畫上紅圈，並在最後寫上一段評論，鼓勵為主，但是批評一針見血，絕不來虛套。我寫父親來京的一篇小文，他畫了很多紅圈，在最後的批文裡肯定我寫「所見所聞所想」，一定堅持下去，切記編造，甚至鼓勵我好好修改一下，投稿發表。自然，我知道自己幾斤幾兩，有了他的鼓勵，就是最大的收穫了。他利用自己的聲譽和關係，把北京城裡能請到的知名學者和老師，遠至北京大學，近到社會科學院，都請到了我們學習班的講臺上，這種認真扶植後人的態度和親力親為的精神，在我的同行前輩們身上，知名度如牛漢者，我只在先生身上看見過，受益過。

儘管有了師生這層關係，我卻從不叫他老師，只稱「老牛」。我倒是很喜歡這樣稱呼他，因為在很多方面老牛都有老黃牛的勤勞、耐勞和吃苦的品質。老牛從未間斷過寫作，編輯工作一樣出色，不僅是著名的《新文學史料》創刊人之一，而且始終親自約稿，親手栽培和呵護它，就是他退休後，也一直在把關；遇上什麼難題，他又是上下調解者和疏通者。事業上的繁忙，絲毫不影響他參與家務的管理，不僅買菜做菜，外孫女也是他和老伴兒一手帶大的。上世紀八十年代中的一次午後，我在路上碰上他的外孫女一邊走一邊抹淚，正納悶兒每天老牛都要送外孫女上學，怎麼今天放心讓外孫女哭著去學校呢？不期差點和老牛撞個滿懷，只見一米九的老牛竹竿般地站在我跟前，兩道眉擰著，一張臉黑著。我還沒有來及打探怎麼回事，老牛早開了口：

「小壞蛋，還想翹課，小小年紀，由你了！」接著他口氣一轉，道：「小蘇，你養兒子也不能慣啊。孩子不教不成材。英語成語怎麼說來著？『閒置了棍子，慣壞了孩子』，對嗎？」說完，他追外孫女去了。

我和牛漢先生一直是鄰居，見面說話如同家人聊天，還不僅表現在這樣的家事上，單位的人和事，他一樣一針見血地給我點撥。儘管出版社在全國有名，但具體到單位的具體人，糗事和囧事一樣多，一樣爛。遇上看不慣的人和事，只要碰上老牛，我就會向老牛請教，而老牛則會很形象很簡練又不乏詩意地答道：

「小人一個。」

「那是個軟蛋。」

「那人鼻涕。」

……

事後琢磨他的回答，不僅形象、準確，令人發笑，也讓人解氣。蕭乾先生去世時，他的夫人、我的老同事文潔若托我帶訃告給老牛。我帶了三封，分別是綠原先生、蔣路先生和老牛。他們住的樓層是正好是四層、三層和二層，我就先到了最高一層，挨家往下送。前兩家只說聲謝謝，收下，而老牛看了訃告，眉頭一皺，說：

「不去，蕭乾是壞人。」

「誰都有毛病，算不上壞人。」我笑道。

「他就是壞人，不去。」

老牛頑皮地沖我笑笑，關上了門。老牛果真沒有去，我到因此備感不解了。關於他救蕭乾先生于深水中，是他親口和我講的。那是在咸陽幹校的事兒，蕭乾先生因為自保的需求，時不時向工宣隊和軍宣隊寫紙條，揭發別人，表示上進。那時候，工宣隊和軍宣隊何等權力，何等武斷，何等專政！在人人自危的環境裡，蕭乾先生的行為自然會引起眾怒。也該蕭乾先生有那麼一劫，一次勞動中不幸落水，眾目睽睽之下，硬是沒有人下水拯救。老牛，一米九的大個子，下到水裡，把蕭乾先生拉到了岸上。我向別的見證人求證過這一事件，竟然還有人對我說「老牛多此一舉」！人性之複雜，讓你咂舌，但是老牛談及這個事件時，則淡淡地說：

「好歹是一條命，怎麼能見死不救？」

救活人，不送死人，這也許只有老牛這樣性格分明的詩人做得出來吧。

那日，秦穎帶了他的新相機，要給老牛照相，老牛儘管腿腳已經不夠方便，卻積極配合，我因此有機會第一次和老牛合影。分別時，老牛讓兒子給我和秦穎每人取了一套剛剛出版的《牛漢詩文集》，贈送我們並簽了名。老牛給我的簽名是：「福忠張敏文友存，牛漢，二〇一三年一月」，簽畢，蓋章，還找來一張紙巾襯上，怕紅印泥染了白生生的紙。看得出，老牛對這套文集很滿意，小十六開，五大券，紙張和印刷均屬上乘。秦穎如獲至寶，回到我家迫不及待地打開書看，連吃我家美味的蘇氏麵條，都是吃一口問一句的，吃面的興致差多了。我也有興奮點：這是第一次得到老牛贈送他的精選詩，因為前兩卷都是詩歌。關於白話詩，我請教過老牛多次，也讓他給我推薦過他認為好看的現代詩人和作品。我看後，無一例外地對他說沒有感覺，有一次甚至口無遮攔地說：我覺得中國現代詩歌連合適的語言載體都沒有解決好。

面對我這樣無知無識的信口雌黃，老牛從來不辯解，不多說，只是憨憨地一笑，似乎表示理解。也許因為這個緣故，他從來不送我他的詩歌集子。但是，他送我他的散文集子。進入上世紀九十年代，老牛創作散文進入高潮，贏得陣陣喝彩。他送我的第一本散文集是《螢火集》，簽名是「福忠張敏同志正謬，牛漢，一九九四年十一月三十日」；第二本是《童年牧歌》，簽名是「福忠張敏二位文友評正，牛漢，九八年十月二十八日」，還在對面頁上寫著：「寫的全是山西家鄉的小故事，土得不好說了。」第三本是《散生漫筆》，簽名是「福忠張敏文友評正，牛漢，九九年七月十二日，括弧裡寫了「無好文章」四個字。隨便說幾句的是，張敏和我是一家，同在一個出版社，後來張敏做《新文學史料》的執行主編，因為老牛一直是顧問，拿不准的稿子都會送給老牛把關，我們都是老牛名副其實的學生。但是，從老牛送給我們的文字看，儘管簡短，卻看得出他對我們的真正關心和平等相待。這三本書我反復閱讀，尤其「綿綿土」系列，閱讀中感覺到的那種親切和力度，是我閱讀經歷中難忘的甘美的品嘗之一：

我從母體降落到人間的那一瞬間，首先接觸到的是沙土，沙土在熱炕上焙得暖呼呼的。我的潤濕的小小的身軀，因沾滿金黃的沙土而閃著晶亮的光芒，就像成熟的穀穗似的。

「我們那裡的老人們都說，人間是冷的，出世的嬰兒當然要哭鬧，但是一經觸到了與母體相似的溫暖的綿綿土，生命就像又回到了母體裡安生地睡去一般。」

此後每當看到他一米九的竹竿般挺拔的身軀，我都會聯想到綿綿土的巨大力量。萬物土中生，沒有綿綿土的養育，誰能成人？老牛寫自己的出生，卻寫出了人類的生存。老牛曾經多次跟我說，有大人物曾經批評他，筆下只寫「小我」，而他們的作品是在寫「大我」。這類荒唐的謬論曾經叫囂一時，霸道一時，然而，只要你的寫作不符合人性和自然，再大的「我」也一樣會被歷史淘汰，被埋葬，被遺忘，被恥笑。老牛甘居「小我」，卻滋潤著廣大讀者，這就是歷史的選擇。

我知道，秦穎正在利用多年來給知名的文化學者攝影的積累，撰寫文章，準備出版一本相文並茂的書。這樣的書需要角度，我們說起老牛苦難的生平和爽直的為人，以他為標杆，說到幾十年來中國知識份子演變的軌跡。我說，最近一個朋友和我說，如今文化人談論文化人，有一種新說法：新犬儒主義——對自己百般的「儒」，儒到自己什麼下作事兒都做得理所當然；對別人，百般地「犬」，撕咬、狂咬、瘋咬，只要需要，無所不用其極。我不敢說這樣界定如今的知識份子是否有道理，但是我知道如今多數知識份子都沒有了底線，像老牛這樣歷經苦難而底線依舊的老派知識份子，真的是鳳毛麟角了。能有老牛這樣的前輩做老師，做鄰居，受益匪淺，這是自然的，但是遺憾也總難免。我曾力勸過三個老同事寫自傳，一個是我的老師著名翻譯家黃雨石，一個是我的老同事、老領導、著名詩人和翻譯家綠原，一個就是老牛了。黃雨石先生滿口答應，但是等他打算動手寫的時候，他得了可惡的帕金森病，力不從心了。綠原先生每聽我勸，只是微微一笑，說一旦寫作，他的出生一定吸引人，因為他出生後差點給扔掉。老牛一直答應寫，但是最終出了一本口述版，沒有親自撰寫。這中間的差別，要多大有多大，要多小有多小。我所以力勸，是隨著我漸漸老去，著名的文化單位如人民文學出版社，感覺多數人是人云亦云的，少數人還算有些看法，而極少數人是有想法有說法的，算得上是獨立的，自由的。當然，在我們這個體制下，如奧威爾所界定，雙重思想是絕對的，獨立和自由都是相對的，只是個程度而已。奧威爾說，雙重思想是專制體制下的特色。其實在中國，自從秦始皇一統中國，封建體制牢固地反復地建立，雙重思想就是封建社會的意識形態必不可缺的了。我們很難想像，無論是高官還是平民，誰會和最高統治者皇帝所想所說一樣？臣民就是臣民，必須考慮怎麼做好奴隸之後，再忖度自家的日子怎麼過，自己的一生怎麼過。口頭上盡可以扯足嗓子三呼萬歲，私下裡卻都得為二斗米打折扣。我估計，老牛一定攢足力氣寫過自傳，他的精美的散文很可能就是這種嘗試的另一種收穫。但是，要寫自傳，卡殼就是常態了。雙重思想可以有，但是在寫作中因雙重思想不斷地置換而卡殼，是再所難免的。難點至少有兩點，其一是怎麼審視自己的歷史。中國人，寫過五關斬六將容易，高興，來勁，而寫走麥城甚至否定自己，就不容易，不高興，不來勁了，因為後一點是要懺悔的，這是一種現代意識，中國文人還沒有這樣的傳統。其二是在現實中如何扮演角色，要在寫作中準確地界定，更難。我的老師談起他寫自傳，坦率，輕鬆，幾乎是口袋倒西瓜有啥說啥的口氣；他所經歷的事情，與個人聯繫容易，剝離也容易，這是因為他一輩子就是一個好編輯，好譯者，有獨立思想的學者。他一直與社會的主旋律保持距離，從旁觀察；和無處不在魔力無邊的權力，更不沾邊兒。老牛則大不一樣，革命者，著名詩人，官職大小是做過的，無論兩千年來的「學而優則仕」的觀念還是打江山坐江山的模式，他都無法從內心深處徹徹底底地擺脫乾淨。這從他和曾經的患難朋友綠原的失和，最能看出一些端倪。

說來有些不可思議，我們那個文學進修班，三個班主任，其中兩個都是「胡風分子」，一個是負責古典文學的舒蕪；隨便一提的是，舒蕪先生非常勝任這一職務，因而在他的自述傳記裡把這段經歷認作他晚年所做的兩件重要事情之一，也確實名副其實，當之無愧。一個是老牛負責現代文學，而我的老師黃雨石負責外國文學。那個學習班的地點在四樓，是外文編輯室和古典編輯室的幾十年的所在地。當初，我不止一次看見老牛和舒蕪坐在綠原的寫字臺前，侃侃而談，相聚甚歡。我喜歡一團和氣的氛圍，看見三個飽受不同磨難的人坐在一起的場面，因感慨而感動是少不了的。然而，眾所周知，胡風集團的冤案平反後，舒蕪很快就被晾出去了。這不難理解，個人的不良行為應該承擔其不良的後果。這是常態，任何矯情只能是越抹越黑。老牛和綠原先生的失和，卻我是怎也想不到的，甚至至今仍不理解的，因為我當初看見他們形影不離的時候太多了。他們是怎麼失和的，按說他們是我的鄰居，應該知道一些。然而，至今我仍覺得如墮五里霧中。說法很多，每種都可信，又不可信。我們畢竟生存在一個雙重思想的環境裡，每個人的說法都有其傾向性，聽信哪一種都可能不是真相，而是一種誤導。背景是上世紀八十年那次清理「精神污染」運動。那時候還時興有組織地學習檔，然後有組織地討論。記得至少兩次在編輯室的討論會上，綠原主持會議的主旋律都是「我們不能潑髒水把孩子也潑掉」。我至今也不大理解這句話的真正含義是什麼，當初只是覺得綠原先生是詩人，深諳哲學，表達總是高人一籌，聽來很新鮮。我很想親自請教他，但是那時他已經是外文編輯室的領導，我們說話已經不像過去那麼隨便，幾次衝動之後，我到底還是沒有敢造次。老牛對這樣的運動深惡痛絕，曾跟我如數家珍地傾訴是誰誰去向更高的領導告的狀，搗的鬼，多麼小人，多麼鼻涕，多麼可惡。什麼是精神污染？巧立名目，目的是謀私，就是因一己之利不讓這個國家安寧而已。他很激憤地傾訴的這些話，我也不能百分之百地聽明白，但他提到的兩個人大人物，其中一個的夫人曾經和我在版本圖書館是同事，那時候正是反擊右傾翻案風的背景，每次會上她發言特積極，但是唧唧呱呱的發言絕無法超出街道辦事處主任的水準。親見到這樣內裡得不能再內裡的人與事，一些大人物的「高調」，就顯得格外可惡，可鄙；如果「高調」到傷及民族和國家正常運轉的地步，那就該殺該剮了。老牛把話說到這個份上，我還是不知道他與患難朋友為什麼會失和。當然，從現代知識份子的應該具備的特性講，獨立和自由是主要的，失和未必是壞事。

近幾年來，老牛腿腳不如過去靈便，但是每次下樓活動，他都儘量拒絕別人攙扶，儘量少坐輪椅，儘管走得步履蹣跚，但是他儘量堅持自己走走。有時，看見他遠遠走來，或漸漸遠去，腰脊不再筆直，心裡都會禁不住感歎：唉，歲月不熬人，身板硬朗者如牛漢也會老去嗎？如果迎面相會，我們一定會說上幾句。我表揚他思路清晰，依然健談，能活到一百歲，他則每次都一本正經地說：

「我又看了你的文章了，你當不了官。」

我不知道老牛手頭有什麼報刊，便難以肯定他看了我的什麼小文，只能含糊地說聲謝謝，浪費你的時間了。他聽了搖搖頭，還是一句話：

「你當不了官。」

這樣評論文章，恐怕也只有我們這樣隔輩人相處幾十年才會有的。我們的對話聽來有些驢頭不對馬嘴的味道，但是我知道他為什麼會這樣說，至少我認為我是知道的。大約上世紀八十年代的樣子，一次，他跟我說：社裡給他向上報了副總編，但是上面不批准，說人民文學出版社不能有兩個胡風分子來做領導。當時，綠原先生已經是出版社的副總編，負責外文編輯室的業務。想來，老牛的話不是空穴來風，但是有多少人知道內情，那就兩說了。他說這話的時候有些傷感，有些無奈。畢竟，他熱愛文字，熱愛文學，願意在更高的位置上發揮更大的能量。他來做一個副總編，給出版社帶來的一定是巨大的受益，是這樣的出版體制下一個具體單位的福祉。然而，幾十年來的壟斷出版體制，就我幾十年來的體會是：我們做不好還做不壞？做好怎樣，做壞又怎樣？做好未必有人說好，做壞了卻有人堂而皇之曰「交學費而已」。

還好，老牛經歷的事情多的去了，見怪不怪，這事說過就過去了，但是談到他的兒女的工作和分房的煩惱，這樣的表情，上世紀八十年代初那段時間，我看見過不止一次。出版社是一個大醬缸，什麼鳥都有，因此什麼聲音都有。眼皮薄的人說，出版社是大家的，不是專給胡風分子辦的，有個女兒在出版社就行，憑什麼還要把他的兒子調進來？利益相關的人則說，出版社的職工人人住房困難，憑什麼都分給胡風分子……中國的事情永遠是這樣：苦難是自己的，享受應該是大家的。老牛不是不知道這個道理，但他更知道因為他的冤案，全家幾十年來一直在跟他受苦受罪。為了家庭，為了孩子，彎彎腰，低低頭，他都得忍受；再難聽的話，也只能當耳旁風。老牛仙逝後，有報紙說這位七月派的最後一位詩人，一米九的大個子，腰脊從來是不會彎的。老牛是詩人，也許親口說過這樣的話，如今有人這樣寫了，如果他地下有靈，他也許很樂意聽。然而，現實生活中，人人都得從這樣一種體制的屋簷下過，焉能不低頭，不彎腰？從我與老牛幾十年的相處中體會到，更準確地說，老牛的底線是「寧彎不折」，更像一竿高聳的竹子，風平浪靜時挺拔，硬朗，骨力，然而狂風惡風來了，不彎腰不點頭就是死路一條，那就得彎腰，點頭，而底線是活著，活著並記住，瞅準時機反彈，用手中的筆寫苦難，寫光輝的人性，在修直人類文明進步的通衢上做出自己微薄的貢獻。

與老牛相處幾十年，身體一直很好，很少生病。今年以來，散步經常碰上他的兒子，問候中得知飯量一直保持在一碗。一旦相見，我見他說話底氣真的很足，思路明明白白，一再誇他一定能活到一百歲。約兩年前，我和他許諾，一定邀請他吃我家的蘇氏麵條。在我認識的前輩裡，凡是我從內心尊重的，都請他們吃過我的麵條。有幾位，甚至是我和好麵團，做好臊子，帶了登門去做給他們吃。這是我母親言傳身教給我的一種做法。因為老牛身體一直很好，我有些麻痹大意，因為這樣那樣的藉口一直拖著，到底沒有能夠給老牛做一頓蘇氏麵條，竟成了我的一個最大遺憾！

到八寶山送走老牛最後一程的二天，我親手做了一頓蘇氏炸醬麵，在餐桌上擺了一小碗，端出香爐，洗手焚香，飲茶漱口，十分歉疚地悄聲招呼道：

老牛，饗食。

載於《隨筆》雜誌二〇一四年第一期

少成即天性

二〇〇九年十一月二十三日淩晨六時時四十五分，楊先益仙逝，享年九十五歲。京城一家有影響的報紙用《翻譯家楊先益因病去世》的題目做了比較詳細的報導，在「翻譯作品」作品的標題下，登載了他的十五種主要譯作，分別為：《老殘遊記》、《離騷》、《白毛女》、《長生殿》、《魯迅文集》、《儒林外史》、《漢魏六朝小說選》、《地心遊記》、《野草》、《紅樓夢》、《史記選》、《吶喊》、《聊齋故事選》、《賣花女》和《漢魏六朝詩文選》等；這些只是楊先益四十多年的翻譯生涯中的大致成果，因為對楊先益的翻譯活動有些瞭解的人知道，這份清單裡缺少他的一些重要譯作，例如《奧德修紀》、《羅蘭之歌》、《凱撒和克裡奧佩特拉》等，而且《奧德修紀》是從拉丁文翻譯的，《羅蘭之歌》是從法語翻譯的，《凱撒和克裡奧佩特拉》則是英譯漢作品。漢英兩種文字不好計算字數，很難統計他一生到底翻譯了多少字數，但是說他一生一個人幹了三個人一輩子的活兒，一點不過分。比如《紅樓夢》，一個人一輩子翻譯出來也算成果豐碩了。實際上，英國知名學者大衛・霍克斯一輩子基本上也就翻譯出了《紅樓夢》的前八十回。四卷本的《魯迅選集》英譯本，一個人一輩子能完成，也算豐收了。如果漢學生疏，像《離騷》和《史記》這樣的作品，一個人一輩子翻譯不完，也在情理之中。一句話，用譯著等身來形容楊先益的漢譯英成果，根本不能算作褒義，因為他所翻譯的漢學名著的難度，怎麼說難都不過分。在漢譯英這個領域，說楊先益是前無古人後無來者，則是一點也不過分的。

這只是從正面評說這位翻譯大家。如果從負面來敘述楊先益的翻譯歷程，簡直就是匪夷所思。他從牛津留學六年回國，是懷了報效祖國的志向的，因此他經人介紹進入中央國立編譯館時，接受翻譯《資治通鑒》的任務時毫不猶豫，準備大幹一番。但是當面對國民黨政府統治下「我的教授月薪只相當美金八元和兩袋麵粉」的通貨膨脹局面，他只能身兼數職，以謀生為重了。解放後截止上世紀七十年代末的不足三十年時間，十年「文化大革命」坐了四年牢，是他的最大收穫，「或許監獄歸根結蒂不是一個很壞的去處」，因為如果落在群眾手裡，他會因為娶了洋太太而有裡通外國之嫌的罪名，被活活打死。其餘相對平靜的歲月裡，他的許多翻譯作品都會因為政治原因或者領導意志無法出版，不了了之。在回顧這一時期的翻譯生涯時，楊先益說：「不幸的是，我倆實際上只是受雇的翻譯匠而已，該翻譯什麼不由我們做主，而負責選定的往往是對中國文學所知不多的幾位年輕的中文編輯，中選的作品又必須適應當時的政治氣候和一時的口味，我們翻譯的很多這類作品並不值得我們為它浪費時間。」這裡的「我倆」另一個是指他深愛的夫人戴乃迭，這位牛津大學第一位研究中國古典文學的研究生，也只能隨同丈夫一起「浪費時間」，因為眾所周知，他們是漢譯英領域裡的黃金搭檔，楊先益的所有翻譯都要經過戴乃迭的潤色，用楊先益的話說：「沒有她，我不會把它們翻譯成這麼好的英文。」

有句口號說：「貪污和浪費是極大的犯罪」。可是，誰會為浪費楊先益和戴乃迭買單呢？歸根結蒂，只能是這個多災多難的民族及其逆來順受的國民。

一九八〇年後，他主持了中國文學社的工作，短短四五年的時間，他向世界推出了著名「熊貓叢書」，系統地把中國文學的幾十種精品推向世界，在國際上產生了良好影響，這或許是楊先益一生中最順遂最得意的時候。

其實，楊先益在職業上的理想是「成為一位歷史學家，成為與中國古代時有關的各種課題的專家」，有他的隨筆《譯餘偶拾》為證，其中的見解和考證，足夠幾個博士生搏一陣子的。然而，如同解放後的所有文人學者一樣，楊先益從事翻譯這行，是奉命而為。即便這樣的選擇，他還因為「我不想翻譯毛主席的政治、哲學著作，倒是想翻譯中國古典文學作品」而成為後來歷次政治運動的罪名，一再挨鬥。因為職業關係，他失去了許多寫作的機會。加之他為人寬容、厚道、和藹、隨和，在很多人看來，他也就是一個做翻譯的好人，說足了是個大翻譯家，卻完全忽略了他的性格、思考、言論和思想。一九九一年，他的自傳中文版出版，取名《漏船載酒憶當年》，人們也許才發現這個和藹的老頭除了手藝精湛、詼諧好玩，還有很厲害的一面。但是厲害到什麼程度，多數也難說出個子丑寅卯，少數知情人，一如京城一家報紙說的「自傳在國內出版時被刪了多個章節」。這就是當下閱讀的一種可悲現象了，因即便是《漏船載酒憶當年》刪節譯本，只要認真讀，用心體會，也能看得出楊先益那份骨子裡的獨立、自由和擔當。

楊先益出生在天津一個富貴人家，作為唯一男孩兒，長到十多歲都沒有出過家門，因為家人害怕在外面會遭遇危險或者被人綁架。他記得他最感無聊的一次，是拿了父親的貴重洋酒，倒進金魚缸裡，把貴重的金魚灌醉並導致死亡，居然沒有人發現；不過即使發現了，也沒有人敢拿他怎麼樣，因為「那時候的我，非常任性，是我家裡的小主人，絕不受任何人的欺負。」楊先益的童年不僅幸福，而且無拘無束，這無疑有利於他的自由天性形成。在英國牛津大學六年的留學生活，遊歷歐洲和英格蘭，受到了西方民主和自由的薰陶，讓他的自由天性中多了西方文化的支撐。這可以說是他一生坎坷、榮辱不驚的背景，而且是很早就形成的，可謂「少成即天性」。

當然，我們永遠不能忘記，他身邊有一個浸透了英國自由思想的女性——戴乃迭。用楊先益的話說：「她反對任何極權主義的強制紀律。」

也許正因如此，他在人生中每走出重要一步，都是思考後做出的決定：他有機會留在歐洲，但是「我是中國人，我知道自己必須回去為中國效力」，在中華民族處在最危險的時候，他毅然回到了祖國；經歷了中國幾乎整個二十世紀變遷的他，認為清朝走向滅亡，是「滿族統治早已失去活力」；在《漏穿載酒憶當年》中，他早年遊歷歐洲看見希特勒在德國搞專制、掛畫像，「這是我初次見到一個活人被當作祖宗和神仙那樣崇拜。在當時，我覺得這簡直是一個稀奇古怪的想法」；他在國外認清了中國積弱積貧的地位，認為中國選擇馬列主義絕非偶然，「我這代人中的大多數都走了同一條道路。這是中國人民不可避免的歷史趨勢」；中國近代史一黨專制的交替是「儘管我並不知道未來的共產黨政府會是什麼樣子，但是我在國民黨政權統治下的親見親歷已經使我對之深惡痛絕」；解放初期在南京積極參與新政府的籌備活動時便感覺到「我的所有想法並不都能和共產黨的路線吻合」；他認為「文化大革命」「不是少數人企圖篡奪權力的野心家、陰謀家製造出來的偶然事件，而是整個一系列大事推向極端的結果。」「為了做這場瘋狂的實驗，整個國家，特別是年輕人，早已被訓練好，只要毛主席在天安門廣場一聲令下，整個國家就會燃起燎原烈火」；儘管自己沾了洋妻子外國專家的光，可以享受特殊待遇，但他能清醒地看到「部長級以上的政府官員和外國雇員享受著普通老百姓無法得到的物質上的特權。他們成了一個特權階級，為了滿足特權，甚至還專門設立單為這些人服務的特殊商店。蘇聯的情況也一樣。事實上，這正是陳舊的封建心理的複歸」；經歷了歷次對知識份子的改造，他認識到「知識份子的思想是很難改變的」，因此「我早已變得十分虛偽，絕不發表任何不受歡迎的評論。」「我早已學乖了，知道任何抗議都無濟於事」；做了一輩子踏踏實實的翻譯，才知道「中國有一個有趣的社會現象，那就是：對於中國知識份子的評價，並不以他們在學術上、藝術上的成就而定，卻以他們的政治、社會地位而定」；在解放初期因對毛澤東的由衷崇敬而在一次宴會上冒冒失失地去向他敬酒，到了後期對領袖的一再失望而「我對躺在他水晶棺中的遺體鞠了一躬」；他可以因為「我必須承認，儘管中共在它領導的這些年裡犯下了種種錯誤，但它也為中國人民，尤其是貧困的、未受教育的群眾幹了大量好事」而積極入黨，也能因為在上世紀八十年代末的那次政治風波中的「自由言論」和「自由行動」而瀟灑退黨……隨便說一句的是，他的英語自傳沒有翻譯出來的三章，我有幸看了幾遍，並且反復閱讀，我認為那些內容也只是把他在那場風波中的「自由言論」和「自由行動」以及勸他退黨、他便退黨的經歷交代了一下，沒有什麼不合適的言論，倒是利用在國外出版的機會，多次申明那次風波中死傷人數十分有限，他自己沒有受到一點迫害，中國社會是在前進的。他想要的也只是他的言論自由，不過是熱血沸騰時，向全世界說了說一個中國公民的對某個事件的看法而已。如果說什麼不妥的話，那就是他應該認准一個記者或者一家外國媒體，把話說出來，由他們去傳播就行了，沒必要來者不拒，接待了幾乎所有的英語國家的重大媒體，把自己搞得很累。

說楊憲益仙逝，不只說他高齡壽終正寢，也不只是說他兒時大富大貴，年輕時漂洋過海娶來一位洋仙子，耄耋之年還能每天喝半斤二鍋頭；更有他一貫對財富的超然態度以及對他的職業的了然於心。我見到他那年，他已經八十六歲，但是眼不花耳不背，思路敏捷如小年輕，我擔心的那種交流問題根本不存在。我說明來意後，他不假思索地說：「我同意。那個譯本出英漢對照沒問題，對得上的。」

話往回說幾句。我進入知天命年齡段時，回頭想一想編輯過的譯稿和研究過的譯本，不管譯者的名氣多大、資歷多深，經得住對照的上佳譯作，實在不多，便想策劃一套英漢對照讀本叢書，翻譯風格多樣，原作體裁不一，供做翻譯的有心之人參考。在尋覓的過程中，我發現了楊憲益翻譯的英國著名劇作家蕭伯納的《凱撒和克裡奧佩特拉》。譯文特色是口語化，也正因其順暢的口語，蕭伯納語言的犀利和俏皮體現得很到位。我早就想拜訪他，有了這個正當的藉口，像是實現多年的一個願望。如今我聽他對自己近五十年前翻譯的一個七八萬字的劇本如此瞭解和自信，深感驚訝，便說：「那就請你寫個簡短前言，談談你的翻譯經，行嗎？」

「沒問題。」他回答得很痛快。

他的英譯漢作品談妥了，我便趁機和他談起漢譯英的問題。關於他的大量漢譯英作品，我不僅羨慕不已，還有許多問題需要請教。在這點上，我和老先生的神交少說有十幾年了。《紅樓夢》總放在我的常備書架最方便的地方，經常拿起來讀幾頁。早在他翻譯的《紅樓夢》第一卷於一九七八年出版時，我就在社裡的資料室借了一本，在原著中讀到自以為難解的地方，就對照他的英譯本求證。到了九十年代，我購得他翻譯的三卷本插圖英譯本《紅樓夢》後，對照閱讀在一段時間內令我神往。他那種舉重若輕的譯文，讓我在英漢兩種文字的轉換中，增長了許多知識和無窮樂趣。在英譯漢的領域，多數人認為要把翻譯做得像回事兒，譯者的漢語水準應該好於英語，甚至有「七分中文三分英文」的說法。我把這種說法和楊先生說了，問道：

「漢譯英也有這樣的觀點嗎？」

「你認為這種說法有道理嗎？」他反問道。

「曾經以為有道理，後來推翻了。呂叔湘先生認為應該是『七分英文三分中文』。我覺得至少應該五五分。」

「呂叔湘是我的老朋友，他的話有道理。比如《紅樓夢》，你讀不懂吃不透，你怎麼翻譯成英語呢？我做翻譯，好像理解原文上花費的工夫，一點也不比寫成英語的時間少。」

「那麼，你的英語是在國內就學成了，還是你留學英國六年學成的？」

「我從小讀教會學校，出國之前就學成了。留學更多的是實踐和檢驗吧。」

楊先生出國時十六七歲，能把漢語和英語學成，他的天資聰慧無容置疑。我聽了崇敬之情油然而生，連連點頭。我所問的問題看似普通，實際上都是翻譯上最根本的問題。無論是倫理還是實踐，我都認為任何語言學習是需要自己下苦功的，僅僅靠留學活動不會有實質性的提高，最多把聽力和口語改進一下。我很想深入和楊先生談下去，但是他說他到了下午喝酒的時候了，說著便變戲法似的拿出一瓶二鍋頭，要我一起喝。我趕緊說，我對烈酒很害怕，趁機說我該走了，等他寫好了序言我來取，再來跟他聊天。他說也好，不過要送我一本書，說話間從另一間房子裡拿來了他剛剛出版不久的《漏船載酒憶當年》，在扉頁上寫了「福忠同志一哂，楊憲益，二〇〇一年六月」，送給了我。我只想來約稿，意外地得了一本書，告別老先生，走到什剎海一個安靜處，便迫不及待地坐下來看起來。書寫得實在有趣，先生一輩子曲折經歷，無論苦甜悲喜，都能寫得揮灑自在，好像他就是《紅樓夢》裡的那個寶玉，只是由石頭幻變而來的「皮囊」，只是來人間體驗一回而已。

他的大譯《凱撒和克裡奧佩特拉》英漢對照本出版後，我帶了樣書和稿費去見他，一年多時間已經過去了。期間，我把他的自傳又讀了一邊，感覺和初讀時像是兩本書，其中很多精彩的地方我都用鉛筆畫出來，反復琢磨，感覺到紳士而和藹的楊憲益，骨子裡的獨立和自由，不僅如今的知識份子蕩然不存，就是在他的同代文化人身上，經過幾十年的改造和洗腦也鳳毛麟角了。有了這樣深入的瞭解，我們的交談無比親切和熱烈。當他聽說我也屬虎時，不由分說便去什麼地方拿出來兩樣東西送我。一個是瓷虎，拳頭大小，棕色間白，釉彩鋥亮，虎首頂個「王」字，睡眼惺忪而不乏王者氣，很招人喜歡。另一件是一塊蛋白石頭，一片橘黃色呈虎形，按照那個虎形藝術雕琢後，一隻虎虎有生氣的老虎呼之欲出。一時間，我不知所措，一個晚輩，怎麼能接受這樣珍貴的東西？我猶豫之間，楊老先生已經分別在兩件禮物上寫了「楊先益送虎兩隻」，我只好接受了。

「都拿走吧。我們都屬虎，是緣分。我把屬相送了你，你能不愛惜？東西要有人愛惜才好。對了，你跟我來，看看這本書你喜歡不喜歡。」

我跟他進了書房，他從一個書籍擺得稀稀拉拉的書架上，拿起了《白虎星照命》，順手翻開一個折頁，說書出了印刷錯誤，出版社補印了漏去的幾頁，夾在裡面了。我知道這是他的自傳的英文版，因為種種原因最後三章沒有翻譯，心中不知多麼高興。但是，我還是故作鎮靜地看了看他的書架，問道：

「您書架上怎麼沒有擺滿？你一輩子和書打交道，不會——」

「哦，散出去了。朋友來了，只要他們喜歡書，我就讓他們隨便取。你要看見喜歡的，你自己拿。」他見我猶豫，找補說：「你不拿，別人拿，一回事。要不你就把這些翻譯成英文文學作品都拿走？。」

拿了沉甸甸的書回到客廳，坐下，我覺得好像我把一個老人的好東西偷了似的。我從沒有見過一個老人如此灑脫，親手把陪了自己大半輩子的書，這樣散發出去，落進很難記住的個人手裡。絕大多數的讀書人，尤其文化名人，都會把書統一捐給圖書館或者母校什麼的，給自己的藏書安置個好地方，同時博得些名聲，一舉兩得。我愣怔中往背包裡放書時，看見我給楊先生送樣書時，也背來了他翻譯的《紅樓夢》的第一卷，才想起來是請他給我簽個名字的。他一如往常，先在《白虎星照命》一書裡簽了「福忠兄存，楊憲益，二〇〇三年六月」；後在《紅樓夢》上寫了「福忠兄指正，楊憲益，二〇〇三年六月十二日」。算上《漏船載酒憶當年》「福忠同志一哂」的簽字，除了楊老先生的平易、灑脫、幽默，其中的細微差別，盡顯老人家思維的敏捷和用心。

自打記事以來，親歷親見的社會一直是赤貧狀態，楊先生這樣對待財富的超然態度，我是第一次見識，難免大驚小怪，說給人聽。我的一位藏書的朋友聽說我得了楊憲益的書，非要我和他一起去拜訪楊先生。這時，我才知道，楊先生散書在藏書人的圈子裡早已是一件大事了。有人說楊憲益修煉到了視財富為糞土的神仙境地；有人說他不稀罕財富倒也罷了，那麼多珍貴的書怎麼能那樣隨意散出去呢？多數人說他應該找一家圖書館，捐給國家。不知是不是我白得了老先生的東西，不管別人怎麼說，我都覺得於心不安。後來，我在做楊絳先生的《洗澡》漢英對照版本時，讀到了關於一位元老先生捐書給單位圖書館的內容，其中幾段話，有邏輯，有層次，耐人咀嚼：

公家是糊裡糊塗的。你偷了他的，他也不知道，知道了也不心痛，越是白送的他越不當回事。

公家只是個抽象的名詞，誰是公家？

獻給國家！我問你，怎麼獻？國家比上帝更不知道在哪兒呢！

眾所周知，《洗澡》是寫上世紀五十年代初第一次知識份子改造的，但成書於八十年，應是作者親歷親見了三十多年中國特色的公有制實踐後的思考。而楊憲益老先生的散書活動發生在二十一世紀，誰能說不是這位學貫中西的睿智的老人的更高一籌的思考、更高一招的行動呢？

遺憾的是，我和妻子去拜訪他時，他剛剛得過一次腦血栓。她當時住持《新文學史料》的工作，想請他把他認識的著名文人學者寫一寫，專門開闢一個專欄都行。然而，他說儘管治療及時沒有大的後遺症，但寫文章的連續性不行了，恐怕身體也很難恢復到能寫文章的程度了，約稿的事兒不了了之。聊以自慰的是，我在他八十六歲的高齡，約他寫了《關鍵是「信」「達」》一文，千餘字，字字句句說在理上，講的是翻譯這活兒的普遍規矩，卻也道出了他所有譯作的精髓——「信」與「達」。這大概算得上他的一種絕筆文字吧。

載於《隨筆》雜誌二〇一〇年第二期

詩人綠原譯詩

綠原是詩人，寫詩的工具是漢語。和中國大多數詩人不同的是，他精通英語和德語，因此他借助這兩樣工具翻譯了很多外國詩，而在讀者中最有影響的也許是他晚年翻譯的《里爾克詩選》。不過，這裡說的是他翻譯的兩首唐詩。

有本書叫《唐詩今譯集》，出版於上世紀八十年代中。當初策劃編輯李易先生是把它當作大事做的，選了唐詩三百七十餘首，約了國內一百五十多位專家學者分別承擔。隨便翻一翻，你都會看見一些很著名的學者的譯作。比如余冠英先生就承擔了七首唐詩的翻譯，如果想看看一個著名學者如何今譯唐詩，在本書的四十九頁上，你會看到這樣一首譯詩：

春睡好不覺天曉，
鳥雀聲處處喧鬧。
憶昨宵風聲雨聲，
天知道落花多少！

仔細讀來，是首很不錯的詞或曲，有些味道。如果這就是原創，不論是詩是詞還是曲，說它能流傳千古也未可知。可惜，它譯自唐朝田園詩人孟浩然著名的《春曉》：

春眠不覺曉，
處處聞啼鳥。
夜來風雨聲，
花落知多少。

不比不知道，一比嚇一跳。因為原詩太熟，吟來明白如話，譯作卻添詞加字，反倒讓人感到純屬多餘。但是我們切別忘了它是譯作，是「今譯」，是嘗試。從翻譯的角度上，譯文是忠實的，加詞未加意，翻譯形式上下了功夫，五言變成了七言，應該算是好的翻譯了。這本書裡的「唐詩今譯」，絕大部分都是這樣的譯詩。所以，個別著名學者，如啟功先生，在給李易先生的信中，婉拒了約稿，理由是：「古詩句翻譯後，只成了幾個字的句子，例如『松下問童子』，只成為『在松樹底下問一個小童子』，豈不成了累贅話？」老先生們做學問不僅嚴謹，實在是也很有趣的。

不過，李易先生是個有趣又有心的編輯，他不僅約了唐詩專家、詩詞作家、研究及教學人士承擔翻譯，還特別向幾個詩人約稿，綠原先生便是之中之一。縱觀全書，詩人的翻譯果然有特色，但是細究之下，能跳出啟功先生說的「在松樹底下問一個小童子」框架的卻也不多，只有綠原先生翻譯的兩首唐詩令人耳目一新。先看一首：

酒，酒，葡萄酒！
杯，杯，夜光杯！
杯滿酒香讓人飲個醉！
飲呀，飲個醉——
管它馬上琵琶狂撥把人催！
要催你盡催，想醉我且醉；
醉了，醉了，我且枕戈睡。
醉睡沙場，誰解個中味？
古來征夫戰士幾個活著回？

這是「唐詩今譯」還是原滋原味的創作？好酒，好杯，然而，有好戰爭嗎？武士在戰場上一醉方休，有多少人知道究竟為什麼？真的因為戰士為戰死義無反顧嗎？還是只因戰爭就是人為的殺戮，不過是人類批量彼此屠宰的另一種說法，奔赴戰場如同綁縛法場，無論怎樣的勇士，潛意識裡也難免生死抉擇的無奈？這樣的譯作（似應稱做「寫作」更合適），讀來曲裡拐彎，絲絲入扣，要義則從「彎」與「扣」中爆發：幾個活著回？如果沒有讀過很多的唐詩，讀者很難聯想到這首意境深邃如泣如訴的詩，是從唐朝詩人王翰的《涼州詞》翻譯出來的：

葡萄美酒夜光杯，

欲飲琵琶馬上催。
醉臥沙場君莫笑，
古來征戰幾人回？

是的，這是一首譯作，忠實得把原詩中所有內容全部表達出來，幾乎字字句句都有體現；形式上卻由原詩的四行二十八個字發展成了九行七十四個字，可譯作不顯長，不顯多，給人渾然一體的感受。從翻譯標準上講，是譯者吃透了原文，嚴格遵循翻譯的基本規則，譯出了詩的意思和意境。讀者甚至能想像到，唐朝詩人當時寫作的時候，腦子裡醞釀的就是譯詩的內容，只是在創作時，因為必須遵循七言的韻律，才寫成了我們現在熟悉了千餘年的形式。原詩是寫征戰的氛圍和戰士的臨戰狀態，譯詩不僅譯出了應有的戰時氛圍，還更深入地挖掘了戰士的臨戰心態；如若把「管它馬上琵琶狂撥把人催」換成「管它戰車軍號鳴響把人催」那便是一首很雄壯的現代軍營詩了。毫無疑問，譯者的翻譯經驗對譯作提供了技術上的保證，但我寧願相信是詩人的頭腦和才情在起作用，因譯者在本書的另一首「今譯」裡，展示了另一種創造性：

雨是冷的，江是濕的，夜是黑的
我送你，送你過江南——
別了，別了，天已明，望那邊
孤零零一片楚關山。

到洛陽，什麼也別說，別說了
——如果親友們覺得遺憾
那麼，一句話：一盞玉壺一顆心
它們都是透明的，冰一般。

離情別緒，戀戀不捨，發自心扉的表白，一一表達在字裡行間。讀著它，讀者能體會到那顆會冷、會濕、會黑、會孤零零的心，如同裝進了一把玉壺，透明套著透明，又是怎麼樣的一種透明呢？不盡的意境，給人不盡的回味。絲毫沒有翻譯腔調，然而它譯自王昌齡的《芙蓉樓送辛漸二首》其一：

寒雨連江夜入吳，
平明送客楚山孤。
洛陽親友如相問，
一片冰心在玉壺。

詩的形式變了，四行二十八個字變成了上下闋八行八十個字，因此譯者加了一些東西，但仍是原作字裡行間應有的內容，而譯者只是在翻譯過程中該強調的一定強調，該淡化的一定淡化；至於強調什麼，淡化什麼，那就是譯者出手的高下之分了。這裡不僅涉及詩人的頭腦和才情，還有詩人的心；讀著譯詩，看得到詩人，也是譯者，似乎在向讀者表白自己的心，複雜卻透明的心。

詩人綠原翻譯這兩首唐詩時，已是花甲之年，一生中政治上遭受的苦難和恥辱已成過去，如磐的漫長的黑夜曾讓詩人的心「冷」過、「濕」過、「黑」過、「孤零零」過，然而，

……什麼也別說了，別說了，
——如果親友們覺得遺憾
那麼，一句話：一盞玉壺一顆心
它們都是透明的，冰一般。

用心翻譯的東西，反映了詩人譯者的心；而能反映譯者的心的翻譯，是可以不朽的。難怪，當年李易先生拿到綠原的譯詩後拍案叫絕，編輯室的同仁們爭相傳看。

我認識蕭乾

我認識蕭乾大約在一九七五年十一月份。按我們的歷史演變過程，把這個時間比喻為第二次黎明前的黑暗是極其貼切的，因為時隔十多個月，「四人幫」這夥奸臣就讓人民拋進歷史垃圾堆了，因為認識的時間大謬，認識的地點也就顯得荒誕了。那是一個名字叫版本圖書館的地方，直屬當時的國家出版局。無論過去還是現在，熟悉版本圖書館的人都不會多。它的職能只是收集國家所有正式出版物的版本，哪怕是一本小人書。換句話說，各出版社必須按照規定送給它兩件同樣的版本供收藏。雖然時間和地點現在看來絕對錯位，但認識的方式卻既正常又簡單。我們十幾個「小青年」從全國各地先期一個月分配到了那裡，作為主人在一間辦公室裡歡迎一批「老同志」到來，互相介紹一下。這種介紹方式，尤其第一次，彼此雖然說名道姓，卻是很難記住對方的，但是蕭乾的發言卻讓我們有了印象，因為他首先提出了向青年人學習的口號。

本來是收集版本的地方，一下子來了老少幾十號大活人，僅靠「入庫上架」的方式顯然不行，於是就成立了兩個室，一個叫編譯室，一個叫調研室。學外語的（語種涉及六七種）歸前者，學中文的（專業各不相同）的歸後者。蕭乾屬於編譯室。編譯室的領導是馮黎雲，文革前新華印刷廠的女廠長，三八幹部，辦事認真、幹練、直爽、說一不二。興許因為是在校入的黨，我便忝列在支部當組織委員。就在與老同志們見面的第二天，馮黎雲把我叫到她的辦公室，對我說：

「這些老同志業務很厲害，你們要向他們學習呀。你看看，蕭乾同志已經交上來一份決心書，表示毫無保留地在業務上幫助你們呢。」

馮黎雲把蕭乾寫的材料晃了晃，沒有讓我親自看，更具體的內容我不清楚，但我是由衷感激蕭乾的，就順便問起馮黎雲如何稱呼這些比我們大幾十歲的老專家；按照農村習慣我們可是應該稱他們——馮黎雲打斷了我的話，說你們一直叫我老馮不是很好嗎？就叫「老什麼」吧，比如蕭乾同志，就叫他老蕭就很親切呀？我們於是就叫蕭乾為「老蕭」了；很有時代味道的一種稱呼，尤其考慮到蕭乾後來贏得「蕭先生」和「蕭老」等等的尊稱。

大概是老馮看出我的猶豫，臉色立時很莊重地說：「小蘇呀，你們在業務上要向老同志學習，但在政治上可要立場鮮明，劃清界限！」、

我很晚才明白了這後半句話的分量。一九七七年九月，我們這個編譯室隨著歷史的翻天覆地而各奔東西，分回了各個直屬出本社。這時我才知道我們本來就應該直接分到各個出版社的。我們為什麼要先到版本圖書館去待兩年呢？後來我和我的老同學周治淮一起到出版局（當時還沒有升級為「出版署」）走訪了當時在局裡做領導的陳翰伯，才知道了原委。原來那幾十號老同志大都是因為種種政治上的原因，原單位認為他們是「殘渣餘孽」，拒絕接受他們。「可他們是出版戰線上的寶貴人才啊！」陳翰伯說。「只要我們今後還要正常地搞出版，他們就是求之不得的。所以，我們就想了這個餿主意，暫時把他們組織起來，安置在一個安靜的單位，做些具體的事情。你們呢？是作為新生力量去『摻沙子』的。現在情況好多了，不講亂鬥一氣了，大家團結起來搞出版吧。」

陳翰伯不愧為真正的內行領導，沒有把那些老出版遺散，為上世紀八十年代初各直屬出版社的

繁榮局面保證了人的因素。這批老出版在各出版社都發揮了相當大的作用，知名的如人民出版社的鄧蜀生和于幹，商務印書館的尚永清和沈鳳威，人民文學出版社的綠原、黃愛、程代熙，音樂出版社的高士彥，翻譯出版公司的王新善等等。

然而，我們幾十個剛剛離開學校的小青年，沒有任何社會經歷可鑒，被作出這樣的安排，不客氣地講，是一種可怕的誤導，一種犯罪的教唆。我們在一年多的時間裡沒有發揮「頭上長角身上長刺」的「沙子」作用，而和老同志們處得一團和氣並建立了感情，一得利那個新組建的單位，不像老單位那麼陳怨舊恨，利益牽扯；二則是因為我們大都來自農村，對長者對知識都有一種根深蒂固的樸素的尊重。否則，我們很可能在某種煽動下做傻事。

這點背景交代得似多了一點，但是很有必要，因為許多老同志後來都跟我坦言，他們當時是很清楚這些情況的。老蕭表決心材料的背景和用心亦當如此吧。

總之，因為老馮給我通了氣，我對老蕭就格外注意起來。老蕭當時已經六十六歲，高腦門上已經是他後來在電視屏頻繁露面的那些稀疏而智慧的白髮，八字眉堆著笑意，圓團團的臉上一團溫和。他總是和我們主動打招呼，問我們翻譯中有沒有困難。開始的幾個月我和老蕭在一個辦公室工作，顯得更親近一些。我們在翻譯一些諸如《俄國海軍史》、《光榮與夢想》、《為什麼不是最好的》之類的書，有了難題就得向老同志請教。我為了平等尊敬，輪著向老同志們請教問題。回憶起來，我一共向老蕭請教過兩個難譯的句子，老蕭都沒有當面解答，而是把英語句子譯成中文，讓我看。我們剛出校門，仍希望講解，但在後來這幾十年同英語打交道的實踐中，我發現準確而深入淺出地講解英文並非人人都做得到，不管名氣多麼令人炫目。

我們認識大約三個月時，老蕭約我去他家看看。我當時住在朝內大街203號大院的三座小洋樓中的中間那所。據說它們曾經是幾位很有名氣的文化人的府第，但經過文化大革命的劫難，我們十幾個青年住進去時已經敗相斑斑，今非昔比。老蕭當時住在東四三條。我們相距很近。在一個星期天，我按老蕭給我的位址，找到他家門上去了。現在看來，這是老蕭對我的高規格禮遇，而我當時想不到這層，因為我已經習慣農村的那套，串門只是抬腿走進幾道門門檻兒的事。

老蕭把我迎了進去。那是一個裡外間，十分窄小，幾乎難以舒服地轉身。家裡除了老蕭，還有一個上年紀的女人在收拾房子。老蕭不介紹，我不知道該怎麼稱呼。後來我知道她是老蕭夫人文潔若的姐姐。一九七七年九月我被分到了人民文學出版社外國文學編輯室，和老蕭的夫人文潔若（按時俗稱她為「老文」）成為同事，情況才明朗了許多。因為房子窄小，老文一直住辦公室裡。我則因為根本沒有房子也住了很長時間的辦公室。老文幹活兒很刻苦，往往幹到深夜才睡覺；她生活上非常節省，有時會從社裡打兩暖瓶熱水往家裡送；也會因誰忘了關樓道裡的燈去當面責問；還會直截了當跟我們說，我們這些農村來的人沒有指望當好一個外文編輯，接不了班。

老蕭讓了座，但沒有讓茶讓水。不過真讓茶讓水我也沒心喝，因為我一直在打量老蕭的住房。我們老家當時雖然吃不飽穿不暖，但住房條件是相當寬敞的。按我們老家的住房標準，老蕭的住的簡直不能叫房子，連個小倉房都算不上。不過我和老蕭都沒有談及房子，別的話碴找不到更多，老蕭就找出三本書來。

「我寫的書。」老蕭強調說。

我肅然起敬，把三本書翻了翻，最後選了其中最厚的一本，向老蕭提出來借去拜讀。按我的理解，這是我對老蕭應有的尊重。但是老蕭的回答幾乎把我嚇懵了。

「那可不行！」老蕭說。

「為什麼？」我問。

「怕你中毒呀！」老蕭說，「我寫的東西都是舊的，有毒，你看不得！」

那時候沒有一點和知識份子打交道的經驗，我看事想事還是一副直腸子。老蕭的話在我的肚子裡七上八下竄動了一十五次，還是琢磨不明白，就還是按農村人的習慣尋思：這個人怪不怪？拿出書來讓人知道是你寫的，人家真心實意借去看，你卻不讓，還說些怪話。這葫蘆裡究竟是裝了什麼藥呢？按我老家的話說，這不是只讓你燒香敬佛爺，不讓你翻書念真經嗎？最後一次碰上老蕭，果然應了這句話。不過這是後話。

當時的情況還沒有那麼簡單，就在我拜訪老蕭不久，編譯室又調辦公室，我和老蕭分開了。有一天，和老蕭一個辦公室的秦錦繡找到我，拿著兩篇翻譯文章，讓我看看哪篇翻譯得好一些。我和秦錦繡是大學同學，都是學英語的，常在一起切磋問題。我大概看了看，挑出一份我認為好一些的。秦錦繡這才說，這是老蕭給她找的小文章，讓她譯。翻譯完了沒有講解，沒有校改，而是給了她一篇譯文讓她對照著看。好的是老蕭的女兒翻譯的，次的是她自己翻譯的。

「這有什麼奇怪的？書香門第嘛。」我說。「再說了，這譯文要是老蕭修改潤色過呢？」

「不是的！」秦錦繡很認真的說。「老蕭的女兒根本沒有學過英語！唉，人家沒有學過英語都能翻譯這麼好，咱們學了三四年了還是這個樣子，我都沒有信心了！」

我的心咯噔了一下，觀念就又回到了農村的意識形態：這不是拿人當猴耍嗎？我生就一根直腸子，想什麼就向秦錦繡說了什麼。人不怕沒有學問，就怕不孜孜以求地求學問。我們都懂這個道理，但這件事情發生以後，我們四五個學英語的青年再沒有人敢向老蕭請教問題了。惹不起我們躲得起。當然，我們主要還是因為找到了一個既有真才實學又有誨人不倦的態度的好老師，黃雨石先生，一位真正有良知有德性的文化人。

我再次單獨面對面與老蕭相遇，是在人民文學出版社外編室的過道裡。全社職工都已經下班，樓道裡很清靜。時間大約是上世紀八十年代初，距離我們一九七七年九月份分別過去四五年了。我一邊納悶兒老蕭為什麼下班時才來，一邊主動迎上去與老蕭握手，問了身體健康之類的話。老蕭一看就精神輕鬆多了，臉上的笑意更加綻開，他拉著我的手問了一些話，顯得很有幾分故人相逢的親切感。老蕭是來找老伴兒老文（潔若）的，我沒有敢多耽擱，就客客氣氣地和老蕭道了別。

這時候，老蕭的文章屢見報端，我終於可以痛痛快快底拜讀了。同過事的人自然和陌生人不一樣。彼此有了一種牽掛，有了一份關注。尤其我們相處那近兩年的時間情況特殊。「與人鬥其樂無窮」是一種聖語，人人難免有「防人之心不可無」的心態，尤其那些在政治上受到慘無人道的待遇的滄桑之人。隨著政治解凍，我們對待各種事情的態度都在發生變化。我很高興看到老蕭的文章越寫越自由了。我記得在《北京晚報》上看到他的一篇文章，說他不管什麼情況下都情系祖國，是因為小時候看見北京街頭一白俄的餓殍。還有什麼比遠離祖國陳屍他鄉更可悲的嗎？這些真情實感寫得很是感人。

時隔不久，老蕭通過老文送了我一本加拿大作家李柯克的中譯本。我自然十分高興，我還沒有來得及說聲謝謝，老文用一如既往那般直爽的口氣說：老蕭問我了，蘇福忠還是那副滿不在乎的樣子嗎？我說他就那樣子吧。儘管老文說得輕描淡寫，我卻聽得有些頭大，嗡嗡聲不絕於耳。我是第一次聽人說我還有一副「滿不在乎的樣子」，因此對「滿不在乎的樣子」感到又抽象又陌生，納悶兒老蕭對我這麼關心，怎麼就從我身上看出了「那副滿不在乎的樣子」了呢？我滿不在乎什麼了？對誰滿不在乎了？倒是老文說「他就那樣子」我是一聽就懂的。人在這世界上活一輩子，都有一副「那樣子」；這是個性，是特徵，是與生俱來的某種東西，是人與人之間的區別所在。我有「那樣子」，老文有「那樣子」，老蕭也有「那樣子」。社會雖然總在鍾情一部分人，拋棄一部分人，但它總的發展趨勢是自由、平等和開放的。老蕭在比較自由寬鬆的環境裡用不著搶先打報告培養年輕人了，因此能把心裡話說給人聽了，這實在是社會的進步，應該為老蕭感到高興。不過任何事情都是一把雙刃劍。老蕭可以說實話，別人也可以說實話。我作為後來者在老蕭過去工作過的地方工作，自然聽說老蕭的軼事也絕不少了。可悲的是，我聽說關於老蕭的每一件事情都可以用一句歇後語表達：馬尾拴豆腐——提不起來。當然，這不能全怪老蕭。畢竟那是一個醜陋的時代，人人都難免出醜。關鍵是一種反省的態度。我後來在《中國青年報》上看到一篇老蕭寫給青年的文章，告誡青年們為了保護自己，在一些情況和時候，可以使出些特殊手段。這大概算得上老蕭最為實話實說的文章了。

第三次與老蕭相遇，是在一九九五年秋天。地點是社會科學院的小禮堂。譯林出版社值慶祝老蕭和老文翻譯喬伊絲的《尤利修斯》出版之際，舉行喬伊絲作品國際研討會。

說幾句題外話。在中國近代翻譯史上，炒作喬伊絲的《尤利西斯》要算最浮躁、最市儈、最外行因而也最荒唐的文化事件之一。至始至終，我沒有看見一篇真正內行寫的內行文章。內行人知道，《尤利西斯》是無法用正常的評論文章向讀者解讀的。這正好給了外行人瞎折騰的可乘之機。一時間，《尤利西斯》的翻譯成了中國文壇上一個令人炫目的亮點；幾年中，南北兩個譯本問世，喬伊絲在中國找到了至少二三十萬知音，這可是在他的家鄉愛爾蘭甚至整個英語世界至今都難得的啊！但是，現在，我敢說，中國人把《尤利西斯》認認真真看過一遍的，一定不會超過二三十人！一個具有幾千年文化傳統的文明大國，在二十世紀即將過去時，爆炒了一本因為讀不懂而絕少有人去讀的書，真可算得上是浮躁之風的一個典例了！

老蕭和老文翻譯《尤利西斯》已成為中國譯壇一段炒得炙手可熱的佳話。前不久我在《文化讀書週報》上看到一篇讚賞老蕭和老文「花了整整四年的時間紮在原著作、字典、參考書中去翻譯一本《尤利西斯》，而且除譯文外還『自討苦吃』，共加進了5840條注釋。」老蕭和老文在人生晚年敢攬這樣的活兒，的確需要勇氣，的確令人佩服。但就《尤利修斯》這部近百萬字的天書來說，用三個四年怕是也難將之譯出，且別說加那麼多的注釋了。金隄先生的《尤利西斯》譯本就花了十幾年的時間。黃雨石翻譯的喬伊絲的早期意識流小說《一個青年藝術家的畫像》，二十余萬字，用了兩年多的時間，而且譯者反復對人說，如果不是一個很好的日本人的注釋本，他怕是花六年時間也翻譯不出來。那個日本人的注釋本我見過，注釋部分至少占全書的五分之二，功夫之深之厚令人佩服。人類的文化本來就是互補的，借助他人的成果做學問沒有什麼見不得人。關鍵是一種實話實說的態度。

簡單舉個例子。人民文學出版社出版的金隄的《尤利西斯》譯本是我做的複審工作。上卷321頁上有這樣一段話：「那顆星白晝獨自在天空閃閃發亮，晚上比太白金星還亮，夜間它在仙后座的德爾塔小星上端放光，那橫臥的星座，正是他的名字在星星之間的縮寫。」原文一點不難，有一般英語水準的人就翻譯得出來。但要加一個注釋，那即使是有相當成就的中國學者，如果不借助外國專家們的研究成果，恐怕是愁白了頭也難做到。喬伊絲在讚揚他的文化偶像莎士比亞，拿莎士比亞的名字和天上的星星打啞謎。一個中國學者或者作家，即使聰明絕頂，可敢保證破得這個啞謎？

然而，這樣的啞謎在喬伊絲的《尤利西斯》一書中比比皆是。這樣的啞謎對於極少數破謎者來說是救命稻草，而對於一般讀者，尤其青少年讀者，根本是害人的陷阱。外行人炒也好，吹也罷，反正圖的就是浮躁，要的就是浮躁中撈個浮名浮利。可老蕭在數篇文章中都聲稱早在三四十年代就拜讀了《尤利西斯》，到了本世紀的最後十幾年中又苦心孤詣地翻譯它，想必有許多切身的真實體會。作為一個愛讀老蕭文章的晚輩，我一直希望老蕭能用生花妙筆，撰寫幾篇剖析透徹的文章，告訴中國讀者，《尤利西斯》有多少可讀性，我們應該怎樣對待它，它的真正價值究竟在哪裡……然而，我等待了又等待，終未看到，而看到的全都是虛而又浮的亂雲飛渡似的文章。在這種起鬨架秧子的傳媒宣傳中，我在幾家頗有影響的報紙上看到，一些書店給讀者配置家庭書架，紛紛把《尤利西斯》與生活大全家庭菜譜並置一架，向廣大讀者極力推薦，真不知道喬伊絲在地下有何感想！作為星級文化人物，老蕭不把這段彎路給我們修直，我們再指望誰去呢？

我把讀者的注意力引得遠了一點，現在還是回到社科院的小禮堂吧。那次出席參加喬伊絲研討會的喬伊絲的孫子輩親屬一人，愛爾蘭駐華使館以及日本喬伊絲學者一名。我看得見數得著的外國人就這三個。打點寬裕，再算上三個我沒有看見的，充其量五六個外國人。中國人可就多的去了。除了百余名從事外國文學的專家學者和有關人士，光是到會的記者和宣傳媒體的人就有幾十名。因此，會議組織者專門配備了一名很有水準的女士當翻譯，無論中譯英還是英譯中，她做得都很到位。

會前，我和老蕭夫婦不期而遇，老文很熱情地過來和我說話，托我往編輯室捎一本書。老蕭和老文在一起，只是看了我一眼，就到主席臺上入座了。我注意到，老蕭坐在主席臺上，身子往後仰著，始終一臉和藹的笑容，一如他頻頻出鏡那副熟悉的樣子；但目光更多的時候朝著天花板，像在辨認什麼一般人難以辨認的東西。聽到愛爾蘭的大使說喬伊絲很走運，在中國找到了相得益彰的譯者時，老蕭的笑容綻得十分燦爛。

於我，本該是一次讓我受益無窮的研討會，卻因為老蕭的一種令我大感意外的行為攪亂了（僅於我而已）。事情說來極其簡單：輪到老蕭講話時，只見老蕭拿出講稿，往麥克風前探了探上身，很瀟灑地用英語講起來！翻譯自然給晾在了一邊，我一下子覺得無所適從，如同跨著的自行車猛然間失去了重心。我費了很大勁調整情緒後，發現自己還算是在座的中國人中走運的一個，因為我還能勉強聽懂老蕭的英文發言；說勉強，絕非因為老蕭講得不好，而是因為我的英語聽力一向太差。老蕭當時已是八十多歲的老人，能講出那樣清晰的英語實在令人肅然起敬。但在我看來，也恰恰因為這點，老蕭更應該使用翻譯，講中國的語言。幾百個中國人與幾個外國人，孰重孰輕，老蕭真的不明白嗎？一個能翻譯《尤利西斯》的老作家和資深學者，有誰還會懷疑他不會講英語嗎？老蕭捨棄多數而遷就少數到底圖個什麼呢？

我一時想不明白，就有些不夠尊敬的四下環顧了幾次，心下這才釋然不少，因為我發現表情盲目的，遠遠不止我一個。第一次去老蕭家中拜訪老蕭的思想活動又再次固執地反彈出來：只讓你燒香拜佛爺，不讓你翻書念真經。不過，老蕭到底是一個有著豐富閱歷的老人。瀟瀟灑灑講完他的英文稿後，又用中文講了起來。我由衷感到釋然，為方才的狹隘的胡思亂想而臉紅，為我的——僅此而已，因為我聽出來老蕭的中文發言只是他的英文發言的失此及彼的段落大意；因為是段落大意，所以用時也就短得不能再短了。我的心一下就下沉得像一塊墜崖的岩石，墜地後震出一種隱隱作痛的悲哀。也就是在這種及其短暫的壞情緒中，我突然明白了老蕭約我去他家為什麼僅僅讓我看看他的大作的皮毛而不借與我了；明白了老蕭為什麼批評我「還是那樣滿不在乎的樣子」；明白了老蕭為什麼要詳講英語而敷衍中文了；老蕭就是要成佛，需要的只是香火和跪拜。

然而，這時我已經四十多歲，早過了不惑之年。但是年輕人或者孩子們就沒有我這個條件了。我的兒子今年剛剛高中畢業，而年初正是他準備進行高考最後衝刺的開端。一天，兒子拿回家一張小紙條，特此一字不差的抄寫如下：

（1）《尤利西斯》意識派小說開山之作，喬伊絲的長篇巨作。全書共18章近百萬字，描寫的是主人公，一個愛爾蘭裔猶太人，1904年6月16日這一天與他妻子及另一個青年在18小時內的行動及內心活動，全書大多是內心獨白。

（2）捷克作家哈謝克的諷刺小說《好兵帥克》。

（3）加拿大作家裡柯克的幽默小說。

（4）英國小說家亨利・菲爾丁的政治寓言體小說《大偉人江奈生・魏爾德傳》。

兒子鄭重其事地把紙條交給我，用命令的口氣跟我說，要我給他借紙條上的書。我流覽過紙條，說誰寫的這紙條，文學知識還挺寬，這些書都要看了。兒子用近乎崇拜的口氣誇他的這位同學知識面多麼寬，看書多麼雜！也就在兒子天真無邪畢露無遺的當兒，我突然意識到這紙條與老蕭有關，隨即想到彼時正是老蕭的忌月。看著兒子那種清澈見底的企盼，我當然不敢說借不到這些書，只是跟兒子說，你第二天去問問你的同學，她是不是看了關於蕭乾先生的悼詞什麼的，抄寫了這樣一張紙條？如果屬實，那說明她大可不必費上寶貴時間讀這幾本你們根本看不懂的書。如果我猜錯了，我無條件地送她這些書，存著她長大了看，怎麼樣？兒子幫同學借書一貫說一不二，見我這種態度，頗有幾分不快。但孩子就是孩子，孩子就是比大人說實話。第二天晚上一回家，兒子很奇怪地跟我說：爸，你要了什麼手段，她聽我說了你的話，說不用借了！

孩子們的事說完就完了，但我恰恰是因為這張小紙條，才下決心寫這篇文章的。套用現時流行的一句與孩子教育有關的話說：蒙誰也不能蒙孩子啊！

這種文章不好寫。要尊重事實，就得字斟句酌。要回憶往事，得找故人說說。文章寫得斷斷續續，臨近尾聲時，正好看到一個叫毛德傳的老人連續在兩種在全國有影響的報紙上撰文，說蕭乾不是採訪歐洲戰場的唯一的中國記者。在其中一篇中毛德傳發問：蕭乾在世時分明知道這種情況，為什麼不肯公開寫文章聲明一下呢？

我認識蕭乾。我知道老蕭決不會去幹這種傻事！

二○○○年第六期《黃河》

韋老太，你慢走

我看見韋君宜時，人家已在稱她「韋老太」了。她那時還不算「老」，也沒有什麼「太」相，為什麼會享有這樣的稱謂，我至今也沒有怎麼弄明白。我跟著人家叫她韋老太，習慣使然。後來我願意這麼叫她，卻是因為她的走相：不抬頭，上身前傾，腋下夾個紙袋或者不得法地挎個不講究的包；臂部略略撅起，步幅大，腳下無聲卻落地有力。我們老家稱這種走法為「撅天搶地」，言外之意是風風火火地去忙什麼要緊的事情。在樓梯上，在樓道裡，在職工食堂夾著飯碗排隊打飯，走到麥克風前去講話……韋老太都是這種走相。

是的，從最初熟悉這種走相到逐步認識韋老太本人，正是她一次次走向麥克風並坐下來講話。我初到出版社是一九七七年九月，那時的會還和反擊右傾翻案風有關。這種萬人一腔的可怕的會，我是領著工資都不願意參加的。如果蓋洛普來中國搞民意測驗，調查建國以來中國的最大浪費是什麼，我會毫不遲疑地寫上「會」這個字。且不說因為「會」致使多少冤案錯案發生，多少文人學士因為開「會」學會了說假話、廢話和丟掉良心的話，卻因為說真話冤枉一生甚至丟掉了性命，但說幾億人一次會平均投入兩個小時，便會浪費了十幾億個小時啊。這些驚人的一去不復返的寶貴時光若用來做實事，中國人也許早已過上小康生活了。韋老太這時的講話也脫不了億人一腔的調子，只是講得更真誠些，更認真些。

但是，韋老太的講話很快就變了調子，並且把調子定格在業務上。這個調子離我距離最近我聽得最清楚的，是在出版社有史以來舉辦的唯一一個文學進修班的開學典禮上。韋老太講得很投入，業務的重要性分析得頭頭是道。除了韋老太一向是業務高手，講業務是她的強項這層原因，我知道她是在苦口婆心地勸我們趁著年輕多學些東西，避免老來徒傷悲的結局。那個進修班是專門針對工農兵學員舉辦的，為期兩年，主修古典文學、外國文學和現代文學，分段負責人分別是舒蕪、牛漢和黃雨石，部分受訓對象有抵觸情緒：在接受了近二十年的煽動反文化的教育之後，一下子歸併在業務軌道上，不習慣是很自然的。再者，韋老太有言在先，進修班是一次機會，抓住的留在編輯部，抓不住的另作安排。進修班定會請到北京最好的專家學者，請不動的我韋君宜親自出面。韋老太走到麥克風前撅天搶地，走離麥克風也一樣撅天搶地，給我印象極深，反映出她對一個文化單位治理的急切、決斷和作風。事實證明韋老太搶先一步舉辦文學進修班是英明舉措，每個課時幾元錢開口費，這個進修班先後請到到了許多知名的專家學者。古典文學方面有：余冠英、王力、呂叔湘、吳組緗、啟功、林庚、陳爾冬、顧學頡、黃肅秋等；外國文學有：朱虹、董衡巽、柳鳴九、張玉書等；現代文學有：王瑤、楊晦、嚴家炎、孫玉石、袁良駿、余飄、餘樹森等。文科的學習與提高需要的是良好的氛圍。如此多的超一流專家學者營造出來的氛圍是十分難得的。我能在後來的文字生涯中產生一些定力，不斷自我完善與提高，指哪兒打哪兒，獲得一些成果，多虧了這個文學進修班，多虧了韋老太撅天搶地的先行一步，為我創造了得天獨厚的條件。

在我的印象中，韋老太對一個文化單位的業務建設一直十分重視。比如說，她在出版社主持的編輯月會就很受歡迎；她請專家講，請老編輯講，請業務骨幹講，更多的是時候往往是她自己做主講。我記得有一次講莫應豐的《將軍吟》的組稿過程和《將軍吟》的內容與結構，十分投入，格外興奮。她說作者在如此短的時間裡能夠擺脫極左文藝思潮的影響，寫出自成一體的作品，實在振奮人心。我們編輯人員應該儘快轉變思想，跟上形勢。關於組稿，她頗有預見性地說，出版社獨佔文學專業的局面以後肯定保不住了，各省都在成立地方文藝出版社，爭奪作家和作品的現象在所難免；編輯今後的工作不僅是編書出書，還要和作者多聯繫，多交心，參加到競爭行列中。厭惡了那種億人一腔的空洞政治會，我對這樣的會情有獨鍾，會後還忍不住喜歡與別人交流些看法。但我得到的資訊卻有些掃興，例如有人說我年輕，許多事還看不明白，還是多聽少說為好；又有人說韋老太愛跟風；還有人說韋老太是只顧低頭拉車……好在我一向喜歡聽不同的聲音，而且聽聽不同的聲音確實也沒有什麼不好的。比如我後來發現韋老太果真有「只顧低頭拉車」的毛病。在出版社的任何地方，她碰上你都不會抬起頭來打聲招呼；你若想與她打招呼也枉然，因為她一是頭低得低，二是她走得撅天搶地，三是嘴裡往往在咕噥什麼話。那時候還年輕，一時心血來潮想來點惡作劇，我若在樓梯和樓道裡碰上她會故意不主動躲開，擋擋她的道。她似乎早有所料，總會非常敏捷地閃到一邊，另擇路徑一閃而過。我是在讀到韋老太的《海上浮華夢》後才漸漸地悟出來，這或許就是她既拉車又看路的一種獨特方式吧。

然而，與韋老太的間接接觸卻是很多的，而且是十分獨特的。她的兒子楊都當時整天在出版社呆著，慢慢地與大家混得很熟，很熱情，老遠就沖著你笑，沖著你樂，沖著你打招呼。大家都叫他「嘟嘟」，我自然也叫他「嘟嘟」。我很快瞭解到，嘟嘟是因為文化大革命中父母受到衝擊，他受到了極大的刺激，好端端的一個孩子便成了傻兒。嘟嘟愛串辦公室，目的主要是找有畫兒的書看。我所在的外文編輯室當時進了幾套英文版的百科全書，嘟嘟來了要書看，而且看得很快，我就給他百科全書看。我本來是為應付嘟嘟拿給他看的，豈知他一頁一頁地翻著看，看得很認真；看不完的，他只要有時間仍會跑到我們辦公室接著看。我心想百科這種大部頭書連我們這些專業人員都只是用著了才查一查，嘟嘟這不懂外國文字的怎麼看得這樣入迷？不久我很快知道嘟嘟只要看到好看的女人插圖，就會興奮地呵呵笑，有時還會拿上讓我們看。這時的嘟嘟笑得十分開心，十分燦爛。有一次，嘟嘟看得嗷嗷叫起來，我們幾個立即走過去，原來嘟嘟翻到了一頁女人裸體插圖。我們說：「嘟嘟，別傻看這個，不好看的！」嘟嘟不答，只是笑，進而用手捧作錐形，在那個裸體女人的胸部抓了左邊抓右邊，抓了右邊又抓左邊，嗚嗚叫個不停。別人大笑，我笑卻笑得心苦，因為我觸景生情，想起我在村裡時，我的一個遠房傻叔叔，到了婚娶年齡時向他的父母要媳婦，脫掉褲子甩起硬撅撅的大鳥兒，學著公驢兒馬的樣子發洩。那時我還小，不大明白傻叔叔為什麼那麼不怕丟人現眼，只是不止一次聽父親說：「難啊，難啊！還不如生下來就悶死在尿鍋裡好！」後來嘟嘟徹底離開了出版社，倒引起了我對他的些許惦念。過了些時候，我聽說韋老太為嘟嘟張羅了一個在街頭修鞋的跛腳女子，心想可憐的嘟嘟總算有個歸宿了，但是很快我又聽說那個女子還是離開了嘟嘟，走了。後來我看到韋老太的一篇文章，說嘟嘟什麼樣式的衣服都不穿，偏要穿類似中山裝的那種建設服。於是她只好領著嘟嘟滿北京城買那種過時的建設服而不得，借此還抱怨廠家不會做生意。我看了這些資訊心下生出許多酸楚：嘟嘟是那個年代最無辜的受害者，卻最忘不了那個時代的灰暗的服裝！我也想像得到韋老太懷著深深的愧疚，為傻兒子的衣食住行撅天搶地地奔波，為傻兒子以後的著落撅天搶地地奔走，因而韋老太重病在身後，最不放心的仍是嘟嘟，恐怕依然是一種撅天搶地的母子之情吧！

更多的時候，我看見韋老太在出版社裡撇天搶地地走，去忙那些永遠忙不完的事情。我以為我就只能以旁觀者的身分，看著韋老太來去匆匆，留一個撇天搶地的印象了，不期有一天一位編輯室領導說，韋老太要出訪美國，讓我找些有關美國的翻譯作品給她送去。我當時在做《外國文學季刊》的編輯工作，對美國和英國文學掌握了一些資料。我帶上已出版的美國文學翻譯作品和載有美國翻譯作品的雜誌，騎了自行車直奔韋老太的家。她的家當時在小羊宜賓胡同南邊，我曾在那一帶的版本圖書館上過兩年班，輕車熟路，很快就找到了她的家。那是一個小院子，開院門的就是韋老太。開門迎接我的第一句話讓我大吃一驚：

「你是蘇福忠，我知道的！」

我跟著撇天搶地的韋老太一路穿過院子往屋子走去，直納悶兒韋老太怎麼知道我是誰。不是一個部門，不在一層樓，我是故意擋擋她的道兒都不能讓她抬頭看一看的障礙物呀！胡思亂想中我不知怎麼聯想起了那個雙槍老太婆的形象，多麼厲害呀！進了屋，坐定後，韋老太接過我帶來的書和雜誌，放在旁邊的桌子上，對我說：「這些東西放這裡我慢慢看，你是搞英美文學的，能不能給我說些活的東西！」那時我頗有幾分無知者無畏的精神，把我腦子了儲存的資訊盡數往外抖落；在韋老太鼓勵的目光下，我竟然一口氣講了半個多小時。我打住後，韋老太若有所思地說：「我也學過英語，都能用英語看些東西了。後來不知忙什麼，統統交還給老師了。語言這東西，不容易掌握，要當個好編輯就要多寫多譯，要不你沒法兒讓人家作者和譯者真心服氣。再說，你不實踐，也不知道作者和譯者的辛苦！」韋老太說話間已經站了起來，我也隨著站起來。她不僅送我出了門，還撇天搶地一直送我過了院徑，直到院門口。在她的「脅迫」下，我不得不走得「撇天搶地」，儘量在她的前邊快走。在以後的二十年的文字生涯中，我耳邊經常響起她的那些話。因為只有她那代人的優秀代表才能說出這樣給自身加壓的話，哪怕只是出於理想。

我以為通過這次接觸，我和韋老太成了熟人了。再見面時我覺得應該打聲招呼的當兒，韋老太已經撇天搶地地從我身邊走了過去，忙她的事情去了。不過打過交道並留下難以磨滅的印象，我對韋老太的關注還是多了。她發表的作品，只要找得到，我都認真看一看，尤其她的散文。曾有一段時間，每天午覺前，我都閱讀幾頁她的《海上浮華夢》。我第一次從她自己寫的文字裡知道，韋老太是富家女，從浮華夢裡走出來，選擇了一條反叛舊社會的變革之路。然而，她不是為了爭一個熱乎乎的火燒填飽肚子便走進了揭竿而起的人群，不是為了越糾纏越死結的家仇私恨去尋求一個砍砍殺殺的復仇機會，不是為了自家的二畝地被霸佔又吃了冤枉官司而加入了講公道正義的群體，也不僅僅是因為抨擊如磐的黑暗丟了學籍而撇天搶地地去尋找如炬的光明……不是的！她一開始幾乎就遵循了「匹夫有責」的古訓，義無反顧地走上了一條拯救之路——拯救苟安的民族，破碎的國家。也許正因為如此，她走得更認真，更思考，更心苦，更疼痛，因而才有了她晚年沉思中的懺悔。這本小書中並不很長的《編輯的懺悔》一文（後又收入了《思痛錄》，可見作者對這篇文字的看重）我反復看了幾遍，不只是因為我也忝列這個行當，有些在我們這個制度下作為編輯搞文化的同感，而是因為韋老太敢於剖析一個特定制度下的特定行業違背行規操作的可怕程度。她以自己做編輯的親身經歷，揭示了曾幾何時實際上充當著左傾路線在文學編輯工作中的執行者，誘導作者脫離生活，脫離創作規則，杜撰出一部部垃圾作品，害人作品。說到痛處，韋老太不禁發問：「有人說自己當時是『拉車不認路』，真的嗎？」聽聽吧，問得多有良心，多麼撼天搶地啊！曾經左右作者的大編輯們不計其數，敢向自己這樣發問的有幾個？自詡是為人作嫁衣裳的編輯們處處可聞，可有幾個編輯想到沒有作者的原創這一因素，自己只是無皮可附的毫毛嗎？當然，最難能可貴的是，類似這樣的問題韋老太在她的許多懺悔性作品中都做了認真的思考，她的醒世之作《思痛錄》是當之無愧的代表。在我懷著敬佩的心情反復閱讀韋老太的《思痛錄》時，我仍然相信，知識份子是一個民族的唯一靈魂。隨便從中挑一篇，比如《當代人的悲劇》，看看她的相濡以沫的丈夫楊述，一心向黨的一個生氣勃勃的好幹部，最後不明不白地含冤死去，你用心讀下來並稍作思考，都不禁會震驚不已：當一個因博覽群書而上下求索五千年的知識份子群體失卻了思考，失卻了探索，失卻了懺悔，失卻了更接近真的發言，一個民族除了走彎路，犯錯誤，以致冠冕堂皇地作惡多端，接受一次又一次的災難和浩劫，還會落得什麼？還會有什麼作為？還配知識份子這一稱謂嗎？

韋老太最長的作品是她的長篇小說《露莎的路》。讀著這部作品，我始終忘不掉一個撼天搶地地趕路的中國女人身影。她是真誠地在撼天搶地地趕路，真誠地相信她能撼天搶地地趕到一條理想之路的目的地，實現自己的目標。她從沒有想到她的目標在她生前無從實現，趕上的是她癱瘓在床時不得不寫一本《思痛錄》。但作為晚輩，除了為她的遺憾而遺憾，我還有十分的慶倖：這個群體的最優秀的兒女的靈魂仍在，良心仍在。我能說的只有：

韋老太，你慢走！

《黄河》二〇〇二年第三期

嚴文井的童話

我是一九七七年再分配到人民文學出版社的。這裡用個「再」字，是因為我從大學畢業後先分到了國家版本圖書館，在那裡呆了兩年，是政治環境左右分配的結果。版本圖書館是一個小單位，相對來說人民文學出版社是一個大單位，我想大單位領導看上去也會很大派頭的，因此我第一次看見嚴文井先生還有點失望：頭頂謝得很徹底，圍繞歇頂的頭髮圈兒長得很旺盛但很規矩；團團的臉，幾道必需的紋路分割出一張很善意很溫和的面孔。後來看見他不論言簡意賅地主持會議，還是腋下夾著飯盆去食堂排隊打飯，都是穩紮穩打不慌不忙的樣子，又覺得人民文學出版社社長本該是他那個樣子，至少如果你帶著一個作者或者譯者正好碰到他，你很樂意引見說：

「這是我們的社長嚴文井。」

我固然沒有這樣向別人引見嚴文井社長的機會，卻不斷從傳言中聽到了嚴文井身為社長在出版社高級別的會議上說的一些很有見地的話，其中最著名的一句是：出版社這地方，搞好不容易，搞壞也不容易。許多人，尤其還算頭頭腦腦的人，提到這句話時有的笑笑，有的搖頭，有的索性就是一副不屑的樣子：身為一社之長怎麼能講這種話？不過，說實話，「這種話」到底是什麼話，我倒認為十之有九未必聽懂了。它是真話，是實話，但是經驗告訴我們，在我們經過了長期的洗腦之後，越是真話和實話，越少有人能聽得懂；好比嚴文井是社長，更是一個知名的童話作家，他的童話孩子們讀得懂，大人未必讀得懂，因為童話和真話是相通的，好比皇帝的新衣。

最近在《當代》雜誌上看到孟偉哉先生的《記憶嚴文井》，有這樣一段話：「社裡有二十來名工農兵學員，難適應工作要求。文井社長不是草草採取推出去的態度，而是予以脫產培訓。這自然不是他一個人的決定，但如果他對這些青年人不理解、不愛護，培訓決定恐也未必能形成。」我參加了這個學習班，沒想到因此距離嚴文井先生更近了一些。學習班的開學儀式上，嚴文井先生講了話，聯繫自己的文字生涯，勸我們勤動手寫點東西，他認為這是提高中文水準的一個更快捷的方法。他毫無保留地講述了自己寫作的經歷，說很重要的方法之一是不厭其煩地修改自己的習作；還說最好是寫成之後放在一邊，等一段時間再讀之，看看哪些滿意，哪些變得不滿意了，然後進行必要的修改，該留的留，該刪的刪，直到稿子令自己滿意；一篇稿子首先要讓自己滿意，才能期待別人滿意，等等。

我現在如果能寫點東西，仍然遵循嚴文井先生的這個秘訣。

還是因為參加這個學習班，我有機會親自聆聽他給我講解過我的一篇習作。那篇習作早不知去向，但是那篇習作的名字我記得很清楚：《在藏版本的地方》。文章的大概意思是，版本圖書館本來是藏版本圖書的，卻收藏了許多出版業的老作家、老翻譯和老編輯，而造成這種局面是因為極左思潮，把許多有「歷史問題和現行問題」的行家趕出了出版社，讓他們像一本書一樣找地方藏身。我記得嚴文井說這事兒有點新鮮，問我誰都在那個藏版本的地方呆過。我說中央直屬各出版社都有人，還列舉了一大串名字。顯然許多人他都熟悉，聽我說過歎了一口氣，想說什麼又忍住了。不過他很快和我提起他的原配夫人也是那裡的職員，並說出了他夫人李叔華的名字。這下我聽了大吃一驚，因為我在那裡呆了兩年，一直使用著一個小馬紮，上邊用毛筆寫著那個名字，字還寫得很漂亮。我說這出這點巧合，他聽了笑了，說看來人還是留下點東西好，是個念想。對於我的那篇習作本身的得與失，好與壞，他幾乎沒有說什麼，或者他說了我沒有記住，但是關於習作的名字，他說立意好，並就文章的立意問題發揮開來，講了許多話，還舉了例子。他強調說，文章沒有立意，幾乎難成文章，而立意有總的，也有零的，段落章節都應該有立意，那樣文章才耐讀。當初通知我去聽他講評這篇習作時，我心下十分忐忑，因為這時候我已經閱讀了他的一些作品，覺得一個成名作家講評我的不成樣子的習作，實在是浪費他的時間。不想，他對一個當時根本不認識的青年人，談得那麼誠懇，那麼耐心，更主要的是他所講的為文章之道，好像就是針對我的，讓我開了許多竅，尤其文章的立意要儘量做好，做到位。

兩年後，培訓班結束，我回到了外國文學編輯室。一九八三年，他要出國開一次兒童文學會，委託外文編輯室給他翻譯一些材料。材料翻譯好後，領導派我去送，說嚴文井有什麼要問要修改的，我可以當場解決。他那時在東總部胡同住，離出版社不遠，我騎車很快就到了。他懂些英語，翻譯的材料他大概翻了一遍，卻一遍又一遍地說好。我畢竟和他不很熟，看來沒有什麼問題，想起身走人，可他非留我喝他泡上的茶。喝一杯茶對於一個年輕人來說，只是三口兩口的功夫。可是午後的天氣轉眼之間烏雲翻滾，大雨嘩嘩下起來，而且看樣子我就是小口把茶喝完，大雨也過不去，我想趁機提起他那句在出版社已經很盛行的話，和他證實一下，請教一下，可是終於沒有敢造次。嚴文井怕冷場，於是順著我的專業說話，說搞英語好，他當初要是有條件也一定會去學英語；還說學會一門外語是一輩子的職業，能先睹為快許多東西，文字翻譯可以做一輩子。這些話我當時聽來還很新鮮，因為我還沒有想到學英語還有那麼多好處。我也儘量找話說，感謝他給我指點過習作，傳授了許多寫作竅門兒。他問我目前怎樣提高中文，我說一直在閱讀現當代作家的作品，希望在靈活運用現當代口語上有進步。這畢竟是他的強項，聽說我對當代創作關心，就很有興致地問我讀過誰的作品。我很長時間一直訂閱《小說月報》，提及的作家和作品還不算太外行，嚴文井先生聽了很興奮的樣子，好像終於找到了一個可以隨意聊聊的人了。他說這些年的文學創作算得上豐收，是過去近三十年的文學創作沒法比的。我有點不知天高地厚，說前三十年中趙樹理的寫作還是值得肯定的，比如他寫的《鍛鍊鍛鍊》就是很好的揭示現實的作品。集體化才實行了不到十年，他就敏感地寫出了「小腿疼」那樣的農民形象，不把種地當正事兒，卻把混工分當正事兒，實在是了不起，說明那種集體生產形式自打一開始就是極其荒謬的，顛覆人性的。可能我把話說得過頭了，嚴文井好像順著我的話說，其實換到了另一個話題：

「是啊，是啊！老趙比我們執著，比我們更瞭解生活。他經常回山西農村去蹲點，所以寫出了有預見性的小說。可是，我們當時組織會議批評了他，說他寫中間人物，不寫先進人物。批判中間人物就是從老趙開始的。」

這些新中國發生的文學事件，我這樣新中國成立後出生的人只能當故事聽，自然插不上話。他接著說：「老趙和我做過鄰居，經常來找我下棋。老趙愛蹲著做事，愛到小攤上賣燒餅吃，很憨厚很可愛的一個人，可是因為批判他的中間人物，他回山西工作，文化革命中把他整得很慘，是整死的。」

「不，是不堪折磨絕食而死的，等於自殺。」我說。

嚴文井看著我，有些吃驚的樣子。

我於是接著說：

「趙樹理在舊社會活得很艱難，沒有出路，神經恍惚中跳進太原的一個公園自殺，但沒死成。人，尤其知識份子，都嚮往新的出路，可是新的出路到底能給自己帶來什麼好處，誰都很盲目呀。」

「你在那裡看到的這些材料？」

「一篇文章裡，具體名字記不清楚了，不過我不會記錯，因為趙樹理是沁水人，我是陵川人，我們是鄰居縣。他在我們縣的一個所謂先進生產大隊黑山底蹲過點，打算寫一個『高大全』的女性農民形象，可是到底沒有寫出來，後來寫了一個《焦裕祿》的劇本，我們縣的上黨梆子劇團演出過。我當時正在縣中學讀書，學校組織我們去看戲，可我沒有從他筆下的焦裕祿身上看出什麼『高大全』的東西，只是一個想為老百姓做點事情的縣令形象。他有一篇紀實作品，名字叫《實幹家潘永福》，看得出他很想塑造一個『高大全』的新農民，可從名字就知道，他只能寫得出『實幹的人』。可以說，他是那一代作家中唯一忠於社會現實的作家，這點實在難能可貴。」

後來，我讀到了嚴文井先生寫的《趙樹理在北京胡同裡》，這才知道他們是老朋友，都是不會在這所謂特色體制下鑽營的人。我由此明白了，當初我說那些不知天高地厚的話，他為什麼那麼寬容，為什麼頻頻點頭了。

我記不清楚嚴文井先生是什麼時候從社長位置上退下來的，但是隨著改革開放的潮流越來越深入，趙樹理筆下那個「小腿疼」農婦所表現出來的「不做效益只求利益」的現象，在堂堂的文化機闗也是積重難返：想得到利益的人太多，想幹活兒的人太少。因此越來越多的人開始借用嚴文井老社長的那句話說事兒：出版社這地方，搞好不容易，搞壞也不容易。

那天，雨過天晴，臨走前，嚴文井先生送給我一本他的新書——《嚴文井童話寓言集》，並在扉頁上寫上：「蘇福中同志留念，嚴文井，一九八三年，四月二十八日。」如今，這本書成了他留給我的一個念想，每翻看它，我最先想到的還是他說過的那句話——出版社這地方，搞好不容易，搞壞也不容易。

是啊，面對整個出版業荒謬而虛幻的現實，這話越來越走向了經典，成了他的另一種童話。

趙樹理印象——寫在他的百年誕辰

趙樹理進入我的印象，我十四歲。那年，我的語文老師給我們朗讀了趙樹理寫給女兒的一封信，《願你決心做一個勞動者》。我的語文老師，顏新，是個右派，從中央辦公廳下放到我們中學，山東大學畢業，文學知識豐富，他讓我知道了趙樹理是一個大作家，山西省晉東南沁水縣人。小地方也能出大作家，這實在是一想起來就讓人激動的事情。可是，趙樹理在信中勸他的女兒做一個剃頭的，學成了，女兒為他剃頭，他寫東西給女兒看，分工不同，身分是平等的。這我是很難相信的，因為我們村裡有個本家哥哥，算是村裡的能人，平常對什麼事情都能分出個高低貴賤。他每次讓人剃過頭，都要得意地說：「我又讓人伺候了一回！」別人要是頂他一句，他會立刻振振有詞地說：「剃頭的最沒身分，還不如洗腳的。洗腳的都能坐著幹活兒，剃頭的能嗎？」不知怎麼，我對他的話有點相信，因此對趙樹理勸女兒去剃頭，更何況是要一個女人做一輩子剃頭的，我難以相信，儘管顏新老師還專門強調了這點。

大概是讀初中二年級的時候，我聽說趙樹理要到我們陵川縣中學視察，我想這下好了：我也許可以當面把我的問題向他請教了。但是不知什麼原因，趙樹理沒有來，只有晉東南地區的第二書記到我們學校轉了轉，我很有些失望。再後來，學校組織觀學生看趙樹理寫的《焦裕祿》，由我們縣的上黨梆子劇團演出，當初劇中的具體情節我記不大清楚了，但是一閃一閃的下雨佈景讓我記憶深刻，算是找補了一點沒有見到趙樹理的印象吧。

再聽人提起趙樹理，已經是上個世紀六十年代末了。全國學大寨，把全國學得到處是禍害，具體到我們的小村莊，就是人人挨餓，日子沒有盼頭。我的二姐夫是個大肚漢，挨餓的程度自然超過常人，有一年他偷跑出去搞副業，大敗而歸，卻帶回了關於趙樹理的消息。他見人就說他去過趙樹理的村子，趙樹理的村子旁有一條常年不斷的嘩嘩流淌的河水。還說他家風水更好，房後邊有一眼突突往外冒的泉水。我那時候已經從中學回家，在村裡勞動一年多了。儘管我不是一個大肚漢，可是挨餓的滋味確實很難受。聽到這個消息，我就心下捉摸，我們村子三面環山，一面臨溝，溝裡沒有流水，自家房後邊也沒有一眼嘩嘩往外流水的泉水，永遠形不成什麼好風水。因此，我這輩子種地恐怕是板上釘釘，釘死了。那是一種很壓抑很鬱悶的印象

趙樹理給我的印象如果到此為止，那是很遙遠很模糊的，還有迷信的色彩。

無巧不成書，無巧也不成文章。一個時代的專制和壓制的程度太深了，突變的幾率反而會大。個人在這種突變中，命運就會顯得跌宕起伏，有些戲劇性。上世紀七十年中，我隨波逐流地到人民文學出版社做編輯，我和趙樹理的距離一下子拉近了。為了提高業務，出版社辦了一個文學進修班，脫產學習兩年，我在很短的時間內把趙樹理的主要作品讀了一遍。不管歷史如評價一九四二年以來的文學寫作，趙樹理的文學寫作歷程是必須提及的。曾幾何時，他的文學寫作被評價為新時期寫作農民的典範，好像中國農民的象形就應該按照趙樹理的路子來寫作。然而，在我看來，他僅僅依靠手裡一支二兩重的筆，不僅解決了謀生問題，而且在職業上獲得了相當的名利。這一印象對當時的我非常重要。我的學業是英語，在出版社的具體工作是編輯翻譯過來的稿子。當時的外文編輯

在出版社裡很有優越感，時不時有些喜歡擺老資格的前輩會毫不客氣地當著我的面說：「哼，就你們還能做外文編輯？」或者：「哼，就你們這些農村出來的人能接了我們的班！」可是，他們不知道，農村長大的人考慮這個問題，實在就不是問題。人總要死，沒人接班地球也照樣轉。但是你可以這樣想，在具體的生活環境中許多事情卻會變得很世故，很名利，因此很複雜，而且越是上層社會越是這般情形！

這時候，這種環境裡，你的老家一帶出產了趙樹理這樣一個靠文字謀生大獲成功的榜樣，那就是一種信心，一種支持。我在我新近出版的小書《譯事餘墨》裡這樣寫道：「我的家鄉離趙樹理的家鄉不很遠，趙樹理作品裡的遣詞造句幾乎和我們那裡一樣。所以，我經常閱讀趙樹理的幾部名著，細心琢磨他如何把家鄉話寫成普通話，這對我的文字表達和提高有很大幫助。」所以我和我老家的好朋友張元奎說：趙樹理給了我半碗飯吃。

吃飯是人生第一件大事，因為只有吃飽飯了，我們才能做別的事情，比如思考。我有了兒子後，想到有一天我像趙樹理那樣給兒子寫一篇文章，告訴他給人理髮是他一輩子的事業，那是絕不可能的。而不能這樣跟兒子說，是我所處的社會告訴我的，教導我的。有一次，我去我們老社長嚴文井家辦事，因為我是山西人，談論現當代文學創作時很自然地說起了趙樹理，兩個人都很興奮。我說一九四二年以來寫農民的作品，只有趙樹理是忠於生活的，因此也只有的作品可以流傳下去。我說這話的口氣很絕對，但嚴文井先生沒有反對，只說：老趙確實比我們高明，我們當時批評他寫「中間人物」是委屈他了。因為時間關係，我沒有來得及向他瞭解更多關於趙樹理的軼事，但是很快看到了他的《趙樹理在北京胡同裡》一文，其中一段文字深深地刺痛了我：

一九五三年夏天有個黃昏，我聽見老趙唉聲歎氣從院子裡經過，嗓門特大，情況顯然異常。等我趕出去，他已經左右開弓，自己打起自己的耳光來。我跟隨他到了他那間北屋，問他發生了什麼事，他不回答，一邊自打耳光，一邊哭出聲來：「兒子呵！爸爸對不起你。只怪你爸爸不爭氣，沒有面子……」

原來他是在為兒子入學的事生氣。

這年秋天，北京市可以容許學生住宿的重點小學「育才」小學有兩個名額分配給「作協」。但是「作協」該入學的孩子不少，暗中競爭很厲害。老趙也為自己的那個男孩子爭取過。讓孩子住了校，自己可以省很多事。好像那時他還沒有把全家搬到北京來，沒人管家務孩子。競爭的結果，老趙自然歸於失敗者行列中。許多話，老趙又不願意明說，在氣頭上，他就採取了農村婦女通行的那種自我發洩方式。

嚴文井先生的文字很樸實，使我從中看見了樸實的憨厚的趙樹理，一下子理解他當初寫信，勸他心愛的女兒做一個勞動者的良苦用意了：女兒大了，讓女兒在「新社會」裡摔打吧。這是趙樹理對「新社會」的信任。他以為保護弱小是「新社會」義不容辭的責任。趙樹理從來沒有想到「競爭的結果，老趙自然歸於失敗者行列中」僅僅是他一敗塗地的開始，是很小的失敗。他對黨對「新社會」滿懷希望和忠誠，從來沒有看出來這樣的失敗的根子是任何一個社會固有的，永遠根絕不了的，與所謂「新」與「舊」根本沒有關係。所以，當他以紅極一時的身分進入北京僅僅十多年後便被擠出了北京，他還天真地以為是「黨的需要」，「工作需要」！然而，讓我們看看嚴文井先生在同一篇文章中是怎樣回顧歷史的：

五十年代初的老趙，在北京以至全國，早已是大名鼎鼎的人物了，想不到他在「大醬缸」裡卻算不上老幾。他在「作協」沒有官職，級別不高；他又不會利用他的藝術成就為自己製造聲勢，更不會仰著腦袋對人擺架子。他是個地地道道的「土特產」。不講究包裝的「土特產」可以令人受用，卻不受人尊重。這是當年「大醬缸」的一貫「行情」。

「官兒們」一般都是三十年代在上海或北京薰陶過的可以稱之為「洋」的、有來歷的人物，土頭土腦的老趙不過是一個「鄉巴佬」，從沒有見過大世面；任他作品在讀者中如何吃香，本人在「大醬缸」還只能算一個「二等公民」，沒有什麼發言權。他絕對當不上「作家官兒」，對人發號施令。在「46」號第三進院子北屋給他分配了一間房子，這已經算是特殊優遇了。

「大醬缸」是嚴文井先生對東總部胡同46號「作協宿舍」的戲稱，可我完全相信那就是新中國文壇的一個縮影——大醬缸。正直而樸實的趙樹理不懂這一套，只是真心實意地為所謂新社會歡呼，為所謂的新派寫作搖旗，真誠地接受主流意識形態的改造，但是他的條件是這些東西必須和人民大眾——尤其農民——的利益相一致。反之，他就會不停地思索，為民請命高於一切，敢於彈奏出與社會主流不和諧的音符。他的寫作折射出來的人文精神，毫無疑問是中國傳統士大夫式的——寧折不彎。在一個隻准有一種聲音和一個權威的時代，這是極其難能可貴的，卻是災難性的。

趙樹理的印象，於我，就這樣一步步清晰了，深入了，全面了。我感覺我一步步觸摸到了他的厚道，他的樸實，他的真誠，他的人格和他的良知，因此對他的關心也漸漸超出了我對任何一個所為新時期以來的現代文學的作家。關於他的文章，只要得到，不管哪方面，我一定要看。我認為，作為上世紀四十年代所謂新時期文學以來的一個標誌性人物，趙樹理六十年代中期就被排擠出北京城，除了當時政治上的黑暗，更是中國文壇已經演變成了明爭暗鬥的名利場的結果。一個利益和名利始終在紛爭中的中國特色的文壇出現這樣的結果，一點也不難理解。

「唉，我總算想通了，明白過來了！」

這是戴光中在《趙樹理傳》裡記錄趙樹理的一句很有名的一話。儘管傳記作者對這句話作了很好的詮釋，但是我很懷疑詮釋的準確性。對於忠臣良將來說，從夢中醒來，把人生思考明白，是很難的，甚至是不可能的。比如，影響了整個二十世紀的解夢大師佛洛德說：

「文化就是鎮壓。」

嗚呼！遭受專制文化的鎮壓太久、太多的中國人，有多少明白這位大師是在說夢，還是在說理？

然而，不管怎樣，我們需要趙樹理所創造的民主（或說以民為本）的文化的鎮壓，而且越多越好，因為這是我們對抗專制文化的唯一的希望，也是我們永遠紀念趙樹理的理由。

載於《隨筆》二〇〇六年第六期

《洗澡》的深水區——謹以此文紀念仙逝的楊絳先生

因為做楊絳先生的傑作《洗澡》的漢英對照本，有機會仔細地閱讀它。儘管這是楊絳唯一部長篇小說，篇幅不是很長，但是在解放以來的小說創作中，它所佔據的位置，是別的小說不可代替的。它的難得，在於它寫了解放後知識份子的第一次思想改造。這次改造活動給中國的知識份子帶來的結果，是災難性的。即使沒有後來幾次更殘酷的知識份子改造運動，中國知識份子也從此再難有獨立的思考了。這樣的活動一經開始，一些知識份子一旦明白不做學問而專門整人也可以當學問來做，這種災難的終結便遙遙無期了。此後，新舊知識份子之間的鬥與被鬥，成了知識界的主流。這樣深刻的揭示，作者寫得溫和而平淡，甚至寫得很有喜劇效果，看得出作者到了壯年之際在文學上的修煉和文字上的功夫。

然而，《洗澡》中有幾處寫作，好像澡盆裡突然翻起了洶湧的波濤，潑濺得震耳欲聾。興風作浪的，就是那個很次要的名叫羅厚的人物。他屬於解放後的新知識份子，本應該像他的同年齡人一樣回應號召，積極改造舊知識份子，但是他卻我行我素，扮演了一個似乎可有可無的角色。比如，在書中男女主人公許彥成和姚宓的柏拉圖式戀愛戲中，他甘心扮演「燈泡」，充當一個仗義的玉成好事的角色。如果這個角色扮演到底，也合情合理，但是偏偏在出身書香門第、他熱戀的情人姚宓，和其母親決定要把父親的藏書捐給文學研究所的圖書館時，他分別在類似的幾個場合發表類似的看法，令人對他刮目相看：

公家是糊裡糊塗的。你偷了他的，他也不知道，知道了也不心痛；越是白送的他越不當回事。

公家只是個抽象的名詞，誰是公家？

獻給國家！我問你，怎麼獻？國家比上帝更不知道在哪兒呢！

一個小人物說出這樣的話，無疑於洗澡間突然劈頭蓋臉地打來了浪頭。羅厚因為這樣的言論，我們再難把他忘記。但是，細究起來，這樣的言論和書中的人物，有時代上的巨大差異，因為這樣的話，在羅厚的那個時代，是打死他也說不出來的，因為那時候的大部分知識份子還對「公家」抱有美好的幻想。他說出來了，是因為作者的時代變了，是作者站在新時代的高度審視歷史的結果。說到底，這是作者的言論。《洗澡》成書於上世紀八十年代中，書中所寫內容及其背景都是五十年代的，而這些話是八十年代改革開放之後才敢說的、也才能說來的話。當然，有人甚至要說，連《洗澡》這樣的小說也是八十年代之後才敢寫的。這話沒錯，但是這些話不僅需要時代的進步和開放，而且更需要時間的驗證。

仔細品味，我們可以看出來作者這三句話是遞進的關係。「公家」是相對「私家」而言，五十年代起，中國消滅了「私家」，成為一統天下的「公家」，即公有制。天下為公，中國的知識份子為這樣的境界吶喊了一千多年了，等到一個一統天下的「公家」實踐了幾十年後，作者卻讓讀者明白「公家是糊裡糊塗的」，與我們理想中的「大同世界」風馬牛不相及不說，它還成了一個「越是白送的他越不當回事」的敗家子。既然這樣，作者就有理由給公家下定義了：「公家只是個抽象的名詞」。面對這樣一個敗家子似的「公家」，我們應該怎樣對待？它的迷惑性應該怎樣識別？它是我們向善的信仰的結果，而向善的信仰，就目前人類信仰的最好選擇來看，莫過於上帝了。可我們苦苦追求的「公家」，其真實面目是「國家比上帝更不知道在哪兒呢」！這不是嘲諷，是真實的結論，在所謂新的中國裡，從五十年代走到八十年代的人，但凡有點思想，都能得出這樣的結論。公家成了國家，國家就是公家。公家和國家可以隨便蹂躪個人，個人卻必須無條件地服從公家。一方面它是一個乖戾的慣壞的敗家子，一方面它又是一個沒有人真心疼愛的孩子，因此它變得越來越可惡、霸道、兇殘。生活在這樣的公家和國家裡，人們一直在忍饑挨餓，肉體上遭受的一次特大饑荒，全國餓死的人口高達三千萬之眾。人們在這樣的公家和國家裡沒有任何個人自由，動輒就被專政，精神上的政治迫害，讓人活得威嚴掃地，豬狗不如。一次文化大革命，千萬人被蹂躪，被淩辱，迫害致死；成千上萬的家庭妻離子散，被迫解體；連堂堂的國家主席劉少奇也不能倖免於難！

這樣的苦難，在中國這多災多難的國度，不乏前例。然而，打著「大同世界」的美好制度之名，人為地製造這樣的苦難的例子，則是從來沒有的！中國二十世紀能發生這樣的災難，確與西方興起的共產主義運動息息相關。共產主義是個什麼東西？其實就是中國文人早已設計出來的「大同世界」。它更要害的東西是剝奪私有財產。更大的問題是，個人的私有財產被剝奪後，誰來擁有充公的財產？二十世紀的共產主義運動在在表明，誰掌握了政權，誰就可以任意擁有、貪污、侵佔和支配充公的財產。這樣一種「巧取豪奪」地佔有生產資料，相比辛辛苦苦積累的私有財產，其落後程度難以想像，可能連原始共產社會都遠遠不如。換句話說，「公家只是個抽象的名詞，誰是公家？」「國家比上帝更不知道在哪兒呢！」這樣的思考，即便是在上世紀中國已經實行改革的八十年代產生，也是難以想像的，因為這樣的想像距離共產主義運動的時間太遠了，應該更早。新鮮事物剛剛興起時，更容易引發智者的思考。中國二十世紀最縝密最深入的思考者錢鍾書，早在上世紀三十年代就對共產主義產生疑問。他在讀了《馬克思傳》後，寫道：

妙在不是一本拍馬的書，寫他不通世故，善於得罪朋友，孩子氣十足，絕不像我們理想中的大鬍子。又分析他思想包含英法德成分為多，絕無猶太臭味，極為新穎。

自從馬克思的學說誕生以來，大半個世界都在起鬨，讓他的思潮流行起來。錢鍾書在這樣的流行思考中保持獨立思考，難能可貴。至少，他對一個「不通世故，善於得罪朋友，孩子氣十足」的猶太人，突發奇想，要在全世界消滅私有制，搞「大同世界」，是不信任的。時至二十世紀八十年代，共產主義運動在全世界已經演變成一場災難，為人類犯下的罪孽罄竹難書，錢鍾書結論說「公家只是個抽象的名詞」、「國家比上帝更不知道在哪兒」就是水到渠成的了。由此可以看出，楊絳在《洗澡》裡的突兀吶喊，應該是錢鍾書思考的回聲。至少這樣的言論應是這對中國二十世紀的寫作最獨立、最乾淨、最深刻的伉儷的共同認識。楊絳在《洗澡》中虛構了「羅厚」這個人物，而「羅厚」即「落後」。然而，羅厚的觀點一點也不落後，作者的用心不是很有意味嗎？

《洗澡》中的國家和公家，都是用來統治和欺壓其公民的。這是《洗澡》的批判性所在，也是

《洗澡》的文學地位所在。

魯迅說過：「我們要愛護國粹，可國粹也需愛護我們」。套用魯迅這樣的邏輯，那就是：我們要愛護公家和國家，可公家和國家也需愛護我們。我們本來對公家和國家抱有滿腔熱情，幾十年的實踐卻讓我們明白，這樣的公家和國家卻讓我們挨餓，挨鬥，受苦受累，十分可惡，不要它也罷！

還是西方古代哲人說得好：「我生活好的地方才是我的祖國。」

二零一六年七月一日

別有肺腸

在出版社呆了幾十年，聶紺弩此公大概是我聽說最多的老前輩之一，儘管從專業上講我們不是同行。有時，聽人說了他特立獨行的話，覺得要是早生十年二十年，與他在一座樓裡做一場同事，也許是莫大的趣事。自然，從別人的文章裡瞭解他或者從他寫的文章裡洞悉他，就成了一種癖好。寫聶紺弩的文章不少，竊以為章詒和的《斯人寂寞——聶紺弩晚年片斷》寫得最耐人尋味，且很有故事。她在開篇寫了一個開題後，緊接著寫道：「聶紺弩敢想、敢怒、敢罵、敢笑、敢哭。魯迅說：『救救孩子。』聶紺弩說：『孩子救救我們。』魯迅撰有《我們怎樣做父親》；聶紺弩寫下《怎樣做母親》……」章詒和的文字很有張力，接下來寫的故事也曲裡拐彎，引人入勝。早聽說聶紺弩學習魯迅的文章很有心得，並因此成了卓有成績的雜文家，章詒和的文字裡又特別提到「魯迅撰有《我們怎樣做父親》；聶紺弩寫下《怎樣做母親》」，看看兩篇文章的異同，就成了一個心願。前些日子折騰書櫃，翻出來《紺弩散文》一書，或許因為距離出版時間整整三十年了，竟有如獲至寶的感覺，因為書裡第三篇就是他的《怎樣做母親》。的確，文章寫得很有角度，十分生動，中心是寫他強大的母親怎樣整治弱小的他。文章難得寫得有趣，接著往下看他的大作理所當然，閱至《詩人節懷杜甫》時，看到了聶紺弩更有力度的批判角度，大有當頭棒喝之勢，我的閱讀速度一下子放慢了，因為他的文章的開頭就令人目眩，以下不妨照錄幾段他寫這篇文章的由頭：

詩人節來了。詩人節又是舊曆端午節。每逢這節日，照例想起屈原，白娘子，鍾馗，都是與民間傳說有關的。但今年卻想起了杜甫。為什麼呢？因為看見施××的一篇文章，裡面有這樣的話：

（一）我們常常聽見人說：在國民黨統治之下，人民固然沒有自由，在共產黨統治之下，人民也不見得有自由，甚至更不自由。或是有人說：國民黨固然不肯給我們自由，共產黨也不見得肯給我們自由。

（二）在內戰時期，尤其在戰爭區域，為了軍事目的，是不會有真正的自由的，也不會真正的實現民主。在這時期，希望國民黨統治區實現真正的民主，固然是空想，要在中共統治區實現廣泛的民主恐怕也是一種奢望。

（三）自由主義者不但不能滿意國民黨統治區域的「現狀」，也一樣不能滿意在共產黨統治區域的「現狀」。自由主義者在國民黨統治下應當努力爭取「自由」，在共產黨統治下也要有勇氣爭取自由。

聶公是寫文章的高手，抓住了以上三條裡「固然」、「不見得」、「恐怕」之類「非常不理性」的詞眼的立論，通過闡述兩種他眼中的「現狀」，把「人民」與「自由主義者」剝離開來，寫了「新三條」，對「老三條」逐條駁斥，且更長，更充分，把「老三條」裡的說法批駁得似乎無言以對，只有狼狽的份兒。因為，一種現狀是真正的現狀，擺在那裡，千瘡百孔，而另一種現狀包含了令人嚮往的未來，完全可以用美好的不能再美好的想像來論證，論證的結果怎麼高調上揚，都是好像是無法下壓的。聶公的文章寫得汪洋恣意，縱橫馳騁，給人一種迴腸盪氣的感覺；尤其談到解放區的土地改革，階級分析與多數對少數的辯證關係娓娓道來，自由主義者的嘴臉在他的筆下暴露得赤裸裸的：

> 「昔日戲言身後事，今朝都到眼前來」，在大變革也就是大考驗臨到了面前的時候，正像易蔔生所說：「在大海裡翻了船，首先要救起的是自己。」……自由主義者還未生活於「共產黨統治」之下，怎知道會一定不自由？說不定到了那時候，生活得太自由，反而後悔今天的惺惺作態是多此一舉咧！

這樣水到渠成的美好結論，一定能把自由主義者噎得半天上不來氣，自慚形穢；於是，因為自由主義者都是知識份子，文章最後落在了詩人杜甫這廂：「『吾廬獨破受凍死亦足』，這是何等博大忘我的襟懷，是我們讀書人何等的好榜樣！比起易蔔生的首先救自己來，簡直是巨人之于微生物！」

一篇文章有起始，有立論，有結束，應該說是可以成文章的，然而我頗覺不爽，因為文章涉及了我的專業——外國文學。儘管易卜生不是我研究的對象，但是我知道他在很長一段時間裡差不多是他祖國的「人民公敵」，一度在國外流亡。他的「罪過」便是毫不留情地批判他的祖國那種令人窒息的現狀。在他孤獨無援的時候，他說「在大海裡翻了船，首先要救起的是自己」是自然而然的，再合理不過的，怎麼就成了聶公筆下的「微生物」呢？更重要的是，易蔔生的說法包含了真理，包含了真實，因為你在大海裡連自己都淹死了，如何奢談去救別人？首先把自己救下，才能看看還有沒有能力把別人也救下來。這是再簡單不過的道理。易蔔生也正是首先被自己救下來，才寫出了那麼多不朽的劇本，而且一出《玩偶之家》讓中國無數先驅女性覺醒，走出家庭，加入到了社會變革的激流裡，魯迅由此才發出了更有遠見的「娜拉走後怎樣」的天問。

閱讀需要角度。有了這個角度，返回去看聶公種種駁斥，發覺幾乎他的每種駁斥都是顧左右而言他。比如第一條，文章既然是批駁「施××」對兩個黨派發表的錯誤言論，那麼文章就應該順著黨派的性質、組織形式、歷史與現實的表現等等根本差異做出分析，比較誰優誰劣，從本質上分析它們怎麼優怎麼劣，得出哪個政黨更像一個現代意義上的政黨，從而令人信服地把「施××」的錯誤言論駁倒。世界的歷史已經向還在封建社會的泥淖裡艱苦跋涉的中國表明，現代政黨只有通過議會制度才能發揮公正、公開、公道的作用，而「黨統治」只能導致「黨天下」，絕對的統治又只會導致絕對的腐敗。如果中國的國情過去是一撥人揭竿而起爭奪江山，把另一撥人趕下江山，那麼現在是兩個政黨揭竿而起，互相廝殺，你死我活，那麼最終結果也只能是一個黨把另一個黨趕下江山而已。打江山吃江山的本質不會有變，因為在中國，打江山吃江山是一個鐵律，是中國兩千年來難以打破的魔咒。硬要說代表人民打江山，可以說說。然而，打下江山是要吃江山的。硬說代表人民吃江山，這種說法就難以成立了。你可以代表某人把燒餅買回來，但是你要是代表人家把燒餅吃下肚子裡，那就是你享用了，人家在挨餓。個人如此，政黨也如此，這也是二十世紀的共產主義運動證明了的。如果聶文順著這樣的思緒分析和批駁下去，第二條和第三條好像就無法批駁下去了，因為施××是在說兩個政黨在進行爭奪江山的戰爭，是生靈塗炭的買賣，是在做血本生意，任何一方勝利了，都不會輕易讓「自由」滋生，更談不上讓「自由主義者」來分一杯羹了。因為聶文脫離了這樣的思維方式，把種種批駁建立在對未來的美好假設而不是可以預料的事實上，文章便很容易變成了自說自話體：那就是「我說好你就好，不好也好；我說壞你就壞，不壞也壞。」不顧事實，強詞奪理。

不過，打住吧，這不是我想在這篇文章裡言說的重點，還是回到章詒和的大文《斯人寂寞》吧，因為我說它寫得曲裡拐彎，是它娓娓動聽地交代了一個「拯救聶紺弩」的故事。聶紺弩一生傳奇，經歷複雜，上過黃埔，留過蘇聯，辦過報紙，但是一九四九年以後，卻是差一點打成胡風分子，到底做了右派分子，因為罵「江青和林彪有曖昧關係」而被打成現行反革命分子，投進了山西臨汾的一個監獄，被判了無期徒刑。在無產階級專政正當時的七十年代，無期徒刑這樣的大罪，還不如一死了之呢。因此，聶紺弩此時也再難「特立獨行」，只能在信中對老妻感慨「我是永遠回不了北京城」了。我說章詒和的《斯人寂寞》寫得曲裡拐彎，是它的拐點說出現就出現了。一個名叫朱靜芳的女人，自告奮勇要去大牢裡把聶紺弩撈出來！在無產階級專政之聲甚囂塵上的彼時彼刻，一個弱女人家自報奮勇，要去無產階級的大牢裡救出一個判了無期徒刑的反革命分子？

朱靜芳何許人？章詒和這樣交代道：

一九四九年之前就攻讀法學，劃右前是山西省法院的一名陪審員。

一九七一年秋，老工農黨成員，因一九五七年劃為右派而身處困境的朱靜芳，從淮安鄉下來北京謀生。

在中國二十世紀七十年代初敢「從淮安鄉下來北京謀生」的女人，自然有其不同凡響之處。當然，讓她在北京有避身之處並獲得基本生活保證的，是章詒和的母親。隨便提一句的是，中國頭號右派章伯鈞的妻子李建生，受丈夫牽連從高位上被拉下後，在生活中表現出來的豁達、大度、仁善和智慧，稱得上中國二十世紀真正偉大女性的德行。這次營救聶紺弩的策劃者和資助者是章詒和的母親李建生，而具體行動的人就是這位叫朱靜芳的女子。奇就奇在，朱靜芳唯一可以利用的背景是她曾是「山西省法院的一名陪審員」，而這點背景偏偏就很管用，她先是通過關係讓聶紺弩在大牢裡儘量享受友善而平等的待遇，讓聶紺弩這個七十多歲的老頭子把身體養好，而後圖謀拯救的事情。然而，真正實施拯救談何容易？儘管那是一個荒謬的時代，但是一個現行反革命分子要想走出無產階級的牢獄，荒謬的手續也得有一個吧？於是，章詒和大文的又一個拐點出現了：「一九七五年冬季，毛澤東決定對在押的原國民黨縣團級以上黨政軍特人員一律寬大釋放，並適當安排工作。」聶紺弩因為履歷上有「於一九二四年入黃埔軍校第二期學習」的經歷，就搭上了這次大赦的班車，順利被搭救出獄，於一九七六年十一月二日回到了北京。感激之余，聶紺弩寫道：

急人之急女朱家，／兩度河汾走飛車。／刀筆縱橫光閃閃，／化楊枝水灑枯花。／勸君更進一杯茶，／千里萬里亦中華。

聶公知恩圖報，詩寫得很漂亮，但是我卻讀得很失望。我荒謬地希望看見聶紺弩因為這次拯救行動想到拯救的實質，因此感慨易蔔生一百多年前的箴言是多麼不同一般，自己的文字是多麼幼稚，從而明白一個人一旦掉進苦海裡，自己能拯救自己就了不起了，哪裡還顧得上拯救別人？可惜的是，聶紺弩不會有這樣的思考，自然說不出來這樣的話來。他幾十年前把易蔔生輕蔑而輕佻地叫做「微生物」，只是為寫文章而寫文章，是別有肺腸。他的「錯從耶弟方猶大，何不紂廷咒惡來？」曾經傳誦一時，被大驚小怪的文人們認為很超前，很深刻，但是易蔔生的「在大海裡翻了船，首先要救起的是自己」這樣永恆的箴言，他卻忘記得死死的，再沒有在任何文章和詩句裡出現過。原因很簡單，不管聶紺弩多麼「特立獨行」，他終究還是一個中國傳統文人，他可以對一些人一些事發表一些超出一般人的看法，卻很難有深刻的懺悔的反省意識，因為後者是更先進的現代西方文化的重要組成部分，他根本不具備。如果他老而彌堅，還能借古人抒發情懷的話，他還只能想起杜甫，如同他幾十年前在詩人節想起杜甫一樣。而杜甫充其量只能算中國封建文化的優秀部分，而他的優秀也只是他把忠君理念放在第一位時，還能有一些民本思想。僅此而已。放在今天，杜甫的感慨要多落伍有多落伍，不信，我們簡單地推論一下：

「……安得廣廈千萬間，大庇天下寒士俱歡顏，風雨不動安如山。嗚呼！何時眼前突兀見此屋，吾廬獨破受凍死亦足！」老杜感慨得好不好？好！再來一個要不要？不要。因為他只是在詩中耍浪漫，而不是談事實。如果從事實出發，這樣誦傳千古的詩句，是經不住推敲的。如果天下窮苦的讀書人都住上了廣廈，還忍心看著老杜一個人住在破茅屋裡受窮，豈不是老杜也太小看廣大「寒士」的人道覺悟了嗎？再說，既然千萬廣廈都修建起來，怎麼會不拆遷一所破屋佔據的地皮，建起更多的廣廈呢？除非老杜是「釘子戶」。詩歌就是詩歌，詩人詩興大發，抒發一些浪漫情懷，可以理解，不可當真。從真實出發，誰在忽悠人，老杜還真是難逃嫌疑呢。我們今天依然喜歡老杜這樣毫無事實根基的感慨，是因為我們身後只有幾千年沉積下來的封建文化，沒有西方文藝復興以後、工業革命催生的現代意識形態；我們的現代先驅們高喊了一陣子「拿來主義」後，還是被我們幾千年的文化拉回到了它的基礎上。我們的傳統文化一般說來是不喜歡看見「在大海裡翻了船，首先要救起的是自己」這樣的真相，我們喜歡我們幾千年來高調重彈的維持文化，只要我們能把現狀維持下去，在現狀裡獲得既得利益，那麼，在現狀裡探討真相、預告危情的人，總是會被看作雞蛋裡挑骨頭的異類，遭人白眼。

所以，中國大多數文人，幾千年來寫文章，在封建文化專制下，大體上都採取了「別有肺腸」的法子，儘管一些人也許是在無意識的情況下。即便被譽為中國詩仙的李白，公然喊出「安能摧眉折腰事權貴」的口號，一俟等到君王的接見，便得意得「仰天大笑出門去，我輩豈是蓬蒿人」。那麼，處在強大得無處不在的「黨天下」意識形態之下，屢經磨難的聶紺弩，不管有多麼「特立獨行」，都很難走得更遠，因為由忠君到忠黨，距離本來就是咫尺之遙；別有肺腸的是：「一登龍門則身價十倍」。

所以，假設，我要是能和他共事，某天某日，冒冒失失地拿著他幾十年前寫就的《詩人節懷杜甫》一文，問他目睹二十世紀共產主義運動之現狀，他自己在苦海中還得別人冒險去拯救，如今對易蔔生的「在大海裡翻了船，首先要救起的是自己」的說法有何高見？是否還認為易蔔生乃是區區一「微生物」？

這樣的遭遇不是很有趣嗎？

載於《粵海風》二〇一八年第二期

文人的輕佻與暴跳

一

妻子在一個名為《新文學史料》的雜誌做了八年住持，結識了一些作者。有的長期筆耕，出了書就會送給她一本。一般說來，這樣的書，好看的不多，因為中國知識份子經過幾十年的思想改造，有獨立思想且還能獨立表達的人，實在是少而又少了。偶然讀到一本名為《櫪齋餘墨》的散文集，作者叫做魏荒弩，名聲不大，經歷不凡，書中所寫，都是他親身所經歷，令我飽了眼福，長了見識。其實，這個作者在許多著名雜誌上都發表過文章，如《隨筆》、《美文》等等。從他的文章可以體會到，他是一個平和的人，真誠的人，扎實的人，所以名氣不會大。這個體制下，只有折騰和忽悠才有名氣；要麼降低人格去迎奉拍馬做官，以官名帶人氣，這兩招他都不擅長。好在他的資歷太深了，不信，來讀他的篇名為《無題》的小文章的幾個段落，足可領略一二。

一九四九年七月六日，在中南海懷仁堂召開全國第一次文代會。解放區和國統區文藝界代表在北平大會師。……

毛澤東、朱德、周恩來等國家領導人都出席了大會。毛澤東致了簡短的歡迎詞便退席了。郭沫若、茅盾等發言以後，民革代表邵力子走上了講臺。邵老一頭白髮，態度穩重，語調低沉而徐緩：「……當年中山先生……中山先生……」剛說了幾句，也聽不清他說了些什麼。這時坐在台下的何其芳騰地站了起來，疾言厲色地向邵力子一陣斥責。接著，趙樹理也站起來沖著臺上大聲嚷嚷。這時，臺上台下鴉雀無聲，有的只是一片令人難堪的尷尬。

……

初識老區來的「鬥爭精神」，著實令人敬畏不已！（1999年2月5日）

看過解放區鬥地主的街頭宣傳，你很容易想起台下有人跳起來沖著地主嚷叫的二杆子。跳起來是思想支配的結果，思想卻不僅僅支配跳起來，還會支配別的行動。比如何其芳的這裡跳起來的思想就支配他後來做了社會科學院文學研究所的所長，想必坐在臺上就更利於呵斥別人了；也就是說，當初在台下跳起來的「斥責」無疑參雜了有朝一日爬上主席臺的私念。然而，人算不如天算，等到文化大革命來了，一鍋燴，台下的人亂哄哄地對著臺上的人呵斥起來，什麼走資派啦當權派啦反動權威啦亂箭亂髮，這下何其芳被人呵斥得官位面子都沒了，受不了了，便自殺了。

可見做人做事，還是講點道理好。講道理，別人愛聽，自己也通達，不會動不動就拿自家的性命玩輕生。

再說趙樹理，我很尊崇的老鄉，從解放區落戶北京，很快就受到比他更會呵斥的文人們的冷嘲熱諷，周揚這個老黨棍利用他撈資本，把他樹立為「人民作家」，這下他更遭人算計，被人呵斥來呵斥去的，灰溜溜地回了老家。在老家他還是很受尊重的，自由度也足夠大，六十年代初還做了晉城縣的副縣長，體驗農村生活。有一次，他到我們陵川縣的第一山林場體驗生活，看見全縣在鳳凰山和王莽嶺一帶植樹。這裡海拔很高，大概一千多百米，樹苗成活率困難，所以植樹造林必須依靠人海戰術，反復向荒山進軍。這事我有點印象，就是每年秋後，各村年輕力壯的小夥子，被派往縣城，分成連排，按民兵組織形式去植樹造林。這個活動至少進行了三四年，有點愚公移山的悲壯。趙樹理認為這是勞民傷財，沖著當時的縣委書記邢德勇「嚷嚷」，可那個邢德勇，到真有點「德」有點「勇」呢，堅持植樹造林不停，趙樹理便轉身到省裡告了這位縣委書記。好在省裡知道陵川植樹造林這回事兒，拖著沒有處理。三年過去，禿頭禿腦的鳳凰山和王莽嶺，居然冒出來一棵棵黑油油的小松樹。趙樹理見了，又驚又喜，寫下了兩首詩，表示歉疚之意：

櫛風沐雨種油松，
日子無多歲計豐。
莫道眼前猶似昨，
重游過客識英雄。

辛苦經營已數秋，
英雄日日展宏籌。
不矜鱗甲披叢嶺，

顧促松蔭複石頭。

趙樹理不是一個天生喜歡「嚷嚷」的人，那些個嚷嚷是他一生中少見的狂熱。他的大量寫作可以證明這點。作為「人民作家」，他多麼想寫出人民英雄的形象，他為此跑遍了山西晉東南所有先進大隊，走訪了所有所謂社會主義新人物，但是他死活寫不出來「高大全」式的人物。大寨出在山西，紅遍全國，各級領導熱捧，他卻不去湊那個熱鬧，自然是因為他深諳農村的生活和農民的性格，知道大寨是一個假典型。陳永貴在文化大革命中點名要打倒他，就是鐵證。趙樹理為自己的寫作他吃盡了苦頭，被整得七死八活，受不了，拒吃拒喝，說是被鬥死了，不如說是絕食而死。死前，他自然「嚷嚷」不動了，卻還在一個破紙片上偷偷抄寫了毛澤東的《詠梅》，要大女兒有朝一日轉給周揚，證明他「俏也不爭春，只把春來報」。只可惜交給周揚這樣的老黨棍，實在是有點可悲，因為魯迅早就告誡人們，周揚是天生的「工頭」和「奴隸總管」，是從「車上跳下」的「漢子」，而後「坐車」到「主席臺」才是他的最終目標；周揚之流是一大批人，不是個別現象，因為個別現象是成不了氣候的。趙樹理臨了也認不清人，自然更認不清形勢了，這種「糊塗塗」是他思想左傾的結果。人生來都有左傾的思想，尤其年輕的時候。趙樹理臨了還相信周揚這個「工頭」和「奴隸總管」，只能說明他是一個「打工仔」和「奴隸」的命。

至於他抄寫的那首詞的作者毛澤東，到了老年無法無天，跟外國人誇口說：咱是馬克思加秦始皇，或者說秦始皇加馬克思。

秦始皇何許人也？焚書坑儒沒商量。

馬克思何許人也？一個背離祖國的公民，一個花哥們兒的錢從來不還的人。

嗚呼哀哉！

二

魏荒弩先生寫《無題》（二），估計是想取別的名字，想來想去沒有更合適的名字，忽然想起來這篇文章和《無題》類似，拿來加個「二」字，倒也省事。細究起來，這篇文章和《無題》還是很有差別的，因為這篇是寫臭名昭著的階級鬥爭問題了。儘管我們曾經用幾十年的時間非要論證階級鬥爭哲學的無比正確，但是從人類的苦難歷史看，無論什麼樣的鬥爭都是醜陋的，都是人性之惡的表現；尤其扯了為芸芸眾生服務的大旗，實質上是為了個人能高居於他人之上，讓老百姓一不怕苦二不怕死，自己享盡種種物質上的好處，享受特權享受到特色水準。

> 一九五五年，首都文藝界在王府大街文聯大樓開會批判胡風，各協會的領導人全到齊了。郭沫若、茅盾、周揚、老舍、曹禺等均一一在主席臺就座。……我和曹靖華先生站在最後靠牆的地方。

這樣的座次排位，連梁山好漢那種稱兄道弟非法組織的排位法都不如，還好意思號稱自己代表無產階級，好意思說自己是最先進的社會，好意思充當人文墨客。梁山好漢本是一夥喜歡打打殺殺的魯漢，受到這樣那樣的逼迫後索性聚眾鬧事，因此他們幹出什麼荒唐的事情都不足為奇。可惜

「郭沫若、茅盾、周揚、老舍、曹禺等均一一在主席臺就座」的當事人，到死也沒有認識到他們這樣排座次，是很封建的不恥的行為，一丁點先進文化的味道都沒有。釋迦牟尼、耶穌、莎士比亞、但丁、曹雪芹、魯迅……誰會「在主席臺就座」呢？歷史已經證明，凡是講究「在主席臺就座」之類的社會，永遠不會給人類留下一點像樣的文化積累，這是因為他們為了「在主席臺就座」，進行了太多的你死我活勾心鬥角的緣故。

批判會一開始就很緊張，呂熒為胡風辯護的著名發言就是在這次會上，至今還彷彿聽見郭老嚴厲的呵斥聲。

後來，田漢先生登上了發言席，開始用他那細聲細氣的湖南腔發言了：「胡風在重慶，罵盡了所有的人，沒有他不罵的。老舍可算是個老油子了吧，連他也不放過！……」此言一出，四座皆驚，一時所有在場的人都把目光投向主席臺上的老舍先生，臺上台下一片尷尬，都擔心老舍先生下不了臺。這時只見他拿出了一支煙慢慢抽起來，過了一會，悄悄溜下主席臺，到後院天井散起步來。這時站在身邊的老曹，笑著對我說：「你看看這田老大，一派胡言亂語！」（1999年5月5日）

魏荒弩老先生是個懂得欣賞趣味的人，把一個殺氣騰騰的批判會，用「老油子」一個詞，化解出了許多有趣的東西。想必，在重慶的時候，胡風和老舍是老熟人，田漢知根知底，可是現在鬥爭殘酷，人人必須表明立場。田漢不知道怎麼樣把自己的朋友和熟人截然分成敵我對立的派別，於是就按當初在重慶閒談時的口氣用在了整肅的會上，會上的肅殺氣氛讓他攪黃了，但是他沒有想到這個時候他昵稱老舍「老油子」，本意是「老好人」，卻讓在主席臺坐了排位的老舍受不了，不得不「拿出了一支煙慢慢抽起來，過了一會，悄悄溜下主席臺」，想來十分有趣。

當然，誰也想不到，到了文化大革命，老舍這「老油子」也難以左右逢源，毛澤東一聲號召，「革命群眾」把他當作「豬狗」批鬥，讓他顏面掃地；而親人朋友又都與他劃清界限，冷眼相待，於是在更深夜靜的時候，他把自己整理得整整齊齊，很有尊嚴地走進了太平湖，溺水而亡。

老舍肯定不是「老油子」，是個「大好人」，這從他的作品裡看得出來的。但是他極愛面子的毛病，讓他一輩子活得很累。什麼風也想跟，把自己一些作品改來改去的，浪費了很多筆墨。到了他做了官兒，還寫了很多「鶯歌燕舞」的垃圾文字。可悲的是，他的積極投靠還是沒有給他撐夠面子，連累了性命。

中國人愛面子，現在有幾個錢了，面子工程遍及各個角落。但是，面子到底是個什麼東西？經過多年的琢磨，我認為「面子」還是左傾思想的一種，只是這種左傾的面子後面利益更大，什麼協會的主席、書記之類爪牙角色是也。一個人活到了愛這種面子的地步，與面子後面的東西就很難一刀兩斷了。解放後的整整一代作家的寫作，經不住時間的考驗，所寫作品基本上成了垃圾，大概都與他們「掙面子」有關係。只是客觀規律不饒人，掙了這個「面子」，就會丟掉獨立人格的知識份子的良心，兩種東西幾乎是難以水火相容的。

載於《粵海風》二〇一八年第二期

腦殘是幾級傷殘——連結《阿Q正傳》與《鼠與人》

一

殘運會是分傷殘級別的，比如缺一條臂算一級，兩條二級；缺一條腿三級，兩條腿四級，只剩一個軀體頂著腦袋我推測就是無級別了。看來傷殘主要是視肢體缺失狀況而定的，因為有腦袋的軀體可以是酒囊飯袋，卻是無法競技的。五官缺失怎麼計算呢？缺一隻耳朵似乎算不上什麼級別，因此聾子至少在農業社會裡可算正常勞動力，而聾啞不分，啞巴也算正常勞動力。缺一隻眼睛呢？應該比缺一隻耳朵嚴重，因為缺兩隻眼睛就算盲人，在殘奧會上盲人賽跑是最震撼的，至少於我是如此：一個正常人和一個肢體健全的盲人手腕上系上一條紅帶子，整齊劃一地沖向終點，哪怕只有零點零一的差異都會前功盡棄！我感受震撼是有來由的，因為賽後接受採訪，說得最多的是領跑人——背後的團體怎麼制定方案，個體怎麼苦練、怎麼失敗再苦練，怎麼苦練再失敗，直至配合成功。不知別人聽了這樣的採訪會有什麼感受，我卻只有一個：不堪負重啊。

然而，盲人可以由一個全活兒人不堪重負地領跑，但一個有胳膊有腿但缺腦的人卻不一定可以由一個健全人帶跑，哪怕累到不堪重負，比如在其不朽之作《阿Q正傳》裡，魯迅只能這樣寫阿Q：

只給人家做短工，割麥便割麥，舂米便舂米，撐船便撐船。

魯迅筆法，用現代網路語言即為「大師筆法」，簡練到多一字即囉嗦。大師筆法需要一點解讀。魯迅在《阿Q正傳的成因》裡說「阿Q的影像，在我心目中似乎確已有好幾年」了。魯迅說「影像」，當是說他見過或者聽說過阿Q這樣一個人，卻沒有一起生活過，想像得到這種人只能單幹，不能合作。這裡需要我的生活彌補一下魯迅這一點缺憾，務請讀者體諒我的不知深淺。我的小村裡有一個類似阿Q的本家叔，他年輕時被調教做農活，先是和他的本家侄兒（當是本族人更齊心）一起在玉米地裡上尿素化肥，因那時候尿素化肥非常金貴，施肥的方法是一個人用鐵火柱在玉米株旁邊捅個眼兒，另一個人抓一把化肥往眼兒裡溜，一上午的活兒遠沒有幹完，我的本家叔就把鐵火棍捅在了本家侄兒腳面上，害得本家侄兒差一點殘廢。還有一次是和他的本家哥一起砍旱井壁上的泥。這是一種力氣活兒：紅土和石灰和沙子按比例和在一起，晾得漸漸變圪曝了，兩個人掄起鍘刀片砍那一堆泥，一直砍到三種材料均勻而堅韌，才能往旱井壁上打——啪啪地打上兩層——就能保住旱井裡的水不洩露。兩個人一上一下論鍘刀片，需要精准的節奏和距離。我的本家叔不知是不能集中注意力還是只會模仿別人，只幹了半晌活兒就豁開了他本家哥的腦門兒，血嘩嘩地往下淌。要知道，砍泥的鍘刀片是刀背著泥，刀刃向上，這裡讀者盡可以想像我的本家叔闖下了何等大禍！萬幸——這裡用「萬幸」這個詞再準確不過——的是，我本家叔的鍘刀片兒像手術刀一樣准准地只開了他本家哥腦門兒一層皮，沒有砍破腦殼。我這點補充對理解阿Q幹活兒的常態是有用的，智慧的讀者這時應該知道魯迅用「割麥便割麥，舂米便舂米，撐船便撐船」的「大師筆法」描寫阿

Q有多麼到位了！

二

我本家叔是有名有姓的，機靈的讀者一定想到他姓蘇，但一定想不到他叫「天旺」，可以想見其父母對他寄予多麼大的希望，一點不亞於老革命對紅二代的苦心孤詣。因為他說話幹事總不夠正常，村裡心善的人說他「不識數」「缺心眼兒」或者「二糊人」。心性歪的人當面或者背後都說他「傻子」「傻種」，淘氣的孩子索性背後亂喊他「大傻蛋」。本家叔雖然腦殘卻也明白這些叫法不好，在我考上縣中學那年在村中小巷與他「狹路相逢」時，他湊上來跟我很親熱地說：「虎，教我識數吧。」這是我第一次直面他，才發現他很白淨，眉眼也正，就是眼珠愣灰愣灰的，我只和他對視了不一會兒就崩潰了，原因也不複雜，主要是下一秒我不知道他會不會照準我的腳面捅一火柱或者照我腦門兒砍一鍘刀片兒。後來我總想起這次「狹路相逢」而我沒有成為勇者，結論是腦全者和腦殘者真的是差別巨大——怎麼說呢，那種差別遠遠大出領跑人手腕（頸項可乎？）系著一條紅帶子領導盲人賽跑，因為領著一個腦殘人很多時候幾乎是你死我活的重負。因為這個經歷，我讀到魯迅為阿Q取名字時，不禁想到魯迅定是費盡了腦力：「阿」字按南方人的習慣，算隨鄉入俗。至於Q，魯迅說是「只好用了『洋字』，照英國流行的拼法寫他為阿Q uei，略作阿Q」；但我好歹學了一輩子英語，知道Q的國際音標是kju，魯迅在這裡無疑似是而非地幽默了一下，「開心話」而已，重點直指「阿Q uei阿桂還是阿貴呢？」有了這些鋪墊，等我們讀到「阿Q『先前闊』，見識高。而且『真能做』，本來幾乎是一個『完人』了」，對魯迅這套中套的寫法五體投地般起敬了。

由此推斷，魯迅定Q為名一定頗費躊躇。憑藉魯迅超人的藝術天賦（北大校徽為證），不僅在心裡醞釀過，也在紙上寫寫畫畫過，應該是從阿拉伯數字2（同樣是洋字）演變而來，只是魯迅知道阿Q不是一般的二，試著把阿拉伯數字2的腦殼兒畫得大大的，又著意讓其尾巴藝術地甩一下，這下就看2與Q怎麼取捨了；最終舍2定Q也可能因Q的尾巴穿進了圈兒裡，像圓腦袋開了個小黑洞，而腦開了黑洞的人則加倍的二，可魯迅宅心仁厚，不願意讓他苦心塑造的人物直呼「阿2」，便曲徑通幽地叫「阿Q」了；想必魯迅對這個名字不見得特別滿意卻也有意外收穫，因為他知道阿Q姓趙，和趙太爺是本家，因為世道難測而家族中落，以至於被趙太爺剝奪了姓氏，阿Q在末莊的地位便「末又末」了。人之命運寫到姓氏難保，魯迅也真不忍心再讓阿Q叫阿2，因為「二愣子」「二傻子」「二貨」「二逼」這類稱呼是很紮心的；即便溯源到中國小說裡有個叫「牛兒」的，卻也是和阿Q不相配的，因為阿Q夠斯文，不尚武，和「王癩胡」比滅蝨子都惹禍上身，被王胡狠狠撞了腦門兒，受了「生平第一件的屈辱」。

三

魯迅把給阿Q作傳的成因歸結為孫伏園的雜誌「忽然要添一欄稱為『開心話』的了……因為要切『開心話』這題目，就胡亂加上些不必有的滑稽」，但等他的第二章寫出來，「便移在『新文藝』欄裡」，雖然沒有交代更多的原由，但推測起來應該與《阿Q正傳》裡的「正傳」二字有關係，因為要讓「正」的內容切合「開心話」，幾乎是很難水乳交融的。我們知道，魯迅對「正經人」和「正路人」這類褒義詞的使用是極嚴謹的；在《憶韋素園君》裡，他敬重韋素園是「正經的青年」；在《答徐懋庸並關於抗日統一戰線問題》裡則聲明「因為據我的經驗，那種表面上扮著『革命』的面孔，而輕易誣陷別人為『內奸』，為『反革命』，為『託派』，以至為『漢奸』者，大半不是正路人」，為此不惜與這種「不是正路人」分道揚鑣，以致影響了其後中國文壇相關文人士的沉浮半個多世紀。由此可以推斷，魯迅為阿Q作「正傳」，語氣和筆調可以幽默而詼諧，但內容須是「正傳」的，字字句句都寫發生在阿Q身上的事，即「本傳」，連「家傳」也不可以寫的，因為魯迅「既不知與阿Q是否同宗，也未曾受他子孫的拜託」。這不是戲語，不是謙辭，是真實感受，因為這裡需要一些生活經歷來彌補，而如前所說，魯迅也應該沒有和阿Q共同生活過。

魯迅寫阿Q搞戀愛，屬阿Q的正傳無疑，因為這是生理的需求，生命的本能，阿Q而立之年萌發談戀愛的念頭，已經夠遲鈍了，因此阿Q一談戀愛就進入高潮。起因是阿Q路遇錢太爺的大兒子「假洋鬼子」「裡通外國的人」，尤其因為「他的一條假辮子」而「深惡而痛絕之」，歷來「只在肚子裡罵」，這次「便不由的輕輕的說出來了」，結果「拍的一聲」，進而「拍！拍拍！」三聲，給了阿Q「這大約要算是生平第二件的屈辱」。偏巧這時候，「對面走來了靜修庵的小尼姑」，阿Q來了看人下碟子的本領，「估量了對手，口訥的他便罵，氣力小的便打」，把晦氣一股腦兒推在了怯懦的小尼姑頭上，心裡罵了並吐了唾沫都不解氣，「阿Q走近伊身旁，突然伸出手去摩著伊新剃的頭皮，呆笑著，說」：

秃兒，快回去，和尚等著你……

可是，阿Q怎麼也沒有料到，他只是用指頭輕輕地撈摸一下一個女弱者的光頭便會有如此大的過電般反應，「彷彿全身比拍拍的響了之後更輕鬆，飄飄然的似乎要飛去了」，以至於回到土穀祠照例躺下就會打鼾的他，竟然「誰知道這一晚，他很不容易合眼，他覺得自己的大拇指和第二指有點古怪：彷彿比平時滑膩些。不知道是小尼姑的臉上有一點滑膩的東西粘在他指上，還是他的指頭在小尼姑臉上磨得滑膩了？……」

「……和尚動得……女人，女人！……女人！」他又想。

阿Q嘴裡反復念叨著女人，他滑膩的大拇指和第二指在幹什麼，魯迅交給讀者想像，自己卻筆鋒一轉，寫到「阿Q本來也是正人」，「誰知道他將到『而立』之年，竟被小尼姑害得飄飄然了。這飄飄然的精神，在禮教上是不應該有的」，可他早在「五六年前，曾在戲臺下的人叢中擰過一個女人的大腿，但因為隔著一層褲，所以此後並不飄飄然」。魯迅在這段並不長的文字裡輾轉騰挪，一連用了幾個「飄飄然」，每一個傳遞一層含義，之後，阿Q中魔症一般引發了一個「突發事件」——

「我和你困覺，我和你困覺！」阿Q忽然搶上去，對伊跪下了。

被阿Q跪的是吳媽，趙太爺家裡唯一的女僕，在大戶人家做事算得見過世面，卻被阿Q這一跪嚇得「阿呀」一聲往外跑，「且跑且嚷，似乎後來帶哭了」。阿Q怎麼也沒有料到，他的生命本能催生的一個行為，讓世人給他扣上了「簡直是造反」，被迫接受一個極其不平等的「五條件」，轉瞬之間被盤剝得幾乎赤條條一身，在「生計問題」逼迫下他決意去同搶了他的活兒的小D清算，以為能夠以強淩弱，沒想到他已餓腸轆轆幾天，只和小D打了一個平手，也只好墮落到更無助的靜修庵偷蘿蔔——

四

其實，小說到這裡可以設計一個結尾，或者歸為上半部，因為阿Q從「優勝記略」到「優勝記略」的光輝人生該有的都有了，不料因為一場戀愛栽了跟鬥，人生走向低谷或者悲劇，是許多小說的套路，而且阿Q的愛情還實踐到了摸小尼姑的頭而以至要和吳媽「困覺」，應該說相對完整了。更何況，魯迅寫到了阿Q對異性的「摩著」「擰過」而後有的「滑膩」，歸到幾個「飄飄然」，帶給讀者的享受和想像已經遠遠超出一般，若不是我有了一些生活經歷並且翻譯了斯坦貝克的《鼠與人》，我是不大可能完全理解魯迅為什麼如此薰染阿Q的這些「小動作」。

這裡我又要利用一下我的經歷了：我父親稱本家叔的父親為「家長」，至今我也沒有弄清楚這樣高的尊稱有何背景，只是記得我很小的時候叫「有命老爹」的人，如何大模大樣地一到我家，我母親便如何把鐵鐺坐在旺火上，乾淨俐落地做一碗香噴噴的湯麵，畢恭畢敬地給有命老爹盛上一碗，我因此可以沾光吃上半碗。後來集體化的日子越過越苦寒，有命老爹來了做不起湯麵，母親沖一碗紅糖水是再不能寒傖的。再後來，公社化的日子以餓肚子為常態，有命老爹好像就不多來我家了，加之我上中學暫時脫離了村裡的生活，只是片片落落地聽說了本家叔結婚的過程：我本家叔娶來新媳婦的當天晚上，也不怎麼識數的新媳婦處處跟迎娶的一套風俗作對，鬧著要回娘家，死活才被勸入了洞房。然而，第二天轟動小村的新聞是本家叔的新媳婦跑到有命老爹跟前哭著鬧著告狀，說本家叔夜裡一次又一次地往她身上爬，害得有命老爹無地自容地用棍子修理了本家叔一頓；再後來這個新媳婦到處嚷嚷我本家叔「總撈摸」她，害得有命老爹在村裡顏面掃地。從男女那點事兒上看，如果非法地「往身上爬」就是強姦罪，「總撈摸」便是耍流氓；如果合法呢，前者是做愛，後者是示愛，可正是這示愛讓有命老爹日復一日地在小村裡無地自容，以致過度敏感，見村裡人三兩個在一起就會惡狠狠地罵人家「狗咬豬逼不識高低」！這樣的惡性循環沒過多久，本家叔的婚姻就戛然而止了。這個結局是直到我翻譯了斯坦貝克的《鼠與人》，才理解到本家叔的「總撈摸」是他人性的正常表現，由此才真正領悟到魯迅寫阿Q對女人「摩著」與「擰過」是如何貼近人性了。

五

在斯坦貝克的筆下，喬治和萊尼是兩個在農場與農場之間流浪的農業工人，在美國三十年代經濟危機擠壓下失去了祖祖輩輩賴以生存的土地，連一個抗麻袋的重活都需要碰運氣。萊尼大塊頭，憨面無形，大灰眼睛，溜肩膀，可他力大無比，手指稍一捏緊便可以弄斷一個人的手腕。相比萊尼，喬治長了一雙強有力的短手，單薄得連鼻子都骨感，但他腦子活泛，不愁一份工作，愁的是他矮小的個頭帶不動萊尼這個大塊頭傻子。喬治只是一諾千金，受萊尼的姨媽的臨終託付，負責照顧萊尼，可他絞盡腦汁都無法讓傻子萊尼記點事並遠離麻煩。

然而，萊尼傻歸傻，卻有自己的一片天地。他肉體感官上的享受便是摸索柔軟如毛的東西，如老鼠、兔子和狗娃兒，推而廣之是柔軟的頭髮、天鵝絨和輕紈細綺。萊尼的麻煩是他的摸總會越來越重，老鼠、兔子和狗娃兒都會被他很快摸死，而摸柔軟的織物他則會摸到緊抓不放。他的姨媽給他弄到過不知多少只老鼠都讓他摸死了，後來給他弄來一隻橡皮老鼠他又摸得沒有一點感覺，扔掉了之。他因為摸姑娘們的輕紈細綺般的裙子讓人家狀告他強姦，差一點把他的命搭上。他感官上如此簡單的享受延及他的精神上的簡單享受：「冬天下雨了，我們就說奶奶的不去幹活兒了，把爐子裡的火生得旺旺的，圍著爐子，聽雨點打在屋頂上的聲音。」

他們最後費盡周折受雇的一家農場主，老闆的兒子克利是當地小有名氣的羽量級拳擊手，像一隻鬥雞，喬治和萊尼剛到農場他因拳擊萊尼差點折了手腕。更要命的是克利娶來的新媳婦是一個浪貨，一天起來濃妝豔抹，打著「我在找克利」的幌子，整日專愛跟男人飛媚眼兒，連傻子萊尼都不放過。且說一個週末，苦幹了一個星期的正常人都去鎮上尋歡作樂了，剩下的只是：被機器切斷一隻手的老勤雜工，喂馬的黑人羅鍋和傻子萊尼。最不該走進這一小群男人堆兒裡的克利媳婦，因為無聊至極而闖了進來。這是一個很有獨創性的文學場景：三個殘疾的男人竟然敢一起鄙視東家的健全的兒媳婦，因為他們都認定她是浪貨，是禍水，而這個女人的確不是省油的燈：「大家都出去了！可我在幹什麼呢？站在這裡跟幾個老弱病殘——一個黑鬼，一個傻子，一隻討厭的老綿羊——湊熱鬧嗎？」只用聽話音，就知道克利的新媳婦缺心眼兒，一心想去好萊塢出人頭地，卻在錯誤的時間嫁進了錯誤的家庭，又在錯誤的時間裡去找錯誤的人——一個傻子——解悶。她是一個離不開男人的女人，不惜跟一個大傻子套近乎，肉欲的衝動讓她主動地把頭伸給一個因撫摸頭髮而肉欲難止的傻子，結果萊尼撈摸克利媳婦柔軟如絲的頭髮上癮，越摸越來勁，克利媳婦疼得想掙脫，卻越掙扎越讓萊尼摸得嗷嗷直叫叫，終於把她的脖子摸斷了！

悲劇就這樣連環套似的不可避免地發生了，那就還得發生下去，拳擊手克利攜帶槍支尋找萊尼為妻子復仇，生死攸關的殘局只能由喬治來收拾了。簡單的以命抵命，是闖禍的萊尼最好的結果，但在當時美國盛行私刑，那是一種非人道的折磨，讓肇事者生不如死。萊尼有生以來第一次記住了喬治的話如約來到河邊，他們並排坐在河岸上，萊尼要喬治再講一遍他們美好的未來。喬治一邊講一邊把手伸進外衣兜裡，掏出偷來的手槍，而萊尼在聽，聽得很神往，咯咯笑道：「我們在一畝三分地上過好日子。」與此同時，喬治舉起手槍，槍口對準了萊尼後腦勺的正中。他扣響了扳機，槍聲滾上山坡又滾了下來。萊尼震動一下，隨後慢慢地向前面的沙地栽了下去——害怕私刑還得用私刑來解決，對萊尼來說以命償命只有長痛和短痛的區別，對喬治來說是他一諾千金的含金量問題。社會惡化是現實，人性的斑點卻是千差萬別的。作者在寫人與人的珍貴友誼，還是揭示社會現實的殘忍，這是個問題。翻譯出斯坦貝克這個不朽的中篇小說以來，我一直在想這個問題，卻總會被殘運會上盲人賽跑的項目所打斷：是喬治沒有做好領跑人，還是他和萊尼一起合練不夠？這也是個難解的問題。不過萊尼撫摸絲滑或者飄柔之類東西是腦殘人的高級享受，斯坦貝克寫得再明白不過，也就是當今的女作家直接挑明瞭的：你有快感你就叫。我本家叔「總撈摸」，萊尼「往死裡摸」，阿Q則「摩著」，因為他們有著不同程度的腦殘，且是屬二的那種。

六

在中國近代文學批評史上頗有建樹的鄭振鐸，批評魯迅的《阿Q正傳》道：

像阿Q那樣的一個人，終於要做起革命黨來，終於受到那樣大團圓的結局，似乎連作者他自己在最初寫作時也是料不到的。

魯迅則說：

我常常說，我的文章不是湧出來的，是擠出來的。

魯迅不只是說他寫東西很用力，而更是說他寫東西很用心，是個態度問題，尤其決心塑造一個腦殘的人，一點不亞于藥王孫思邈的座右銘：

凡大醫治病必當安神定志無欲無求，先發大慈惻隱之心，誓願普渡含靈之苦。

魯迅棄醫從文，是決意揭示華夏的國民性的，阿Q是魯迅創作出來的一個不可取代的國民形象，阿Q的國民性除了他名聲遠播的「我總算被兒子打了，現在的世界真不像樣」、挨打之後還有「一上口碑，則打的既有名，被打的也就托庇有了名」的精神勝利法則，他有什麼樣的生理需求和心理危機，也是魯迅要進一步揭示的，當屬「正傳」。然而，要普渡一個腦殘之人的「含靈之苦」，談何容易！魯迅說他不是阿Q的本家，不能給阿Q寫「家傳」，可我在《我的父老鄉親》裡寫到了本家叔，但在最後一次看校樣時還是抽掉了那些文字，因為我的「惻隱之心」不夠「大慈」，只能寫到本家叔是一個累贅——連累父母、連累本家以及全村，觸及不到本家叔的「含靈之苦」。於一九六二年獲得諾貝爾文學獎的約翰・斯坦貝克雖然把美國經濟大蕭條時「一諾千金」的兄弟般情誼寫到了令人震撼，卻似乎也只是把萊尼寫成了喬治的不堪重負，而魯迅則說還不夠，阿Q是越二越不知道自己多麼二的那種，曾經闊過，紈絝破落，雖然「『忘卻』這一件祖傳的寶貝也發生了效力」，可他本心難忘，一旦社會要發生變革，他是會蠢蠢欲動的，既要爭做「我手執鋼鞭將你打」的「執金吾」，又會弄到「我要什麼就是什麼我喜歡誰就是誰」的「陰麗華」。阿Q聞得靜修庵的「吾皇萬歲萬萬歲」的匾打碎了，想得到的也只會是《龍虎鬥》裡宋太祖趙匡胤就是取代前朝皇帝的人。未莊人都嫌阿Q二，可「他是永遠得意的」，就是要做「中國精神文明冠於全球的一個證據」，「所有未莊的居民」他都視為草芥，定要讓世人看看「世無英雄」「遂使」他這「二貨」「豎子成名」！魯迅以大慈的惻隱之心塑造的阿Q，受革命的鼓惑，「飄飄然」又「飄飄然」後，讓讀者看到阿Q的「鬧革命」是本心所趨，如同他「摩著」或「擰過」女人皮肉一樣沉湎於「飄飄然」的快感；若說革命有什麼了不起，只不過是人性一言難盡的一種表現而已；然而，阿Q畢竟腦殘，進入一種被革命催眠的由複雜到糊塗的過程是不可避免的，一聲「過了二十年又是一個」之後，實實地「覺得全身彷彿微塵似的迸散了」。看透了中國幾千年封建迴圈之國情的魯迅，在《阿Q的成因》裡回應了鄭振鐸的批評，下筆雋永地結論說：

我相信還會有阿Q似的革命黨出現中國現在的事，即使如實描寫，在別國的人們，或將來的好中國的人們看來，也都會覺得grotesk.

二〇二二年三月九日成稿
二零二二年八月二十一日修稿
于副中心蕭太后河畔

之不拉與海乙那

一

就一門手藝來說，魯迅談得最多的是翻譯，比起談寫作，可謂不厭其煩，苦口婆心。如果只涉及「譯文」的，如為翻譯作品或者集子作序跋，魯迅全集裡可能多達近二百篇，其中會不同程度地說到譯文和引用譯文；真正涉及翻譯這門手藝本身的文字，有十多篇，也算很多了，最早的應該是《不懂的音譯》，開篇就明明白白地說：「翻譯外國人的名字用音譯，原是一件極正當，極平常的事，倘不是毫無常識的人們，似乎決不至於還會說費話。」然而，遲至上世紀九十年代中，仍有混了點名聲的譯家津津有味地談論外國人的譯名問題，長篇大論，可惜常識不夠，基本上是「費話」，甚至拿錢鐘書的話嚇唬人，說索性在譯文裡照錄外國人的名字，真可謂魯迅所說：「凡有一件事，總是永遠纏夾不清的，大約莫過於在我們中國了」，「現在的許多翻譯者，比起往古的翻譯家來，已經含有加倍的頑固性的了。」

文章裡明確「翻譯」行為的文字，即談論翻譯本身的文章，最長的一篇萬餘字，當屬《「硬譯」與「文學的階級性」》。這裡，魯迅重在說明自己的譯文為什麼會「硬譯」，進而強調「文學的階級性」，因為這是一個不容易講清楚的話題，尤其涉及到無產階級的文學。畢竟，從文學發展的歷史看，歷代作家由向上看轉向往下看，本屬於文學寫作的必然規律，但描寫和揭示無產者的生活、精神和思想，確乎是不大容易摸准脈搏的。比如說要寫他們的苦，北方人說「天下三百六十行，除了趕腳（牲口）別放羊」，絕不會像江南諺語說生活三大苦是「打鐵、划船、磨豆腐」。在北方鄉間，鐵匠和磨豆腐的是很有些身分的人，日子也確實比一般農人高出不少，土地改革時把這兩行的人家都劃成了中農，我們村的豆腐坊經營者甚至都被劃成富裕中農了。因此，風靡一時的《白毛女》，我們村的鄉親們看了都說楊白勞如果沒有吃喝嫖賭或者懶骨頭的毛病，一定蠢笨到家了，一斤豆子本可以做出二斤半豆腐，他可能只能做出一斤二兩。

文學創作什麼階級人物，無產階級被描寫被揭示的生活之苦之痛，他們是否認同更是一個問題。所以，魯迅對硬譯普列漢諾夫界定無產階級文學的理論非常重視，要把道理傳達出來，必須硬譯。道理是從外文裡移植而來，應該理解、寬容和接納，不應因對譯文吹毛求疵而忽略。這樣做是為老舊和固化的語言增添新東西，並舉了日語從譯文中得益的例子，說：「日本語和歐美很『不同』，但他們逐漸添加了新句法，比起古文來，更宜於翻譯而不失原來的精悍的語氣，開初自然是須『找尋句法的線索位置』，很給了一些人不『愉快』的，但經找尋和習慣，現在已經同化，化為己有了。」魯迅不怕以自已的譯文為例：「自然，世間總會有較好的翻譯者，能夠譯成既不曲，也不『硬』或『死』的文章的，那時我的譯本當然就被淘汰，我就只要來填這從『無有』到『較好』的空間罷了。」

一個譯者坦誠如斯，還該怎麼樣呢？只是當你讀到魯迅寫這篇大文所針對的文章時，才能明白魯迅的苦衷有多麼無奈。梁實秋在其《論魯迅先生的「硬譯」》裡說：「曲譯誠然要不得，因為對於原文太不忠實，把精華譯成了糟粕……並且部分的曲譯即使是錯誤，究竟也還給你一個錯誤，這個錯誤也許真是害人無窮的，而你讀的時候究竟還落個爽快。」天哪！你不由得會發問：既然「把精華譯成了糟粕」，譯家就心安理得讓讀者去讀「糟粕」？「害人無窮」的「錯誤」「你讀的時候究竟還落個爽快」，沒有錯誤的譯文反倒讓讀者讀了不爽快嗎？邏輯如此混亂的譯者，誰敢保證他一身「曲譯的毛病」，「決不會犯死譯的毛病」？

魯迅到底是一個認真對待翻譯這門手藝的人，他分別在《幾條「順」的翻譯》《風馬牛》和《再來一條『順』的翻譯》等多篇文章裡舉例說明「順」在哪裡，其中一個是「以針穿手，以稱稱之」，而魯迅坐實的卻是「但譯起來須是『鐵絲』，不是『針』，針是做衣服的。至於『以稱稱之』，卻連影子也沒有。」若果魯迅高壽，看見梁實秋遲至上世紀六十年代還在《亨利五世》裡，說威爾士大兵夜間活動會「插一根韭菜」，全然不想一想一根又細又軟又薄的韭菜怎麼往胸間插，而且晚至上世紀八九十年代的譯本都襲用了這個譯法，還都是些頗有些名氣的譯家，魯迅就能想到中國的文人是多麼「糊塗」了。其實，哪怕常識不夠和腦力差一些，只要手勤，便會在原文字典裡查到leek是一種很粗的蔥，是威爾士的徽號。如果實在翻譯不動，那就學習魯迅音譯為「裡克蔥」，也不至於貽笑大方的。

魯迅有一個例子是英文的，這裡筆者就看得更清楚了：Life and Love Among the Acrobats Told Entirely in Pictures.譯文為：「格羅潑已將馬戲的圖畫故事《AlayOop》脫稿」，害得魯迅找來英文詞典，「查了一通，才知道原來並不是『馬戲』的故事，而是『做馬戲的戲子們』的故事。必須是『馬戲子』，才會有『love』」魯迅指出love是人類專有，指出譯者所犯的錯誤是常識性的。其實，相信英語有四六級水準的人，也看得出譯者的問題就是語法糊塗；英語語法是所有西語中最簡單明瞭的，語法糊塗者，應該是腦力就糊塗的。

二

翻譯之不易，幾乎所有認真而努力的譯者，因為有切身體會，都有過經驗之談，有的還寫了專著，但是能把翻譯說透徹的，只有魯迅。別人只是就某個點、某個面談論翻譯，而魯迅總是能把多數人忽略的東西講出來，顧及方方面面。《關於翻譯的通信》，是魯迅很全面很具體地談論翻譯的大文章，既有具體的針對目標，又有關於翻譯這門手藝的本質的解剖。來信是瞿秋白寫給《鐵流》譯者曹靖華的，其中列舉了不少贊同和批評的例子，是很地道的翻譯批評，在總結經驗時瞿秋白首先解讀嚴複的「信達雅」，說「現在趙景深之流」利用嚴複的這個理論說事，「他是用一個『雅』字打消了『信』和『達』」，「古文的文言怎麼能夠譯得『信』，對於現在的將來的大眾讀者，怎麼能夠『達』」！他竟然要求譯者「『甯錯而務順，毋拗而僅信！』」瞿秋白因此明確提出了他的翻譯主張：「絕對的正確和絕對的白話」，「從一般人的普通話，直到大學教授的演講的口頭的白話」，「翻譯應當把原文的本意，完全正確的介紹給中國讀者，使中國讀者得到的概念等於英俄日德法」。

這些說法已經很前瞻、很全面的了，但相比較魯迅的說法還是差了一大截，可我們知道，瞿秋白是魯迅肯定的一流「大翻譯家」，所以魯迅放低身分，先從自身說起：

我也是一個偶爾譯書的人，本來應該說幾句話的，然而至今沒有開過口。「強聒不舍」雖然是勇壯的行為，但我所奉行的，卻是「不可與言而與之言，失言」這一句古老話。況且前來的大抵是紙人紙馬，說得耳熟一點，那便是「陰兵」，實在是也無從迎頭痛擊。

但由我看來，這是冤枉的，嚴老爺和趙老爺，在實際上，有虎狗之差。他的翻譯，實在是漢唐譯經歷史的縮圖。

「他的翻譯」是指嚴複的翻譯淵源很深，嚴複之于趙景深「有虎狗之差」。不少腦子糊塗的人以為魯迅「有虎狗之差」的批評刻薄，尖刻，其實是把「趙景深之流」擺在了很高的地位了。在人類喜歡的動物裡，狗一定不是令人討厭的一種，只是人和狗不是一個類群而已。魯迅不是這個意思，因為他在談及近代翻譯史上最著名的誤譯的案例時，很為趙景深教授開脫了一些責任。

自然，這所謂「不順」，決不是說「跪下」要譯作「跪在膝之上」，「天河」要譯作「牛奶路」的意思，乃是說，不妨不像吃茶飯一樣幾口可以咽完，卻必須費牙來嚼一嚼。

接著，魯迅引經據典地「費牙來嚼了一嚼」：「翻譯有主張的名人，而遇馬發昏，愛牛成性，有些『牛頭不對馬嘴』的翻譯，卻也可以當作一點談助」，為此追根溯源地為他進行開脫道：

卻說希臘神話裡的大神宙斯是一位很有些喜歡女人的神，他有一回到人間去，和某女士生了一個男孩子。物必有偶，宙斯太太卻偏又是一個很有些嫉妒心的女神。她一知道，拍桌打凳的（？）大怒了一通之後，便將那孩子取到天上，要看機會將他害死。然而孩子是天真的，他滿不知道，有一回，碰著了宙太太的乳頭，便一吸，太太大吃一驚，將他一推，跌落到了人間，不但沒有被害，後來還成了英雄。但宙太太的乳汁，卻因此一吸，噴了出來，飛散天空，成為銀河，也就是「牛奶路」，——不，其實是「神奶路」。但白種人是一切「奶都叫milk的，我們看慣了罐頭牛奶上的文字，有時就不免於誤譯，是的，這樣是無足怪的事。

趙景深教授看到了這樣為他開脫的文字，別說大名鼎鼎者如魯迅，即便出自小有名氣和藉藉無名的人，都應該提上兩瓶茅臺，去和人家喝上幾杯交心酒。可惜，那時候和今天大同小異，留洋回來的都人五人六，很多學問也不過道聽塗說或者撿了點皮毛，卻可以擺出專家學者的譜兒，像陳西瀅一樣說「不愛莎士比亞你就是傻子」，像詩人徐志摩白紙黑字寫道：「我們是去過大英國，莎士比亞是英國人，他寫英文的，我們懂英文的，在學堂裡研究過他的戲……英國留學生難得高興時講他的莎士比亞，多體面多夠根兒的事情，你們沒有到過外國看不完全原文的當然不配插嘴，你們就配扁著耳朵悉心聽……沒有我們是不成的，信不信？」見了這樣膚淺之極的嗚哩哇啦，誰還會覺得魯迅的「也未必不及跟著中國的文士們去陪莎士比亞吃黃油麵包之有趣」的話是刻薄呢？

針對論敵，魯迅說話應該不客氣，而針對瞿秋白主張翻譯要用「絕對的正確和絕對的白話」提供給廣大讀者和大眾，魯迅則要婉轉得多：

> 這些大眾粗粗的分起來：甲，有很受了教育的；乙，有略能識字的；丙，有識字無幾的。而其中的丙，則在「讀者」的範圍之外，啟發他們的是圖畫，講演，戲劇，電影的任務，在這裡可以不論。……供給乙的，還不能用翻譯，至少是改作，最好還是創作，而這創作又必須並不只在配合讀者的胃口，討好了，讀的多就夠。至於供給甲類的讀者的譯本，無論什麼，我是至今都主張「寧信而不順」的。

針對三類讀者群，魯迅把希望寄託在「很受了教育的」甲類，算知識精英，如魯迅在《由聾而啞》一文裡指出，他們必須明白「一道濁流，固然不如一杯清水的乾淨而澄明，但蒸溜了濁流的一部分，卻就有許多杯淨水在」。這個獨到見解，對文藝作品的翻譯同樣重要甚至就是甲類讀者的職責所在：

> 說到翻譯文藝，倘以甲類讀者為對象，我是主張直譯的。我自己的譯法，是譬如「山背後太陽落下去了，」雖然不順，也決不改作「日落陰山」，因為原意以山為主，改了就變成太陽為主了。……所以在現在容忍「多少的不順」，倒並非不能算「防守」，其實也還是一種的「進攻」。……但這情形也當然不是永遠的，其中的一部分，將從「不順」而成為「順」，有一部分，則因為到底「不順」而被淘汰，被踢開。

如同我在一篇寫讀魯迅的小文裡所說：魯迅的強項是「懂道理而後講道理」，只是他講的很多道理，我們根本就注意不到或者注意到了也不明白或者因為自己不明白就對魯迅說三道四了。文學和藝術的翻譯，魯迅這裡講得再透徹不過。對於新的好譯本，魯迅認為「不但在輸入新的內容，也在輸入新的表現法」，因為「中國的文或話，法子實在太不精密了」，「這語法的不精密，就在證明思路的不精密，換一句話，就是腦筋有些糊塗。」為了解決兩種文字轉換時不夠通順的問題，「我以為只好陸續吃一點苦，裝進異樣的句法去，古的，外省外府的，外國的，後來便可以據為己有」。魯迅這樣說，也這樣做，他的語言是白話文以來表達最豐富卻最簡練的，連標點符號都是豐富多彩的，自然希望譯文能傳遞新的東西，而新的東西一開始和舊的習慣不相容，被認為不順，不通，這是再明白不過的道理。

三

除了這兩篇關於翻譯的長文，魯迅分別在《魯迅譯著書目》《現代電影與有產階級》《為翻譯辯護》《關於翻譯》（三篇）《論重譯》《再論重譯》《「莎士比亞」》《又是「莎士比亞」》等十多篇短小精悍的文章裡談論了翻譯的方方面面，即便是在小說《傷逝》裡寫到「涓生手記」，都會切實地談到翻譯：

> 但譯書也不是容易事，先前看過，以為已經懂得多，一動手，卻疑難百出了，進行得很

慢。然而我決計努力地做，一本新的字典，不到半月，邊上有了一大片烏黑的指痕，這就證明著我的工作的切實。

管是在塑造虛構人物，但這番話之所以難能可貴，在於沒有做過翻譯的人是斷不會講得出來的；即便有翻譯實踐，望文生義或者「寧順而不信」者，也斷不會有這樣深刻的體會，因為這也涉及個人的能力；而那些自以為是的文人學者只是給人扣大帽子，不是「硬譯」就是「亂譯」，從來不會舉例說明，因為舉例子以理服人同樣涉及個人能力；開口要求「好的翻譯」，自己永遠沒有「好的翻譯」，這同樣涉及個人態度和能力。魯迅的態度一向誠懇，實踐的能力非同一般，加之他的寫作一覽眾山小，因此談到翻譯就格外令人信服：

創作對於自己，的確要比翻譯切身，易解，然而一不小心，也容易發生「硬作」，「亂作」的毛病，而這毛病，卻比翻譯要壞得多。我們的文化落後，無可諱言，創作力當然也不及洋鬼子，作品的比較的薄弱，是勢所必至的，而且又不能不時時取法於外國。

我主張首先要看成績的好壞，而不管譯文是直接或間接，以及譯者是怎樣的動機。

我要求中國有許多好的翻譯家，倘不能，就支持著「硬譯」……而且我自己是向來感謝著翻譯的。

看到這樣的文字，也許是因為職業，也許是因為沒有人比這個談得更透徹，也許是因為更多的人能力平平卻好為人師，我總會有終見青天的心情。在我幾十年的職業生涯中，對譯文和譯者橫挑鼻子豎挑眼的人太多，說出理由的太少，什麼要讓譯文「求美」「本土化」「歸化」「刪繁就簡」「優化論」「超越原文」等等，口號滿天飛，更多的人是翻譯能力一輩子沒有提高，於是憑空製造了一套自說自話，對別人出口傷人而對自己卻敝帚自珍，給翻譯這塊地兒搞得一片荒蕪，哪管魯迅早已說得透徹：「倘不是穿心爛，就說，這蘋果有著爛疤了，然而這幾處沒有爛，還可以吃得。」魯迅所以如此寬容，是因為很多「批評家」全然不懂——

> 翻譯的不行，大半的責任固然該在翻譯家，但讀書界和出版界，尤其是批評家，也應該分負若干的責任。要救治這頹運，必須有正確的批評，指出壞的，獎勵好的，倘沒有，則較好的也可以。

再不會想起魯迅早已警告過——

> ……但在工作上，批評翻譯卻比批評創作難，不但看原文須有譯者以上的工力，對作品也須有譯者以上的理解。……我以為翻譯的路要放寬，批評的工作要著重。倘只是立論極嚴，想使譯者自己慎重，倒會得到相反的結果，要好的慎重了，亂譯者卻還是亂譯，這時惡譯本就會比稍好的譯本多。

更不會像魯迅那樣有資格有資本地來翻檢自己——

據書目察核起來，我在過去的近十年中，費去的力氣實在也並不少，即使校對別人的譯著，也真是一個字一個字的看下去，決不肯隨便放過，敷衍作者和讀者的，並且毫不懷著有所利用的意思。

沒有一些譯著又沒有認真做過外文編輯工作的人，很難理解一個譯者需要對這門手藝多麼虔誠，即便一則短篇小說或者一個上下文需要融會貫通的片段甚至一個長句子，都需要耗費怎樣的精神。至於校訂別人的譯文，真要做到「一個字一個字的看下去」，那虔誠的態度則甚于親自做翻譯，因為內心難免「做得再好也是給別人做嫁衣裳」的潛流；其次是對已有的譯文得看了又看才決定改動或遷就，因此就有了挂一漏萬的現象，多數是署了「校訂」的名而已，一般讀者又不知就裡，也就信以為真了。魯迅因為極為認真，不惜把自己否定了——

最致命的，是：創作既因為我缺少偉大的才能，至今沒有做過一部長篇；翻譯又因為缺少外國語的學力，所以徘徊觀望，不敢譯一種世上著名的巨制。

在翻譯這個領域存在了幾十年了，筆者從不曾見過有哪個譯家聽從了魯迅的話去「不斷的（！）努力一些」，只是「想以一年半載，幾篇文字和幾本期刊，便立了空前絕後的大勳業」；更多的人是善於「必須跨過那站著的前人，比前人更加高大……譯幾篇童話就想抹殺一切的翻譯」，只要能撈到好處，獲得實際利益，哪裡有什麼「世界決不和我同死，希望是在於將來的」？！

四

魯迅在翻譯這門手藝上，儘管沒有專著，卻是名副其實的理論家和實踐者，從二十多歲上就開始用心探索了。在《摩羅詩力說》裡，為進化論吶喊說：「如人所牧馬，往往出野物，類之不拉（Zebra），蓋未馴以前狀，複現於今日者」。「之不拉」如今都知道是斑馬，其實斑馬沒有長斑，而是紋，應該叫「紋馬」，滿大街可見的 zebra crossing，應順理成章地翻譯成「紋馬人行道」而非「斑馬紋人行道」了。實際上，斑馬的「紋」非常重要，每匹斑馬的紋都是特有的。之所以如此，是因為斑馬是非洲草原上皮最薄毛最短的動物，因而最易遭受蠅虻的攻擊，有了一身的紋，蠅虻來襲時眼睛無法聚焦，眼前一片眩暈，只好碰頭撞腦地飛走。因為語言最大的特性是習慣性，我們習慣叫斑馬而已，其實瞭解深層內核，魯迅的「之不拉」才是最好的切入點。

電視的普及，動物世界的展現，讓「鬣狗」成了常見之物，筆者卻因此總想起魯迅的「海乙那」，幾乎是想起來就讀一次《狂人日記》，因為電視解說太不準確，把鬣狗定義為「土狼」「跟在獅虎之後撿吃剩的」，咋聽明白，其實很不全面。

> 有一種東西，叫『海乙那』的，眼光和樣子都很難看；時常吃死肉，連極大的骨頭，都細細嚼爛，咽下肚子去，想起來也教人害怕。『海乙那』是狼的親眷，狼是狗的本家。

前天趙家的狗，看我幾眼，可見他也同謀，早已接洽。

這裡的「海乙那」能替換為「鬣狗」嗎？顯然不行，否則這段文字就死了，連帶《狂人日記》也會癱瘓大半。筆者曾看過一篇散文，寫作者去動物園看河馬，無論從什麼角度欣賞都徒勞，只好認定河馬是世界上最醜陋的動物。看了幾十年的「動物世界」，筆者要說：不是的，最醜陋不堪的動物是「海乙那」：尖嘴尖鼻子一片兀突，又賊又垂的三角眼，抻長的脖子，溜肩，溜臀，溜尾巴，「吱兒溜溜」的叫囂尤其讓人脊背毛紮紮的。這是一種無法用一個詞兒形容其本質的傢伙，直到我碰上了「脅肩諂笑」這個成語才聊解點不爽。

半個多世紀的新華體把白話文揉捏成了越來越沒有鑒別力和表達力的空洞文字，哪怕主流媒體呱噪出「正能量」這種反物理學的表達，也會引發山呼海嘯般的學舌，不怕咬了舌頭！每當這個時候，我就會默念魯迅的「之不拉」與「海乙那」，希翼魯迅還活著，不厭其煩地給烝民講他了然於心的道理：凡是奇異的，均可以直接拿來，「之不拉」和「海乙那」便是直接拿進英語裡的。

五

被糾纏陡想起婚時情景——
算當初曾經得幾晌溫存——
我不免去安排羅衾繡枕——
莫辜負好春宵一刻千金——

京劇程派《春閨夢》的著名唱段，作者金仲蓀，秀才，畢業于京師大學堂，做過監督和校長，三進三出國會參議院，且不管這位民國新人一生有多少作為，僅把「被糾纏」三個字引入京劇唱段，就算得上他的絕唱了。跟著老伴兒聽了幾十年京劇，從沒有聽到一段流行唱段的起頭，像「被糾纏」三個字唱出來可繞梁三日。

魯迅不喜歡京劇，但一定喜歡這種被動式表達，總被腦殘的人「纏夾不清」，因此單單去聽一回「被糾纏」也未可知。

載於《讀書》雜誌二〇二二年第一期

翻譯這回事

一

一九七五年十月大學畢業，到北京就職的單位叫做中國版本圖書館，以為這一輩子要做一個圖書管理員，報到後才知道是就業於一個編譯室；兩個星期後來了幾十個老同志，後來瞭解到他們都是出版社的，因為原來的出版社要辦成「紅彤彤」的新世界，他們都是舊世界的「黑五類」，就把他們拒之門外了。一起分來的學生十幾個，基本上都來自山西省，誠如當代聖哲曾彥修說山西人很老實，上學的專業涉及英語、德語、法語、俄語、日語和西班牙語，但沒有學到什麼紅啊黑的概念，一開始和老同志相處都還按照學校的方式叫老師，編輯室的領導說不合時宜，叫某老就好。編輯室的頭叫馮黎雲，三八女幹部，曾是新華印刷廠的廠長，據說千把人的大會上，侃侃而談個把小時是常態。我的小村始終四十戶上下，儘管後來念書串聯什麼的也算見了點世面，但我對中國出版界卻是大白丁，真可謂領導怎麼說我就怎麼做，尤其某老這樣的稱謂，開始叫起來很彆扭，後來竟然叫得又順口又親切；現在我也老了，不論是頂天的還是立地的，某老某老地叫著感覺特別有來歷。

上大學時幾個同學對我莫名其妙的好，竟然把我發展成了黨員，編譯室要有個支部，就讓我做了宣傳還是組織委員，上行下效的按級別傳達檔的原則有時候就能因此早知道一些消息，比如老馮把我叫到她的辦公室，讓我看一封信，內容大體是表示積極栽培工農兵學員，署名蕭乾。這老蕭有印象，我們初次見面會上他發了言，說工農兵學員是新鮮血液，要積極扶持。很快，我就瞭解到老蕭很有來歷，作家和翻譯家，《莎士比亞故事》（以下簡稱《故事》）是他翻譯的。我們開始做翻譯上手的是美國著名歷史學家威廉・曼徹斯特的大作《光榮與夢想》，我和老同學周治淮翻譯第四冊第三十六章，《美利堅分裂國》，英文是The Divided States我們兩個不知深淺，翻譯成了「美利堅分眾國」，很得意，後來還是被校訂過來了。這章後面附了「美國人物畫像——拉爾夫・納德」，是這部大書的特色之一，所有附錄裡所寫的人物都是美國的特產，緊跟時代又推動時代。兩部分約一萬餘字，我們各譯一半，不受時間限定，翻譯得極其認真，且暗下決心，力爭校訂者沒有什麼可校的，也真是無知者無畏。在大學的實習階段，我們接到過聯合國資料的翻譯任務，三個人一組，配一名老師；我們組的老師是女的，姓楊，在美國學體育的，口語極好，就是形諸於文字不行，所以我們三個人各自翻譯出草稿，然後坐在一起一句一句地過，每個學生念了自己的譯文，楊老師或皺眉頭或點頭，這個修改一下，那個修改一下，最後形成楊老師滿意的譯文。初涉文字翻譯，這種形式讓我領悟「翻譯這回事」很多，很受益，似懂非懂地感覺到了「翻譯」二字的含義。因此，我自己單獨領到一份翻譯任務，但凡遇到理解不透徹的，就把原文抄寫到紙上，去請教某老，而且經常拿同一段原文分別請教幾個某老，然後反復比較，拼接出自己滿意的譯文。

我既然知道老蕭給領導寫了信要幫助年輕人提高業務，請教的第一個自然就是老蕭；老蕭熱情得很，把我寫出的問題看過，說：好，我明天給你答案。第二天老蕭在我寫的英文下寫了一段譯文，字體很大；我們當時使用的是八開大稿紙，六百字，老蕭的字把格子撐得爆滿，有些筆劃都戳出了格子，很少見；這種書寫法子還有一個，是搞法文翻譯的老梁（均），比老蕭的字還大，顯得滿篇烏塗，月薪一百八，一輩子好像就翻譯了一部《一個世紀的懺悔兒》。不知道是不是老蕭起了示範作用，我後來請教某老，都是在我寫的英文下寫出一段譯文。這個活動我進行了一段時間，不厭其煩，老一輩沒有嫌我，估計還對我的「不恥下問」態度很滿意，因為不久我們這撥小年輕就有了各自的老師，老馮親自抓這件事，但不久老黃（愛）主動向她提出來，要給我們四個學英語的上課，每週兩次，這下我和老黃有了正式的師生關係。這是一件影響了我終生的幸事，我在《編譯曲直》裡有比較詳盡的文字，這裡要補充的是：這樣零距離的師生關係，是天意；現在來看，老黃就是賜予我一柄利器，為的就是四十多年後可以排上用場。

回到原點。我向老黃請教比較晚，可能是因為有一段時間老黃得從清華大學趕來上班，時間不夠寬裕吧。但老綠（原）就坐在老蕭的對面，我請教他也比較晚，原因記不得了。老黃是第一個給我寫出翻譯答案的人，當場就問我：問題出在哪裡？哪裡想不明白？哪個詞不好懂？見我沒有明確答覆，又問：你把句子的語法分解一下，每個詞的意思以及上下詞的關係弄清楚，多查字典……如此這般指導一番，我似乎有了霧裡看花的感覺。

老綠也是這個路子，我們交流之後，他看我對他的解答很滿意，便笑眯眯地對我說：小蘇，能說說 little 和 small 的區別不？我完全懵了，想了想，還是搖頭作罷。老綠也沒有說它們有什麼不同，只是跟我說：不知道就慢慢弄清楚，很好。大學畢業，大家都上了一道坡，有的人開始走平路，很舒服，有人還會爬坡，就是往高處走。這些話聽得醐醍灌頂，沒想到兩年後再分配，我們倆都分到了人文社外編室還坐在一個辦公室，有那麼幾個月竟然每天坐一起讀完了馬克・吐溫的《敗壞哈德萊堡的人》以及德萊塞的《天才》的幾章，那種潛移默化可遇不可求。

很久之後，我才知道我們十幾個「小年輕」被分配到這樣一個編譯室，是「摻沙子」的政治需要，幾乎所有的某老們都邀請我到他們家「看看」有可能有搞好關係的因素，不過他們的的確確跟我講了很多知己的話，有的還讓我幫著換煤氣罐什麼的；最特別的是應邀拜訪老蕭家時，他拿出兩本書讓我翻看，我要借去看，老蕭卻說：那可不行，會中毒的。這個細節我寫進了小文《我認識蕭乾》，引出了意想不到的反響。當時這事不算事，因我幾次聽說老蕭參加了吉米‧卡特的傳記《為什麼不是最好的》的翻譯，卻成了唯一被退稿的！這本書是突擊翻譯，因為卡特當了總統，對建立穩定的中美關係很熱衷，約稿和審稿都是新華社的人，因此提起這件事情的某老不是看笑話，是一種頗有些迷惑的表情，因為大家都知道老蕭是《故事》的譯者，曾是作家以及二戰中駐歐洲的記者。再者，無論從編輯出版還是翻譯引介方面看，當時那個編輯室的水準算得上國內頂尖的，新華社能在出版社出書的人屈指可數，後來我知道英語這塊好像只有王仲年（歐‧亨利和馬克‧吐溫等）和徐成時（梅爾維爾等）。某老們是當作謎講給我聽的，我也就當個謎聽了。

二

分到出版社做編輯，才慢慢認識到審讀翻譯稿件，如果認真，可不是一件容易的事情。編輯回譯者的信裡說：你不能不分上下文總把She is coming翻譯成「她來著」吧？壞了，用魯迅話說，這下纏夾不清了。編輯說這個上下文應該是「她在路上」或者「是她敲門」，這下就徹底陷入泥淖了。翻譯這種事兒，根本上是一個翻譯智商以及情商的問題，但是一旦涉及到名和利，情商智商會急劇下降。這時，有一個老編輯給你傳授一些編輯經驗，既有技術上的指導也有經驗之談，那真是太幸運了。老黃在出版社叫黃愛，譯著署名都是黃雨石，他的代表性譯著《沉船》《一個青年藝術家的畫像》《眾生之路》《虹》和《奧利弗・退斯特》等都署這個名字。他當初跟隨導師錢鐘書完成了毛選的翻譯工作，被分配到人文社，當時出版社聘請了一位姓張的顧問，負責解答編輯們遇到的問題，不知怎麼都來請教他了；社長王任叔覺得黃愛這個小青年有點不尊重專家，就把他叫去問責，他感到莫名其妙，可能給社長的印象不夠謙虛。等到老蕭給社長寫信告老黃不尊重名人時，社長就一個電話把他叫下去，把老蕭的信扔給他看。老黃一看大吃一驚，只說「你等等」，從二樓奔到四樓，拿了老蕭給他的信，從四樓趕到二樓遞給社長看。這下該著社長張口結舌了：「竟有這等事？」

事情是這樣的：老蕭的譯作《大偉人江奈生・魏爾德傳》的譯稿是老黃審理的，按慣例頭、中、尾各抽查一部分後把問題寫出來，把譯稿寄給老蕭，希望他校訂一次。於是，老蕭分別給責編老黃和社長王任叔寫信，前者說老黃如何年輕有為，後生可畏，後者說人文社的青年編輯如何不尊重譯者（言外之意是不把名人當回事）。其實《魏爾德傳》是一部不足二十萬字的譯稿，按照責編提出的問題認真校訂一遍用不了多長時間，不值得寫這樣兩封「如此奇葩」的信。這是正常思維，但一旦有了些名氣的文人可不這樣認為。魯迅關於文人相輕這個題目寫了好多篇妙文，結論說文人比較容易出名，出名後比較容易自鳴得意；就我熟知的文人中，鮮有幾個認識到魯迅此話的深意。比如，《棄兒湯姆・鐘斯的歷史》（菲爾丁著，上下卷）和《尤利西斯》（詹姆斯・喬伊絲著，上下卷）是兩部合譯巨著，前者署名「蕭乾李叢弼」，後者署名「蕭乾文潔若」，老蕭都沒有親筆翻譯，卻都是第一署名。關於《湯姆・鐘斯》，我在小書《編譯曲直》裡專門談了這部稿子的來龍去脈，簡單說來就是李叢弼先生投來的譯稿，編輯部退稿後又被社長王任叔到雲南采風拿了回來，只好請人校訂一遍，因為老蕭有譯作《魏爾德傳》，同一個作者，就由他來校訂了。老蕭當時在人文社的編譯室，每天上班就是看稿子，按說有一年半載可以校訂一遍的，但我所親歷的卻是遲至上世紀七十年代末或八十年代初老蕭的老伴兒老文（潔若）足足校訂了一年多，那真叫認真：剪刀加糨糊（當時修改稿子的一種主要手段，即把校訂的部分寫出來，粘貼在被校訂過的地方）被她用到了極致，稿紙因此起皺，稿子厚出三四倍；這裡要特別一提的是，在耐力和勤謹方面，老文無論作為編輯還是譯者，都堪稱文字工作者的勞模；做到半夜才躺在辦公室沙發上睡下，因此編輯室開會學習什麼的老文都瞌睡得一塌糊塗；我見了老文的認真校訂勁頭總忍不住讚歎幾句，老文聽了倒也不客氣，或者說：「哼，我校訂過的稿子，可以當教材！」；或者說：「哼，你們小年輕幹不了這活兒，接不了這個班！」人文社過去有稿子存檔的慣例，不知道現在此稿還在不在；但老文還健在，可以求證的。關於《尤利西斯》的翻譯，老文已經退休，翻譯天書，親自執筆，老當益壯，難能可貴。老蕭撰文或者被採訪時，都坦誠過是夫人老文執筆翻譯，他負責通讀或通校。老文在職是日文編輯，在清華上學是英語專業，但她在文章裡和被採訪時都說過，她對日語更熟練。可以斷定，她翻譯《尤利西斯》至少參考了日文版，我的根據是老黃翻譯《一個青年藝術家的畫像》時跟我說：這個喬伊絲不知道想幹啥，好像就是要人看不懂，看來我啃不下去這部稿子了。我連忙去北京圖書館借到了日文版《畫像》，因為注釋很多書本足足厚了一倍。老黃完稿時說：多虧了日文版，不然就半途而廢了。老文參照日文版的《尤利西斯》應該是情理之中，也是極其可取的方法之一，因為從中我們可以看到日本學者對喬伊絲及其《尤利西斯》的研究成果。然而，就我當時關注到的各種報導，似乎沒有人涉及這樣重要的資訊，真可謂外行看熱鬧。

這兩部大部頭譯著，老蕭都不是執筆，卻都是第一署名。老蕭被稱為「翻譯家」，應該有這種大部頭譯著的支持才成立，可老蕭的專長是創作、寫新聞報導或者速寫，用他自己的話講是擅長「技癢」，一部八十多萬字的書讓他來翻譯，他真的沒有這個耐心。至於校訂，為他人做嫁衣裳，就根本不可能，即便多次誇讚老伴兒老文是賢內助，那也是堤內的話，堤外的話是必須有保留的，否則抬高了別人，自己的名聲往哪裡擺？首譯和校訂不可同日而語，執筆翻譯和通讀譯稿不是一回事，《名利場》上和《圍城》裡，這種現象已經寫得再清楚不過，只是我們都不願意看懂而已。幾年前一個消息靈通的朋友跟我說老文被什麼組織授予「資深翻譯成就獎」；我說老文配得上，實至名歸。但有個矛盾，那就是老蕭被稱為「翻譯家」就沒有支撐了。一對文壇伉儷，此消彼長，反之亦然，倒真是一道風景線；當然，現在騷操作多不勝數，不必認真；如果認真，我親歷的事情是要講出來的，否則這個世道會太混沌。

三

好像扯遠了，其實沒有，因為《故事》在 word 文檔裡，充其量不過十七八萬字，這個耐心和決心，老蕭是有的，畢竟靠上了莎士比亞，的確是一段一段翻譯出來的；然而，老蕭的《故事》不是首譯，此前文言文、白話文和英漢對照版本都有過，但蕭譯卻是新時期的第一個《故事》版本，這是事實。

馮濤的大譯《總結——毛姆創作生涯回憶錄》寄給我後，一口氣看了兩遍，深為毛姆對寫作這回事的認真態度以及他對人性的著迷所折服，很想寫一篇讀後感，但想到《總結》裡毛姆幾次提到對查理斯・蘭姆的語言的仰慕，遲遲開不了頭，就從書櫃裡翻出企鵝版的《故事》翻看起來；嗯，這一看竟是兩三遍，有味道的字句和段落比比皆是。有那麼一天，我忽然想到「何不對照一下老蕭的譯本呢？」真可謂不看不知道，一看嚇一跳，不光是被老蕭的譯文嚇著了，而是一下子讓我破解了四十多年前那個迷——吉米・卡特的傳記《為什麼不是最好的》只有老蕭的譯稿被退回！這事自然不能空口無憑，以下分別選擇了幾類例子評析一下，試試能否說清楚。

四

以下所挑選出來的例子，基本上是按照我研讀《故事》的順序，與例子的分量輕重沒有關係，只是針對問題說問題，而且儘量做到簡明扼要。

這是《冬天的故事》裡倒數第二十段：

A. Florizel and Perdita, Camillo and the faithful Paulina, were present when the old shepherd related to the king the manner in which he had found the child, and also the circumstances of Antigonus』 death, he having seen the bear seize upon him.

老牧人把他拾到那個孩子的情況向國王說了一遍，並且告訴他安提戈納斯是怎麼死的，因為他曾眼睜睜地看到他給熊抓住。說話的時候，弗羅利澤和潘狄塔、卡密羅和忠實的寶麗娜都在場。

一個長句子，句子的結構是When引出的一個條件句，Which 引出的一個限定定語，以及條件句裡 and 引出的一個並列句。一個生僻字也沒有，很典型的一個十八九世紀的英文造句，雖然長點但語法清楚。在編輯室看稿子，聽到最多的一句話是：譯文對得上嗎？這段譯文顯然是對不上的，譯文「老牧人」這個主語是出現在when打頭的條件句裡的，整句譯文把主句和條件句顛倒了一下。這樣的譯法，我在版本圖書館的編譯室就聽老同事們多次討論過，那裡畢竟聚集了近二十多個英語譯者；他們的過去身分是詞典校訂或編輯、複審甚至終審；時間是上世紀七十年代中，翻譯的規矩和取向已經發生了很多變化。多數人說要看上下文，但《大英華詞典》的校訂者之一沈鳳威堅決主張按照原文秩序翻譯，說原文自有其邏輯和道理，顛倒了就是一種不忠實。老沈是編輯室穿戴非常講究的，乾乾淨淨，有裡有面兒，在那個以醜為美的年代，老沈的穿戴格外亮眼。老沈講話口吃，我跟著他去逛過燈市口的中國書店，拿起書架上的幾本英日詞典，翻開哪頁都會讚美一番：「瞧瞧——瞧詞義——這個地道。瞧瞧——這排版多麼——多麼——」我知道他在強調什麼，因為我一向對詞典興趣濃厚，曾夢想過編出一本有自己訴求的詞典，因此在他提出他的翻譯主張時，我的印象就格外深刻。像老蕭這樣把一個句子的主句和從句徹底大顛倒的譯法，在五十年代初期也許尚可，在三四十年代可能很常見，但在七十年代中期卻恐怕行不通了，因為這涉及國人學英語發生的一些重大變化。這類例句在蕭譯裡很普遍，使我回想起來，在版本圖書館那個編譯室時，給我用紙條寫出來的譯文答案，這樣的譯文確是有的，因為在漢語傳奇小說和《紅樓夢》這類小說裡，when之類條件句是沒有的，應該是受漢譯文字的影響的結果。

參考譯文：弗洛裡澤爾、珀蒂塔、卡密羅和忠心耿耿的寶麗娜都在場，老牧羊人向國王講述了他撿到那個嬰兒的來歷，還講了安提戈納斯慘死的狀況，因為他親眼看見那頭熊把他抓爛了。

B. And although, as it will always be, when people of dispositions naturally good become un-just, he had many scruples before he determined to forsake Julia, and become the rival of Valentine; yet he at length overcame his sense of duty, and yielded himself up, almost without remorse, to his new unhappy passion.

普洛丟斯在決定遺棄朱利亞而跟凡倫丁成為情敵的時候，心裡倒也是躊躇再三，正如許多天性善良的人作起不義的事來都會那樣；可是他終於壓倒了他的道義感，幾乎毫不難過地讓自己陷進去這個新的不幸的情網裡去了。

引自《維羅納二紳士》第二十四段。這個句子是把條件句放在開始的，蕭譯把主句先翻譯，後面也不再管 when 這個條件句的引導詞，用「正如」直接和主句的內容掛鉤，是可取也可行的，但若用「如果」兩個字移植 And although, as it will always be, when 多個英文單詞所包含的意義的話，顯然就又不可取甚至算漏譯了。後面的「幾乎毫不難過地」之於 almost without remorse, 以及「讓自己陷進去這個新的不幸的情網裡去了」之於 yielded himself up.....to his new unhappy passion，無論對動詞的推敲還是對名詞的解讀，都沒有用到功夫。

參考譯文：儘管，如同屢見不鮮的情況，很多天生性情很好的人會變得不仁不義，但普羅蒂厄斯決意放棄西莉亞的瞬間也再三猶豫過，也不想成為瓦倫丁的情敵；然而，最後他還是拋棄了他的責任感，幾乎沒有什麼痛悔，便讓自己屈服於他那新的不幸的激情了。

C. with a deal of such professing stuff, which is easy to counterfeit where there is no real love, only a few fine words delivered with confidence being wanted in that case.

其實，在這種場合只要老老實實說幾句真心話就夠了，可是她心裡沒有真實的愛，所以她信口編了一大套花言巧語來表白。

《李爾王》第三段，講李爾王大女兒戈內里爾登場向她父親表白，說什麼「她愛父親勝過愛自己眼睛裡的光，勝過愛自己的生命和自由」，不只言不由衷，也怕是連她自己都不知道在說些什麼，接下來的話基本上是作者替她打圓場，剖析這樣的女兒究竟有著什麼內心世界；譯者順著原文往下翻譯就可以了，蕭譯卻不僅打亂了句子，還用「其實」「所以」這些連接詞，尤其「在這種場合只要老老實實說幾句真心話就夠了」是譯者編出來的話，使得整段話又囉嗦又不明晰，意思都弄扭了。這是查理斯・蘭姆的句子，作者參與到故事中對人物鞭撻的用意很明顯，這點和瑪麗・蘭姆的英語有區別，譯者應該注意到兩者的不同。

參考譯文：……如此一連串的表白話，沒有真心的愛是很容易信口編造的，只要相信這樣的場合裡說出幾個漂亮詞兒就夠了。

D.《錯誤的喜劇》倒數第二十段：The lady liked so well the thoughts of having a fine gold chain, that she gave the married Antipholus a ring; which when as she supposed (taking his brother for him), he denied, and said he did not know her, and left her in such a wild passion, she began to think he was certainly out of his senses; and presently she resolved to go and tell Adriana that her husband was mad.

這個女人很高興得到一條漂亮的金鏈子，她就送給了結了婚的安提福勒斯一隻戒指。剛才她把弟弟當成了他了，所以認為他明明收下了戒指，卻又不承認，而且說他根本不認得她，最後還氣衝衝地走開了，她想這個人一定發了瘋。於是，她決定找阿德麗安娜去，告訴她，她的丈夫發了瘋。

這段原文表達的內容很曲折，把一個女人的心思呈現得很曲折卻又顧頭不顧尾。上下文看，已婚的安提福勒斯送她金鏈子是因為他受夠了愛吃醋的妻子的折騰，一氣之下要把金鏈子送給她，而她竟要送他一枚戒指，這是愛情的象徵物，就見得她不過腦子了；緊接著因為身分錯置她認為已婚的安提福勒斯腦子壞了，就要去跟他妻子告狀，更見得她是一個腦子簡單的女人。因為句子要表達的內容曲裡拐彎，譯者需要多推敲多琢磨，但蕭譯漏了 the thoughts 竟然把括弧裡的內容放在了正文裡，不再考慮which和when是一個條件句的必要連接詞，卻似乎沒法理解（或者漏看了）left her in such a wild passion，另起一個句子，然後又另起了一個句子，才把這個有兩個分號的長句子翻譯完了。作者的英語是十八世紀末十九世紀初的，無論條件句還是定語句還是標點符號，都是有講究的，譯者隨意斷開句子，不顧標點的作用，譯文自然很難達到應有的效果。

參考譯文：這個女人呢，想到能得到一條精美的金鏈子心下十分受用，竟把一枚戒指送給了這個結婚娶妻的安提福勒斯；可他呢（她把他弟弟當成他了），一口否認了，還說他根本不認識她，這讓她陷入了如此莫名其妙的心境，心想他一定神經錯亂了；她立即決定去找阿德里亞娜，說她丈夫瘋了。

E. ——「A little, with your leave,」 replied Viola. 「And what kind of woman, and of what age is she?」 said Orsino. 「Of your age and of your complexion, my lord,」 said Viola; which made the duke smile to hear this fair young boy loved a woman so much older, and of a man』s dark complexion.

「殿下原諒，多少見到了。」薇奧拉說。「你愛的什麼樣的女人呀？她多大歲數？」奧西諾問。「殿下，她年紀跟您一般大，膚色也跟您的一樣。」薇奧拉回答說。公爵聽到這俊秀的少年愛上了比他自己年紀大這麼許多的女人，皮膚又跟男人一樣黝黑，就笑了。其實，薇奧拉暗裡指的就是奧西諾，並不是像他那樣的女人。

這是《第十二夜》倒數第十一段裡一句很微妙很美的對話，公爵似乎只是聽一個自己喜歡的英俊童子說些好像很幼稚的話，其實女扮男裝的薇奧拉是在向公爵表達愛情，需要譯者謹慎下筆，但譯者有些想當然的理解，把 complexion 和 so much older 理解得沒有了層次，本可以忽略人物屬性，卻非要找出來，其實效果適得其反，尤其「其實，薇奧拉暗裡指的就是奧西諾，並不是像他那樣的女人」，是原文裡沒有的，是譯者擔心讀者讀不明白譯文而多加的。這是違反翻譯原則的。另，像 complexion 這個英文詞，主要是指面色，因此很多時候可以翻譯成「臉面」，蕭譯「膚色也跟您的一樣」就難以傳達薇奧拉一直在看著她心儀的公爵的俊臉這層意思，讓下文的「皮膚又跟男人一樣黝黑」沒有了上下對比的效果。再者，原句一開頭的破折號，是蘭姆姐弟這本書裡的特點，功能是把表達分出層次，有時像是分段，應該給予關注。

參考譯文：——「見了一點吧，讓殿下見笑了，」薇奧拉說。「是什麼樣的女子呢？她芳齡幾許呀？」奧西諾問道。「就你這個年紀，就你這個相貌，殿下，」薇奧拉說；公爵聽到這個靚麗的少年愛上了一個年齡大很多、膚色像男人黝黑的女人，不禁微笑起來。

F.《雅典的泰門》第七段……for nothing is so deaf to remonstrance as riches turned to poverty, nothing is so unwilling to believe its situation, nothing so incredulous to its own true state, and hard to give credit to a reverse.

因為家道衰落下來的闊人頂不肯聽人勸說了，他們頂不願意相信他們本身的處境，頂不願意相信他們的真實情況，頂不願意相信他們會倒楣。

這是很高級的英語表達，名詞化到了一般寫家難以企及的水準，只能出自查理斯・蘭姆，而非瑪麗・蘭姆；沒有人物出場，小詞is和so成為句子裡的主要動詞以及強調功能，行為動詞反倒在起輔助說明的作用，因此句子表達的內容更易於引起讀者的重視，因為is這個系動詞在英語裡是使用頻率最高的。翻譯這樣的句子需要一定數量的翻譯實踐，幾乎是量變到質變的過程。蕭譯顯然沒有修煉到這樣的程度，只好把原文改寫而非翻譯出來了，原有的表達力度打了折扣。

參考譯文：因為大富大貴墮落到一貧如洗的規諫乍聽難免聳人聽聞，很難有誰相信真有其事，很難有誰會如此直面其真相，很難對家道中落坦然面對。

G.《雅典的泰門》倒數第五段：……as if they presumed upon his gratitude whom they had disobliged, and had derived a claim to his courtesy from their own most discourteous and unpiteous treatment.

他求到他們的時候，他們是那樣漠不關心，現在卻覺得他應該對他們感激。他們對他是那樣毫不客氣，毫無同情心，現在卻認為他應該對他們客客氣氣的了。

又是一段幾乎改寫而成的譯文，一個句子分成兩個譯句，多譯出很多內容，也還是沒有充分轉達出其中的重要資訊；尤其主語they換成了he，因沒有必要而顯得不嚴謹。

參考譯文：這好比是，他們過去得罪了他，現在卻要他來感恩戴德；他們自己毫不客氣毫無憐憫地對待他，卻要求他有求必應。

H. 《奧賽羅》第八段：The age and senatorial character of old Brabantio, commanded a most patient hearing from that grave assembly;

老勃拉班修這麼大年紀了，又是元老，莊嚴的會場上大家都不能不非常耐心地去聽他的控訴。

又是一例幾乎改寫出來的譯文，顯然譯者對 command 這個動詞理解很不夠，因此在譯文裡就只能用闡述的方法來轉圜了，結果譯文越是增加漢字，距離原文的意思越遠。

參考譯文：老布拉班提奧老邁年高，是資深元老，這種莊嚴的議會應該唯他是聽；

I. 《奧賽羅》倒數第九段：Trifles light as air are to the jealous proofs as strong as holy writ.

對於喜歡嫉妒的人，即使像空氣那樣輕飄飄的東西，也會成為像聖經那樣確鑿的鐵證。

這個英文句子結構是……as……as……，因為譯文是改寫而成，便很難體現原句的表達能量和內容。

參考譯文：像幾縷光線就能穿透空氣，妒火燒心的體驗如同經文一樣強烈。

J Then Lysimachus invited Pericles to come on shore, and refresh himself with such entertainment as he should find at Mitylene, which courteous offer Pericles accepting, agreed to tarry with him for the space of a day or two.

拉西馬卡斯請配力克裡斯上岸去，說密提林這地方也沒有什麼可以款待他的，可還是請他在這裡休息一下。配力克裡斯接受了這個殷勤的邀請，答應在他這兒待上一兩天。

《佩利克裡斯》倒數第五段裡的一個句子，結構是……such……as……，蕭譯似乎對英語的此類基本構造不熟悉或不經心，以至於把內容翻譯錯了。

參考譯文：然後，利西馬科斯邀請佩利克裡斯上岸去，在米提林盡情享受一下地方款待，恢復自己的元氣，佩利克裡斯接受了這個邀請，同意在他這裡呆上一兩天。

五

從以上分析來看，ABCDE五類蕭譯，是譯者可以把原文句子的內容看懂後，根據自己習慣的漢語表達把譯文寫出來，不論顛倒句子秩序、漏譯和錯譯，都還是在譯者可以操作的範圍之內的，而FGHIJ五類蕭譯，看得出譯者比較吃力甚至窮於應付了；回頭再看蕭譯把原序的第三段的五百多字略去不譯，應是有意為之，因為用他翻譯瑪麗・蘭姆的譯法來翻譯查理斯・蘭姆的這個序，尤其這一段，是真的無能為力了。這不是詞彙量的問題，而是沒有弄懂語法和細摳詞義的能力。舊時學英語，基本上都是教會學校沿襲下來的方法，理解段落大意為主，細摳字句意思的時候是很少的。但是，解放後學英語，一般都是十八歲上大學後確定專業，是成年人學英語，主要是依據語法來掌握英語並且一步步深入研究的，這從許國璋的四冊英語教材裡完全可以得到證明。新華社的職員與版本圖書館編譯室的大部分譯者相比，年齡應該都更年輕，相差十幾二十歲是有的，新的教育體制下畢業生占多數，應該是一代新人了，因為新華社的功能就是緊跟時代，和國際接軌的。再說，《為什麼不是最好的》是一本傳記，內容據實寫來，不能虛構，蕭譯如果出現ABCDE這樣的譯句，通不過審稿人的標準，是很可以理解的；而FGHIJ這類句子需要細摳，顯然是蕭譯做不到的，成為唯一退稿就可以理解了。

需要再說幾句的是，FGHIJ一類的例子，英語進入更高層次，不僅講口語不能與此同日而語，即便能用英語寫作，也是有高級和中級英語之別的，否則查理斯·蘭姆的語言為後來者稱道和學習，那就違反常理了。蕭譯處理這樣的句子，從理解到操作都無法細化，改寫是窮於應付的表現，有大量翻譯實踐的誠實的譯者都會有這樣的體會。

繞了四十多年的一個大圈，以蕭譯為例終於弄懂了翻譯這回事，解開了長久縈繞心頭的一個疑團；回頭瞧瞧，既得益於老綠（原）叮囑我不斷爬坡的教導，也用上了老黃教依靠語法解決疑難的利器，這下倒是讓我在三本關於翻譯的小書《譯事餘墨》《編譯曲直》和《朱莎合璧》提供的翻譯法則有了更堅實的根據：

以段落為語境
以句子為單位
以語法為依據

六

一本原著，篇幅到了三十五萬字，就像一塊板磚了；四十、五十、六十、七十……上百萬字，那就是名副其實的「磚頭厚的書」了；要把這樣一塊厚磚大卸八塊，研細碾碎，一絲灰一粒塵地搬運過來，那就是一座大廈級別的大工程，一塊磚一片瓦地重建，即使做不到嚴絲合縫，但要做到磨磚對縫，那也好比一項考古工程，一件件一樁樁都需要仔細清理，標上碼號，力爭拼接得像模像樣或者以假亂真。翻譯這活兒，必須有螞蟻搬家的精神，來來回回地不停地奔波，哪怕銜在嘴裡的只是一丟丟碎屑，你都要認真端詳一番，揣摸把它擺在哪裡就恰如其分了，因為那碎屑恰是螞蟻山的萬能膠，否則最終堆起來的螞蟻山就是一堆散沙。

關於翻譯這回事，無論論述還是實踐還是態度，魯迅都是最認真的。他將翻譯高手瞿秋白認作同路，把踏踏實實做翻譯的韋素園界定為「正經的青年」，並解剖自己說：

> 但譯書也不是容易事，先前看過，以為已經懂得多，一動手，卻疑難百出了，進行得很慢。然而我決計努力地做，一本新的字典，不到半月，邊上有了一大片烏黑的指痕，這就證明著我的工作的切實。

據書目察核起來，我在過去的近十年中，費去的力氣實在也並不少，即使校對別人的譯著，也真是一個字一個字的看下去，決不肯隨便放過，敷衍作者和讀者的，並且毫不懷著有所利用的意思。

能講出這些話，是魯迅的治學態度和實踐經驗所得。沒有大量翻譯實踐的人，說不出這樣的話，只好去搞翻譯理論，空對空，連點臭味都沒有，真是中國特色，一大滑稽。有翻譯實踐但很有限的譯家，也算難能可貴的，但此類譯家做翻譯往往是有了一瓶底水就會拼命地晃啊晃啊，再遇到那麼一點機運，不知哪天就晃成了翻譯家了。老蕭屬於這類譯家，真正屬於他一磚一瓦地做出來的譯本，只有《魏爾德傳》和《故事》，也算有貢獻的譯家了。我給翻譯家定的額度，是累計字數要超過百萬，首譯至少五十萬，另五十萬重譯要有自己的特點；否則，現在流行扒譯，只要有現成的譯本就難免出現扒譯，超越不了原來的譯本，就難免扒譯之嫌。至於蕭譯的品質，如以上十多個例子分析的，問題是有的，但按照魯迅的標準——

一道濁流，固然不如一杯清水的乾淨而澄明，但蒸溜了濁流的一部分，卻就有許多杯淨水在。

倘不是穿心爛，就說，這蘋果有著爛疤了，然而這幾處沒有爛，還可以吃得。

由此看來，蕭譯尚屬「可以吃得」的食品，更多問題出在老蕭當初學英語是在教會學校的體系裡，一句話一段文字，主要是抓住大意即可；類似口語，怎麼說得明白就怎麼說，句子的前後秩序、單詞的準確含義以及表達的簡練，均可以忽略不計；所以，更細更深的東西往往不注意，年少習得的東西改起來難；我遇到過一些教會英語體系裡學成的學者，幾乎不敢做翻譯，相比之下，老蕭是很努力的人，只是爬上一道坡後就喜歡炫弄「技癢」，最終耽誤了很多事，也可以說是時代的痼疾。

學而優則仕（老蕭最終做了文史館館長，副部級待遇）是中國文人的座右銘，兩千多年的歷史，擺脫也不是那麼容易和乾淨，更何況我們早已陷入了比以往更深的泥淖。但有些東西是新近的東西，比如用階級論來分析和批評作品，別說老蕭這樣的作家和名人，就是一個普通的譯者也應該早已認識到其荒謬和毒害的，但蕭譯《故事》的「導讀」（前言改來的），通篇的主調都在對莎士比亞進行階級分析，緊箍咒嘚啵嘚啵地念著，要是莎士比亞還活著，頭痛欲裂會比孫猴子厲害千萬倍，定會哀求道：「請嘴下留點情吧，俺不到貴國打醮還不行嗎？」

然而，這樣的所謂前言後記，至今還大量地存在於出版物裡，甚至「語文閱讀推薦叢書」裡，可見我們的是非觀美醜觀好歹觀……混亂到了什麼程度了，連「濁流」和「穿心爛」都分辨不出來了，嗚呼！

二〇〇二年初伏天　於副中心獨居宅

載於二〇二三年《莎士比亞評論》第一期

把 leek 譯作 leek

英語裡有句諺語：call a spade a spade 翻譯成漢語是「把鏟子叫做鏟子」，轉義大概等於「是啥叫啥，直言不諱」。這句話說出口，大概就是讓人們尊重事實，尊重真相，不要拐彎抹角，混淆視聽。這話是從寫作層面上說的，其實對翻譯來說，儘管是把一種文字轉換成另一種文字，要求的態度是一樣的。翻譯的依託是原文，每一個詞兒、每一個短語、每一個句子，能把原意用相應的漢語表達出來，是絕不主張用轉義的漢語來表達的。毫無疑問，如同我在拙著《譯事餘墨》裡主張的，譯者首先要做的是把 meaning（意思）表達出來，哪怕表達得笨一點，拗一點。其實，這正是中國近百年來的現代翻譯活動總結出來的經驗和規律。然而，即使是二十一世紀的今天，在翻譯實踐中，要做到這點，並不容易。即便是一些名聲在外的譯者，有些翻譯文字也是大有問題、值得商榷的。英語中有一個很簡單的詞兒——leek，遵循「把鏟子叫成鏟子」的原則，把它翻譯成一個名副其實的名詞，在梁實秋先生和方平先生的譯文中，就成了一件似是而非的事兒。

先從第一個例子說起；特別要說明一下的是，第一種譯文是梁實秋先生的，第二種譯文是方平先生的：

Ely This would drink deep.／這一口喝得好大。／這豈不是叫人吃掉了一塊肉？

Canterbury 'Twould drink the cup and all.／會把杯子都喝下去哩。／吃掉一塊肉！——連骨頭都叫人啃啦。

參考譯文：這可會讓人家吞飲不止的。／連杯子帶酒統統吞掉了。

這是《亨利五世》第一幕第一場開篇兩位元主教的對話。英國歷史上這個時期，教會的勢力很大，不僅管束人們的思想，國家的財產也攫取了很多。王上要打仗，要教會支持，便有了兩位主教這樣私下的議論。句子不難，生僻詞沒有，只是因為劇中人物對話的需求，簡練了一些。如今像樣的高中生，查一查字典，多少想一想，這兩句對話應該能翻譯出來，而且不會弄錯的，可這兩種翻譯都做得不好。前一種是梁實秋先生的譯文，後一種是方平先生的譯文。梁實秋把 deep 翻譯成「好大」，還是差點意思；第二句裡的 all，在譯文裡沒有相應的字詞，應該把杯子裡的飲料算上，才有「通吃」的意思。不過，這樣的翻譯還能看見原文的影子，算是及格了。方平先生的譯文，卻是嚴重地違反了翻譯原則，瞎譯加亂譯了。流質就是流質，肉就是肉；杯子就是杯子，骨頭就是骨頭。無論形態還是品質，都是兩種截然不同的東西。原文根本沒有難到非得變通才能翻譯的程度，憑什麼要生造內容來翻譯呢？更有甚者，即便是生造，還造得大有問題。第一句改變了標點符號，句號變成了問號，毫無必要。第二句的本意是連酒帶杯子都吞下肚子了，譯者非要翻譯成啃骨頭，可啃骨頭還是吃骨頭上面的肉，應該把骨頭囫圇吞掉才符合「通吃」的本意，對吧？這種變化說明譯者連原意都沒有吃透，就想靠胡編亂造弄出些高明來，無異於癡人說夢。這樣的變通看似問題不大，其實很大，主要是譯者的翻譯智商有問題，理解原文和表達漢語都顯得力不從心。翻譯活動如同寫作一樣，腦子的深度最終決定譯文的深度。腦子想不到，譯筆跟不上。

熟悉歐洲的人都知道，歐洲人飲酒有傳統，釀酒、酒窖、酒莊園、啤酒節等，是日常生活的一部分，具有很深的文化背景。兩位主教講財政問題，但用的是日常生活用語。莎士比亞明白這點，寫進了劇本裡，說明莎士比亞對生活和社會的瞭解，用形象的人物和生動的語言來表現，是他的過人之處。譯者想在翻譯中求變，那至少應該在「喝」的範疇裡琢磨，不應該轉向「吃」的範圍；應該在飲品上推敲，不應該只想著肉和骨頭，好像中國人就知道吃，以舌尖上的中國為榮。

第二個例子，可以進一步說明譯者的翻譯智商在翻譯實踐中有多麼重要。

Pistol　Tell him, I'll knock his leek about his pate upon Saint Davy's Day.／告訴他，到聖大衛節那一天我要拔掉他頭上戴的那根韭菜來打他的頭。／去對他說，到聖大衛節那天，我就要動他頭上的韭菜。

King Henry　Do not you wear your dagger in your cap that day, lest he knock that about yours.／到了那一天你可別在你的帽子上佩戴短刀，否則他會把短刀取來打你的頭。／那一天你可別把刀子插在自己的帽子上，否則，只怕他會到你的頭上來動刀子。

參考譯文：你轉告他，在聖大衛節那天，我定要把他頭上的韭蔥打掉！／到那天你可別把短劍插在帽子上，當心他會把你的短刀也打掉的。

在《亨利五世》裡，莎士比亞拿leek做文章，第一次出現在第四幕第一場兩個人物對話之中。

比斯托爾是一個粗人，如同他的名字在英語裡是「手槍」，脾氣火爆，一觸即發。他原是莎士比亞筆下著名的福斯塔夫的鐵哥們兒。亨利五世年輕時放蕩不羈，和福斯塔夫打得火熱，一個浪子的形象。如今做了國王，人一闊臉就變，一國之君的身分，已經不屑和社會上的粗人來往，但是深諳他們的習性。劇中寫一個名叫弗呂林的威爾士人，作戰勇敢，為人爽快，堅守傳統，在威爾士人的聖大衛節裡，在帽子上插了 leek 比斯托爾有些霸道，偏偏看不慣弗呂林頭上的 leek，就拿leek找碴，說他聞見leek的味道就噁心。他不知道 leek 在威爾士人眼中是神聖的物件，而國王亨利知道，所以警告他別幹傻事：你敢動人家頭上戴的 leek，他就敢動你頭上的短刀。意思是威爾士人為了捍衛頭上的leek是什麼危險都不顧的。這裡寫下層士兵的生活，凸顯亨利王上通下達的能力。莎士比亞寫英國歷史，英國的各個民族都要寫，讓各個民族的觀眾都愛看。由此不難看出，莎劇是要細讀的，很多細節都耐琢磨，必不可少。

再看譯文。第一種仍是梁實秋先生的。仔細對照，梁譯裡「我要拔掉他頭上戴的那根韭菜來打他的頭」，是梁實秋編寫的，而不是翻譯過來的，怎麼看字面意思都沒有這麼多內容。看了梁譯關於這條的注釋，才清楚梁先生把英國學者的注釋翻譯進譯文了。這似乎沒有必要。我們讀懂了原文，就把原文的意思翻譯出來就好了，外國學者對莎劇有什麼見解，只能供我們參考，不能成為我們翻譯的根據。這是原則問題。這句話就是字面要表達的意思，沒有梁譯多出來的那麼多意思。第二句的後半截嚴格說來是翻譯錯了。這裡就是把短刀打掉的意思。在此順便結論幾句：本書借梁實秋先生的譯文作比較最多，便很容易聯想道他的翻譯主張，既「與其信而不順，不如順而不信」；看來，這個錯誤主張害了了他一輩子；他的譯文既沒有做到「順」，更難達到「信」。

第二種是方平先生的譯文，兩個句子中的「動」字都用得不好。韭菜怎麼個「動」法？刀子「動」到什麼程度，都翻譯得很不嚴謹。

這一情節，第四幕只是提及，到了第五幕裡才做徹底交代。於是，在第五幕第一場裡，leek 多次出現，尤其不足半頁英文裡，出現了十一次，最密集的分別是：the smell of leek,this leek, mock a leek,eat a leek,eat some eat some part of my leek, by this leek, have some more sauce to your leek, leek to swear by,to see leeks hereafter,leeks is good, have another leek in my pockek…有的是片語，有的是短語，有的是動賓結構，只有一個是完整的句子。從這些簡單的片語中，我們大概能猜出 leek 是一種食物，有味道，能吃，能當東西說事，唯一的兩個短語像是作總結：「leeks 是好東西」或者「是好吃的」與 leek in my pocket 不僅能吃還能裝在口袋裡。讀者如果細心一點，會發現這麼多次提及leek全部是單數，只有唯一的完整句子裡用了複數；有趣的是，leeks後面用了is這個單數形式，而沒有用 are，這應該是寫弗呂林這幫人是粗魯，沒有文化，對英語中的單複數的語法現象缺乏教育和訓練，日常生活中不會使用；要麼是莎士比亞時代的人，語法概念還不嚴格。

梁實秋的譯文是：韭菜味、吃下這韭菜、嘲弄韭菜、吃下韭菜、憑此韭菜發誓、韭菜再加上一點醬汁、韭菜夠你拿來發誓的、看到韭菜、韭菜是很好、袋裡還有一棵韭菜……大體上和原文是照應得上的，有趣的是原文中的單複數現象，譯文幾乎沒有反映，只有「這韭菜」特指了一下，還是沒有反映出「這韭菜」代表單數還是複數。不過，梁譯在上面提到的那兩句對話裡，使用了「這根韭菜」，也足以說明他對leek的理解。

方平的譯文是：韭菜的臭味兒、把這幾根韭菜給我吃下去、韭菜你不愛吃、把韭菜吃下去、把韭菜吃下去、取笑韭菜、把韭菜一口吃掉、把這韭菜吃一些下去、拿著韭菜賭咒、給韭菜加上點兒醬油、那麼多韭菜好讓你起誓、又看到韭菜時、韭菜是很好的呀、我口袋裡還有一根韭菜……所引這段原文裡出現了十一次leek，梁譯十一次譯出「韭菜」，而方譯多出兩處「韭菜」，把兩個代詞譯成「韭菜」，讓整段文字囉嗦得厲害，因把一些代詞譯成韭菜，比原文多出兩處，雖然算不上原則問題，卻毫無必要，不過大體上反映出了原文的意思，只是嚴謹談不上。然而，讀者稍微細心地看看譯文，便會發現譯文裡多次出現了複數形式，例如「幾根韭菜」、「一些韭菜」、「那麼多韭菜」、「口袋裡還有一根韭菜」等顯性的；還有「把韭菜一口吃掉」和「給韭菜加上點兒醬油」等隱性的。如前所述，原文裡的leek絕大多數都用了單數，只有一次用了複數，譯文裡的單複數顯然弄混了。

問題來了：作者這樣使用leek，說明leek是一個可數名詞。那麼，譯者有權利把原文的單數變成複數、或者想用單數就用單數，想用複數就用複數嗎？

當然不行，至少在這裡絕不可以。實際上，英文中的單複數問題，反映在譯文中，有時候完全能反應出譯者對原文的內容到底吃透了沒有，理解到了什麼程度。這樣簡單的文字，為什麼兩位元很有翻譯資歷的譯者，都會出現問題呢？其實這是翻譯中很多譯者都會碰上的一個平常而又棘手的問題，那就是對外國的某種東西沒有弄清楚，缺乏具象認識，導致了譯文的糊裡糊塗。那麼leek到底是一種什麼植物？相當於譯者自己國家的什麼植物？有對等的還是沒有對等的？或者根本就是一種「洋貨」。

既然兩位譯者都用了「韭菜」，韭菜又是我們再熟悉不過的。我們不妨先來澄清一下韭菜在這裡出現合適不合適。

《現代漢語詞典》裡這樣解釋韭菜：多年生草本植物，葉子細長而扁，花白色。是普通蔬菜。問題又來了：「葉子細長而扁」的韭菜，「那根」韭菜怎麼往帽子上插？或者，究竟要多少韭菜才合適往威爾士人的帽子上插？「我」怎麼來「動他頭上的韭菜」？帶著這樣的疑問再看下面的譯文，你就知道譯文混亂到了什麼程度，尤其第二種譯法：一會兒幾根韭菜，一會兒一些韭菜，一會兒那麼多韭菜——到底那個威爾士人往帽子上插了一根韭菜還是幾根韭菜還是很多韭菜？毫無疑問，這種混亂首先是因為譯者對韭菜的理解引起來的，還涉及不到leek。抑或譯者感覺到，一根韭菜無法插到帽子上，或者即便設法插在帽子上了，也不容易引起別人的注意，所以就用複數來加強？

但願如此，實際並非如此。

我在小書《譯事餘墨》裡用很大篇幅談到文字翻譯的四個步驟，有專家學者認為這就是翻譯的四個理論。不管怎麼歸納，譯者能做到 image 這步的，據我所瞭解的情況，屬鳳毛麟角。以此例為證，譯者無論如何必須把 leek 的 image 弄清楚，否則就很難做到精益求精。達不到這樣的翻譯步驟，還需從譯者的綜合翻譯能力來衡量。

近年來，我經常提到譯者的翻譯智商問題，一些人好像聽不明白。這就是典型的翻譯智商不夠造成的糊塗賬。如果譯者腦子能夠運轉到位，應該能明顯地注意到譯作韭菜在這裡是根本不通的，必須想方設法弄清楚莎翁筆下的 leek 到底是一種什麼植物。leek 在這裡成了關鍵字，弄不清楚它，翻譯應該是做不下去了。這是翻譯過程的結症所在：為了弄清楚一個詞兒，折騰幾個小時甚至幾天，都是常態。要不，翻譯前輩嚴複怎麼能說「一名之立，旬月踟躕」呢？

那麼，leek 究竟是一種什麼植物呢？

《牛津高階英漢雙解詞典》裡這樣解釋 leek：a vegetable like a long onion with many layers of wide flat leaves that are white at the bottom and green at the top.Leeks are eaten cooked.The leek is a nation symbol of Wales.這段英文很清晰，翻譯過來是：一種蔬菜，像長洋蔥，頁層寬而扁，底部呈白色，頂部呈綠色。烹調而食。威爾士民族的象徵。

如果兩位譯者查到了關於 leek 這樣的解釋，還是只能翻譯出如此的譯文，那他們不僅翻譯不了莎士比亞，連一般作家的作品也翻譯不好；不僅翻譯智商令人生疑，手還挺懶，沒有把字典查到。這話是「把鏟子叫做鏟子」了，但聽起來似乎對兩位老譯者不夠尊重，可是怎麼辦呢？事實如此啊。

如果在原文詞典裡查到了這樣的解釋，但是實在不知道把 leek 譯成一個什麼名字更合適，不得已翻譯成了「威爾士蔥」，或者直接音譯為「藜科蔥」，那麼，翻譯智商也還是及格的。

幾乎所有的英漢詞典，都把 leek 翻譯成了「韭蔥」，取了國人習以為常的兩種蔬菜各一個字，組成了一個新詞兒，譯得比較有智慧。個別詞典有解釋為「青蒜」的；梁實秋的《遠東英漢大詞典》解釋為「韭」，這就找到梁譯裡「韭菜」的根據了。但是「韭」的成分，只是和 leek 葉子的「扁」相吻合，而「寬」是不在一個量級上的。Leek 裡「蔥」的成分是偏多的，如果不切開看，外表看來就是山東大蔥的摸樣。

在英國生活了一年半，我把leek開發出一種地道的中國吃法：把一根又長又大的 leek 切成幾段，每段順長從中間一切為二，再一切為二，再一切為二……簡而言之，根據leek的粗細而定多少個「一切為二」，直到切出來的條子如同韭菜葉子「細長而扁」。

這裡暫停一下我的操作，想像這樣像韭菜葉子的 leek，能否插在威爾士人的帽子上？或者，即便插上去了一根或者幾根或者許多，那會是歪七倒八的什麼樣亂象？所以，這裡的 leek 只能是單數，不會是複數。

然後接著加工我的 leek：像切韭菜做餡兒一樣把leek絲切碎，一大盆碎 leek 碎瞬間呈現在眼前。把事先醃制好的牛碎肉與之拌勻，一盤 leek 牛肉餡兒就備好了。只要你做麵食的水準說得過去，用 leek 包餃子吃，是又快又衛生又美味的一種。

這當兒，你就很容易區別leek和韭菜的區別了：韭菜天生就是一片片又細又扁的綠色葉子，而leek需要一番精心加工，才能呈現韭菜一樣的細長葉片。Leek 和蔥的區別也有了：蔥的葉子越往心兒越厚，而 leek 頁層直達核心時也是又扁又勻的，那是它的特質。

所以，把 leek 翻譯成「韭蔥」，是值得肯定的。

小文寫到這裡，我又忽然想到，外國有韭菜嗎？就我所能查到的關於韭菜的英文解釋，一種是fragrant-flowed onion（開花的香蔥）一種是 Chinese-chive（中國細香蔥）顯然，外國沒有栽培韭菜的傳統。韭菜是中國的傳統蔬菜。因此，給 leek 按上一個中國傳統蔬菜的名字，是很危險的。這種危險在翻譯實踐中一樣存在。

但是，我在此仍有一個迷惑：方平先生為什麼和梁實秋先生都用了「韭菜」來代替leek 呢？直到方平先生主編的新版《莎士比亞全集》裡，leek 依然翻譯成了「韭菜」，因此我懷疑，從版本的先後秩序來看，這是方平先生參考了梁實秋的《莎士比亞全集》而引發的不良結果——一錯再錯。

其實，如果譯者的智商和莎士比亞的智商接近，應該能看出來莎士比亞在句子中已經給出了leek的樣子：「到那天你可別把短劍插在帽子上，」這就是說，一段leek的樣子，和一把短刀的樣子很相似。

在結束尾聲時，我順便強調一句的是，在方平先生主持的所謂詩譯本《莎士比亞全集》的前言裡，指出「降格以求的散文譯本」，「通宵流暢，是付出了代價的」。這話說得實在是既不厚道又不地道還不符合事實，因為無論朱生豪的譯本還是梁實秋的譯本，嚴格上說來都不是純散文譯本，因為其中有大量的詩句譯文，尤其朱譯本，相當數量的詩譯的品質是後來的所謂的詩譯本都望塵莫及的，根本沒有「付出代價」一說，「散文譯本」也根本沒有「降格以求」；倒是後來的所有所謂的詩譯本莎劇，尤其方平先生翻譯並主持的所謂詩譯本莎劇，在增減莎劇原文時毫無原則可循，那代價可是相當可觀的。

該前言又稱：「在語際轉換中力求把『失真』減少到最低限度，還是值得為之而努力的」。這話如果是在嚴格要求自己，但說無妨；如果是讚頌自己的譯文做到了這樣的高度，那可真應了中國那句老話：「王婆賣瓜自賣自誇。」

翻譯莎士比亞的戲劇，打什麼旗號都無妨，儘管翻譯，多多益善。然而，不要因為自己翻譯了一種版本，就對別人的版本進行詆毀，這是很不職業很不道德的，是一種妄自尊大的表現，把半桶水拼命地往外晃蕩，顯示自己水準高濺的做派是極不可取的。

第三卷
說東道西

篇目

古瑞夫婦

古瑞夫婦來，邁著歡快的步子，綻著開心的笑容，打著熱情的招呼，朝我們走了過來。我們熱烈地握過手，互相深情地打量起來。三年多沒有見面了，他們一點沒有見老，那種老當益壯的精神，誰見了都無法相信古瑞先生年近八十，古瑞太太已經七十有餘了。我說他們越活越年輕，他們說我簡直還是個孩子，於是我們就開心地笑起來。

古瑞夫婦是那種由衷對中國友好、對中國文化深有興趣的英國人。我記得我第一次去他們家做客，一塊長方形紙牌掛在他們家門上，白地藍字，工工整整地寫著四個字：「歡迎中國」。在英格蘭中部的英語世界裡，意外地看到這樣內涵豐富的四個方塊字，那份親切的感受，那種激動的心情，產生於剎那間，卻沉澱在我終生的記憶裡。在後來的交談中，我瞭解到，這四個方塊字是古瑞先生專門請中國人寫在小紙片上，他費了不少功夫反復練習，用他那靈巧的大手放圖一樣描摹下來的。他們把紙牌精心保存著，每請中國學生到家中作客，就會把它掛在門上，表示了他們老夫婦對中國學生的由衷的歡迎和對中國文化由衷的熱愛。

十月的北京顯得格外美麗和成熟，古瑞夫婦親眼看到了故都的風貌、當代中國人的精神面貌和中華文化數千年的沉澱的結晶，那種滿足、幸福和讚歎，真是溢於言表。古瑞先手退休前是一個中學教師，給學生上木工課。他的木雕手藝很好，擺在他家的木雕藝術品，如木人，如飛鷹，都是很有價值的收藏品。也許如此，古瑞先生對中國的古建築和方塊字表現出極其濃厚的興趣。每當他從不同的字體中認出了「中國」兩個字，總會興奮地念給我聽，問我發音對不對。在參觀古剎名寺時，他看得格外用心和仔細，對那些博大精深的建築和雕塑，總是讚不絕口，認真端詳一番，找准角度，拍下照片；遇到十分中意的景物，他會頻頻按下快門，巴不得讓原物微縮進他的相機裡。我記得在北海公園的九龍壁周圍，他一口氣拍了四五張。我知道他拍照是為了回國後做幻燈片，放給親戚朋友和左鄰右舍看。他們兩次到尼泊爾去觀光，在喜馬拉雅山區拍了許多美麗的照片，製成的幻燈片我還看過呢。讓他入迷的景物，他忍不住會把古瑞太太拉在自己身邊，一邊指點，一邊讚美說：「妙不可言！難以置信！」

與古瑞先生相比，古瑞太太更注意中國人的風俗人情和行為舉止。這也許和她一直和孩子打交道有關係。她退休前是一個小學教師，活潑可愛。在公園遊逛，一旦聽到她熟悉的世界名曲，他便會立刻哼著調子手舞足蹈起來。她一看到成群的中國人在一起說笑，自己也樂呵呵的。我問她既然聽不懂中國話，為什麼愛往中國人群裡湊。她說中國人生性歡樂，愛說愛笑，讓人感到親切，熱烈，容易產生交流的欲望。英國人不一樣，又沉又穩，有時過了頭就讓人覺得沉重和壓抑。有一次，她看見一隊年輕人在照相，毫不猶豫地走到鏡頭前，對著相機熱情的說著什麼。我以為她想和那群歡樂的青年人合影，趕過去一問，才知道她在告訴他們，他們相機的鏡頭沒有打開。我給那群青年作了解釋，他們對古瑞太太好奇的目光立即親切起來，連聲感謝。當我把他們的感謝轉達給古瑞太太時，中國青年和英國老太太不約而同地笑在一塊兒，樂在一塊兒了。

在古瑞太太眼裡，中國有趣的美好的東西太多了，而最令她反復念叨的是十字街頭的行人、自行車和汽車和平共處的景象。每當我們的汽車在行人和自行車前停下讓道，她就會興奮地拍手，誇我們的司機多麼有人情味兒，中國的司機多麼平和，知道禮讓，為弱者著想，而這在英格蘭是越來越少見了；在中國，人與人的關係是那麼親切，那麼和睦，她回去一定要講給親朋好友聽。我聽著她天真而誠實的讚美，心裡由不得熱乎乎的：她竟然能從中國人自己認為最不堪忍受的街景裡看到最美好最善良的人際關係，除了她對中國和中國人民的友情，還會是什麼呢？

古瑞夫婦來中國前寫信給我，反復強調很想看看中國人的日常生活和普通家庭。因此，當我邀請他們到我們家做客時，他們異口同聲地說：「這比我們參觀紫禁城還值得！」當我告訴他們還請他們吃抻麵時，他們高興而幽默地說：「我們一定用筷子吃！」

這是發生在我們中間的一個小故事。三年前，我在英國諾丁漢大學英語系進修英語和英國文學。自從認識了古瑞夫婦，他們就經常請我到他們家做客，到周圍的景點去遊玩，車接車送，非常熱情。對他們的友誼我想表達一下謝意，快歸國之前，我提議去他們家做一頓抻麵。那是一次愉快的聚會。我為此專門寫了一篇文章，發表在《人民日報》海外版上。但那篇文章中沒有寫我珍藏在心裡的一個細節。那次我的抻麵做得很成功，又細又長，古瑞夫婦堅持用筷子吃。我知道那是很不容易的事，尤其考慮到英國人絕不喜歡噗噗啦啦嘬聲十足地把麵條吸進嘴裡享用，而僅僅靠筷子把扯不斷理還亂的抻麵俏沒聲地送到嘴裡，即使中國人操作起來也未必得心應手。我提議用叉子吃，但他們堅持用筷子吃中國麵條，還說吃中國飯就得用筷子才能吃出味道來。

那次吃麵條的情景歷歷在目。古瑞先生本來手巧，又刻苦練習，筷子已經用得相當不錯，能把筷子、抻麵和嘴三者之間的關係協調得十分自如。但是古瑞太太雖多次練習使用筷子的技巧，無奈用筷子吃麵條的難度大了點，她一隻手總難使筷子張合自如。為此，古瑞先生充分利用他的木匠手藝和創造才能，給古瑞太太的專用筷子頭上裝了一個小巧的彈簧片，使得筷子正好開到可以挾食物的寬度。為了一頓中國抻麵，一對英國老人做了這麼認真而智慧的準備，我心裡很是感動，笑著勸他們不妨到中國旅遊一次，趁機到中國專利局申請彈簧筷子專利。說者無心，聽者有意。古瑞夫婦跟我打聽了一些中國的情況後，當即表示不久的將來要到中國觀光；然後又不無幽默地說：「到時候順便帶上古瑞太太的彈簧筷子，到中國專利局碰碰運氣。」只是，他們坐在我家的餐桌邊吃到我妻子做的抻麵時，古瑞太太沒有使用她的彈簧筷子，而是使用我家的普通筷子了。當我問起彈簧筷子專利的事，古瑞夫婦笑得很開心，說：「我們覺得在中國使好筷子遠比申請專利有意義。」

古瑞夫婦是隨旅遊團來中國觀光的。逛過北京之後就去外地了。游了黃山，他們給我寄了一張明信片，上面寫道：「跟著我們的旅遊團，我們又到了西安和南京觀光。今天我們趕上了一個陽光燦爛的熱天氣，在黃山登高眺遠。我們回國會把它們好好寫寫的。」

前不久他們從英國給我和全家寄來了一張漂亮的牛年賀卡和古瑞先生寫的遊記。遊記寫得文如其人，樸實無華，字裡行間都是他們對中國人民的情誼和對中國山河的懷念。在這篇遊記的末尾，整整齊齊蓋著這對英國老夫婦的印章：

審視著兩方中英文化巧妙結合在一方天地的印章，我的心就會熱烈地湧動不止，默默地祝福遠方的古瑞夫婦健康長壽，萬事如意。

載於一九九七年第五期《中華散文》

吉普尼和鞋市

菲律賓地處熱帶，四季如夏，一派熱帶風光。不過首次到馬尼拉城的外國人，首先注意到的也許是一種滿街跑的汽車。我最初以為它們是一種專用軍車什麼的，很快發現它們數量驚人，無處不在，我所在的菲律賓大學校園裡也到處是。

這種車身架矮小，上下車極方便。車裡兩排座，每排可坐五六個人。司機室裡有兩個乘客座位。趕上乘車高峰，手腳俐落的男女青年可以站在車尾蹬上搭車。車的顏色多而雜，最扎眼的是全身亮閃閃的那種。鋥亮的鐵皮接縫用鉚釘密密匝匝地鉚著，車子像披了一身鎧甲。帆布車篷。車首裝飾了各種動物模型，最常見的是馬，少則一匹，多達六七匹。有的車首還裝飾了數根拉杆天線，隨車搖晃，如銀蛇狂舞。每量車上都播放節奏感很強的音樂，熱鬧非凡。菲律賓人叫這種車Jeepney我查了幾部英語詞典都找不到這個詞兒。回國後在《遠東英漢大詞典》裡找到了它，其漢解如下：「菲律賓之大型吉普車。一車可坐十人左右，做小巴士用。」

有一次上車，我特意在司機駕駛室裡占了座位。司機又是售票員。他面前有一塊條鏡，把上車下車的乘客照得一清二楚，逃票不可能也不道德。從司機那裡，我得知這種車全是個人經營。吃這行飯的人大都有一輛吉普尼。有的趁幾輛，論天租給沒車卻吃這碗飯的人。我身邊的司機自己有一輛。我誇他說，若在中國，他算闊人了。他搖了搖頭，說吃這碗飯的人是窮人，坐這種車的人也是窮人。馬尼拉城到處是吉普尼，表明到處都是窮人。富人都有自己的小汽車。吉普尼收費低，僅比公共汽車貴一倍，卻比計程車便宜幾十倍。我問司機，幹這一行怕不怕失業，司機說不怕，因為窮人必須窮顛兒。他們要找便宜商場，找便宜食品，做便宜買賣……一句話，要窮顛兒。你發現了嗎？馬尼拉人特別愛逛市場，這就是窮顛兒。

司機所說是實話實說。菲律賓人的確愛逛市場。我們經常到一個食品超級市場去買麵包，發現本地人採購習慣於零敲碎打，不像西方主婦推著小車轉一圈超市滿載而歸，倒像中國市民進菜市場現買現吃的做法。我猜測，這恐怕他們一是手裡的錢的確不多，二是擔心買多了吃虧的商品吧。不管怎麼樣，這樣的採購方式的結果必是：一次購買量越小，跑商場的頻率就越高。

同在一個馬尼拉城，商場與商場的物價差別之大，委實讓人驚訝。有一個大商場叫「基亞坡百貨中心」，以物美價廉聞名全城。我和兩名外國朋友同去時，發現那裡的東西較之別的地方便宜很多，而商標卻是同樣的。我已經聽說那裡做買賣可以討價還價，因此在買一件T恤衫時把標價壓低三分之一，問售貨員賣不賣？她自然要還價的。雙方互作讓步，我覺得可買一件時，同行的兩位外國朋友拉我走，說商場很大，看看行情再買不遲。事實上是他們早光臨過那裡，對行情心中有數，嫌我買貴了。不料那個攤主從身後追來，非要按我最初出的價賣給我。這下更證明我的購買方式有問題，於是下一次我出口就壓價一半，而後討價。我本意是試一試自己討價還價的本領，想不到兩次試驗兩次成功，而且每次都是我「揚長而去」時，攤主從身後追來，按我說的價錢塞給我。他們的服務態度使我大受感動。後來我弄清楚那是一個薄利多銷的去處，攤主都是小本經營，在偌大一個商場裡各租一小塊地盤，經銷各自的商品。整個商場像一座大倉庫，商品堆積如山，兩個人在過道裡相遇不得不側身而過。商品差價如此之大，恐怕是馬尼拉市民「窮顛兒」的原因之一吧。據說，類似「基亞坡百貨中心」的商場主宰馬尼拉城，只有一種名為Shoremark的超級市場與眾不同。

我們一起參加圖書出版培訓班的十幾位外國朋友，絕大多數來自商品經濟不夠發達的小國。他們對馬尼拉的市場津津樂道，一有空就去逛市場。有幾位甚至晚上還往市場跑。他們議論最多跑得最勤的就是Shoemark.聽他們叫shoemark的發音，我覺得應是漢語「鞋市」之意。一個「鞋市」真的是那麼好看嗎？開始我嘀咕他們少見多怪，後來我在一本新出版的印刷精美的《菲律賓》一書中，看到shoemark的大幅彩色照片，有如下文字說明：亞洲第一大商場。這下我不能不去看一看了。

同照片上的一樣，它的外觀酷似一座龐大的碉堡，堅固得彷彿炸彈也奈何不了它似的；據說這是為了防盜防搶防破壞的。但是商場內部卻是一個言辭難以盡述的世界。它的占地面積之大，恐怕北京的四大商場合在一起也抵不過它。包括地下商場一共四層，每層樓的格局各有特色。商品集世界各地之精華，琳琅滿目，豐富多彩。我還看見了上海生產的床單和美加淨牙膏。僅供顧客文娛活動的有四個電影院、三個演出場、兩個練功廳和一個大型綜合書店，其營業面積可想而知了。地下商場一多半由小吃店組成，圍成了一個巨大的橢圓形圈子，中間全是桌子和椅子，一眼看不到頭，一個名副其實的超級餐廳。商場裡五光十色的燈光自不必說，每層樓的地板都打過蠟，纖塵不染，閃閃有光。我聽說，逛shoemark是有錢的馬尼拉人的一項重要活動。一家人起早走進商場，到入夜時還逛不完。這家超豪華商場的宗旨就是：讓顧客在流連忘返之中把商品買走，把錢留下。

我給小兒子買了一個漂亮的筆筒，回到駐地細細觀看，才弄清是香港產品。一個中國人跑到菲律賓買中國人製造的商品，我越想越感到有意思。我把這件事兒講給一位菲律賓朋友聽，他說這一點不奇怪，因為馬尼拉城的shoemark就是中國人開的。我從他那裡得知，它過去確實是一個鞋市，中國人幾經擴建把它建成了一家現代豪華超級市場。這位菲律賓朋友由衷贊道：「中國人精明之極，總能把買賣越做越大。他們雖然只占菲律賓人口的百分之幾，卻創造了菲律賓國民在國民經濟產值的百分之幾十？」

一個中國人，聽到外國學生由衷地讚揚中國人，尤其能感覺到那種油然而生的沉甸甸的民族自豪感。

一九九一年十二月載于《北京工人》

托爾斯泰的文藝觀

一

在《謝・傑・謝苗諾夫〈農民的故事〉序》裡，托爾斯泰寫道：

> 我早就為自己定下一個準則，從三方面去評判任何藝術作品。（一）在內容上，藝術家從新的方面揭示的東西對人們說來重要和需要到什麼程度，因為任何作品只有當它揭示生活的新的方面時才是藝術的作品；（二）作品的形式優美到什麼程度，又在多大程度上與內容相適應；（三）藝術家對自己的對象的態度有多真誠，亦即他對自己描寫的東西相信到什麼程度。

讀到這三點衡量文藝作品的準則，我感到了從未有過的如釋重負，尤其第三點，因為我對過去不得不學的、被迫接受的那些文藝標準，一直覺得是自欺欺人，很難接受，以至到了後來對它們感到無比之厭惡。起因是我很年輕時在農村看電影樣板戲《龍江頌》，枯燥而飢餓的農村生活來了點色彩，江水英的形象還算養眼，卻被她主導的一場戲給攪亂了。這個場景發生在第八場「閘上風雲」：

江水英　（熱情地）志田，抬起頭，看，前面是什麼？

李志田　咱們的三千畝土地。

江水英　（引導李志田踏上水閘石階）再往前看。

李志田　是龍江的巴掌山。

江水英　（引李志田登上閘橋）你再往前看。

李志田　看不見了。

江水英　巴掌山擋住了你的雙眼！

從藝術的角度看這個情節，很小兒科的，不過當時的我已屢遭洗腦，也就是小兒科的文藝水準，所以很投入地隨著電影裡的人物往高處看，幼稚的我自然什麼也看不見了。隨後，江水英指責那個隊長，說他怎麼怎麼沒有階級覺悟，被巴掌大的利益蒙住了雙眼！本想一天苦苦勞作後看一場電影，娛樂一下貧寒交加的自己，卻一下子覺得被電影狠狠地愚弄了一下，不由得想到寫電影的人都是一些什麼大人物，怎麼這樣胡編亂造，全然不顧幾億農民是苦著身子餓著肚子在看這種所謂的歌頌工農兵的電影的。上了大學後，我私下裡把這件小事兒和同學煞有介事地講述，他們聽後都笑話我老土，沒有覺悟，讓我一頭霧水，這個問題也就不了了之了。再後來，翻天覆地，看了京劇《大登殿》，看見王寶釧要薛平貴往後退，薛平貴一退再退，說再往後退沒有路了。王寶釧說，有路你還不回來找我呢。我恍然大悟：《龍江頌》裡自以為高明的寫法，原來是剽竊而來，卻用得正好相反；傳統戲裡合情合理的情節，樣板戲裡偷樑換柱，牛頭不對馬嘴，讓當時一個因飢餓而憤青的我看得反胃，也就是情理之中了。這還只是從戲劇性的角度說，若從當時的政治角度說，所謂的樣板戲不僅曾經被我們奉為金科玉律，而且被說成是終極真理，誰敢懷疑、批評，誰就是反革命，就是敵人，僥倖無禍無罪，嚇你一身冷汗都是天大的造化了。

參加工作後，因為一直在文學領域就職，我便一直用心用意地尋找更令人信服的創作文藝作品的準則和說法，小心翼翼地試圖與我以為很有文藝理論修養的文人學者溝通，但是我如同生活在一個笨伯國裡，處處碰壁，處處遭人恥笑，說我小題大做，拿著蘿蔔當棒槌。因此，讀到托爾斯泰列出他的三條文藝作品準則後，唯感相見恨晚，我發自內心地認同托爾斯泰認定的三條準則，感歎巨匠就是巨匠，思想者就是思想者，尤其看到他特別強調說：「後一優點以我看來在藝術作品中永遠是最重要的。它給予藝術作品以力量，使藝術作品具有感染力，也就是它能在觀眾、聽眾和讀者心中引起藝術家所體驗到的那些感情。」每讀到此，我便感覺到托爾斯泰擔當了古往今來真誠的文學藝術家的重大使命，是在真誠地揭示文學藝術的真諦；他的《戰爭與和平》和《安娜・卡列寧娜》等大作所以不朽，便是情理之中的了，儘管他晚年還是嚴於律己地把它們斥責為他年輕時為浮名浮利而寫出來的東西！

以我理解，托爾斯泰關於文藝作品的準則，在他所處時代的俄羅斯的文藝界，引起共鳴的人，也一定不會太多。這樣的揣度，可以從他的許多文章裡看出來，例如《〈童年〉第二稿》、《〈童年〉第二稿〈致讀者〉》、《〈戰爭與和平〉序》、《就〈戰爭與和平〉一書說幾句話》、《關於民間出版物的講話》、《〈勸善故事集〉序》、《〈莫泊桑文集〉序》、《謝・傑・謝苗諾夫〈農民的故事〉序》以及《威・馮・波倫茨的長篇小說〈農民〉序》等等。他在這些文章裡關於他對文藝作品的看法和論點做了大量的鋪墊性的闡明後，在《論所謂的藝術》和《什麼是藝術》兩篇專論裡進行系統的總結。《談藝術》雖然是一篇短文章，但我以為這是他寫作前兩篇文藝理論長文的大綱，仔細闡明了他怎麼區分文藝作品的高下：

下列三類藝術作品每一類所達到的完美程度，決定著一些作品與另一些作品的優點的差別。作品可以是（一）意義重大的，優美的，不太真誠的和真實的；可以是（二）意義重大的，不太美的，不太真誠的和真實的；可以是（三）意義不大的，優美的、真誠的、真實的，以及其他各種各樣的組合。

所有這樣的作品都有自己的優點，但都不能被認為是盡善盡美的藝術作品。只有內容意義重大、新穎、表現得十分優美，藝術家對自己的對象的態度又十分真誠、因此是十分真實的，只有這樣的作品才是盡善盡美的藝術作品。這類作品無論過去和將來總是罕見的。

無論他衡量文藝作品的準則，還是他區分文藝作品的類型，我們稍加細心，便會發現，他使用最多的字眼是「真誠」和「真實」兩個詞兒，多達十多次。這是托爾斯泰對文藝作品的核心要求，也是他創作文藝作品的根本態度，更是他說給別人聽的由衷心聲。在這同一篇文章裡，他從另一個角度苦口婆心地強調說：

藝術家為了能表現心靈的內在需要，並因此由衷地說他所說的，他應該，第一，不要關心許多細瑣小事，以免妨礙他真正地去愛那值得愛的東西；第二，必須自己去愛，以自己的心靈而不是以別人的心靈去愛，不是假惺惺地去愛別人認可或認為是值得愛的東西。

托爾斯泰的文藝觀之所以引起我發自內心的共鳴，主要是我一直懷疑中國新時期絕大多數作家的寫作態度是否真誠，真實。我看《龍江頌》的時候，沒有一天不在挨餓，農村的父老鄉親生活在這樣的苦難中已經四分之一個世紀，因貧困而病死、早死成了常態，我們的作家們竟然還能寫出如此荒唐的作品，我現在仍然非常想知道他們對自己的所寫，相信到什麼程度，有沒有一些真誠！然而，事到如今，就我所見所聞，我還沒有接觸到為此而真誠懺悔的心態，也沒有看見過表示反省的文字；然而，有一點我很清楚：他們沒有愛，更別說用心靈去愛，連假惺惺的愛都是沒有的。因此，他們內心絕沒有托爾斯泰所主張的「人民觀」：

人民的文學是人民的完整的、全面的意識，在這種意識裡，不論是人民對於善和真理的愛，還是人民在某一發展時期對於美的直觀，都會同樣地反映出來。

二

我以為托爾斯泰這些關於文藝作品的論說，是接近真實的。歷史證明，越是接近真實的話，懂得的人越少。托爾斯泰明白這點，因此他一有機會便列舉淺顯易懂的例子予以說明。例如，巴爾扎克在他的著名長篇小說《賽查・皮羅托盛衰記》裡，寫到他對貝多芬的一支奏鳴曲的印象，說他因為聆聽這支曲子看見了藍色翅膀的天使，金柱子壁立的宮殿，大理石砌成的噴泉，一派輝煌璀璨的光景……這類浮光掠影的描寫為法國人津津樂道，為俄國作家競相效仿，為世界讀者嘖嘖稱讚，然而，托爾斯泰卻說：「不知道別人會怎麼想，當我讀到這位法國人的這段冗長的描寫時，想像到的只是他為了想像和描寫這些美好事物所做的努力。這段描寫既不能使我想起他所說的那支奏鳴曲，就連天使和宮殿也怎麼都想像不出來。」

我們也許在為巴爾扎克能把一支奏鳴曲用誇張的神氣的比喻形諸於文字而喝彩時，聽到托爾斯泰如此辛辣的批評，一定如同挨了一悶棍。也許有人會說，這只是托爾斯泰的個人看法，他或她就認為巴爾扎克的描寫是準確的，生動的。且慢，托爾斯泰可不是信口開河之人，他早料到有人會來狡辯，因此說出了他的理由：「因為長著藍色翅膀的天使也好，金柱的宮殿也好，我從未見過。」多麼客觀而樸素的理由！難道你我他會比托爾斯泰更見多識廣，想像力更豐富，目睹過「藍色翅膀的天使」和「金柱的宮殿」是什麼樣子嗎？顯然沒有。還有一個更有力的論證：難道貝多芬是看見了「藍色翅膀的天使」和「金柱的宮殿」才寫出他的奏鳴曲嗎？顯然不是。托爾斯泰只是告訴我們，音樂和文學是截然不同的兩個藝術範圍，音樂家用音符來表達他對客觀世界的認識和環境的感受，而文學家是用文字來表達自己對客觀世界的所想所聞。音樂家讀到文學家的優美的作品，可能會觸及他的音樂靈感，但是無法把文藝作品裡的內容用音符表達出來。反之亦然。文學家非要說他聽到一支奏鳴曲，就看見了連音樂家也不曾看見的「藍色翅膀的天使」和「金柱的宮殿」，這就顯得不夠真誠了。所以，托爾斯泰很客氣地結論說：「只是他為了想像和描寫這些美好事物所做的努力。」這話說到了點子上，也很專業，是善意地為一部分文學從業者和愛好者尋找可以自圓其說的理由。不錯，一些文學家、作者甚至學者，為了自己的想像和描寫客觀對象所做的努力，算得上五花八門，無奇不有，一定程度也算得上難能可貴。甚至可以說，文學成為一個古老的學科，數千年來延綿不絕，組成了一支首尾再難相顧的龐大的隊伍，與這些作者和文學家的加入密不可分。也正是這些人形成的金字塔基，才有了最終站在塔尖的出類拔萃者，文學作品有了高下之分，有了不朽和速朽之分。文藝作品要達到高度，要做到不朽，關鍵是作家必須有「十分真誠」的態度，自己去愛，以自己的心靈去愛。但是，文學家、作者和學者做到真誠並非易事，多數人從事文學都出於世俗的目的，能從愛好出發修煉到職業水準者都屬鳳毛麟角，大部分人都淪落到了為了名利而不擇手段的境地，似乎全看誰有能耐把不著邊際的想像、牛頭不對馬嘴的比喻以及虛張聲勢的描寫，一股腦兒塞進自己的作品中。這在我們日常的生活中司空見慣，見怪不怪；尤其在中國，比如，曾幾何時，一些個東扯葫蘆西扯瓢的行政檔，都能夠指揮成千上萬的頭腦去寫作，只要你真誠地去想，這種現象是多麼不可思議！

三

毫無疑問，托爾斯泰對待文學作品的態度是真誠的，因此也要求別人採取真誠的態度。他為此，一有機會就闡述真誠，不厭其煩。在《謝・傑・謝苗諾夫〈農民的故事〉序》中，他又寫道：

有一篇屠格涅夫翻譯的福樓拜的著名短篇小說叫做《修道士于連》。小說最後的、也應該是最最動人的插曲是，于連同一個麻風病人睡在一張床上，用自己的身體去溫暖他。這個麻風病人是基督，他把於連帶到了天上。這一切都以高度的技巧寫成，但我讀這篇小說時始終絲毫無動於衷。

這樣的文學批評需要勇氣，是不友好的，甚至是傷人的。當時在法國當紅的福樓拜在俄國也很受歡迎，大有趨之若鶩之勢，名聲在外的屠格涅夫親自翻譯他的作品，就是很好的說明。屠格涅夫和托爾斯泰的關係一向不錯，向他推薦過很多法國文學作品，比如莫泊桑的。很可能，《修道士于連》是屠格涅夫翻譯出版後，送給托爾斯泰看的。托爾斯泰看後給出這樣很不捧場的批評，不是太不識趣了嗎？然而，托爾斯泰的理由更加強大：

我感到作者自己不會去做、甚至不願意去做他的人物所做的事，因此我也不想做這件事，而且我在閱讀這個驚人的獻身行為時，也沒有感到任何的激動。

明白托爾斯泰強調的「真誠」是什麼意思了吧？托爾斯泰把作者、作品中人物、譯者、讀者和批評家諸多關係放在了一個故事裡來考量，你要否定任何一種關係，就需要把另外四種的關係都摘出來或者都否定了，這談何容易？生活中，在歷來視麻風病為洪水猛獸的現實社會中，沒有人勇氣非常，敢抱住一個麻風病人給予溫暖，故事中的人物做不到，作者福樓拜能做到嗎？譯者和讀者做得到嗎？如果我們都做不到，為什麼我們要欣賞這些聳人聽聞的東西呢？你別以為托爾斯泰做出這樣的結論就很輕鬆；不，一點也不輕鬆。我們知道，托爾斯泰一生不斷思考，思緒最終落在了宗教救贖上。他認定人類的救贖，終究要靠宗教。為了宣揚他的宗教救贖主張，他不斷講述和引用《聖經》裡的人物、說法和故事。他推崇《聖經》，珍惜《聖經》，依賴《聖經》，正因如此，《聖經》裡言過其實的內容他一概排斥，儘管這樣做難免痛苦。《修道士于連》全名是《修道士聖于連》，是福樓拜於一八七七年根據宗教傳說改寫而成的，當年屠格涅夫就翻譯成了俄語版本。大家都以為托爾斯泰會喜歡這則宗教傳說時，托爾斯泰恰恰提出了嚴肅的批評。不錯，托爾斯泰信奉宗教，但是他無情地批判教會，認為宗教信仰不能深入人心，完全是腐敗黑暗的教會造成的。他列舉這個故事，再恰當不過。故事中的英雄擁抱一個麻風病人，只是聳人聽聞的傳說而已，作者在改寫這樣的傳說時，要有選擇，要拿自己的真誠的態度來衡量。作者不做、不願做的事情，最好不要因為「為了想像和描寫這些美好事物所做的努力」而不負責任地反復傳播。你非要傳播連自己「也不想做這件事」的東西，只能當作傳說而傳下去，完全忽略了受眾的接受程度，這樣做顯然是無益的，是有害的，是不負責任的。

四

托爾斯泰不只是批評文學作品中不合情理的描寫，對舞臺上出現的不合情理的故事，同樣不會放過。他去觀看俄國鋼琴家、作曲家安・魯賓斯坦的歌劇《菲拉莫爾斯》，除了對一齣歌劇鋪張浪費的現象、指揮家粗魯的謾罵和演奏者、工人的麻木狀態感到不解之外，對歌劇的主要內容同樣感到不解。歌劇講一個印第安王正在張羅娶親，有人為他尋找來一位新娘；他卻改扮成了一個歌唱家，誰知新娘一時忘了印第安王，愛上了他這個假扮的歌唱家，陷入兩難境地，陷入絕望之中。但是，後來她發現這位歌唱家就是印第安王本人，於是皆大歡喜，全劇有了一個大團圓的結局。

客觀講，現實社會中這樣的文藝作品多不勝數，人們習以為常，很少有人注意故事情節是否合情合理，大家看的只是熱鬧，為的只是娛樂。但是，托爾斯泰卻認為這樣的歌劇是作家能想像出來的最荒謬最怪誕的東西：「從來不曾有過這樣的印第安人，也不可能有。」這是因為托爾斯泰認為：

> 藝術只有當它能使觀眾和聽眾為其情感所感染時，才成其為藝術。
>
> 藝術只有當它使用最樸素最簡短的方式喚起人們共同的情感時，才是好的和高級的。而當它使用複雜、冗長和精緻的方式喚起獨特的情感時，它就是壞的。
>
> 藝術越是接近前者就越是高級，越是接近後者則越低劣。

五

不錯，托爾斯泰對文藝作品的批評標準，只是一家之言，也許在有些人眼裡過分認真了，但是這要看作家創作文藝作品的態度是否過分了。對待過分的東西，必須用認真的態度矯枉過正，否則只能是不痛不癢的批評。出於真誠而寫作和出於虛榮而寫作，作品品質一定是截然不同的。托爾斯泰的主要作品，無論長篇巨著還是重要的中短篇小說，都有現實中的人物和事件借來虛構，借來思考，因此他的作品就可以做到深刻，做到不朽。如果僅僅為了作品的速朽和不朽，作家的創作態度表現不同，倒也還在人性的表現範圍，然而，如果某些作品的虛假而浮躁的描寫尚有背景，有來頭，聽命而為，還會傳誦一時，以假亂真，以壞充好，蠱惑人心，這就確實需要托爾斯泰這樣嚴厲的真誠的態度了。後輩高爾基和托爾斯泰有過交往，因為高爾基喜歡用綴滿形容詞的長句，托爾斯泰善意地取笑過，高爾基曾經誠惶誠恐地向托爾斯泰請教應該怎麼寫才合乎情理，托爾斯泰言簡意賅地說：

「譬如，『下雨了』。」

真誠的語言必然是簡單明瞭的，這讓高爾基聽了汗顏。由此，我們不妨再請托爾斯泰讀一下高爾基兩則曾經名噪一時的作品，設身處地地揣度一下托爾斯泰會怎麼評說吧。

眾所周知，高爾基改寫過一篇俄羅斯的傳說，把英雄丹柯的獻身精神寫到了殘忍，就是丹柯把自己的心從胸腔裡掏出來，高高地托在手裡，照亮了道路，讓世人在大路上瘋狂地奔跑——

從上述幾個例子可以斷定，托爾斯泰無法把這篇東西讀完，就會不耐煩地發問：「喂，老弟，你會把你的心臟掏出來，托在手裡，照亮道路嗎？心臟是人的關鍵器官，你掏出來就沒有命了，這是常識，亂寫什麼呢？」

「這是一則傳說改寫的。」高爾基囁嚅道。

「那就還是讓它作為傳說好了。」托爾斯泰說，口氣平緩了一些。

「我是為了激勵革命者嘛。」高爾基突然想到了什麼，口氣一時得計。

「革命者都是沒有心的人嗎？難怪我怎麼都無法從內心贊成暴力革命呢，原來是革命者都可以沒有心！那麼，革命了又怎麼樣呢？由一夥沒有心的人掌握政權，人民還有好日子過嗎？」

高爾基還要強辯什麼，托爾斯泰又不耐煩地打斷他，說：

「行了，還有你的那篇散文《海燕》，一隻在暴風雨裡拼命撲棱的飛鳥能呆得住嗎？還越飛越高，凌空翱翔呢，結果只能是飛得越高摔得越重，死得越悲慘。萬物都要順從自然，一隻小鳥有多大能耐，敢在十幾級暴風雨裡撲棱，那就是在找死！怎麼，還不服氣嗎？還要爭辯嗎？再強辯，連你可愛的老母親的命都要搭上了！讓一個老太太去火車站散發傳單，和員警鬥爭，不要命了，簡直成了瘋老太婆了！瞧你在《母親》裡都寫了些什麼，簡直把你早期那些寫作才氣和朝氣全都糟蹋了。」

高爾基一下子跌坐在椅子裡，喃喃地說：「我也是身不由己呀。」

托爾斯泰看見同行一副痛苦無奈的樣子，心腸不由得軟了下來，說：

「人民的文學是人民的完整的、全面的意識——」

「是的，是的，你說的對，我在你的《在俄國文學愛好者協會上的講話》裡拜讀過這些良言，欽佩之極；其實，文學家應該怎樣寫作，我雖然糊塗，但心得、體會和經驗總還是有點的。是的，是的……我越來越認清了我們新政權提倡的寫作只是在利用人民，一切建立在謊言之上，可是在強大的國家機器面前，我作為個體又能怎麼樣呢？」

「你們革命後的文藝團體的情況，我大概猜得出一二，因為在我的時代，大多數人就沉湎於最愚蠢、最無益而且常常是不道德的活動，也就是製造並閱讀書籍，製造並觀看繪畫，製造並欣賞音樂劇、話劇和協奏曲，而且完全真誠地相信，他們做的是一件十分聰明、有益和高尚的事。」

「比你所說的糟糕千萬倍。你那時候，誠如你說，還有『真誠』可言，現在完全是在做假，做戲，陰一套陽一套，爾虞我詐，中心只是為了保全自己，掙一份養家糊口的工資，撈個一官半職，嚇唬別人時把自己也嚇唬住了，支配別人時把自己也支配了。俄羅斯民族的誠信一去不復返了，不，俄羅斯民族的一切傳統都一去不復返了！」

這次，高爾基的話倒讓托爾斯泰吃了一驚，他沉思良久後，問道：「這麼說，我在拙著《復活》裡把兩位男女主人公的出路交給革命者，是一廂情願了？」

「不，」高爾基毫不猶豫地說，「我們知道你是出於真誠，我們利用了你的真誠。官方冊封我為無產階級作家的祖師爺，我知道捧得高摔得重的鐵律，終有一天我只有早年創作的那些幼稚的作品也許還有人閱讀，但是速朽是避免不了的。俄羅斯的文學傳統還要從你這樣真誠的文學大家算起。」

「那我就不客氣了。」

六

僅是兩個俄羅斯不同時代的代表性文學人物一種跨越時空的碰撞，我們就可以得出結論：赤色至上時期的俄羅斯文學，已經偏離托爾斯泰的文學傳統太遠，或者說是背道而馳了，速朽是其必然的命運。因為它失去的核心價值是真誠。有結論說，托爾斯泰老年回歸了宗教，我卻以為，他回歸的是真誠。這不是說他年輕時沒有真誠，而是說他年老時的真誠成了年輕時的真誠的一面鏡子，他苛求自己的同時，一定會要求別人的真誠。然而，在七十多年來政治謊言和商業廣告編織的大幕長期覆蓋之下，我們需要的不只是一面文學上的逼真的鏡子，而是一面社會上的放大的照妖鏡，因為我們作為社會的一個分子，都在不同程度、時時刻刻地被妖魔化。因為全球性的道德沙漠化，世界範圍的文學操守節節敗退的現象是驚人的，比托爾斯泰晚了半個多世紀的喬治・奧威爾，談到作家的真誠時，只好降格以求，這樣寫道：

> 在創作中，只要作者的態度基本上是真誠的，那麼，有一些裝腔作勢和矯揉造作，哪怕一定程度的赤裸裸的弄虛作假都是說得過去的。現代文學從根本上說，是個人的事情。文學要是不真實地表達個人的思想和感情，它是一錢不值的。

載於《粵海風》二〇一七年第六期

喬治・奧威爾的馬列觀

在我的一篇文章裡，我寫道：「一些人攻擊他的主要把柄是他不讀馬克思的著作。這是一個很有趣的問題。奧威爾嗜書如命，讀書的範圍龐雜，這是公認的。他自稱信仰民主社會主義，但是卻對社會主義的祖宗馬克思的學說置之不理，確實耐人琢磨。但是，這並不能說，他和馬克思的學說沒有發生過任何碰撞。」這裡的「他」是指奧威爾，攻擊他的人們，是西方二十世紀一些左傾知識份子。於是，我就著意尋找奧威爾關於馬克思的文字，而且在他的超常評論文章《查理斯・狄更斯》一文裡就找到了，因此我引用在這同一篇文章裡。

> 道德家和革命家總是不斷地互相拆臺。馬克思在道德家的腳下爆炸了一百噸的炸藥，我們如今仍生活在爆炸的震天迴響中。但是，在什麼地方，已有地雷兵在工作，在埋設新的炸藥，要在月球上炸掉馬克思。然後，馬克思，或者像他那樣的什麼人會帶著更多的炸藥回來，這樣的情況就會反復繼續下去，一直到我們無法預見的最後結束。主要問題是——如何防止權力被濫用的問題——仍未解決。

接下來我得出結論說，奧威爾是讀過馬克思的書，只是讀出了馬克思學術的不少漏洞，自己有了看法，適可而止，因為在整個二十世紀，尤其前半個世紀，任何公開批評馬克思主義的人，都會遭到來自四面八方的激烈攻擊。還有一種可能：面對變幻莫測的世界形勢，尤其第一次世界大戰後，東歐社會主義國家紛紛成立，幾乎佔據了當時世界的一半區域，好像共產主義真的會在全世界實現了。作為個體知識份子，面對一個混沌的世界，也不敢貿然下什麼結論。奧威爾的偉大之處，在於他不僅從理論到理論談論任何一種主義，往往會用犀利的眼光審視主張各種主義的人，從思想、道德、言語和行動上進行判斷。細讀上述引文，我們可明顯地看到，奧威爾只認為馬克思是革命家，而不是道德家。革命家是什麼樣子呢？在《一九八四》一書第九章裡，奧威爾有聲有色地這樣寫大洋國裡的「仇恨周」活動：

……遊行、講演、喊口號、唱歌、旗幟、招貼畫、電影、蠟像、通通擂鼓、滴滴答答吹號、嚓嚓踏步前進、坦克履帶嘩啦啦行進、成群的飛機轟鳴、機關槍噠噠響——六天來都在搞這一套，極度興奮的情緒一點就著，對歐亞國的一致仇恨沸騰到了瘋狂的程度……可就在這時，忽然宣佈大洋國並沒有和歐亞國交戰。大洋國在與東亞國交戰。歐亞國是盟國了。

這是一次遊行示威大會，這樣的活動，黨和國家領導人必然會親臨會場，出席講話，與群眾互動。

在紅布包裹的講臺上，核心黨的一個演說家在對群眾高談闊論，只見他身量矮小，瘦瘠，長胳膊長腿不成比例，禿腦袋上散佈著稀疏的頭髮。……只見他一隻手緊抓麥克風的脖子，而另一隻手在瘦骨嶙峋的臂端格外碩大，在頭上氣勢洶洶的亂抓空氣。……

這個很有煽動天才的演說家，對歐亞國的罪行一一列舉：大屠殺、驅逐、掠奪、強姦、虐待俘虜、轟炸平民、謊言宣傳、非正義入侵、撕毀條約，條條罪狀，罄竹難書。這僅僅是他演說的一部分天才，他還能在演說中輕而易舉地改變敵國的名字，而講演的聲音、神態、內容一點不變：大洋國在和東亞國交戰，歐亞國是朋友了，反之亦然。當然，這是文學寫作，虛構和渲染是一種手段，但是這個天才的演說家難道不是很眼熟嗎？我們在電影、話劇和文章裡沒有見過嗎？想一想，再想一想，這個核心黨的演說家難道沒有列寧的影子嗎？不管別人怎麼看，我在蘇聯電影《列寧在一九一八》和《列寧在十月》之類的電影裡，所看見的列寧，和這個形象極度吻合，所不同的是奧威爾筆下的這個演說家虛構得更客觀，而那些電影和話劇虛構得一點也不客觀，只是美化而已。虛構客觀，還是客觀。虛構美化，那就不知道會美化到什麼程度了。

那麼，這個核心黨的演說家，為什麼對別的國家發洩那麼多仇恨呢？那是因為他的國家是嶄新的新型國家，人民的國家，烏托邦，而敵國是資本主義國家，是罪惡的國家，是人剝削人的國家。這樣的定義和定性，又來自哪裡呢？其實，奧威爾在第一部第八章的中間部分，就給出了一段很容易被人忽略的對話，其中那個老翁說：

——歐，說不清猴年馬月了——我有時星期天下午到海德公園去聽人家講演。救世軍、羅馬天主教、猶太人、印度人——各種各樣的人都到那裡去。有一個傢伙——哦，我不能說出他的名字，但是一個很能講話的人。他講話一點不客氣。『走狗』，他說。『資產階級的走狗！統治階級的奴才！』寄生蟲——這些都是另外的說法。還叫『鬣狗』呢——他真的叫他們鬣狗。

「有一個傢伙」是誰呢？「我不能說出他的名字」，這裡的「我」，與其說是小說中的那個老翁，不如說是作者奧威爾。在奧威爾寫作《一九八四》一書的年代，他確實有很多理由「不能說出他的名字」。但是，從「走狗」、「奴才」、「寄生蟲」和「鬣狗」這樣的用詞上，我們在六十多年已經過去的今天，可以肯定地說，就是指馬克思，更別說這段對話中明確指出「猶太人」了。眾所周知，馬克思當時是海德公園講演角的常客，他的講演頗具蠱惑性，詈罵資本主義是他講演的主旋律，好多新鮮的罵人詞兒都出自他的口。這樣再現現場式的寫作，奧威爾是有資格的，因為這些事情發生在他的國家，他們有很多文字記錄可查，而馬克思當時是德國的流亡者，吃著資本主義的，喝著資本主義的，更要命的是享受著資本主義的自由和物資，尤其大英博物館，他這樣的言論實在是可以理解，又實在是不可理喻。

不管怎麼說，奧威爾是一個道德家，他要求做人必須有底線，如同他一輩子擁護社會主義，卻一定要在「社會主義」前面加上「民主」二字，並把民主社會主義的基礎建立在人類應有的道德之上。由此看，奧威爾從內心是不贊成馬克思列寧之類的革命家的，認為這樣的人只不過是人類世界正常運轉的麻煩製造者：

馬克思在道德家的腳下爆炸了一百噸的炸藥，我們如今仍生活在爆炸的震天迴響中。

奧威爾六七十年之前，便如是說了。

廚房辯論

一九五九年下半年，美國和蘇聯的冷戰發生了一些變化，雙方開始一些試探性的交流，其中一個專案是美國在莫斯科索克爾尼公園舉辦一次國家展覽。展覽會上，美國人別出心裁，陳列了一套牧場式住宅，中間有一條參觀走廊，觀眾在這裡能看見裡邊的全部陳設。今天看來這是一種很有生活情趣的舉措，但是當時美國人的這一舉措卻深深觸痛了蘇聯最高領導人的雞眼，因為俄國人的冷戰的武器，包括人造衛星，全部是以犧牲消費品生產和消費者服務為代價的。這次開幕式要在蘇聯的電視上播放，當政的總書記赫魯雪夫覺得必須挽回面子，而前去參加揭幕式的美國副總統尼克森也不能讓赫魯雪夫占盡上風。這兩位冷戰大國的領導人各懷心思，走進這所樣板住宅的廚房時，尼克森指著光潔漂亮、設備新穎的廚房，說這是一所典型的美國住宅，幾乎任何美國工人都能住得起這樣的房子。赫魯雪夫本來就窩了一肚子火，覺得允許美國人來展覽這樣的生活設施，是一大失策，便以他一貫的粗魯的口氣答道：

你以為俄國人會被這展覽驚得目瞪口呆。可是事實是所有新建的俄國住宅都會有這種設備。在美國要得到這所住房要有錢才行，而在我們這裡，你只要是蘇聯的公民就行了。

尼克森是個辯才，自然不能讓赫魯雪夫信口開河，於是針鋒相對地答道：

對我們來說，多樣化，選擇權，我們具備的是上千個不同的營造商的事實，可以構成生活的情趣。我們不願意有一個政府官員在最上頭作出決定說，我們只要一種式樣的房子。

兩個好鬥的政治家，你說你的，我說我的，你來我往，各執一詞。後來，美國媒體把這次冷戰式的鬥嘴，取名「廚房辯論」。

這事發生在美國和蘇聯的冷戰時期，和當初的許多重大事件相比，例如越戰、柏林牆、豬灣導彈危機等，似乎不值一提。然而，作為過來人，我以為恰恰是這種看似「小事」，要比那些大事，對改善民生要重要得多，不僅是不同制度產生的必然結果，而且是人類走向的必然結果。

一

事實勝於雄辯。究竟尼克森說了真話，還是赫魯雪夫說了真話，如今地球人都知道，好像不必探究了。其實大有探究的必要。當初，赫魯雪夫說俄國「事實是所有新建的俄國住宅都會有這種設備」，而尼克森說美國「我們不願意有一個政府官員在最上頭作出決定說，我們只要一種式樣的房子」，兩個政治家都在打政治牌，沒有對廚房設備的改革看作是人類演進的結果，我認為他們都沒有把話說到點兒上，因為廚房的演變是與人類尋求更加文明生活相關的。在人類狩獵時代，一隻山豬要在火上燒烤，木柴燃起的大火煙薰火燎，烏煙瘴氣，能把豬肉烤熟就是目的，好比我們野餐中失控的燒烤，抹兩眼淚，吃一嘴黑，是避免不了的。吃過了烤肉，口乾舌燥，在火頭上燒一鍋開水喝，只要鍋裡的水能喝，就達到了目的。至於水裡可能飛進去黑灰，燒水的鍋沾滿了黑灰，那也是避免不了的。有一天，突然有人因為吃了有黑灰的豬肉，喝了有灰塵的水，覺得牙磣，味道不對，就想著法子改進烤爐，發現用餘火的明碳烤肉更乾淨，更美味；鍋蓋了蓋子就沒有黑灰，開水更好喝，那就是人類烹飪史上了不起的大進步了。

後來，人類住進了房子，鍋臺建造起來，鍋固定在了灶台上面，木柴只能在灶台的鍋底下燃燒，無論火焰多高，多烈，也只能把鍋底燒黑，而鍋沿和鍋內乾淨起來，人類烹飪的文明也許就此開始了。

再後來，煤取代了木柴，人類做飯的燃料不僅耐久了，污染灶具的比率小了，程度也淺了，隨著鍋具脫離灶台，用煤燒鍋的距離不僅有了間隔，甚至可以用利用煤炭的熱能烹飪了；也就是說，煤對鍋的污染，有了一定相當程度的控制。

又後來，人類從煤炭裡提取煤氣，液化的煤氣可以用罐裝，搬動方便，每個主婦都可以對火控制，火焰可以變小或者變大，烹飪可以很自由地利用火力了。

重後來，科技參與了爐灶的改造，人們不僅把爐灶做得實用、精巧、美觀，更是對火眼進行不斷改進：少火眼變成多火眼，單排火眼變成雙排火眼；直火眼變成內彎火眼、斜紋火眼、螺旋火眼、盤旋火眼；火焰從發黃到發紫到發藍到純藍，總之，鍋底從發黑、花黑、道黑、點黑，現如今藍盈盈的火焰在鍋底上燒不出黑印子了。

當然，隨著煤用來發電，電力充足，電早已成為我們烹飪的能源；各種電力灶具源源不斷地產生，和煤氣、天然氣為動力的灶具，技術上互相借鑒，發展迅速；尤其電磁爐的發明，只要有電的地方，不見明火就可以把烹飪完成，已經視為平常了。

這裡我們不難看出，人類改進自身的生活環境，是自覺自願的，持之以恆的。所以，尼克森說「對我們來說，多樣化，選擇權，我們具備的是上千個不同的營造商的事實，可以構成生活的情趣」，這話是對人不斷要求生活提高和發展的客觀觀交代，儘管尼克森是在打政治牌，但是他順乎了人嚮往更好生活的本性，最終的勝利是必然的。赫魯雪夫其實不知道自己在說什麼，自說自話，自欺欺人，凡是所謂共產體制的國家的領導人，必須學會這種套話；如果一定要給它定義，只能是謊言。

二

柴火燒鍋、煤火燒鍋、煤氣和天然氣燒鍋，我這個活了六十多歲的人，還都趕上了。在老家的經歷不必說了，因為至今老家還在用煤燒火，做飯，燒水。我的老家在山西，而山西產煤，煤用得很大方，或說鋪張。比如我們的灶台，在炕邊砌出二尺寬、六尺長，中間是灶火，爐膛很大，火口很小，鍋具坐在火口上，鍋足和火口相距寸半遠，火焰忽忽地往上冒，看得清清楚楚。只要主婦能把爐火力掌握好，爐膛裡隨時添加煤炭，煤火很少會把鍋底燒得黑烏爛青的，巧媳婦家的鍋底被火燒出來的不過是一些不規則的白灰道道，而這些白灰道道擦抹在白布上，就不那麼漆黑一團了。但是，因為沒有煙囪，煤煙會從鍋足的空隙往外冒，把屋子裡熏得發黃發黑，更對人的呼吸道進行熏染，所以我們老家的人往往患有氣管炎；嚴重者到了老年，一到冬季，喉嚨裡總是絲絲拉拉地響，有的甚至整個冬季咳嗽吐痰，嚴重者為了咳上一口氣來，會把身子抽成一團，一副痛苦萬狀的樣子。所以，到天津上學而後到北京工作的起始階段，我對煤球爐和蜂窩煤爐興趣盎然，甚至督促過老家的朋友開辦煤球廠。當時，很多年輕人在北京開始生活，對管理煤球爐和蜂窩爐很怵頭，我卻不費吹灰之力，很快把那些火爐掌握得爐火純青。如果沒有各種爐灶的不斷翻新，新爐輩出，我也許一輩子對煤球爐和蜂窩爐就情有獨鍾了。一個熱愛生活的人，對生活中的任何發展、改進和提高都應該讚賞並感到滿足。

說來有點傳奇性質，我上世紀七十年代中分配到北京工作，住的地方竟然是一棟小洋樓。儘管小洋樓在文化革命中被破壞得很慘，很破爛，但是一樓和二樓的壁爐還好好的。這是我第一次看見世界上還有這樣燒火取暖的爐子。憑經驗和想像，能看得見木柴被燃燒後，呼呼的火苗被高高的煙囪往上拔的歡快和活波，燃燒的黑煙和煙灰被吸出室外的情形，以及熱氣競相外散的溫暖。爐火分為做飯和取暖兩種，做飯的爐火在廚房裡演變，而壁爐的爐火在取暖方面不斷發展，暖氣片應運而生，就是情理之中了。

因此看來，尼克森和赫魯雪夫的廚房辯論，說到底是兩種思維的體現，不同的是一種是順乎人性的，一種是反人性的。

中國人為什麼喜歡霸道

近些年，中國有責任的學者，鑒於六十多年來文化專制的意識形態下的種種謬論，尤其上世紀五六十年代的黑白顛倒的種種說法，重新審視中國歷史，寫出了許多很好的文章，清理出了一些頭緒，界定出了兩種知識份子。一種是堅守底線，始終捍衛精神獨立，不肯出賣自己的文化理想。用孟子的話說，就是「富貴不能淫，貧賤不能移，威武不能屈」。如孔子、老子、孟子、莊子等。另一種文化人，如李斯、商鞅等人，文化只是他們謀求升官發財的工具。有些文章把他們的主張吹噓得神乎其神，其實只要把他們的主張和他們各自的命運聯繫起來分析，就好看多了。

孟子能做出高屋建瓴的總結，因為他心裡有「仁」，對別人「仁」，對自己也「仁」，他向各路諸侯推銷他的「仁政」，人家都不接受，他可以拂袖而去，自己思考和著書立說去了。

李斯和商鞅這樣的人則相反，想盡一切辦法，甚至可以說不擇手段地推銷自己的學說。比如商鞅，他去遊說秦孝公，先「說公以帝道」，孝公聽得打瞌睡；後「說公以王道」，孝公愛搭不理；又「說公以霸道」，孝公聽了大悅。商鞅於是得到重用，在秦國實施霸道的強國之術，推行激烈甚至卑鄙的變法。秦國因此滅了六國，稱王稱霸。但是，商鞅也因為這套霸道之術，最終落得被腰斬的下場。另一個類似商鞅的人李斯，推行的也是霸道之術，最終也落得具五刑、被腰斬的下場。

當代學者金克木在一篇散文中，說：秦國這種王朝都很短命，二三十年的壽數，為什麼能影響了兩千多年呢？

不知老先生是不是明知故問。其實答案是明擺著的：秦國推行的霸道之術，是一種獲取巨額財富的捷徑，一種投機心理，風險巨大，收穫巨大。人生苦短，願在當世活出個人樣的人，總是多數。孟子們的「仁政」，核心內容是「勞而獲」，任何獲得都需要辛勤的勞動，不勞而獲是恥辱，是投機，是搶劫，是非法收入。這樣的過程，你必須有做平常人的觀念。有些人並不想遵循這樣的合法生活道路，那麼劫掠就是最好、最快的方法了，因此中國只要有人揭竿而起，總不乏群起而回應者。古人說：「彼竊鈎者誅，竊國者為諸侯。」中國兩千年來的王朝更迭，根本上就遵循了這樣一種路子。竊來的國也是國，但是畢竟心虛，霸道就很容易派上用場了。霸道不只是充分利用國家機器，對臣民專政。為了對歷史有個交代，意識形態的霸道更厲害。比如不遠的過去一度吹捧的「辯證法」，就是一種霸道術。那種從上而下各級宣傳部門的嚷嚷的勢頭，好像真有人發現了真理，好像辯證法真是多麼先進的東西。我的一個朋友早在八十年初，就跟我說，他上中學時的一個鄉村中學教師就看透了其玄機：所謂辯證法，就是你怎麼說怎麼有理。不遠的過去，誰能說一統天下的意識形態不是一夥嘴上膏油的人怎麼說怎麼有理呢？

能做到怎麼說怎麼有理的制度，只能是專制，是獨裁，是皇帝至尊。如今講紅色逸聞趣事的文章汗牛充棟，幾乎沒有一篇文章把事情說明白：不管如何紅色，左不過是封建體制，霸道之術得逞而已。

在古人的精英裡，只數浩然正氣一身的蘇東坡頭腦清醒，把商鞅說成一堆臭狗屎，說出這個名字都會髒人的口。不知道他是否因為商鞅推行的霸道之術而深惡痛絕？不過，就我而言，商鞅實行的連坐法，是最令人不齒的，給中國人造成的性格分裂無可挽回，他當初遭到車裂之刑而死，是天道，蒼天此後再難扶正乾坤了，因為在芸芸眾生之中挑撥離間，製造不和，是最無恥的學說和主義。

我們一度奉為圭臬的無產階級專政，其是商鞅連坐法的延續，其核心內容仍是人為地在群居的人類中間製造分裂，把人分為優劣，一個等級的人可以對另一個等級人任意欺淩，壓迫，迫害，打罵甚至殺害，還美其名曰：只對百分之五的人施虐。實際情況是百分之五的權勢階層一直在對百分之九十五的老百姓施虐。在長達三十年的時間裡，工人工資低得勉強糊口，農民糧食少得餓癟肚子，更別提因為極端貧困導致的思想混亂和道德塌陷；只要你敢面對那個不堪回首的現實，它就是永遠無法抹去的傷疤；你可以用遮羞布把傷疤遮擋，但是社會就只好建立在謊言和虛偽上了。

然而，接受教育的人批量生產，一個龐大的知識階層已經形成，卻越來越沒有人面對這樣一個簡單的問題：一個新誕生的政權怎麼能空前絕後地實施這樣一種無視民生的管理術呢？

這種現象說複雜也複雜，說簡單也簡單：中國兩千多年來，就只有霸道術，人人都想稱王稱霸的意識深入骨髓。若干年前，有一款小轎車取名「霸道」而未未果，看似滑稽，其實意味深長。

二〇一三年一月十九日

總得有人說出真話

中石化大樓的大廳吊燈一百五十六萬餘元，拿國有資產擺闊的中石化人還說不貴，不貴；汶川大地震中，豆腐渣工程校舍猛於八級大地震，砸殺孩童沒商量；散發著陳腐的才子氣的漢奸文人胡蘭成如今被輕佻之流捧為文學宗師了；在央視躥紅的清史專家發表高論說「文字獄雖然制約了一定的思想靈性，但起碼維持了社會穩定」；河北惡少李某開著高檔轎車把兩名花季女生撞得一死一傷，事後揚言「有本事你們告去，我爸是李剛！」只因他爸是公安局副局長；鄭州市城市規劃局副局長逯軍實話實說「你是準備替黨說話，還是替老百姓說話？」；人人有份的公有制下某公司老總年薪高達六千六百萬元，等於全國職工平均工資的三萬三千倍，還理直氣壯地說他所得並不多；農民工張海超在哀告無門的情況下，只有靠「開胸驗肺」來維權，到頭來還是無人搭理；天津市寧河縣棘坨鎮史莊小學英語老師對拆遷補償標準不滿，拒絕在拆遷協議上簽字，縣教育局黨委書記劉廣寶找上門說：

在英國，你說不拆，任何人不敢拆你的。在中國，你說不拆，肯定把你拆了。我就說這一句話，這就是我們為什麼在全世界牛逼！

……

這些可笑可悲可怕而又發人深思的事實，都出現在王培元的新作《荒野上的薔薇》一書裡。在當今動輒高調主流的吆喝聲中，這些都是敏感話題，不過讀者千萬別以為作者在玩火，或者打擦邊球，而是在雜談樁樁件件的現實怪狀時，隨時隨地都拿魯迅的文字做座標，做軸線，而且更難得的是，魯迅當初所說的話的語境，都一一呈現給讀者，讓讀者感悟我們身處二十一世紀，身置「美妙的新世界」，我們的社會改變了多少，我們作為社會的人改變了多少，我們的「公僕們」改變了多少，我們的「主人翁們」改變了多少，什麼時候是「想做奴隸而不得的時代」，什麼時候是「暫時做穩了奴隸的時代」……。作者能夠信手拈來般地呼出魯迅，是因為他本來就是一個孜孜不倦的卓有成效的魯迅研究專家。於是，在《黑衣人魯迅》、《「隱士」與「猛士」》、《「我其實是『破落戶子弟』……」》、《魯迅：人生感受與文學》等等沉甸甸的文章中，他從十分獨特而又深刻的角度，解讀魯迅，闡釋魯迅，推崇魯迅，讓讀者心悅誠服地看到一個永遠不應該遺忘的魯迅，從而和他雜談的那些樁樁件件的現實怪狀結實地內在地連接起來，呼應起來，引起讀者思考和警覺，實在是難能可貴。

作為一個活躍的思考者和學者，王培元在書中批判最多的，當然是知識份子和文化人。這類文章幾乎占了全書一半，談及的名人有外國的、有歷史的、有現代的、有當代的、有遠距離的、有近距離的；涉及的話題有罪行、懺悔、恥辱、痛苦、記憶、負疚、自由、平等、公平、公正、道德、寂寞，等等；每一種話題都像一個刨山藥的農人，　頭舉得高高的，掘進土裡越深越好，但是一旦快要接近山藥，即話題的核心，他就格外用心，保證話題的完整性。等到問題說清了，談透了，他又會把「山藥」砰然擺在顯眼的地方，彷彿在發問：你怎麼看？你怎麼辦？這時候，你看見了他從魯迅那裡得到的犀利和力量，嚴肅和莊重。

當然，這不是穿好衣、喝好茶的王君培元的全部，在全書不到五分之一的篇幅裡，他那些記述導師、前輩、朋友、學長學弟的文字，尤其他柔腸萬端的筆刻畫他的嬌女兒的文字，讓我們看到他在剛性和烈性下，還有柔性和親和的一面。不過，最讓我狼狽的是，我和他在一次業務交往中，我輕率地改動了他不足一篇幾百字中的一個歐化句子，因為改得既不高明也不精當，惹得他極為不高興，我不知深淺地調侃道：天哪，你對自己的羽毛還這般愛惜呀。他聽了大怒，對我怒目相向，拳頭捏到咯咯響，嚇得我溜之大吉。這些天讀了他饋贈的《荒野上的薔薇》，我得說：他的羽毛須得愛惜，我們的羽毛也須得愛惜，要不然，在這「有權有錢就是草頭王」的當下，我們這些幾近邊緣化的文人，眨眼就有荒漠化的可能。

北京人的素質

二〇一一年九月二十五日《新京報》一豆腐塊報導的標題為《老聶再次聲討央視》，引用聶衛平的話說：「我就看不慣他們。因為體育部主任是乒協副主席，就動用國家資源去轉播一個專案，乒乓球一個比賽動不動就派出上百的工作人員還有轉播車。我不是只為圍棋界打抱不平，我是覺得作為一個中央媒體，應該轉播老百姓愛看的專案。以後央視請我去的活動，我認為對的我就去，覺得不行的我照樣不去。」

觀點明確，有理有據，敢說敢當，令人擊節叫好。這是聶衛平的性格，更是他的認識，證明他在中日圍棋對抗賽中連克日本圍棋驍將和大帥，是他技藝好、個性強、氣勢壯的結果。此後中國圍棋界再沒有人打出他這樣的戰果，不是技不如人，而是性格上的嚴重缺陷所致。技術是極為個性化的東西，不是技藝提高就能無往而不勝的。面對六七名日本圍棋頂級武道師從容應戰，戰而必勝，如今面對一個虛張聲勢的中央電視臺，老聶實話實說，鋒芒畢露，劍指咽喉，簡直是小菜一碟。我們作為被壟斷性操縱的電視觀眾，都應該為他喝彩。

大概是去年的春節晚會，央視準備啟用的一個小品，用了收藏家馬未都所寫的一篇雜感的內容。央視的一個妞兒來找馬未都談版權，很有點居高臨下盛氣淩人的範兒，這自然使已成一家的馬未都感到不爽，說沒有經過他的同意就使用他的寫作，有侵犯版權之嫌。央視何等牛鼻？儘管來談版權的小妞兒，不是什麼大碗名角，但是她身後是央視，是中央領導紛紛佔據並刮目相看的央視！小妞兒嘴上叫「馬老師」，言外之意卻是「用你的寫作是看得起你，多少人想上央視連門朝哪邊開都不知道呢！」這就是政治謊言薰陶下的年輕人只知向權力看的莫大悲哀了：民間歷來就是藏龍臥虎之地。馬未都何等人物？第一個能在中國把一所私家博物館開得風生水起的人，能被一個仰仗央視背景的小妞兒唬住？談來談去，馬未都越發覺得不爽，乾脆拒絕了。一時間，媒體把這樣一件小小不言的事件放大數倍，成了春晚前絕好的熱點。何故？就在前一年，正月十五元宵夜，央視新樓燃放超大煙花，把已經完工的配樓燒了！央視大火，世界矚目。又為何？腐敗分子們拿人民的血汗錢燒著玩兒，幾億元修建的一棟樓，一夜間燒得面目全非。剛剛過去的二零零八年，舉國辦了一屆浪費巨大的奧運會，美其名曰：舉國辦奧運，是我們體制的優勢。不知國人是智商集體退化還是幾十年來的洗腦讓國民只會學舌，這樣不禁推敲的話，居然流行一時。多少想一想，你就能得出另一個結論：舉國貪污腐敗，還是我們體制的優勢呢！

話有些漫散，還是返回到央視小品的版權問題。央視有關頭目出面表態，說他們一定要尊重作者的權利，請馬未都先生開價吧。馬未都到底是老實人，說央視面對一國觀眾，他只要十五萬，錢到手後立即捐獻給希望工程。版權簽下，正當全國人仰著脖子看春晚時，央視頭兒們說：不開這個先例，不上這個小品了。傻啊，馬未都！半百的人了，什麼經歷都經歷了，居然不知道幾十年來所謂的公有制是怎麼回事兒。全方位壟斷了生產資料的官僚階層，什麼時候把個體放在眼裡過？別說一個小品的成本，就是幾億元建成的大樓，不是燒塌沒商量嗎？這樣體制下的頭頭腦腦，你還敢相信？他們今天要你沒有商量，明天大權在握，把你的苦心經營的觀複博物館沒收了，你以為你有商量的餘地嗎？千萬別讓改革開放大潮衝開的一點點門縫晃暈了眼睛啊！

要說真正牛鼻的，還是人家陳佩斯！你央視不經我同意，反復播放我的作品，不行！說不行就不行，不談版權嗎？告你龜孫的沒有商量！官司打響了，央視放話說要封殺陳佩斯。好一個陳佩斯！你封殺，你封殺，巴不得你封殺。你怎麼不問問，你八抬大轎來請爺們兒上央視，大爺去不去呢？就在全國地方總動員公關央視上春晚的潮流此起彼伏時，陳佩斯走向民間，搞自己特色的喜劇，搞得有聲有色，一搞就是十幾年，贏得了觀眾，贏得了尊敬。央視領導換了一撥又一撥，央視的春晚搞得越來越臭，到底有人想起請陳佩斯出山，上春晚。陳佩斯怎麼回答？不去，北京大爺玩喜劇玩得好著呢，誰稀罕一個壟斷的央視！勞民傷財，庸俗下賤，看不上！

個性分明的個體，身後必然有一個個性特殊的群體。記得多年前，報紙上報導東北一個城市的一輛警車，在北京的大街上橫衝直撞，撒野沒商量，讓北京市民團團圍住，要車上的員警出來道歉。誰知車上的員警在警車上很囂張地嚷嚷道：「我們是某某市的員警，你們敢對抗員警嗎？」

「丫的，對抗的就是你們這些王八蛋！」

「丫的不道歉，看不把你們弄死！」

黑壓壓的群眾勢力，任你是地方哪股勢力，但在北京城這地方，首善之區，地方上那種土皇帝做派，就得收斂一點，哪怕是演戲。記得是北京方面來了警車解圍，但是向現場群眾道歉，是沒有商量的。

這就是皇城根下的北京人的做派，我為之叫好！

上海意識

在兒時很長的記憶裡，我一直把上海記成「海上」。每聽人說到上海這個名字，我總認為人家把這個名字說反了。「海上」，就是在大海上的意思；可是「上海」怎麼個上法呢？上地，可以；上樹，可以；上炕，可以；唯獨「上海」我想像不出來怎麼個上法。海，汪洋大水，腳不能踩，手不能托，身不能靠，怎麼個上法？所以，我認為，上海應該叫做海上。

上學了，知道了南京路上好八連，上海似乎具體起來：好傢伙，那裡原來是一隻冒著香風臭氣的大染缸啊。難怪自己覺得它應該叫做海上而不是上海呢！想想麼，在大海上，有的是風，有的是水，什麼東西染不了？可是，上海有什麼？

人好像是突然間長大的，轉眼就知道上海有什麼了。上海表。鳳凰自行車。飛人牌縫紉機。滬字牌電燈泡。雙箭牌理髮刀……還有無處不在的上海製造的服裝，身邊有哪個俊男俏女穿戴上了，那一定顯得與眾不同。當然，最讓人眼熱的是能戴一塊上海手錶，騎一輛鳳凰牌自行車，吱嘎一聲在眾人面前停下，把手腕一抖，抬起來看了看，指針分明指著一點半，他卻說：「我的表十三點了。」

後來，和上海人相處多了，才知道「十三點」不只是一個時間單位，還是一個不夠褒義的詞，和北方的「二百五」差不多。上海有自己的土語，只要有兩個上海人在一起，他們就會用上海土話交流，唧唧噥噥的，好像有沒完沒了的機密需要背著人說，卻又在大庭廣眾之下大聲喧嘩，不怕懂上海話的人聽去了。這個習慣很是不得北方人的待見，或許在北方人看來就是十三點行為。所謂北方人，確切的說不是鄉下人的北方人，而是城市的北方人，而且是大城市的北方人，比如說北京人，比如說天津人。大城市之間的較勁，好比神話中的大力士角鬥，輸贏是他們之間的事，結果則會影響到全國效仿大城市的小城小鎮，還有廣大的農村。所以我經常說，中國大城市的行為應該有建設現代社會的導向性。

我從小地方出來，先在天津念書，後在北京工作，用老家的話說，我是「走過京串過衛鴿子窩裡趕過會」的人：「鴿子窩」泛指小得不能再小的地方，往往就是指小地方出來找飯吃的人。既然是找飯吃，找到飯了就難免心滿意足，得過且過，本來一直想去看看上海的，但是漸漸地那種嚮往就淡化了，模糊了，甚至有些不錯的機會也懶得去爭取了。用莊稼人的話說：只要撐住肚皮，哪裡不是黃土埋人？這話說得不夠出息，卻更接近人生的真實。

轉眼年過半百，一次英國文學年會非讓我去參加，於是我在二零零零那年底，第一次親眼去看了看上海。這時的上海，已經在建設現代化上海的過程中發生了許多令人驚訝的變化。比如說陸家嘴拔地而起的現代摩天大樓群；比如說南京路已經改造成了步行街；比如說人民公園一帶出現了全國數一數二的歌劇院和博物館……這些個東西看起來讓人心潮澎拜，不由得想到人作為一種生命形式，理當在這個地球上做主宰。在我們鄉下最不起眼的土木和石頭，一經搬進這些個大城市，再由人鼓搗一氣，竟可以鑄造出另一種輝煌。這種從「土」到「洋」的轉變，在夜色中站在上海的外灘上最容易感覺到。如若你面向著大海，身後就是訴說著上海現代發展史的那一大溜由大石塊壘砌起來的臨街大樓，而那些個修建大樓使用的無以數計的大石塊，便是從鄉村山腳下石坑裡一錘一鑿地打磨成的。背倚著這些厚重的建築物，放眼向陸家嘴那些個更現代的建築物看去，燦爛的燈光照在海水裡，隨波跳躍，活活潑潑，整個陸家嘴動了起來，彷彿一艘巨大的航空母艦款款遠去而又原地不動，動與不動看去煞是協調，自成格局。

瞬間，兒時的那種意識又頑固冒出來：海上，海上，應該是海上！瞧瞧那些體現人類智慧的先進技術的人工造化，不是真真切切地建造在海上嗎？然而，轉過身，面朝著那一溜結實厚重的臨街大樓，一切都凝固起來，沉重起來；那一溜大樓後邊無以數計的建築物，高的和矮的，好的和差的，新的和舊的，現代的和傳統的……如同我此時此刻使用的省略圓點點，是人類一步步走來的印跡，編織出了人類多災多難卻永不停滯的歷史。按照我們最科學的說法，人類是從海洋裡走出來的，可是從「上海」這個名字看，上海一定不是人類首先著陸落腳的地點：它應該是人類從海洋走進內地深處因為擁擠而向往外走出再走出的結果，即覓食又覓食的結果。人類從海洋走向陸地，是為了尋找食物，為了更好的生存；當人類把地球上的食物吃膩之後（或者更確切地說是吃完的時候），又把眼睛盯住了大海，既看重了它的資源，又看重了它的暢通無阻。因此上海（出海）找食吃便又成為必需，成為時尚，成為進步，成為未來的方向。到海上尋求發展，上海當然是最方便最合適的地方之一，因為海洋是大陸的無限延伸，是走向世界的通衢大道。就上海這個地區而言，應該先有「上海」而後有「海上」，「上海」在先，「海上」在後，如同先有外灘的那溜沿街大樓，後有陸家嘴那群現代摩天大樓。短短幾天的上海之行，我先後到過兩次外灘，終於解決了我兒時關於「上海」和「海上」的混亂意識，頗有收穫感。

我始終認為，我從農村進城，只是為了解決吃的問題。到上海當然也不例外，哪怕是短期的。上海的吃食既豐富又精緻，當你在一家大排檔裡雜七雜八叫到一堆美食的時候，這種感受尤其真實。這裡，上海話大行其道，調門高聲音大，不像上海人在北方城市裡紮堆說上海土話那樣顯得有幾分十三點的味道。我發現一個收拾餐桌的上海人對另一也像收拾餐桌的上海人說話聲音格外大，樣子格外嚴肅，口氣格外不客氣，而且還時不時追過去說。我覺得有趣，問我的朋友他們在幹什麼。我的朋友老家是南京，聽得懂上海話，說是侍者在驅趕乞丐。我大感意外，因為那個乞丐樣子既不邋遢，穿戴也不破爛，比起北方一些餐館裡的侍者的穿戴都不會顯得那麼衣不合體，看見彆扭。他不像乞丐，更像一個偶然遇到過不去的溝坎，需要飽食一頓而往前走的人。那個侍者也很有意思，他嚷嚷的聲音很大，樣子好像很生氣，但是始終沒有認真地把那個乞丐轟出去。他們更像兩個人有什麼默契：你儘量發洩，我儘量躲著。我和我的朋友有點貪食，吃飽喝足時還剩下一整碗麵條和一屜包子。我感慨說：

「餓的餓著，撐的撐著，天下的不平衡就是這樣造成的。」

我的朋友買的單，安慰我說：

「浪費不了幾個錢。比起那些一餐吃萬兒八千的闊主，我們是節省之人。」

這時，那個侍者走了過來，用上海普通話問我們吃好了沒有，我們說吃好了。他隨後用上海話沖著那個乞丐又嚷嚷起來。這次那個乞丐不僅沒有躲他，反而朝他走了過來。我們一邊往外走，我的朋友一邊向我解釋說，那個侍者叫乞丐來吃我們剩下的飯，要他吃完了趕快離開，別耽誤他們的生意。我回身，看見乞丐果真坐下吃起來。這久違的場面，使我一下子感動起來。還是我很小的時候，只要乞丐討上門來，我的母親一定會好好打發走。母親常說，都是活人，誰知道哪天就遇上過不去的溝坎了？後來，日子過得越來越差，豬狗不如，人餓得皮包骨還被迫喊著這好那好這個千歲那個萬歲，荒唐自不必說，荒唐後邊一步步造成的極端的自我保護意識、人性中的劣根性以及人性之惡，上上下下毀掉了至少三代人的人品和意識。

「那個侍者的行為和比爾・蓋茨給哈佛大學捐十億美元的行為是一致的。」我說。朋友見我認真，想了想，說：「有道理。」

說來很巧，時隔五個月，我因參加圖書版權洽談會並給幾位譯者送稿費，又到上海出差。上次是冬天，這次是初夏。天長了許多，暖和了許多。到處都是新綠，到處透著生機。走在上海的大街上，很少看見小母親們領著孩子從公共汽車上往下扔飲料袋和包裝紙，很少看見開著高級轎車的富人搖開車窗幹些吐痰或者扔煙頭的事，更很少看見住戶打開窗戶從萬丈高樓上往下拋垃圾的鳥類行為……上海的市面總的說來看上去乾淨，整潔，有序；走在這樣的城市裡，你會確切地感覺到城市的確是人類舒適生活的歸宿地。一天，我和年輕的同事在福州路的過街天橋溜達，突然被一位上年紀的老嫗招手叫住了。老嫗穿著一身帶格子的衣服，有點像一種帶絨的睡衣，乾淨得令人起敬。她面帶微笑走過來，對我們說她沒有帶夠錢，回家買車票的錢沒有了。我的年輕同事不理她，於是我問她需要多少，她說一塊鋼鏰就夠了。上海是一個需要鋼鏰的城市，尤其乘坐地鐵。這總使我想起我在英格蘭度過的日子，身上無論何時都少不得沉甸甸的英鎊鋼鏰，否則你不敢貿然乘坐他們的公共汽車和地鐵，因為無人售票。這是城市高效率現代化的一個標誌。我掏出來兩個一元鋼鏰，示意她都拿去。但是她只拿了一個，說聲謝謝，含笑而去。她剛走，我的年輕同事說我上當了，那個老嫗是個乞丐。我笑說他捨不得一塊錢，拿一個很體面的老太太開玩笑。他說不信你扭過頭去看一看。我回頭看，老嫗已經與我們差不多隔著一個過街橋橋身，一個乾淨的身子小了許多。果真，她又走近了另一個過橋的人說著什麼，我不忍心多看，趕緊把頭扭了過來。我的年輕同事有幾分得意地說：

「怎麼樣，信了吧？好歹咱在這大上海讀了三年研究生呢，沒吃過豬肉還沒有見過豬走？你知道嗎？有些上海老太太靠這一手都成了萬元戶呢。」

「有意思，有意思！」我連連感歎。「如果雨果筆下的乞丐是中世紀的，那這位老嫗乞丐絕對應該算作二十一世紀的，名副其實的現代行乞。我喜歡這樣體面的行乞行為，因為我們首先是人，要有人樣。老嫗行乞，遵循了她自己的法則，如果我再碰上，還會給的。你瞧，我不會因為給出一塊錢而窮，她卻會因為得了一塊錢而富，符合現代社會的法則。」

「這叫什麼現代社會法則？」年輕的同事不以為然。

「比如財產保險，比如醫療保險，不都遵循了『以眾扶寡以眾養寡』的法則嗎？」我說著，來了點即興的情緒。

我的年輕同事說我為自己上當受騙尋找理論，我說就算是吧。然而，在我接下來逗留上海的幾天裡，我沒有再次碰上這樣的老嫗。我的理論因此沒有再實踐的機會。也好，這正好成為我渴望更多上海之行的理由。

貼皮

住了四分之一世紀的樓要貼皮，我頗感不解。

這樓始建於上世紀八十年代晚期，構件都是預製的，差不多是水泥小屋一個挨一個摞起來的。據說當時這項技術還很先進。樓摞夠六層，便成為當時標準的住宅樓。內層用灰泥抹一層，刷上白色；外層泥了水泥，趁濕壓進小石粒，噴成土棕色。大約到了上世紀九十年代中，也就是還不到十年時間，外層開始脫落，嚴重時整座樓斑駁破相，像病得不輕的癩皮狗。不過不礙居住，除了出入有被脫落物被砸到的危險。好在脫落都是在大風天裡發生，沒有聽說傷害過誰。也許是人與樓和睦相處，樓有了「屋塌不壓主」的靈氣。不過，樓道的牆壁已經破敗不堪，龜裂的石灰皮張牙舞爪地在牆壁上耍夠了威風，便有氣無力地跌落在地上。清潔工三天打魚兩天曬網，清掃不及時，居民樓上樓下地走，樓梯上白灰比比皆是，一副貧民窟的破敗相。好不容易來清理一次樓道，這裡劃拉幾下，那裡劃拉幾下，抹面畫道的，惡劣的外觀加上日哄的勞動態度，看著更讓人無奈。奧運來了，說是要給老百姓做好事，樓道裡要粉刷一遍。粉刷工人把剝離的白灰皮潦草敷衍地清理一下，就開始往上面刷白漿。我見了，和工人搭訕說：

「怎麼不徹底戧掉灰皮？」

「誤時間。」

「你們不就是幹這個的嗎？」

「是的，可是包工呀。」

「包工就敷衍？」

「那咋辦？刷得多掙得多。」

「可我看你這是——」我說著笑起來。「日哄呀。」

「那是。不日哄咋辦？農村人來城裡苦哈哈地伺候城裡人，再不知道能日哄就日哄，那就沒有活路了。」他說完，張開大嘴開心一笑，算是回應我。

「我還想讓你給我家裝修呢，看這活兒哪個敢請你！」我半真半假地說。

「給家戶裝修是另一回事兒，你請我沒錯，保你滿意。」他立刻做出認真的樣子，好像已經在跟我談生意了。

「我住四樓，看你能把我門前的樓道的牆整得咋樣再說——」

「敢日哄你遭雷劈，真的！」粉刷工急了。「這不是公家嗎？公家不日哄白不日哄。這好比那句話，怎麼說來著，公家的東西不吃白不吃，不拿白不拿，意思是說逮住公家就剝皮嘛。」

「那好，等你刷完了樓道，我們再聯繫。」

我說著上了樓，樓梯臺階上瀝瀝拉拉到處是小白點子，整個樓道像害了畸形的白色天花病。就在白色天花還白森森地刺人眼目的時候，就是說樓道粉刷過後還不到三個月，牆上和樓梯上新粉刷的白漿，已經開始起裂，下面的舊皮被上面新刷上的白漿帶起來，捲曲得更猛烈，更支楞，更兇神惡煞，因此便格外令人不堪忍受，如芒刺在背。如今的樓道，隔三差五的，牆上的白皮不斷掉落，早已成了樓道裡的一景。一次，兩個東北女人，往樓道裡探了探頭，見地上白皮累累，嚷道：

「快走，這破社區，別說租金貴，便宜都不租。」

她們只顧回身，差一點與正要進樓道門的我撞個滿懷。

內皮落紛紛，如今要貼外皮，牛頭不對馬嘴，令人眩暈！

不過，這只是我的看法。據老伴兒說，她聽見鄰居的娘兒們圍著正在勞動的架子工，誇讚說：好好幹，感謝政府想著我們，給我們做好事。

這些被洗腦的笨伯市民，總是人云亦云。什麼叫做好事？一座樓存在了二十多年，外皮早已脫落，受凍也挨了，受熱也受了，環球同時冷熱，早已習慣，怎麼偏偏這時候來給外牆貼皮？上海一座高層樓在貼皮時，施工不當招致大火，生生地燒死了十幾口人。聽說，此後，給外牆貼皮叫停了，這會兒怎麼又開始了？說輕了是搞面子工程；說深了，還不知其中有什麼黑幕呢。一位朋友說，他同學的丈夫在朝陽區委剛剛做到副處級，奧運前要美化北京，分到了一個差事，是給朝陽區的過街橋、隔離欄杆、圍欄之類的設施刷漆。這看似沒有什麼油水可撈的差事，他認定是肥缺，便動員了所有家族參加這項工程，巧取豪奪，層層剝皮，硬是從給一根根小小鐵棍子刷一層也許幾十甚至幾百微毫米厚的白色漆塗層，弄虛作假，以劣充好，居然貪污到手一千多萬元，可謂今古奇觀，聞所未聞！然而，唉，在中國，在當下的中國，這又有什麼大驚小怪的？不貪污做官幹什麼？不大貪特貪怎麼做大官？一個國家，好到什麼程度是可以衡量的，但是爛到什麼程度，卻是深不可測的！

可以想像，生產這樣的塑膠牆皮是毫無技術含量的，不過一條引進的流水線而已。機器隆隆響起來，一天二十四小時唠嗟唠嗟地生產，於是，產品過剩，堆積如山；於是，官商勾結，打通關節，或者就是官辦企業，中國特色的社會主義無所不能，打著為人民服務的旗幟已經經營了六十多年，花甲老人，肚裡什麼稀奇古怪的故事沒有？貼一層毫無用處的外皮，剝去幾十層、幾百層……幾十億層貨真價實的老百姓的內皮，猶如探囊取物，小菜一碟！

貼皮？毋寧說是剝皮，官商勾結起來層層剝皮，從中謀取巨大利益，讓笨伯老百姓在那裡歌功頌德，不是很划算嗎？

貼皮工程基本完工，室內溫度高了三度還多，我們都有幾乎會熱出汗的時候。和樓下鄰居交流，鄰居說貼了皮管一點用，但是今年暖氣燒得熱，也是少見的。聽另一些人講，政府補貼供暖費，各社區如果燒不到一定溫度，有人舉報，補助費就不下發。不管什麼說法吧，我們兩個一輩子認真工作，吃了一輩子虧，這次是占了政府的光了。人要知好歹，知感恩，我在此鄭重地向政府說聲謝謝了。

不知是咱們難伺候還是人老了，越來越嬌氣？貼過皮的住樓，一過六月份，在屋裡住著會一身一身地悶出汗來，好比身上罩了一層塑膠皮。和鄰居交流過，他們都說有這個問題，開空調成了常態。至於到了數伏天，屋子裡不開空調，幾乎難以忍受，而我這樣領了老年證的廢物，空調早已成了避而不及的電器，如今又得開空調，真是哭笑不得呢。看起來，占光，不管是占誰的光，還真的看你有無這個福氣呢。

咦，咦，咦！

二〇一二年十月十日初稿
二〇一三年一月十八日修改
二〇一六年七月三日再改

蘿蔔絲產在枯敗之地

南韓似乎是一個暴露人性醜陋的國度。一九八八年漢城奧運會上，加拿大飛人詹森百米賽奪得第一，賽後尿檢呈陽性，被判定吃了興奮劑，冠軍被取消，世界新聞媒體一時譁然，紛紛指責詹森欺騙了世界。詹森被判終身禁賽。一個短跑天才因此消失。詹森本來是牙買加人，移民到加拿大，加拿大人是指望他奪取一塊奧運金牌的，誰知人算不如天算，不僅沒有奪得金獎，還丟了醜，加拿大人覺得靠移民投機金牌的買賣大賠，裡外沒有面子，就毫不客氣地把詹森拋棄了。詹森的祖國牙買加則因為他拋棄祖國而去，對他也沒有表示寬仁接納的意思。這種曲裡拐彎的遊戲，也只有人類能夠不斷上演，而且愈演愈烈。

無獨有偶，二〇一一年在南韓大邱進行的世界田徑賽上，古巴選手羅伯斯在一百一十米跨欄時，跑到後半程眼見劉翔追了上來，這小子伸手擋扯劉翔的手，一次沒有擋住，第二次擋了一下效果不明顯，第三次連擋帶扯，結果導致劉翔右腳打欄，失去平衡，一下子掉到了第三位。羅伯斯如願以償，以十三秒一四獲得第一名，美國選手理查森以十三秒一六獲得第二，劉翔以十三秒二七列為第三。據媒體報導，中國總教練馮樹勇在看臺看得真切，迅速向大賽組委會提出申訴，認為羅伯斯有犯規動作。中國申訴成功，羅伯斯的成績被取消。古巴代表團不服，隨後向大會提出反申訴，被國際田聯駁回。這篇報導最後說：「大邱一戰，一波三折。劉翔和羅伯斯的梁子，恐怕要到明年的倫敦來解決了。」

報導可以客觀，表面，而事情本身可沒有這麼簡單。在重播的鏡頭裡，羅伯斯是在看見劉翔立馬要趕超他時，他迅即向劉翔靠近，使勁扒拉劉翔的手，甩出手臂去勾人，而且一而再再而三，鏡頭裡那只黑手所做的黑動作，是那麼明顯，那麼故意，那麼用心叵測，那個黑動作在漢語裡沒有適當的詞兒，我只好發明了「擋扯」二字！那種無恥是赤裸裸的，毫無廉恥之感，要比詹森服用興奮劑噁心得多，黑心得多。現代技術把無賴和缺德暴露得清清楚楚，無法辯駁，古巴代表團還不灰溜溜地平息事態，竟然厚顏無恥地上訴，這才是最可怕的行徑。

是什麼東西讓一個民族不知羞恥的？

令人好笑的是，分明當了無賴，賽後羅伯斯沒有來得及滿場奔跑慶祝就去擁抱劉翔，這種既要當婊子又要立牌坊的伎倆，真是小兒科。當羅伯斯得知成績被取消後，失望之餘，還想到向劉翔的教練劉海平道歉，真是運動員兼演員的雙料貨色。這個吃准了中國人寬厚並糊塗的性格的黑小子，好像還想維持和劉翔哥們兒、和劉海平友善的關係。到底是劉海平老辣些，總結這一事故時說：「這次回去還是要加強前半程，如果起跑好了，從一開始就處於領先，他們就拽不到胳膊了，要拽只能拽衣服了，那就太可恥了。」

話外之音，羅伯斯夠可恥，但是還沒有到「太可恥」的地步。這話我贊成。我還要接著劉海平的話說的是，羅伯斯的行徑就算還沒有到了「太可恥」的地步，但是他那種行徑的背後深藏的用意，卻是相當的「太可恥」的。如今，一百一十米跨欄，羅伯斯是奧運冠軍和記錄保持者，如果如願獲得世界錦標賽的冠軍，他就占全了。作為一個運動員，如果只是為了此一目的，他去拽劉翔的手，試圖阻止他人折桂，已經夠可恥，勉強可以說還不夠「太可恥」，我們暫且把他當作道德淪喪犯了一次錯誤罷了。可惜的是，他背後不僅是想來一個一百一十米跨欄的冠軍頭銜大滿貫，而是想當民族英雄，給古巴奉行的那個體制增光添彩，讓那個體制因他而虛張聲勢，證明那個體制是多麼優越，這才是他使出黑手的總根源。這種體制喊得最歡的口號就是全民辦體育，也稱舉國辦體育。拿了冠軍就是民族的光榮，得冠軍的就代表全民族。這種體制說白了，就是花老百姓的錢，培養世界冠軍，而後向世界宣稱：看我們的制度多麼優越，培養出了世界冠軍。多麼可笑荒唐的邏輯？讓一個具備某項體育素質的人，取得專項冠軍，就能證明一個國家的體制多麼優越嗎？有種氣，製造勞萊斯手錶，製造賓士汽車，製造波音747飛機，製造空中客車，製造太空梭……那才是一種制度優越的體現呢！

事實上，古巴的體育發展，與全民辦體育毫無關係，因為老百姓想體育一下，連基本設施和場館都沒有。我從賀祥麟先生的一篇文章裡瞭解到，遲至本世紀初，古巴老百姓的生活月供情況大抵如此：大米二點五公斤，食糖一點五公斤，魚一公斤，豆子零點五公斤，咖啡二十八克，鹽二百七十克，雞蛋十四個；肥皂、洗衣粉、菜油、玉米粉、餅乾、番茄罐頭、水果、蔬菜等，有則供應，無則拉倒；肉類一年供應一兩次；七歲小孩以下配給一公斤牛奶，定期供應雞肉、牛肉和豆漿；老人與孕婦及病人也有牛奶配給。老學人賀祥麟在古巴旅遊時還遇到這樣一件事兒。因為他是外國人，享受了外賓待遇，住在古巴平民不准入內的高級賓館。他坐飛機捨不得扔進垃圾箱的油炸土豆片，送給為他服務周到的古巴姑娘，他竟然得到了感激涕零的姑娘一個親熱的吻，把老頭子美得喜不自勝。古巴政府所以給外國人提供高級賓館，是因為要從外賓口袋裡掏外匯。因此我們知道，遲至二〇〇九年，古巴政府才允許老百姓住高檔旅館，才允許老百姓使用手機，連這些早在十九、二十世紀早已流行全球的生活享受和資源，到了二十一世紀的古巴還受到等級森嚴的控制，還能指望什麼一般老百姓進行體育活動嗎？如果不是因為國際錦標能給領袖們臉上貼金，恐怕羅伯斯這樣的專業馴化都不會有呢！我們對這樣體制下的思想和意識太習慣了，太輕看了，太大意了，以至對它的批判和分析都文不對題。

再往遠一點說，小時候聽說古巴支援了民不聊生的中國古巴糖，心下很是感激。到了很大一把年紀，才知道根本不是那麼回事兒。我們以老百姓批量餓死為代價，拿出錢來支援古巴，買他們賣不掉的粗質糖，才是事實真相。就是這點交情，多少年來我們很多知識份子也跟著胡說八道。比如古巴終身領袖卡斯楚，我們一而再再而三地宣傳他「命大福大造化大」，美國情報局無數（最近的一篇報導說是638）次暗殺都無功而返。這種神話，不管是誰編織的，古巴領導人喜歡，豈不知美國人更喜歡。就算美國情報局無能，但是卡斯楚利用特權使用了多少保安措施、浪費了多少人力物力，不是明擺著的嗎？他的命真的就那麼值錢嗎？他要是死了，古巴就不存在了嗎？二十世紀的共產主義運動已經證明，凡是那些號稱人民「大救星」的獨裁者死後，那些國家不僅存在，而且人民生活都變得更好了。我始終不明這樣明擺著的事實，我們為什麼就是視而不見！再說了，他要是死在「美帝國主義的黑槍」下，為民族而死，不正是人民英雄的體現嗎？分明是動用了全國之力保證他卡斯楚的安全，卻非要說是卡斯楚「英雄不死」！以此類推，便有了古巴在美國的大門口，骨頭硬，有種氣，幾十年來屹立在那裡，超級美國就是毫無辦法。然而，稍有歷史常識的人都知道，上世紀六十年代初冷戰正酣，不知天高地厚的赫魯雪夫，把導彈運到古巴，美國年輕總統甘迺迪血氣方剛，一聲令下，美國全國進入一級備戰狀態，海陸空包圍古巴孤島，告誡蘇聯的馬前走卒古巴領導人，四十八小時內不讓導彈撤走，他就下令炸掉那些導彈，哪怕引發第三次世界大戰也在所不惜。古巴獨裁者到底心虛，玩火的赫魯雪夫到底識趣，知道自己國家不過是虛張聲勢，乖乖地撤走了他的洲際導彈，這就是寫進世界歷史的「豬灣事件」。

連泱泱大國蘇聯都不敢在美國大門口造次，彈丸之地古巴因何能在美國大門口「屹然挺立」？這當然是美國棋高一著，願意在自己家門口「標新立異」，讓國民看看不同制度的國家，老百姓會有什麼樣的生活和待遇，在比較中識別優劣，從而對自己的國家產生熱愛。如若不信，九一一事件後美國公民表現出來的那種高漲的愛國情緒，難道是憑空產生的嗎？早已不是公開祕密的是，古巴每年偷渡到美國的公民多不勝數，且都冒著生命危險。如果美國敞開國門，古巴也有種氣放行，不用三年五載，卡斯楚肯定成為孤家寡人；他若沒有廣大人民的掩護，無需美國情報局暗殺，他就無疑羞愧而死了。分明是獨裁者一定要愚弄群眾，蠱惑群眾，讓群眾頂禮膜拜，甘願為他賣命，他才能吹噓「福大命大造化大」，而我們至今依然為這樣的獨裁者和專制制度胡亂宣傳，歪曲真相，真是愚蠢之極。

豈不知，美國這個「帝國主義」是敢於把《共產黨宣言》列入美國學生課外讀物的民主國家！遺憾的是，我們中國人也是做奴隸時間太久了，對於這些想做和做了皇帝的人，總是會匍匐在地、不加辨別地崇拜再崇拜，吹噓再吹噓。說到古巴革命，還有一個至今都為國內某種人津津樂道的格瓦納，打家劫舍，出沒綠林，對待他所謂的「敵人」，他需要輸血時，能把對方的血抽幹致死，毫無人性！這樣嗜血如命的人，我真不明白有什麼好玩的，有什麼值得尊崇的。

當然，世界向前發展了，羅伯斯不會像他的前輩們一樣，把消滅帝國主義當作生活目標，而比較實際地來參加世界田徑錦標賽了，但是他的背景和肩負的光環，讓他不能堂堂正正地競賽，在落敗之際，非要做出一些歪門邪道的行為。體育講究「公平競爭」，這不過一句宣導語而已，是從人性的不確定因素中總結出來的。羅伯斯生在那樣的國度，一路走來的背景不會光明正大，關鍵時候露出本來面目，屢使黑手，在全世界面前丟人敗興，這也是必然的。賽後，劉翔大度地替羅伯斯開脫說：他的行為可以理解，也許是出於本能。但是，羅伯斯毫不領情，無恥地說：「我如果來自一個更加強大的國家，金牌就不會被剝奪。」他還應該卑躬屈膝地說：「我要是碰上強大的美國的隊員，我就根本不敢碰人家。」這才是他的心裡話呢。如果他的國家培養了他那種本領，他的行為可以理解，否則，他的行為無論如何都無法理解。劉翔能很寬容地看待人性的扭曲，說明中國人皮實多了，健全多了。我也皮實，也健全，但更清楚被體制改造過的人的可怕，因此不妨編造幾個漢字，表達我的心情：羅伯斯，裸播恥也；古巴，孤吧也。

＊＊＊＊＊

誰知，這篇寫在一年前的雜說，還不讓我想當然地理解劉翔的皮實！今年倫敦奧運會上，劉翔在全世界幾十億觀眾眼前，又像四年前的北京奧運會上，摔倒在第一個欄前，腳跟再次受傷，一個人在偌大的倫敦體育場上，一條腿蹦來蹦去，真的令人心痛。中國體育界的醜聞再次暴露在媒體面前。據劉翔的父親說，劉翔的跟腱早已在疼痛，需要休養，體育官員們卻非要劉翔加強訓練，為四年前北京奧運會上的「現眼」正名，結果把苦苦恢復的劉翔，再次推進茫茫的黑暗中，劉翔的家人也就沒有什麼可顧忌的了，說體育官員們總是要劉翔面帶微笑，而劉翔卻跟家裡人說：我心很苦，為什麼總逼我作微笑狀？關於古巴羅伯斯的無恥擋扯，也有了新的說法：劉翔當天夜裡，哭了一整夜！而他還要表明大度，做出笑臉，說什麼是兄弟國家，友誼第一……這顯然也是體育官員們的慣技！

這是何苦來呢？一個國家真的靠體育英雄就能解決愛國問題嗎？真的就能在政治和經濟上永遠起飛和翱翔嗎？個人的生命和尊嚴真的就比一個專制國家的生命和尊嚴更輕賤嗎？老學人賀祥麟在他二〇〇〇年古巴見聞的文章裡披露，古巴當局一直不讓老百姓進入高級旅館，只為外國人提供，是古巴政府為了從外國人身上獲取美元，幾十年來把古巴人民和外國人分隔開，高級場所古巴人一律不准出入。就連旅遊勝地和博物館之類，門票也截然兩個價錢，且差別在幾十倍，比如，如果古巴人的門票是三毛錢，外國人則要掏三十美元。這不是中國人一貫引以為恥的「華人與狗不得入內」的另一種形式嗎？外國人侮辱國人固然可惡，可恥，可恨，而獨裁者打起為人民服務的口號，就可以把全體公民帶入豬狗不如的地位還振振有詞地狡辯嗎？……

唉，說不清，不說了，對羅伯斯的行為，我還是只能叫他「裸播恥」；他的那個古巴，也還只能稱為「孤吧」；也許偏頗，那就聽聽中國偉大的運動員李娜怎麼說吧：

（我知道，我離開圈養的中國運動員體制，變成散養的運動員，我取得的成績微不足道，但讓主持圈養運動員的領導們，心裡不舒服，他們之前極力給運動員們灌輸：沒有我們，你們連飯都吃不上，讓我們聽他們的話，不能有半點不服從，廣告都得給他們提成，明明是我們運動員用自己的血汗養著他們，他們還要我們感激他們。

但我打破了他們的神話，我只是成功地養活了我自己，我的團隊，他們把我視為怪物，明裡或暗裡，讓記者寫文章批判我，TMD，不要以為我不會說髒話，我只是想有時髒話都形容不了你們的卑鄙與無恥。）

二〇一二年九月十五日完稿
二〇一九年三月十八日再改

脊樑骨與西裝

我所在的出版社有一張《文學故事報》，幾乎是與我進出版社一路演變而來，在演變過程中還用過我的幾篇譯稿，難免多出一份關注。它最早名叫《文學書窗》，四版，只管報導出版社新出圖書的內容介紹和消息。後來改為《文學故事報》，漸漸由四版、八版、十二版，終擴大為目前的十六版，內容豐富而龐雜，跳躍在時代的脈搏上。於是，在某一期上，我看到了《西方女人看中國男人》這樣一個標題，所談內容是一篇來自博客的文章引發的爭論，文章的題目是：《德國女人：你們中國男人沒有「脊樑骨」》。

順便說幾句網上的博客。早有人給我博客網址，但是不知怎麼搞的，上過一次後總忘記了再上。那是一個真正暢所欲言的地方，熱鬧，有話說出來痛快痛快。聽說，言論自由的最大程度是：狗吃飽了要叫喚。乍聽不入耳，細品卻是真實。說話畢竟是形而上的範疇，食不果腹時還得像狗一樣低著頭找吃的。伊索有一則寓言，說一隻狗對了小河水照自己，越看越想叫喚，大吼一聲，嘴裡的肉掉進河水裡，沖跑了，嘴裡只剩下了口水。這寓言很能說明形而上和形而下的聯繫。在博客上理論長短的，自然是個個吃飽了的。為了博得喝彩，卻不必擔心嘴裡的肉掉進水裡，吼叫起來肆無忌憚。所以，博客裡的文章，大部分都是虛張聲勢的。

不過，這篇博客文章的一些話，虛張聲勢之餘還比較有些內容：

「不乾淨，指甲太長，掏鼻孔，掏耳朵，隨地吐痰，太噁心。還有中國人愛蹲在那裡，這個我非常不能容忍。我們那裡只有小朋友才這麼做，成人要麼坐在地上，要麼就站直，蹲，給我的感覺是沒有脊樑骨，人的脊樑骨不能彎。」

這顯然出自中國博客寫手，且可能是中國女性，因為還沒有哪個譯家能翻譯出如此又瑣碎又不規範的漢語。但是，這不妨礙我們就這樣的問題進行辯論。首先，一個養尊處優的外國女子，完全有權利對她看不慣的異國男子說出這樣痛快的話兒。便是一個做了富婆而自以為貴族的中國女人，有時對著自己不入眼的中國男人如此挑剔一番，也在情理之中。儘管網上對這篇文章的點擊率高達十九萬點九次，各路觀點衝突甚烈，但我認為說到底這只是一個女人感情用事的典型例子。感情是人類的專利，感情用事則是女人的專利。倘若中國女人對中國男人如此挑剔，那是中國人自己的事情；倘若一個女人對自己的男人如此挑剔，那是家庭鍋碗磕碰的矛盾。然而，一個外國女人對中國男人如此挑剔，這就是國際問題，許多敏感點便蔓生出來了。國與國的區別很大，國與國的男人區別很大，國與國的男人和女人區別就更大了。專撿對方不順眼的碴兒揭底兒，專挑醜陋的說，擱在國際層面上，那話說起來可就長了。一個養尊處優的德國女子對中國的男人的蹲姿大加發揮，提到了「脊樑骨」的高度，可她一定想不到今日中國鄉下村婦們，從電視上看見老外渾身毛髮，竟會驚叫起來：

「老天爺，外國人怎麼身上的毛還沒有蛻淨呢？絡腮胡長到了肚臍眼兒上了，比豬圈裡肥豬的毛還重，他們都這樣兒嗎？」

偶然回老家小住，聽到村裡的大嫂們這樣口無遮攔的評論，我總忍不住會哈哈大笑。

「少數的，和咱們一樣。」我糾正說。

「拉倒吧，看看咱全村男人都沒有一個毛重的，怎麼電視裡的外國人都這樣子？嘖嘖，看看，胳膊上的毛跟戴了黑套袖一樣！」

我不禁又大笑起來。別聽村婦們說話粗糙，嗓門兒大，遣詞造句不文雅，但是她們可沒有一點蔑視的意思。對現今的鄉下女人來說，打開國門不過二十多年的時間，還多虧了電視這個視窗。中國的貧窮和落後，她們體會最深，對先富起來的外國人，自然也是刮目相看的，然而這並不能擋住她們感情用事。只是她們感情用事還停留在對外國男人長相的品評上，和德國女人對中國男人的骨子裡的品評，似乎低俗了一等。於是，我想，如果把中國的鄉下女人和德國的城市女人安排在一個論壇上，就「中國的男人愛蹲是否就沒有脊樑骨」和「外國男人的毛髮是否蛻淨」的問題進行辯論，中國鄉下女人未必會輸給德國城市女人。比如：

……

外方：男人有毛怎麼啦？那是自然的，調查證明，德國女人喜歡毛重的男人比不喜歡的還多呢。這和中國男人愛蹲在地上不是一回事兒。看看你們中國男人毛是少了，可他們蹲在地上弓腰曲背的，脊樑骨都沒了……

中方：誰說我家男人沒有脊樑骨了？我家男人蹲在地上，是為了幹活兒，鋤穀苗、翻紅薯秧、割麥子、割草、撿土豆，哪樣農活兒不是蹲著幹的？大丈夫能屈能伸，沒有他們蹲著幹活兒，我們也許早就餓死了，想挺脊樑骨挺得起來嗎？倒是你家男人的一身毛讓人看見了得慌，躺在床上亂挺脊樑骨，還不把人紮死，害得人連覺都睡不了，還不如不挺脊樑骨呢……

……

不難想像，雙方辯論越來越激烈，女人吵架本來就拿手，辯論一激烈，感情用事的本領都自然會使出來刺激對方，辯論雙方越吵越往一起湊，唾沫星子飛到了對方的臉上，眼看就會揪頭髮抓臉皮了。論壇是由我虛擬的，我便只好臨時充當論壇仲裁，盡力儘快息事寧人。外交無小事，為了儘快避免一場娘們兒的辯論升級到國際爭端，本仲裁人特作出如下評判：

「辯論的關鍵要用事實說話，不能讓感情勝過理智。從事實層面上講，雙方都講出了各自想說的事實，我先把事實剝離出來，論論長短。外方說中國男人喜歡蹲下，這是事實。中方對此也直言不諱。中國城裡人出了三代甚至兩代都曾經是農民，蹲的基因還在作祟。因此，本仲裁認為雙方在論說這一事實上就事論事，都應該得分。

「再說毛髮問題。作為高級動物，人類至今還都有毛髮。頭髮、眉毛、腋毛、汗毛、陰毛，種種，誰沒有誰倒是怪相多多了。中方說外國男人毛重，外方對此也直言不諱。從外國對剃鬚刀的大力開發和銷售每每領先的情況上看得出，外國男人的發重，是世界公認的事實。因此，本仲裁認為雙方在論說這一事上也就事論事，都應該得分。

「但是，由於雙方在論說上述事實上感情用事，脫離事實的言詞難免傷人，本仲裁需要把非事實的內容剝離出來，也論論長短。外方說，中國男人的蹲姿彎曲了脊樑骨，人不能沒有脊樑骨，這話表述不夠充分。應該看到，中國的城市男人正在遠離下蹲狀態，這不是因為他們背叛祖宗，而是因為中國人正在富起來，將軍肚越來越多，他們蹲下越來越困難了。本仲裁認為，肚子問題雖然是富裕的副產品，卻正在成為現代人的頑症。科學實驗表明，一個人，不論男女，肚子一旦超過正常比例的五倍（將軍肚級別），如果強制其蹲下，且蹲到位，十分鐘內就能斃命，比一般劇毒要人性命的時間還快。外國男人愛喝啤酒，啤酒肚比比皆是，啤酒肚又是將軍肚的升級版，要他們蹲下等於要他們的性命。本仲裁在英格蘭留學時，看見英國員警在現場尋找證據，個個都跪在地上爬來爬去，與警犬同一姿勢，我深為他們的敬業精神感動的同時，倒也看出來他們不能蹲下，不能哈腰，只能趴在地上尋找證據，十之有九是因為啤酒肚作怪。換了中國男人，在男人膝下有黃金的理念支配下，僅僅為了尋找證據而下跪，而趴下，那是萬萬要不得的。鑒此，本仲裁認為外方在這方面論點不充分，感情用事過甚，應該扣去分數若干。

「中方說，外國男人毛髮太重，晚上同床共寐會紮得人難以入睡，遺憾的是沒有從深層論說。追溯起來，外國女人一定曾經嫌棄過男人的毛髮，其程度不亞于德國女人厭惡中國男人的蹲姿。正是由於她們的嫌棄，最終導致了西方男服的革命。可以說，西裝的最終定型，成為經典，當初只是為了遮蔽男人的毛髮而已。先說它的領口。西裝的領子是大翻了的，距離脖子老遠，本來頗能展示一下男人的頸部風采的。那麼，為什麼偏要在裡邊穿一件襯衫，不僅把襯衫領子高高豎起來，還要緊緊地勒上一個領帶呢？毫無疑問，這樣的穿戴是為了把男人的胸毛深藏起來的。再則，西裝的袖子長短得當，但是襯衫的袖子卻必須長及手掌，而且一定要把袖口扣子緊緊扣上，自然也是為了把臂毛深藏起來。人是高級動物，所謂高級，就是人身上的絕大部分毛髮蛻化掉了。如果人身上還長了厚厚一層長毛，那就和動物沒有區別了。由此推論，如今風靡世界的西裝，是因為西方男人毛髮太重而發明、改進並定型的。鑒此，本仲裁認為中方在這方面論說不充分，感情用事過甚，應該扣去分數若干。

「另外，本仲裁還要提醒雙方，隨著全球化的大趨勢，事情正在發生改變，越來越多的外國女人在嫁給脊樑骨能屈能伸的中國男人，而越來越多的中國女人也在嫁給毛髮濃重的外國男人。各項媒體（包括書、報紙、新聞紀錄片、動物世界和電影電視等等）調查表明，這樣的國際家庭，並沒有因為脊樑骨彎曲自如而解體，也沒有因為毛髮濃重而破裂，深層原因揭示的結果是：隨著國際化的趨同心理，全世界男人紛紛穿上西裝進行包裝的同時，也越來越多地穿起休閒裝（包括外國的T恤衫和中國的傳統龍裝），展示自然的、民族的、異彩的一面。服裝全球化的進程，對女人感情世界產生了重大的衝擊，女人感情用事的基礎也將發生根本的改變。鑒此，特提醒雙方在接下來的辯論中，注意這一重要因素。

「以上是本仲裁看過《文學故事報》，透過虛構看本質，經過深層思考，對辯論雙方做出的裁定。鑒於本仲裁評述雙方論點是毛遂自薦，如果雙方不服，可請專業仲裁重新裁定。

「謝謝。」

民主與民豬

這些天這個題目揮之不去，是因為幾個年輕人在我所居住的樓前胡同口深夜擺攤，淩晨叫罵，造成了禍害。

樓前是一條死胡同，東頭是一家汽車修理場，西頭安了鐵欄柵大門，一直緊鎖著。記得一個鄰居曾跟我們說，大鐵門是汽車修理廠裝的，他們東邊有大門，西邊再安一個，招攬生意，到時候會車來車去，驚擾住戶，我們要阻攔他們，和他們鬥！我嘴上應著，心裡卻想：和誰鬥？鬥得過嗎？當初汽車修理廠剛開張，叮叮噹噹的，吵得近處的鄰居和他們爭吵，還找人告狀，結果怎樣，誰管過嗎？利益面前，商官勾結，百姓的安寧算得了什麼？還好，這個大鐵門不曾開過。

剛搬來時，樓前是供暖鍋爐房，夏秋之際會運來成堆的煤，冬季來了，供暖的鍋爐燒起來，鼓風電機嗚嗚嗚響，噪音不小。北風呼嘯，煤灰飛揚，陽臺上經常落了黑灰。出版社買房，從來就沒有買過像樣的，後來才知道，這都是利益使然，關係網啦，提成啦，各種各樣的好處啦……還好，給職工買房總比不買房要好，好歹是關心職工的生活。且說北京城市建設變化很快，周圍社區樓房越蓋越多，鍋爐合併，這個供暖車間就停用了。又過了一兩年，煙囪也拆了。沒有黑煙在樓前的空中飛舞，沒有煤灰被風卷起來飄落，卻因為供暖房把前後兩棟樓的間距隔得更寬，冬天的太陽照得時間更早更長，我們還慶倖過：塞翁失馬焉知非福？這是典型的老百姓的心理，不過一種忍讓的幸福感而已，但是百姓就是百姓，忍讓的幸福感也不能讓你長久。掌握大眾的資產的人，能讓偌大的一個供暖車間白白空閒，不為自己謀利益嗎？國有的壁板廠當初那麼熱鬧和浩大，似乎瞬間就肢解了，消失了，多少頭頭腦腦從中飽了私囊，誰說得清楚？若果說，國有企業生產效率低下、工人消極怠工，改革勢在必行，頭頭腦腦從中牟利不可避免，那麼，你們倒也改革出一些秩序呀？當然，這只是老百姓良好而愚蠢的願望，公有制從它誕生那天起，催生它的人就是好逸惡勞那種人，就是巧取豪奪那種人。亂中得利，亂中得益，不亂怎麼會有那麼多貌似有理實質荒唐的說法，為大批貪得無厭的官兒們辯解呢？

扯到體制，扯到官界，是因為體制和官界的榜樣太壞，上樑不正下樑歪，什麼刁民都影響得出來，比如那幾個小青年中有一個特別混蛋，早上五點鐘就坐在我們的樓前罵大街：

「九門的哪個王八蛋你給我出來，憑什麼攪我們的生意？你有膽量你就出來，看我怎麼收拾你！操你媽，北京人，都你媽的混蛋。北京人，我操你媽了，你還不出來嗎？……」

就這樣髒話連篇地罵了兩個早上，那不只是製造噪音，擾民安寧，那簡直是無法無天下流無恥的叫囂。第二天晚上我們出去散步，正好碰上九門一個熟鄰居，壓低嗓門兒說：是他們九門幾個人團結起來，找居民委員會反應他們夜裡在樓下搞燒烤，喝啤酒，夜裡一兩點了還不收攤，男男女女烏七八糟，鬧得翻天，簡直不讓人睡覺。居委會不去干涉，還暗地裡告訴他們，是我們九門告了狀，所以就招來了他們大清早堵在我們樓門前大罵不止。罵吧，你罵你的，我們告我們的，看看他們還能串通到什麼地步？什麼時候？……

聽著英勇的鄰居這番喋喋不休的控訴，我油然陡升敬意。在這些事情上，我們這些知識人，簡直就個個都是廢物，不知道怎麼對付，往往束手無策。我們似乎只能理論地總結說：民主濫用到爛的地步，享用濫民主的人，就是民豬了。是民，講道理；是豬，無道理可講，又不能宰殺了吃，簡直是禍害。民豬者，關在豬圈裡嗷嗷狂叫的一類人，讓很想正常享受民主的人們無可奈何。

「他們是哪裡人？怎麼想在哪裡擺攤就擺起來了？」

「還不是東北人？你聽他們叫罵那腔調還聽不出來？」

「他們在哪裡住？為什麼偏偏來這個死胡同口擺攤？」

「就住在這社區。」

「誰租給他們房子的？」

我這才看清楚對面五樓的陽臺，有一根白色電線拉下來，穿過兩棵春樹，落在自行車棚的頂上，順著棚頂向西拉，到頭向南拐去，一直拉到了死胡同口上。我住在四樓，看得見死胡同口那扇大鐵門後面，白天堆了一些塑膠桌子和椅子，晚上從大鐵門上邊傳過去，他們的燒烤生意就做起來了。是的，他們租了房子，就以為可以在周圍隨便找個地方做生意了。舉國上下，看不見的無政府現象已經氾濫成災，只是我們不願意面對罷了。我因此心裡不由得感歎：嗷嗷狂叫的民豬，還不是最讓人無可奈何的。有一種民豬，不叫，不嚎，只認自己的私理，似乎更難纏；誰敢動一動他們的私利，他們就跟你鬧，鬧，鬧，無理也要鬧出理來。

我和老伴兒每天晚上要出去散步，一天，我們走在去公園走的路上，一抬頭，不經意間看見一處令人毛骨悚然的奇觀：一家住戶在自己的陽臺、前後窗戶和西邊的窗戶，掛起了又破爛又骯髒的衣褲、襤褸的舊布條和骯髒不堪的布帶。那種醜陋狀態，讓我們兩個遠在十幾米之外看了心裡直起雞皮疙瘩，頭髮根兒往起豎，心想：這家人是患了什麼怪病，如此怕見陽光，如此怕見光亮，把自己居住的家，堵塞成了這種可怕的模樣？莫非有人瘋了？我們兩個正在遠處觀望，鄰居老高也去公園散步，和我們打招呼，我們趁機就向老高打聽這家人得了什麼怪病，把自己的住處這樣封閉起來？老高是個熱心腸人，約七八年前做過這個社區的居委會書記。誰知她聽我們打聽，不由深歎一口氣，說：

「唉，沒法說！如今的社會怎麼什麼人都有呢？他們是為了和公家賭氣，故意把自己家弄成這樣子的！」

「怎麼回事？是他們在自輕自賤嗎？人可以活得如此不要尊嚴嗎？」我吃驚地問道。

於是，我們就聽到了這樣的敘述：這個社區名叫八裡莊北裡，二十多年的歷史，由四棟六層板樓和兩棟十五層的高樓組成，由南往北數第四棟樓有半地下室，裡面不知道住了些什麼亂七八糟的人，這些人弄出很多亂七八糟的事兒，已經說不清楚了。卻說這半地下室需要出口，在西北角留了一個出口，出口頂和一層樓一樣高。二層樓的住戶的房子在這出口頂上有一面向西的窗戶，不知從什麼時候起，他們打起了出口頂上的空間的主意，便在上面架起一些柱子，上面弄了一個鐵皮頂棚，周圍用亂七八糟的板子釘起來，給自家用了。周圍的鄰居當然有意見，就反映到了居委會，居委會出面管理，說公共的地方，不能讓私家用，更何況好好規整的建築物，上面冒出來一個又髒又亂的棚子，有礙市容，有礙觀瞻。幾經交涉而無用，居委會就強行拆除了。誰知合情合理的市容管理，招來了這樣不是人幹的損招？

老高說完，氣猶未盡，長歎了幾口氣，走了，好像我們把她氣走了。此後，我們兩個去散步，嘴裡說著別向那個醜陋不堪的方向張望，卻還是忍不住張望一兩眼，然後成千次地歎道：

「中國人怎麼活到了這一步？不要臉，不要尊嚴，不要道理……」

這種狀況持續了足足兩年，我們就一直納悶：窩在這樣一個居所，能比爛豬圈、稀屎洞好到哪裡去呢？中國人活得真的連豬狗都不如了嗎？

不知道是我們觀望煩了，還是觀望忘了，再等我們想起來那個醜陋不堪的景觀，不見了，取而代之的是一個像模像樣的棚子，棚頂還是彩鋼的。還是從老高那裡打聽到：公家妥協了，條件是那家人要把棚子搭得像個樣子。沒法兒，刁民難纏，他們家至少占了公家七八平方米的光。如今咱這裡住房一平方米兩三萬塊，他們平白無故地就沾了公家幾十萬塊錢的光，這去哪裡講理？素質，素質，中國人沒有素質……老高又一次生氣了。

這次，我們和老高一起向公園走去，一路上聽老高憤憤不平地控訴：再看看社區的310和311一樓的住戶，幾乎家家把樓前擴充出了四五倍，把公家的地方占完了。面積擴大了，往外出租就多算錢，這叫什麼事兒！

「就沒有人管一管嗎？」我們兩個老而無用的知識人小聲地問道。

「怎麼管？一開始，個別住戶往外擴建，居委會去說，還應酬你幾句，覺得理虧。現在倒好，一樓住戶幾乎都往外擴建，人多勢眾，你說這家，這家人說你欺負人，怎麼光管他們？你說那家，那家人說他們是跟人家學的，要管先管那些帶頭擴建的。不管倒好，越管越有人開工了！完了，這社區完了，這國家也快完了！」

說國家快完了，不過是氣話。一個國家是不會破產的，也不會說完就完了，但是一個國家的內在秩序一旦失控，它就可以亂套，可以骯髒，可以像一個亂哄哄的豬圈，髒兮兮的稀屎洞。這樣的亂象真的無法治理嗎？真的就只能撐死膽大的餓死膽小的嗎？真的無法無天的人就總在撈好處嗎？真的是近水樓臺就無休無止地先得月嗎？真的國家公家就是大家的，誰的胳膊長就明目張膽地大撈特撈嗎？究竟是哪裡出了問題，讓這樣亙古以來不曾有的咄咄怪事，在近六七十年間成為我們見怪不怪的常態？不正經的人，不老實的人，巧取豪奪的人，說一套做一套的人，怎麼總是占盡人民的好處呢？

嗚呼哀哉！

二〇一二年初夏

岳王廟前的買賣

一

到杭州旅遊，落下岳王廟，就跟沒有去過杭州一樣。西湖的濃淡相宜是文人的，而岳王廟的愛與恨，卻是老百姓的。愛是給岳飛的，恨是給秦檜的。岳飛的「忠」和秦檜的「奸」，在中國民間流傳了幾百年，算得上真正意義上的家喻戶曉。這則「忠」與「奸」的故事中，涉及到兩個重要的女人。一個是岳飛的母親，一個是秦檜的老婆。岳飛之所以成為國家棟樑，岳飛的母親教子有方，這是毫無疑問的。岳母刺字，無論是演義，還是實情，都是說母親對兒子刻骨銘心的珍愛；岳母刺在兒子背上的「精忠報國」，是岳母對時代背景的定義，因為岳飛小時候趕上了夷族對大宋江山的屢屢侵犯，有出息的男兒的首要責任就是保衛疆土。如今的獨生子女問題多多，多與做母親的有干係。在岳母刺字的壁畫前，我聽見幾個現代母親小聲嘟囔說：岳母真下得狠心！

我很想說：如果有人向你們保證，只要你們在兒女背上刺了「精心掙錢」，他們長大成人便可能成為百萬富翁，你們不僅同樣下得了這樣的狠心的，而且同樣下得了狠手。

可惜，現代母親們連「精心掙錢」這樣的時代背景都認識不清，除了糊塗的溺愛，並不清楚應該如何教育孩子。難怪，她們年輕的時候也許還只能聽到「親不親階級分」的餘音，她們的父母也許就是在「破字當頭」的叫喊聲中長大，還趕上了在岳王廟裡把岳飛石雕像的腦袋生生敲掉的史無前例的文化大革命運動，也未可知。思想的程式一旦攪亂，回歸的程式備加困難。我們攪亂的思想，來不及理順，也不讓理順，就又投入到了紛亂的商海之中。我們因為窮極而懼怕，紛紛爭先恐後地跳入商海中，能大撈，大撈，能小撈，小撈，即便撈不到，也趁機把水攪渾，摸一把魚兒。

岳王廟裡的景點很多，最吸引人的，還數「鐵跪像」，而四尊鐵跪像受到「虐待」最多的，又數秦檜的老婆王氏。「鐵跪像」邊有一個提示：「文明觀看，請勿吐痰」。不難想像，四尊鐵跪像也許曾經被痰液淹沒過。如今的遊客另有高招，紛紛把手中的礦泉水潑濺在鐵跪像上。四尊鐵跪像中，只有秦檜的老婆王氏一尊女性，弱者本應該贏得同情，卻挨人們的潑濺最多，渾身濕淋淋的，落湯雞一樣。鐵跪像挨了清水的潑濺，看似享受了文明待遇，其實鐵質更容易被水氧化，也許多少年之後，他們被氧化掉也未可知。但願他們被氧化為零的時候，中國的文明程度也充分校正了他們所犯下的「奸」行。其實，在迫害岳飛的案件中，王氏只是對秦檜說了一句話，大意是：放虎容易擒虎難。在岳飛遇害的事件中，秦檜一幫看似很得勢，心態卻始終是弱勢的，尤為王氏的這句話為代表；而女性弱勢表現出來的「奸」，卻尤其陰詐。

其實，岳母刺字的行為，也是一種弱勢的表現，因為岳母作為女性，只能把願望寄託在兒子身上。但是，她的弱勢表現出來的正氣，卻是人類的一種精華。

兩類女人，兩種弱勢表現，竟然如此不同，令後人品嘗不盡。

二

岳王廟門口，車水馬龍，打探公共汽車站牌的時候，一個南方女人不知何時站在了我們身邊，向我們介紹各路車的路線，很是熱情。與我和老伴兒同行的，是西南大學外院一位青年教師小郭，正在讀博士生。我們在嘉興剛剛參加了偉大的翻譯家朱生豪故居開館活動，兩天來的認識難免許多客氣，連上車前的零錢車費，也爭先恐後地做準備。那位南方女人見景，便和小郭搭話：

「你們是一家吧？一家人出來旅遊，多好！你這麼知道孝順父母，他們好高興，是哇。你們是說要去靈隱寺嗎？那裡門票老貴，還不如到老龍井洗洗手，沾些福氣，再去農家喝茶，買他們些好茶。我們城裡人經常到那裡去賣茶，七八百塊錢一斤，四百塊就買下了……」

他們交談得興致勃勃，我從旁看了看這個熱情的南方女人，六十多歲的樣子，燙過的短髮，臉色泛了淡淡的紫銅，身上收拾得蠻俐落，腳上穿了膠底淺口鞋。她開口稱自己是城裡人，還買得起四五百元的茶葉，可從穿戴上看，除了在城裡做清潔工，很難猜得出她能在城裡從事什麼白領職業。靈隱寺一遊，是老伴兒的建議，說那是典型的南方廟宇，和北方廟宇很不同的。我去過南嶽山下的那座大廟，對南方廟宇的風光有所領略，但是茶農和他們的茶田，我卻從來沒有見識過。我的傾向，說話間便統一起來，我們仨於是坐上了杭州市的七路公共汽車，向終點站翁家山走去。

或許，小郭受了表揚；或許，小郭生性熱情；或許，小郭做事還不會給自己留出餘地，反正，很快，我看見他一上車，便又和另一個六十來歲的女人交談得很熱乎了。我很佩服小郭和人交往的效果。只是從旁看得多了，我怎麼覺得這個女人我在什麼地方看見過似的。我本想先在倒數第二站的龍井茶莊站下車，看看龍井茶當地的行情，然後走一站，沿路看看，落腳翁家山。小郭卻說，這位大娘家住翁家山，自願帶我們去老龍井洗洗手，然後去她家看看當地茶農的生活。於是，那位大娘作了小郭的導遊，小郭作了我們的導遊。接下來，她很自然地伴在了我的老伴兒身邊，親親熱熱，說她姓翁，她家的兒子娶了北京姑娘做媳婦。她說北京的親家老爽快，她們多年來相處得好融洽。話越說越親熱，我們於是稱她翁大姐，她便高高興興地接受了。說話間，我們來到了老龍井邊，翁大姐變魔術似的從什麼地方拿出一個小水桶，要我們在老龍井裡打水，洗手，並在一旁指導說：這是乾隆皇帝喝過水的井，福氣老高了。水要打滿，水滿福滿，手洗了要晾乾，別擦去了福氣，等等。看翁大姐忙前忙後的，我說你和我的老伴兒在老井旁照張相吧，翁大姐又高高興興地接受了。

說話間，我們到了翁大姐的家，只見她立即從一個白鐵皮桶裡拿出兩袋茶來，分別給我們用玻璃杯子泡了。我和老伴兒喝一種，小郭喝另一種。茶泡了片刻，翁大姐把杯子上邊的茶水倒掉一些，又續滿水，說：

「喝吧，嘗嘗味道，看你們能不能喝出差別來。」

我說了差別，翁大姐說我們是會喝茶的，好好喝吧，管夠；又說，第二三遍的茶更好喝。臨近中午，我們都有些渴，一口氣便喝到了三遍。其間，翁大姐把她招待過的人留下地址的本本拿出來讓我們看，地址都是北方人留下的。本本中壓了一張照片，是翁大姐和一個山西女子照的。我翻過遞給我老伴兒，老伴兒看過遞給小郭，這時候，翁大姐恰到好處地問道：

「你們不帶些茶回去嗎？」

「帶些，一定帶些，怎麼也是地道的龍井茶嘛。」我回答說。

「是哇，是哇，帶多少呢？」

「一斤足夠了。」我說。

「哦呦，老遠來了，幹嗎不多帶些？我的茶賣四百八十塊，我把零頭給你們抹了，你們多買些好了。」

儘管現在的世界很紛亂，但是一旦談到金錢，紛亂便豁然清澈了，有頭緒了。龍井茶很有名，這些年我卻早已不喝了，因為我看見凡有賣茶的地方就有龍井茶，多數喝起來味道不佳，出現冒牌貨是必然的。冒牌貨所以冒牌，當然是因為利益豐厚。一種東西被人搗鼓到弄虛作假的程度，我們完全有理由躲得遠遠的。茶葉，說到底，不過是一種樹葉子，幾百塊錢、幾千塊甚至上萬甚至幾萬塊買一斤樹葉子，說到底是我們富足了，紙葉子（紙幣）燒得我們忘乎所以的結果，與這種特殊的樹葉子本身沒有太大的關係。春上我去北京馬連道茶葉市場挑選茶葉，我連進幾個龍井茶專營店挑了又挑，二三百塊錢的龍井茶嘗了又嘗，說味道不夠好，遠不如我看中的不足百塊一斤的雲霧茶。他們聽了，把眼瞪得兇巴巴的樣子，操了典型的江南普通話，憤憤地說：你會喝茶嗎？我趕忙退出茶店，連說不會，不會。中國人反對別人稱霸，其實是自己總想稱霸的反應。一種樹葉子都想賣出霸氣，一旦手裡有了精良武器，還不知會怎麼刀光劍影呢。好在競爭機制在茶葉這行已經通行，我在別種茶葉店花不足百塊錢購得的茶葉，用來招待朋友，他們無不嘖嘖讚賞。朋友問起茶價，我答曰：

「上千塊吧。」

「難怪好喝，多來幾杯！」

他們都這樣說，我想，這就是一種經濟泡沫吧？我仔細看了看翁大姐的龍井茶的品相，覺得價位應該不過百元，加上特殊的產地，味道也說得過去，充其量百把塊錢。既然翁大姐報價四五百元，那我不妨再加上翁家山當地茶的品牌效應，再不妨加上冒牌貨的可能性不大，再不妨把這種泡沫主動放大一倍多，我認為翁大姐的茶也不應該超過二百元。若是和生人買茶葉，我早說出自己的看法了，可是我們和翁大姐已經成了熟人，我要是把價位砍去一半，咬住牙關討價還加，赤裸裸的，那麼代價一定是破壞我們已經建立起來的和諧氛圍。於是，我只好求助老伴兒：

「我們帶夠錢了嗎？」

這時候，老伴兒不僅僅進入了這種特定的和諧氛圍，而她在菜市場買菜，在商販眼裡一向就是個軟柿子。她毫不遲疑，一邊說著，一邊就在掏錢了。於是，我們的買賣做成了。輪到了小郭，小郭說：我不會喝茶，買一百塊錢吧。翁大姐勸道：買二百吧，正好半斤。小郭說，我神經衰弱，喝了茶睡不著覺，買一百塊招待人，足夠了。我連忙插話說：郭老師不喝茶，一百塊茶，夠喝一年半載的。於是，我們一共買了九百塊錢的茶，我們大家都高高興興的，只是我覺得龍井茶多買了一倍，也可說翁大姐多賣了一倍。

三

買賣做成，是現代社會和諧的一個主要因素。很難想像，在一個商品充斥了整個各個角落的世界，買賣總是做不成，貨幣總是流動不起來，我們每個人會憋成什麼樣子。這個時候，廠家、商家、金融家、小販、倒爺、托兒，等等，也許比我們著急，可是我們消費者的心也不會安靜。商業說到底是一種民主，我們誰也不願意讓民主冷落了自己。

我們想看看翁大姐的家，不等我們提出要求，翁大姐好像猜透了我們的心理活動，立即起身帶領我們參觀她的房子了。那是一棟三層小樓，進深和城裡的樓盤差不多。前廳作了客廳，中間是衛生間，後邊是臥室。如此格局一直到三樓，每一層，每個角落，都拾掇得乾淨整潔。翁大姐說從修樓到管樓，都是她一個人的事情。翁大姐確實很精明，很幹練。

上了三樓的陽臺，眼前一下子豁亮起來，前方的山勢歷歷在目。山下的村子全由屋頂組成，樓頂一個挨了一個，再難看見空隙，彷彿踩了樓頂，可以直接走到對面的山坡去。已是南方的初冬，山的綠色中，或是一點紅，或是一點黃。山頂樹木茂盛，坡度稍緩處，便是成壟成行的茶樹田，讓一個北方人感覺到南方土地的珍貴，用寸土寸金來形容都遠遠不夠了。一方水土養一方人，這方水土對這方人格外厚待，格外疼愛，只要人勤快，天人很容易合一。

我說這景色很好，我們便借了這高高的地勢照了一些像。下了樓，趕上翁大姐的妹妹抱了孫子來串門兒。說來有趣，那孩子一臉天真，大腦門兒下卻生了一雙憂鬱的眼睛，見了我們親熱地往我們身上撲來，像是要向我們表明什麼。我老伴兒剛剛湊過去，小傢伙便把大腦袋紮進她的懷裡，一點不認生。我感動之餘，也給翁大姐的妹妹娘倆照了一張相。

我們說時候不早了，我們要去找飯吃，翁大姐趕緊說，她的表姐家專門招待客人喝茶，吃飯，便把我們介紹到了她的表姐家。飯後，翁大姐如約過來，帶我們到了汽車站，親自送我們上車，告訴我們坐「遊3」公共汽車路回城，一會兒便又到西湖邊了。

太陽漸漸西下，離山頭越來越近。隔湖眺望，遠處的山像是籠罩在薄霧中，太陽落進了霧靄裡，越來越紅了。湖邊遊人如梭，熙熙攘攘。作為遊人，湖邊走走，愜意是愜意，只是沒有西湖猶如俏妞兒的感覺。蘇東坡在西湖邊為官多年，與西湖處出了感情，生性浪漫的他，把西湖當作美妞，感覺自然美妙。不過，我想，蘇東坡在西湖邊想起來的西子，不僅美麗，還一定很純粹，很善良，很脫俗。否則，他那則傳唱幾百年的比喻，便是最大的敗筆了。

老伴兒到過西湖，一邊走一邊給我指點一些景點的位置。到了新地方，我的方向感總犯迷糊。我問岳王廟的位置，老伴兒指給我看。我不經意地問道：

「翁大姐還在廟前的公共汽車站前給人指路嗎？」隨口說來，張冠李戴，不料腦子卻閃出一道白光，突然明白了點什麼，隨即找補了一句：「她們是姊妹倆！沒錯，一定的！一個做托，一個蒙錢！」

儘管我的話沒頭沒腦，我一貫老實巴交的老伴兒也毫不猶豫地回應說：「難怪，我總覺得在哪裡看見過翁大姐的！難怪，難怪，我問了翁大姐幾次她北京的親家住哪裡，她始終沒有說出來！難怪，難怪，難怪，南方的女人真精明，把買賣做得曲裡拐彎，拐到了岳王廟前了！」

「有趣，有趣，實在是有趣！」

我和應了老伴兒，心裡不禁給翁大姐們算起賬來：擠去翁大姐在岳王廟前公共汽車站設下的姊妹托兒，擠去翁大姐在岳王廟前瞄準我們一起上車的用心，擠去翁大姐主動和與人交往尚生澀的小郭攀近乎，擠去翁大姐的茶水招待，擠去翁大姐帶我們回家，擠去翁大姐拿出地址本本給我們看，擠去翁大姐讓我們看她和山西那個憨女人的合影，擠去翁大姐東拉西扯的故事，擠去翁大姐介紹一年中如何以茶為生，擠去翁大姐介紹我們吃午飯的一條龍賺錢，擠去翁大姐送我們安全出村上路……歸根到底的九百元茶葉買賣，有多少「忠」的成分，又有多少「奸」的成分呢？傳統說，無商不奸；而今天，商家則在大力標榜誠信買賣。從過去的「無商不奸」到今天的「誠信買賣」，商業道德一路走來，兩者之間的距離究竟縮短了多少呢？我說過，商業說到底是一種民主，比如說，因為商業的巨大活力，我們也能在皇帝老兒喝過水的老井旁洗洗手。然而，商業無處不在，商業的民主是交給了我們每個人的，此人濫用了民主，彼人不僅沒有了民主，還會深受民主的坑害。這裡涉及的「忠」，不是岳母心中「精忠報國」裡的那個「忠」；這裡涉及的「奸」，也不是秦檜老婆「放虎容易擒虎難」裡那種「奸」。我們需要把傳統的「忠」與「奸」的觀念淡化再淡化，在商品社會裡轉變成一種相對公道的商業觀念，那才能構建相對公道的和諧社會，把活力四射的商業買賣做下去，否則，商業民主這把雙刃劍就會傷害所有的人，最終摧毀商業社會本身。我說不清翁大姐的商業操守公道到了什麼程度，對遠道而來的客人，是「忠」的成分多了，還是「奸」的成分多了，還是「忠」與「奸」的成分大抵持平了？

「我們要把這件趣事兒說給小郭聽嗎？」我問老伴兒。

「還是先不說的好，免得掃興。」老伴兒說。

「不過，我不會給翁大姐寄照片了，儘管答應了。」

「為什麼？答應了，還是寄來的好。」

「有了照片，翁大姐會反反復複拿給客人看的。」

「這是個問題。可是，說話不算數，總歸不好。」

「反正地址留給翁大姐了，翁大姐如要，她寫信來要好了。到時候，我一定會把翁大姐小孫子的照片寄來，在照片背面寫上：你的故事我們都猜出來了，還是別讓你們的小孫子知道的好，免得他從小因襲了小打小鬧的伎倆，長大了難成棟樑之材。」

一番耐心等待，照到了西湖落日的小郭，這時興衝衝走過來，問道：

「二位老師在談什麼？」

「岳王廟前的買賣。」

我和老伴兒不約而同地回答說。

狼不吃人

從小生活在農村，狼的故事是聽得最多的一種。「叫狼吃了你！」農村剛懂事的孩子幹出不懂事的小小勾當時，這句話往往最先聽到。於是，狼吃人的故事就開始了，因為一個更完整的狼吃人的故事往往會嚇住孩子。人長大了一直沒有被狼吃掉，狼吃人的故事就漸漸淡化了，能記下來的卻是狼吃人的另一種故事。

我二舅放了一輩子羊，直到腿腳不靈跟不上羊群時才把放羊鞭放羊鏟交給生產隊。二舅剛放羊時才十二三歲，家裡窮，沒辦法，只好去給東家放羊。東家的羊丟不得，丟了賠不起。偏偏有一天二舅一扭臉時，看見一隻羊緊緊跟著一隻「狗」離群而去。想必二舅小時候也聽說過許多狼吃人的故事，猛然明白過來那只羊緊緊跟著的不是一隻狗，而是一隻狼。據老人說，狼叼羊的方法之一就是咬住羊脖子，羊因為疼痛而緊緊跟著狼跑。二舅明白過來後，立即拼命追去，一溜跟頭一溜跑，趁狼和羊跳下地塄前略微遲疑的片刻，一下抓住了羊的兩腿後腿。於是形成了這樣一道生命之鏈的景觀：塄上，一個無畏少年拽著一隻羊的一條後腿，傾身而立，一心要把東家的羊救回來；塄下，一隻狼緊緊叼著羊脖子，四蹄抓地，就是不鬆口。可二舅到底是個孩子，力氣虧得多，卻又死不鬆手，終於和手裡的一條羊腿一個跟頭從塄上一下子翻到了塄底，和手裡的羊腿摔散了。狼呢，頗有見怪不怪的紳士風度，不和一個小孩子家一般見識，和它的羊形影不離地匆匆離去。

祖母和母親，尤其二舅，都用不同的版本給我講過這則驚心動魄的故事，末了總會找補一句：「多險，虧你二舅命大！」

另一則故事說村裡的羊倌王小毛，小時候跟父親放羊，一天中午父親回家吃飯，好幾隻狼來攻擊羊群。那是他們自家的羊群。他父親給他講過，遇到狼來了，趕緊往羊群當中鑽。王小毛照他父親的話做了。狼們沒有理睬他，各自挑了自己中意的羊，叼上走了。

王小毛親口跟我講過至少不下五遍這個故事，意在說明他很機靈，命也夠大的。「狼是要吃人的啊！」每次講完，他都會意猶未盡地強調一句。

二舅和王小毛已經是七十多歲的老人。每次探親回家見到他們，一邊讓他們吸煙，和他們說話，一邊心下暗自琢磨：狼為什麼不吃他們呢？

幾天前看到一篇文章，是一外孫寫他姥爺被狼救下的故事。這故事是他在他小時候一遍又一遍地講給他聽的：有一次，姥爺去河裡捕魚搭了黑，忽然發現離他四五米遠的葦草叢裡有幾隻狼，姥爺嚇得扭頭就跑；待回頭看時狼們並不追，只是撿他扔下的魚吃。姥爺因此嚇得好久不敢去捕魚，可生活所迫，姥爺還是得去，只是去時多相跟了些伴兒。一群人捕夠魚走時，狼們又出現了。姥爺急中生智，吩咐大夥兒扔掉一些魚快跑。狼們果然有沒有追，撿魚而食。姥爺長了經驗，如此往復地去捕魚，不期一次不小心，掉進了冰窟窿，兩隻胳膊架在冰上大喊救人。說時遲那時快，兩隻大狼從葦草叢躥出來，直奔姥爺而去。姥爺心想這下完了，喂狼喂定了，瞪大眼睛等死吧。可狼們似乎不稀罕姥爺，轉了兩圈，從姥爺身後咬住姥爺的兩邊膀子，硬是把姥爺從冰窟窿里拉了出來。由於姥爺一直在喊「救人啊！」鄉親們相繼趕來，狼們見人來了，趕緊跑了。人們七手八腳地扶起姥爺，趕緊離去，姥爺驚嚇中還沒有忘記吩咐眾人：「不要全拿走魚，不要全拿走魚啊！」

這個故事彷彿發生在遠古的洪荒時代，其內涵和蘊味夠人反復咀嚼並代代相傳下去。我在咀嚼中自然聯想到了我聽說過的那些狼吃人的故事，一下恍然大悟了：哦，狼們從一開始就不打算吃人的，它們根兒沒有吃人的胃口。弱肉強食，狼在大自然的生物鏈中，毫無疑問是以「弱肉」為食的，如兔子如羊如魚。與狼相比，人在光明正大的肉體搏鬥中，算不上強者，至多和狼打個平手，或兩敗俱傷。以此推論，人也只好以「弱肉」為生，選擇兔子、羊和魚這樣軟弱可欺的動物捕獵。這樣一來，人和狼的衝突在所難免。狼打敗人時食其肉食其骨的時候可能發生；狼遇了食物極端匱乏又碰上孤人時捕而食之，也是可能發生的。在「弱肉強食」的自然法則面前，狼沒有錯，因為人吃狼而求生的時候也許更多，人把狼最終馴化成狗，就是鐵例。

在生存問題上，人是幸運的，因為人有思維這東西。思維說明人這種脆弱的動物發明武器製造武器使用武器和狼甚至更強大的動物鬥爭，屢屢獲勝，成了地球上所有生命的主宰。不過，人也有不幸的一面，因為思維這東西往往會幫著人順著思維的慣性一路思考下去：狼是吃人的。在這點上，狼倒也是幸運的。它們不會思維，但是它們有爭取生存的本能，本能讓它們可以依靠人活著，就是吃殘羹剩飯也還是比它們去冒險奪食要容易生存得多，於是，在它們與人這條生物鏈上，它們選擇了給人當奴才的命運，人類幸運地有了狗這樣幫著人獵殺其他生命的幫手或說幫兇。

如今，人類已經強大無比，一顆原子彈可以摧毀一座鋼筋水泥構建的城市，這不需狗的幫助，而狼也早早不是人的對手囉。然而，這個世界越來越向我們表明，人類在地球上成為孤家寡人那天，會比一國之君成為獨裁者的命運更慘痛更可悲更末日可待。因此，善待地球上的每一種生命，就是善待人類自己，已不是一句漂亮的口號，將會是一個赤裸裸的真理了。

真的，狼是不吃人的。

美麗就在我們手上

朋友趙少琳來信，問我對環保有沒有話說，寫一篇文章吧。我心想，這麼熱門的一個問題，想想看吧。用一句頗有詩意的話來說，讓想像長上翺翔的翅膀，海闊天空，沉澱下來的也許就是豐收的果實，於是想像力就展翅飛翔了——

自從人類與自己的糞便分開，環保問題就顯然存在了，但是卻沒有成為問題，因為人類已是人類，人類的智慧竟能讓糞便生產出了更多的糧食！

我們今天看到一頭豬或者一頭牛或者一頭隨便什麼還津津有味地和自己的糞便生活在一起，我們會禁不住想：真是畜生！並慶倖我們進化成了人類。

人類是什麼？用莎士比亞的話說：宇宙的精華，萬物的靈長。金木水火土曾經是人類的思考結晶。為了讓這些結晶更好地為人類服務，改善人類的生存環境，一顆子彈可以飛出去幾百甚至上千米去射殺敵人，一塊桐木可以做出一把能夠演奏出天籟之音的小提琴，一瓢水可以泡出一壺香飄四溢的茗茶，一個燃氣火焰可以烹製出一碟回味無窮的美味，一畝好地可以畝產兩千斤稻米……可是，我們人類忘記了大氣，時時刻刻離不開的大氣，就在我們自以為無所不能地把金木水火土折騰得服服帖帖時，大氣對我們說：「不，不可以！不信？先給你們點霧霾嘗嘗吧，隨後想想怎麼把我們大氣上的黑洞補上，要不然——」

「我死後管它洪水滔天！」路易十五說。

我們都以為這是法國一個最沒有責任心的皇帝說的話，豈不知這是一種人類共有的心態。不信？你去打問任何一個製造污染的人，他一準會說：「管那麼多，怎麼活不過我這輩子？」

唉，我們人類艱難地走過千年萬年，進入文明的二十一世紀，環境保護成了最大的問題。也許空氣太大，可太小的事情又如何？污水浸泡了城市的大街小巷，滲透到幾十米的地層；廢塑膠袋鼻涕般掛滿了大樹小樹的枝頭；還有……防盜門裡可能關著明星、名流、親戚、朋友，或者同屬一個樓道的樓上樓下的鄰居，可是防盜門上厚重的塵土和絲絲拉拉的蜘蛛網，讓你懷疑裡面是不是成了鬼屋；還有……防盜門外的樓道裡展眼看去，是煙頭，是廢紙屑，是痰跡，是亂七八糟的廢棄物；還有……更加令你為同類難堪的是垃圾道旁扔著的一個個我們自己俗麗的小家清理出來的垃圾袋，僅僅因為需要掀起垃圾口上那塊幾兩重的鐵皮蓋，我們人類經過無數的劫難和抗爭，走進了城市的高樓大廈，走進了飛機火車汽車，享受了空間的方便與舒適，卻變得如此懶惰和無賴，連舉手之勞都不屑一為了！

小時候在村裡看見的喜鵲窩在腦子裡出現了：它們選中村裡最高的樹，撿著最舒適的枝椏，搭起了一個高高在上的窩，看上去超凡脫俗，與眾不同。它們吃飽喝足不管不顧地從高空往下拉屎拉尿，清理垃圾，自己合適了舒服了，還會梳理一番自己的羽毛，嘰嘰喳喳地狡辯一番。在萬物葳蕤的美好而健康的季節，它們的一切行蹤都被遮蓋起來，掩飾起來，讓我們誤以為它們的嘰嘰喳喳是報喜的吉音。然而，到了冬季，萬木凋零，綠色蕩然不存，它們的窩就如同一個長了毛刺的汙物，十分霸道地懸掛在潔淨晴朗的天空，成了太陽光下赫然觸目的黑色污點——

可是，我們畢竟不是喜鵲。我們人類過去曾經在樹上生活過，可今天我們已經擠擠抗抗走進了樓道。於是，一天夜裡，我被嘈雜聲從夢中驚醒，樓道裡一片驚慌失措，燃著的廢物和垃圾變成了大火，火焰沿著牆壁向住戶蔓延。有人在忙著端水救火，有人卻緊閉門戶，在家裡扯尖嗓子嚷嚷說：不能開門，要不大火會竄進家裡的！是可忍孰不可忍！不可忍我們也得忍著，誰讓我們共處一個地球呢？

是的，我們得忍著。我們一路騎車回家，碰上開出族們瀟灑地從車窗扔出一個煙頭或者吐出一口黏痰，我們得忍著；碰上公共汽車上一個俗麗的母親教孩子扔下一個飲料瓶，我們得忍著；碰上哪家慵懶的主婦或者懶漢主男從自家居所的窗戶扔下「不明飛行物」，我們得忍著；看見天寒地凍中，禿枝朝天的樹杈上掛了鼻涕和洞淚般的廢塑膠袋，整棵樹在風中如同慟哭的女人一把鼻涕一把眼淚地傷感著美好的過去，我們都得忍著；看見一股股黑煙從汽車的尾部、從高高的煙囪冒出來，悄然而惡毒地毒害我們，我們還得忍著……我們顯得很無奈，或者至少是我覺得很無奈，直到我信服了我的一位老同學的環保意識——

多年前，他從中國銀行駐加拿大代辦處歸來，請我們吃飯。飯後洗碗時我見他不用洗滌劑，洗過的餐具依然油膩膩的。我說：你怎麼還像在學校時不夠講衛生呢？買點洗滌劑不好嗎？他說，他拒絕洗滌劑。我問為什麼，他說為了環保，並說這是他在國外多年的最大收穫。我心想：我剛從英國回來也這麼「洋派」過，可後來發現中國的污染根本就不在乎甚至嘲弄我的「洋派」，我倒要看看你能堅持多久。如今他回國已經七八年了，昨天我在他家吃飽喝足後，特地注意到他依然不用洗滌劑洗涮餐具，堅持了自己的環保意識，我不僅一陣感動，腦子裡出現了小時候家鄉的下雪天——

一場大雪下過，地上白了，房子上白了，樹上也白了，到處一片白色的美麗。但是農家人誰都沒有坐在家裡享受這種美麗，而是在大雪過後，立即清理自家的庭院，又從庭院裡一路清理，房子與房子，村子與村子，用一條條攏出來的小路連接起來，在皚皚白雪上畫出了只有人類才畫得出的另一種美麗——

美麗原來是這樣的！就是說，如果成為大得彷彿只有神才能幫助我們解決的環保問題，其實與我們每個少用或不用一滴洗滌劑，多攏一鍬雪，多彎一下腰撿起一個廢塑膠袋……一句話，只要我們在享受現代文明的同時，別太懶惰，別太垃圾，別太狗屎，別太不負責任，連舉手之勞都不屑一為，連各掃門前雪這樣最起碼的環衛要求都拒絕了，我們的環保問題能成為難解的問題嗎？——

自從少琳朋友要我想想環保問題，想想的片段便這樣產生了，記下來了，可是兩三個月過去，我在攢成一篇文章時，卻怎麼也攢不理想，攢不美麗，攢不潔淨，攢不……反復看著這些片段，心想也罷，就這麼寄給朋友發表，能這樣原汁原味地發表，留給讀者去攢，反反復複地攢，說不準就攢出了環保意識，攢出一種共同的美麗也未可知。

載於二〇〇一年四月十九日《山西環境報》

肉身的化學反應

大約有幾年的時間，我小拇指最後一節的正下方，長出一個小小的硬刺，起先我以為是外來的，使勁按下，不覺疼，沒有肉中刺的感覺，沒必要拿針往外挑，在意幾日，也就忘了。只是有時，它不甘寂寞，會在光紙和軟布上掛拉一下，我才又盯住它看幾眼，心下納悶兒：怎麼來的呢？由不得摸摸右手的小拇指相同的方位，並未發現什麼異兆。有時候，聽說人心臟不好，小拇指或無名指會出現發麻的異象。我的心一下子緊起來，想：難道我已經老到心臟不堪承受的地步嗎？但是，等心松下來，並感覺不出指頭發麻，只有小小的硬粒如故。有一回，不知因為什麼，我把它摳了幾下，竟然掉了下來，白色，形如小米粒，用大拇指甲碾去，迸得倏然不知去向，而小拇指的末節下方這時光滑如初，只是不知過了多時，它又長出來了。如此想來，不知它長出來多少次，脫落過多少次，只因它來去無關痛癢，不在注意之中罷了。

這小硬刺陪同我若干年後，一天，在觀察它時看見手背下方，也就是小拇指相關的範圍，長出了兩個小肉瘤，頂部小而粗糙，基部大而深陷，類似疣子和雞眼，卻也無關痛癢。我開始以為是老斑，老伴兒見了一口否定，說：不是；又說，如若是，那麼右手相應的地方也應該有的。我不知道老伴兒的話是否成立，但是右手相應的地方並沒有異象，卻是真的。我四處打問，仍沒有得到高人指點，說清楚它們到底是什麼。我長就一雙勞動者的手，骨節偏大，展平手指，指間多縫隙，母親說我指隙如篩，以後存不住錢財。還好，至今我也沒有發過財，工薪族，糊口養家，掙來花掉，花掉再掙，往復迴還，像天下大眾一樣過日子，存不住錢也就無錢可漏，倒也安心。但是，數年中，偏偏左手小拇指一帶連連發生異常，雖無關痛癢，無關大局，卻再難做到有若視無了。

疑惑中，趕上一趟洋差，到蘇格蘭的愛丁堡圖書節觀覽一周，又在倫敦逗留數日，每日吃在飯店和飯館，不用動洗碗，如同甩手大爺，小半個月回到家中，重操洗碗的家務，拿起碗筷的當兒，看到我左手背下方的兩個異物不見了，手背光滑如初，而且小拇指下方的小小硬刺也萎縮得所剩無幾！我大感驚奇，猛然想到是不是洗碗的活兒在對我的手進行摧殘？莫非洗碗使用的洗滌靈和去污粉什麼活性化學成分在作祟？不料，這種推想在一周後果然被證實：消失的兩個異物又出現了，原來的地方，原來的樣子。為了進一步證實我的推論，我到超市里買了一付橡皮手套，每逢洗碗一定戴上，免去與洗滌靈的任何接觸。半個月過去，出現的兩個異物果然又消失了。

推想的證實，猶如解開一道方程式，高興和幸福之餘，類似的推想凸顯：我在家裡一直扮演洗碗的角色，常年累月，水從手上走過，如同河水從山間流過不會白白經歷一場一樣，總會殘留一些東西。皮膚在水裡浸泡久了還會起皺，何況隨時發生化學反應的化學成分？細察流水的路線，最後的水滴總是在小拇指的下方戀戀不捨，遲遲不去。右手多在活動，水滴容易甩掉，而左手每每配合右手的行為，處在靜態和半靜態之中，水中殘存的化學成分的反應時間長，天長日久便有了反應的結果。過去的年代洗碗不用洗滌靈，近些年不僅常用而且多用；年輕的時候熱血沸騰，能抵抗得住，如今年過半百，肢端節末總有涼氣入侵，水滴中的化學成分趁機鑽空子，滯留越久便意味著沉澱越多，如同鐘乳石的滴水生筍，異物就產生了。

由此又想到，剛過四十那年夏天，一天早上騎車帶兒子上學，天熱，穿短褲，跳下自行車之際膝蓋無力，差一點跪在地上。我以為腿出了毛病，趕緊穿了長褲保護，數日後膝蓋發軟的毛病隨即消失，此後，我再也沒敢穿短褲騎自行車了。剛過五十那年，一天吃著饅頭，咬住一粒大碜，弄出來細看，竟是自己的一顆牙齊根斷掉。又過兩年，騎車上班，風與氣迎面而來，過去是涼爽，此時成了涼氣，竄進五臟六腑，放屁多，溏便多，失去往日的斯文倒還罷了，豈知闌尾炎也來欺負我衰老，時好時壞，折騰了兩年有餘，還得開腸破肚，割去那據說人體中的唯一多餘之物，才算安生起來。

由此，我想，此類病象發生再多，再凶，也還是物理反應，可以得過且過，實在過不去了，治療效果總還是有的。可是化學成分在肉體上發生的化學反應，起初是戔戔小者，不以為意，可小者不斷相加，量變到質變，就成了犖犖大者。這道理好像人人都懂，可是商業競爭，唯利益是圖，很少有人把這些現象當作一回事，於是，當今的食品中的化學成分已經成了商家的促銷手段，「美味」往往是化學成分發生反應的結果；防腐劑、嫩肉劑、二惡英……多不勝數；再往前推，飼料裡有助長劑，催膘劑，催奶劑……多不勝數；再再往前推，地裡有化肥、敵敵畏、敵百蟲……多不勝數；於是乎，河流污染，湖泊污染，環境污染，大氣污染，霧霾成災，我們作繭自縛，把自己套住了還渾然不知，好像環境污染和大氣污染與我們無關，離我們很遠，豈不知我們呼吸的每一口氣、喝的每一口水，都和它們息息相關。比如，我們洗碗時不經意間流過去點滴水珠兒，硬是在柔軟而健康的皮膚上生出了硬刺和贅物！類似的化學反應接連不斷，渾身上下到處開闢戰場，等到兇險之象迫近時，我們的肉身也許已到了不堪承受的邊緣，因此拯救起來格外困難，往往陷入了不治的境地。

我們的肉身一貫就有化學反應，譬如說，我們吃的是糧食，卻長出了骨頭、肉、血和頭髮；我們吃在嘴裡香噴噴的東西，排泄出來卻腥臊、惡臭；只不過我們生來如此，祖先如此，阿貓阿狗們也如此，視為當然，視為正常，也就懶得去追究，因為我們在漫長的進化過程中，已經適應了這些化學反應。然而，在我們把化學元素搞得日新月異的今天，我們的肉身便很難在短時間內完全適應日新月異的化學成分時時刻刻發生的化學反應了。是的，我們可以適應一部分化學成分，比如，防腐劑在我們食品保存中已經發揮了一百多年的作用，所以我們今天僥倖壽終正寢的肉身的火化，耗電量已是五十年前的兩倍半了；換句話說，我們因為肉身的化學反應而引發的疾病的概率，已經增加了兩倍半！

常言說，千里之堤潰於蟻穴。我們的肉體正處在這樣一個蟻穴潰堤的時代。然而，我們既是螞蟻也是堤壩，拯救我們自己，真的要靠我們自己了！

載於二〇〇六年第八期《都市》

書櫃的身世

一

人類發明櫃子，是走向秩序生活的一大步。不管是吃的還是用的，裝在一個櫃子裡就有秩序多了。石器和鐵器還沒有幫助人類之前，櫃子可能就在為人類所用了，仔細端詳棍棒插成的籠子的樣子，就能想像到這種可能性。櫃子不僅實用，而且可以用多種手段和各種材料製作，人類把它們發展和壯大就是必然的了。櫃子成為家具中的大族，其身分不可避免地有了高低之分。現代技術和工藝無所不能，櫃子的推陳出新相當可觀，不過我以為，現代技術和工藝製作的櫃子，只數保險櫃無可挑剔。在別的用途裡，比如傳統上的居家之用，現代家具中看歸中看，時尚歸時尚，但是比起紫禁城裡皇家使用的各種名貴木料做的櫃子，則毫無「貴」的氣質。為「櫃」而無「貴」，不能不讓人感到美中不足，心生遺憾。皇家的櫃子，尤其清代，華麗而雕琢，這是「貴」的一個方面，其實我看中的是透過「華麗而雕琢」後面的那種貴重的木質和簡練的做工帶給視覺的質樸的華貴，例如明代的紅木家具。

太太是北京人，兒時就把北京的名貴地方都逛過了，直到近五十歲，卻還沒有逛過團城。我說，這太容易了，明天就去，生活在北京，這點優勢要好好利用才是。我逛過幾次團城，起先是對那樣一個全世界幾乎是最小的「城」，那些樹木能夠悠悠千年依然生氣勃勃感到好奇。畢竟，團城是靠磚「團」起來而為「城」的，生長其中的柏樹松樹壽數都在幾百年甚至近千年，根須無限生長，水分如何養得住，我認為怎麼都不如紮根在無限深厚的黃土裡那樣後顧無憂。後來，有專家講了團城的建設者如何在彈丸之城裡設置水系，充分利用雨水，保證那些樹木的用水，我再去參觀就更有流連忘返之感了。後來去團城需要購買門票，票面後面的簡介這樣寫：

團城建于金大定三年（1163–1179）。後經元、明、清三個朝代的修建，成為現在的建築形式。城中著名文物有「玉翁亭」，亭中安放著「瀆山大玉海」。承光殿中供奉著獻給慈禧太后來自緬甸的白玉佛。城中還有乾隆御筆親封的「白袍將軍」和「遮陰侯」二棵樹齡在九百年以上的松樹。

據說，「遮陰侯」的美名，是表彰一棵松樹在皇帝讀書時給皇上遮擋毒辣的太陽光的功勞。想像一個皇帝夾了一本書，找這樣一個精緻的地方來讀，也還算有些雅趣的。不料，一次隔著玻璃窗窺視正殿，一對書櫃和一對多寶閣躍入眼簾，我才恍然大悟，明白皇帝是無需親自攜帶書的。普天之下莫非王土，王土為王所用理所當然，可這難免令我掃興，好在那對書櫃一時間令我凝神屏息：它們應是明式家具，酸枝木，紫紅色上多了歲月的滄桑，銅件不明亮卻也沒有銅銹，用料寬綽，做工到位，雕飾拙樸而簡潔，越端詳越感覺出它們的大氣和莊重。做工、用料、款式等方面的講究是一個方面，它們生來就是為了裝書，因書而貴，是更重要的一個方面。我從各個角度打量了足足半個小時才離去，心想它們應該擺在紫禁城的一個更重要的地方，比如太和殿的金鑾寶座旁邊，給參觀者傳達一種知識貴重的資訊。這當然是我的一廂情願，歷代皇帝們，是從來不會真心把書看得多麼貴重的；他們看中的是那些如何對臣民進行鐵板統治的典籍，對那些啟迪黎民百姓智慧的書籍，一是剿禁，二是焚燒。眾所周知，此法始于秦始皇：焚書坑儒。令人深思的是，秦始皇的專制，後人效仿者多，批判者少，延續兩千多年依然為人津津樂道！

我喜歡書櫃，是因為書櫃能給多災多難的書籍提供庇護所。雖然生在農村，我從小對書卻一心嚮往。我八歲那年村裡成立小學，來了一個王秀山老師，一下子給學校買來幾十本圖書。除了小人書，還有薄薄的滿篇都是字的書。看小人書，連蒙帶猜，大體上能知道書中的意思。滿篇都是字的書，就不那麼容易弄懂了。我們都在念小學，年級最高的是三年級，讀懂這樣的書還差很多字眼。我在鄰村讀了一年級，這時在讀二年級，滿篇都是字的書看不懂又認得其中一些字，那種難受勁兒讓我對書產生了敬畏。沒想到，大學畢業後，我進了出版社做編輯，成了做書的人，一做就做了三十五年；做書、譯書和看書，竟然成了我一輩子的職業。於是，和書打交道，給書找個美好的存身之處，是我心目中的一件大事兒。說來有點不可思議，上世紀七十年代，文化大革命浩劫的狼煙蜂擁，禁書批儒的惡浪一波又一波，書之不存，殃及書櫃，北京市的家具店裡很難看到書櫃的影子；一直到了八十年代初，家具店裡才形單影隻地出現了書櫃和書架，儘管樣式和用料要多簡陋有多簡陋。好在那時候一切物質都緊俏，樣樣東西都要票，書櫃這種對百姓來說非生活必需品，樣式極其簡單一始終沒有引起人們多大不滿。到了八十年代末，一次去東四家具店裡閒逛，竟然發現了一對酸枝木做的書櫃，要價五百元，高出我整整一年的工資總額。那時候，對紫檀木、酸枝木、花梨木這樣的好木頭，一點概念都沒有，是售貨員把書櫃的特點講解了一通，才有了一點認識。可能從小生長在農村，對木頭倍感親近，聽了講解再端詳櫃子的樣子，覺得十分受用，擁有感強烈起來。沒有存款，沒有外援，買不起，只能隔三岔五地去看看它們的風采，過過眼癮，售貨員看我的眼光因此複雜起來。有了這個經歷，對編輯室的書櫃也開始注意起來。我這才發現，出版社像模像樣的書櫃，都是在五十年代生產的，後來文化的緊箍咒越念越緊，市場上和文化單位增添新書櫃漸少，即便有零星增添，也都是些簡陋貨色，我看來簡直不堪入目，這倒正好留下了解放以來出版壟斷、體制專橫導致文化迅速荒漠化的證據。出版社的書櫃，每個書櫃上都釘了一個小鋁牌，銀底紅字，出版社的名字和號碼烤制在上面，如同當今國民都領到一個身分證一樣。從那些號碼的數字上，你能看得出誰在先誰在後。書櫃的門大多是開關式的，少數是推拉式的。因為年輕時候曾經懵懵懂懂地打算做個木匠，對木匠工藝算得上眼高手低的內行。一批做工講究、樣式經典的書櫃順理成章地成了我關注的對象。一次，我正在端詳這樣一個書櫃，書櫃的擁有人，我的一個老同事，在一旁開了口：

「這批書櫃不是我們社最早的，卻是我們社最好的。當時最好的用料和工藝都體現在這批書櫃裡。下幹校時，北京到湖北咸寧，幾千里路，它們都陪我們去了。大卡車拉過去的，晃蕩一路，在幹校也沒有人當東西用，回北京時又晃蕩一路，你看看這榫子，沒有開裂的，再看看這木料，沒有走形的。」

我的這位老同事是東北人，對木頭也很有感覺，才能把一個書櫃介紹得既內行又頗具歷史感。我用手摸了摸它的尺寸，發覺它比家具店裡的書櫃闊綽，用料也厚實、合理得多，儘管後來家具店裡的書櫃的品種和樣式都在發展，也再難企及它們的用料。一晃進入了二十一世紀，我住的房子大一些了，首先想到的是添置幾個像樣的書櫃。我和太太一輩子都是做書的，三十多年來沒有攢下錢，卻攢了一些不錯的工具書，像英文大英百科、中文大英百科、簡明不列顛大英百科以及十幾本大中型英英、英漢字典；又如漢語大詞典、詞源、辭海等成套的和單本的詞典；更有幾千種不斷淘汰精選而存的成套或單本圖書。

世界上很多事情，是你有了那個心氣兒，別的因素才能發生。房子裝修時，我在京城的家具城轉悠，一次我看上了一個寫字臺，越南紅木的，看著茁實耐用，遺憾的是一根主要掌子有些彎曲變形，拉回廠裡矯正後要我去看看矯正的情況；矯正情況雖然令我失望，但是很快和廠長老葛成了熟人。他看我對家具還算懂些行道，就領我參觀他廠子的倉庫。那是我第一次面對成百件紫檀、黑檀和酸枝木做成的家具，不僅讓我大開眼界，而且越看越上癮。在老葛廠長的勸導下，我這一介窮書生，竟然傾盡財力挑選了一種很喜歡的酸枝木寫字臺並定制了兩個酸枝木的書櫃，真正的私人訂制！書櫃的圖紙由我繪製，因此專門又到團城端詳那裡的兩個大書櫃，獲取必要的資訊和參照。我只有家，沒有殿，做不了那樣氣派的大書櫃，便採用它們可取的優點，把我的書櫃設計成三段：腿、中節和上節。書櫃的厚度則取了我們出版社那種最好書櫃的尺寸。書櫃的高度，由書櫃的主人——那些書的尺寸來決定。書櫃的樣子是這樣的：內翻馬蹄足式腿，四周鑲嵌如意帶；中節內三層，外裝櫃門，一個書櫃門上雕刻了梅花和蘭花，一個書櫃門上雕刻了竹子和菊花，兩個櫃子四扇門分別為梅、蘭、竹、菊。櫃門上邊是抽屜，屜面上雕刻了如意形梅花。書櫃的腿、中節的樣式和圖案都和那張酸枝木寫字臺的圖樣照應，在客廳前半部分形成了一種氣候。上節內分三層，下兩層按照百科全書的尺寸，上一層按照魯迅全集的尺寸，櫃門裝了玻璃，廠長老葛用工匠的眼光，在頂層上加了一道六釐米高的豎式頂簷，上面刻了如意形梅花浮雕。我自己的發明是在一米二寬的跨度中間，設計了一根上下貫通的豎嵣，豎嵣裝了暗栓，給板子支撐力量，避免時間久了板子打彎。板子雖都是酸枝木，但是書一旦放上去，那就是一副分分秒秒都須要承載的重負，跨度越小越能承載重量。我的書櫃的尺寸是：寬一米二，高兩米一，厚四十公分。因為厚度比一般書櫃多，擺上書的板子還有餘地，可以擺些小玩意兒，代替一部分八寶閣的作用。

書櫃做成後，老葛廠長和自己的老伴兒端詳過我定做的書櫃而後再打量廠裡的標準書櫃，說道：「總以為我們廠的書櫃就很氣派了，有了這兩對書櫃對比，我們的書櫃就窮氣了不知多少呢。」

我聽了高興，接話說：「我親手設計的，老葛廠長刻意打造的，這對紅木書櫃，是這個世界上獨一無二的。」

老葛廠長聽了，笑得開心，說：「一定的，我做了這麼多書櫃，還沒有人出過這樣大氣的圖紙呢，中午請你吃飯。」

自己出圖紙，廠家做書櫃，這樣的際遇，在工業標準化越來越占統治地位的未來，對於無職無權的小民來說，怕是很難再有了。我的酸枝木書櫃因此身分貴重了不少，也許是無心插柳的意外收穫了。

二

上世紀八十年代末，北京家具市場已經發生了一些變化，家具的樣式求新求變已成趨勢。組合家具成為新寵，書櫃也在緊跟形勢。一種書櫃內設五層板子、外配兩扇通門，是最新的樣式，便買了兩個。儘管樣式說得過去，但是裡面的板子極易被圖書壓彎，是它們的先天不足。明擺著，橫撐子上釘了木屑合成板，能承受得了圖書的重量，那才怪呢。不久，在三裡屯一家新開張的家具店裡，發現了一種書櫃，雖然樣式和最新樣式的書櫃大同小異，但是它們的跨度達到一米一五，為了解決板子壓彎的問題，廠家在書櫃的正中央加了一根豎撐，用凹槽嵌住每層板子，解決了板子被壓彎的問題。我大喜，又買了兩個書櫃，在一段時間裡基本解決了我們所藏圖書的存身之處。這兩種書櫃最大的不足之處是一米八高，上面至少還能加一層頂箱，存些線裝書和書畫之類；另一個缺點是中間缺少抽屜，書櫃的結實程度因此大大降低。兩個紅木書櫃矗立家中時，相比之下，原有的四個書櫃矮了不少，不僅顯得窮氣，而且浪費空間，因此給它們配上頂箱，一度成了我的心事。只是我詢問了很多廠家，都拒絕這樣的服務。畢竟，已經逐步荒漠化的中國文化，書櫃的地位也在逐漸邊緣化了。進入二十一世紀，家具店全部消失，家具城紛紛湧現，書櫃這才漸漸佔有一席之地，樣式也開始發生了一些變化。有趣的是，居民房子大了，客廳和書房成了房子的一部分，即便為購些書籍做點綴，也是一種追求文化的時尚了。記得一篇文章記述一個在深圳謀求的打工仔，依靠給客戶配備書櫃而發了財，真是有心者事竟成了。既然是時尚，價格就要昂貴，聽不見馮小剛的電影《大腕》裡的瘋子都在說：不要最好的，就要最貴的嗎？商家是一夥什麼人？唯利是圖的符號，不把客戶的錢賺到自己手裡，夜裡睡覺都不安生的。一個橡木書櫃要價一萬到一萬五，都是客氣的了。樣式也可以，木料也可以，價格當然也可以了。

要說眼下的北京城地盤大，名不虛傳，大有找不到北的趨勢了。不過，大也有大的好處，可以逛的家具城也多呀。一天，對木頭只認識一兩樣的太太對我說，她在附近的住總家具城，看見老榆木家具了，不僅成套，還很像樣子。

「老榆木的，看著就親切，我們家文革中毀掉的八仙桌和連三，都是榆木的。」太太說。「你不去看看？我看都不錯呀。」

我以為太太是個家具盲，料不到對家具也有中意到如此地步的時候。說到榆木，我和它們不僅是老朋友，而且幾乎算得上生死之交呢。三年大饑荒以及饑荒之後的許多年裡，榆錢兒和榆皮面都是稀罕之物，尤其榆皮面，攪在糠面兒裡，吃著順口，拉著順溜，堪稱人的腸胃和糠面兒之間鬧摩擦的潤滑劑，救了不知多少人的命。在家裡最困難的時候，母親攤著榆皮面籃走村串鎮換玉米麵，解決過家中糧荒的急切。誰說只有長征路上啃樹皮吃草根來著？我這樣生在新社會長在新中國的人，同樣啃過樹皮吃過草籽呢。別做一付苦大仇深的樣子訴苦了，還是說榆木家具與我的緣分吧。老家裡有個高腿坐凳，榆木做的，不知用了多少輩，榫子鬆動了，坐凳面坑坑窪窪，四條腿上滿是倒刺，看上去一副傷痕累累退伍老兵的樣子，卻依然在為人的屁股服務。有時候，倒刺紮了人，人就抱怨說：

「唉，這榆木疙瘩，皮實是真皮實，就是這倒刺要命。」

那時候，全村幾十戶竟然沒有一個像樣的坐具，但凡有些光滑的板凳，都是槐木和椿木做的，所以我以為榆木是不能做家具的。直到在北京生活下來，才知道河北、北京和天津地區，榆木家具是上等家具，上了老漆同樣閃亮光鮮。結婚那時我們都很窮，且別說買家具要票證，即便自由買賣，也沒有那個財力。但是，太太是北京人，我向來就被她家小看著，結婚總不能一無所有，怎麼也得有一對沙發，給太太一點臉面呀。利用一次探家，一個月裡我起早搭黑，用老家的一副榆木門板，做了一對沙發、一對彈簧座椅子和一個書櫃。那次勞作是在我讀了三年半書、做了兩年文字翻譯和兩年半編輯之後，再次投入到一天做十三四個小時的體力活兒的勞動中，儘管還年輕，拉鋸推刨是需要大力氣的，加上木匠工具是借來的，不怎麼服手，冤枉力氣花了不少，背部肌肉落下了勞損的病根，如今在寫字臺前坐久了或者陰天下雨了，脖子後面一搩遠處的那些貼在脊樑骨上的肌肉便會隱隱作痛，需得經常按摩和敲打，解除酸痛。沙發、椅子和書櫃做成後，散裝打捆，在車站打件寄往北京，到京後再組裝，打磨，上漆，倒也像模像樣，至少是獨一無二的。然而，隨著住房搬遷和局限，那套沙發和書櫃在新住處無法擺放，沙發送了朋友，書櫃送了親戚，只有一對彈簧椅子還留著，是我對父親、母親和故鄉的榆木的念想。正因為親自做過一個書櫃，對書櫃的結構、做工和樣式有了深層的瞭解與設想。

身置那些榆木家具中，感覺如同被老朋友們包圍著，一種親切而舒服的體味在心頭漫溢開來，當下決定把那四個與我們相伴了二十年的書櫃更換一下。成天和書打交道，我對書櫃的關注遠遠勝於和其他家具的交往，為了讓兒子從小對書有感覺，曾經把八扇玻璃門上貼了許多體育明星，比如李寧、喬丹、路易斯、海曼和克羅克特等等，讓「細脖大腦殼」的兒子有了強健體格的參照，隨著年齡長大，他很自覺地練出了一付結實的身板。他見我和太太經常打開書櫃翻書，到了他能自己開書櫃的年齡，也裝模作樣地開書櫃翻書，漸漸養成了喜歡看書的習慣。這下要把四個保護完好的書櫃處置掉，心裡很是酸澀與彆扭。還好，我的一個朋友一直以來對我的書櫃頗有好感，十分樂意把我的四個書櫃接手過去。我大喜，送舊迎新的活動開展得蓬蓬勃勃。我親自送走了相伴二十年的書櫃後，又親自設計新的書櫃。按照住宅的條件，一對書櫃比另一對稍寬些，於是我就又有了這樣兩對四個榆木書櫃：高兩米四，厚四十餘公分，一對寬兩米一，一對寬兩米三；中間都設計了抽屜，頂層都設計了頂櫃。下半部分是裝板門，上半部分是玻璃門，頂層又是裝板門，從正面看去是「嚴實——透亮——嚴實」的效果。抽屜如同腰帶，緊緊地把它們勒在一塊兒，給人團結的力量。兩對四個書櫃相對而立，擺放在一間屋子，憨實和厚重的書櫃承載了我們夫婦三十多年來篩選下來的書籍，不僅給家帶來書香，還給我們的寒士身分帶來足夠的尊嚴。而且，家具中，僅僅書櫃一項，就給了我們十二個抽屜的使用空間。有一次，因為增添了書櫃上的抽屜，我考太太道：

「你數得清我們家有多少個抽屜嗎？」

「十幾個？」一向不愛動腦子的太太大而化之地答道。

「你就傻吧，光書櫃上就有十二個呢？」

太太連報了幾次數目，都讓我否定了。太太失去了耐心，說：

「愛有多少算多少，怎麼不是使用，為什麼非要數清楚呢？」

「我總說你愚拙你不信，一個管家婆不知道家裡有幾個抽屜，如何把家管理得井井有條呢？」

這招激將法還挺靈，過了幾日，太太在餐桌上突然很肯定地說：

「家有抽屜三十八個。」

「不對。」

「我都數了八百遍了。」

「那也不對。」

「你就喜歡蒙人。」

「算上你縫紉機上的小抽屜了嗎？」

「那也算抽屜？」

「你說是什麼？」

「陷阱，你總有陷阱。」

特別需要交代一下的是，我和榆木的緣分，還總是會發揚光大。我和太太看中的老榆木家具，是四川籍的兩個姓雍的兄弟帶領幾個老鄉經營的家具廠製造的。他們在老家都是木工，來到城裡給老闆打工覺得受盤剝太狠，於是幾個人組織起來一個家具廠，不做廣告，儘量減少成本，以品質取勝。他們使用的木料很厚實，很闊綽，和別家的榆木家具相比，別有一種古樸敦實的風格。我問他們老榆木料從哪裡來？他們說近十幾年來拆遷成風，很多舊房子裡都用榆木做大樑和檁條，木材市場突然冒出來很多老榆樹木料，他們兄弟覺得這是個商機，就和幾個老鄉集資搞起來一個家具廠，紅紅火火地幹了起來。我和太太到他們的廠裡「探過班」，四川人那種苦幹實幹、心靈手巧的勁頭給我們留下很深的印象。因為深入瞭解，我們發現他們的裝板不像榆木，而像木質更輕更軟的桐木。我提出看法，他們承認不悔。大家坦誠相見，我們就訂了書櫃，約定在他們上漆前去看看做成的書櫃，他們毫不猶豫地答應下來，並適時地請我們過去驗收。全部手工製作，左、右和後面，都是桐木裝板，按照我的圖紙，正面中間加了一根竪撐，把書櫃的板子的跨度減小，讓它們不致彎曲。他們按照客戶提供的圖紙做書櫃，是他們建廠以來的第一次，所以他們說：

「恐怕也是最後一次了，因為客戶絕少提供圖紙，都只會在市場上挑選。」

沒有成為最後一次，因為時隔三年後，我又給雍家兄弟提供了一個五斗櫥和一個電視櫃的圖紙，他們又按圖紙做了，只是價錢在不斷攀升。我最後一次給家具商提供圖紙，卻是另一家，基本上就是夫妻經營的。男人有一手木匠手藝，女的在家具城開一個攤位，因為只做一個多用櫃，我想他們不一定接活兒，進去隨便一問，攤主便毫不含糊地答應了。多用櫃寬一米三，高一米一，厚四十五釐米，基本上是按照家裡的一塊地兒設計的。憑著我那點業餘的木匠知識，我知道單做一個櫃子，也需要開一次料，比較費功夫。可能女攤主不大懂行，我出價兩千五，她要三千，我沒有再矯情，便答應成交了。等到送貨時，她跟我抱怨說，他老公罵她是敗家的娘們兒，盡做賠本買賣。我有些過意不去，說要不我這廂補一點？她說：合同咋定就咋付款吧，什麼事都要有一定之規。我說讓你們賠錢幹活兒，總是不公道嘛。她說賠錢倒還不至於，就是少掙了點。順便一提的是，這個多用櫃，是全榆木做成，框架前後的格局一模一樣；裝板也一色榆木板，前後左右沒有一塊是假的，木匠的活兒中規中矩。

這樣的商家其實算不上商家，跟過去開一家木匠鋪差不多，還活在農耕時代，鳳毛麟角！寫到這裡我忽然意識到，也許我對老榆木家具的行為，說到底是對農耕時代的一種眷戀？

三

人類追逐新鮮玩意兒，不論出於好奇心還是趕時尚，都有一股不管不顧的勁頭。臨近我退休的時候，一個已過天命之年的出版社，經過十多年的除舊換新，不僅寫字臺基本換掉，原有的書櫃也淘汰得所剩無幾了。新書櫃都是那種鐵皮書櫃，冷鐵器，怎麼都難以讓人親近，若不是年輕人火氣大，讓我這樣年近花甲的人接受它們，那好比要我擁抱鐵娘子，是需要火箭騰空的熱量的。看著那些和我相處了三十多年的書櫃，被收家具的小販當廢品收走，我真的感到一種悲哀從心底裡往上翻騰。情急之下，我去問行政處的老董：

「老董啊老董，不知道你懂不懂哦的問題。」

「哎呀，你這老蘇，你沒有問題哦，哦咋知道你的問題呢？」

老董是陝西人，退伍到我們出版社做行政工作，人很直爽，痛快，我們互相認老鄉，就成了朋友。見了面，他用陝西話，我用山西話，總要逗一逗樂。我就說：

「哦看見你把好書櫃都賣掉，敗家子呢。」

「不是哦要賣掉，是社裡要統一換掉呢。」

「呀，好好的書櫃，當廢品賣掉可惜呢。」

「咋 ，你心疼你就要嘛。」

「真的嘛？」

「哦甚個時候騙過你哩。」

「一言為定，哦今天就讓人把哦用過的一個書櫃拉到哦家，你可別說哦損公利己嘛。收廢品的出多少錢，哦也出多少錢。再有幾年哦就退休了，有個老書櫃陪著，很受用嘛。」

「別囉嗦了，哦當家，你今天就拉走，分文不收嘛。」

就這樣，在我還有三四年就要退休的時候，一個我用了十多年的老書櫃，已經先我一步退休到了我的家，可謂樂事一件。此前是哪位老同事使用它的，我真的不清楚，甚至不記得我是怎麼接手它的，因為直到老董同意我拉回家中，我才發現我接受了一個出版社五十年代最好的書櫃！說起書櫃在一個老出版社的使用，頗有點論資排輩之嫌呢。我剛進編輯部，小年輕，只該得著一個搖搖晃晃的書架。後來，老同事一個個退休了，書櫃騰空，我們熬成了中年人，自然而然地使用起書櫃來。再往後，多餘的書櫃多起來，我們不僅可以使用一個，甚至佔用兩個三個都是常有的。書櫃多了，自己積攢的書多了，正好有個安置的地方，心裡有受用的一面，卻也有淡淡的失落一面。不僅是因為老同事們一個個都船到碼頭車到站了，還因為出版業因為體制和管理等多種消極因素，已經處於逐步衰退的境況，年輕人很少能在編輯崗位和出版業裡留得住了。哪怕一到編輯部就能夠使用一個書櫃甚至幾個書櫃，這點物質引誘，比起錢這個能使鬼推磨的傢伙，只要你掙不到它，你終歸還是底氣不足啊。

閒話少敘，還說比我提前退休到家的那個書櫃吧。我見人就介紹它是書櫃裡的精品，話還沒有說完，就總會遭到我家太太的譏諷：

「你就吹吧！一個使用了幾十年的書櫃，看看它那落魄的樣子，還——」

「她不懂，聽我說。水曲柳料，五合板裝板，毛玻璃，柳木板子，都是五十年代的最新最好的原料。再看這做工有多精細，一個抽屜面不到一拃寬，能用六七個榫頭，個個都做得嚴絲合縫，如今的抽屜能用三個榫子就算不錯了，咬合的縫隙都能塞進火柴棍。再看，如今的書櫃門能關嚴實就算好做工了，可這書櫃的兩扇門如此合縫，中間還用了一個小擋襟。再看這些把手是一色木頭，不用金屬，不摻雜質，很合木匠工藝的標準。再看上下四層用的這四塊板子，足足兩公分厚，比當下的板子厚了一公分多，半個多世紀的重壓絲毫不見彎曲。最見工匠職業精神的是，兩個抽屜下面還釘了一層五合板，避免把木屑摩擦到下面的書上。你從做工用料這樣講究的書櫃上，難道看不出我們曾經擁有過一點文化理想嗎？」

「就是舊了點！」

觀者像是表示遺憾，實際上是不贊同我對書櫃的表彰，但是我可不管他們什麼反應和心情，依然熱烈地說：

「可以複新的！」

「怎麼複新？左右兩邊的豎掌子都磕碰得豁豁牙牙了，要是換兩條腿，那可就麻煩大了，誰會費這個勁呢？」

「天下無難事，只要用心人。」我說得信心滿滿。

說歸說，真要單給一個櫃子複新，難免說得容易做起來難。一晃三年過去了，提前退休的書櫃還是一副老樣子，太太遇到不高興的事兒，就難免嘮叨我弄到家裡「破爛」，就不管了。契機終於來了，去年十一月開始，我們終於鼓起了勇氣，給我們住了二十二年的房子粉刷。這是一件非常損耗精力和體力的麻煩事兒，因為朋友購置了新房子，不想在家具上再花錢，我提議他把我家的大部分家具搬走用，他欣然答應。大部分家具搬走後，留下的兩張床豎立在屋子中央，清理了多年來積攢的多餘東西和品質差的書，簡直把我們兩個花甲之年的老傢伙折騰得不死不活的。接下來，粉刷、換窗戶、換門、鋪地板，樣樣活兒都進行得挺費勁，尤其聽說一個小工匠用電鋸鋸一根指頭粗的松木時，一時走神，把一根大拇指鋸掉了，我們差點崩潰了。幸虧他們在北京施工，立即趕到解放軍總醫院，把斷指接上，我們才覺得心情好了一些。裝修完工，訂下的家具各就各位，我終於開始修理我中意的書櫃了。

原來設計把書櫃左右兩邊豎掌被磕碰出來的一個個小豁口（那些是它跟隨倒楣的臭老九下幹校的歷史傷疤），清理出來一條斜面新茬口，再從一根水曲柳上分下一條貼邊，用乳膠粘上去，但實踐中卻很快發現上下相距二十多公分，粘貼面積太大，不容易粘貼得嚴絲合縫。粘貼面積越小越有機動性，只好把貼邊分成若干小段，一段接一段地往上貼，力爭粘貼得嚴絲合縫。這是比較細心的活兒，一共粘貼了二十四段小貼邊，才把櫃子的兩邊的豎撐的豁牙補齊了。膠幹以後，用鋒利的小刀一點一點削掉貼邊多餘的部分，砂紙打磨光滑，兩根筆直的豎撐豁然現身，頓時讓累累傷痕的書櫃骨力起來，精神起來。補貼上的貼邊是本色木頭，上色成了難事兒。櫃子原來是深棕色，買了深棕色顏料，卻發現比原色要紅很多。怎麼辦？多虧小時候喜歡畫畫，用過水彩，懂得如何調色，於是趕快到超市買了一盒十二色水彩，把棕色加入藍色調到接近書櫃原來的顏色，用毛筆細心上了。最後一道工序是上漆，一共上了四次漆，每道漆上過都須停幾日，然後用細砂紙打磨，再上漆。刷子刷漆總有不勻的問題，最後一道漆風乾後，用水砂紙打磨，最後用紗布蘸漆薄薄地抹了一層，算是基本滿意。至此，書櫃的複新活兒總算完成了，不湊近細看，你很難看見書櫃上有修復的痕跡。

啊，復興的力量不可阻擋！

且說這書櫃原來放在北邊屋子的窗戶邊，兩個換窗戶的工人野蠻施工，用杠子把一扇櫃門上的毛玻璃打碎了！我見了心疼不已，問他這咋說呢？他說賠，抽工夫跑到樓下，不知從哪裡很快抱來一塊毛玻璃，但是和原來的毛玻璃根本不配，我說算了算了，算你們碰上好人了，真讓你們按照原樣賠償，你們安裝幾個窗戶的錢都不夠。等書櫃複新後，我索性把另一塊毛玻璃也卸下，兩扇門都裝上了透明玻璃，把平日收藏的小玩意兒擺在書櫃裡，倒是一個角落的景象了。

如今，這個書櫃就擺在我的寫字臺的左邊，裡面放了常備書，成了我夜裡打電腦的伴兒。它靜靜地站立在一旁，每時每刻都在承受圖書壓下來的重量，卻從來不會抱怨，不會訴苦。我用書的時候，打開書櫃門，關上書櫃門，它都在無言地配合，從來不會鬧彆扭，使性子。它可能只比我小幾歲，我頭髮花白，眼睛發花，腿腳發沉，在一步步地步入老年，而它經過修理、上色和上漆後煥然一新，好似渾身有使不完的勁兒。它產生於一個新的國家蒸蒸日上時期，折射出早期理想主義者們的文化抱負，而它的被虐待又反映了理想主義者變成專制的執政者後的異化、墮落、驕橫和暴虐。然而，它只有沉默，只有平靜，只有靜觀。如果它不被破壞與焚燒，它不僅會熬走以往的黑白顛倒，更會薰陶出未來希望的光明。

它身高一米八三，寬九十二釐米，厚四十三釐米，是手工成批生產的，如今卻因為我的修復成為獨一無二的，全世界獨一無二的。它見證了一個全民所有制出版社興起和衰落的方方面面，而我留住它，是留住了我的過去，哪怕只是一個側面。

哦，書櫃，我熬夜碼字的好夥伴！

四

樹木是人類的朋友。沒有它們，或許人類走不出海洋，或者走出海洋也離不開海邊。正是它們為人類提供獵物、果實、建材、柴火，讓人類有了起碼的生存條件，才敢冒險走離海陽，在陸地上開始了一種嶄新的生活，讓人類的生活一步步走向了農耕文明。

這是我行走在澳大利亞原始森林裡的切身感受。然而，看見澳洲的原始森林如今還處在一種自生自滅的狀態，你又很難想像，人類是如何把樹木利用到極致的。澳洲原始森林裡有一種樹木，大火只能燒掉它們的葉子和小枝椏，大樹椿皮毛難損。澳大利亞人用它們做家具，不上漆，擺放在室外的涼棚下，不怕日曬風吹。讓它們最為自豪的是，在海岬地帶打椿子，任憑海水浸泡，百年不朽。兒子說這就是澳洲紅木，近些年不少中國商人來打它們的主意，不知道為什麼沒有大量進口。其實，全世界的紅木，如果不是中國人為皇帝製造不朽的皇家家具，它們的命運恐怕至今仍像澳洲紅木一樣，不過是一種不怕海水浸泡的椿子而已。然而，從明朝鄭和下西洋帶來東南亞的紅木開始，世界紅木華麗轉身，大富大貴，一度成了皇家的標誌。

紅木家具走出皇宮，扭扭捏捏地進入尋常百姓家，就是人類普遍富裕的一種象徵。中國走向富足，紅木在短短的二十年間成為當仁不讓的家具寵兒，因為龐大人口的需求量，嚇壞了世界生長紅木的國家，如今都實行紅木管制，限量出口，致使紅木家具價格一路飆升，洛陽紙貴。

等我有適當的理由和心氣兒，想都置些紅木家具時，又露出了窮知識份子的本相。是的，人活到一定年齡，很多時候是活一個心氣勁兒。這股勁兒尚在，看見什麼都鼓氣兒；這股勁兒泄了，看見再好的東西，也如糞草。就是在這兩股勁兒的拉扯中，從二零一三年的春天到二零一六年的夏天，把手頭的稿費一一打並，先後添置了一套沙發和電視櫃、一套三件組太師椅、一套七件組餐桌、一張大床、一個大立櫃、一張寫字臺、一個五斗櫥和一張羅漢床，均為廣東省中山市鴻發家具廠的產品。前六種家具是非洲紫檀的，而後兩種是巴西花梨，學名古夷蘇木。一些家具已經用了幾年，個別有幹裂紋出現的現象，大多數似乎不怕北方的乾燥，甚至冬天四個月的供暖帶來的乾燥，也經受得起，裂縫幾乎可以忽略。窮文人，窮哆嗦，當然都是廉價的紅木家具，貴重者如今動輒幾十萬上百萬，看都看不起的。不過，這家紅木家具場的設計還是用心的，至少在我的眼中，每樣家具都經得起端祥和琢磨。它們沒有一味模仿皇家風格的繁瑣雕琢和大塊木料的厚重，而把明清兩種風格揉合起來，充分利用中國裝飾的元素和圖案，透出一種與時代並進的資訊，使得鴻發紅木有了自己的風格。因為八十年初，買過一個廣州沙發以及一些電器，偽劣之跡處處可見，令人傷心，曾經一度避而唯恐不及。但是，財富積累就是誰搶先一步誰就可以及時轉身，另謀高處。這家紅木家具廠可能就是這樣的佼佼者，從他們的宣傳冊子上看到，在廣東省贏得了許多獎項，自稱是廣東省名牌廠家，品牌企業。當然，這都可以算作一個窮文人的自我安慰，真正要緊的是，自己喜歡買到手的東西。當然，紅木家具的加工和製作，利用了現代科技，卯榫結構在多大程度上改進了還是退步了，甚至連木料究竟價值幾何，這也只有廠家最清楚。他們要是只把廣告做得信誓旦旦，廣大客戶也只能啞巴吃黃連，心裡苦著。人類的誠信，決定了當今紅木家具會得到後人的褒貶程度，當今的購買者確是無能為力的。

從樹木轉變成精緻的高貴的家具，是人類文明進步的一種記錄。

從皇家獨佔演變到尋常百姓擁有貴重家具，是人類普遍富足的明證。

我如今是享受北京市免費乘坐公共汽車的特權老者，竟然還想擁有紅木家具，說明我的心氣兒還處在高位，儘管浮動率時有發生，且是走在下坡路上了。

二〇一一年八月初稿

二〇一二年十一月十一日修改

二〇一六年十二月再修改

第四卷
文豐物沛

篇目

人可貌相

一

聽說秦穎積攢了許多名人的照片，要配上文字結集出版，我便成了一個遠方的推手，不失時機地催問。因此，他的書的出版過程，我知道得比較清楚，連《貌相集》這個書名，他都及早告知我了。書終於出版後，秦穎等樣書心焦，就在網上購買了幾本，先給我寄來一本，也算是聊解我的心焦了。全書收集了四十五個人的貌相，我先把書目流覽一下，發現其中十二個人是我熟悉或者相當熟悉的，十八個人是通過文章或者電視節目知道的，剩下的十五個人是全然陌生的。相片的好處有點類似見面如見人，端詳一番照片，陌生人也就成了熟人了。一本書可以讓你不出家門就認識幾十個社會名人，誰還會拒絕讀它呢？這還只是相對讀者而言。對那些自己的照片永遠被收藏在一本書裡而得長存的人而言，用亞當・斯密的話說，就是到了「所有的人都渴望能夠一睹尊顏」的份兒上了。然而，對於攝影迷秦穎而言，按他的家鄉湖南的一句諺語說，我以為，這是一次「草鞋沒樣邊打邊像」的嘗試。從二十世紀八十年代初擁有「一架鳳凰 205」，到今天的《貌相集》，從膠片到數碼，記錄的是他一個有心人的鍥而不捨。我想，他一開始玩相機就是有些心胸的。他擁有鳳凰的時候，我也擁有了一台華夏，但我只是給孩子和妻子照相，我想留下的只是孩子成長的跡象和生命的年輪。秦穎不同，他走出了家庭，抱定「我的視角、我的想法」，加之興趣和愛好的驅使，去和陌生人打交道，去捕捉「最有創造力的一群人」的相貌。從秦穎謙謙君子的性格看，他需要克服相當的障礙，拿出加倍的勇氣。我目睹過他給牛漢、綠雲和高健拍攝，他一邊抓拍，一邊像被什麼東西拉扯著，總帶著一些猶疑。記得給高健先生拍照後，回到旅館我忍不住跟他說：

「秦穎，你拍照片子很辛苦，總怕麻煩別人。」

他笑笑說：「是的。也有好的一面，我可以冷靜觀察對象。」

秦穎是學歷史的，影像只是表層，他的專業要求他往深層走去，他服從了專業。這是他的幸運，更是他的眼光。比如他選定了知識份子，因為「知識」可以深入歷史，「分子」可以研究問題。他可以從貌相入手，琢磨相貌下的真人。多麼可取的關係，多麼犀利的角度。於是，就有了每個相貌下的文字。一般說來，一本攝影集，照片下的文字無非是時間、地點、和誰在一起等等；在這點上，攝影迷秦穎交代的文字有限卻實話實說，指出了數幀他的得意之作。在我看來，他的說明還挺專業。可貴的是他不滿足于攝影迷，他要通過相貌，成為作者。在寫作相貌們的傳記上，秦穎似乎也遵循了「草鞋沒樣邊打邊像」的法子。這法子不土，是偉人鄧小平「摸著石頭過河」的另一種實踐。首先是他有心，每次給相貌們攝了相貌，他必會寫下一些會面的記錄。《貌相集》一書中的許多文章，都能看到他那些現場感很強的筆記，如「在山泉水清，出山泉水還是清，但沒有那麼清了。」又如「你的境界高，你追求的是大我，可追求大我的人都不是人」，又如「現在大家對一些普通的道理都糊塗得很。」等等。

閱讀秦穎的零散筆記變身為成篇的文章，我感覺他是循序漸進地有了主觀色彩、有了自己的看法、有了自己的選擇的。在這點上，秦穎所遵循的還是他一貫的謙謙君子之風，分明有他自己的觀點和選擇的傾向，他卻利用開列提綱和提問的方式，讓傳主親口說出來，這招很厲害，又實用又巧妙。其實，他拍攝下的大量相貌，我以為，都是這一大妙招的顯性表達。秦穎在快遞書時打來一個電話，希望我看過書有所感的話，寫一個書評。我沒有絲毫猶豫便一口答應了。豈知《相貌集》翻閱過幾遍，怎麼都寫不出一個滿意的開頭，更別說長篇幅的文字；直到我又一次翻看到王養沖先生的相貌並凝視過後，寫作點一下子豐富了，筆下流利起來。關於這幀貌相，秦穎說：「這目光、這眼神一以貫之，堅韌、自信、沉著。」有了這個標杆，我再次翻閱《貌相集》，認真辨認一個個貌相，不管生人還是熟人，最後發現讓我感到一下子成了老熟人的卻分別是王元化、王養沖、李普、嚴秀、張思之、何兆武、何滿子、陳樂民、周有光、楊憲益、賈植芳和黃裳等十幾位，幾乎全都是我不認識或不太熟悉的。他們的貌相的眼光有一個共同點，那就是沉靜，專注，自我。想來不可思議，其實，這裡與我和知識份子的交往有些關係。

大學畢業後，我被分配到一個名叫國家版本圖書館的地方。這裡新成立了一個編譯室，除了我們新分配來的十幾個「小年輕」，其餘三十多個老人，都是有「政治問題」的「地富反壞右」，是原單位經過「文化大革命」洗禮後重建紅彤彤的新出版社，拒絕他們回去的。猛地和一群老知識份子在一起工作，他們有知識，我們只學了三年半英語，尊敬油然而生是情理之中的。我覺得應該像在學校裡一樣，叫他們老師才得體，可事無巨細的領導告我們，叫老某就行。我們起步做翻譯，生詞多得招架不住，把生詞查明白了，連起來的意思又弄不大明白，請教老某們就是不得已而為之了。但是，領導會很策略地告訴我：你們可不是只搞業務，還有政治任務呢。我很晚才知道所謂政治任務就是要我們摻沙子，第一次感受到距離權力中心越近，人身越容易受到播弄，所謂皇宮著火殃及魚池也。那是一九七五年下半年，反擊右傾翻案風甚囂塵上，時不時組織我們去清華和北大參觀大字報，回來進行政治學習，成了常態。奇怪的是，儘管政治氣候黑壓壓，但是幾乎每個老同志卻都在邀請我們去他們家看看，而且還有接二連三邀請的。一個叫馮金辛的老同志家只有老兩口，女兒去插隊，換煤氣有困難，接二連三地要我去幫忙換煤氣。幹了這點活兒，他們老倆一定要請我吃他們親手包的餛飩。其實，人與人的關係最容易通過具體的事情建立牢固。好像第二次，記不得什麼話題引起的，我後來一直稱之為「老馮」的，突然很動情地跟我說：

「小蘇啊，你不知道每次搞運動，我們有多麼害怕。不管你怎麼表現，你都是一個舊知識份子，總有新知識份子在幫助你，鬥爭你。那是真難受啊，因為你怎麼都說不清楚你為什麼給舊政權幹事；這次說你說清楚了，下次說你還是沒有說清楚⋯⋯」除了特殊場合，平常和人說話，我是不習慣觀察對方的，但這次我定定地看了老馮半天。他消瘦的臉，短髮向上立著，脖子前傾，後背微微弓起，兩眼直視著我，一臉的真誠，好像在說：我已是這樣一個人，怎麼辦呢？後來我們都分回了人民文學出版社，他是出版社老職工，可據我觀察，他並沒有回歸的高興，見誰都是點頭哈腰的客氣。有一次我跟我以為有些頭腦可以交流的老王說起我這種感覺，他竟然這樣回答我：

「嗨，他們呀，沒法說。那時開批鬥會，兩個人最有意思：一個蕭乾，最喜歡打小報告；一個綠雲，最愛給自己上綱上線，我們都跟不上。嘻嘻嘻——」

老王比老馮小二十來歲，大約二十世紀三十年代中生人，學俄語的，口碑不錯，可這話完全牛頭不對馬嘴，讓我費解了好一陣子。我當時正在看楊絳的《洗澡》，看到新中國成立後的新知識份子說明老知識份子洗澡的文字，我意識到新舊知識份子很早就形成了改造與被改造的關係了。思想者托爾斯泰說：「你錯誤我正確的說法是一個人能夠對另一個人講的最殘酷的語言。」改造與被改造，水火兩重天哦。我對老馮的為人處世以及老王信口而出的話感到好奇，那是因為我是七十年代末才闖進了知識份子堆兒裡，對他們幾十年來明裡暗裡的積怨一點不瞭解。因此，新老知識份子的是非問題，至今仍是我的一個命題。秦穎筆下，王養沖先生一生諸多不順，卻精神不倒，還能說出「他著作等身，而我連等鞋也等不了」這樣心酸卻幽默的話；而我的老同事馮金辛，卻唯唯諾諾，再難挺直身板了。但是，在我看來，在他們滄桑的臉上，都有一種揮之不去的無奈。大約二十世紀末八十年代中，我就職的出版社分了幾次房子，其中小範圍的一次，我被推選到了分房委員會；因為做通了幾個鬧情緒的老職工的搬遷工作，居然委託我出臺一個分配方案，得到領導認可，一手解決那次的分房問題。說來有趣，也算想幫幫老馮吧，輾轉騰挪一番，終於給他分了一套樓房，廚房廁所都配套，生活方便多了。輾轉騰挪的條件是他必須把他原來的兩間住房騰出來，但他搬進新分的住房後，讓自己的女兒住進舊房，耍了一個賴。這種事情在各單位的分房過程時有發生，但是誰都沒有想到老馮這樣一個唯唯諾諾的老人，會來這一手。我被搞得十分被動，一開始十分惱火，但轉念一想，像老馮這樣受了一輩子冷眼的老派知識份子，耍這點賴恐怕也是最後的稻草，他還能怎麼樣呢？總不會像會鬧的人找領導鬧，坐在人家沙發上不走，撒尿也在沙發上解決吧？我學老馮，和頭頭們也耍點賴，最後也就不了了之了。公家就是大家的意思，全看誰的手伸得長，誰就多拿罷了。老馮畢竟是老實人，後來總是躲著我，我們延續了十多年的交情也就漸漸地淡化了。

然而，這事常在我心頭縈繞，感覺中國知識份子的問題，新時期以來首先應該弄清楚改造與被改造的惡果，也就是所謂新知識份子和舊知識份子的是與非；因為這種自古以來不曾有過的分裂知識份子的做法，使得新老知識份子都發生了嚴重的性格裂變，而且只往壞處變不往好處變。所謂舊知識份子多數都還有自己的道德底線，所謂新知識份子則很少知道自己的道德底線在哪裡，開口便說：「是上面讓搞的，個人只能服從。」如果沒有從內心的認識和懺悔，所謂新知識份子是不能稱其為知識份子的。

三

在秦穎的《貌相集》裡，他選擇的人物，幾乎沒有可以和所謂新知識份子對上號的；從年代生人上看，三十年代出生的人，尤其一九三五年之後，如果大學畢業，正好趕上新時期就業，就成了所謂的新中國的大學生，一般說來都成了改造人的人。自己青少年時期形成的人生觀和世界觀，因為跟著時代的政治氣候而變，到後來都變得不倫不類了。《貌相集》裡這個年齡段的人，都是「地富反壞右」之類，如朱正先生，作者所寫都是他的苦難以及受難之後的作為：「他（朱正）經歷的磨難常人難以想像，這張照片表現出了他為什麼能走過來的性格特點。」朱正先生貌相下的文字是全書中最長的篇什之一，內容基本上是朱正先生所受不公正待遇的重點記述以及他的性格與為人，像周有光、何兆武、楊憲益、黃裳那樣開口就有觀點的話語卻不多見，至少不鮮明。當然，例外也是有的，例如邵燕祥先生，從自己的苦難和不公正待遇出發，往往能有個性鮮明的話。所以，我感覺，寫苦難，應該是受苦受難的人自己寫，別人寫來只是片段或者角度，寫長了就成了故事了。更要緊的是，由自己的苦難引發的思考，與從國難引發的思考，無論深度和長度都是不一樣的。我記得在《隨筆》上讀到過邵燕祥先生的一篇文章，由別人的經歷而感慨道：如果我沒有被打成右派，照我這種性格，上躥下跳整別人，是難免的。這種深刻，只能由當事人自己說，屬於一種反省。

不知道秦穎是有意還是無意，他把最長和比較長的篇幅，都慷慨地賜予年齡更長的人，比如說《貌相集》最長的一篇是寫中國文字改革泰斗周有光老壽星的。這是一篇很有價值的文字，讀者看到的不只是傳主一輩子超強的工作效率和獨一無二的貢獻、豁達平和的性格和不屈不撓的堅守，更有他窺探世界和社會的縱深視野和自由思想。這篇似乎是作者唯一事先提出訪談提綱的文字，因此作者記錄下來的內容準確而多面，例如這樣珍貴的文字：

蘇聯的教育制度應當說是錯誤的，我們目前已經改變不少了，但是還是沒有完全脫離它的影響，這是我們教育改革中必須要做的工作。

他們完全不瞭解地主不完全是剝削農民啊，地主是農業生產的組織者、投資者、設計者、指導者、管理者，是農業發展的一個動力。

三民主義在當時被認為是非常進步的原理，日本也學了這兩個原理（即平均地權，節制資本），把它們訂在憲法裡面。美國人一看，不行，這兩個原理美國都否定了。日本人不能理解啊：三民主義是進步的東西，我們學三民主義為什麼是錯誤的呢？美國說三民主義早已過時了。平均地權，就是將土地平均分配嘛，分成一塊塊的，農業就完了。美國是鼓勵土地合併的，要大農業、機械化、科學化。美國鼓勵大資本吃掉小資本，這樣才能有力量來發展新的技術。這個故事中國人很少知道。

「一百零八歲的生日，多麼充實啊。」秦穎感歎道。我以為，周老先生不只是因高齡而充實，更是因高齡而積累了獨到的見識；還有青少年時形成的人生觀和世界觀，能夠堅守一輩子，內心超常的強大。掐指算來，老壽星生於一九零五年。這個生年比民國誕生還早了幾年，在這亂世裡形成的人生觀和世界觀，肯定不會是任何主流意識形態灌輸和洗腦的結果。國家不幸詩人幸。周老壽星對中華民族可以居高臨下地審視、觀察、思考，得出難能可貴的結論，令今人望塵莫及。

另一篇長文則是寫何兆武先生的，文中的細節最多，也最生動，如家常聊天，所聊的內容卻事關大是大非：

> 我翻譯的古希臘哲學，那時資本主義還沒有出現呢，怎麼就給資本主義招魂了呢！當然沒有理由可講。招魂就招魂唄，我也沒有爭辯。被關進了牛棚，好在牛棚裡的『反革命分子』很多，一點都不寂寞。呵呵！
>
> 問題並不在於某個學校出了幾個諾貝爾獎（或者其他什麼獎）的得主，而在於它是否能培養出一批人才，能否開創並領導一個國家、一個時代的學風。

秦穎二〇一四年去拜訪何老先生，我隨他而去，因為我已讀過何老口述的《上學記》，認定是新時期以來為數不多的鼎鼎好書之一，自然有心看望一下傳主了。何老說他「九十三歲了，已經不寫東西，只看看閒書。」我這廂一算，老先生是一九二一年生人。我在他的《上學記》裡讀到：

「一個人的性格或者思想大多初步覺醒於十二三歲，到十四五歲思想定型，形成比較成熟、確定的人生觀、世界觀，此後或許能有縱深的發展或者細節上的改變，若是有本質的改變，我想是非常罕見的。」我很想和老先生請教這個說法，連帶聽聽老先生的思想成熟過程，但終未敢造次。在這點上，我遠不如秦穎有韌性。不過，想到何老二十世紀四十年代之前已經是一個求知上進的青年，人生觀和世界觀應該很成熟了。美國的十九世紀的思想家亨利・大衛・梭羅說過：人是很難改變的，但卻必須改變。何老先生說「這一輩子都在打雜」，是他的「必須改變」的具體表現，但是何兆武這個「人是很難改變的」了，否則他口述不出來《上學記》這樣頂尖的好書。仔細閱讀秦穎的這些長文，作者記錄得詳細固然重要，但傳主有話說似乎更重要，因為傳主要做到有話說，他必須有自己的人生觀和世界觀做支撐才有底氣，才能滔滔不絕而擲地有聲。靠別人灌輸的人生觀和世界觀，多會兒說話都是鸚鵡學舌，其實自己並不真正明白自己在說什麼。

四

有的貌相的文字不長，但是秦穎的筆記很密，比如寫黃裳先生的，基本上以他的筆記為線索而寫成，而且還多是關於《隨筆》雜誌怎麼辦得更好而發表的看法。有看法就有做法。我在《隨筆》上看過黃裳先生的一篇文章，那才叫精彩。他寫一個在當下很張揚很牛氣卻不過一個糠心柴蘿蔔的所謂學術帶頭人，年紀不算老卻擺臭架子，在一次聚會前遲遲不露面，讓別人乾等著，待到他露面時老遠就嚷嚷：對不起，對不起，我來晚了，讓什麼什麼事情絆住了，等等，等等。黃老先生用如此簡單的情節讓讀者看見一個淺薄之人，可見筆端的功夫修煉之深。有人說這樣的老先生個性很足，其實這是他們的人生觀很足。個性只能在個人身上表現，用來看穿別人的形狀，則難免一孔之見；但是你有了一個很足的人生觀，別人的一舉一動就難逃你的眼界了。

有時候，秦穎又能把攝影迷和記錄者兩重身分不偏不倚地都擔負起來。張思之先生的貌相「從容而自然，沉靜的眼神裡有一種力量」，但是比起秦穎記錄下來的話，我倒覺得張思之先生的眼神只有沉靜：沉靜到冷靜，冷靜到思考，思考到語出驚人：

自由的基礎一定是個人的利益，東海西海同心同理。

僅是思考出這樣一句話，張思之先生就沒有白活一輩子，然而這樣的話如今恐怕多數人都聽不懂囉。隨便一提的是，我在小書《「文革」的起源——公有制啟示錄》的前言裡說：「至於民主和自由，沒有私有制，一切都談不上，因為『民主和自由』這樣的概念，是私有制的意識形態。」一幾位朋友看了這樣的話，紛紛責問我：「這叫什麼話？」有責問還算好的，更多的人已經麻痺到根本就注意不到這樣的話。小書是在臺灣出版的，我納悶臺灣的出版商也牽扯多多，因為我的書名本是《我的父老鄉親——公有制啟示錄》，他非要改成《「文革」的起源》，否則書賣不了！一個政治，一個商業，把人類逼到了很難轉身的窄道上，令個體十分無奈。

五

攝影迷秦穎是幸運的，趕上了社會相對開放的時代，否則他的這個愛好完全會被人家用「假公濟私」的帽子給打壓下去。《貌相集》裡很多篇章都告訴我們，《隨筆》帶動了影像，影像促進了《隨筆》，是雙贏的舉措。這點在關於王元化先生的文字裡，最能感受到。關於王元化先生貌相的文字，大概是作者兼攝影者的秦穎寫下的最多的，約一百多個字，而當時的主編秦穎則是因為「20世紀80年代的思想解放，乃至一直持續到世紀末的思想啟蒙，王元化是不能繞過的人物」，便「暗下決心，一定要想辦法請他再為我們寫稿」；文中王元化先生關於《隨筆》所見，幾乎貫穿了全篇，又因為《隨筆》是思想性很強的雜誌，作者特意地錄用了《王元化談話錄》的一段話：

> 人的認識是一種真實的反映論嗎？我懷疑。我覺得人類認識，不是一個絕對的東西，這是我最根本的一個命題。所以我覺得這個啟蒙學派，把他認識到的就認為是一個絕對真理，他認為就是他掌握了。他一旦掌握了絕對真理，他就非常大膽和獨斷，因為他不是為了個人的一個東西，他是為了真理，做出很殘暴的事情。

一本書靠什麼流傳？靠它傳達的內容和特色。《貌相集》的特色是照片，而這樣的文字是它的命脈，圖文並舉，註定可以收藏和長存了。

六

如同攝影迷秦穎，無論膠片還是數碼，快門一按就是一張照片，作者秦穎用筆也是簡練明瞭的，因此《貌相集》裡多數文章都比較簡短，和一幀貌相一篇文章的格局相得益彰。這奠定了這本不足二百五十頁的書的內容會厚實，龐雜，耐讀。秦穎的編輯生涯發軔于家鄉長沙，關於二十世紀八十年代湖南出版業的輝煌，他也記下來珍貴的文字。

我是一個閒不住的人，每天晚上不熬到深夜一兩點睡不著，於是就儘量給自己找點事做。既然是找事做，就不能講究那麼多條件，只要自己喜歡做的事情就行。那時讀英國大智若愚的作家安東尼·特羅洛普上癮，忍不住把他最重要的作品《巴塞特的最後記事》翻譯出來，七十多萬字，打問了多家出版社無人接手，我寫信給湖南人民出版社，很快接到編譯室主任唐蔭孫的信，讓我把稿子立即寄去了。唐蔭孫先生和我的所有通信都是用毛筆寫成，傳統的豎條紅格子信箋，毛筆字遒勁有力，給我印象極深，心想哪裡藏匿著這樣的人才，突然間就在湖南出版界冒了出來，形成了一股一往無前的勢頭，令我們這些死氣沉沉的中央出版社望塵莫及。在接受了拙譯的當年，湖南人民出版社就在《光明日報》佔用一整版，做新書預告，其中就有拙譯。我正驚歎出版界異軍突起的湘軍來勢洶湧澎拜之際，突然聽說湖南人民出版社犯事兒了，要被取消！二〇〇一年我去湘潭大學參加英國文學年會，回來時去長沙看望老同學，順便去了卻一樁心事，那就是去和唐蔭孫先生坐坐。找到湖南出版時，才知道老先生去世幾年了。那種遺憾，無以言表。我找到譯文室，請他們轉交唐先生家屬或子女樣書和稿費，他們說這事應該找總編室；我說是先找到總編室才來這裡的，我也是出版社的，同行，事情不大，你竟然不敢接手嗎？儘管我把事兒說得像談笑，但局面還是僵住了，我只好知趣地退出來。那個主任不算老，估計公有制僅僅維持了十幾年出生的他，對待他人的事兒和公家事便持了油瓶倒了都不扶的態度，我是再熟悉不過的。沒有送出去的書和稿費，因為我想當然到一種可笑的地步，導致幾年前惹來一次官司，幸虧稿費單作證，否則我很可能沾上貪污犯的頭銜了。

秦穎是個穩重之人，儘管在朱正、李冰封、鐘叔河等貌相裡都寫到了這一事件，但下筆客觀、敘事不驚的筆調令我欽佩，因為我當時對一個堂堂的人民系列的出版社說取消就取消，感到懵懂：這種小孩子玩家家般的把戲，哪像是一個共和國在建設自己的文化？在京城對此事的熱議中，我聽說湖南人民出版社之所以被吊銷，真實的原因不只是因為出版了《查特萊夫人的情人》，還因為出版了臺灣國民黨一個要人的傳記。不是色情問題，是政治問題。時過境遷，回頭看看，什麼色情，什麼政治，一切都扯淡，耽誤並摧殘的只是一個國家的文化建設。

七

秦穎是一個知道感恩戴德的人，關於朱正、李冰封、鐘叔河甚至唐蔭蓀，作者都用筆情深，交代清楚，讓讀者看到了一種文化勢力的崛起的朝氣與沉落的無奈，看到中國這個古國走向新時代是多麼的不易。但是，真知灼見永遠是真知灼見，沉澱後出現在《貌相集》裡的許多文字依然光芒璀璨：

> 書的功能是給人閱讀，不是擺著看的，收藏上架也只是手段，目的是讓更多的人讀。書便於方便輕鬆的拿握顯得尤其重要。異形開本脫離了書的本意，是邪門歪道。

鐘叔河先生如是說。

我在小書《編譯曲直》的第一章第八節裡，專門講了編輯和書和讀者的關係，開列了便於閱讀的書的標準尺寸，最後結論說：「編輯呢？當然有責任規範圖書的開本，而不是隨波逐流，遷就和縱容『狼夯之物』肆虐，甚至主動參與。」

鐘叔河先生如此振聾發聵的聲音，在當今亂象紛紛、利益紛爭的出版界都置若罔聞，區區小者如我輩，說話如草木撞鐘，也就是自然現象了。

然而，攝影迷和作者一身二職的秦穎，我行我素，把他幾十年來的攝影積累和筆記積累，經過整理和辛勤的寫作，合二為一，固定了一種圖文並舉的力量，真的值得慶賀。秦穎在快遞給我的書中寫了短信，說：「做編輯近三十年，平常寫東西很少，這次算是集中寫作，感覺是上了兩個臺階，初步體會了寫作的愉悅。」這是一個謙謙君子的真心話，作為長秦穎整整一輪的我，只有高興的份兒。要說建議呢，既然周有光老仙人說，我們的教育制度照搬了蘇聯，誤入歧途，那麼我們這些在新體制下受教育的人，人生觀和世界觀被搞亂是必然的，需要自覺的深刻的「撥亂反正」也是必然的。我這老朽，謹希望和正當年的秦穎共勉，爭取做個明白人吧。

載於《粵海風》二〇一七年第一期

有感《大師的傳統》說

一、小蘇惠存

終於又讀懂了王路的一本書，上一本是他的《寂寞求真》（以下稱《求真》）。上次簽名是「小蘇張敏惠存」，這次是「小蘇惠存」；張敏是我老伴兒，「小蘇」是我；我已經熬到「老蘇」了，他還叫我「小蘇」，其實我比他大五歲；一個朋友問我：他比你小，怎麼叫你「小蘇」，我想了想，說：可能他個子比我大吧，一米八幾呢。

《求真》是他的前半生選擇性自傳，寫他自己，但時間和環境是我們儕輩的，所以感覺很大，自作多情地寫了個三千字的讀後感，投往《光明日報》的學術之類欄，草棒撞鐘——沒音。那時候我還用不慣電腦，習慣手寫，沒有退稿，所以泥牛入海了。後來才知道報紙雜誌什麼的，早是熟人熟路的關係圈，投稿只能自討無趣。很慶倖八十年代十多年間的投稿采稿熱，那時候翻譯的幾本書都投出去觸底反彈，打下了一點基礎，後來重版什麼的，多虧了那個純真的時代。王路出書頻繁，從《大師的傳統》（以下稱《傳統》）看，似乎都是被采稿的，這也許得益於他一開始就職於國家頂級學術單位，但主要是他「求真」卓有成效，名聲鵲起。他出了書，揀他以為我還能翻看一下的書送我一些，我也確實會翻一翻，但等他再送我書時我只能老實地承認：「讀得費勁，似懂非懂。」這樣，再送我書，王路就直截了當了：「翻翻，不懂擱一邊。」我感覺這樣不好，碰巧好友羅益民教授「學而不厭」地又去攻讀哲學博士，聽我說認識王路，他說：「哇，大人物。」我說：「引見一下？」他說：「不敢冒昧。」我感覺意外，又說：「他送我的書都看不懂，轉送你些，怎樣？」他由衷地高興道：「天哪，如獲至寶！」

王路的大作有了更好的去處，我也心安理得。不過，像《求真》和《傳統》那是必須自己珍藏的，何況有他的「小蘇張敏惠存，王路，2000年三月」和「小蘇惠存，2022年8月」的真跡，等哪天我的日子過不下去了，說不準能拍賣幾個錢呢。我老伴兒是北京人，和王路有共同背景；我是土生土長的山西人，王路是上輩山西人進京為官的後人，我們也算有同鄉的背景。到老了，才認識到有些共同的背景很重要。王路的哲學書我看不懂，但我們溝通很順暢，疫情初期鬧得前景未蔔的二〇二〇年他來看我，說我獨守孤巢不行，張敏怎麼能放心？心想老伴兒和他同是北京人，我接他的話頭說：張敏幾十年不變，從來就不會這樣想問題，如何如何。王路聽了呵呵一笑，說：「小蘇你可真逗，還想改造張敏，你這是戾氣。」我第一次聽「戾氣」這個詞兒，問道：「啥叫戾氣？」王路事後立即微信說：「說戾氣不准，順口說的，別在意啊。」我回信說：王路你總是從善如流。

王路在《傳統》裡說他「是個很簡單的人」；這話失實，他不是簡單而是直接（一種更難得的品質），又為人著想。他和我老伴兒都是皇城根兒下長大的，我總想他是我老伴兒的參照，其實人和人天差地別，人活一世有所改變是聖賢所為，我老伴兒什麼都算得，就是算不得聖賢，即便抱怨幾句也難得準確，王路的哲學眼光和耳朵聽出我的「戾氣」，有戲言的味道，其實是幾十年的朋友互相惦記的結果。這，我懂的。再說，我要有些戾氣，巴不得呢，就怕活得什麼氣都沒有了。

二、我學英語出身，讀邏輯專業有些誤打誤撞

剛進北京不久，到清河三通機械廠做開門搞翻譯，廠裡抽調了三四個學過英語的工人和我們搞結合，其中有王路的哥哥王洋，同有山西人背景，都還年輕，很快就熟得不行不行的，認識王路就是分分鐘的事情了。當時王路還在北京大學讀英語，專業的近，加速了我們的認識。王洋總說王路好吃喝，每星期回家過週末都吃得肚飽心喜歡；我想像得到，他也常跟我說，他媽媽做飯素了他會抗議：「媽媽，你這是炒草，哪是炒菜？」他是肉食動物，要不也長不成一米八幾的大個子。他味覺極好，有一次在我家喝啤酒，我買的還是進口的，他喝過一陣子，咂摸一下嘴，說：「這啤酒不咋滴。」「怎麼說？」「有點酸，可能度數不夠。」王路的話不能不聽，我事後花了兩周，到超市一天買一種啤酒品嘗，終沒有所以然。看《傳統》才知道，王路早在歐洲就把各國的啤酒品嘗夠了。當然不是白喝歐洲啤酒，他的學識和友誼都和啤酒有關係。和外國人打交道，不會喝啤酒，大概套近的時間要長很多，甚至兩層皮。

王路大學畢業後去了農業機械部做技術翻譯，那裡有我一個資質平平的同學，因此我感覺那裡不是他的久留之地。果然，國家一有讀研活動，他就積極參加了。從我們對英語的交流看，他考研是輕易而舉的。那段時間，他經常到我就職的單位借書。他準備考美國文學，選了德萊塞的作品，大厚書一本一本地借閱，並安穩我說：你這裡得天獨厚，不需要再念什麼學位。這話的確讓我安穩，因為我知道我去考研那一準歇菜，天生就不是一個會考試的人，只適合慢慢地琢磨些東西。當時我在讀德萊塞的《美國悲劇》，等讀完，王路幾乎把德萊塞的主要小說讀遍了，那個速度嚇人，

而後評價說：數他的《天才》耐讀。我唯讀了他的《悲劇》，知道我不是天才，我要讀德萊塞寫天才的小說不會有什麼感覺，就作罷，把注意力轉向了英國文學；回頭看這個轉彎要得。王路的考研有了結果時，他在絨線胡同的四川飯店請我和老同學周治淮吃喝，說他考研找我們借書麻煩了，得感謝；記不得都吃了些什麼，但那是我在北京謀生後第一次在一家名揚京城的飯店吃喝，記一輩子。

等王路來說他考研的事，說北大沒有錄取，但考研分數夠，社科院哲學所要他去，他打算去。我愣怔地看著他，心想：老天爺，一個艱深而又高難度的專業，就這麼一頭撞進去？不過再想也就釋然了。王路的學歷幾乎都是撞開的。他母親是北京一所小學的校長，在他兄長王洋入學時，英明決斷：兄弟倆一起上吧，做個伴兒。這樣一來，一九五五年出生的王路，五歲就開始上學，一直在向上撞，向上擠，到他去東北插隊，如果是一九六九年那撥，他應該才將將十五歲吧？王洋身體一直不強壯，留北京理所當然；王路未成年就去東北插隊，應該算童工，違法活動，可那時運動至上，誰跟不上隊誰就算「落後」甚至「反動」。具體到王路，虧得他吃喝好身強體壯，個子大力不虧；據他說他插隊也是響噹噹一分子，要不也不能順利被推薦到北京來念書。隨便一提的是，他上學那年是一九七三年，白卷英雄張鐵生鬧得正歡，如果不是王路一切的一切都沒有毛病，哪裡有上大學的路？我早他一年上學，張鐵生交零分卷子那種鬧騰引發的效應，南開大學和天津大學糊滿了大字報，揭露出許多後門上學的案例，讓我深感在那個反人類的時代，一個人一旦鬧而優則士並和上層聯手，普通人的機會一準攪黃，其餘就全靠運氣了。如果我晚一年上學，絕對沒有我上大學的機會。

王路因為上學提前了五年，等他上北京大學英文系，剛剛十八歲，和文化革命以前上大學的年齡取齊，這對學一門外語來說是巨大的優勢。一門外語的起始階段，主要是記單詞，而只要你哪怕老一歲，一個單詞就需要多重複好幾次才能記住。在《求真》裡，王路說他那時學英語的經驗主要是記單詞和大聲朗讀，這除了他的腦子好，有一部分是他年紀正適合記單詞所致。他學了三年英語，從我們交流看，他把英語穩穩地拿下了。由此我想，也許王路撞開哲學大門也不會太費勁。事實證明的確是這樣，但是當他來跟我說要去德國讀哲學博士時，還是把我嚇住了：

「你得學德語呀？」

「是呀。」

不知王路哪來的自信，反正我當時已經悉心對付英語八九個年頭，還遠遠感覺沒有捏住英語的七寸，儘管每天開始編輯工作之前必會讀一個多小時原著，有時讀得放不開就索性一上午都跟英語較勁。讓我開始新學一門外語，多麼光明的錦繡前程我都鞭長莫及了。但是，在《求真》和《傳統》兩書中，王路都沒有把首先拿下德語當作敘述對象，好像於他是輕易而舉的事情。可在我看來，這是他的堅冰，打不開這層堅冰，去德國讀博是「混」而非「讀」。一門外語能用來為己服務，可不是一件容易的事情。當然，細心讀《傳統》，還是窺得見王路讀德語的用功和路子。

> 討論班就在研究所的會議室，人不多，有學生，也有研究所的工作人員。討論的方式是一句一句讀，一句一句討論。

這話能窺見他在德國攻讀哲學博士的某種形式，「一句一句讀，一句一句討論」是深入某個專業領域的重要方法，參與者既要聽得懂又得說出來，語音是首要條件。這樣的單獨傳授和批量生產（mass production）是截然不同的；前者出精品，後者出產品。這樣的研討班，我在英國留學參加過一些；一九九二年我和英語已經膘上整整二十年了，可我聽來說來都磕磕絆絆，而王路參加這樣的研討班時德語不過學習了一年半載。除非有語言天賦或者生就一個天賦不凡的腦袋，一般人是絕難做到的。還有——

> 我坐椅子上，他坐床上。他讀一句，講解一句。……結束時他提議我們一起去吃飯，帶我到湖邊一家希臘餐館。那次吃飯是他付帳，我們一起聊到晚上11點，分手時商定以後每週兩次。後來那個學期我們一直延續這個模式，區別只是我付自己的飯錢，所有酒錢都是他付。……不懂就是不懂，不必裝懂，更不要說懂。……他長我20到25歲，所以我每到歐洲，總是爭取去看望他。……也許是荷蘭啤酒喝多了，可能是見到他高興。那一次我覺得德國啤酒特別爽，喝了兩紮，他只喝了一紮，這是唯一一次他比我喝得少。晚上我讓他退掉了預定的酒店，就住在他家。……濛濛細雨中，他送我到公車站。他的房間淩亂不堪，他說一個外甥有時會過來照顧他。可以感到，他生活得很不像樣子。……上車前，我們再次擁抱，他說：Lu（揚聲），我會想你的。我的眼淚一下子就流了出來。

《懷念尼爾斯》一文中的一段優美而感傷的文字。我從來沒有見過王路流淚，讀到這段文字時我卻總想流淚。只要你從一個人那裡得到了真正的關心和學問，是一個知道感恩的人，這樣的感情是油然而生的。一個人如果一輩子從未有過這樣的感情，那他做人是有問題的。無論《求真》還是《傳統》裡，王路從來不說他有過什麼難處，可即便他好吃好喝個子大，一個人生活在世俗世界，怎麼會沒有難處的時候？一個人不談日常生活的難處，自然是能力和自信都夠使喚的；這兩者有了，做事做人一定有自己的角度——

> 哲學研究是個人的事情，需要長期潛心的閱讀和思索，付出艱辛的努力。這種方式與目前學界的運作方式——組織團隊申請專案、量化成果滿足名目繁多的學科點申請和評議、借助媒體來炒作和提高知名度、根據頭銜來評判學術水準的高低等等——乃是格格不入的。

是「寂寞求真」還是「大躍進」搞科研，兩者雖然都在這個世界上時興，但結果絕不會一樣。前者是求學態度和堅持精神，後者是非紅即紫的特色和不計效益的蠻幹；前者出專家和成果，後者出混子、廢鐵甚至垃圾。這事關個人取向，更關乎國情。能高屋建瓴地說出這樣的真知灼見的人，個人的學術水準與透視這個亂糟糟社會的眼光一定高出了一般不是一星半點兒。

王路被哲學導師錄取時，唯一的條件是學員要精通一門外語。這不只是錄取條件，更是導師的學術眼光。在這個全球交流成為常態的世界，不能精通一門外語還要人五人六地做什麼專家學者，只能是濫竽充數自欺欺人。

三、我沒有讀完學位，中途回國

王路沒有讀完學位，在我辦公室告訴我時，說實話我有點不知道怎麼和他溝通。他的確有些不如以往那麼嗓音清亮，說話底氣似乎也不如以往那麼衝衝地直接。瞭解到了原因後，我還是不知道怎麼安慰他好，我只知道他這種人應該所向披靡。他當時不過三十出頭，為了後面的路走得更暢快，我還是提了一些不冒煙兒的建議。不過，在我和他交談時，我心中想的更多的是他要是考上文學研究生，從事文學活動，憑他甘居「寂寞求真」的治學態度，勤奮而實幹，他的譯作會一部接一部，我就職的出版社出他的譯作是早晚的事；那樣的話，我給他編書，各種交流是家常便飯，無論如何他都比攻讀哲學容易一些。更有一種弱者的擔心，那就是他中斷了在德國的讀博，會不會因此讓德語半途而廢，從此大大影響他攻克哲學的進程？看似也不必如此悲觀，他如此沮喪地從德國半途回國，還想到送給我兒子一個樂購飛機，讓兒子從此迷上樂購，無論腦回上還是手指上，都得到鍛鍊，為他後來的獨立生活打通了不少障礙。王路在《傳統》裡明著暗著都說他是一個「非常簡單」的人，我是不以為然的。真正有智慧的人，無論人際什麼交往都有自己的常識。每當看見兒子拼插樂購時那種投入和專注，我漸漸地釋然了：王路是不會因為「中途回國」而事事處處落入一種「半途」治學狀態的；老天爺給他一個聰慧的頭腦，即便給他一些磕磕絆絆也是在另闢蹊徑。

事實證明我也是杞人憂天。王路那時住在文字改革委員的宿舍，離我的單位幾乎是近在咫尺，因此我們那段時間來往頻繁。一般都是下午三四點以後，我一如既往地給他泡杯花茶，他吸溜著喝幾口，說：「茶不錯。」我只有在味覺上可以和他不相上下，但除了啤酒；那時我還只喝花茶，又沒有別的愛好，就把茶的定位抬高了點；不過便宜茶也照喝，只是價高的和價低的輪換喝，免得慣壞了味覺。趕上班間休息，我辦公室的門口擺了一張乒乓球台，也是我二十七歲上開始學習打乒乓球的主要原因。乒乓球是體育比賽球類中體量最小的，又因賽璐珞質地而是最輕的，活潑亂跳，開始學習極其不容易掌握，因此絕大多數業餘球手都欺負乒乓球體積小，可勁兒拍打，結果打乒乓球把自己打得歪七扭八，動作畸形怪狀甚至可樂可笑。其實，任何一種技術，只要稍通其基本動作，一心實踐，不厭其煩，半路出家也不會表現得太無形無狀，哪怕是很難提高。王路打乒乓球有童子功，一招一式看起來都是從小練起，而我基本上是推擋和搓球，只有球勢不能再好時正手抽上幾下。王路是反正手都能起板，個子大，力量足，把樓板踏得通通響，頗有敲山震虎的威勢；因為進攻咄咄逼人，又不經常實踐，失誤就多，難免成就我的左推右擋，因此總起來我們還能把球打下去。不過，王路總歸是一個特愛使用腦子的人，圍棋下得不錯，我只能看，真到了棋盤上顧頭不顧尾，既沒有童子功又沒有鑽研和實踐，就把他引進給編輯室的同事，碰巧有一個人不咋滴但圍棋卻能和王路「棋逢對手」，於是，王路來之前必會要我預約一下，來到我辦公室打個招呼，茶都不喝，就找棋手開殺，只說「小蘇忙去」，已聽得見他落子的啪啪聲了。

這期間，王路的媽媽有時過朝內菜市場買菜，我有一兩次碰上了打招呼，這位做過小學校長的母親互致問候後一定會找補說：

「聽王路說他經常找你聊天，多聊聊啊；他現在不容易，學問在做，孩子要管，還自己做飯吃。」

母親的心疼盡在話裡，但王路嘻哈間和我說他母親總說他「護犢子」。他哥哥王洋說話深受侯寶林的影響，有聲有色，有板有眼，聽他說話你會笑聲不止，易於長壽；王洋膝下無子無女，對王路的兒子出手闊綽。記不清王路的寶貝兒子早早是十五歲或十八歲考上了好學校，身為二大爺的王洋獎勵了五千大洋（那時可算一筆大錢）；早早便問父親王路：給我的錢，我可能支配？不等王路說行的餘音落盡，早早已經去商店把看上的電腦搬回了家。王路說起這事歎聲「這孩子」時，嘿嘿一笑的樣子意味深長。

他哥哥王洋在央視動物世界編輯室就職，很多引進節目需要翻譯，為了補貼生活或者為了兒子開銷更寬裕些（？），閒暇時間他翻譯了一些動物世界的腳本。與他相比，我的經濟狀況更差，他很明白，就要我也做些動物世界的翻譯：

「小蘇做點吧，稿費比一般的高。」

我於是得到一個譯件，一看還得熟悉一些專業單詞，就推掉了。後來他哥哥王洋來我家串門，我的出口轉內銷部級麵條也堵不上他順溜的嘴皮子，嚷道：

「小蘇你不行啊。這麼多年跟英語打交道，連個動物世界的節目都翻譯不了？」

「是的是的，太費勁。」我認熊說。

王路告誡人們說：不懂就是不懂，不必要裝懂。我還要補充說：不行就說不行，不要裝行。有一點點實際情況是，我那段時間正在翻譯英國著名作家安東尼·特羅洛普的兩本小說，不想被打斷或者被擱置多了。有些東西，一鼓作氣和停停走走的結果，是有區別的，哪怕外行人看不出來。

我單位週期性地有進口外版書，王路趕上了會拿幾本去翻一翻。一次，他看上了一本《學校來信》，是英國著名學校威斯特敏特學校校長約翰·雷寫的；約翰·雷博士被公認為英格蘭「私立學校世界最有獨創性和最有爭議的人物」，把著名的威斯敏斯特學校經營得「發展迅猛，學業成就超群」。他書中涉及的「學生課堂紀律、霸淩、小偷小摸、撒謊、抽煙、喝酒、吸毒、煩惱、青春期等問題」均見解獨到，引發過爭議，很有啟發性。王路說他來聯繫出版社，建議我們一人一半把書翻譯出來。字數不多，社科書和文學書相通之處遠遠高出動物世界的表達，我很清楚他是想拉上我得些額外收入，不能總不知好歹，於是，我們就把書翻譯出來並互相通了一遍稿子，王路對我的譯稿結論是：有些譯法有點出乎意外。我沒有發表對他的譯稿的看法，但心裡明白：如果他當初讀了外國文學專業，他一定是我的譯者；有能力的人，在任何領域都有能力。只是做個翻譯匠哪怕被稱為翻譯家，對王路來說都屈才：翻譯這回事終歸技術層面的要求多，不能和鑽進去走出來的一個有難度的哲學專業同日而語。王路撞進了哲學領域，應該就是他冥冥之中的職業歸宿吧？

在《懷念謝波斯教授》一文裡，他寫道：

> 後來因為個人原因，我沒有讀完學位，中途回國。告別謝波斯教授那天下著秋雨，我沒有言明原因，但是謝波斯教授顯然看出了我沮喪的情緒，安慰我將來隨時可以和他聯繫，需要幫助隨時說話。

他不僅對他德國博導謝波斯教授「沒有言明原因」，對我這樣幾乎無話不說的人也是言簡意賅地說了個大概原因，因此我沒有看出他「沮喪的情緒」。謝波斯教授「顯然看出了」他情緒不高，要他有難處隨時聯繫，而我看不出來他有什麼情緒問題，就只能你好我好地交往著。但是在我看來，他的兒子早早是真優秀，不只對應試教育應付裕如，而是牢牢捏住了應試教育的尺寸，在北京五中這樣優級的中學，全年級大考小考從來名列前五，哪門課考得不如意都會向他父親保證：

「我知道問題出在哪裡，下次不會了。」

更厲害的是他的高智商兒子早早上了北大數學系，早早地跟他同樣就學過北京大學英文系的爸爸說：

「我做不了數學這個專業，充其量做做應用數學。」

這話可不是把應試教育的七寸捏住了，而是把數學的七寸也捏在手心裡了，因此早早到法國讀研究生，到美國讀博，並留在美國的大學做老師。

不清楚在他兒子的上學期間他「要管孩子」多少，但我只能說他的基因遺傳多餘他的照顧。由此，有時我說起我那個膽子小又頭腦簡單到不行的兒子時，王路總會聲音高出八度地說：

「小蘇你可真逗，你兒子電腦俐落你趕得上嗎？你兒子會開車你這輩子還能嗎？人家在外國謀生了，你去試試？一代人比一代人有活路就足夠了。」

不管王路自以為他說的話多麼有哲理，可我從孩子們的腦力角度來聽，這話是典型的占大便宜賣小乖。

四、馮友蘭先生是一個聰明人，而金岳霖先生就不是一個聰明人

《傳統》一書的第二部分「哲學與學術傳統」和第三部分「前輩與老師」可以合起來閱讀，是專業性和行內大咖的記述裡最有互補性的內容。專業性若果沒有天賦和個性人物支撐，這個專業就

會黯淡失色，漸漸萎縮。在《大學者的大學問》裡有這樣一段話：

我想，金先生無疑是非常聰明的人。

在《不聰明的哲學家》裡有相似的一段話：

馮友蘭先生是一個聰明人，而金岳霖先生就不是一個聰明人；……我說的聰明不聰明，僅僅就哲學研究本身而言。「形而上者謂之道，形而下者謂之器」。「形而上者，無影無形是此理。形而下者，有情有狀是此器」。但是我們不要忘記，「形而上學」本身確確實實是外來的東西。它是我們用自己區別出來的「形而上」去翻譯西方的metaphysics.……我們的形而上學是西方這種有了物理學之後的形而上學嗎？

說這兩段話相似，因它們在評說中國新時期以來兩個哲學界祖師爺級別的人物，作為後輩，王路先說金岳霖「無疑是非常聰明的人」，但是把我國哲學界兩位祖師爺級別的人物放在一起時卻又說「馮友蘭先生是一個聰明人，而金岳霖先生就不是一個聰明人」。儘管王路用哲學口吻解釋了很多「聰明」的定義，但從邏輯（敢往這地兒扯嗎？）上說還不大通：「非常聰明的人」怎麼一到了另「一個聰明的人」跟前就「不是一個聰明人」呢？如果真切地和這樣兩個人相處過或者有交集，這樣的話也許能理解一些，但是若果紙上談兵，就有些說不通。王路的學問和學術和語言有很大關係，他能這樣說話一定有其道理，但從漢語的修辭上看，這裡的聰明相當於英語（可惜我只懂英語）的哪個詞呢？不能是wise更不能是intelligent，這兩個英文詞一般都會翻譯成「智慧、智力或能耐」。當然不是說這兩位大人物都不配這樣的詞語來形容和修飾，而是從文章所寫的內容看，要闡述他們在新時期以來的學術成就和為人處事，似乎只能用clever這個英文詞來說道。這也是一個不賴的英文詞，至少我曾經以為是的。在諾丁漢大學曾和巴基斯坦一個名叫罕的學生住一學生公寓；罕受英國文化署資助在讀博，幾乎天天來我宿舍聊天，幾乎天天拖著哭腔說：我想家。然後站在我宿舍的窗戶前向外張望；一次我站過去一眼看見對面窗戶後面是一個女生，婀婀婷婷地在忙什麼。我問罕在看什麼，他像在和另一個人交談似的說：figure.我問啥意思，他用兩隻手比劃一個S曲線，說：像我妻子。於是，我明白他在說對面的女學生有個好身材，像他的妻子。我誇他說：

「Han,you are clever.」

「No,not a good word.」

我本意是說他來我的宿舍隔著窗戶和空間欣賞美女，很聰明，他卻一臉嚴肅地說：在他們國家，clever 不是一個好詞，是說某個人狡猾、耍滑頭（sly）之類。巴基斯坦曾是英國的殖民地，課程多用英語傳授。罕的聽力極好，用英語說話很溜，因此對英語的理解至少有他們的民族特色吧。這個特色也適用中國新時期以來的中國人，尤其知識份子。因此，把 clever 翻譯成精明、善打算、會算計甚至機會主義都是極其對等的。

這樣一來，金岳霖和馮友蘭就好區別了：金，聰明；馮，精明。

在一家文學出版社就職三十多年，金岳霖老先生的一些經歷難免聽到，基本意思是說金先生終生不婚，是因為追求才貌俱佳的林徽因而起；又說，金先生曾經是林徽因家的沙龍的常客，就是為一睹女神風采，精神之戀。這就是文學語言了，其實人以群分，在沙龍裡海闊天空地閒談才是那代人的生活。雖然當花絮聽，但這樣一個萌呆的知識人積極要求入黨卻是我怎麼都難以平衡的。入黨？無止的信仰！號召你清潔思想，號召你多為國家生孩子，號召你不要「知識越多越反動」，號召你要積極洗澡洗腦袋，不怕戴帽子，脫胎換骨地改造，七八年來一次鬥爭……我以為，這似乎都和金先生的學識和性格不搭界，因為他是搞邏輯的，這些號召沒有一種是合乎邏輯的，更別說哲學意義上的邏輯；所以，只能理解為新時期的大潮下，一個無托幫因而無檢驗的模式出現了，學了邏輯的金先生一時霧裡看花，或者試圖抖一下機靈或者一時迷糊，結果卻是不倫不類。現在網上文章五花八門，我輩一般少有膽量涉入，但有時朋友圈偶爾出現一篇文章，因為我的朋友們的轉發很有選擇性，就會流覽一下。有一次，讀到金先生曾大吹特吹老毛的兩論，斷言是哲學上的劃時代的不朽著作（可能與金在毛著翻譯班子呆過有些關係）。如今的文章誇大其詞的很多，我只當看個熱鬧，但我想起來曾問過王路：老毛被說成大哲學家，到底有沒有點哲學的東西能留下？王路想了想，說：他的兩論還成。

不知道王路是不是尊重金先生之論的結果，要我是怎麼都難以認同的。原因呢？從中學就開始被帶領著硬啃兩論，大學又讀，我還特地弄到薄薄的兩本「兩論」私下努力讀了又讀，試了又試，怎麼也讀不進去又一無所獲，很是自卑。這自然是自以為上了大學了，什麼東西都能讀懂之故，哪懂得有些東西寫出就是要你看不懂或者似懂非懂而自卑的。為此，還去圖書館借了九評來讀，自然還是因為整個中學時代，政治課上總說九評怎麼怎麼讓蘇修啞口無言之類的自吹自擂。我有一個痼疾：凡是是我努力卻讀不懂的，一概歸入都不是什麼好東西之列。現在七十有餘的老翁了，可以斷定，我這痼疾太了不起了。九評如今看來是什麼？屁？垃圾？還真上不了這個檔次，因為它們都是在作惡。毫無疑問，無論從感情、經歷還是國情，你都不能把老毛的兩論這樣界定吧？但是，凡事你用心了，總會無意中就得到一個結論。這不，前不久剛剛讀了中國現代第一聖哲曾彥修的《曾彥修訪談錄》，如獲至寶地看到——

我說，你到大慶去，能總結出什麼經驗來？還不是乾打壘，「兩論起家」。……整個東北的石油，就是「兩論（實踐論、矛盾論）」起家。你再調查，也不准你違反這個理論，你就拖吧。

話中的「你」是于光遠，改革開放以來至少前二三十年間，于光遠是一個很活躍也的確有些見識的高層「高參」。于光遠到上海做調研，打電話約見曾，可見兩位老先生有非同一般的交往；曾聖哲「問他的情況，他說紀登奎要他們全部到大慶油田去調查研究。當時紀登奎是很當權的，華國鋒第一，汪東興第二，他似乎第三。我說，這還騙得了人呀。很簡單，怕你們這些人留在北京哇啦哇啦，不好辦，再繼續像『四人幫』那樣整你們，不行了，但實際上是驅逐你們。」這些話裡沒有一個生詞，但沒有經過那個時代並且對各種鬥爭略知一二的，恐怕讀來就是一頭霧水。不過話歸正題，從上下文中看出高層左右意識形態的優質人士，早就對無形文人瞎搞「兩論」已經有了共識。王進喜苦幹蠻幹，帶領自己的兄弟們跳進水泥坑攪拌水泥壓井噴，那點名聲是用命拼出來的，與

「兩論」有半毛錢的關係？但是無形文人硬是把肚子裡的書掏出來喂狗，無中生有，無事生非，把幾十年前老毛杜撰的兩篇文章鼓搗成先知先覺，不僅能勘探出東北的油田，還能指導與指揮苦幹蠻幹也只能苦幹蠻幹而掙點錢養家糊口的工人，把石油挖出來。什麼叫彌天大謊？什麼是無稽之談？什麼叫欺天欺地欺百姓？這不是作孽，作惡，還能是什麼？

這樣的一種彌天大謊中，金先生把兩論抬高，似乎也在情理之中，但絕不在他的哲學邏輯之中。一個學者，真正地對所從事的學術有真正的認識和研究，對吹捧出來的旁門左道應該能覺察到，因此金先生這裡不是違心之論就是虛應故事。我願意歸入後者，只是虛應故事一輩子，也需要些本事呢。

馮友蘭有四大本一套的哲學著作做資本，上過官位，當過委員，顯然「學而優則士」更有心得；如果靠上主流意識形態一靠到底，那也還是自己真正理解的學問，但是根據主流鼓惑把自己的著作改來改去，這不是精益求精，是too clever，大可以翻譯成「成精了」、「精於算計」甚至「機會主義」。

只是這樣一來，金先生和馮先生就沒有可比性了。當然，他們都是新興主流意識形態下的前輩精英，這是他們應得的。

五、在我國哲學界，大行其道的加字哲學，而不是形而上學

在《邏輯的視野》一文裡，王路如是說。在另一篇文章裡，他有更細化的表達：

我還提出加字哲學，以此將形而上學與其他哲學區別開來。我認識到，在我國，大行其道的是加字哲學，比如中國哲學、馬列主義哲學，而不是形而上學，不是那種邏輯和哲學結合在一起的哲學。我以為，哲學是可以不加字的。

我懷疑有多少人聽懂了這種表達，哪怕是王路的同行甚至學友甚至前輩？在我們的交往中，沒有親耳聽王路說起加字問題，但從近期他在《讀書》發表的文章裡看見過；這次在他的大作《傳統》裡，比較仔細地讀到並琢磨很多。不是同行但是同輩人，我對這樣的表達應該大加稱讚並會四處傳播。哲學是一個學業，必定有一個社會在養著。如果這個社會合情合理，風平浪靜，這種提法會讓人感到納悶：某個學業需要加字才能說得明白，應該是這個社會早已開始了加字之風了吧？

馬克思一方面承認資本主義的發展超出了過去數千年的發展，一方面聳人聽聞說它的每個毛孔裡都在滴剝削之血，是萬惡的。馬克思很精明，愛動腦子，提出了許多新鮮說法，寫出來很厚的書，但無論說法和寫法，很多東西都是好像是故意讓人聽不懂而人云亦云的。我讀社科經典極其有限，不過在讀過的馬基雅維利的《君主論》、孟德斯鳩的《羅馬盛衰原因論》和亞當・斯密的《道德情操論》等書裡，所見都是一種「懂道理講道理」的方法，就事論事，結論合乎情理，極少有給他們所論述的對象加字的。

或許正因為馬克思的加字學問深厚，人們才紛紛來鑽營並希圖發揚光大，借此成為一方人物或者專家學者；恕我愚鈍，到老了也沒有讀到哪個人可以完整地說清楚馬克思的學術主張究竟高明和偉大在哪裡。就我這有限的目光所及以及讀到的有限資訊來看，倒是發現中國唯一弄懂馬克思這個人和馬克思主義的應該是閻錫山長官，有三點也許可以證明我的說法並非空穴來風：其一是他提出「革命競賽」，曾在山西省實施了「土地村有制」（集體所有制的另一種形式），細則和監管均頭頭是道，在民國一時間成為各路記者紛紛採訪和報導的中心；連對民國時期鄉村很有研究很有成就因此很沉穩很堅守的梁漱溟都三次前往山西與閻長官促膝談心；其二是閻長官發現不管他興下的規矩多麼理想，卻依然是「說的總比干的」能撈到好處，個別地方還引發了村長被打死的激烈事件；其三他認為馬克思「這人極其精明」——這種針對個人的興趣和琢磨似乎更了不得，比如《資本論》拖稿十四年之久吊足出版商和讀者的胃口、一心想把《資本論》題獻給達爾文而不得、躺吃哥們兒恩格斯一輩子……這些應該是閻長官留學日本七年悉心研究和琢磨的好材料吧。好在閻長官是在有限的地域搞試驗，他治下的「獨立王國」山西省以普及教育為主要使命，在他長達三十八年的統治下山西省在封建社會土崩瓦解的亂世裡成為最安定的省份因而教育成果相當可觀，碩果枝頭高掛者如華國鋒、薄一波、衛恒和趙樹理，等等。

領袖級別的，到了列寧，加字活動變本加厲，什麼萬惡的資本主義已經垂死他因此要領導他管轄的人去解放全人類實行共產主義……跟瘋子亂喊亂叫差不多了。他這一嚷嚷可不得了，他的那一套開始由更多更不是正路人的人把加字術肆意施展，符合胃口的加字讚美到噁心，不合胃口的加字謾罵到惡毒……把半個世界攪得兔毛亂飛一地雞毛，像羅馬尼亞的頭兒齊奧塞斯庫喜歡加字到瘋狂，以引起的掌聲為績效並層層升級，什麼掌聲、熱烈掌聲、掌聲不斷、掌聲持續五分鐘十分鐘十五分鐘……作死吧，掌聲終於把他「斬立決」了。又比如改朝換代加一個「新」字如何呢？加「人民」二字又如何？禍國殃民沒商量也。

或許又扯野了？不妨具體到一個小點：人死了加了字又如何呢？死就是死了，就像大陸報導「蔣介石死了」，就很好，可這就是個喜歡以加字為特色的意識形態。且說一個老革命家（王路一個曾經同事的父親）一心要把自己的寶貝孫子培養成「革命接班人」（曾經很時髦的一個加字口號），可到了孫子的青春逆反期時，寶貝孫子下學回家一頭鑽進自己的房間，把門砰然關上，任誰都不想搭理。一天，新聞聯播響起哀樂不久，他嘩啦一聲把門打開，沖爺爺嚷道：

「你們共產黨完了！」

爺爺愕然，在看電視的人都愕然。孫子倒沒有讓大家愕然多久，嚷道：

「死一個就損失慘重，死一個就損失慘重，『慘重』多了就完了。」

相信人們都只會把這當笑話聽，恐怕很少有人會想想這樣的加字會給未來的孩子造成什麼影響吧？小孩子的邏輯可以當笑話，知識份子的邏輯呢？國家不幸不一定詩人幸，王路在《從〈小邏輯〉到〈邏輯學〉》這樣寫他的前輩：

> 賀先生翻譯《小邏輯》，研究黑格爾，始終要按照馬克思、恩格斯、列寧的論述，站在「揭露和批判」的立場上來理解。
>
> 好像賀先生只知道馬、列的相關論述，其他一概不知，甚或好像對黑格爾除馬、列研究論述外再無他人。

在《大師的傳統》一文裡，王路的視野更「野」：

政治和意識形態的制約固然是一個方面，但是其他方面的制約和干擾就沒有嗎？危害就不嚴重嗎？比如說學術批評。……我們既有「學而優則士」的傳統觀念，也有「改造世界」的現代精神。……在我看來，學術研究領域的獨立精神和自由思想就是要遵循學術自身的性質、特點和規律，不受非學術的干擾。說白了，就是應該怎樣研究就怎樣研究。……更直白地說，大概就是把學術當作自己的第一生命，或者說把學術放在首位。……人文學院的運轉固然很好，但是這幾乎是清華工科院系的複製和模擬，不僅一切是量化的，而且量化到一個文科博士生在讀期間發表論文的篇數與工科博士生的要求也是一樣的。我傾向於相信工科院系的博士生在讀期間能夠寫出可稱之為科研成果的論文，但是我認為我國人文學科的博士生，至少邏輯哲學專業的博士生，是根本寫不出這樣的論文的。

具體到個人，在《紀念劉奔學兄》一文裡，王路寫道：

我23歲，在研究生中屬於最年輕的，劉奔（《哲學研究》常務主編）長我十二三歲，還有一些更老的同學，長我近20歲。……王路，你不要以為我們發你的文章就是完全贊同你的觀點。學術水準是一回事，學術觀點是一回事。……在我們的國家，馬哲是專業，也是意識形態，至少具有意識形態的特徵。……專業研究可以有專業的標準，意識形態有時候會有一種價值判斷。……王路，你不懂，意識形態多元化是一定要出問題的。

在《懷念吳元梁學兄》一文裡，王路懷念學兄的一句話，能讓你讀得心驚肉跳而牢記一輩子：

老吳花了好幾年的功夫幫助鐵映同志寫《論民主》……後來他對我說，我現在對年輕人說，我就算是把自己賣了，你們以後誰也不要做這樣的事情。

政治的齷齪和學者的無奈，沒有比這種現身說法更深刻的了；然而，你要不知道「鐵映」是誰，這話等於白說，可後來的讀者們誰還有興趣去打探誰是「鐵映」？還是奧威爾深刻：極權主義寄希望人類的健忘。

六、「是」這種係詞結構起著不可或缺的作用，西方人表達關於世界的認識一般是離不開它的

《傳統》一書，王路在「目錄」分成了六個部分，「繼承與超越」是最後一部分，三四十頁，是單位字數最少的，但涉及的話題卻是不吐不快的。在《一「是」到底》的文章裡，王路宣示：

2003年我出版了《「是」與「真」——形而上學的基石》一書，明確使「是」與「真」這兩個概念聯繫起來。……為什麼傳統哲學中「being」是核心概念，而在分析

哲學中「truth」是核心概念？不僅如此，這一思路還有助於我們理解整個哲學史一種從「being」到「truth」的發展和轉變。因此，有關「being」的研究不是單純的翻譯問題，而是如何理解西方哲學的問題。

記得有一次在討論中，我強調自己的觀點乃是「對『是』的理解貫徹始終」，王曉朝兄直言：「你就是『一「是」到底論』！」好的，就「一『是』到底論」吧。

這裡錄出的兩段，不一定是王路最想說的話，也不一定是最重要的話；所以錄出，一是因為多數人甚至同行不甚清楚王路為什麼抓住「是」不放，二是具體到專業性個人，也未必清楚王路到底在做什麼。我是外行，但因為和王路交往久，be or being 的話題開始得很早，起因還是皇帝級別的人物和全世界文人學者都知道的一句話：人，是莎士比亞；話，是他寫進《哈姆雷特》的 to be, or not to be, that is the question.把一輩子的青春用來翻譯莎士比亞劇本的青年才俊朱生豪，把這句話譯為「是生存還是毀滅，這是一個值得思考的問題」；從字面上看，把 not to be 譯為「還是毀滅」是反向翻譯，後半句譯文又多了「值得考慮」四個字。因此，後來各路文人自以為是地批評朱譯有問題，又自以為是地有了「活下去還是不活，這是問題」（卞之琳）、「死後還是存在，還是不存在，這是問題」（梁實秋）等等；更有一個為老不尊者，說朱譯是錯譯，他的譯文是「過日子還是不過日子，這是問題」……老天爺不當家嘩啦的（《紅樓夢》裡的感歎句）！

從翻譯探討和實踐的角度說，只要譯者認為譯文是他所理解的原文的意思，都是可以成立的，關鍵是譯者真的對原文理解透徹了沒有。That is the question 多數人都譯為「這是問題」，好像都理直氣壯地以為是原文的意思，其實是想當然了。「這是問題」的相應英文是 it is a question, this is a question 和 that is a question.例如 Success is only a question of time.／成功不過是時間問題。莎士比亞的話是 that is the question用了定冠詞 the 而非不定冠詞 a or an.在英語學習裡，定冠詞還是非定冠詞的使用是很有差別的，是一個繞不過去的語法現象，偏偏很多譯者是強行而繞，不當譯文甚至錯譯都在所難免。朱生豪注意到了 the 而不是 a，強調了「值得考慮」四個字，用在哈姆雷特以及他接下來的滔滔不絕的獨白之中，應該贏得喝彩而非責難。譯文到位不到位，這是譯者更高的功夫，一般譯者修煉不到這個程度，還是不要自作聰明的好。

記不得當時我和王路探討到了什麼程度，王路便直截了當地說：這話可以翻譯成「是還是不是，這才是問題」。當時我有點發懵，不置可否，只是說從be這個系動詞來說，可以這樣說。不過王路的說法，我銘刻在心，而且每見到套用這個句型的文字，我都要用王路的法子試一試。比如英國著名作家 E.M.福斯特在他的名著《印度之行》裡，有個名句：結婚還是不結婚，這才是問題。我會立即用「是婚還是不婚，這才是問題」。不僅通，連「不婚主義」都有了。其實，對這個著名的表達，應該首先考慮只是個中學生學歷的莎士比亞，怎麼會想到把這句話寫進他的劇本裡。若這樣想了，便會想到莎士比亞所讀的語法學校，雖然在斯特拉福德鎮，當時人口不過幾百，但當時的老師都是牛津大學畢業生，用拉丁文教授，to be or not to be 在拉丁文化裡一定是一個很有來歷的表達，莎士比亞記住、後來在寫劇本時發揚光大，這是他的天賦和勤奮所得。從這句話帶出來的大段臺詞氣勢磅礴，鞭辟入裡，對他面臨的那個「脫軌的時代」盡情剖析，對他何時復仇與如何復仇、除掉叔王母親又要守寡等問題因糾結而猶疑，因此對to be or not to be用來開始一段迴腸盪氣的獨白，坊間譯家不是僅僅揪住一句譯文的是否完美就能說得清楚的，語境上下貫通才是更重要的。

這裡似乎離《傳統》的話題扯遠了，其實不然。先不說哲學上的to be or not to be僅談生活中的「是或非」，就一個天大的問題。因為王路提及的主流意識形態的歪七扭八，如今的人說話哪還有「是非」之分？

連王路的領域的師爺級人物金岳霖都有過這樣雙重思想的名言：

> 我口頭上贊成學習辯證邏輯，可是骨子裡是另外一件事。

要不然，曾經屢創收視率新高的「實話實說」節目以及曾獨霸一個民族輿論的《紅旗》改為虛應故事的《求是》雜誌，就是庸人自擾了。可怕的是，這些努力只能暫求生存或者名存實亡，僅從這個角度也看得出王路率先從哲學概念上提出be or being並孜孜以求地寫出來幾本專著，其意義怎麼高估都不過分，需要的只是更多有識之士的助力和一代又一代的學子仿照王路的治學態度，孜孜以求下去並發揚光大。

七、寧以義害辭，勿以辭害義

這是王路在《陳康先生的學術理念》一文裡關於翻譯的引言，更多的還有：

……在信達雅三個層次中，陳先生最重視的是信。……做到信，結果就是直譯，「直譯不但常常『不雅』，而且還會有『不辭』的危險。」「如若一個在極度滿足『信』的條件下做翻譯工作的人希望用習慣的詞句傳達在本土從未產生過的思想，那是一件根本不可能的事。」

此說誠哉。由於職業，對英漢翻譯寫過小文，後來積累的翻譯例句多了、自己也有些經驗了，還寫過些專著，其中重中之重是有例有據地闡明翻譯的具體實踐究竟是怎麼個過程和標準，因此就必然要參考前輩大家有什麼說法，如嚴複的「信達雅」、魯迅的「直譯」「硬譯」和「死譯」以及錢鐘書的「化境」等等。嚴複和魯迅都有大量的翻譯實踐，都把翻譯的「信」放在了首位，真真切切；錢鐘書的「化境」從字眼上看不真切，他又有沒有什麼翻譯實踐，因此很多從理論到理論的當今教授博導博士後，在「化境」這個提法上大做文章，雲苫霧罩，不知所云。為此，我研讀了錢鐘書的《林紓的翻譯》、《詩可以怨》以及《漢譯第一首英語詩〈人生頌〉及有關二三事》的等文章，好不容易找到了一個翻譯例句：She being indisposed with sprained ankle, which quite incapacitated her from holding pen.錢先生給出的譯文是「她的腳脖子扭了筋，拿不起筆」，以此批評林紓的譯文「足脛難復原，不復能執筆」中「復原」與「不復」遠離了原文而導致譯文銜接不上（其實，錢譯也沒有把原文裡的 which quite incapacitated 交代清楚，應有「因腳不吃勁牽連到……」這樣的細化才能讓譯文更精准），可見所謂錢的「化境」的核心也還是要儘量做到「信」。魯迅有大量的翻譯實踐，舉出的例子便十分準確而有力——

譬如「山背後太陽落下去了，」雖然不順，也決不改作「日落陰山」，因為原意以山為主，改了就變成太陽為主了。

往遠的說，佛經的翻譯，就更是「寧以意害詞，勿以辭害義」，所以至今成為百姓口頭禪的「阿彌陀佛」，誰也不能說出它究竟等於漢語文化裡的什麼表達。若要把漢語文化裡從來沒有的idea翻譯過來，那只能是「拿來主義」為上；這本是再明白不過的道理，卻似乎越來越被所謂的專家學者攪和成了問題，一是從來沒有搞過翻譯又非要搞出什麼翻譯理論的文人學者故意為之，二是這種占了一個好位置的人智商不夠胡亂湊，混水摸魚到濫竽充數，倒也能有滋有味地過一輩子。陳康先生在哲學界的翻譯看來是有名氣的，他的學生和後輩也不會少，直到王路撰文寫他才提出他的翻譯問題，也還離不開智商高低的問題。多數人對於名人和一方專家都是端過來敬起來的，很少去探個究竟，也沒有那個能力，否則不會讓王路這樣發問：

問題是，一旦連書法、戲劇、聲樂等專業都設立了博士學位後，我們還能明白「Ph.D」的真諦嗎？

今天評判標準已經物化和量化，教授、博導、委員、主任、長等頭銜不可或缺，專著、文章，甚至字數等也是考量的重要因素。

可以想像，如今的哲學界也是這樣的操作。這樣東一榔頭西一棒槌地選用王路文章裡的話寫出我的讀後感，是為了更好地理解一個人為什麼要寫東西，而且能用心地真誠地寫出深刻的意思：

……典型地訴諸權威和訴諸大眾。……譯者最後以譯著而成為名家，因為名著傳播了譯者的名字，但翻譯中的問題也隨著譯著深入人心。一個人第一次把自己的翻譯變成印刷符號的時候，他或她可能還會有些沾沾自喜。但是對翻譯中的錯誤，他或她並沒有清楚的認識，甚至沒有意識。翻譯還會繼續，由於各種原因，也許第一次翻譯錯了，以後永遠都是錯的。……已有的理解要重新理解，已有的翻譯要重新翻譯。假如這確實會得罪一些人，我只能用達米特的話說：「我不道歉。」。

誠哉斯言，文學名家名著的翻譯活動尤其是這麼回事；可惜當今能懂「誠」在哪裡的人少而又少了。魯迅說：「我以為翻譯的路要放寬，批評的工作要著重。」如今「拓寬」翻譯的路的人倒真不少，連翻譯軟體都用上了，但像王路這樣認真做翻譯批評的人太少了，因為這是需要真才實學的。

八、我根本沒有想到會評上

王路的這句話是從下面更全面的一段話裡抽出來的：

我是1995年在哲學所評的研究員，那一年我第二次參評。參評共44人，評4人。我是其中最年輕的。我根本沒有想到會評上。評上以後，老吳對我說，我們都支持了你。我知道，他說的「我們」指的是他和陳瑛等諸位學兄。我們那一屆同學70多人，畢業留所30多人，老吳、陳瑛等年長的學兄都是室主任了。我對諸位學兄的抬愛非常感謝。我不是覺得自己不夠格，而是覺得若是評其他老同志也是應該的。

這個時代的騷操作說來就來，誰也別想置身事外。評職稱，也許是西方學術界的舶來貨，一旦有了「中國特色」，那就麻煩大了，什麼哭啊鬧啊蹦啊跳啊尋死覓活啊——還真有因為評不上職稱患了抑鬱症而跳樓的！膽敢做陶淵明嗎？工資怎麼辦，住房怎麼辦，孩子老婆等等怎麼辦？這只是現象，都算正常；不正常的是至今大家已經習慣了這樣的操作，而沒有想到它的根源是所有制問題。陶淵明只是不為五斗米折腰，年景不能年年不好，只要你勤勤懇懇地幹活兒，先借來五斗米，來年還上就是了。可是，問題是你得有一畝三分地，而我們是沒有立足之地的，所以因為職稱導致的地位差別，殺人都是正常的；南方的一個什麼學院副院長就因為職稱把院長殺了還焚屍滅跡呢。

王路是幸運的，應該一來得益於他的單位是新組成的，利益鏈還在建構之中；二來得益于評委們還是專業而非官胚子，尚屬正常；三來當然是王路的學術水準和為人處事都過硬。不過，這個順序可顛倒不得：學問好有人嫉妒而毀人，為人好禁不住兩面三刀陰謀詭計和垃圾纏身。我長王路五歲，職稱晚到少說十年還是運氣不錯才勉強弄了個。我的老同事著名詩人牛漢常跟我說單位裡鼻涕人太多，當時聽不大懂，直至自己遇到鼻涕人，往你身上亂摔鼻涕，那種鼻涕纏身的過程說說都噁心，不說也罷，但必須要說的是中國特色裡多是非正路人的混水摸魚，少有正常人的正常所得。只要你為人處世正常，評上的是幸運，評不上才算正常，可只要能活下去，這個事還是不要當事兒的好；時代畢竟向前走了幾步，自由度還是寬鬆了許多，自己能有所作為的話，還是保持一點獨立的好；最好像魯迅一樣，真正追求的是做一個individualist。

九、去諾丁漢看一個朋友

在《走訪達米特教授》一文前面一段可稱「作者按」的黑體字裡，王路寫了下了這句話：「1922年10月29日我到牛津拜訪達米特教授。離開牛津以後，我乘火車去諾丁漢看一個朋友。」其中提及的「朋友」是我。跟王路相處了幾十年，我其實不知道我是不是他的朋友，因為他比我小五歲卻一直叫我「小蘇」，如前所提，送我他的大作的簽字裡也是「小蘇」，而我熬成「老蘇」至少不下二十年了。因為成了「老蘇「，所以乍見他的《懷念老蘇》一文著實嚇著了，就是現在翻看目錄也還是有點心跳。人生來就走向死亡，但真想到死亡，還是免不了心跳。生命的本能嘛。這時候，王路叫了一輩子「小蘇」倒是解藥：我是小蘇，不是老蘇。他到諾丁漢去，幾乎是為了送我托帶的一尊佛像。起因是我在英格蘭中部美麗的班布裡小鎮進修為時兩個月的英語時，房東懷斯小姐和我相處得異常親切，後來上超市、去洗衣房、引見她的男朋友並在他父親從威爾士來過耶誕節時，都很誇張地介紹說：「蘇是我接待了一輩子房客裡最好的，職位也最高，編輯，編輯呢。」這是我第一次聽人誇讚編輯這個行當。懷斯小姐當時四十六歲，熟起來時她跟我說她有男朋友，我說怎麼沒見他來找你呢？她說他害羞，怕見生人。我聽了簡直難以置信。不久，懷斯小姐家樓梯的地毯鬆動，她男朋友來幫著收拾，見了我果然滿臉通紅，說過how are ye也不抬頭，始終也再沒有說第二句話。漸漸地，我感覺到懷斯小姐的生活是封閉式的，遛狗只一條路線，狗偶爾拉在樹葉堆裡，她喊著「壞了壞了」牽上狗就往家跑，搞得我一頭霧水。越來越熟時，她說她的生活有些亂；我說你上教堂去不會好一點嗎？她說她怕去人多的地方。我就要離開小鎮去諾丁漢大學了，她說她遇見過一個華人，要她敬佛，能不能要我的家人給她寄一尊佛像，讓她敬著。事不大卻不大好辦：金屬的不知道什麼質地好也怕不知道花多少錢才能寄過來，瓷的呢難保金身不碎，那就更是不敬佛主了。王路把這個問題迎刃而解，萬里之遙送佛像，無論如何是一種功德了。懷斯小姐收到佛像後寫信給我，說她把佛像敬在客廳，有人來訪她都會向人介紹說：「我的中國房客送的，我的生活有頭緒了。」這話可信。信仰是一種需求，只要恰到好處，的確能讓人心裡踏實，絕不是麻醉劑什麼的。人和人相處，不論中外，都需要一種真誠的態度。王路沒有盤問我萬里之遙幹嘛滿足一個外國人的這種需求，我當時還納悶王路這個學哲學的不夠唯物，怎麼不問我托他做的事有些不靠譜。如今讀到他的《傳統》的「外國前輩、老師和朋友」一欄，才感覺到他對外國人的態度同樣真誠和實在，更可貴的是平等，從內心的平等。在如今這個交流頻繁的世界，多數中國人還只是一種崇洋媚外的心態，這沒有什麼不好，總好過死抱什麼五千年文明和放之四海而皆準的什麼主義，弄來弄去弄得整個民族不自信不自重很盲目甚而下作；比如領袖級人物們也只是利用外國人樹碑立傳宣傳自己而已，很少有交心和坦誠的，影響當然是負面多多了。

就《傳統》整體內容來看，「前輩與老師」、「同學和朋友」以及「外國前輩、老師和朋友」三個欄目可當作一個板塊來閱讀，雖然寫到了職業、專業和社會壞境，雖然寫到的地理和人物不同，但字裡行間的真誠和坦率構成的人文關懷是一個基調，真誠而難得。所有的文章看下來都沒有任何矯飾和做作，看似毫無技巧的行文每每讓讀者心動、感動和溫暖，尤其王路為幾個朋友流淚的詞句，實在是讓人忍不住心裡發潮，我也只好把這種反應歸因我老了脆弱了。然而，人與人之間只能建立在互相信任和關懷之上，這個世界才有真實的平和。你以為境外勢力反動之時，境外同樣會感到你這個境外勢力本不是善茬。世界不可能一直建立在互相敵視的基礎上。和國人交往如果需要真誠和尊重，與外國人交往更需要真誠和尊重，而且是以「是」和「真」作底色。在老百姓之間，開口問的是「你說的是真的嗎？」你回答時也必須是就是，非就是非；真就是真，假就是假。善意的謊言可以有，但都必須是暫時的，臨時的，不得已而為之的。

諾丁漢旅遊點是綠林好漢羅賓遜張弓搭箭的塑像以及英格蘭最古老的「耶路撒冷酒吧」，我也只能陪著王路看個外觀；王路帶著他的高級相機，我因此留下了幾張難得的照片。我跟王路說漫長的暑假運氣不錯，在一家香港人的餐館找到一個做點心徒弟的差事，以後的三個月就一周到學校聽一次課，湊合到年底回國，給兒子掙下一點留學的盤纏才要緊。我以為王路會感到意外而另有說法，他卻只說應該的，如今的中國留學生都在節儉留學費，好回國後寬裕些，誰讓我們太窮呢？這話讓我很受用，王路也許至今也不知道。一個人的經濟狀況在很大程度上決定了其行為舉止，只有腦殘的人才會因此喊高調並在行為上反常。我前兩屆留學生中，有個人因為在北京語言學院有過語言培訓而和一個姓陳的老師關係不錯，老師到英國進修時兩人相遇，曾經的學生請老師吃飯，有些得意地說他在打一份不錯的工，結果讓曾經的老師寫信告到教委，教委作為典型殺雞給猴看，收回他的留學費用，他只好半途回國。國人的特色心態蔓延到萬里之外，毒性不減，令人防不勝防；檢舉的未必真舒心，被咬了一口的只能認倒楣，只能寄希望這一口不至於傷筋動骨。

其時我在英國呆了小一年，日常口語有些改善，但在佩芝教授的研究生課上進行專題討論，我還是磕磕絆絆，講不透徹想表達的東西，因此我問過王路的英國之行的目的後，還是忍不住問他和英國哲學教授討論哲學問題，語言上是不是暢通和流利。王路嘿嘿一笑，說在牛津時英國人說他 manage to talk.這話於我很鼓士氣。王路晚我一年進大學突擊英語，仗著年輕，大聲念英語、讀原著以及專攻一個作家的法子，都給我啟發和影響。我在大學時有老師說全國就有外交部和外貿部用口語，我想那些地方反正也去不了，就忽略了口語，豈知口語和聽力連著，聽說也就都稀鬆了；後來國際交往熱起來，遲至八十年代後期我才撿芝麻丟西瓜地收拾聽說殘局，深感語言能力不行；王路八十年代新學德語又不誤英語，除了語言天賦，他的 manage to……是一種自信，是一種勇敢，對我是寶貴的經驗。

總而言之，一個學術領域裡有一個不僅學問做得好而且會寫文章的人，那是天大的萬幸，尤其哲學。專業和職業做得好，寫專著或者論文，只要把論點確立，論述清楚，層次分明，結論能自圓其說，就算好論文，好專著，作者因此名聲遠播或者名垂千秋或者至少圈內有名，便是一個規律了；古今中外的文人學者大體上是遵循這條路孜孜以求的。然而，一個學有所成的學者會寫文章，那就不僅僅是利於個人表達，更多的是對他那個領域、他的社會甚至世界有利有益的貢獻了。《傳統》一書如果沒有這部分文字，只是談專業內外至多涉及圈子內外的有限的人和事，讀者怎麼會瞭解到上述如此多又如此深的人物、環境、人情世故、世道春秋尤其和世界的友好交往和珍貴友誼呢？

這部分文字很可貴的是，王路沒有受到盛行幾十年的三突出寫作法寫什麼「高大全」，而是把傳主幾乎是開門見山地提拉到文章中，篇篇都頗具現場感，生活和工作的細微，家庭和個人的難易，都寫得有聲有色，又因為文字的直接，讓讀者如見其人如聞其事，實屬難得。

十、我們這一代人是鋪路石

《傳統》的這句話是第六部分「繼承與超越」最後一篇《求真不辭漫漫修行——王路教授訪談》最後一節的標題，還帶了引號並在最後一段裡說明了其來源；其實，早在本書的《序言》裡，王路在倒數第五和第六段裡已經解釋和闡述了這句話。由此可見，如前強調過的，第六部分「繼承與超越」雖然只占四十多頁，卻應該是他很在意的內容，其中明著暗著的原因恐怕比較複雜。我要多嘴的是，就中國現代的社會科學來說，因為全部是不折不扣的引入之學，王路這代起步於上世紀八十年的學人，不是「鋪路石」，否則「繼承與超越」無從談起。那麼，誰是「鋪路石」呢？王路的師爺金岳霖一代人，即中國早期留學西洋的學人。儘管他們的書現在或者更早的時候，已被圈內視為經典和教科書，但他們的著作總的基調是引介性質的。作為一種全新的東西，僅僅是翻譯過來就夠重量級別的，更別說他們結合本民族的文化和經驗進行寫作了。作為全新的東西，比如佛經，只要帶入本民族，就是大師級人物，像唐玄奘，哪怕引介佛教只是囫圇吞棗（還有說他偽造佛教）。佛經應該更本土化而沒有，其實主要是沒有具備天賦之人繼續將這項引介工程細化和研習，所以後面的僧人只是借助朝廷的迷信佛教而蹭吃蹭喝以致耀武揚威以致腐敗墮落。更為具象的基督教也有這個問題，只是西人的社會科學打下的基調是「求是」與「求真」，後來人基本上遵循了這個準則，基督教因此在人類發展史上才功德無量了。

因為職業和就業的關係，所謂新時期以來英語文化和文學這個領域的師爺級學人的著作和文章，我都有幸編輯過。從小年輕時的接觸與拜讀到老年人的疑惑與探究，我可以有根有據地說，他們基本上是鋪路石的作用，因為他們正當年趕上意識形態的極度扭曲和徹底反動，他們本該上臺階的機會被毀因而深入的研究也就戛然而止了。等到上世紀八十年他們所謂的「第二個春天」再續航，他們前三十年被「洗澡」和洗腦的惡果成了他們的痼疾，再加上他們的「加字」學問，能做到像樣的鋪路石就很好了。我的朋友秦穎採訪了很多社會科學領域的師爺級人物，如王以鑄等希臘文化老專家們，他們在談到希臘文化的引介時說過：以往所做的引介能沾上希臘文化的皮毛都很好了。從王路的學問裡，這話是可以得到印證的：只是他開始把「求是」「求真」作為學問做起來並發表一些文章時，引出來的反響和反對，可不是鬧著玩的；若發生在前三十年，他能作為「反動文人」受批判或者挨批鬥都算是萬分幸運的，百分之百有做反革命和掉頭的危險。我常跟人說：我們的時代還是多少前進了幾步的。這話是由衷的。因為時代前進了，像王路這代對西學鑽進去走出來的學者，超越了前輩是沒有疑問的，繼承只是技術層面上的薄薄一層。西方的學問因為王路已經明說和暗指的意識形態的問題，在國內發生了斷崖式的終止和摧毀，因此後來只能是斷崖式的重啟和飛躍。王路儘管是擠進老三屆這代人的一員，但也已經花甲多年了，可是「超越」這種說法一定還有不少人認為是狂妄和傲氣，少說是出口不遜。除了複雜的社會環境和個人學術所限，僅僅個人智商和天賦就是一個必須打通的隘口。智商高有天賦的學者都來認真對待這個問題，王路的「超越」之說才有良性反響，否則，要麼是口是心非的承認，要麼是全然不以為然；而全然不以為然的原因王路其實已經說明了——

如今30年過去了，我們這些人大多已有所成就、身居要職，在高校和研究所，也都是大教授了。我看到，不少同學早已把這句話拋到了九霄雲外，說話做事，儼然是高高在上的氣派。

因為這句話的深刻而直接，王路這本書最後一句發至肺腑的話——

我從社科院來到清華，在很大程度上也是想面向學生，為他們成就未來。

——就難免顯得蒼白了，以致他的「不過，我沒有忘記這句話」也聽來也無奈了。因為，做學問需要坐得住沉得靜，更需要成名成家後的清醒和謙遜，可絕大多數的成名成家都是為了有朝一日「儼然高高在上的氣派」，且有重量級高智商的精明人物可以模仿，如楊振寧、錢學森等；沒有幾個真心像水稻專家袁隆平那樣腳踏實地，而這個一心為人類解決吃飯問題的菩薩，幾次被區區一個「院士頭銜」擋在門外，何其荒唐和可怖！

十一、在我身上也不是沒有

王路這句異常清醒的話，是由三個短句組成的：

那個時代的烙印是深刻的，在我身上也不是沒有，不過是多些少些而已。

因為一場橫掃世界的瘟疫而捲入是非大潮的著名作家方方，說她在撥亂反正（這個用了又用的成語，完全可以用「棄惡從善」來取代）的頭十年，腦子裡的毒素是一點一點擠出來的。這話自我剖析得見肉見骨，有這個認識，她的疫情日記沒理由不好。上世紀五十年代出生的人出產了一些站得住腳的作家和學者（儘管數量很有限卻是三十年代四十年生人難以企及的），得益於他們趕上了撥亂反正（棄惡從善）的時代以及他們被遣送到鄉下的親身經歷。被遣送到鄉下後不管如何適應苛酷的粗糲的環境和如何掙扎出或逃離那些個「向死而生」的環境，他們中的一些人都真真切切認識到了官方所謂「城鄉差別」絕非這四個字的字面意思，幾近 to be or not to be。中華書局去年推出北京知青侯謝之的《椿樹茆》再清楚不過地寫出了這點因而顯得無比珍貴，成為去年的暢銷書；《椿樹茆》的內容不似以往的知青題材和寫作——過去的知青寫作不過以自己為中心，抒發自己的所謂苦難和情懷，利用鄉間悲慘的背景為自己編故事而已；而《椿樹茆》至少說清了兩點：一是「那時的課本內容跟山裡的孩子沒有半毛錢的關係」，即當時的意識形態全然是謊言連篇，自欺欺人。二是「當年的一群知青，頭一次見到這陝北，見到這苦情的日子，才知道還有這遭罪的人生。真正讓知青震撼的是這群軀殼中候著的魂靈，這是釘在黃土峁子上的魂兒。再咋的苦情，咋的遭罪，都平靜著，麻木著，並無嚎叫不甘，認下，受下，順了死生，隨了命定。你暗中感受到那種承受苦難的能量，那能量極其巨大，無底得叫我恐懼。」

王路去北大荒兵團下鄉，去做童工，城鄉的落差一定嚴重地感受到了，但兵團的體制還是

「城」而非「鄉」，王路至少一天三頓的吃喝是有些保障的；而我被打回了我土生土長的「鄉」，中學的一日三餐變成了天天挨餓，若說上學還有一種飄渺的希望，那回鄉就是一種「平靜著，麻木著」的絕望，只要你「釘在黃土峁子上」，就只會「認下，受下，順了死生，隨了命定」，這是從大秦帝國以來延續不斷的統治術，「無底的叫我恐懼」。

有些扯遠了，我這裡要說的是王路那個時代「魂兒」的「烙印是深刻」的。如前所說，早在二〇〇〇年便出版的《求真》，因為我們同時代人的感受十分強烈而十分喜歡，二百一十七上的引文卻讓我的喜歡塞進了嚴重的不爽——

人最寶貴的是生命……他不會因為碌碌無為而羞愧……為人類的解放而鬥爭！

因為和文學沾邊的職業又時代使然，《鋼鐵是怎樣煉成的》怎麼都會讀一下的，當初快到而立之年的我讀後感覺實在不咋滴不是因為我有多麼深刻的見解，而是小村的觀念在作祟：一個瞎子的話怎能當真？這話當今難免有歧視殘疾人之嫌，但正常人對待殘疾人不管口號多麼響亮、地面鋪了多少盲道，說到底還是一種不平等的居高臨下的「可憐」之情，只是說法和做法略有不同而已。作為正常的殘疾人，奧斯托洛夫斯基應該像美國的海倫那樣呼喊：給我三天的光明。後來見到的資料多了，證明小村的見識是通著人性的：奧斯托洛夫斯基就是一個心裡有嚴重殘疾的人，他的寫作有很多人幫忙，他作為官方的「樣板」住上了別墅；法國左翼作家紀德拜訪他後撰文讚美他，他也大贊紀德作為回報。後來紀德更系統地報導他被官方包養，他就大罵紀德多麼不是東西，是一個墮落的資產階級文人。典型的殘疾人思維。作者如此，你就不能指望書的內容沒有毒素。遲至本世紀初，蘇聯解體都小二十年了，知青作家梁曉生竟然把這本書改編成電視劇，在央視放映，全然不顧它在它的國家已經被視為垃圾。這種事情的嚴重性還不僅在於改編這樣一本書，而在於改編者這樣級別的文化人，竟然對蘇聯解體這樣的天大事件毫無反思；起碼也應該明白奧斯托洛夫斯基真的是擠著眼睛說瞎話，什麼「為人類的解放而鬥爭」純屬一種歇斯底里，尤其那個體制分崩離析後「解密」出來的無數罪惡和作惡證均明它是邪惡的，反人類的。

我當時自然還沒有能力來這麼多囉嗦，只是建議王路再版《寂寞求真》時，別再引用這段話，王路聽了笑道：「小蘇你可真有意思！」是的，一個人成長環境烙下的印跡，很多時候是真有些意思的，反正都需要自覺地反思、過濾並剔除一些斑點，像方方說的「一點一點地擠出來」；個人內裡深藏的東西，外力無論如何只是一種條件；修煉是聖賢所謂，這話不假。

話還是扯遠了，還須再扯到王路《傳統》裡的作者介紹裡的一些話：

……享受國務院政府津貼。曾任中國社會科學院哲學研究所研究員、哲學所學術委員會副主任、邏輯研究室主任。中國邏輯學會副會長、秘書長、中國現代外國哲學學會常務理事。……

曾任出版署副署長、後曾任人民日報社副總編的梁衡（如此高位有如此思考真的是碩果僅存）寫過一篇網上轉發多次的文章，談國務院政府津貼的這個事情，大意是當初知識份子很窮，為了讓有特殊貢獻的專家生活寬裕一點，有了這個津貼。現在富起來了，再享受津貼沒有什麼實際意義，實際操作也弊多利少。最後這點說得尤其好，因我所在的單位後來就是誰從官位退下來誰得到這個津貼，沒有專家，更沒有百姓。可笑的是，有的人太差了，方方面面都遭到反對，就到更高的領導那裡哭訴，說前任都有她沒有也太沒有面子了。津貼，津貼，一點補助而已。王路如今是中產階級且屬上上層無疑，肯定不在乎補助的那點錢，更應該不在乎這個名頭——它不過是「時代的烙印」而已；至少我看見這個津貼出現在王路的簡歷中而所想到的我單位的那些人以及所知的文人學者，均是對王路一種侮辱而非光榮。王路的專業和地位遠在這個名頭之上，今後的簡歷剔除它而寫一個有個性的簡歷，重點甘居寂寞而求是求真，才和今天來之不易的豐碩成果相配。

順便一提的也許更有點無理取鬧：這個體制下，官位和學問幾乎水火不容，王路曾經的那點「官位」還是不上王路的簡歷為好，真的不匹配。

王路又要說「小蘇你可真有意思」了哈。

十二、讀書首先要讀懂人家說的是什麼，為什麼這樣說

1. 人的認識無疑是有局限性的。但是人的認識權利卻不應該受到限制。因此，不應該人為地規定什麼可以思考，什麼不可以思考。
2. 亞里斯多德早就說過，只有保證了起碼的生活以後才能從事哲學研究。
3. 成就大師的條件也許有許多，但是基本的兩條卻是必不可少的：一條是有廣博的知

識，同時又成為專門領域的專家，另一條是為學術而學術的精神。（其三應該是個人的天賦與專注力。）

4. 懂邏輯的人不多，而批評邏輯局限性的人卻大有人在。……不懂邏輯，對於探討存在、必然、可能、真、對象、概念、關係、意義等問題是無法想像的，因為至少讀不懂許多有關文獻。

5. 我勸慰他說，你要是反黨，就沒有不反黨的了。

6. 老吳曾評價我說，王路什麼都好，就是馬列主義水準差一些。

7. 比如我問過幾位學兄，恩格斯在馬克思墓前的講話中盛讚馬克思，特別說到唯物史觀和剩餘價值論，唯獨沒有提到哲學，這是為什麼呢？劉奔兄說，王路，你不懂，唯物史觀就是哲學。我問，可搞社會學的人說那是社會學啊？

8. 我認識Bob是1992年10月初，我去聖安德魯斯大學邏輯與形而上學系訪問研究，他在火車站接的我。他告訴我住處沒有安排好，直接拉我去他家住，一住就是兩周。……他還是那樣雄辯，喜歡爭論問題，還多了些咄咄逼人。我在國內鮮有這樣的機會，所以和他在一起非常親切和開心。一個人，能夠和好玩的人在一起玩，是很愉快的事情。一個學者，能夠和有學問的學者一起討論學術，是很享受的事情。……他對中國的美食讚不絕口，但是他說，最令他難忘的還是1993年訪問時在我家裡吃飯，我媽媽做了那麼一桌子好吃的。他不說，我還真忘了。其實那時我還沒有自己的房子，我請到我媽媽家做客，當然也是為了感謝他和Magie。好友就是好友，他的記憶就是我的記憶，有些記憶是永遠也不會忘記的。Bob走了，好友本來就少，如今又少了一個。只能在這裡對老友默默地說一聲，一路走好。

9. 讀書首先要讀懂人家說的是什麼，為什麼這樣說。哲學研究一定要從文本出發，依據文本說話。

以上九段都是從王路的《傳統》裡摘錄下來的話，第八段看起來很有感覺因而親切，因為在上世紀即將過去之際，我和老伴兒接待了我在諾丁漢大學留學時的「主人夫婦」。諾丁漢大學有一個習俗（不知別的大學是否也有），就是英國人會在耶誕節前到學校聯繫留學生，耶誕節時以「主人（host）」請「客人」（guest）到家裡過耶誕節，一來盡地主之誼，二來體驗英國人的家庭生活；這樣的交往有的會持續到「客人」回國。我的主人約翰夫婦和我就一直聯繫著，幾次開車帶我去觀光英格蘭中部的一些名勝，我很意外很感激。我實在是覺得這樣的習俗太了不起，稀罕，真誠，便主動提議給老夫婦做一次麵條吃；老夫婦聽了甚是重視，為此還學會了用筷子。我知道在英國人家裡做抻麵會有一些困難，比如和面盆和大面板，想不到現場的麻煩是沒有擀麵杖！我只好就地取材，用啤酒瓶來代替；這樣，我在老夫婦家廚房的操作臺上用啤酒瓶擀面，竟然把老夫婦搞得張口結舌，說他們「從來不知道啤酒瓶和麵粉能夠製造出麵條來」，要求親手抻麵試試；等他們真的把麵條抻長時興奮得手舞足蹈，以為創造了天大的奇跡，說一定要來看看中國人的飲食習慣。

卻說他們來後，特地留出一天要來我家看看。老伴兒聽了著慌，說我們住房小太局促，能接待外國人嗎？我說心意到了就好——

「那你陪他們逛了北海公園，先到仿膳好好吃一頓！」

約翰夫婦的確被仿膳那個皇家式樣迷住，亂七八糟一餐桌不知道吃什麼好，只顧和服務員小姐合影了。到了我家，我問約翰夫婦晚上吃什麼，老夫婦兩個齊聲答道：

「你的麵條！」

老伴兒做麵條更俐落，廚房用具一應俱全，麵條抻得龍飛鳳舞，攪得約翰夫婦眼花繚亂，不知給她照了多少相；等他們吃起來更是我一句你一句地說：

「嗽，比午餐好，比午餐好！」

我心裡叫苦：哦，仿膳的午餐花了小一千塊錢呀！

王路在她母親家請 Bob 吃飯，讓Bob終生難忘，早早地證明了接待外國人需要的是一片真心，而王路在九十年代初就請 Bob 到自家吃飯，不僅需要勇敢還需要「求是」與「求真」的態度，因為那時知識人請外國人甚至港臺人吃飯，要麼借個體面地方當自家，要麼到高檔飯店，因自己的家實在是名副其實的陋室而無「銘」。

除了這段能囉嗦幾句，其他八段因我領悟不得法而無法串起來寫成篇章和片段，就只好照樣錄出了，因為它們都太有個性了。在結束我的這些亂七八糟的文字時，我不妨給王路提供一個備份，一旦他願意刪去《求真》裡那段令人不爽的引文時有個選擇。

本世紀初，有幸奉命給我曾就職的出版社翻譯美國著名作家亨利・大衛・梭羅的不朽之作《瓦爾登湖》；如同前面說過的，翻譯是一種反復咀嚼與消化而出產的活動，對所翻譯的內容自然有不一般的領會。梭羅這個哈佛大學畢業的高材生，在他的時代是珍貴人才，卻終生沒有去施展才華，只在尋求自己喜歡的生活方式，竟至到瓦爾登湖畔修建了一個小屋，在裡面生活了兩年多，與大自然相處得有聲有色並記錄在案。這自然很難讓他的朋友們理解，一些朋友和旁觀者明著暗著都以為他在虛擲時光，但梭羅用一本傳世之作《瓦爾登湖》鄭重地聲明：

有效地利用白天的品質，是藝術的最高境界。每個人都有責任把自己的生命甚至生命的各個細節過好，在最崇高和最關鍵的時刻審視而無愧。

梭羅這番話，自然有更多的話做鋪墊，這裡精選幾句：

本性是很難改變的，但是本性必須改變。

我們應該首先是人，然後才是臣民。

一個人生命的特別之處，不是他的服從，而是他的反對。

數百萬人清醒得可以幹體力勞動，但是一百萬人裡只有一個人清醒得可以做有效的知識勞動，一億人裡只有一個人能過上詩意和神聖的生活。只有清醒，才算活著。我還沒有碰見過一個足夠清醒的人。

我比梭羅幸運：細讀了王路的大書《大師》並拉拉雜雜寫下這些文字後，感覺我碰上了。

始於全民核酸前三個月

完稿於人人陽過後三個月

二〇二三年川月〸日終稿

二〇二三年四月三日糾錯

對話蘇華

一

早想到蘇華家看看，不是因為他的家有風景和看得見風景，是因為他喜歡書，想必他家藏書不同一般。不看不知道，一看嚇一跳：五十多平方米的客廳的四周全部是頂天立地的大書櫃，裡面全是要把書櫃撐破的書，我第一句發自肺腑的話便是：

「你有一萬冊書吧？」

「不止吧，別的地方還有，打包沒拆的也還有。」蘇華張羅著茶水，口裡說得稀鬆，臉上卻掩飾不住得意。我還是沒有從驚訝中醒過勁兒來，禁不住東望望西看看，直到他把他自己的兩本書拿到茶几上。

「給你我的兩本小書翻翻，新出不久。」

大號詩開本，一本深藍，一本深綠，燙金，纏枝紋簡約大方，古色古香而沉穩壓手。這是我最喜歡的開本，也是我首選的裝幀設計。做了一輩子書，沒有幾種能達到這個檔次。

「書真精美。」

「那是。內容不多，怕拿不出手，先把書做美了。」蘇華調侃說，不過我聽得出來話裡有真意。果不其然，我在後來的閱讀中，逮住了他的真心話：「我喜歡哪怕只是外表漂亮的書。」「撫今追昔，我不敢說現在是一個有好書，同時又是一個沒有好的書衣的時代，至少是好書與好的書衣不多見的時代。」

因為愛不釋手，我始終盯著蘇華的兩本書看，最後被「書邊蘆葦」幾個題字吸引住了。不是因為它們燙金，不是因為它們是繁體，完全被它們似畫似寫出來的那種飄逸格調弄得有點發懵，尤其深藍色映襯下的四個題字，格外抓人。

「題字不同一般。」我說。

「那是，劉輝的，書畫大家，人民大會堂的迎客松就是他畫的。」

「好嘛，那還等什麼？給我簽個字吧！」

萬萬想不到，這麼熱烈的一個場合，驟然間僵住了。我好說歹說，蘇華就是不給我簽字。自謙的話成筐成簍的，什麼隨便寫的小文章，什麼文章不成氣候，什麼我們這樣鐵的關係簽什麼字呢？什麼你隨便翻翻就算了……

只好客隨主便了，儘管悻悻然。

二

然而，對老天爺發誓，蘇華的書我從來沒有「隨便翻翻算了」。從他送我的第一本書《舞蹈在黃河文化的搖籃》，到最近一次送我的兩大卷煌煌大作《何澄》，我都是認真看的，原因很簡單：他所寫的東西，都是我十分欠缺的，看他的書是在補課。看了他的《舞蹈》，我由衷地跟他說：一定多寫，你能寫，寫得實在。這次親眼見了他用「我思我想我寫」的話概括《舞蹈》，的確是我當時看了的感受。

寫書需要編撰，越編撰得引人入勝越好，但是一個寫者的真誠是必須的，哪怕真誠是打折扣的，哪怕真誠只有幾分，哪怕有一分真誠也好，但是絕不能沒有，而當今的寫家們，絕大多數不僅一分真誠都沒有，更可怕的是都不知道真誠是什麼了，要不然如今的文人也不至於墮落到沒救的地步還自以為得計。蘇華有真誠，不用我說，他的《職邊地方》就是證據，「全書近六十萬字，包括序章在內共十二章。」為了「借此走上依法治國、依法行政的道路」，不計艱苦卓絕地深入各種邊界，「我們才寫出了一種精神，一種締造，一種從邊界地帶走出來的空谷足音。」這是蘇華的話，也的確是我的讀後感，因為我的地理從中學第一年期末考試不及格以後，就一直對地理感到莫名的恐懼，直到上大學一個非常好的地理老師給我們形象生動地惡補中外地理半年後，才引發了我的原始性趣，自己狗熊摟棒子似的補救了一些，但在讀蘇華的《職邊地方》過程中，我還是一直不解蘇華是如何把數不清的地方發生的數不清的事件一樁接一樁地捋出來，寫出來，還寫得令人讀來津津有味。看了《職邊》，我跟蘇華說：感覺你得把腰身都坐疼了才寫出來這麼一本奇書吧？打死我也不會去找這份罪受，要是我寫出來這麼一本書，這一輩子值了！有些書，是需要聯繫到自己的寫作能力，才能掂量出其價值的。蘇華前些年鬧了好一陣子腰病，誰能說和他這種不畏艱難的寫作沒有關係呢？

估計，蘇華是把《細說平遙》當作旅遊導讀本送給我的，他一定不知道我是一字一句咂摸其中滋味讀完的；平遙古城的魅力自不必說，蘇華苦口婆心地在細說平遙古城時把山西的地裡風貌的演變也告訴讀者：山西原本「沃野千里，谷稼殷積，應該是確實不訛；林木茂密，環境幽靜，也應該是不誇張的；不但有草原、森林，還有可以航行的水道。」「可這樣的特色在秦商鞅變法之後，規定山林只能占土地的面積的十分之一，以至於在大力開墾農田後，汾涑流域平原的森林基本上被砍伐掉了，成了完全的農業區。」從幾千年的農業社會看來，農業社會對地理環境的破壞不見得多麼致命，致命的是商鞅的「山林只能占土地的面積的十分之一」的硬性規定，這種行政命令不講道理，延續至今，是商鞅這個大奸雄對中華民族造成的永久性傷害。他主張「國以奸民治善民」，推行「連坐」，中國歷史學家和無恥的政治家沆瀣一氣，把商鞅說成是大法家，說他治國有方，全然不顧商鞅以民為敵，終被車裂是天道，是老天爺的對他的懲罰和警示，今人應該引以為戒而沒有，反而對其津津樂道，賜予美名，真是個不知懺悔和反思的民族。

話扯遠了，還是趕緊回到蘇華的話：「北魏時期，又因為都城從大同遷往洛陽，所需建都的木材均取之於今呂梁山區；唐代建都長安，宋代修建開封宮殿，採伐範圍已擴大到嵐縣、離石、汾陽一帶乃至晉西北的蘆芽山東南部森林……」讀到這樣的文字，作為一個山西人，真的不忍卒讀了：整部中華歷史，山西就像一隻華麗的雄雞，硬生生被剝得翎羽不再，光禿禿的單等下鍋熬雞湯了。看到這樣的控訴文字，聽著「人說山西好風光」的歌兒，山西文人的樂觀精神，沒得說！今人說「地上文物看山西，地下文物看陝西」，全然沒有想一想這兩個省都是付出了森林和山林被濫砍濫伐、不可再生的慘重代價的。無聊的歷史學家和文人墨客至今都在對幾個朝代建都陝西沒完沒了地亂說紛紜，豈不知一個簡單的理由就說得清楚：山林遍佈，樹木茂盛。要不然，未央宮能燃燒幾個月？一場大火如此，千家萬戶灶膛裡日日夜夜燃燒的柴火又當如何計算？蘇華到底真誠，他沒有這樣去計算人類對自然的粗暴虐待，卻在《〈細說平遙〉三版後記》裡說：「書中所收錄的幾家民俗客棧，旨在方便遊客，尤其是通過購買了這本小書而去平遙的遊客。為了保持客觀的真實性，我在上述幾家民俗客棧沒有吃過一頓飯，只是喝過幾杯茶水而已，所以請讀者有選擇地去消費。」

山西人的實誠在「無奸不人」的商業勾搭政治一起禍害百姓的當下，實屬難能可貴，蘇華的話是代言，蘇華這個人是活生生的代言人。

蘇華這種真誠百分之百地用在了他的大作《何澄》裡，讓讀者不知不覺中看見了何澄正人君子的人品：

為山西自費留學日本第一人，亦為山西有史可證第一位剪辮子者。

一九一二年八月，與師長黃郛將第二十三師自行裁撤，開啟了把軍權交還國家的第一例。

身後，平生所藏一千二百九十八件國家三級以上文物及七十二鈕印章，皆由子女捐贈給蘇州博物館和南京博物院；其私園「網師園」，被聯合國教科文組織列入世界文化遺產名錄，亦由子女捐獻給國家。

單憑何澄把軍權交給國家這一條，他就可以載入中華史冊。軍政分家，分治，是現代民主共和制的標誌之一。

蘇華在他的書裡這樣總結何澄的一生，同時也錄下何澄的一些話：「我輩所見之志士偉人、軍閥官僚，得志在位，縱欲自殺，失意下野，墮落憂憤，或以嗜好消遣，或以邪道運動，急於復興，純以個人得失為優喜，絕不知在位時勤謹辦事，去位後潛心研究社會上一切不明白、不熟悉的事。故縱然僥倖再得位，其根本欲為惡者，不必論矣！」

這是蘇華轉錄何澄聖賢的話，何嘗不是蘇華想親口說出來的話？因為，我推測，他從自己的紅色記憶裡，想破腦殼也找不出一位紅色英雄有如此本色，至少我的紅色記憶力剝去一切洗腦的欺騙之後，空空如此：他們除了巧取豪奪還是巧取豪奪，一切作為都沒有超過一群農民造反成功後的作為：打天下，坐金鑾，睡女人，搶財產（女教授雷紅豔的著名總結）。

三

「『人只不過是一根蘆葦，是自然界最脆弱的東西』，更不知蘆葦在自然空間的生存狀態竟是如此弱不禁風，隨風而倒——如果早幾年看到蘆葦的這真實一面，我大概不會用它來作書名。」這段關於他的三本書均取名《書邊蘆葦》的話有點亂，直到他堅定不移地使用這個書名，前後邏輯依然不甚清楚，我估計他還是對蘆葦這種植物既喜歡又不喜歡、而根本上他是喜歡的矛盾造成的。王爾德在他的著名童話《快樂王子》裡這樣讚美蘆葦：「纖纖細腰」「風一來就搖晃的輕浮樣兒」和「風情萬種地行屈膝禮」。蘇華和王爾德的共同錯誤是只見了蘆葦在水上的千姿百態，而不知道它在水下的無聲繁衍，那就是它的根永無止境地延伸再延伸，哪個結一旦成熟便催生一根蘆葦破水而出，成為蘆葦家族嶄新的一員，眨眼之間就成了浩浩蕩蕩之勢。啊，蘆葦蕩，蘆葦蕩！依仗數量上的優勢，一年一度的蘆葦成熟了就有了多種用途，其中一種就是被加工成席子。哦，席子，席地而坐，讓人類隔絕粗糙體味文明的最原始的富貴之材。兒時忍饑挨餓的時期，村子裡無人敢睥睨它的存在：有它不算富，沒它窮死人。更有，我小時候著迷它精細而有韌性的頂梢，泡軟刮薄，用細絲勒成一頭長一頭短的筐簣，不僅能在嗩吶手的嘴裡吹出婉轉的尖嘯，一旦套在嗩吶嘴上更成就千萬種高亢嘹亮的曲子，比如百聽不厭的《百鳥朝鳳》、《抬花轎》和《龍騰虎躍》等。

這是我讀蘇華的《蘆葦》二集三集的背景音樂。

《蘆葦》的二集的開篇是《梁啟超何以挨打》這樣的篇什，你可以讀到這樣既有歷史感又令人捧腹的文字：「結果一致同意選出二三十個勇敢幹練的會員，由張繼、宋教仁率領入場，瞅准機會打散政聞社的成立大會。大功告成後宋教仁疾呼道：『立憲黨，是保皇黨的變相，在他們是要君主的；我們是不要君主的，何能相容！要容這文妖講君主立憲，我們理想的『中華民國』就永遠不能實現了！』」宋教仁，鼎鼎大名的民國先驅，在他嘴裡梁啟超成了「文妖」，而他的行動則像一個占地為王的山大王！一場名垂中華歷史的民國革命，在它的初期竟然和孩子們玩山大王遊戲一樣，可見所有革命都未必真的就不是請客吃飯。又比如《穆旦「死於抗戰疆場」？》一文，「三個黑白顛倒的錯誤」之一是穆旦死於抗日戰爭！這是隨便都可以弄清楚的問題，卻堂而皇之地寫進了中國社會科學院近代歷史研究所聞黎明編著的西南聯合大學研究課題。這種錯誤出現在國家養起來的社科院，這種學術帶頭人「常常使用一些不恰當的意識形態方面的形容詞，讓人讀起來很不是味道」。蘇華說指出這樣的荒謬是為了引起人們的注意和警覺，可這種人還會有什麼警覺之弦嗎？又如蘇華得到了《黃裳文集》的簽名，他自己竟然感激得「為我這麼一個不入流、不夠格，胡讀亂寫的晚輩，竟然題筆簽名」！又比如為了弄清楚王同惠與《花籃猺社會組織》的關係以及各種鮮為人知的軼事，蘇華感慨「人與書，書中的人和書，書外的書跟人，一環套一環，有時可以解套，有時卻又被書套死」……總之，《蘆葦》二集裡三十多篇文章，基本上都可以借用何典先生的評介蘇華的初集《蘆葦》的一段話來結論：「作者嫻于學林掌故，但不輕易動筆。這本書雖然只是一本小冊子，但可以說篇篇都有作者自己的心得和發現。」

《蘆葦》的三集除了這樣的特點，隨著一篇接一篇地閱讀，你很快會感覺到蘇華的觸覺像蘆葦的根須，悄然蔓延，步步深入，把他評介的人物一個個拉出來，曬出來，有的是歷史人物，有的是熟人，有的是朋友，當然也有他自己。總之，山西有建樹的文人學者，蘇華基本上都以不同寫法收集在這兩本書裡了。首先是他敬重的前輩，如李國濤先生、黃樹芳先生和寓真先生三位，而寓真又是他評介的重中之重。寓真是筆名，原名李玉臻，蘇華跟我多次談起過，武鄉人，屬長治專區，我的陵川縣很久以來也屬於長治專區。更重要的是他寫了一本不同凡響的《聶紺弩刑事檔案》，而聶紺弩是我退休前供職的出版社的著名人士，我是從章詒和的大文《斯人寂寞》瞭解到聶紺弩在山西監獄裡的傳奇，又讀《聶紺弩散文》得到另種角度，寫了一篇小文《別有肺腸》。這樣曲裡拐彎地就對寓真的大作興趣盎然了。李玉臻曾任山西省高級人民法院院長，還做了山西省人大常委會副主任。這樣高位退下來的人，詩歌、散文和文論集出版了十幾種，有這樣的文化造詣和品位，這麼多作品，是我見過的唯一。蘇華說：「真正讀書並有所思的人，絕不會太卑賤，也不會過度愚蠢，更不會自覺可憐可悲。」這是他筆下的文人學者的大體品質，但對我說起寓真先生，口氣和敬意顯然高出許多，因此他借用寓真的話直接地、間接地歸納出如下文字：

筆者認為：聶紺弩的「士節」，最終成為「接近人民的叛逆者」了；陳演恪則是傲立風霜的「清高之士」；張伯駒亦有他堅定的人生態度，卻似乎介於「忠節」和「高傑」之間的。「心存君國」是儒家的思想文化傳統，杜甫「每飯不忘君」，歷來受到文人的褒揚。忠臣體國，憂國如家，義兼家幫，匹夫有責，這樣的一種儒家文化，應該是張伯駒的愛國主義情操的根源。

「向來的士大夫，在野的時候，臨場趕考，鑽營巴結，一心但求做官，以享其富貴；而既到在朝的時候，則又隨時表示『志在山林』，『浩然有歸志』，以示其風雅。不料這套玩意兒至今仍為歌功頌德文章必要的裝飾，難道中國的社會沒有變嗎？」

「現在倒是可以回答了。今天的士大夫們在朝的時候，絕無『志在山林』，也不『示其風雅』了，及至退休的時候還不能甘心，仍然要『發揮餘熱』，以種種方法干預時政。中國社會的這種變化，難道就是夏衍先生當年所希望的嗎？這樣的變，反倒不如不變的好。社會資訊日益複雜，生活節奏日益加快，人心日益澆漓薄情，一切都被捲入滾滾紅塵中，捲入無休無止的奔波和競爭中，難道人們到了疲憊不堪的時候，還不想清閒清閒嗎？到了這種時候，不妨回過頭去學一學古人，學一學先前人們那種清福的閑。」

「死了都不清閒，何況活著的時候。」

寓真就是一位介於「忠節」和「高節」之間的隱逸之士。

淡迫明志，寧靜致遠。

加了引號的，是蘇華引用寓真先生作品裡的話，沒有引號的是蘇華的話。話裡話外，從新中國文人學者的人品學品的演變，歸結到了「難道中國的社會沒有變嗎？」答案是不僅沒有變，連封建士大夫都遠遠比不上了，規勸當今的文人學者「不妨回過頭去學一學古人，學一學先前人們那種清福的閑」，而結論很可悲：「死了都不清閒，何況活著的時候。」這樣的針砭時弊，說真的，非常非常難能可貴，無論成千上萬噸連垃圾都不配的所謂「主義」經典著作裡還是當今大師大咖們的作品裡，我都看不見這樣樸素而深刻的議論，也許那些本性奸詐、自鳴得意、高高在上的文人學者還會認為這樣的議論幼稚，俗氣，一孔之見，而他們誤國毀民的假大空劣文倒可以橫行霸道了。這些當然是憂國憂民的高論，不過呢，我要插一嘴的話——不，還該不著我置喙，蘇華已經發言了：

拍案之餘，只是覺得在這個一切皆有可能的大變局時代，這種「愛古、崇古、摹古」的抒發，是不是能對現世文化人有所啟示，我尚存疑。因為在歷次政治運動和「文革」成長起來的兩代文化人，多少已經沒有了「氣節」一詞的概念。

這不僅僅是：「學到古人難！」蘇華的「在歷次政治運動和『文革』成長起來的兩代文化人」究竟在指什麼?造反有理：肅清封資修，砸爛舊世界，「氣節」算個屁……可惜，「破」字當頭，「立」不僅不在其中，「立」連屁都不是了。回頭看，新中國以來的所有政治運動都是一場毒化污染，而喝毒奶長大的「兩代文化人」，沒有指望，只有絕望，其典型代表和不典型代表們正在毒化這個國度，是我們但凡長了清亮眼睛的人，都撕心裂肺地看得真真的。所以，我在受蘇華啟發的同時，也跟他說：現在看來，中國的優秀文化的建設，得等到這「兩代文化人」隨肉體腐爛、被毒化的靈魂死去，才有重建的可能，至少在半個世紀以後了。

我這裡要對話蘇華的是，除了歷次運動的毒化，我們六七十年來的思想基礎一直是封建社會的倫理，二十世紀前後先輩人開啟的共和思想，也就是民國革命，針對的就是封建社會的倫理，而民國文化的阻斷，公有制意識形態正好與封建社會的倫理道德零距離連接，製造毒化，這才是可怕的。恐怕這也是蘇華自覺不自覺地開始注重民國文化和意識形態的必然。

四

蘇華不是農村出生吧？但是他對農村的變遷卻真心關懷，他在讀《一本有價值的書》後感慨說：「只不過，這種實驗由舊時的知識份子的改良或革命，演變為中共隨著生存狀況的不斷變化，進行了「和平土改」和「革命土改」的種種嘗試之後，最終走到「鬥爭土改」或「暴力土改」的一條路上。」話說得不輕鬆，現實更加沉重，幾千年封建社會優秀文化和民國時期對農村的影響所產生的鄉村紳士階層及其文化，從肉體到思想被徹底摧毀，已經是抹不掉的事實，而且這樣的事實，即便像著名作家方方在其長篇小說《軟埋》裡委婉而克制地涉及，都被部長級別的狗官當作「毒草」批評，想來令人不寒而慄。更噁心的是，我最近才聽說，這個姓張的部長級狗官，之所以對《軟埋》下黑手，是因為他的什麼狗屁詩歌想獲獎，方方作為評委有不同意見而未得逞，就拿所謂的「顛覆土改運動」大帽子，妄圖置人於死地，這種罪惡的卑鄙的做法，竟然在這個「厲害了我的國」大行其道，方方的反駁文章卻因違規而被立刻刪掉！什麼叫作孽？什麼叫作惡？罪大惡極不過如此。

于蘇華，他對中國近當代農村的關心，也可能與他長期主編一本很有特色的雜誌有關：

> 我曾任職《中國方域》多年，刊發過多篇山西古地名的考釋文章，但類趙世芳這種集考證翔實，論證縝密，語境以祈禱戰爭的慘劇不要發生，和平永續主題于一身的古地名解析文章，似沒見過。

戰爭慘劇六七十年來的確沒有發生，但政治運動的內鬥六七年來一次；和平嘛還算和平，不過是不是會永續，卻很難說。我們的改革之路和平地走了四十年，如今有孬種要走回頭路，希望立時幾近絕望，唯有惡習依舊，蘇華把農村的出路寄託在民國人士對農村的改革和建設上進行探討，就順理成章了。

> 對於農村的文字，我愛看、愛做的事之一就是民國時期搞村政實驗的幾個重要人物的原始記錄。如，陶行知在南京城外辦的曉莊師範；晏陽初在河北定縣主持的華北平民教育試驗區；梁漱溟在山東鄒平所進行的鄉村建設研究實驗，以及山西老省長閻錫山所推行的村政建設……

他借梁簌溟之口說自己的同感：「中國問題之解決，從發動直至最後完成，全在於其社會中的知識份子與鄉村平民打成一片，結合在一起所構成這偉大力量。」接著說自己的力量：「看出美景，覺出童趣，自然是好的，但我總認為，以自己所能有的影響力，將一個村莊的歷史和現實如實地講述給外人，也許對漸漸城鎮化了的人們瞭解自己過去的農村身世或許更有價值。」

這些話我聽了很受用，因為我出生的那個不足四十戶的小山村，新中國以來被蹂躪得面貌全非，作為一個從小山村逃出來的文化人，真的只有寫點什麼是唯一可行的了。

五

蘇華的兩本書，用全國視角寫人寫事的文章也不少，於我，最顯眼的切入點是他評介《一代報人徐鑄成的回憶錄》這本書，並為之唱讚歌說：「《大公報》當時標榜的『不黨、不賣、不私、不盲』的『四不主義』，在徐鑄成先生這位民主報人身上，隨著時代的變遷，理解為新聞記者人格、品德和報格的普遍規律。」關於徐鑄成這個老報人的議論，我聽說過不少，不過像這樣用文字來界定徐鑄成先生的，只見過蘇華這番話：徐鑄成繼承和發揚了《大公報》的風骨。可能由於兩篇文章都涉及了《大公報》，也可能我知道蕭乾先生曾經是《大公報》的名人，自然對蘇華在《〈栗子〉和蕭乾講真話的書》一文中關於蕭乾的文字格外注意：「一九九三年，我調到山西文史研究館供職，由於蕭乾先生是中央文史研究館館長，所以我更加注意收集他的著作了。」蘇華去看望蕭老順理成章，其後的文字寫得認真、客觀、謙遜而帶有一些敬佩。這完全正常，無論地裡位置還是任職位置、名人和常人的身分價值，還是一次陌生的造訪行為，都是情理之中的。偏差在於我這廂：我寫過一篇關於蕭乾先生的文章——《我認識蕭乾》，我現在仍認為我的敘述很客觀，講事實也講了點道理。我和蕭乾先生是在一個叫國家版本圖書館的地方認識並同事了兩年。如同蘇華所說：「看似嘻嘻哈哈的我，生性也有不願主動結交名人的一面，可熟慣起來以後，反倒不拘小節，任性而往，隨意而談。」我也是一個不大喜歡結交名人的，得看名人值得不值得結交，不管通過什麼形式，包括寫文章。這不是什麼好習慣，甚至可以說是比較壞的毛病。我所以寫文章，是因為我在老師家吃飯聊天，師母說文潔若在《北京日報》寫文章，批評老黃了。我一臉茫然地看著老師，老師說：「嗨，這個文潔若，批評錢鐘書清高，把我捎帶上，說我是錢鐘書的學生，文革中抄了我的日記，裡面有很多對社會不滿的話。可笑，文章還有這樣寫的？寫錢鐘書怎麼拐到我這裡了？呵呵，呵呵。」聽得出，老師和文潔若很熟，不僅是同事，據我所知，老師還給文潔若看過一兩次她從英文翻譯的稿子。後來，我和老文（那時我們就這樣叫）同事了十多年，她曾經當著我的面說：「哼，你們這些從農村來的年輕人，還接得了外文室的班？」我聽了忍俊不禁，把老文弄懵了。她可能納悶兒我是不是缺心眼兒，而我則感到這話說得太女人氣了。老文幹活兒踏實，人也可愛。比如說，她需要你了，能拿一本她的樣書，說：小蘇，你出版的那本書不錯，我們交換一本吧。或者，出版社吃拜年飯，她喜歡把殘羹剩菜打包，一下子二十多個飯盒，她拿回去放在冰箱，一吃就是半個月。有一次，我替她張羅打包，張羅過後她動情地對我說：「小蘇，你是一個好人！」別嫌我旁枝野葉話癆了，說起老文的趣聞軼事，可以出一本《浮生六記》呢！

不過，話還是往回說吧。我當場對老師說：「真的嗎？我也來拐一下，寫寫蕭乾吧。」估計老師當笑話聽了，等我一年多後把文章拿給他看，他很驚愕地邊翻邊說：「你還真寫了？光文章名字就夠到位的。」文章一年多後才發表，不是我寫得這麼慢，是我投了幾個地方，沒有一個地方肯發表，還有一個地方附了短信說：此類東西不宜發表！還是山西人講道理，《黃河》2000年6期發表了，當時主編是張發，副主編是謝泳，不知道他們當時是出於什麼動機發了我的拙文的，但對我可是一件大好事。我聽到至少三個文化人說，他們都是聽了著名魯迅專家朱正勸說而去看的：「一定看看，妙文！」估計這話不是以訛傳訛，《隨筆》原主編秦穎給了我有力的證實。2005年他接手《隨筆》主編，給我寄來雜誌，向我約稿，說早幾年前看了我寫蕭乾先生的文章，沒齒難忘！2017年他出了他苦心經營幾十年的《貌相集》，其中還給了我一個貌相，用文字解讀說我身上有股「江湖氣」。有趣的是他的書裡也有蕭乾先生一個貌相，他寫的格調和蘇華寫蕭乾基本上相同，不同的是他特別推薦了我寫蕭乾的文章，建議讀者多方面認識蕭乾先生。我的感覺是這個世界有時候真的不夠大，我絲毫沒有貶損蕭乾先生的用意，他的一些散文我喜歡，我寫蕭老只是講事實也講了點道理，感覺是蕭先生善於自我炒作，主觀上希望人們把他當佛爺敬仰，有時候的表演卻很不成熟，這不，蘇華筆下就驗證了我的感覺：「此時，蕭老突然睜開眼睛問我，『巴金的《真話集》你看過沒有？』『不說真話，盡說假話的教訓太深了。裡面有我許多慘痛教訓的回憶』。」這麼說，蘇華一直在拜訪一個擠著眼睛說話的老佛爺嗎？突然間，老佛爺醒過來了，睜開眼睛了？蘇華好膽量，要我一準嚇個半死！然而蘇華就是蘇華，想必他的某種本能被觸及了，糊裡糊塗地發問：「怎麼老是想著去，而最後總是匆匆忙忙地想著『下一次吧』就走？」

我和蕭乾先生同事的時候，領導要我們叫他「老蕭」。我感覺出老蕭對「鄉里無聖賢」這種不良風氣肯定很不滿意，但是在湖北咸寧幹校，老蕭不慎掉進了湖裡，不會游泳的他眼看掙扎無望，愣是沒有一個人下湖裡救人！還是山西人詩人牛漢仗著一米九的身高跳下水裡，把喝了半肚子水的老蕭救了上來，結果遭到了眾人的背後呵斥：老牛你多此一舉！至於為什麼老蕭在幹校這般觸發了出版社的眾怒，我不大清楚，但就我所知道的老蕭在出版社的所作所為，可用一句歇後語：馬尾巴拴豆腐——沒法提。要不，老蕭去世後我受老文之托，敲開牛漢的家門，遞上出席追悼會的邀請，老牛一看便氣鼓鼓地對我說：「不去，蕭乾是壞人！」

不過，這只是講點文人好玩的事，讓我和蘇華的對話輕鬆一點，而我要強調的是，一九四九年以來，無處不在的極左主流意識形態，到底給歷代知識份子洗了一個什麼澡，應該成為後來知識份子的重要思考。我跟蘇華交流過自民國以來，每十年一批的知識份子在新社會的沉浮，應該引起高度關注。比如，三十年出生的文人，如果在歷次運動中一直站在改造別人的位置上的，目前為止，我還沒有看見一個人能寫出點像樣的東西；換句話說，如今能寫出點好文章的，好作品的，都是在運動中受過衝擊或者被改造過或者被冷落的。四十年代出生的，好像沒有——嗯，也許王學泰是這代人的唯一？至於五六十年代，如上述蘇華所說：「在歷次政治運動和『文革』成長起來的兩代文化人」，基本上無可救藥；因此，蘇華只好借民國知識份子的表現，說：「那時的知識份子比起我們現在的知識份子更有其獨立性、自主性和批判性。這『三性』加起來，就是獨立思考的思想性。」

這話很有思考，不過「那時的知識份子」只要在新時期這道屋簷下煎熬過，比如蕭乾先生，已被「洗澡」得赤裸裸了，有的甚至洗得少皮沒毛了。所以，我們今天對「那時的知識份子」也需要分析和批判的目光，贊許是主調，但是雞蛋裡的骨頭須得挑一挑。寄希望于當今和未來的知識份子「更有其獨立性、自主性和批判性」，這是要得的，因為蘇華還說：「一個國家的知識份子的命運，就是整個國家命運的縮影。」

那麼，這個縮影到底應該是什麼樣子呢？

六

《面對〈殉道者〉》是一篇兩千字的文章，雖然不長，但我感覺是蘇華想探討「國家命運的縮影」的小試牛刀。這是一本關於胡風反革命集團冤案始末的精華彙編，蘇華看重的是彙編者萬同林「在這些已經別人知悉的材料基礎上，思考和整理出許多值得我們進一步深思和研究的話題，這不能不讓我怦然心動」。由此，蘇華總結出三條，每條都是蘇華思考所得，比如第一條裡這樣的話：「除了胡風及其同仁和一些反思何以從積極參加『思想改造』，落入『反右』直至『文革』深淵的人們，有誰真正將胡風及其同仁們視為整個民族的驕傲與鑒戒？」

答案：沒有。不僅沒有，而且在主流意識無處不在地蕩滌下，人們腦子裡接受了什麼就是什麼了，能夠更新的人少而又少，因此胡風分子詩人綠原曾很生氣地跟我抱怨說，他在火車上聽幾個文化人議論誰誰誰出版什麼書了、做什麼官了，有人很不解地發問：他們不是胡風反革命集團的人嗎？又有一次，已做了出版社副主編的綠原有些憤怒地跟我說：沈醉是什麼人啊？他殺人如麻的時候，我擔心掉腦袋，可他的回憶錄居然還說綠原是中美合作所特務，簡直是無理可講！那些編輯主編社長都在幹什麼？胡風平反都好幾年了，怎麼還出這樣的書？

怎麼能出這樣的書？人家要問了：「我們為什麼不能出版這樣的書？給我們賺了多少錢啊！」問題不僅僅是錢的問題，有多少讀者津津有味地讀了沈醉的書，就有多少讀者會認定綠原就是中美合作所的特務，因為沈醉原是中美合作所的頭兒，知道得最清楚。一般讀者哪會去核對事實，弄清楚那是馬克思加秦始皇一手策劃的無中生有的冤案？冤案一旦發生，它就成了事實，這是法西斯宣傳部長戈培爾的邏輯：謊言重複一百遍就是真理。

所以，蘇華在文章最後認為胡風被批判的運動，至少留下了三個後遺症，其中第三個是「製造了思想意識案的政治化處置模式，許多知識份子不但喪失了行動的自由，甚至失去了內心思想的自由。」

這就是英國著名作家喬治・奧威爾在他的不朽小說《一九八四》年裡天才地歸納的「思想罪」，並認為只有在高度壟斷的集權主義國家裡，才會出現「思想罪」這種反人類的概念。在這樣的國家裡，蘇華贊同胡風這種殉道者精神，認為這是一種「不屈風骨」。嗯，在沒有更進步的思想出現之前，殉道的精神和風骨確實可貴，值得提倡。不過，說到底，這還是一種封建士大夫的精神支柱。我以為，胡風上書三十萬言，就是與虎謀皮，認錯了主子。在這點上，可以肯定，胡風跳過民國，接受了所謂的先進思想，其實是直接回到了清朝甚至更遠的封建思想模式。但凡他有一點共和思想，他都不會去做這樣燈蛾撲火的傻事。我敢這樣妄言，是因為我和胡風的兩個忠實盟友同屬一個出版社，一個是詩人牛漢，一個是詩人、思想者和翻譯家綠原。作為一個後輩，我和這兩位同事二十多年的前輩不敢說無話不說，卻是有話直說的，因此我多次委婉地和這二位非常值得尊敬的前輩，探討過一些話題，例如：我們究竟應該怎麼樣思考蘇聯陣營的瞬間坍塌？這座曾經超級一時的大廈嘩啦啦傾覆，是因為堡壘內部出了某個叛徒還是從根子上它就是邪惡的？

回頭想想，他倆的回答，從本質上看，從忠君到忠黨，一步之遙，還是封建的質地，儘管程度大不一樣。他們算不上個體主義者（individualist），世界視角也有局限性。木心說他五十六歲上到了美國，思想才成熟起來；也許，胡風分子們也許需要徹底換個環境，才能徹底成熟起來？

七

蘇華在他的書裡說，他是因為寫民國重量級人物何澄開始對民國產生濃厚興趣的；又說他的摯友謝泳送書和鼓勵，起到了推波助瀾的作用，所以就一發而不可收，以山西省為範圍，編出了三大本民國讀本，還特地囑咐我，把關於閻錫山那本讀一讀。我讀書慢，翻一翻快，所以就翻了一遍，第一感覺是蘇華對民國興趣越來越濃厚，前兩個原因雖然成立，但是他讀書愛書愛思考恐怕是主要原因，因為這是動因。他借沈定一的話，發表自己的感覺：

我要吃，非我不能替我飽。
我要著，非我不能替我暖。
我要住，非我不能替我安。

我把這話發給年輕的朋友，沒有一個對這樣的話有感覺，卻說像繞口令！

我來試著解讀一下這三句聽著好玩又特別值得玩味的話。乍聽，有點像兒時教課書裡那首民謠裡的話：紡織娘沒衣裳，賣鹽的喝淡湯。我們的教科書，在相當長的時間裡，主要作用是給幼小的腦子洗腦。這首民謠，是譴責舊社會的罪惡的。今天看來，類似的文字只是在講述一種社會現象，一種事實。如今在城市裡修建高樓大廈的農民工，哪一個住上他親手修建的房子了？我們倒是處在新社會，而且不厭其煩地告訴你我們是新社會，是高級社會，是最先進的社會，是完美的社會，你要是不相信你就反動，就該被打倒還要踏上一隻腳，百般折磨後從肉體到靈魂統統消滅掉。

然而，吃，一切生命的本能和延續。穿，鞋子合不合腳只有腳知道。住，「我生活好的地方才是祖國」，這是塞內加的話。什麼是共和思想，這三樣就是基礎。然而現實呢？如同希特勒鼓吹「大眾」，我們濫用「人民」，從國家到每一個一基層單位，到處是「人民」的什麼什麼，其實人民連進人民大會堂都曾經比登天還難！又比如出版界吧，僅僅一個出版祖師爺級別的經典因此做了幾十年出版界老大的「人民出版社」，一下子就繁衍出省級二十三十個「某某省人民出版社」。一杆旗樹立起來，人們爭先恐後地效仿，什麼人民音樂、人民藝術、人民醫院、人民之聲、人民文學……對，我退休之前一直在人民文學出版社就職，知道文學從來就不是人民的。

不過這還不是可怕的。可怕的是這張皮子後面，得有人代表人民，代理人民。老天爺，你代表人民開一個大會，可以；代表人民說幾句廢話，可以；甚至代表人民住一住306醫院，也可以。老百姓說話：生病又不是什麼好事。然而，你非要代表人們搞特供，代表人民好吃好喝好玩好腐敗，才喝長江水又食武昌魚，這就太不地道了。難怪大饑荒農民餓死三千萬你倒不當會事兒，完全是飽漢不知餓漢饑嘛。所以，別的可以代表，吃穿住你萬萬不能代理的。這樣草草一推敲，上面那三句話的真理，就足足可以讓那三十年的主流意識形態盡顯醜陋之態，醜惡之相，怕是垃圾都不配吧？因為很多垃圾有再生的可能，而那三十年的主流意識形態只有死了爛了焚燒了，我們才可能有新的東西產生。但是，我們需要很重要的參照，而民國的所作所為，就是那個參照了，因為它可以追溯到古希臘古羅馬。聽聽蘇華借助他編選民國讀本，利用山西地盤，理清閻錫山這個歷史人物，怎麼說吧：

那個已經逝去的時代，倒有一種可怕的真實，似乎何以直視當年作者來山西或行走或考察或參會的獨立觀察和思考的目光，儘管現在已是與他們的靈魂在交流，但也可感受到一個個直言庶政的面孔和閃爍著不盲從的智慧思想。

從中，頗能看出那個時代的出版人是如何突破種種禁錮，背負起思想和言論傳播的責任來的。

那時的人們一說起山西，總要說起閻錫山這個人，說起正太這條窄軌鐵路。那時的晉省，社會治安良好，政局穩定，教育發達，民族工業居前，文化富有自己的傳統，言論也相對自由，雖處閉關之地，它的氣象卻呈現出一派歡迎一切的外來賓客的盛景。

遙想當時的中國內憂外患，山西能以一省之力，鼓勵省民努力向《希望未來》的八個方面拓展邁進，不能不令人感慨萬千——那時的山西，真是帶有一種公民認同感和鮮明的地方性及特色的。看看別省的軍閥專橫，土匪遍地，民賊肆虐，天災流行，民不聊生，種種悲慘景象，山西還能埋下頭來搞種種建設，單憑這一點，就很有些驕傲的神情出來。

不管現在怎麼評論閻錫山，但有兩點，我是說他好的。一，他不崇洋媚外。二，他肯資助女生留學。

最後這句話是何澄長女何澤慧所說，她說閻錫山「不崇洋媚外」「資助女生留學」，就是她的經歷。換句話說，她是閻錫山一手送到美國留學，由美國培養出來的完全勝任兩彈一星研發和製造的女科學家，卻因為新中國嫌她是女性，沒有讓她參加兩彈一星的核心小組，可謂咄咄怪事！別小看「土皇帝」閻錫山的「不崇洋媚外」，你只要歷數新中國開國元勳，哪個不是由外國記者寫傳記而名揚國外的，就能體會到國人如今崇洋媚外如此之深的根源在哪裡了。

八

拉拉雜雜跟蘇華對話了這麼多了，而且絲毫沒有徵求一下蘇華同意不同意。有一點我想他很同意，那就是我們兩個姓蘇的，是因為書而認識的。美中不足的是我一直從事外文書籍的引進和編輯工作，對國內的書讀得實在有限。所以，每次和蘇華見面，都要問問他在看什麼書，寫什麼書。這次他一下子送了我兩本他的大作，我讀來是大補，又因他的書信息量大，我只好邊看邊用鉛筆勾出一些很有啟發的話——有些是他引用借用的話，有些是他自己的話——讀後再三咀嚼，竟然有兩三千字飽和量，這是我讀別人的書從來沒有的收穫，因此就心血來潮，一邊解析他的話，一邊虛擬在和他對話，寫成了這麼一個讀後感。其實，這是一種觀念溝通，尤其說到關於書的境況：

我心目中的正經書越出越少，看正經的書的人也越來越少，專賣正經書的書店自然也就越來越少。

> 一本書或一套書，只要超過千元，除非急需，否則不大會買。
>
> 目前中國是一個圖書出版大國，但並無多少好書可以讀已經是一個不爭的事實。

這些話都說到我的心坎上了，只是我沒有蘇華那麼有氣魄，「只要超過千元」就不會購買，而我除了個別詞典，超過二百塊錢的書，我都會扭頭就走，一來一直是窮書生，二來主要是因為貨真價實的書如今真的難得了。不過呢，儘管蘇華小我四五歲，他也在往古稀之年走了；因為我們愛讀書，有沉澱，愛思考，自己可以寫書了，這是決不能妄自菲薄的。于蘇華，煌煌大作《何澄》就是證明，這不僅說明蘇華有如此寫作能力，更說明蘇華的思考昇華了，能把控這些歷史精英的所思所想所作了。何澄基本上是山西省民國時期的頂級人物，那麼，蘇華乾脆登頂，寫一寫閻錫山吧。蘇華說了：「民國離我們最近，但被遺忘被曲解被黨爭被只准一種意識形態存在而排斥在外的人實在太多了。」蘇華還說：「歷史的記憶是我們每個人的必須，因為它是可以永恆，也可以明白事理的文化遺產。」「歷史是由所有人寫成的。」

無論無恥的政治專政，還是無情的商業大潮，中國當今的知識份子早被糟蹋得沒有什麼地位了，但是我們屬於「所有人」應該是沒有問題的。那麼，蘇華就作為所有人之一，把閻錫山的真實面目呈現出來吧，因為他統治下的山西省的歷史，是需要認真挖掘並發揚，讓後人光明正大地知道的。

蘇福忠草於副中心

2019／7／17

潘石屹這個人的文化現象　上篇

一

潘石屹這個人，生猛地紮進我的印象，是因了藍島大廈頂上一幅大招貼畫。時間過去一些年了，很具體的細節說不清楚，印象中好像他飛起來了，有點孫悟空騰雲駕霧的樣子。每天騎車上班，老遠就看見他在飛，我的自行車不由得快起來，路過藍島一晃而過，彷彿在追趕什麼似的。一次，因為兒子出國要上短期加強英語培訓班，我到大望路一帶 SOHO 現代城轉過幾次，樓裡樓外樓上樓下的，感覺那片建築物有些特色，心想誰又在為北京這塊老地方添添磚加瓦了？一天晚上，坐在電視機前亂按控制器，不期撞見了潘石屹正在接受電視訪談，有一耳朵沒一耳朵的，心想：「咦，原來 SOHO 現代城是這廝的手筆呀。」再路過藍島大廈，又老遠看見他在樓頂上飛，便料定他是在為什麼新樓盤身先士卒，作形象代言人了。一日，在十字路口被紅燈攔下後細細看去，才知道他出演了一部電影，是在為電影造聲勢的。

其實，我更願意他在藍島大廈上飄飛的形象，就是在為他所從事並頗有作為的建築行業作形象代理。仔細想來，改革開放三十年，給中國這塊大地上帶來最大變化的，就數建築業，難怪房價漲得沒有了邊沿兒。從農村到城市，面貌一天一個樣，修房蓋屋真忙。如果說農村修房蓋屋是農民富足的表現，那麼城市裡廣廈竹筍一樣林立起來，應該說是建築行業朝氣蓬勃的氣象。在那次電視訪談中，潘石屹說他的公司每年給國家繳納幾個億的稅，他感到滿意。當然，當今中國能向國家交納幾個億稅收的人，鳳毛麟角，潘石屹不僅應該感到滿意，更應該感到傲慢。英國有一部長盛不衰的小說，名字叫《傲慢與偏見》，寫男主人公為人傲慢，而傲慢背後很謙遜，很有責任感。這部小說之所以精彩，根本原因是觸及了人的本性，那就是一個人一旦擁有了財富，第一反應就是傲慢：我富了我不傲慢，難道你窮才應該傲慢嗎？你為什麼不像我一樣擁有財富而只能擁有偏見？關鍵不是我傲慢，是我在傲慢的表現下如何支配我的財富。潘石屹認定每年給國家上繳了幾個億的稅收，應該感到傲慢才是。畢竟，稅收是一個國家經濟基礎的主要來源，稅收豐厚，國富民強，一個民族在這個世界上才有立足之地。

不過，潘石屹感到滿意的說法，認真追究起來，還是太傳統了，或者說太順從主流意識了。即便給這個國家交納不了分文稅收，只要他有能力在北京這塊地皮上修房蓋屋，讓老城換新顏，讓老百姓居有定所（當然最好有我一份），他的作為也是改革開放以前從中央到地方的各級政府望塵莫及無地自容的。他或許不知道，他身下的那座藍島大廈，儘管在北京當下節節攀高的大樓群中，已經很不起眼，但是，上世紀八十年代末、九十年代初，藍島大廈在朝陽區兀立，卻正經吸引過北京人的眼球。不僅僅因為它在周圍的大雜院小平房中倍顯高大，鶴立雞群，還因為它就是在一組平房被趟平後又聳立起來的。再退一步說，那組被趟倒的平房也還是改革開放不久才修建的建築物呢。當初，那組平房所組成的，就是東出朝陽門最大的商場了，我曾多次光顧那裡，光乒乓球拍就買過好幾個。藍島大廈不僅僅以一座現代建築物出現，更以一個開放式商場出現，一時間成了京城百姓趨之若鶩的好地方。據說，因為大廈的營業額之高，藍島大廈的售貨員一個月的獎金，曾經是外交部一個職員半年的工資。潘石屹在藍島大廈飄飛的形象，不僅完全可以作為他的行業的形象代言人，而且還無意中觸摸到了北京城東南城市建設一路走來的歷史鉤沉。

二

當然，我對潘石屹從事的建築行業迅速崛起的現象頗多感觸，也因為我自己在北京落腳生活以來面對北京市民住房變遷的感觸頗多，可作為中國城市建築應該或者必須迅速發展的活生生的背景。

我是一九七五年十月進入北京的。那時候，在我看來，北京的建築物整體簡陋，甚至可以說醜陋不堪。除了天安門一帶的建築物、分散各處的十大建築以及幾個公園見紅見綠，有點亮色，北京城平房連片，除了灰色還是灰色，且大部分都破敗失修，實在沒有什麼值得可誇說的。更別說公共廁所，夏天臭氣熏人一溜跟鬥，冬天冰碴兒滑人一溜跟鬥。那時候專講「親不親階級分」，人與人的關係雖然緊張與防範，實際相處中卻比較單一。只要大家覺得不會有階級問題，應邀去家中做客也是常有的事兒。很幸運，我應邀去過大部分老同事的家，家家都住得很局促，很逼仄，其具體形象就是北京的大雜院。如今的文字寫北京市民，常有「大雜院出來」或「小胡同出來」的說法。我不知道說這樣的說法到底是什麼含義，是褒是貶，而我對大雜院和小胡同卻只有恐懼，沒有絲毫好感。我甚至認為，叫「大雜院」簡直是高抬了，叫錯了，叫作「大亂院」也難盡其真實面貌。農村的院子裡，這裡是雜草、柴火、煤堆，那裡是豬圈、雞窩、糞堆，若叫「雜」，名副其實。但是，北京人的院子裡，東塞一家，西塞一家，院子沒有正常通道，房舍沒有正常方位，兩個人面對面走來，如同兩隻山羊過獨木橋，稍不禮讓一點便會撞著對方……待你更熟悉一步，知道院子原來的主家是誰，規格怎樣，後來院子裡的「亂」是怎麼一步步演變而來，你聽後要是還沒有感覺到「亂」這個字眼的可怕，那麼你這個人要麼是被「無產階級本色」的教育洗腦洗傻了，要麼就是你的「占地為王」的觀念是由來已久的。當初我和妻子搞對象，她和我說她在家裡有一件自己的小房子。我心想：她家是什麼背景，還能有一個女孩子自己的房子？待我見了「她自己的小房子」，我才知道北京人說話有多麼誇張了。那也叫房子？連我們老家房堆放破爛的犄角旮旯都不如。我妻子是南京大學中文系畢業，連房子到底是什麼概念都弄糊塗了，天子腳下的臣民、堂堂北京市民，被政治上和地理上的高壓、環境上和生活上的破敗，擠壓和改造成了什麼癟樣子，真是難以想像，一言難盡！

我說北京的院子「亂」，更是因為原本好好的院子，全部是在某種罪惡理念的煽動下，理所當然地侵佔進去的惡果。這在農村是不可思議的。很難想像，好好一家人的院子，另外一家人某年某月某日，不經主人同意，就理直氣壯地住了來了，毫無羞恥之感，毫無廉恥之心。比如說，我老家的院子就很大，按北京大雜院的密度，至少可以住二三十戶人家。但是，我很難想像，別說多家人，哪怕一家人強佔進去，會在全村和方圓一代產生什麼反響？作為人，而不是動物，不靠自己的勞動建立自己的家園，怎麼有臉皮佔據別人的家園？這種行為，在農村，是最醜陋的，醜陋到丟祖宗的臉，醜陋到子孫娶不到媳婦而斷子絕孫的地步。修房蓋屋是人類社會得以正常發展的常規、常態和尊嚴，而北京的「大雜院」恰恰是違反這樣的常規和常態而形成的，是「亂」的結果，思想混亂和觀念混亂的結果！誰說亂是亂了敵人來著？歸根結底是是亂了自己啊！

比如我妻子的家，那個院子原本就是他們一家的，是她父親辛辛苦苦掙來錢後買下的，地契上都有當時北京市長彭真的署名。那又怎樣？連王世襄這樣的大名士，收藏界的功臣，他的院子照樣會被安排進去住戶，而住戶還敢喧賓奪主，搞得原來的主人苦不堪言，無法居住。

強取豪奪沒有商量，要不我怎會想到一個「亂」字呢？

因了這樣一個住宅問題上的「亂」字，後來在中國改革起步初期，每一個單位分房的時候，上上下下都會醜態百出，原形畢露。結果總是：各級領導占好處，敢鬧敢吵者撈好處，規矩講理的沒好處。我所在的單位是一個高級文化單位，即使在全國也是數得著的，但是在上世紀八十年代初第一次分房中，那種一時間暴露出來的醜態，尤其平時愛唱高調的頭頭腦腦，積極分子，那種赤裸裸的醜陋不堪的表現，讓我這個農村長大的「種地人」大長了見識，於是仗著年輕氣盛，寫了一則短篇小說寄給一家雜誌社，卻說你退稿退稿吧，理由竟是：小說中黨委書記的描寫，形象太醜陋了……天哪，天哪，天哪，自此我才真正知道什麼叫洗腦了！這些經營文學的專職人員，從來沒有想到這個體制下從上到下，層層掌握了國家資本和生產資料的頭頭腦腦們，原本想的就不是給老百姓修房蓋屋，原本打算的就只是利用特權享受特權，苦心經營的只是如何層層往上爬、層層得盡好處，經過幾十年的利益熏烤和分配，那還有什麼高尚的形象可言呢？中國的文學哪怕能深入地、客觀地、認真地、形象地寫一寫一九四九年以來城市的住房秩序是怎麼「亂」起來的，亂到什麼程度和深度，取名《房場現形記》，那麼，距離世界優秀文學的真正功能至少靠近了一大步，諾貝爾文學獎找上門來得幾個也未可知，用得著怨天怨地說三道四地跟馬悅然套近乎嗎？

三

好像距離我寫潘石屹修房蓋屋的文化現象偏離了一點，其實是追溯一些重要的背景和歷史，然後不妨順著這個思緒，再走遠一點，看看美國這個大國遇到住房困難時，是怎樣修房蓋屋的。

說來有緣，我剛剛參加工作不久，竟然分到了《光榮與夢想》這樣泱泱大著中的一章，裝模作樣地做起文字翻譯，並且影響了我後來的業餘興趣。因為參加了該書的翻譯，《光榮與夢想》剛剛出版，我便聞著油墨的清香，認認真真地看了一遍。不知是書太好了，還是年輕腦子好使，至今書中的許多事實還記得很清楚。而且，每當有人談及《光榮與夢想》，我也格外敏感。一次，在「藝術人生」的訪談中，一個叫奚美娟的演員，說對她影響最大的一本書是《光榮與夢想》，而且還很具體地說到作者在論及某個名人時關於權力的話，令我肅然起敬：難怪奚美娟的戲演得好！那是一本文筆縱橫內容豐富的好書，大書，因為是大好書，讀者能在書裡各有喜愛，各有側重。我記得特別清楚的實事之一，是關於美國人修房子的實錄。寫這篇文章時，我已經二十多年沒有翻閱它了，不想把四大本書從書櫃裡找出來，我還能準確無誤地在第三卷找到了那些章節，很順利地摘選出來一些文字：

> 戰後出現的房荒問題，是直接由於嬰孩出生和「我們要回家」運動所帶來的迅速復員所引起的。1945年12月，陸軍一個月復員近一百萬人，海軍又有二十五萬人，復員軍人如此之多，簡直無法容納。

在寒風刺骨的明尼阿波利斯市，有一對夫婦帶著他們戰時出生的嬰孩，在汽車裡過了七個晚上。亞特蘭大市有一個公寓登出了一個出租廣告，要租的竟達兩千人。這個市的頭面人物為此不安，出錢給復員軍人買了一百部活動住房拖車。

……他們的代言人中最惹人注目的是個牧童歌手出身的參議員葛蘭・泰勒。他是靠彈得一手好班卓琴，被愛荷達州人民選進參議院的。他帶著他的妻子和孩子，站在國會山上的石階前，如泣如訴地唱道：

奧，讓我有個家靠近國會大廈，
讓孩子們在院子裡可以玩耍！
一兩個房間，哪怕舊點也罷，
唉，我們總找不到地方安家！

出生在五十年代的這茬人，應該是被徹底洗腦的人而不徹底，完全因了他們被早早地打發到農村去「插隊落戶」，農村的艱苦現實毫不講理地改造了他們的頭腦。我生在農村長在農村，自然不相信農村是「廣闊天地大有作為」的地方；被打發到農村去「大有作為」的城市知識青年，在嚴酷的現實中也很快看出來，「廣闊天地」難有作為，他們全都上當受騙了。但是，如果在具體的事情上我們看得明白，而在籠統的事情上我們則還不得不一步一步弄明白。這就是我們被洗過腦的悲哀之處了。我當初心想，美國人真是資產階級，吃不了苦受不得罪！「在汽車裡過了七個晚上」就算是受罪麼？中國城市裡的市民，多少人擠在一間不足十平方米的屋子，或者索性就是一個窩棚裡，一過就是幾十年，有哪個「頭面人物為此不安」過？當時讀到了這樣的描寫，遠沒有現在感受深刻。現在我們富裕一點了，自由一點了，再讀書中這樣的描寫，便更能感覺出這些文字的豐富和深刻。我從小山村到北京，幾十年過來，始終一個平頭百姓的身分，從來沒有碰見一個「頭面人物」因為老百姓的住房困難而「不安」過。恰恰相反，他們會因為你的一點點合理要求而冠冕堂皇地抖一抖威風，顯示他們的那點官銜的革命性什麼的。大約就在我閱讀《光榮與夢想》的前後，我的妻子懷了我的兒子，肚子大得已經很笨重了，我呆過的單位那個管房子的一身橫肉的娘兒們，天天來催逼我們搬離那間閣子間。我的調動完全是公事公辦，受政治氣候的擺佈，有明文規定由兩個單位協商解決我們應該住在哪裡的問題，可她就是看我是個軟柿子，只來催逼我。我這個人又一向講道理，心想既然離開一個單位，就別再給人家添麻煩了，就四處和單位的頭頭腦腦講道理，四處尋求解決辦法，但是百姓，百姓，人微言輕，沒有一個人認真聽我說話。後來，還是我的妻子給我壯了膽兒：反正我這樣子了，量他們也不敢來怎麼樣我們。你能躲就躲吧！正在這個時候，出版社要獻血，我每年都要去獻一次，無奈人家總說我的血液什麼單項高，害得我恓惶萬分的，去複查幾次也無定論（這時候，你永遠別幻想有哪個頭兒會來問問你的身體到底怎麼了）。一個頭兒來叫我去獻血，其實我完全可以像平常一樣應付一下的。可是，我這個人在很多時候就是不想一味應付過去，於是我就來了點情緒，說：獻血沒什麼，只是獻了血連個休息的地方都沒有。那時候還年輕，說話不知輕重，但是這話說得也實在是實話實說，沒有一丁點不堪承受之重啊。但是你猜怎麼著？那個頭兒臉一沉，啪地一巴掌拍在桌子上，喝道：年紀輕輕，就知道講條件，還當什麼共產黨員？我落荒而去，但也並沒有躲開獻血卻有一次沒有獻上（這就是一個集權體制的可怕之處），因為我的血液還是一個什麼單項高。老百姓被任意支配和利用，在新中國很久以來的環境裡習以為常，我這點小事情如今說說，難免矯情，但是通過現象看本質，是中國幾千年來「官壓民不醜」的縮影，壓榨血汗理所當然，講講道理就是刁民！不信，比較一下威廉・曼徹斯特在《光榮與夢想》裡寫出來的那些看似平淡的文字，你就知道什麼是民主，什麼不是民主；什麼是平等，什麼不是平等；什麼是人道，什麼是不人道；什麼是一個好的社會，什麼是一個不好的社會：中國人可有什麼時候，能夠把一個「靠彈得一手好班卓琴」的「牧童歌手」選進官場或者人民代表大會或者政協的嗎？而進得了官場或者人民代表大會或者政協的藝人，有誰肯「帶著他的妻子和孩子，站在國會山上的石階前」，為人民的困難「如泣如訴」過嗎？

四

尊敬的看官，你再好好讀讀那四句歌詞，掂一掂「讓孩子們在院子裡可以玩耍」這個關鍵句子，再品味一下整體歌詞的豐富內涵，看看我們有多少「首先是為工農兵」的作品，提到過給孩子一片自由的天地？別說連自己都不知道自己究竟是在寫什麼唱什麼的藝人了，就是口口聲聲「為人民服務」的「頭面人物」，又有多少人說的話講的話不是說一套做一套的呢？

當初讀著《光榮與夢想》，令我感受最深甚至熱血湧動的，是美國的實幹家為了解決困難而煥發出來的那種活力。為了儘快解決住房問題，二戰結束三年多，即一九四九年初，美國人就創造出了在工廠預製構件的方法。我上世紀八十年代末搬到北京城東，住房的東邊原本是北京市一家很大的水泥預製板廠。我新搬進的住房是預製板結構，一套房子單靠幾塊水泥板子對接在一起，就是房子了。儘管到現在我也不認為我住的是房子（蜂窩而已），但是農村一磚一瓦修建房子的辛苦和緩慢，比起預製板建房，那是不可同日而語的。儘管和美國相比，我們的水泥預製板晚生產了幾十年，但相比我所熟知的一磚一瓦修房蓋屋，此法還是很新鮮的事物。剛搬來那陣子我還經常騎車去那廠裡亂逛，只要沒有人攔住，我就東看看西瞧瞧。很遺憾，我沒有看見工人們如何預製水泥板子，只有廠裡道路兩旁茂盛高大的法國梧桐樹，讓我流連忘返。現在那些生長了幾十年的參天大樹沒有了，代之而起的是一處叫晨光家園的社區。但是，那個社區的樓房已不是水泥預製板式，而是水泥澆灌式。我很想知道我們的社區當初用預製板修造，有怎樣的氣勢和速度。我很希望那是一種像威廉・曼徹斯特所描寫的情景：

一聲號令，一排接一排的推土機就向前推進，紅旗一揮（看看美國人怎麼使用紅旗！），它們就拐彎。後面接踵而來的就負責鋪上混凝土地面，跟著電工就來豎街燈柱，工人就來掛上路牌。接著，就把每個屋子地段劃分好。一隊隊的汽車就在已經凝固的土路面上滾滾而來。上午8時卸下預製的牆板，9時半卸下抽水馬桶，10時卸下水池子和浴盆，10時3刻卸下灰泥板，11時卸下地板。

這段譯文不好，或者說很不好，一個「就」字在短短幾行中，出現了七次之多，卻還是沒有翻譯出精煉和力度。換我來譯，至少會翻譯出一種熱氣騰騰的氛圍。不過，即便這樣的譯文，施工一環套一環的五個時間段，足以展示建築工地的速度和氣勢了。這是威廉・曼徹斯特在報導一個名叫威廉・萊維特的美國房產開發商修房造屋的情景。威廉・萊維特的第一批房子，一下子就是一萬七千五百家，每家都是同一個式樣。他的設計人員設計的市鎮，具有一千一百條街，內有學校、教堂、棒球場、商業中心區、火車站、郵局，報社、花園俱樂部……一個擁有七萬人密度的城鎮所需要的一切，應有盡有。威廉・萊維特一不小心，給全世界樹立了一個建造城市住宅區的榜樣。

1949年3月7日，他那並不華麗的營業部在寒風蕭瑟的早上開門營業時，就有一千多對夫婦在那裡排隊。有些人已經等了四天四夜，喝點咖啡吃些炸油餅當飯。……那些現在稱為「青年夫婦」的都你擠我擁，想爭先在第一批以六千九百九十元的代價，買到一座有四個房間的房子。如果包括手續費、綠化和廚房電器設備在內，還不到一萬元。

《光榮與夢想》翻譯成漢字一百萬多字，堪稱一九三二年至一九七二年的美國歷史：美國經濟大蕭條、羅斯福新政、二戰、冷戰、越戰、總統的作為、校園風波、呼拉圈興起……影響美國人生活的事件樁樁件件，一一實錄。作者威廉・曼徹斯特抓住的每個事件，都有典型意義：「比爾・萊維特一下子就成為神話般人物，不管暴跳如雷的審美學家怎樣指責，全國到處出現模仿他的人。」結果呢？不用說，美國戰後的房荒現象很快因此消失了。

「當然能夠用一種產品來滿足無人能夠解決的需要，是使我心情激動的，」他說。「但是我只是在營造和出賣房子而已。坦白地說，我也想獲得點聲譽，這是人的天性。我想建一個我能以此為榮的市鎮。當然，要這樣你得要大膽。你得要從大處去想。」

儘管譯文糟糕，威廉・萊維特的話，仍然讓我們看見一個十分實幹、樸素、頗有人情味的可愛的建築商人。

可惜，報導潘石屹的文字，絕大多數是因為他聚斂了財富，成了闊佬，因此文字顯得油膩膩的，很少有像美國記者報導威廉・萊維特這樣樸實無華而實實在在的文字。

五

我之所以希望在藍島上飄飛的潘石屹就是威廉・萊維特這樣一個建築商人，很可能與當時牢牢記住威廉・萊維特修房蓋屋的出發點和心態有關係。我在藍島五層的餐廳吃過便餐，從那個高度確實可以看得更遠。曾經號稱北京城第一高度的京廣大廈撲面而來，京廣大廈的南邊，朝外SOHO現代城樓群已然形成，整體形象不如大望路的SOHO現代城那麼整齊劃一，但是個體樓盤倒也令人矚目，尤其幾幢看去蹬踈閃躍甚至趔趄而行樣兒的大樓。

不過，蹀躞閃躍也好，趔趄而行也罷，我只是把它們擬人化了一點，衷心希望它們本質上是茁實的，耐久的，會成為恆產的。然而這樣的擔心是外行的，多餘的，因為如果潘石屹仍然在藍島大廈上飄飛，他只需跳過關東店他的朝外SOHO現代城一點點，就能看見正在興建中的中央電視大樓，還沒有修起來就要倒塌的樣兒。趕上晴天朗日，我和老伴兒晚飯後到紅領巾公園散步，不遠處便能看見那個傾斜的歪游歪游的怪物，從哪個角度看去都毫無美感可言。一次，我的一位在中央電視臺工作的朋友打電話來聊天，我終於忍不住，問道：「你們電視臺怎麼回事兒，還沒有修起來就要倒臺了？」當然，這是圖一時之快說的外行話，因為我很快在一份德國人辦的雜誌上看到，德國建築師奧雷・舍人「在中國首都的新商務區，他正在主持設計中國國家電視臺——中央電視臺的新台址，這是一幢顯然要淡化重力自然法則的樓房，兩座邊角相連的L形塔樓斜著向上聳立，似乎會隨時倒塌。」

我說它還沒有修起來就要倒塌，話雖沒有說錯，但是它的高科技卻正是它「似乎會隨時倒塌」，這是我等外行領略不了的。不光是我領略不了，連收藏家馬未都在文章裡都稱它是「大褲衩」。

我們對於這種觸及建築可行性極限的項目十分感興趣，希望充分利用這些界限。

奧雷・舍人如是說。這話當然都很內行，很平和，讓我們這個落後了幾百年的民族很愛聽。豈知近來網上和媒體爭吵說，奧雷・舍人設計的央視大樓，取樣于女人生殖器，而錐形配樓則是男人生殖器。自然，一些被洗了幾十年腦子的國人為此義憤填膺，憤怒地譴責奧雷・舍人污蔑中國。這話就有點小題大做了吧？誰讓奧雷・舍人給央視設計的？誰拍板選中了他的設計？更何況出生率一路下降的白人種族，早已把男女之事視為神聖了。我倒認為，奧雷・舍人的設計與中國人口爆炸巧合了，與其大驚小怪，不如作為警示。可惜，二〇〇九年元宵節，一把大火把錐形配樓燒掉大半，幾個億的公有資產瞬間化為廢物，我至今也沒有看見幾個當官的感到心痛，可見敗家子已經培養到了徒子徒孫的輩分，這才是我們應該深感心痛的。

所以，如果沒有像潘石屹這樣的民營建築家不甘落後，也在搞高科技的高樓大廈，我們的民族心情難免會更大地失衡。落後的民族就要挨打，這樣的話我們說了近百年，但是究竟怎樣才能不落後，怎麼樣才算進步，潘石屹的所作所為大概可作為一個例子了。近百年來，西方文化東漸，包括建築文化，這是歷史的事實。現代科技是從西方興起的，僅僅水泥一項發明，就意味著人類可以製造可大可小、各種各樣的石頭，修房建屋可以心想事成了。是的，中國的建築很有傳統，很有特色，但是好像一個傳統堅持到底，階段性的建築物很難構成一段歷史。西方的建築歷史卻是一步步走來的：羅馬式、哥特式、文藝復興式、巴羅克式、古典主義、歷史主義、表現主義、包豪斯和後現代，每種樣式的代表性建築物遍及歐洲。潘石屹在短短二十年間，在包豪斯風格大展身手後，就走進了西方後現代的建築風格中，這就是一個民族在趕路的具體行動。潘石屹迅速崛起，成為中國改革時代建築業的衝浪人，機遇只是外因，而個人的內因應該是更重要的東西。潘石屹在建築業發跡，也許偶然，但是他一定具備把流動的資本轉化成固定資本的素質。修房蓋屋在人類歷史上從來是大事，因為它與人的本性緊密相連。很難想像，人類居無定所，還會是今天的人類，稱得上「宇宙之精華」，當得起「萬物之靈長」。從中國人信守的道德傳統上論，架橋鋪路之所以是積德行善的行為，乃因為這是把流動的財富轉化成固定財物的最實用最有效的方式，是惠及百姓的最好方式，是留給子孫的最好方式。金銀財寶，屯糧滿倉，更有今天的流動貨幣，擁有千個億萬個億，那又怎樣？比爾・蓋茨說過，一個人擁有一億美元時，金錢對個人就失去了任何意義。因此，他成立了全球最好的基金會，把錢投向教育，投向非洲，惠及民眾。還有一個更有意思的例子，是ＮＢＡ

達拉斯小牛隊的老闆庫班演繹出來的。這個看上去一根筋的傢伙，做過一個與NBA有關的網站，做出了名氣後，立即賣了一億多美元，用這筆錢把小牛隊買下，興高采烈地當起球隊老闆來，把一個球隊經營得有聲有色，讓達拉斯的觀眾和球迷有了一個娛樂的場所，宣洩的場所，健身的場所。出於熱愛嗎？沒錯。出於興趣嗎？沒錯。看他場場臨陣，球隊贏時他喜形於色，球隊輸了他痛心疾首，可愛之極。自己娛樂也讓大家娛樂，自己健身也讓大家健身，難道這不是為人民大眾謀福利的一種很現代很時尚的方式嗎？

這樣的人天生就是人類的建設者，用《紅樓夢》裡的話說，是應運而生的人，潘石屹理所當然地屬於這個行列。他從大望路做起，在北京城東向北一路走來，趟平了爛磚破瓦，蓋起了摩天大樓。媒體說，他還是一個喜歡收購爛尾樓的人，那就更說明他對建築業的投入和責任感。潘石屹完全可以像美國的威廉・萊維特那樣，大聲說：「坦白地說，我也想獲得點聲譽，這是人的天性。我想建一個我能以此為榮的市鎮。」潘石屹也完全可以像德國的奧雷・舍人，大聲地透露動機：「我們對於這種觸及建築可行性極限的項目十分感興趣，希望充分利用這些界限。」

我們哪天聽到潘石屹坦坦蕩蕩發自內心地說出這樣的話，那才算得上一個民族真實的復興的聲音了。

潘石屹這個人的文化現象　中篇

一

在單位上班幾十年，每天中午可以一溜擺開三個椅子，睡個午覺。只用三把椅子對付一個臨時床，後來翻譯美國思想家亨利・梭羅的《瓦爾登湖》，見他認為一個屋子擺上三把椅子足矣，雖屬偶然，內心卻很受用，覺得自己也是接近自然的樸實之人。或許就是這點好處，加之我這個人容易知足常樂，除了剛剛參加工作受政治因素的擺佈，在一個叫版本圖書館的地方呆了兩年後分到現在就職的單位，轉眼三十多年過去，眼看就要被打發我退休回家了，一直沒有捨得挪過窩。午覺是小憩，但在入睡前一定要看一兩頁書，有時看得來勁，就看下去，午覺倒在其次了。長此以往，幾十年下來，許多好書，都是這樣看完的。一次，在編輯室樣書堆裡看見一黑白頭像，頭像右邊有「潘石屹」三字，頭像的嘴頭兒下隔了書名《非建築訪談》（以下簡稱《非》），又是一個頭像，像的左邊有「包泡」二字。這樣一個封面構成的資訊怪怪的，我信手抽來翻看，不期一直看了下去。一百六十來頁的一本書，潘石屹的訪談占了近一百二十頁，全書近八萬字的篇幅占了近六萬。接下來按照常規閱讀，我每天看幾頁，邊看邊把一些內容用鉛筆畫出來，再翻看和琢磨鉛筆劃出來的文字。這次，潘石屹進入我的印象，因了書可以前後翻閱，便有了反復咀嚼的可能。

二

潘石屹說：「就是你小的時候的影響，周圍環境的影響，包括傳下來的這東西，我覺得就是這樣一種遺留下來的、精神上的東西，實際上是一種非常寶貴的東西。」《非》書中七十七頁上是一幅照片，上寫「潘石屹與祖母的合影」。還是「小小子兒蹲門墩兒」的潘石屹高高在上，胸膛左邊是一支明晃晃的鋼筆，右邊是祖母的臉，那是一張堅毅的女性的國字臉，大額頭，重眉毛，鼻子兩邊各一道紋路，和抿起的嘴構成了三角形，透出一種壓不倒摧不垮的穩定力量。三個神情各異的娃娃圍在她的身邊。潘石屹的帽子像趙本山的，憋著笑。這可能就是他說，「我覺得童年不管是非常貧困，還是非常什麼的，每一個人回想起來，可能都是陽光燦爛的」的根據吧。實際上，童年充滿痛苦的孩子很多，只是孩子的天性酷愛玩耍，不記憂愁，回憶起來快樂多與痛苦。有潘石屹的文字為證：

爺爺五十年代就去世了，地主婆奶奶一個人在最艱難的時期，在最艱苦的地方，把父親、姑姑、叔叔們帶大，並讓他們都上了學。

在我的印象中，每次去開批鬥會，奶奶總是穿好衣服，梳好頭髮，像現在去參加party一樣，平靜地去，平靜地回來。他回來後，媽媽總是不讓我鬧，好讓奶奶安靜一會。但奶奶見到我，仍是一樣的慈祥，一樣的開心，像什麼也沒有發生一樣。

我去問奶奶：你是不是有許多金條和銀元？她告訴我：那東西沒有用，奶奶也沒有埋。這世上還有比那東西更珍貴的東西，你長大就知道了！

從這些文字看得出，潘石屹應該生性隨和，親人的大苦大難，他平平靜靜地就寫出來了。這樣寫，也是一種力量。但是，對於不熟悉那段社會環境的讀者來說，這些文字卻少了很多重要的東西。上世紀五十年代，可以說中國農民餓肚子的不多；按潘石屹稱「在最艱苦的地方」，我們也權且算他們全家有吃有喝吧。但是，五十年代末至六十年代初的三四年以及此後再也無法完全擺脫的貧困中，據近來許多文章考證，全中國因為「人禍」餓死了至少三千多萬人，潘石屹的老家蘭州天水馬權鎮的潘氏村，也一定是一個餓肚子的地方。根據潘石屹的歲數推算，他的父親和叔叔們那時候應該正在「裝飯」的年齡段，這位祖母為了把她的孩子們喂飽，怎樣艱難地操持一個家庭，可想而知。度過這段艱苦歲月，祖母來不及喘口氣，便開始了「開批鬥會」的經歷。這樣的罪孽，是構成二十世紀人類苦難的重要組成部分，應該寫進歷史為後人銘記而不是刻意抹滅。瞬間皮開肉綻的批鬥會，我親眼看見過兩次。一次在我們公社的批鬥會上，一個強壯的貧協主任因為搞階級鬥爭不積極，被公社書記郭同山當場點名，命令更強壯的彪形大漢擰住其胳膊，揪住其頭髮，做低頭認罪、抬頭示眾的動作。幾次顛簸下來，其中一個大漢還覺得不過癮，把揪頭髮改為揪耳朵，再顛簸幾次，鮮血很快便順著被揪鬥者的耳朵根流下來。另一次，晉東南專區書記程首創來我們縣巡迴批鬥，縣長劉來保陪鬥，兩個身高體壯的高中學生幫助縣長劉來保做低頭認罪、抬頭示眾的動作，猛烈程度如小舟要被掀翻，可他們還是嫌不過癮，其中一個把幾根指頭伸進縣長劉來保的嘴裡，低頭認罪、抬頭示眾只一次，鮮血就從劉來寶的嘴裡淋淋瀝瀝地流出來。這僅僅是皮肉之苦，精神上的折磨更難想像，至少我看見的兩位曾經的父母官，當場便被整得面如死灰，死相一般！

不知道這位祖母在「批鬥會」上有怎樣的遭遇？吃過皮肉之苦沒有？精神上的創傷是否比皮肉之苦更加不堪承受？人的尊嚴保住了起碼的底線沒有？……但願這位祖母所受的批鬥是溫和的，因為潘石屹說了：

> 我們的村子裡的人大多數祖祖輩輩就在這個村子裡面，包括我們也是祖祖輩輩就在這個村子裡面。儘管我的祖先，曾經畢業於黃埔軍校。所以這個村子裡的人基本上都是親戚，都很友善，相互之間說出的話都是非常坦誠的，非常負責任的，就是你只要說出去，沒有什麼合同，沒有什麼契約，說完大家就這樣做了。

果真這樣，不僅是祖母的福氣，更是潘石屹的福氣。這樣的教育完全可以抵擋多少年來的有人謂之「喝狼奶」的教育。多少年來，我們的主流教學課本，充其量只能充作識字課本，內容完全是顛覆性的，高毒量的。潘石屹的思想主要來源，是中國傳統村落式的，家庭式的。農村土生土長的我，這點體會是長在身體裡的。他祖母的榮辱不驚，深刻地影響了他。「每次去開批鬥會，奶奶總是穿好衣服，梳好頭髮，像現在去參加party一樣，平靜地去，平靜地回來。」。這應該是潘石屹最優美最有力量的文字了。我們應該向這樣的祖母致敬。中國改革開放初期，農民爆發出了極大的勞動熱情，種地的收穫令世人矚目，其基礎在於以這位祖母為代表的思想和行動，一種人之所以是人的動力，一種掙脫鎖鏈的釋放，而不是別的什麼。山西改革開放後，因為陳永貴這個沒良心的作梗，土地遲遲不下戶，直到當時的黨中央總書記胡耀邦親自到山西督陣，山西才於一九八二年初徹底施行。我父親在自己承租的土地上僅僅辛勤勞作一年，產量便翻了一番。這是陳永貴牛逼烘烘折騰中國農民四分之一個世紀而做不到的業績！當然，陳永貴只是個木偶，走卒，一個無托邦裡因被利用而得勢的可憐蟲而已。這位祖母、我的父親和陳永貴，應該是一輩人。誰代表的人群支撐這個多災多難的民族，我們的後人應該有一筆賬，而不是人云亦云。潘石屹記下了這筆賬：

1997年農曆乙亥年九月初二，已經患病不能講話的奶奶去世了，二叔給奶奶寫了一幅挽聯，上聯是「既辛亥革命呱呱誕生於中州大地」，下聯是「何乙亥振興悄悄離開了千里隴原」，橫批是「天高地厚」。

一幅很好的挽聯，尤其橫批；只是下聯中的「振興」應該改為「復興」，整幅對聯就更有內涵了。民族復興可不是在天安門前喊口號，也不是在奧運會上拿多少塊金牌。民族復興首先是具有深厚文化背景的家族的復興，是耕讀傳家、尊崇文化的家族的復興，是一個個不畏貧困讓孩子堅持念書的家族的復興。沒有家族的復興，就沒有民族的復興。一個領袖不能讓民族復興，一個政黨也不能讓民族復興。這是二十世紀共產主義運動留給世界的最大警示。

三

《非》書中七十二頁上有一幅大照片，裡邊還有一幅小照片。小照片裡影影綽綽三四人身著長褂什麼的，鬼頭鬼腦的樣子。大照片裡的兩個人的神情，則十分光明和自若。女子站著，上身淺色中裝，下身深色裙裝或褲裝，右手搭在椅子背上，椅子裡坐了男子，淺色西裝，花格領帶，深色褲子，兩隻手搭在扶手上。照片下有一行字：「潘石屹和張欣，誰賠了誰賺了，誰比誰更划算？」這個題記，哪怕是調侃，也顯得有些世俗了點兒吧？倒是下邊一段話，說得有點意思：

> 但這對夫婦並不是一開始就是黃金搭檔，公司剛開始成立，潘石屹期望的是張欣的資本運作能力，而張欣的興趣卻在要用她在劍橋學到的社會經濟學理論來改造一個中國化的公司。這種立場分歧構成了一個在中國土地上土生土長的商人潘石屹與一個受到最高等名校教育的知識份子張欣長達兩年的情感衝突。

這當然是訪談人王寶菊的看法，不知道潘石屹和張欣認可多少。端詳這樣一張照片，我倒是想起了我翻譯的一部英國小說——《霍華德莊園》——裡的男女主人公。這是英國著名作家E.M.福斯特的代表作。小說中的男女主人公的原型，與福斯特的一次經歷有關。一九六〇年夏天，福斯特去拜訪一個名叫博斯頓的朋友。他的這位朋友是一個證券經紀人，是福斯特和母親的老朋友，福斯特發現，朋友的新妻子年輕漂亮，開朗聰明，和她那個喜歡顯擺的丈夫很不般配。在給母親的信中，福斯特寫道：「屋子裡掛滿了弗拉．安格裡克斯等名家的畫，博斯頓逐一展示，如同他過去展示他的田地，只是他連一幅畫兒的名字都想不起來。……我想像不出來，這樣一位超凡脫俗的美人兒，能深深愛戀上他。」

許多年之後，福斯特終於把這兩個原型寫成了一部小說，取名《霍華德莊園》。小說中，女主人公瑪格麗特，受過良好的教育，精神世界豐富，思想獨立，是一位英國二十世紀初的新女性。男主人公威爾科克斯是英國向海外擴張的弄潮兒，在西非置下了大量土地，種植橡膠，成立了「帝國與西非橡膠公司」，生意越做越大，成了商界重量級人物。他喜歡說一句很有身分的話：「我只是一個平常的生意人。我生活，也讓別人生活。」。這樣兩個原型，在很有貴族風範的福斯特看來，顯然面臨著觀念、趣味和生活經歷的差異；更重要的是，他們還得面對政治經濟學中資本佔有和資本重組的問題，而這樣的問題又必然會上升到精神層面的碰撞。福斯特留給自己很大的想像空間、恣意發揮的彈性與現代作家充分表達見解的地盤。在書中，作者利用這些因素，先通過婚姻把男女主人公「連接」在一起，然後解決他們的般配與和諧問題，既有精神上的，也有物質上的。在作者的設計中，威爾科克斯是物質的人向精神過渡的人，瑪格麗特則是精神的人向物質靠近的人。

小說的背景是已經成為富國的英國，倫敦市正在改造中，女主人公瑪格麗特有先人留下的遺產，每年六百鎊（按當時生活水準，相當高的一筆收入）收入，生活無憂，但是兩輩人住過的老房子，卻在城市改造中馬上會被拆掉。作者因此感歎道：「封建社會對土地的擁有權，給人帶來威嚴，而現代社會對動產的擁有權，卻讓我們走回頭路，又成了一種游牧民族。」福斯特把社會轉型期住房的問題對個人的影響，分析得如此精當，是《霍華德莊園》一書成為二十世紀英語小說經典的價值所在。作者是一個思考者，書中類似的議論很多，也相當精當，現摘錄幾例：

金錢是一種教育。比起錢能買到的東西，錢的教育作用更大。

一個帝國讓我不堪承受，至少目前是這樣的，但是我能欣賞帝國建立起來的英雄主義。如果像威爾科克斯先生這樣的人沒有在英格蘭實幹，已經死掉幾千年了，那麼你我別說坐在這裡，活都活不成了。沒有他們，便沒有火車，沒有輪船，把我們這些文化人運來運去，連田野都沒有了。只會過著野蠻的生活。不——也許連野蠻的生活都過不上。沒有他們的精神，生活也許永遠不會擺脫原生態。

這些話均出自女主人公瑪格麗特之口，成為她「連接」自己婚姻的主要論據。福斯特描寫婚姻卻不談愛情和浪漫，冷靜地「連接」一樁婚姻，而且最終把一樁頗具現代性的婚姻，一步步退守進了一個傳統莊園，化解矛盾，頗具深意。這裡，福斯特不像狄更斯和特羅洛普等英國現實主義大師一樣，只寫「英格蘭的現狀」，而是深入分析一個民族的國民成分和素質，並表達自己的看法，表現了現代作家的憂患意識；尤其他的著名說法：「金錢是一種教育。比起錢能買到的東西，錢的教育作用更大。」關於錢，英國的「文學皇帝」莎士比亞說：錢是勇士，有了它可以一往無前。另一位英國著名作家騷姆塞特・毛姆也有一著名說法：「錢是人的第六感官。」兩種說法，各有深意，令人捉摸，但似乎都不及福斯特的說法讓人警醒。

一部英國小說裡男女主人公的婚姻，當然不能完全用來詮釋潘石屹和張欣的婚姻，但是E.M.福斯特對英國社會轉型時期婚姻狀況的探討是很有借鑒意義的。毫無疑問，潘石屹和張欣在精神層面的交匯是他們婚姻的重要因素。《非》書中六十五頁上，潘石屹說：「沒有小孩的時候，我在家裡面的狀態啊，張欣就觀察，她說你身體呀，是一個瘦小的身體，你的思想呢，是一個強大的思想，你這身體不足以支撐你這思想，說你可能最後的發展方向是出家。」話是潘石屹說的，實際發生在張欣那廂：瘦小的身體，強大的思想。妻子關心的不僅僅是丈夫的身體是否健康，而是健康的身體是否能夠承受強大的思想。如果沒有婚姻上相互的精神溝通，這樣生動地描述是產生不了的。即便在虛構的小說裡，能想像出夫妻之間這樣的精神關注的狀況也是很少見的；即便有，也很難寫出這樣生動的文字。《非》書中七十六頁上，潘石屹則說：「張欣應該是西方主流社會成長起來的，從她讀的書啊，工作啊，上的學啊，所以她對我的影響是非常大的。讓我打開了另外一扇窗，另外一個世界。」這話，也應該是指精神方面的居多。

自從我們的社會制度允許一部分人先富起來之後，一部分人確實富起來了。這當然是好事兒。貧窮無論怎樣矯飾，它只會是人類的恥辱。但是，中國少數暴富起來的人，無論個人生活還是社會生活，物質層面的還是生活層面的，至今都還沒有給多數人樹立良好的榜樣。流言說：男人有錢就變壞。這話當然不全面，但是暴富的人沉迷於燈紅酒綠、窮奢極欲，極少有人從精神上、道德上、修養上完善自己，卻也是現實。不管潘石屹和張欣婚姻發生過什麼樣的傳奇（訪談人王寶菊說：「張欣和潘石屹幾乎是閃電戀愛，閃電結婚。」），都是富起來的男人應該效仿的榜樣，因為這涉及到許多深層的問題，比如資產升值和延伸，比如文化積累和沉澱，等等。中國歷史上的富人，歷來都在探索如何解決「富不過三代」的問題，而到目前為止，最好的解決方法，仍然是文化。山西省的幾個著名的大院依靠文化延續幾百年，就是很好的例子。潘石屹在積累財富不長的時間裡，就向文化（張欣可以作為一種文化形象吧）尋求支持，是明智的，理性的，是符合聖賢們的思考的。

目不識丁也許還不以為然的商人興辦實業，賺得錢財，得到了他夢寐以求的閒暇和獨立，廁身于富有和時尚的圈子，最終不可避免地轉向更高也更難接近的圈子，那就是知識和天才的領域，因此對他的文化感到殘缺不全，對他的所有財富感到虛榮和不足，並且由於把他強烈感到缺乏的知識文化煞費苦心地為他的兒女們爭取，讓人看到了他還算頭腦健全；也正因為如此，它才成了一個家族的奠基人。

美國著名作家亨利・梭羅如是說。

四

毫無疑問，潘石屹是一個非常喜歡看書的人，在訪談中，他突然講出來一個與我的行業有點關係的事件：「我最近看到了一個叫梅益的人，去世沒多久。他當時的英文也不好，書是從俄文翻譯成英文的，當時有一個領導好像是共產黨駐上海辦事處的主任還是什麼，就把書交給他說，你必須把這本書翻譯出來，就是《鋼鐵是怎樣煉成的》。」看得出，潘石屹的資訊是從書中或文章中得來的，是純粹針對介紹梅益這個人來說的。這件譯事給梅益帶來諸多好處，但因此說他給中國人引進了一個英雄形象（連書都是偽的，英雄只能是贗品），不如說他迎合了一種意識形態，而在這種意識形態成為主流後，他也算沾了光的。塑造英雄人物，是我們的意識形態的需要，而不是實際生活的需要。那時候推介出來的各路英雄，如同今天的影視和網路，什麼曝光多了，總有人喜歡、崇拜和模仿，也就是當今的粉絲。對於理性和智慧的人，別說進口的英雄，就是自己國家的英雄，也不會刻意去崇拜和模仿。人類崇拜英雄的活動從來沒有斷過，但是這樣的活動一定是有利可圖的。聽從號召去崇拜和模仿英雄，多是那些趨名趨利之徒。勤勤懇懇做事情的人，從來不會熱衷這樣的活動。在我們這個城鄉差別巨大、意識形態特別的國度，我認為，革命英雄主義的情結，是城市人的事兒，而不是農村人的事兒。我們上高小的時候趕上開始學雷鋒的活動，無論學校怎麼鬧得歡，一回到家裡該幹什麼幹什麼，有個別孩子傻傻地想做雷鋒，做父母的一準會大聲喝道：

「你吃飽撐的，幹活去！」

所謂新社會以來，我們的意識形態宣傳、虛構和推介出了不少英雄，但對於大多數農村人來說，那些英雄和他們沒有任何關係。什麼英雄也不能把他們從繁重的勞動中解救出來，學英雄只能讓他們更累更苦，甚至搭上性命，而且反諷的是，正因為他們漠視和遠離那些英雄，這個國家才能在幾十年中反反復複地搞這運動那運動，搞學這個學那個，翻天覆地地折騰。比如文化大革命，如今說起來還是虧得某某維持了什麼局面，不過那局面應該只是指上面的窩裡鬥，不是整個民族的，尤其不是農民的；維持這個多災多難的民族的基本局面的，只能是莊稼人，只能是幹活勤勞而政治無知的廣大農民。想想看，如果他們有文化，會思考，別說看穿了上面玩的把戲，就是跟著上面亦步亦趨地做耍嘴皮的、開會的、發言說假話的、甚至哇哩哇啦不知道在講什麼的，偏偏就不想披星戴月頂日頭、風裡雨裡地種地，別說年年顆粒無收，就只一年顆粒無收，試看這個國家有誰不會餓得要死要活，誰還會有力氣七八年來一次運動？

潘石屹是農村長大的，不會真正對那樣的英雄感興趣，便把這樣的情結推給四十多歲的人，自己則說：「但從今天開始，這些東西變得越來越不重要了。你覺得你是財富英雄，我覺得我還是什麼英雄呢，是吧？」這話雖然有些依據，但實際上仍是一種英雄情結的流露。像我這樣的書生說這種話，打起什麼平等、民主、個性等的口號，胡謅些文章騙取些稿費，一是我表達的需要，二是我的生存的需要。可是，潘石屹說這樣的話，那就是站在自己的財富上說些讓人聽了舒心的話了。潛意識裡或者內心裡，他知道他已經是財富英雄了。是的，《小草》這歌紅極一時，依我看，那只是一種無奈的吟唱。誰願意做一棵任人踩踏的小草？我反正不願意。別說小草，就是螺絲釘，一塊基礎石，我都不願意幹。為什麼？我做過，現在仍時不時被迫做著，以後也說不準還得做。讓人把你說成國家的基礎，帽子戴得高高的，實際上壓在基礎上永無翻身之日，一輩子做一塊磚，一個螺絲釘，沒有奔頭，沒有盡頭，即便白癡也不會一直幹的。

潘石屹當然不會幹，否則他就不會扔掉鐵飯碗，到海南尋求發展，不會把一年交幾個億的稅金引以為榮。人往高處走，水往低處流。人活留名，雁過留聲。數風流人物還看今朝。用英國著名經濟學家亞當・斯密的話說：「所有的人都渴望能夠一睹尊容。」用美國建築商認威廉・萊維特的樸素話說：「坦白地說，我也想獲得點聲譽，這是人的天性。」。沒錯，這是人類成為「宇宙之精華萬物之靈長」的積極的持續的動力，是人類藉以推動社會和歷史的能量。我不相信，一個出過黃埔精英的家庭，後代會甘願做一棵任人踐踏的小草。潘石屹有英雄情結，但根源不是受到了「良好」的主流影響，而是家族「天高地厚」的潛在因素的在起作用：先輩達到的高度，子孫真就望塵莫及了嗎？

《非》書中六十八頁上有一幅相片，十幾個人做著一個動作：曲腿，彎腰，左手搭在膝蓋上，右手向後甩出去，或說擲鐵餅或說打保齡，都可以。這是二〇〇三年住交會為房地產大腕們專做的雕塑，真人大小，在佳交會上拍賣，結果一個也沒有拍出去。這個點子想來有趣，就是餿了點。潘石屹也一定覺得滑稽，他來了點幽默和詼諧，寫了一篇《我與「我」》的文章，道：

我托張寶全把「我」和「張寶全」一起運回北京，因為我還要去香港開會，我不想讓「我」流落他鄉。我又問任志強，他是怎麼處理「任志強」的。他告訴我，沒有管。我想「任志強」這回慘了，我在佳交會臨結束那天，看到了不少撿垃圾的盲流，「任志強」很可能已經被撿垃圾的當垃圾撿走了。越想越慘。在此有一句話告訴大家：「活人千萬別搞雕塑。」

潘石屹是一個很有喜劇細胞、還算善於總結人生的人。這段文字寫得實在有味道。如果「活人千萬別搞雕塑」的話是發自肺腑，那真是警世之言了。這段文字下邊有一段網友的話，其中說：「說起來，淋風雨算是不錯的下場，被人給拉倒清除，那更難堪。」這話針對毛澤東成千上萬的雕塑在文化大革命中的處理情況，倒是再恰當不過。這種情況，我看到過，真真切切全過程，整整半個月。應該是一九七三年的樣子，我在南開大學上學。我們外語系位於主樓的四層，樓前有一個很有規模的檯子，上面聳立了一座毛澤東雕塑，十分高大。上午上課前，一些同學經常坐在檯子的臺階上念英語，我也經常忝列其中。有一天上午，我發現檯子圍起來了，毛澤東雕塑看不見了，我急忙跑上樓去，從窗戶往下看，發現毛澤東倒在地上，丈余高的席子圍欄把他團團圍住，想必那是夜裡一場突擊破壞，把老人家生生撂倒在地上了。這樣做避免了多數人圍觀，卻擋不住我們高高在上的少數人細觀。接下來的日子，每天兩三個人用風鑽嗒嗒地在老人家的身上鑽洞，擊碎。我們這代人，不管怎樣分析和看待老人家，得過沒得過老人家的好處，但人類共有的那種感情是有的，更別說是在目睹一個改變中國人命運的偉人被擊碎的全過程了。所以，當時不忍看又忍不住不看，那種折磨延續了半個多月，餘波嫋嫋，即便現在想起來，仍禁不住歎息：歷史真的無情！青史留名，談何容易？

然而，二〇〇三年去南開大學辦事兒，到主樓前走動，又見周恩來的雕塑巍然聳立在那裡。周恩來是南開中學的，不是南開大學的，為什麼非要讓一生低調的一個好人，日日夜夜站在那裡招搖呢？

人哪，人哪，真是喜歡折騰啊。連死者的安靜都保證不了，活人的安靜從哪來呢？

在對待雕塑問題上，中國人的智慧高於西方人。中國人把英雄神化，雕成泥人，安置在大廟裡敬起來，由時間演義成一種規範精神與道德的力量，加于後人感受。近代中國給活人亂掛標準像，亂做雕塑，是「中體西用」的結果。不過，西方人的雕塑，都是給軍人做的，所以，英國著名歷史學家愛德華‧吉本在他的經典著作《羅馬帝國興衰史》中寫道：人類發展到今天，遍及每個城市裡的雕像，不過是歷史上的屠夫，以屠殺同類而博得了名聲而已。這樣的歷史觀實在深刻，聽起來讓人心驚肉跳。不過，這位偉大的歷史學家不會讓我們絕望，他同時指出：人類社會在地球上，才走過了瞬間，人類會變得更像人類的。

在村廟小學裡上學的潘石屹，因了與「善良的菩薩」的雕塑朝夕相處，或許對雕像感到好奇，但終於對活人做雕塑的認識能有所認識，也算難能可貴了。二十世紀的偉人都喜歡給自己做雕塑

（說來可悲，始作俑者應該是希特勒），有的做到氾濫成災，歷史證明只是一種自大狂的絕望的表現，給人類帶來的都是災難，而不是福祉。

潘石屹這個人的文化現象　下篇

一

訪談人王寶菊對潘石屹的訪談分五個標題：社會、文化、人生、兩性和城市。具體的問題實際上不大容易歸納，因為潘石屹隨意發揮的內容很多，不乏精彩，不乏思考，一些問題確實也想進去了。一百多頁的《非》書中有九幅相片並每幅都配了幾百字的說明文字，因此每張照片不僅是文字內容的補充和說明，甚至有三分之二的照片占了喧賓奪主的強勢讓我讀到了潘石屹比較深層的東西。

在《隨筆》2007年第1期上，讀到過張抗抗的一篇文章，《長城．公社．凱賓斯基》，記得其中提到過潘石屹這個名字。再讀之，和《非》書的內容便有了內在的聯繫。

二

一九八九年，潘石屹辭掉工作，到海南尋求發跡機會。他脫離了主流軌道，發現「再沒有什麼處長、科長，再也不用對誰點頭哈腰」了。這只是當時的感覺和支撐點，在中國這個官本位根深蒂固的地方，怎麼能沒有「點頭哈腰」呢？果真那樣，中國才是真正地向前邁進了一小步。也許潘石屹現在也還不甚清楚，因為他是在前往復興（是「復興」而不是「振興」，後者是一個錯用的詞兒）的道路上走，走得義無反顧，才有那樣的感覺和支撐點。他沒有見證過畢業於黃埔軍校的祖先如何耀武揚威，虎虎有生氣，但是祖母在惡劣的環境中，把那種威勢轉變成「平靜地去，平靜地回來」，潘石屹是深受其益的。這樣的潛移默化，一旦環境適宜，再度爆發，能量是不可阻擋的。潘石屹選擇磚廠發跡，與修房蓋屋緊密相關，證明他什麼時候都懂得有形資產的不斷積累的重要。只要製造實實在在的東西，他就開心：

回想起來，做磚廠廠長的時期是我一生中最愉快的時候。我的管理才能得到充分的發揮，各種各樣的想法都能付諸實踐。磚廠最興盛時有兩三百人，大多是民工，但在我的管理下秩序井然，他們每天連廁所都用水沖得乾乾淨淨。

這裡要先說明一點的是，潘石屹也許現在也不清楚，他的「做磚廠廠長的時期是我一生中最愉快的時候」是他的支配欲得到了實現。自古以來，人類就存在支配和被支配的現象。亞裡斯多德說這是奴隸主和奴隸的現象：有人生來喜歡做奴隸，有人生來喜歡做奴隸主。我以為，這話說得過頭，應該是支配和被支配的現象。關鍵是，實行支配的人要有智慧，這就應了蘇格拉底的名言：智者統治，其餘服從。在支配和被支配，或者統治和被統治的問題上，人類大部分情況下是被沒有智慧的人（或說「笨伯」）統治的，或者支配的。

因此，這裡可以有一個假設：如果一帆風順，潘石屹現在還在海南一個磚廠做廠長嗎？老天不容！一九九〇年海南島遭颱風襲擊，竟然也能累及一個小小制磚廠的興衰？信不信沒用，事實如此。「……1990年的時候，那時候沒有錢，回不了家，窮困潦倒，在海口，就想，這年怎麼過啊？」潘石屹如是說，還坦誠說：「我就哭了，哭著哭著就是號啕大哭，那種孤單簡直是一個人承受不了的。」

我寧願相信，這是他家族的「天高地厚」冥冥之中在發揮調整的作用。既然是有黃埔背景的家族復興，一個小小的磚廠廠長怎麼交待得了？長江後浪推前浪，當然要往浪尖兒上推了。在潘石屹自以為得意之時，「天高地厚」的力量把他拋向了谷底，讓他刻骨銘心地體會一次苦難的磨練。也許有人認為，我把潘石屹的發跡寫得有點兒玄了，那是因為他還不懂復興的力量有多麼雄厚。

最有名的復興，是歐洲的文藝復興。一次復興，歐洲從此成了領導世界現代文明的領頭羊。復興的力量來自于文化沉澱後的爆發，一切借鑒，都有章可循。藝術、文學、思想、科學和建築，一旦開啟復興之路，重鑄輝煌是勢所必然，而且是向更高的層次發展。中國王朝更迭多多，復興的個例自然也多。在老家朋友的多次邀請下，去年五一大假期間，我和幾個朋友去參觀一個叫《柳氏民居》的地方，並且後來和《隨筆》前主編秦穎再次走訪。唐朝柳宗元犯事後，他家族的一支因為株連，害怕滿門抄斬，躲進了晉東南沁水縣一個很偏僻的地方。大山深處，但山清水秀。到了明朝，柳氏的這個支系復興，在朝中作了幾任高官。在一個深山裡修建了由十幾所大院組成的村莊，那種氣度和精緻、沉穩和謹慎，以及建築群反映出來的文化深度和廣度，絕非北京的諸多極盡張揚的王府所能及。這就是復興的力量，那是一種曾經滄海又為水的力量！還有一個叫「皇城相府」的地方，是一個陳氏家族經營近四百年的結晶，代表人物是陳敬廷，做過康熙的老師和大臣，還是《康熙字典》的總編輯。那是明清兩朝建築群體的結合，幾進幾出的院落，威嚴的牌樓，宏大的城牆，高聳雲天的塔樓……幾年前，這個村的領導，僅僅把破壞的面目全非的建築物馬馬虎虎地修復一下，開闢成旅遊勝地，若干年下來，村民富得流油，這個村子一下子成了全國富村十佳之一。

由此可以推斷，不管潘石屹當時南下尋求發展的活思想是什麼，他家族歷史沉澱下來的潛在力量，一定起了極大作用。

不僅潘石屹的個例，中國改革開放以後，那些曾經被列入另冊、飽受專政之苦的群體及其後人形成的復興之勢，怎麼估計都不會過高。這是一個被忽略的現象，可供數百篇博士論文展開研究。

三

《非》書中十五頁上，訪談人王寶菊寫下了這樣的文字：

> 2003年，潘石屹為了瞭解當時西部的真實面貌，作了一個「西行25°」的計畫，從北京出發，沿著北緯40°，向西行25°，從東經116°到東經90°，在每個經度和北緯40°的交匯點上，拍下那裡的男人、女人、老人、孩子、學校、牆上標語……』

這是一個非常智慧的設計，但實質上是潘石屹一次衣錦還鄉的活動。現代人，尤其改革開放的弄潮兒，很少願意坦然承認衣錦還鄉的行為，以為它很土；殊不知，衣錦還鄉是中國文化淵源很深的現象。

有明文記載而且最著名的，來自楚霸王項羽：「富貴不歸故鄉，如衣繡夜行，誰知之者？」但是，楚霸王這次衣錦還鄉，鑄成大錯，成為他和劉邦爭奪江山的轉捩點，最後被劉邦逼至垓下，四面楚歌之際，有人建議他東渡烏江，圖謀再起，他卻說：「縱江東父兄憐而王我，我何面目見之？」

另一例是劉邦回老家，讓中國史家鼻祖史馬遷記了下來：「高祖還鄉，過沛，留。置酒沛宮，悉召故人父老子弟縱酒，發沛中僅得二十人，教之歌。高祖擊築，自為歌詩曰：『大風起兮雲飛揚，威加海內兮歸故鄉，安得猛士兮守衛四方！』

更近的一例是毛澤東回老家，寫下了名詩《回韶山》：「別夢依稀咒逝川，故園三十二年前。／紅旗卷起農奴戟，黑手高懸霸主鞭。／為有犧牲多壯志，敢教日月換新天。／喜看稻菽千重浪，遍地英雄下夕煙。」。我年輕時候怎麼讀怎麼好的詩，卻讓一個叫彭明道的寫手，在他的一篇《大躍進情結催生的事情》中這樣評論：「歷代詩人寫還鄉詩，常把鄉音鄉情引發的物是人非的情愫加以渲染，而在毛澤東的《回韶山》詩中，是找不到這種情懷的影子的，除了豪情壯志，別無他物。」更有趣的是，彭明道這個寫手，還鉤出這樣一件軼事：「他請了一次客，請的都是他的故交老人和本家長輩。兩桌飯，大碗酒。他知道大家好長時間沒有吃過肉了，想讓鄉親們盡情地吃，盡情地喝。不一會，桌上就一掃而光了。他想叫華國鋒再給每桌加一碗紅燒肉，華說：主席，沒有肉了，農民吃飯都困難，養不起豬。」

歷史的細節一旦形諸紙上，簡直令人難以相信，但是即便其中有渲染成分，文人按自己的理解寫出的歷史，也不能不讓人沉思。

按照中國官本位體制衡量，潘石屹仍是平頭百姓，但是他衣錦回鄉帶了一種真實的眼光，那就是照相機。他拍攝的孩子，眼光明亮、純淨、沉靜，不過潘石屹說：「沿路看到的目光，都是充滿著好奇和快樂的目光。」與其說這是潘石屹所看到的，不如說是他所想到的——想到他小時候看待外面世界的好奇的目光和嚮往的心境。他知道窮困的人們之所以對富有的外界充滿好奇和嚮往的心境，是因為期待著自己的困境的改善。潘石屹說：「你說我回來以後我就拎個包，敲所有朋友的門，就說給點錢，現在要建個學校，別讓這些小孩，七八歲的小孩，學校裡面連窗戶、連玻璃都沒有，他們的鼻涕流著。」如果潘石屹的復興計畫是在廣袤的西北地方，建立一所又一所的學校，那實在要比上邊提到的幾例指點江山的大人物的「衣錦還鄉」，偉大得多，深遠得多。改善人類素質，從教育抓起，恐怕還是唯一的途徑。潘石屹的復興之路沒有走下去，他說是因為「可是我又想，還得回來，不要想這些事情，一想就蓋不了房子了。我覺得我在城裡蓋房子，一年給政府交上幾個億的稅金，那貢獻比我拎個書包，挎在脖子上面，一家一戶敲門要好。」這是潘石屹的一種思想，他還有另一種思想：「儘管儘量壓制自己，每年還花好多錢。一看這個學校蓋不起來了，他們就過來找我，我就給錢，最少給十萬塊錢。」潘石屹是個智慧之人，很快意識到他掏腰包去填充的是一個無底洞，基數太大，但是他沒有還沒有意識到，那個無底洞的思想層面上的無底洞才是真正的無底洞，在中國已有兩千多年的歷史，始于陳勝吳廣的起義而很快形成的「吃大戶」意識，已經形成了深厚的文化基礎，和人類建設者的主流文化可以分庭抗禮，甚至每每佔據上風。經過半個多世紀的公有制，國人形成的那種「不吃白不吃不拿白不拿」公有制意識（與主流蒼白而多餘的宣傳背道而馳），可謂「深入人心」，誰想短時間內填起這個寓有形於無形的無底洞，是一件很可怕的事情。

前幾日，偶然撥到電影頻道，看了《老油坊》裡一個片斷，寫一個山村到了土地下戶的時候，村子裡的公有財產只有一根長長的牛皮條，有人提議留著也許派得上用場，馬上一群人嚷叫說：分！分！分！怎麼分？好好的一根皮條，瞬間便剁成了一截又一截，每節都是尺餘長，一點用處都沒有了！千萬別以為這是文學虛構的情節，當初農民被迫入社時都把自家的牲口交給了公家，短短二十幾年，所有的牲口連皮都沒落下，這是公開的事實。到底從入社到出社，這一進一出，多少條牲畜折騰沒了，這是多少台電腦都計算不出來的。

想來可笑，幾年前我得了一筆可憐的稿費，竟然異想天開，想到把村子通往外界的一段不長的路修起來。我的設計是我出錢買水泥，村裡人出勞力、敲石子，應該能完成幾裡鄉間公路的鋪築。事先我徵求家鄉好友的意見，他說：千萬別輕舉妄動，那是個無底洞，你填不起來的。朋友的話無比正確。幾年後老家搞公路面子工程（我認為這是中國各級政府最好的面子工程），從來和我沒有任何聯繫的鄉政府和大隊政府，慰問信、請柬、電話，生猛地就來了。我請教家鄉朋友，他給我指定了一個數目，並千叮嚀萬囑咐別超過那個數目。後來，我覺得實在不多，就把我的北京人老婆也算了一份，匯走了雙份。然後，一切沉寂，再無音信。其實，我懂得這個無底洞的厲害。但是，人總歸是有些想法的，何況好歹我也算一介書生，架橋鋪路是積德，是行善，這我懂。

潘石屹是個智慧的審慎的人，讓自己的復興之路戛然而止，拐向了「一年給政府交上幾個億的稅金」的正統之路，應該說是很明智的。如我前邊所說，中國能給政府上交幾個億稅金的人少而又少，如果中國有成百萬成千萬個每年上交幾個億稅金的潘石屹，中國的富強之路會異常迅猛。然而，潘石屹還是沒有考慮到「娜拉出走怎樣」的經典問題，因為這個問題的背後，事實證明還是一個更大的無底洞，黑洞。

四

鎮上是公社所在地，有一個集市，集市旁邊有一個下水的陰溝，垃圾啊水啊往那邊流。我們村子裡的人把它叫「洋溝」，是水泥砌的；在集市上賣東西蹲在洋溝旁的人，就叫「蹲洋溝的人」。我們這個村子裡的人就說，這些人都是非常不好的人。把一些東西騙過來，再騙出去，說人呢，千萬不能像這些人一樣。

我上中學的時候就在鎮上，而且旁邊就是洋溝。所以從心理上來說是邁到另一個世界去了。

多麼奇怪的印象！一個小地方的人對一個大地方的人如此蔑視，如此排斥，如此不屑，我還是第一次讀到。潘石屹的潘氏村太強大了，至少在道德守則上太強大了。果真這樣，潘石屹太有福氣了。雖然鄉村傳統文化中一些因素令人窒息，但是較之一九四九年以來興起的文化教育，還是更有底蘊，更有利於錘鍊性格。不過，我寧願認為這是因為潘石屹當時還小的緣故，只聽說公社邊上蹲洋溝的人不地道，還不知道公社這個組織本身就是顛覆性的，毫無益處的，甚至可以說是反動的；公社裡邊的人要比蹲洋溝的惡劣十倍，連「把一些東西騙過來，在騙出去」的倒賣活動都不屑一做，只需把手伸得長長的，一味撈下去就是了，簡直就是徹底的寄生蟲和害蟲。

二〇〇七年第一期《隨筆》裡，有一篇張抗抗的文章，《長城・公社・凱賓斯基》，是一篇很耐讀的文章。歷史感、現實感、國際化等等要素，論說得才氣橫溢，條理清晰。張抗抗的文章越寫越有味道，超出了我對她的小說的記憶。這篇真正意義上的「隨筆」裡，有這樣一段文字：

「長城腳下的公社」，每一棟建築的設計構想和建成的實體，都是環境美學融于文化意向的經典樣板，每一個方案都富於個性和創建。因而2002年，「長城腳下的公社」應邀在威尼斯雙年展第八屆國際建築展上展出，SOHO中國聯席總裁張欣作為這個項目的策劃人和投資人，榮獲威尼斯雙年展「建築藝術推動大獎」。

這個公社顯然不是在中國農村已經絕跡的那個公社。張抗抗在文章中給那個公社這樣的定義：「人民公社即一大二公、大躍進、大會戰、大鍋飯食堂、社員、紅旗、幹部等等。公社是個政治體制概念，它剔除了民間的人情味、煙火氣和田園色彩，變得義正辭嚴冷酷無情、轟轟烈烈卻又貧弱愚昧。」我不知道這樣的定義能代表多少熟知那個公社的人，但是至少不能包括潘石屹。潘石屹在說到生活統一模式時說：

人民公社就是單一的生活方式，家裡面養了一隻雞是小農意識，三隻雞的話是資本主義，老母雞要生一窩雞的話帝國主義就出現了。

潘石屹當時確實還是小了點，那個公社在他來說只是一種生活方式，而且比較抽象，而在我來說則是一步步具體起來，又一步步變成一種邪惡的機構。那個公社成立時我八歲，具體到我們小村，就是成立了公共食堂，因為有了公共食堂，大煉鋼鐵就理直氣壯地把各家各戶的鐵鍋全部搜刮走，祖輩輩使用的油黑發亮的大小鐵鍋，砸爛扔進土高爐，練成了廢鐵！中國社會幾千年了，可有哪個社會曾把農家人的飯鍋砸碎過嗎？可有哪個社會上演過這樣荒唐而罪過的鬧劇嗎？我的母親和一個鄰居大娘堅決不相信全村人能永遠吃一鍋飯，為了偷偷把一套蒸籠（因為貴重，稀少）藏起來並再三叮囑我別說出去，那種誠惶誠恐的樣子，我至今記憶猶新而隱隱作痛。中國的良民百姓，真的是太好統治了！每逢有針對莊稼人的管制活動，都是公社派人來執行。除了公社專職幹部，派來的人實際上都是別的村子的人。但是，不管熟人生人，一加入公社派來的幹部的行列，就會變得兇神惡煞。公社下達的命令，理解的執行，不理解的也得執行。公社讓你每畝種三千垵玉米，你絕不敢種兩千九。你敢少種嗎？公社那個東西便三番五次來檢查，你挨了罵還得補種。至於因為地力不足而密度太大，長黃了，沒收成，那不關公社的事兒，公社秋天照樣收購糧食，只能多收不能少收。為了保證完成統購糧，到了六十年代初，公社每年秋天組織專門的監收隊進駐各個大隊，一旦發現瞞產私分的，抓現行是常有的事兒。

一九六九年秋天，我十九歲，回農村務農的第二年，不清楚怎麼被派去做監收隊，進駐一個名叫椅掌的大隊。我忽然吃起派飯，雖然算不上香湯辣水，天天精米白麵是吃得上的，而吃了好的可以不幹活兒，每天到地裡和場邊去溜達，算是我的監視活動。應該說是一美差。然而，有一天晚上，我正在和一個小隊會計聊天，突然被人叫去開會。我到了會場，一下子感覺得到氣氛很緊張。

我們的監收隊總領隊老楊，正在聲色俱厲地講話。我聽了一會兒，聽出來是一個生產小隊的隊長和幾個人，夜裡搭夥到別的大隊的地裡去偷玉米，讓人家抓了贓物。這種事情，到了六十年代末，司空見慣。農民的話：收不收，吃一秋。因為公社統購糧任務重，農民口糧少得可憐，秋天到地裡去偷點糧食，道德失卻而內疚，可也只能心照不宣，睜一隻眼閉一支眼，但是相互間一旦有別的過節，這種事情就是爆發口了。內情我始終不清楚，只見老楊越說越嚴厲，突然大喝一聲：把人帶上來，三個人便被帶上來；又大喝一聲：把人捆起來，那三個人轉眼間被捆了起來；又大喝一聲：把人吊起來，那三個人轉眼間被吊起來。我被嚇得心裡突突直跳，好像我也被帶上來、捆起來、吊起來了。執行刑罰的是民兵，被懲罰的是小隊幹部。他們是一個村的，是熟人，是親戚，是兄弟，但此時此刻卻必須互相虐待、折磨。老楊是一個解放前參加革命的工農幹部，他不需要七品縣令「肅靜回避」那種公堂，就可以一聲吆喝，上演私刑。千萬別以為這是個例，類似的私刑，基本上是公社對莊稼人專政的手段。農村人歷來是任人踐踏的小草，不到揭竿而起的地步，歷來逆來順受。但是只要有一點文化，又親身感受過公社對農村人的統治，公社這種在中國農村已經絕跡的組織，只能算作法西斯組織。由於公社這層毫無效益只有破壞的機構的存在，把鄉村的幹部統統帶壞了，著名作家劉震雲寫過一篇《頭人》的中篇小說，是對鄉村幹部腐敗變質的最生動形象的詮釋。漸漸演變的結果，農村人認為公社就是公家，要麼你進入公家端鐵飯碗，要麼公家把你吃掉。

潘石屹對公社的印象，最具體的東西是公社所在地「蹲洋溝的人」，他可能不清楚，那時候「蹲洋溝的人」是農村走資本主義的，逮住是要挨鬥的。如果「蹲洋溝的人」能一直蹲下去，那他們要麼是公社幹部的親戚朋友，要麼買通了公社幹部；換句話說，公社這個對莊稼人專制的組織，

已經編織成了　張更加可怕的利益關係網。不管怎樣，「公社」二字哪怕只是個符號，也讓我們這輩人聽起來感到驚悚，寧願「長城腳下的公社」叫做「長城腳下的莊園」。如果那時候有兩種選擇，或者到公社幹活兒，或者到莊園裡幹活兒，我相信，絕大多數莊稼人都會到莊園裡幹活兒，因為莊園主怎麼也會管頓飯吃，而公社只是對老百姓索取再索取，盤剝再盤剝。

令人深思的是，農村的公社在改革浪潮裡死掉三十多年後，城市裡出現了類似組織，那就是所有公有制單位的上級「集團」之類，只有消耗沒有產出，只會撈取不會貢獻。趙樹理在人民公社成立的浪潮中，就寫過一篇《人民公社之我見》，指出它只是一種瞎指揮的機構。我輩人在這種東西的管制下受過煎熬，對它深惡痛絕；而在六十年代出生的潘石屹看來，「人民公社就是單一的生活方式」；而在更年輕的張欣看來，它只是一種叫法。改革初期有一種很著名的提法，叫做「打破大鍋飯」。《中國日報》把「大鍋飯」翻譯成了communist pot，詩人翻譯家綠雲先生不止一次撓著花白的頭髮問道：可以這樣譯嗎？真的可以這樣翻譯嗎？我有些含糊地說：您覺得怎麼翻譯好呢？善於思考的綠雲笑而未答，不過我心下很清楚他的糾結是communist這個詞兒，漢譯是「共產主義」。共產主義啊，曾經多麼令人嚮往的一種東西？

然而，凡是令人嚮往的就是好東西嗎？

五

訪談人在《非》書的封底寫下這樣一段話：「潘石屹的故事更像一個媒體傳說，一個關於娛樂、秀場與社交的傳說。很多現代藝術家都是老潘的座上賓……人們的興趣更多地轉移到了他的豐富性——文化的豐富性，人的豐富性。」這也許就是訪談人決定訪談潘石屹的起因，也是潘石屹「為什麼我今天能花四個小時，接受你這個採訪」的原因。這確實是難能可貴的。一個商人在成功之後，主動地向文化靠近，是一個具有深厚文化底蘊的民族舉步維艱地復興的表現。建築商潘石屹不是在嘩眾取寵，而是在認真讀書，認真思考，因此在回答訪談人的問題時忍不住會題外發揮，講出了一些精彩而樸素的話。

當沒錢的時候，跟錢有關係。吃飯啊、穿衣啊，這些基本需求沒滿足的時候，你要一個理想的生活狀況，錢是非常重要的。當你基本的東西滿足了，錢再多一點，再少一點，跟那美好的生活狀態沒多大關係，多一個零，少一個零，就像我現在，說多一個零，少一個零，跟我沒任何關係。

相貌重要。漂亮的女人都是吸引男人的。我也不例外。

有愛情，但永恆的愛情可能沒有。

婚姻的真諦就是愛情加法律。

說句實話，你高興的時候把你放豬圈裡你都高興得不得了，你不高興的時候天天住在故宮裡你也不高興。

食色性，潘石屹是普通人，又是擁有大額資產的過來人；用E.M.福斯特的話說，就是接受過錢的教育的人。實話實說，說得滿有味道，令人咀嚼。現如今，有多少人過上了小康生活，卻還在為自己的存款多一個零而鑽營？有多少財富相當的富人，欲壑難填，得隴望蜀？有多少大款大腕在吃喝嫖賭揮霍浪費？因為惡劣的社會環境，因為吃不上葡萄說葡萄酸的心理以及暴富者文化素質先天不足而不會做富人，富人成了中國令人垂涎卻被說成劣跡斑斑的群體……相比之下，潘石屹發跡後自覺轉型，把目光投向文化，投向書本（連電視和網路都能躲就躲了），投向思考，投向尋求人生的更高境界，投向弱勢群體，這值得關注。

人生是有意義的，這個意義就是豐富，就是價值啊，你可能給這個社會創造了物質價值、創造了精神價值。這些都是你的意義。

知識呢，更多的是一些實用的技巧。而文化呢，我覺得需要一些沉澱，需要一定的思考，沉澱和思考過後就變成了自己身上的東西。

中國能說出這樣一番話的富人不多；就是比富人更有話語權的權勢人物能說出這番話的人，也不多。只要真誠，你就應該無條件承認，幾十年來中國農民一直處在連傳統意義上的奴隸都不如的地位。這不是感情用事的語言，也不是聳人聽聞的言辭。俄國前總統伯里斯·葉利欽一九九一年六月一日在民主俄羅斯集會上講演，是用這樣的方式講的：

我們的國家很不幸。有人決定要在我們身上進行這種馬克思主義的試驗——命運恰好把我們迫入了這一方向。他們不是在非洲某個國家，而是在我們國家開始這種試驗。最終，我們證明這一觀念並無生存之地。它只是把我們推離世界文明國家已經走上的道路。今天，40％的人民生活在貧困以下，還要憑配給票領取產品，這種實實在在的屈辱就是這一情形的反映。這是一種無時不在的屈辱，它無時不在地提醒我們：這個國家就是一個奴隸。

百分之四十的貧困人組成的國家就是一個奴隸國家，中國貧困的農民無疑超過了這個百分比。改革開放讓他們解決了溫飽，但是應對現代商品日新月異的衝擊，他們入不敷出，依然貧困。不過，我引用葉利欽的這段話，這還不是中心意思，而我要強調的是「它只是把我們推離世界文明國家已經走上的道路。」換句話說，就是「它把我們推離了世界主流。」自從人類佔據了這個星球，世界主流只有一種，那就是誰佔有了世界的物質，誰就是主流。奴役和被奴役，實質是征服和被征服，佔有和被佔有。人類社會發展到現代，商品取代戰爭，成為征服和被征服的手段。世界強國如今享用了地球上的絕大多數資源，這就是主流。你盡可以美化自己是什麼先進的主義，是在搞什麼特色，但只要你享受不到地球更多的資源，「這個國家就是一個奴隸。」

我在英格蘭進修期間，一個教會人員喬治先生，開車帶我到英格蘭中部城市曼徹斯特周邊一個旅遊景點參觀，一路上我看見漫無邊際的綠色草地上有不少孤零零的農舍，喬治告訴我那些都是農場主。我問他，這些農場主的用水用電用氣怎麼解決。他說這都是政府的事兒，國家規定每個公民享受水、電、燃氣和公路這些公共資源，政府就必須保證每個公民享受這些待遇。

「每個角落的居民嗎？」

「是的。」

「荒山野嶺也算？」

「是的，不過英格蘭沒有多少荒山野嶺。就是有，只要個人願意去那裡生活，政府是鼓勵的。英格蘭太擁擠了。」

所以，當一些鸚鵡學舌的朋友說我們富足了，外國都要學我們了，我就笑道：

「你知道你在說什麼嗎？」

不知道自己張口說什麼，是我們時下的一種常見病。採訪人問潘石屹「什麼是主流社會？你在主流之中嗎？」潘石屹說：

主流跟成熟啊、成功啊有的時候是同義詞。如果一旦成為主流，就意味整個的進步就要小。推動主流的，一開始總是非主流的、前衛的，如果你很快成為主流了，就證明你就隨大流了。

我懷疑潘石屹在顧左右而言他，用談話技巧打擦邊球，回避了一些敏感問題。以我理解，採訪人是在說潘石屹儘管資產很大，但還是私有的，沒有納入這個國家的公有制主流。這問題涉及制度，涉及所有制，是官方私下都會談及的話題。有頭有臉的潘石屹在這個問題上也許不好暢所欲言？我納悶兒採訪人和潘石屹在這問題上都只有中國觀，沒有世界觀，都和葉利欽所說的世界主流不是一回事兒。這需要認識，更需要調整。臺灣人理性而智慧的調整為我們樹立了一個可以不折不扣仿效的樣板，因為我們是同根生，同源長，一個不可分割的民族。否則，你盡可以自吹你多麼先進，多麼有特色，但是只要你還在世界主流之外，「這個國家就是一個奴隸。」

當然，世界主流不可能沒有自己要命的問題，比如，商品經濟因為非理智的無限的膨脹，已經接近失控的邊緣，根源就是為了貪婪地佔有利益，失去了人類應有的需要和必須的真誠。這是更高層次的問題，需要更高層次的思考，而因為富人在商品戰爭中佔有了更多的財富，富人的思考在未來可能更為重要。

> 可是我覺得新的一代人啊，如果沒有這樣一個憐憫之心，沒有這樣一個對大自然的尊重，普通的市民、普通的貧困人口在他們的頭腦裡面只是一個數字，中國有十三億人口，十億農民，只是十億農民沒有一個具體的，沒有跟他們有任何的情感交流，我認為是個非常可怕的事情。

願潘石屹正在思考，一直在思考，難能可貴。

六

潘石屹對建築頗有研究，談到建築的本質時，他毫不猶豫地回答：「空間。其它都是多餘的。」我對建築有興趣但外行，不過用漢字「房」來說明建築的本質，似乎也說得通。「方」可解釋為「空間」，「戶」呢，指品質。沒有品質的建築難以傳世，而不能傳世的房子，意義就會大打折扣。建築，我一向喜歡茁實的，耐久的，有歷史感的。留學期間，我在倫敦的特拉發格廣場徜徉過，在愛丁堡的石頭城裡漫遊過。什麼都不圖，能在那些為人類所用的厚重而精緻的石頭建築物之間行走，我就無比愜意，人類這種高級動物的非凡之處讓我渾身通透，從裡到外生出一種傲慢。我的好朋友張元魁兩年前寄給我一本《走進太行古村落》，因為是寫我的老家一帶，我斷斷續續翻看了兩三個月，湧起一種情緒，寫成了一篇《恆產者的文化沉澱》（見《隨筆》2006年第一期），文章的結尾是這樣的：「無產者無文化，有產者有文化；有恆產者有恒心，有恆產心者才能有文化積累，而文化只有積累起來，才能給人以啟示。」

作為建築商，潘石屹這個名字怎麼講都有些啟示味道。一開始看見「石屹」這個名字，我以為發音是shi ge，在十個孩子中間排行老十；或者本來應該叫「老疙瘩」，而為了序數，叫成了「十疙瘩」。到了上學的時候，或許老師幫了一下，採取了前兩個字，把「疙」改成了「圪」，把「瘩」這個有點病態的字省掉了，諧音用了「石」，即「石屹」，土石結構，讓孩子生長皮實之意。後來看見電視採訪他，見他「我潘石屹長潘石屹短」地答話，才知道應該叫shi yi。如今房產開發商十個九暴富，我心想，這傢伙的名字叫得好響亮，生下來就沖著「盼十億」去啊！後來細細看了《非》書後，我覺得有了「黃埔」和「地主婆」這樣的家庭背景，他那「天高地厚」的奶奶很可能一開始就給他取了「潘石屹」這個名字，但內心祝福的一定是「盼食衣」。農村人給孩子取「石頭」、「土蛋」、「狗娃」、「圪瘩」之類土得掉渣的名字，實際上是祈求孩子皮實而快當地長大成人。這層意思有了，使用「潘石屹」三個字，圖個文雅和響亮，兩全其美，不曾想竟是一個很有前瞻性的名字：石，建築少不了石頭，就是水泥也是石頭燒的，並且再變成隨心所欲的大石頭後才能派上用場；屹，高高聳立，壘砌房子像山一樣高。簡而言之，不管這個名字中間還有什麼故事，我希望「盼食衣」是本意（潘石屹寫過：「在西部度過了童年。那是個缺衣少食的年代」）。人，從找食覓衣的基本要求開始，往往可以走向更高的目標，而到達不曾預料過的高度後，往往會回頭審視自己出發點，從而感悟人生，珍惜生命。

潘石屹賦予人生很高的意義，但那都是相對普通百姓而言；相對自己，生命就是一個過程，能把這個過程過得精彩，就接近聖賢了。

初稿於二〇一〇年
修訂與二〇一三年
定稿於二〇一七年

國家圖書館出版品預行編目

不願做小 / 蘇福忠著. -- 臺北市 : 獵海人,
2023.12
面； 公分
ISBN 978-626-97445-9-6(平裝)

855 112020120

不願做小

作　　者／蘇福忠
出版策劃／獵海人
製作銷售／秀威資訊科技股份有限公司
114 台北市內湖區瑞光路76巷69號2樓
電話：+886-2-2796-3638
傳真：+886-2-2796-1377
網路訂購／秀威書店：https://store.showwe.tw
博客來網路書店：https://www.books.com.tw
三民網路書店：https://www.m.sanmin.com.tw
讀冊生活：https://www.taaze.tw

出版日期／2023年12月
定　　價／600元